Tucholsky Wagner Zola Scott Sydow Freud Schlegel
Turgenev Wallace Fonatne
Twain Walther von der Vogelweide Fouqué Friedrich II. von Preußen
Weber Freiligrath
Kant Ernst Frey
Fechner Fichte Weiße Rose von Fallersleben Richthofen Frommel
Hölderlin
Engels Fielding Eichendorff Tacitus Dumas
Fehrs Faber Flaubert
Eliasberg Ebner Eschenbach
Maximilian I. von Habsburg Fock Zweig
Feuerbach Ewald Eliot Vergil
Goethe Elisabeth von Österreich London
Mendelssohn Balzac Shakespeare Dostojewski Ganghofer
Trackl Lichtenberg Rathenau Doyle Gjellerup
Stevenson Tolstoi Hambruch
Mommsen Lenz Droste-Hülshoff
Thoma Hanrieder
Dach Verne von Arnim Hägele Hauff Humboldt
Reuter Rousseau Hagen Hauptmann Gautier
Karrillon Garschin
Damaschke Defoe Hebbel Baudelaire
Descartes Hegel Kussmaul Herder
Wolfram von Eschenbach Dickens Schopenhauer Rilke George
Darwin Melville Grimm Jerome Bebel Proust
Bronner Campe Horváth Aristoteles
Bismarck Vigny Barlach Voltaire Federer Herodot
Gengenbach Heine
Storm Casanova Tersteegen Gilm Grillparzer Georgy
Chamberlain Lessing Langbein Gryphius
Brentano Lafontaine
Strachwitz Claudius Schiller Kralik Iffland Sokrates
Bellamy Schilling
Katharina II. von Rußland Gerstäcker Raabe Gibbon Tschechow
Löns Hesse Hoffmann Gogol Wilde Gleim Vulpius
Luther Heym Hofmannsthal Klee Hölty Morgenstern Goedicke
Roth Kleist
Heyse Klopstock Puschkin Homer
Luxemburg Horaz Mörike Musil
La Roche
Machiavelli Kierkegaard Kraft Kraus
Navarra Aurel Musset Moltke
Nestroy Marie de France Lamprecht Kind Kirchhoff Hugo
Laotse Ipsen Liebknecht
Nietzsche Nansen Ringelnatz
Marx Lassalle Gorki Klett Leibniz
von Ossietzky May vom Stein Lawrence Irving
Petalozzi Knigge
Platon Pückler Michelangelo Kock Kafka
Sachs Poe Liebermann Korolenko
de Sade Praetorius Mistral Zetkin

Der Verlag tredition aus Hamburg veröffentlicht in der Reihe **TREDITION CLASSICS** Werke aus mehr als zwei Jahrtausenden. Diese waren zu einem Großteil vergriffen oder nur noch antiquarisch erhältlich.

Symbolfigur für **TREDITION CLASSICS** ist Johannes Gutenberg (1400 — 1468), der Erfinder des Buchdrucks mit Metalllettern und der Druckerpresse.

Mit der Buchreihe **TREDITION CLASSICS** verfolgt tradition das Ziel, tausende Klassiker der Weltliteratur verschiedener Sprachen wieder als gedruckte Bücher aufzulegen – und das weltweit!

Die Buchreihe dient zur Bewahrung der Literatur und Förderung der Kultur. Sie trägt so dazu bei, dass viele tausend Werke nicht in Vergessenheit geraten.

Verwehte Spuren

Franz Treller

Impressum

Autor: Franz Treller
Umschlagkonzept: toepferschumann, Berlin

Verlag: tredition GmbH, Hamburg
ISBN: 978-3-8472-6807-9
Printed in Germany

Rechtlicher Hinweis:
Alle Werke sind nach unserem besten Wissen gemeinfrei und unterliegen damit nicht mehr dem Urheberrecht.

Ziel der TREDITION CLASSICS ist es, tausende deutsch- und fremdsprachige Klassiker wieder in Buchform verfügbar zu machen. Die Werke wurden eingescannt und digitalisiert. Dadurch können etwaige Fehler nicht komplett ausgeschlossen werden. Unsere Kooperationspartner und wir von tredition versuchen, die Werke bestmöglich zu bearbeiten. Sollten Sie trotzdem einen Fehler finden, bitten wir diesen zu entschuldigen. Die Rechtschreibung der Originalausgabe wurde unverändert übernommen. Daher können sich hinsichtlich der Schreibweise Widersprüche zu der heutigen Rechtschreibung ergeben.

Erstes Kapitel
Das einsame Blockhaus

Die Nacht war finster, dunkle Wolken zogen eilig hoch oben vorüber und hüllten die Sterne ein. Ein scharfer Nordost rauschte in den Zweigen der Bäume und sauste um die Blockhütte, die einsam inmitten der Waldlichtung lag.

Auch für ein scharfes Auge wäre die Behausung von dem dunklen Waldhintergrunde nicht zu lösen gewesen, wenn nicht schwacher Lichtschein, welcher aus den kleinen Fenstern drang, sie als menschliche Wohnung kenntlich gemacht hätte.

Ein Gewirr von rauhen Stimmen drang aus dem erleuchteten Räume in die schweigende Nacht hinaus, oftmals unterbrochen von dröhnendem Gelächter.

An der Fenz, welche die Blockhütte und einige im Dunkel schwach wahrnehmbare kleinere Wirtschaftsgebäude umgab, scharrten ungeduldig wohl ein Dutzend und mehr gesattelte Pferde den Boden.

Wilde Gestalten waren es, welche sich im Innern des mehr durch das lodernde Feuer als eine düster brennende Oellampe erleuchteten, ziemlich großen Raumes um den Kamin versammelt hatten. Auf roh gefertigten Stühlen, auf Fässern, Holzblöcken, am Böden saßen und lagen wohl ein Dutzend Männer, deren Aeußeres, der rauhe Friesrock oder Frack, die ledernen Gamaschen und vor allem die lange Büchse in der Nähe eines jeden sie alsbald dem kundigen Auge als eine kleine Schar im Hinterwalde hausender Landleute kenntlich machte.

Es war ein groteskes Bild, welches diese Gruppe bot inmitten eines Raumes, welcher sich halb als Kramladen und Warenmagazin, halb als Wirtszimmer darstellte.

Alle möglichen Dinge, welche für den Landmann, der hier an der Grenze der Zivilisation sein Heim aufgeschlagen hatte, Wert haben konnten, waren hier aufgestapelt. Eisenwaren, Wirtschafts- und Küchengeräte, Zeuge, Pulver, Blei, Werkzeuge zeigten sich dem Blicke, ja selbst Hausfrauen konnten hier ihren Bedarf an Garn, Zwirn und Nadeln entnehmen. Eine stattliche Zahl von Fässern und großen Steinkrügen deutete auf einen nicht unerheblichen Vorrat geistiger Getränke. Hinter der Bar, auf der einen Seite des länglich viereckigen Zimmers, welches mit seinen Flaschen, Krügen, Bechern den Charakter eines Schenkraumes nicht verleugnete, stand der Wirt, eine breitschulterige, muskulöse Gestalt, und schaute ruhig in das lebendige wilde Treiben vor sich hinein, dann und wann einen Toddy mischend oder mit einer kurzen Bemerkung an der lebhaft geführten Unterhaltung teilnehmend.

»War 'ne wilde Jagd, Boys, dürft's glauben,« fuhr Bill Jones in seiner Rede fort, »und er hat's uns schwer genug gemacht, denn der Bursche war schlau wie nur irgend eine diebische Rothaut.«

»Habt Ihr denn den Battle wirklich in den Sumpf geworfen und ihn vor Euren Augen langsam versinken lassen?« richtete ein jüngerer Farmer die Frage an den Redenden. »So wurde bei uns erzählt.«

»Unsinn, Mann, sind keine Menschenfresser am glorreichen Muskegon. Der Kerl war aufgebäumt und hatte uns mit einer Schlauheit von seiner Spur abgebracht, die ihresgleichen sucht in den Wäldern. Stundenlang liefen wir im Kreise umher, die Nase am Boden, bis wir die Fährte wiederfanden. Endlich entdeckte ihn Tom Raggle auf einer Sykomore, wo der Bursche sich ein Nest aus Baumzweigen gemacht hatte. Da er auf unsre dreimal im Namen des Gesetzes wiederholte Aufforderung nicht herunterkam, schoß ihm Tom die Kugel durch den Kopf, da kam er schnell genug herunter.«

»Das glaube ich,« sagte ruhig der Wirt und schallendes Gelächter antwortete der im trockenen Tone gemachten Aeußerung.

Als es verhallt war, äußerte der alte Steward: »Wunderbar, Jones, daß der Battle solche geübte Waldleute zu täuschen vermochte.«

»Ist so. Weiß noch keiner, wie der Bursche seinen Hacken geschlagen hat,« entgegnete jener. »Selbst der rote Spitzbube dort,« und er machte eine leichte Kopfbewegung nach einer in der Ecke kauernden, nur schattenhaft wahrnehmbaren Gestalt hin, »der in nüchternem Zustande schlau genug ist, war irre geführt worden.«

Der Mann, auf welchen der Sprecher hinwies, saß auf dem Boden mit dem Rücken an die Wand gelehnt und schaute stieren Blickes vor sich hin. Eine halbgeleerte Rumflasche im Bereiche seiner Hand deutete an, was den stumpfsinnigen Blick verursachte.

»Du, Rotfell,« rief ihm einer der Männer zu, »wie war's denn mit dem Battle, erzähle einmal.«

Ein dumpfer unverständlicher Laut des augenscheinlich schwer trunkenen Mannes war die Antwort.

»Das Vieh ist wieder fertig,« sagte Raggle.

»Ja, hattet ihr denn,« nahm der junge Farmer wieder das Wort, »das Recht, ihn herunter zu schießen wie einen Truthahn?«

»Kalkuliere, Mann, hatten's. War rechtskräftig von der Jury zum Strange verurteilt, saß im Countyhause, sollte am Morgen baumeln. Der Sheriff, ein ledernes Yankeegesicht, ließ ihn in der Nacht entwischen, sagt man, bestochen von Battles Spießgesellen, sagt man, nun, da nahmen wir, freie Bürger vom Muskegon, die Sache in die Hand. Noch ehe vier Stunden seit seinem Entweichen vergangen, waren wir auf seiner Spur.«

»Aber wie fandet ihr die?«

»Ja, da spielte das Glück oder der Zufall oder die Vorsehung mit, wie Ihr wollt. Weller, der Constabel, eine ehrliche Haut, war um drei Uhr morgens bei mir und meldete mir, Battle sei entwischt. Well. Ich blies das Horn, binnen einer halben Stunde hatte ich vier Bursche aus der Nachbarschaft um mich. Um fünf Uhr hielten wir schon vor dem Gefängnis. War von Spurfinden vorläufig kein Gedanke. Wie wir noch ratlos dort halten und überlegen, was zu tun sei, kam das indianische Vieh dort, noch nicht ganz betrunken, herangeschlichen und sagte: ›Mister Jones, Ihr sucht Battle, was gebt Ihr, wenn ich Euch auf die Fährte bringe?‹

»›Eine Gallone Whisky sollst du haben, Rothaut, wenn du uns auf die Spur hilfst,‹ sage ich.

»Das wirkte und er brachte uns auf die Spur. Er hatte zufällig gesehen, wie der Battle in der Nacht von Helfershelfern über den Fluß gesetzt wurde, und sich mit indianischer Schlauheit den Punkt gemerkt, wo er drüben gelandet wurde. Das war genug, um bald nach Tagesanbruch mit des Indianers Hilfe, welcher sich uns anschloß, den Anfang der Fährte zu haben. Daß wir wie hungrige Wölfe ihr folgten, brauche ich nicht zu versichern, aber erst am zweiten Tage, wir hatten während der Zeit nur nachts geruht und nichts zu essen gehabt als das wenige, was mir in der Eile mitgeführt, erreichten wir den blutigen Schurken.«

»Was hatte er verbrochen?« fragte ein älterer Farmer; »ich bin der Sache fremd, und hörte nicht den Anfang eures Gesprächs.«

»Nicht viel,« entgegnete Jones, »er hatte nur Bill Warner, einen ehrenwerten Bürger und unsern Freund, ermordet und beraubt, nichts weiter.«

»So geschah ihm recht.«

»Denke so, geschah ihm recht.«

»Geschah ihm recht,« fügte der alte Steward hinzu, »war verurteilt vom Gesetz. Als die Vollstreckung des Urteils versagte, nahmen wir die Sache in die Hand, freie Bürger, und schafften mit unsern Büchsen dem Gesetz Achtung. Werden mit dem Sheriff auch noch ein Wörtchen reden. Ist ein eigenes Ding ums Gesetz, kalkuliere, hat, richtig gehandhabt, eine große Macht. Sind alle fürs Gesetz, Männer, denk' ich? He?«

»Sind dafür,« klang es im Chor.

»War eine böse Sache mit dem Battle, hatte gemordet, wußte es jedermann, hätte ihn jeder totschießen können, wo er ihn fand, aber Recht muß sein. Stellten ihn vor die Jury, als wir ihn gefangen hatten, wurde nach Gesetz verurteilt, von zwölf ehrlichen Männern, auf ihren Eid zum Tode verurteilt. War Recht gesprochen, haben nur mit der Büchse nachgeholt, was der Strick versäumt hat. War der Bursch die Kugel nicht wert, aber haben's kurz gemacht – hatten nicht viel Zeit.«

Hätte, während sie sprachen, einer von ihnen bemerkt, daß draußen eine dunkle Gestalt ums Haus schlich, welche eifrig durch die Spalten der Balken oder verstohlen durch eines der mit trüben Scheiben versehenen Fenster lugte, würde sie wohl bald die ganze Aufmerksamkeit der Farmer in Anspruch genommen haben. Der lauschende Geselle entfernte sich erst, als von Süden her die kaum gebahnte Straße entlang Hufschlag und menschliche Stimmen vernehmbar wurden. Da verschwand er geräuschlos im Dunkel.

Den Waldweg her naheten zwei Männer, welche ihre Pferde am Zügel führten; einer von ihnen trug eine Laterne, mit welcher er den an Hindernissen reichen Weg beleuchtete.

Vor dem Blockhause angelangt – die drinnen hörten bei dem laut und lebhaft geführten Gespräch und dem Wind, welcher die Hütte umsauste, das Nahen der Fremden nicht – riefen die Ankommenden laut nach dem Wirt.

Einen Augenblick verstummte das Gespräch drinnen und nach einiger Zeit erschien des Wirtes breitschultrige Gestalt in der Türe, in der Hand ein brennendes Holzscheit tragend.

Der eine der beiden Ankömmlinge fragte: »Könnt Ihr zwei hungrige Reisende und zwei Pferde aufnehmen, Herr Wirt?«

Ohne zu antworten, betrachtete der Besitzer des Blockhauses ganz gelassen die Fremden, indem er sie mit dem hoch erhobenen Holzbrand beleuchtete. Die Musterung mußte zu ihren Gunsten ausgefallen sein, denn er entgegnete: »Kann sein, wenn ihr euch zu behelfen wißt. Ist nicht viel Platz da, Leute.«

»Wissen uns zu behelfen, Mann.« sagte die frühere Stimme wieder, deren Aussprache der englischen Laute man es anhörte, daß sie von einem Nichtengländer gesprochen wurden, »schafft Tier und Mensch eine Ruhestätte, und wir sind zufrieden.«

»Sollt'« haben, Leute. Jim!« rief er ins Dunkel hinein, und alsbald erschien im Lichtschein, der durch die geöffnete Tür aus dem Innern der Hütte fiel, ein ruppig aussehender Bursche.

»Nimm den Gentlemen die Pferde ab und bringe sie in den Stall. Stroh und Mais sind genug vorhanden,« setzte er hinzu. Die Reisenden nahmen jetzt rasch den Pferden Sattel und Mantelsack ab und folgten, während die Tiere nach dem Stall geführt wurden, der Einladung des Wirtes in das Innere des Raumes, in welchem sich die Farmer befanden.

Als die Fremden den einigermaßen erleuchteten Raum betraten, wurden sie von allen Seiten mit prüfenden Blicken angestarrt. Auch der Wirt schenkte ihnen erneute Aufmerksamkeit. Der Vorangehende war ein Mann von hoher, jugendlich schlanker Gestalt, aus dessen edel geformtem Gesicht, welches den Ausdruck männlicher Offenheit als Stempel trug, zwei blaue Augen freundlich hervorleuchteten. Ein blonder Schnurrbart zierte die Oberlippe und verlieh dem Antlitz etwas Kriegerisch-Kräftiges.

Die Mitte der Zwanziger konnte er kaum überschritten haben. Eine Joppe, hirschlederne Beinkleider und besporte Reitstiefel bildeten seine nur einfache Tracht, doch gab die Haltung unleugbar den Mann von Stande zu erkennen. Bewaffnet war er mit einer Büchse und einem Hirschfänger, welchen er am Gurt um die Hüften trug. Ueber die Schulter fiel ein echt schottischer Plaid. Der andre, ein wettergebräunter, markiger Bursche, war ähnlich ausgerüstet in Kleidung und Waffen, durfte aber seinem männlicheren Aeußern nach wohl zehn oder mehr Jahre älter sein als sein Gefährte. Die Dienstbeflissenheit, mit der er jenem Sattel und Mantelsack abnahm, als sie das Zimmer betreten hatten, ließ darauf schließen, daß er sich zu ihm in untergeordneter Stellung befand. Das Gespräch der Farmer war mit dem Eintritt der Fremden verstummt.

»Guten Abend, Gentlemen,« grüßte der junge Mann die schweigend ihn anstarrenden Waldmänner.

Der Gruß wurde kaum erwidert, doch der Fremde, dem wahrscheinlich solche Verkehrsformen nicht neu waren, schien dadurch wenig berührt und sah sich gleichmütig nach einem Platze um, auf dem er sich niederlassen könne, während sein Blick flüchtig die Gruppe, welche um den Kamin lagerte, überflog.

Der Wirt wies ihm und seinem Begleiter zwei Holzklötze am Ende des Raumes als Sitze an und begab sich dann ruhig wieder hinter seine Bar.

Nachdem die rauhen Bursche, welche die Mehrzahl der Gäste bildeten, ihre Neugierde befriedigt hatten, fuhren sie in ihrem Gespräche fort, als ob die Ankömmlinge nicht vorhanden seien.

»War ein mörderischer Schurke, der Battle, hatte mehr als ein Leben auf seinem Gewissen. Habe auch keinen Zweifel, daß er uns vor drei Jahren oben am Manistee die roten Hunde auf den Hals gehetzt hat, hatte mit den blutigen Indianern immer heimlich zu tun.«

»Kann sein. Mußte weg, der Mann, war Zeit.«

Sie schwiegen eine Weile und unterdes überflog des Fremden Auge den Raum und die herkulischen Gestalten der Männer, die sich in so großer Zwanglosigkeit dort niedergelassen hatten, bis sein Blick an dem Indianer haften blieb, der immer noch ruhig in der gegenüberliegenden Ecke kauerte. Der rote Mann erregte des Fremden besonderes Interesse.

Die Farmer schenkten fortan den beiden Fremden scheinbar nicht die geringste Aufmerksamkeit, obgleich hie und da ein scharfer Blick sie streifte.

Diese hatten etwas Mundvorrat aus ihren Mantelsäcken gelangt, sich vom Wirt einen Becher Toddy mischen lassen und verzehrten ruhig ihr Abendbrot.

Bill Jones erhob sich und sagte: »Denke, Männer, ist Zeit, an die Heimreise zu denken, mein Weg ist der weiteste.«

»Will euch raten, Gentlemen,« nahm der Wirt das Wort, »bleibt hier bis zum Tageslicht. Ist eine dunkle Nacht, und der Whisky kein guter Reisebegleiter.«

»Ei, Grover, möchtest uns hier behalten, alter Ohiomann. Steh' noch fest in den Schuhen,« lachte jener, wankte aber dabei, trotzdem er sich Mühe gab, gerade zu stehen, merklich hin und her. »Hatte schon mehr geladen als heute und meine Beß hat mich glücklich heimgebracht zu meiner alten Lady.«

»Wie ihr wollt, Männer, meinte es gut.«

»Wissen das, Grover, bist eine ehrliche Haut,« sagte der alte Steward und erhob sich, »schläft sich aber am besten unter eigenem Dach.«

Auch die andern standen auf – doch wie sich zeigte, waren alle mehr oder weniger angetrunken, einige sogar recht sehr. Der Whisky und das lebhafte Gespräch hatten gemeinsam diesen Zustand bewirkt. Indem sie sich rüsteten, um heimzureiten, erhob sich draußen wüstes Geschrei aus rauhen Kehlen: »He! Hip! Raus, Wirt! Schläft das alte Opossum? Raus – Gäste kommen!«

Alle horchten den Rufen. Dann nahm der Wirt wie vorher einen Feuerbrand aus dem Kamin und trat in die Türe. Vor sich sah er drei Reiter, gekleidet und bewaffnet wie die Gäste im Innern.

»Schläfst du, Wirt? Altes Rakoon –«schallte es ihm rauh entgegen. »Flink, nimm die Pferde – wollen bei dir übernachten.«

Die Reiter sprangen aus den Sätteln, warfen die Zügel dem herbeikommenden Jim zu und schritten nach dem Eingang, in welchem breit der Wirt stand, mit ernstem ruhigem Gesicht die neuen Gäste prüfend. Er machte durchaus keine Anstalt, die Türe freizugeben, so daß der Vorangehende sagte: »Willst du nicht Platz machen, Mann? Denke, Gäste sollten dir willkommen sein, wohnst einsam genug!«

Gelassen entgegnete der Wirt: »Denke, Gentlemen, ist am besten, geht ein Haus weiter, kann euch zur Nacht nicht aufnehmen.«

»Das wäre?« sagte der erste wieder, ein hochgewachsener kräftiger Mann mit kurzem dunklem Vollbart und verwegenem Gesichtsausdruck. »Wollen dich bezahlen, Mann, sind Greenbacks da.«

»Sage euch, Gentlemen, habe kein Nachtquartier – ist ein Fakt.«

Der Mann, der augenscheinlich nicht ganz nüchtern war, stieß einen grimmigen Fluch aus und machte Miene, sich den Eingang zu erzwingen, als ihn einer der hinter ihm Stehenden zurückzog und ihm zuflüsterte: »Keinen Streit. Gib Ruhe. Laß mich machen. Wir müssen die Pferde füttern und tränken.«

Der zweite trat dann vor und sagte höflich zu dem kaltblütig dreinschauenden Wirt: »Es tut uns leid, daß wir bei Euch nicht Aufnahme finden können, denn mir haben einen langen Ritt hinter uns. Entschuldigt meines Gefährten rauhe Weise, es ist seine Art so, aber es klingt schlimmer, als es gemeint ist.«

Der Wirt blickte ruhig den Sprechenden an, erwiderte aber nichts.

»Könnt Ihr uns nicht Herberge geben, Mann, so gebt uns wenigstens einen Schluck und laßt die Pferde tränken und füttern, wollen dann ein Haus weiter gehen.«

»Sollt's haben, Leute, kommt herein,« sagte Grover und gab Raum.

Die drei eben Angekommenen traten ein. Alle zuckten merklich zusammen, als sie unerwartet die Farmer vor sich sahen, denn diese hatten sich während des Zwiegesprächs draußen lautlos verhalten, so daß ihre Anwesenheit die eintretenden Männer überraschte. Derjenige jedoch, welcher den Wirt in so höflicher Weise eben angeredet hatte, sagte ruhig: »Guten Abend, Gentlemen.«

Der Gruß wurde nicht erwidert, doch waren aller Augen auf die Männer gerichtet.

»Bei Jove, Wirt, einen Becher Brandy, flink, mir klebt die Zunge am Gaumen,« schrie der Lange, »eine Höllennacht und Satanswege!«

»Hättet bei Tage reiten sollen, Männer,« sagte der Wirt und überreichte ihnen die Becher mit dem verlangten Trank. Dabei flüsterte er dem alten Steward etwas zu. – Dieser gab dem ihm zunächst Stehenden einen Wink mit den Augen und setzte sich wieder, worauf auch die andern schweigend wieder Platz nahmen.

»Schaff einen Sitz am Kamin, Wirt,« schrie der Lange wieder, »der Ost hat mich steif gemacht.«

»Seht, wo ihr Platz findet, Männer, kalkuliere, ist der Kamin besetzt.«

»Kalkuliere, kalkuliere – besetzt – Unsinn,« brummte der rauhe Geselle, setzte sich aber doch abseits, da ihm die finstere Ruhe der Farmer wohl nicht ganz unbedenklich erscheinen mochte.

Die Physiognomien der drei Männer waren nicht gerade vertrauenerweckend.

Der dritte blieb, wie ein unbefangener Beobachter leicht hätte bemerken können, geflissentlich abseits von der Gruppe der Farmer und hielt sein Gesicht so gut als möglich vom Lichtschein entfernt.

Der zweite, höflichere dieser drei unerwarteten Gäste, dessen Züge Intelligenz verrieten, wandte sich an die Farmer mit den Worten: »Ist's eine besondere Veranlassung, die euch in diesem einsamen Store zusammengeführt hat, Mitbürger?«

Der alte Steward maß den Sprecher langsam von oben bis unten mit den scharfen grauen Augen, eine Musterung, die der Betreffende ruhig ertrug, und sagte dann: »Hatten eine Frolic, Mann, haben heute morgen in Brook einen Pferdedieb baumeln lassen.«

»Recht so,« entgegnete jener, »haben's im vorigen Monat am Saginaw ebenso gemacht. Ist kein andres Mittel, die Landplage los zu werden.«

»Seid vom Saginaw?«

»Sind.«

»Ist ein weiter Weg bis zum Muskegon.«

»Haben Geschäfte hier – wollen –«

»Tut am besten, Mann, behaltet Eure Geschäfte für Euch,« sagte der alte Farmer ganz ruhig, »sind nicht neugierig.«

Die andern saßen schweigend und hörten aufmerksam zu, nur der Lange, welcher rasch einige Becher heißen Whisky hinabgestürzt hatte, ging unruhig auf und ab. Plötzlich bemerkte er den in der Ecke kauernden Indianer, der ihm bis jetzt in der Ueberraschung, welche ihm die unvermutete Anwesenheit einer stattlichen Zahl Landleute bereitet hatte, entgangen war.

»Goddam!« schrie er, »eine Rothaut in der Gesellschaft von Gentlemen? Willst du hinaus, rotes Vieh!« und er versetzte dem Indianer einen Tritt, daß dieser aus seiner sitzenden Lage auf die Erde gestreckt ward. Einen dumpfen Schmerzenslaut ließ der Mann vernehmen, blieb aber liegen, wo er hingefallen war.

Der junge Fremde, der mit Aufmerksamkeit die drei Fremden und das Verhalten des Wirtes wie der Farmer beobachtet hatte, sprang bei der rohen Tat auf und faltete die Stirne.

Der Wirt kam hinter seiner Bar hervor, die Farmer verhielten sich schweigend.

»Denke, Mann,« sagte Grover ruhig, »wenn die Rothaut für unsre Gesellschaft gut genug ist, dürfte sie es für die Eure auch sein.«

»Den Teufel auch, wollt Ihr Gentlemen mit solchem Gesindel zusammensetzen?«

Der junge Mann war ihm näher getreten, ebenso der höfliche Begleiter des Langen, während der dritte der eben Angekommenen ruhig im Schatten sitzen blieb.

»Warte, Rothaut,« lachte der Große in roher Weise, »deinesgleichen muß man ausräuchern.« Er schüttete rasch etwas Pulver aus seinem Horn auf die Hand, legte es dicht neben den Indianer, welcher jetzt vergebliche Versuche machte, sich aufzurichten, ergriff, ehe es jemand verhindern konnte, einen Feuerbrand und war eben im Begriff, das Pulver anzuzünden, als der junge Reisende mit zornig funkelnden Augen zwischen ihn und den betrunkenen Eingeborenen trat.

»Rate Euch, laßt's gut sein, Mann,« sagte er.

»Rate Euch, Gelbschnabel, geht aus dem Wege, oder ich versenge Euch die Augenbrauen!« schrie der wüste Geselle und schwang das glühende Scheit in die Höhe.

Im selben Augenblick fuhr aber auch die Hand des Jünglings empor, faßte das Handgelenk des reckenhaften Burschen und riß es mit einer Kraft herab, daß aufschreiend der lange Kerl das Scheit fallen ließ.

»Verdammt, Hund, meine Hand – sie ist lahm – Warte!« Und er zog das Messer, welches er im Gürtel trug, mit der Linken aus der Scheide.

Ebenso rasch blitzte aber auch der Hirschfänger des jungen Mannes im Feuerschein und die Büchse seines Begleiters war drohend auf des Mannes Kopf gerichtet.

»Hallo!« schrie jetzt der Wirt und drängte sich zwischen den Reisenden und den Rowdie, furchtlos vor dessen Messer stehend, »steckt ein, Mann, oder im nächsten Augenblick schlage ich Euch den Hirnschädel ein!« und dabei bewegte er eine Faust, deren massiver Bau der Drohung wohl ernsten Nachdruck zu verleihen im stande war. Auch die Farmer hatten sich erhoben und einige von ihnen gleich wie der Begleiter des jungen Fremden die Büchsen emporgerissen.

Unbemerkt von den übrigen schlüpfte der von den drei Gesellen, welcher sich so geflissentlich im Schatten gehalten hatte, jetzt zur Tür hinaus, wählend der andre seinen Gefährten anschrie: »Bist du verrückt, dich hier wie ein wildes Tier zu betragen? Zum Teufel mit deiner Gesellschaft, wenn du dich nicht wie ein Gentleman zu benehmen weißt!« Und dabei gab er ihm einen verständnisinnigen Rippenstoß, der den rüden Burschen, wie es schien, zur Besinnung brachte.

»Steck das Messer ein und bitte die Gentlemen, wie es sich ziemt, um Entschuldigung.« Der Angeredete gehorchte, steckte das Messer ein und sagte dann: »Erbitte eure Verzeihung, Gentlemen, aber wenn ich eine Rothaut sehe, werde ich wild, habe zu viel mit dem Gesindel zu tun gehabt.«

Der Indianer hatte sich aufgerichtet und stierte den Mann mit seinen dunklen Augen an.

»Hättet weniger derb zufassen sollen, Sir,« wandte er sich dann an den jungen Reisenden, »habt mir die Hand verrenkt, war nicht so ernstlich gemeint da mit dem Roten.«

Der Angeredete gab keine Antwort.

»Denke, Männer,« wandte sich der Wirt an die beiden Fremden, »ist Zeit, daß ihr ein Haus weiter geht, sind solche Unterhaltung hier nicht gewöhnt.«

»Es ist Zeit, wirklich Zeit, wenn wir vor Mitternacht noch ein Obdach erreichen wollen. Müssen aufbrechen, Ralph, sind überflüssig hier,« äußerte der, welcher sich beruhigend in den Streit gemischt hatte. Damit wollten die beiden, nachdem sie ihre Büchsen ergriffen, gehen. Der Wirt aber stellte sich in die Türe und sagte: »Habt's Bezahlen vergessen, Leute, macht zwei Dollar.« Dabei sah er sich nach dem dritten der Fremden um, den Blick gewahrte der zweite und bemerkte: »Mein Freund sieht nach den Pferden. Hier ist das Geld.« Damit zog er sein Taschenbuch, bezahlte, und beide gingen hinaus und nach kurzer Zeit hörte man sich entfernenden Hufschlag.

Da sagte der alte Steward: »Myers und Turnbull, nehmt doch die Büchsen und geht ein wenig hinaus. Das sind Gesellen, die eine Kugel durchs Fenster feuern zum Zeitvertreib.« Die jungen Leute gehorchten augenblicklich.

»Wer die Bursche nur waren?« äußerte fragend der Wirt.

»Ich wette meinen Hals, es waren Liebhaber von Pferdefleisch, denen es irgendwo zu heiß geworden ist – gebt auf eure Pferde acht, Männer.«

»Halt!« schrie plötzlich Jones auf – »ich hab's, 's war Bill Tyron.«

»Wer?« schrieen alle.

»Der Kerl, der dort in der Ecke saß. Ich wußte nicht, wo ich die Galgenphysiognomie hinbringen sollte – jetzt hab' ich's – 's war der Tyron.«

»Der Spießgeselle von Battle?«

»Der Tyron?« schrieen die Farmer.

»Ihm nach,« riefen einige, »wollen ein Wörtchen mit ihm reden,« und sprangen auf.

»Seid närrisch, Männer,« sagte der immer gleichmütige Wirt. »Sucht eine Stecknadel im Heuschober oder die Bursche bei Nacht im Walde. Laßt's bis morgen früh. Und jetzt einen Rundtrunk.«

»Hast recht, Grover, ist vergeblich. Schade, daß der Kerl entkommen ist. Wundert mich, daß der sich hier sehen läßt, hat der Sheriff ein großes Verlangen, ihn zu sprechen.«

Der Wirt reichte gastfrei den Trunk herum und kam auch an die beiden Fremden mit dem Becher.

»Denke, Männer, werdet nicht verschmähen, mitzuhalten, ist so Sitte hier.«

»Gern,« sagte der junge Mann und nahm den Becher.

»Seid ein Deutscher, wie ich an der Sprache höre.«

»Ist so, Wirt.«

»Seid ein mutiger Mann – war keine Kleinigkeit, mit dem langen Raufbold anzubinden – habt's Herz auf dem rechten Fleck. Lieben solche Leute hier. Ist's Euch gefällig – setzt Euch zu uns. – Rückt ein wenig zusammen, Gentlemen, laßt den Fremden zwischen uns sitzen.«

»Nehme es dankbar an.«

Die Farmer, welche das mutige Auftreten wie die Kraft des jungen Mannes bewundert hatten, machten ihm bereitwillig Platz.

»Meinen Begleiter, Wirt, laßt nur an seinem Platze, er spricht nicht englisch.«

Er trat zwischen die Landleute und sagte: »Danke euch, Gentlemen,« und nahm Platz auf einem ihm vom Wirt dargebotenen Schemel.

Nach einigem Schweigen sagte der alte Steward, der mit Wohlgefallen das Aeußere des jungen Mannes überflogen hatte: »Kalkuliere, Fremder, seid jenseits des großen Wassers zu Hause.«

»Habt recht, Herr,« erwiderte der Angeredete, welcher fließend englisch sprach und sich die eigenartige Ausdrucksweise der Leute hier zu Lande bereits zu eigen gemacht hatte, »ich bin ein Deutscher.«

»Haben viele von Euren Leuten im Staate.«

»So ist mir gesagt worden.«

»Sucht ein paar Acker Land, Fremder?«

»Ich bin nicht Landwirt, ich diene in der Armee meines Vaterlandes als Offizier.«

»Seid ein Preuße? Wie?«

»Ist so, Mann, gehöre zu den Königsgrenadieren.«

Als der Redende sich als preußischer Offizier zu erkennen gab, horchten die Hinterwäldler hoch auf, denn noch nicht ein Jahr war seit dem furchtbaren Kampfe zwischen Deutschland und Frankreich verflossen, und aller Blicke hafteten an ihm.

»Habt den Krieg mitgemacht unter eurem glorreichen alten Wilhelm, Mann, gegen die Frenchers?«

»Von Anfang bis zu Ende.«

»Haben alles gelesen hier. Muß eine blutige Frolic gewesen sein da in Frankreich.«

»Es war ein furchtbarer Krieg, der, Gott sei gedankt, zum Heile meines Vaterlandes ausgeschlagen ist.«

»Habt den alten Wilhelm gesehen. Mann, und den Bismarck, den Moltke und auch den Napoleon?« fragte eifrig der Alte.

»Ja,« sagte der junge Krieger, der angenehm berührt von der unverkennbaren Teilnahme dieser einfachen Leute an den großen Männern seines Volkes war, »ich habe sie alle gesehen, auch den ehemaligen Beherrscher Frankreichs nach seiner Gefangennahme.«

»Muß ein glorreiches Fechten gewesen sein für euch Deutsche. Haben eure Landsleute hier zu Lande gejubelt wie besessen, haben geweint, gelacht, gesungen, getrunken bei jeder Siegesnachricht. Kurioses Volk diese Dutchmen – aber mag sie leiden.«

»Es leben viel Deutsche hier zwischen euch, nicht wahr?«

»Ziemlich viel haben wir im alten Mich, in den Städten mehr als in den Wäldern.«

»Es freut mich zu hören, daß meine Landsleute bei euch geachtet sind.«

»Sind nicht gegen sie,« sagte der Alte und fuhr fort: »Habt nicht die Absicht, Euch zwischen uns niederzulassen, Mann?«

»Nein, Herr, ich verfüge über genügend Land in meiner Heimat und will ihr nicht untreu werden. Mich führen andre Beweggründe hierher.«

Die Farmer schwiegen, nicht einer zeigte unpassende Neugierde. Nach einer Weile fuhr der junge Offizier fort: »Da mich der Zufall mit einer solchen Zahl von Landwirten in dieser dünn besiedelten Gegend zusammenführte, gestattet mir, ihr Herren, eine Frage an euch zu richten.«

Alle horchten aufmerksam.

»Ich bin von der Heimat herüber gekommen, einen verschollenen Verwandten aufzusuchen, der sich in eurem Staate niedergelassen haben soll, und ich würde euch dankbar sein, Gentlemen, wenn ihr mir auf seine Spur helfen könntet. Ist euch ein Deutscher Namens Walther bekannt, der hier in diesem oder einem benachbarten Distrikte eine Farm besitzt?«

Die Männer sannen einen Augenblick nach, erklärten aber dann, daß ihnen kein Deutscher des Namens vorgekommen sei.

Der Offizier, der mit Spannung die Antwort erwartet hatte, senkte den Kopf.

»Seid nicht traurig. Mann,« sagte der Wirt, »wollen morgen zu Joe Baring reiten, der kennt alle deutschen Farmer weit und breit, wird Euch schon auf die Spur helfen. Ist im alten Mich schon aufzufinden, wenn er noch lebt.«

»Gott möge es geben,« sagte der Offizier. »Und, ihr Herren, wenn ihr euch den Namen Walther merken und, sobald ihr etwas über sein Verbleiben in Erfahrung bringt, es hierher an unsern Wirt gelangen lassen wolltet, so würdet ihr einem greisen Vater die letzte und grüßte Freude seines Lebens bereiten. Mein Name ist Graf Bender, Premierleutnant in preußischen Diensten.«

»Soll geschehen, Mann,« entgegnete Steward, »wollen die Nachbarn nach dem Manne Walther befragen, und soll Grover wissen, wenn wir etwas von ihm hören, ist dann Eure Sache, es aus ihm herauszupumpen. Doch jetzt, Männer, ist es Zeit, in den Sattel zu steigen, denke ich.« Die Scene mit dem langen Raufbold hatte die Farmer, welche von einer Countyversammlung in Brook, der Hauptstadt der Grafschaft, kommend, hier, wo sich ihre Wege trennten, kurze Rast gehalten hatten, wesentlich ernüchtert, so daß sie fähig und bereit waren, heimzureiten; sie schickten sich alsbald zum Aufbruch an.

Steward, der älteste der Gesellschaft, trat auf den Grafen zu, streckte ihm die schwielige Hand hin und sagte:»Wollt Ihr bei Tom Steward einkehren, seid Ihr willkommen, Mann. Habt das Herz auf dem rechten Fleck, habt mir gefallen, Mann.« Damit schüttelte er ihm die Hand und ging hinaus. Gleiche Einladungen erließen noch mehrere der Farmer und alle schüttelten ihm die Hand. Draußen bestiegen die Männer die Pferde beim Schein eines lodernden Feuerbrandes und trabten in verschiedenen Richtungen in die Nacht hinaus, sich der Sicherheit ihrer für solche nächtlichen Ritte wohlgeschulten Pferde überlassend.

Grover, der Wirt, kam wieder hervor.

»Wollt Ihr schlafen, Fremder, will ich Euch hier das Lager machen – kann nicht mehr geben. Oben schlafen mein altes Weib und die Kinder, müßt fürlieb nehmen.«

»Bin in Frankreich nicht verwöhnt worden – bereitet uns das Lager, so gut Ihr vermögt.«

Der Wirt ging hinaus.

Der Indianer hatte seit dem Augenblick, wo er sich vom Boden aufgerafft hatte, ruhig und unbeachtet an der Wand gestanden.

Jetzt schritt er wankend auf den Offizier zu und schaute ihm mit auffälliger Aufmerksamkeit ins Gesicht.

Der Wirt kam indes in Begleitung seines Burschen wieder herein, Maisstroh und einige Felle mit sich bringend.

Den Indianer bemerkend, sagte er: »Ja, sieh dir den Herrn an, John, der hat dich heute abend vor einem argen Loch in deinem roten Fell gerettet.«

Der Indianer murmelte etwas Unverständliches vor sich hin und schritt schwerfällig hinaus.

»Schade um den Burschen,« sagte der Wirt, »er ist brauchbar genug für uns hier in den Wäldern, aber der Rum bringt ihn um.«

Während *er* so sprach, war in einer Ecke des Raumes das einfache, aber weiche und warme Lager für die beiden Reisenden bereitet worden, der Wirt wünschte Gute Nacht und entfernte sich.

»Heinrich,« sagte der Offizier jetzt in deutscher Sprache zu seinem Begleiter, »meine Hoffnung, sie zu finden, schwindet mehr und mehr. Keiner von diesen Leuten, die hier aus dem Lande stammen, kennt auch nur Walthers Namen. In diesem Teile Michigans müssen sie also nicht gewohnt haben, trotzdem die Nachrichten dahin lauteten. Wir werden noch lange im Lande umherstreifen können, ehe wir ihre Spur finden.«

»Wir suchen so lange, Herr Graf, bis wir sie gefunden haben,« sagte der Angeredete einfach.

»Ja, wir wollen suchen – bis mir sie gefunden haben,« sagte mit einem Seufzer der Graf. Damit streckte er sich auf dem Lager aus. Sein Begleiter tat das Gleiche – und bald verkündeten die ruhigen Atemzüge, daß sie fest schliefen. Das Feuer im Kamin brannte nieder und ringsum herrschte schweigende Nacht.

Zweites Kapitel
Auf der Fährte

Noch nicht lange war die Sonne über dem Horizonte erschienen, und sandte vom unbewölkten Himmel ihre wärmenden Strahlen zur Erde nieder, als die Türe des Blockhauses sich öffnete und Graf Edgar aus ihr ins Freie trat. Der junge Mann ließ sein Auge umherschweifen und erblickte nun klar im Tagesscheine, was nur verworren und kaum erkennbar sich gezeigt hatte, als er in später Abendstunde gestern hier anlangte. Dort lag die rauhe Straße, die er hergekommen war, hinter ihm das aus roh behauenen Blöcken aufgeführte und mit Schindeln bedeckte Blockhaus, welches ihn beherbergt hatte. Weiterhin zeigten sich Schuppen und Ställe, aus denen Laute drangen, welche die Anwesenheit von Schweinen und Kühen verrieten. Eine gute Strecke beackerten Landes zog sich um die Gebäude her, auf dessen Fläche noch vereinzelte dürre Bäume standen, welche umzuhauen und fortzuschaffen zu viel Arbeit gekostet haben würde. Diese verdorrten Bäume innerhalb der umgepflügten Felder sind eine charakteristische Eigentümlichkeit der jungen Ansiedlungen in den Wäldern Amerikas und geben diesen ein ganz absonderliches Gepräge. Statt sie zu fällen, »ringelt« man sie, wie der technische Ausdruck lautet, das ist, man schält an einer Stelle ringsum die Rinde ab, wodurch die Bäume absterben und endlich, freilich oft erst nach vielen Jahren, morsch zusammenfallen. Korn und Mais sproßten lustig im frischen Grün des jungen Jahres zwischen diesen abgestorbenen Baumriesen empor. Der schweigende Wald, aus dem dann und wann der Ruf der Spottdrossel drang, grenzte das Bild überall ein. Des Grafen umschauender Blick bemerkte, daß sich hier zwei Straßen kreuzten, was wohl Veranlassung gewesen sein mochte, daß sein, wie es schien, Ackerbau und Handel treibender Wirt sich hier niedergelassen hatte.

Langsam schlenderte er dann durch die Felder, zwischen den dürren Bäumen hindurch, deren Aeste nackt und kahl schier unheimlich in die Lüfte ragten. Nicht weit war er gegangen, als er, eine kleine Erdanschwellung ersteigend, einen ziemlich breiten Fluß vor sich erblickte, der seine bräunlichen Fluten langsam zwischen bewaldeten Ufern hintrieb.

Zwei Boote lagen dort am Ufer befestigt, das eine nach europäischer Art gebaut, während das andre, aus Rinde gefertigt, wohl indianischen Ursprungs war, wie er dergleichen bereits am Ohio gesehen hatte.

Der schweigende Wald, der Fluß im Morgensonnenschein, der weit herab sichtbar war, die feierliche Stille ringsum verfehlten ihren Eindruck auf das Gemüt des jungen Mannes nicht, denn dieses Schweigen der Natur spricht beredter zu fühlendem Herzen als der wüste Lärm im Tagestreiben der Städte.

In Gedanken versunken blieb er stehen. Die ferne Heimat stieg vor ihm auf, er sah seinen greisen Vater traurig im Lehnstuhl sitzen und es klang fernher tönend an sein Ohr: »Hast du sie noch nicht gefunden? Bring sie zurück, Edgar, daß ich sie noch segne, ehe ich zu meinen Vätern gehe und mein Haupt nicht kummervoll zu Grabe sinke.«

Ernst blickte der junge Mann vor sich hin. Aus seinem Sinnen erweckte ihn die Stimme seines Wirtes, der, auf hohem Ufer stehend, ihm zurief: »Ist ein glorioser Fluß, der alte Muskegon, Fremder, meint Ihr nicht?«

»Der Fluß ist schön mit seinen schweigenden Waldufern, ja, Wirt.«

»Ist ein mächtig schöner Fluß, keiner wasser- und fischreicher im alten Mich. Seid früh auf den Beinen, Fremder, kalkuliere, hat Euch das Lager nicht gefallen? Müßt vorlieb nehmen. Mann, seid nicht in Lansing oder Detroit, seid in der Wildnis.«

»Ich ruhte gut genug – aber ich liebe den Morgen und die Frühsonne lockte mich hinaus.«

»Ist ein schönes Ding um klaren Sonnenschein und frischen Morgenwind, habt recht, erfrischt das Herz und den Sinn, liebe ihn auch, den Morgen. Aber ich bin Euch nachgegangen. Euch zum Frühstück zu holen, meine alte Lady wartet mit dem Kaffee auf Euch.«

»Nun, ich bin bereit,« entgegnete der Graf freundlich, »die Morgenluft stärkt den Appetit.«

Sie schritten durch die Felder zurück und Grover erklärte seinem Gast nicht ohne Stolz was er unter harter Arbeit seit einigen Jahren dem milden Walde abgerungen habe, und wies auf die urbar gemachten Felder.

»Ist ein guter Boden hier. Fremder, hab's gut getroffen, mächtig guter Boden. Und der gesegnete Muskegon ist der Fluß, Mais und Korn hinabzuschaffen bis nach dem See und darüber hinaus bis

Chicago. Ist ein guter Platz hier für Ackerbau und Handel, kreuzen sich die Straßen. Hat noch eine Zukunft, der Platz hier, kommen immer mehr Leute und bauen sich ein Haus in der Nähe, habe schon zehn Meilen von hier einen Nachbar.«

Während der Wirt so plauderte, langten sie am Hause an, in dessen Tür eine einfach, doch sauber gekleidete Frau stand.

»Ist meine alte Lady, Fremder, eine Frau, wie man sie suchen kann weit und breit. Hat manche Fährlichkeit an meiner Seite ertragen im wilden Wald, ist mein Stolz, Fremder, das alte Weib.«

Das alte Weib war eine ganz stattlich aussehende Frau, der man trotz des rauhen Lebens, welches sie im Walde führen mußte, ihre vierzig Jahre nicht ansah.

Er stellte ihr jetzt seinen Gast vor.

»Ist der Fremde, Nelly, von jenseits des großen Wassers, von welchem ich dir gestern abend sagte.«

Die Frau reichte dem Grafen die Hand und überflog nicht ohne Wohlgefallen dessen hübsches, freundliches Gesicht und seine schlanke Gestalt, welche die knappe Tracht vorteilhaft hervorhob.

»Ihr seid willkommen, Herr,« sagte sie einfach.

»Ist ein Lord oder so etwas, Nelly, wenn ich gestern abend richtig verstand. Kennen das bei uns nicht, Fremder, stammt noch aus dem alten Lande. Aber schadet nichts, nehmen's hier nicht so genau, seht ehrlich aus und habt Euch benommen wie ein Mann.«

Ein Lächeln trat in des jungen Edelmannes Angesicht, als ihm der Wirt so treuherzig versicherte, daß ihm seine vornehme Abkunft hier nichts schaden solle. Dann sagte er: »Wenn ich durch mein spätes Erscheinen Mistreß Grover in ihrer Nachtruhe gestört habe, so bitte ich nachträglich um Entschuldigung.«

»Sind's gewohnt, Sir, werden oft genug in der Nacht herausgepocht.«

Indem kam Heinrich von den Ställen her, wo er bereits nach den Pferden gesehen hatte. In seiner kräftigen Gestalt, dem gebräunten narbigen Antlitz, aus dem zwei scharfblickende graue Augen blitzten, dem Ausdruck von Energie auf seinen Zügen, lag etwas Selbstbewußt-Kühnes, wie es gewöhnlich dem Weidmann eigen ist.

»Sind die Pferde ausgeruht, Heinrich?«

»Zu Befehl, Herr Graf, sind frisch und munter.«

»Kommt herein, Fremde,« ließ sich die Frau vernehmen, »und laßt's euch schmecken.«

Sie ging voran und die andern folgten.

Auf einem großen, mit rauhem, aber sauberem Linnen bedeckten Tische war nach Landesart ein reichliches Frühstück hergerichtet. Aus einer umfangreichen Blechkanne stieg der Duft eines guten Kaffees empor und daneben zeigten sich frische Maiskuchen, Butter, Honig, Eier, Schinken und die reichliche Hälfte eines Truthahns.

Am Tische standen zwei junge Mädchen, einfach in selbstgewebtes Zeug wie die Mutter gekleidet, frische, gesunde Kinder, und blickten halb schüchtern, halb mit verstohlener Neugierde nach den Fremden hin.

»Sind meine Töchter, Fremder, Lizzy und Mary. Habe noch einen Jungen, den Erstgeborenen, siebzehn Jahre alt, aber der ist in Lansing und studiert mächtig Lesen und Schreiben und Rechnen. Kommt ihm schwer an, dem armen Burschen, läuft lieber mit der Büchse im Walde herum, aber muß sein, das Studieren, kommt nicht ohne das durchs Leben. Muß viel nachholen, hatten im wilden Walde keine Schule.«

Während er so plauderte und der Graf die jungen Mädchen mit leichter Neigung grüßte, waren sie um den Tisch getreten, Grover faltete die Hände und alle folgten dem Beispiel, die jüngste der Töchter sprach ein Gebet und dann sagte Grover, sich setzend: »Und nun langt zu, Fremde. Ist bei uns Sitte, an den lieben Gott zu denken, wenn der Tag beginnt, kalkuliere, ist eine mächtig gute Sitte. Haltet ihr's im alten Lande auch so?«

»Auch bei uns vergißt man nicht des Schöpfers zu gedenken, Mister Grover.«

Herzhaft griff man nun zu dem lecker bereiteten Mahle, welches der Vorratskammer des Hauses Ehre machte.

Als sich das Frühstück dem Ende nahte, äußerte Grover: »Spricht nicht englisch, Euer Gefährte, denk' ich, sagtet Ihr gestern abend?«

»Er spricht und versteht nur deutsch.«

»Ist Euer Diener, Fremder? Wie?«

»Nicht ganz, Sir, Heinrich steht als Jäger in Diensten meines Vaters, und ist mein Reisebegleiter. Heinrich ist ein mächtiger Schütze, Mister Grover.«

»Ist eine gute Eigenschaft für den Wald. Müssen hier alle mit der langen Rifle umzugehen verstehen, und – verstehen's auch, sage Euch, Mann – verstehen's hier. Freut mich, daß Euer Gefährte ein guter Schütze ist.« Heinrich war augenscheinlich in des Wirtes Achtung gestiegen. »Auch im Kampfe gegen die Frenchers gewesen?«

»Sicher, Herr, stand beim fünften Jägerbataillon, welches vor Paris wohl den heißesten Kampf auszufechten hatte, der während des ganzen Krieges stattfand. Standen da achthundert Jäger zwei Stunden lang zehntausend Franzosen gegenüber, die mit wilder Wut angriffen. Hielten diese achthundert sie hin, bis endlich Hilfe heran war und den Feind zurückwarf.«

Staunend horchte der Wirt.

»Ist ein Fakt, Mann?«

»Ja, Sir, ist ein Fakt, steht in der Kriegsgeschichte verzeichnet.«

»Segne meine Seele,« sagte Grover und warf einen bewundernden Blick auf Heinrich, der, unwissend, daß von ihm die Rede war, sich eifrig mit Schinken und Eiern beschäftigte, »segne meine Seele, sind Krieger, diese Deutschen, ja, sind, ist ein Fakt. Achthundert gegen zehntausend,« brummte er vor sich hin, »mächtig glorreiche Frolic. Bin als junger Mann einmal gegen die Roten ausgezogen, am Mackinaw droben, ging auch heiß her. Waren da ein sechzehn wohl gegen fünfzig heulende Wilde, sind arg in der Klemme gewesen, aber haben sie doch endlich gepfeffert. War auch eine glorreiche Frolic, waren einer gegen drei – aber einer gegen zehn und gegen Franzosen, ist ein gewaltig Stück.«

Das Frühstück war geendet, die Mädchen räumten behende den Tisch ab und zogen sich dann mit der Mutter zurück.

Grover hatte sich erhoben und blickte nach der Ecke hin, in welcher die Waffen des Grafen und Heinrichs standen.

»Habt da eine absonderliche Büchse, Fremder,« ließ er sich vernehmen, »habe mir das Ding schon angesehen, wurde aber nicht recht klug daraus.«

Der Graf nahm die Waffe in die Hand. »Es ist ein Zündnadelgewehr, Mister Grover, wie die Preußen es seit Jahren führen, ein Zündnadelgewehr mit Büchsenlauf.«

»Hm, habe davon gehört, mögen auch solche Waffen schon im Lande sein, aber bis in die Wälder hier ist noch keine gelangt,« und neugierig untersuchte er die Büchse.

Bereitwillig öffnete Edgar den Verschluß und erklärte seinem Wirt die Konstruktion.

Mit dem regen Interesse des Waldmanns folgte Grover den Erklärungen des Offiziers. »Hm, ist neu hier, ganz neu. Hat sich bewährt? Wie?«

»Seit 1866 hat ganz Europa sich mit Hinterladern versehen, und 1870 besaßen die Franzosen in ihren Chassepots bereits eine bessere Waffe als wir.«

»Und trägt sicher?«

»So sicher wie jede andre gute Büchse,«

»Und worin besteht der Vorteil?«

»In der Feuergeschwindigkeit; Heinrich zum Beispiel feuert mit dieser Flinte acht- bis neunmal in der Minute.«

»Segne meine Seele,« sagte staunend der Wirt, »ist eine gewaltige Sache; möchte es sehen.«

»Gerne würde ich Euch das Vergnügen machen, die volle Feuergeschwindigkeit vor Euren Augen zu erproben, nur führen wir dazu nicht Patronen genug mit. Aber Heinrich soll Euch zeigen, wie man Schnellfeuer macht, er versteht besser damit umzugehen wie ich. Ich selbst bin nur mit einer Perkussionsbüchse bewaffnet, und zwar deshalb, weil man Pulver und Blei überall auftreiben kann, doch schwerlich möchte es hier gelingen, Patronen für diese Büchse zu erwerben.«

»Habt recht, ist hier nirgends zu finden. Kalkuliere, haben bereits in der alten Dominion Hinterlader, werden auch schon in den Städten an den Seen sein, habe noch keine gesehen, wir führen hier noch unsre alte Rifle.«

Der Graf forderte nun Heinrich auf, die Waffe zu nehmen, eine Patrone abzufeuern und dann mit der Hülse ihrem Wirte die Lade- und Feuergeschwindigkeit zu zeigen.

Sie begaben sich mit der Waffe ins Freie und Heinrich lud sie. Er schaute sich nach einem Ziele um und gewahrte etwa zweihundert Schritt entfernt eine Waldtaube auf dem Aste eines Baumes. Er hob die Büchse, feuerte und der Vogel fiel.

»Ist ein guter Schuß,« sprach Grover, »und ein gut gebohrter Lauf.«

Heinrich warf die Hülse heraus, zeigte sie dem aufmerksam beobachtenden Wirt und wiederholte vor dessen staunenden Blicken die Manipulation des Ladens, Zielens und Abfeuerns mit so großer Schnelligkeit, daß nach des Grafen Uhr neunmal sich der Büchsendonner hätte hören lassen, wenn er sich gefüllter Patronen bedient hätte statt der leeren Hülse.

»Segne meine Seele, das ist eine furchtbare Waffe, wenn gegen anrückende Massen gefeuert wird, unsre Rifles erfordern Zeit, bis der Schuß fest sitzt im Laufe. Mächtig neue Erfindung, muß mir auch ein solches Ding kommen lassen von dem See her, koste es, was es wolle. Mächtig neue Erfindung.«

Heinrich trug die Waffe zurück und Grover und der Graf schlenderten langsam vor dem Hause auf und ab.

Nach einer Weile sagte Grover: »Habt da gestern nach einem Landsmann gefragt. Fremder, habe Euch versprochen, Joe Baring darum anzugehen, der am längsten hier in den Wäldern lebt und Land und Leute den ganzen See entlang am besten kennt. Ist's Euch recht, reiten wir zum Alten hin, sind kaum zwanzig Meilen.«

»Ich halte jede Minute für verloren, die ich nicht auf Nachforschungen verbringe, Sir. Ich bin zu diesem Zwecke herübergekommen und suche schon lange vergeblich nach Walther.«

»Ist ein Verwandter von Euch, Mann?«

Nach einer Pause entgegnete der Graf mit trübem Ernst: »Er ist der Gatte meiner Schwester, und diese ist's, die ich suche.«

»Hm,« entgegnete der Amerikaner, »sucht Eure Schwester? War eine feine Lady? Wird wenig in die Wildnis gepaßt haben. Ist Euch so ganz aus den Augen gekommen? Seid doch ein Lord oder so was. Kalkuliere, ist nicht alles regelrecht zugegangen.«

Ein Schimmer von Röte flog über des jungen Mannes Antlitz und nach einem kurzen Schweigen erwiderte er: »Ich will Euch sagen, Grover, wie es zugegangen ist. Ihr habt recht, wenn Ihr meint, ich sei so etwas wie ein Lord. Mein Geschlecht gehört zu den ältesten und begütertsten Schlesiens und führt seit Jahrhunderten den Grafentitel. Zwei Kinder wurden meinem Vater geschenkt, meine Schwester Luise, die Erstgeborene, und ich, der nach langem Harren erschienene Erbe des Namens und der Besitzungen. Mein Vater hatte einen Verwalter Namens Walther in seinem Dienste. Ich entsinne mich seiner als eines schönen jungen Mannes von Bildung und guten Manieren. Meine Schwester und er faßten eine leidenschaftliche Zuneigung zu einander, doch war kein Gedanke, daß mein Vater jemals in eine Verbindung seiner Tochter mit dem Verwalter gewilligt haben würde. Als er von der Neigung meiner Schwester erfuhr, entbrannte er in wildem Zorne. Walther wurde sofort entfernt und harte Maßregeln gegen meine Schwester ergriffen. Ich war zehn Jahre alt, als sich dies begab. Liebe und Leidenschaft besiegten alle Hindernisse, meine Schwester entfloh, ließ sich dem Manne ihres Herzens in England antrauen und das Paar begab sich nach Amerika, um dort eine neue Heimat zu gründen. Walther hatte einiges Vermögen und wollte sich in den nördlichen Staaten ankaufen.

»Von jenem Tage an durfte der Name meiner Schwester, an der ich mit aller Zärtlichkeit hing, vor den Ohren meines Vaters nicht mehr genannt werden.

»Auf Verschiedenen Wegen gelangten von Zeit zu Zeit Mitteilungen zu uns. Walther hatte sich in Ohio angesiedelt und bewirtschaftete eine größere Farm. Die Nachrichten wurden spärlicher, immer spärlicher, und seit fünf Jahren ist keine Kunde mehr zu uns gekommen. Es kam der Krieg gegen Frankreich, ich wurde schwer verwundet, war dem Tode nahe, meine Mutter war schon längst von uns geschieden, und da wachte endlich in meinem greisen Vater, dem mit meinem Hinscheiden ein einsamer, gramvoller Lebensabend drohte, die alte Zärtlichkeit gegen meine Schwester wieder auf, und während ich noch auf meinem Schmerzenslager ruhte, sagte der halbgebrochene alte Mann eines Tages leise zu mir: ›Wo nur Luise sein mag?‹ und langsam rannen ihm die Tränen über die Wangen.

»›Gott segne diese Stunde‹, erwiderte ich ihm freudig erregt, als ich die starre Rinde, welche sein Herz umlagerte, endlich gebrochen sah, ›das macht mich wieder gesund, Vater‹ und von der Zeit an begann ich von der schweren Wunde wirklich rasch zu genesen. Sofort wurden nun alle Mittel in Bewegung gesetzt, Kunde von den für uns Verschollenen zu erlangen. Ihr Aufenthalt in Ohio wurde festgestellt, aber von dort hatte Walther sich hinweg begeben, nachdem er seine Farm verkauft hatte, und es war trotz aller angewandten Mittel nicht zu erfahren, wohin. Als ich vollständig genesen war, machte ich mich auf, die Schwester zu suchen. In Ohio erfuhr ich endlich, daß Walther nach harten pekuniären Verlusten sich nach Michigan gewandt habe. Ich folgte hierher, forschte in Lansing, in Detroit vergeblich nach Walther, man wußte nichts von ihm, auch in den Grundbüchern war er nicht verzeichnet. So bin ich, fortwährend suchend, hierher an den Muskegon gelangt. Und nun helft mir, Grover, die Schwester zu finden. Die Liebe zu ihr ist im Vater mit voller Stärke erwacht und er kann nicht ruhig sterben, ehe er sein verstoßenes Kind wieder hat.«

Aufmerksam hatte Grover zugehört, als der junge Graf so sprach, und bedächtig entgegnete er: »Will Euch helfen, Mann, soweit ich kann. Steckt Eure Schwester im alten Mich, wollen wir sie finden, ist nicht aus der Welt hier. Wollen jetzt zu Baring reiten, wollen hören, was der meint. Ist's Euch recht?«

»Tag und Nacht bin ich bereit, Grover.« Dieser gab seinem Jungen Befehl, die Pferde zu rüsten, und nach kurzer Frist saßen der Wirt, Graf Edgar und Heinrich im Sattel, die Büchsen vor sich, denn Grover hatte es nicht für rätlich erachtet, unbewaffnet zu reisen, und trabten unter seiner Führung in den Wald hinein.

Nach kaum zweistündigem scharfem Ritte erreichten sie Barings Farm, ein ausgedehntes Besitztum, welches sich ebenfalls den Muskegon entlang erstreckte.

Als sie sich dem Hause näherten, welches nach Landesart aus rohen Holzblöcken aufgeführt war, aber doch schon die Spuren von verschönerndem Luxus zeigte, trat ihnen der Besitzer, ein schon weißhaariger, aber kräftig ausschauender Mann entgegen. Kaum erkannte er Grover, als er ins Haus hinein schrie: »Holla, Mary, deck den Tisch, Bill Grover kommt, laß tafeln, Mary, kenne den Mann, laß tafeln!« und dann herzhaft lachte.

»Kennst den Bill Grover, alter Joe,« lachte dieser auch; »bringt immer einen Wolfshunger mit.« Damit sprang er vom Pferde und schüttelte Baring kräftig die Hand. »Habe dich lange nicht gesehen, Bill,« sagte Baring, »ist eine Freude für mich, in dein ehrliches Gesicht zu blicken. Deine Lady und deine Mädchen wohl, he?«

»Alles beim Rechten, Joe. Habe hier Fremde – sind meine Gäste, Leute von jenseits des Wassers.«

»Seid willkommen natürlich. Seid willkommen, Männer, bei Joe Baring, wen Bill Grover mit sich führt, ist bei Joe Baring willkommen.« Und er schüttelte den bereits Abgestiegenen die Hände, wobei er den Grafen nicht ohne einige Ueberraschung betrachtete. Die Pferde wurden befestigt und auf des Besitzers Einladung betraten sie das Haus, welches, umfangreicher als das Grovers, mehrere Gemächer im Erdgeschoß aufwies und noch in einem Oberstock einige Wohnräume enthielt.

In dem Zimmer, in welches sie geführt wurden, war man bereits emsig beschäftigt, einen Tisch zu decken.

»Meine Lady ist mit den Mädchen auf Besuch bei Nachbar Tennyson, Bill, kann euch also nicht willkommen heißen, müßt mit dem alten Joe fürlieb nehmen. Doch nun setzt euch und langt zu, Männer, wird gern gegeben.«

Nach dem zum Erstaunen Barings von seiten seiner Gäste ungewöhnlich rasch beendeten Mahle sagte Grover: »Sind herüber gekommen, Joe, wollen deinen Rat haben.«

»Sollt ihn haben, Leute, so gut ich ihn geben kann, doch erst steckt euch Pfeifen an und nehmt einen Schluck Cherry – ist zu trinken, Bill.«

»Weiß schon, trinkst nichts Schlechtes.« Pfeifen wurden gebracht und die Gläser mit Wein gefüllt.

»Nun laß hören, Bill, womit kann ich euch dienen?«

»Siehst hier den Fremden, Joe, ist von jenseits des Wassers gekommen, eine Schwester hier zu suchen, sollst helfen, sie zu finden. Ist ein Deutscher, wirst es schon wahrgenommen haben; kennst fast alle Deutschen im Land, wirst hier helfen können.«

»Bin begierig, was da herauskommt. Sprich weiter,« sagte der Alte, den Grafen anschauend.

»Ist dir ein Farmer, ein Deutscher von Geburt, mit Namen Walther vorgekommen, Joe?«

Mit der Faust schlug dieser auf den Tisch: »Gott segne meine Augen, jetzt weiß ich, was mich so bekannt anmutete, jetzt weiß ich's, 's sind Lady Walthers Züge.«

»Ihr kanntet sie, Herr?« rief Edgar in hoher Aufregung.

»Tragt ihre Züge, Mann, – jetzt weiß ich's.«

»Um Gottes willen, quält mich nicht lange! Ich bin der Bruder. Wo ist sie, wo?«

Der alte Farmer strich sich mit der Hand über die Augen, dann legte er sie auf Edgars Arm und sagte: »Seid ruhig. Mann – faßt Euch. Seid ruhig, sollt alles erfahren, was ich weiß. Bin ganz erschüttert, wo mich Euer Gesicht an Lady Walther erinnert.«

»Lebt sie denn noch – lebt sie?«

»Das weiß nur Gott, Fremder – ich nicht,« sagte Baring sehr ernst.

Graf Edgar sank erbleichend in den Stuhl zurück.

»Seid der Bruder – seh's: Müßt's tragen wie ein Mann.«

»So laßt mich's hören,« sagte Edgar in einem Tone, der bittere Seelenqual verriet. Grover rückte unruhig auf seinem Stuhl hin und her, während Heinrich, der, ob er gleich nicht verstand, was gesprochen wurde, wohl wußte, wovon die Rede war und aus dem Benehmen des Grafen leicht schloß, daß die Nachrichten des alten Farmers nicht günstig lauteten, ebenfalls in nicht geringer Aufregung war.

»Ist ein Glück, daß mein Weib nicht hier ist, stürzen ihr die hellen Tränen aus den Augen, wenn von Lady Walther gesprochen wird. Hatte sie sehr ins Herz geschlossen, die Alte.« Er bemerkte die sich steigernde Erregung des jungen Mannes und fuhr fort: »Will's kurz machen – sollt's rasch haben. Mann. Kam da vor vier Jahren der Walther ins Land mit Frau und einem kleinen Knaben, kam damals in meiner Nachbarschaft an. Wohne erst seit zwei Jahren hier, war dies hier meines Bruders Farm, die ich erbte, als er starb, lebte früher am Miamis. Kam der Walther von Ohio, kaufte Bill Spurings Farm, zehn Meilen von mir und begann zu wirtschaften. Ist ein eigen Ding mit der Landwirtschaft hier, muß anders betrieben werden als im alten Europa. War ein rechter Mann, der Walther, ein Gentleman, wollt's aber auf seine Weise betreiben, glaubte, er verstünde es besser – hatte immer Pläne und Projekte, die kosteten Geld und brachten nichts ein. Hatte eine Frau mitgebracht, hieß nur Lady Walther, bei Mann und Weib, paßte in den Wald wie eine Rose in einen Tannenstrauch, war schön und gut und fleißig. Liebten sie alle, die sie kannten, aber war keine Frau für den Hinterwald, war eine Lady, eine zarte Blume.«

Mit tiefer Spannung und Rührung horchte Edgar auf des Alten Worte.

»Hatten uns befreundet, der Walther und ich, na, und mein altes Weib und die Mädchen liebten und verehrten die Lady, als wenn sie so vom Himmel heruntergekommen wäre. Haben geholfen mit Rat und Tat, aber Walther kam zurück, immer mehr und mußte schließlich verkaufen. Da gab die Regierung Land am Manistee River. Bin mit Walther hingeritten, haben Land wohlfeil erworben, habe geholfen, alle haben geholfen, ihn wieder auf die Beine zu bringen, fing schon an vorwärts zu kommen, da – na –« dem alten Manne stiegen die Tränen in die Augen.

»Und da –?« fragte der Graf mit zitternder Stimme.

»Da« – sagte Baring fast rauh, um die ihn beschleichende Rührung zu verbergen – »da kam der Wilde von Norden, war gereizt von den schuftigen Agenten der Regierung – und begann am Manistee zu brennen und zu morden.«

»Und – und –?« schrie Edgar.

»Eures Schwagers Farm ward zerstört, er erschlagen –«

»Großer – Gott – und meine Schwester?«

»Waren dort am zweiten Tage, hatten eine blutige Frolic mit den Ottawas, suchten nach Walthers Farm – fanden sie, Walthers Leiche auch – aber von Frau und Kind keine Spur – waren verschwunden.«

»Ihr fandet ihre Leichen nicht?«

»Nichts – so viel wir suchten. Haben geforscht, ob die Roten sie fortgeführt hätten, haben die Regierungsmänner geforscht, haben einen hohen Preis ausgesetzt, um Gewißheit über das Schicksal von Lady Walther zu erhalten – nichts – alles nichts – konnten nichts erfahren; ob sie noch lebt – wo und wie sie ihr Ende fand – ich weiß es nicht.«

»Mein Gott, mein Gott – meine arme, arme Schwester –« stöhnte der Graf und senkte den Kopf auf den Tisch. Alle schwiegen, den Schmerz des Bruders achtend.

Der Graf richtete sich wieder auf und sagte, wenn auch mit bebender Stimme, doch in einem Tone, welcher festen Entschluß verkündigte: »Ich will Gewißheit über ihr Schicksal haben, und wenn ich die Wälder von Nord bis Süd durchforschen muß. – O Mister Baring,« fuhr er dann fort, »wie danke ich Euch für die Liebe und Teilnahme, welche Ihr meiner Schwester erwiesen habt.« Er ergriff seine Hände und schüttelte sie herzlich.

»Hatten sie lieb, ist ein Fakt. Müßt's ertragen. Mann, ist Gottes Wille so gewesen – dürfen nicht murren.«

»Arme, arme Schwester! – – – Und – haltet Ihr's für möglich – daß sie noch lebt?«

»Will Euch sagen. Mann,« entgegnete Baring nach einer Weile – »müßt Euch keine Hoffnungen machen. Möglich – möglich – wäre es – aber wahrscheinlich ist's nicht. Ich glaube, die Indianer haben sie und das Kind fortgeschleppt, um vielleicht später Lösegeld zu erpressen, und sie ist den Anstrengungen eines indianischen Eilmarsches mit seinen Entbehrungen erlegen. Die Ottawas sitzen längst wieder friedlich auf ihren Reservationen – und wir müßten etwas von Lady Walther erfahren haben, wenn sie noch lebte. Wir und später die Regierungstruppen sind streng mit den Roten ins Gericht gegangen; eine Gefangene zu verbergen, für den Fall sie noch lebte, wagen sie deshalb nicht – und selbstverständlich sind sie schweigsam über das Ende derselben, ja sie leugnen überhaupt, sie entführt zu haben. Nein, Mann, macht Euch keine Hoffnungen.«

»Ich suche sie dennoch – ich muß Gewißheit haben über Leben oder Tod, mein ganzes Leben wäre sonst mit Trauer überschattet.«

»Ist recht. Mann, ist natürlich, hätt's auch getan, habt meinen Segen zur Fahrt, wollte Euch nur warnen, Hoffnungen zu hegen, die Enttäuschung ist dann um so bitterer.«

»Ich hege keine Hoffnung, nur meine Pflicht will ich erfüllen und ihr Grab suchen, wenn ich sie im Leben nicht mehr finde. – Und einen Knaben hatte meine Schwester?«

»Einen prächtigen Knaben, William, so ward er genannt nach Eurem Kaiser, müßte jetzt so neun oder zehn Jahre alt sein, wenn er noch lebte.«

»Und ein solches Kind sollten Eure Indianer erschlagen?«

»Kennt den Roten nicht, wißt nicht, was indianische Wut ist, die schont nicht den Säugling an der Brust.«

»Mein Gott, mein Gott. – Sagt mir, wo ich suchen soll – morgen mache ich mich auf den Weg.«

»Nur sachte, sachte. Habt eine lange Fahrt vor Euch. – Wollen erst Rat halten; ist nicht gut, blindlings in die Wildnis zu stürzen, kennt auch indianische Schlauheit nicht.«

»Sagt mir, Herr, was ich tun soll, wie ich beginne?«

»Mary, bringe Wein und frische Pfeifen.«

Die Magd brachte beides.

»Müßt Euch in Geduld fassen, so sehr es auch da drinnen unruhig pocht, ist die erste Eigenschaft bei solcher Sache Kaltblütigkeit. Will Euch sagen. Mann, was zu tun ist. Waren es damals die Ottawas, welche am Manistee mordeten. Sind streng gestraft worden und mehrere ihrer Häuptlinge mußten, nachdem sie unterworfen waren, noch baumeln. Dieser Stamm ist nicht schwer zu finden. Aber das erste, was Ihr tun müßt, ist. Euch Empfehlungen zu verschaffen an den Landagenten und an den vornehmsten Häuptling der Ottawas, den Peschewa, die ›wilde Katze‹, dann dürft Ihr Geschenke an die einflußreichsten Wilden und deren Weiber nicht scheuen.«

»Ich führe Geld und Wechsel auf Chicago, Detroit und Lansing mit –«

»Pst! nicht so laut, gibt Leute im Lande, die hören zu lassen, daß Ihr Geld mitführt, nicht gut ist.«

»Habt gestern abend so ein Kleeblatt bei mir gesehen,« fiel Grover ein.

»Was ist im Winde, Bill?« fragte rasch der Alte.

»Tyron war gestern in meinen vier Wänden.«

»Bei Jove, Mann! Und Ihr nahmt den Schurken nicht fest?« schrie Baring.

»Kannte ihn niemand; erst Jones fiel es ein, nachdem die drei davongeritten waren, daß der eine von ihnen, der sich fortwährend im Schatten gehalten, der Tyron gewesen sei.«

»Der Schurke hier am Muskegon? Nun, so sei uns Gott gnädig, das wird Pferdefleisch kosten. Weiß man's im Lande, Grover?«

»Waren zehn Männer bei mir, wird man heute weit und breit wissen.«

»Er traut sich wieder zwischen uns? Nun, soll Michiganmänner auf seiner Fährte sehen, diesmal soll er dem Strick nicht entgehen.«

»Denke so, bin dabei.«

»Doch,« fuhr Baring bedächtig fort, »erst das eine, dann das andre. Also das müßt Ihr tun. Mann, was ich vorhin sagte. Will Euch einen Brief geben an Tom Myers in Lansing, ist bei der Landvermessung, könnt ihn im Regierungsgebäude finden, ist ein alter Freund, der wird Euch helfen. Aber,« setzte er dann nachdenklich hinzu, »Ihr könnt die Fahrt doch nicht allein machen. Ihr kennt den Wald nicht, nicht indianischen Brauch. Ihr sprecht zwar gut englisch, aber findet nicht viel Indianer, mit denen Ihr Euch damit verständigen könnt. Hm, müßt einen erfahrenen Waldmann mithaben, einen von der Grenze. Muß er nicht, Grover?«

»Kalkuliere, hast recht, Joe. Kann die Fahrt allein nicht machen, findet auf viele Tage dort keine Menschenspur. Muß einen Waldmann mitnehmen, der seinen Weg bei Nacht findet. Aber wen?«

Der Alte stieß große Dampfwolken aus und fuhr dann fort: »Will dir etwas sagen, Bill, wenn der Kerl nicht so versoffen wäre, dein Indianer, der Athoree, wie er sich nennt, wäre vielleicht der rechte Mann.«

»Hm, der Bursche wäre gut genug und im Walde sollte er das Trinken wohl lassen. Ist ein fleißiger Jäger und liegt oft wochenlang draußen, ohne Rum zu riechen. Kommt er aber dann mit Beute zurück, so säuft er acht Tage ununterbrochen.«

»Wie lange ist der rote Mann bei dir?«

»Wird an drei Jahre sein. Habe nicht über ihn zu klagen. Geht zur Jagd, bringt mir seine Beute und vertrinkt sie bei mir. Werde nicht recht klug aus dem Burschen. Erschien so vor drei Jahren, kaum daß ich mich dort niedergelassen hatte, und brachte Biberfelle, und das wiederholte er, bis er sich ganz bei mir heimisch gemacht hatte. Ist so ein Hausfaktotum geworden. Kennen ihn alle in der Gegend und hat noch kürzlich bei der wilden Jagd auf Battle gute Dienste getan.«

»Und meinst du nicht, daß man ihm die Fremden anvertrauen könnte?«

»Es ist ein eigenes Ding um den schweigsamen roten Burschen. Habe ihn oft gefragt, warum er nicht zu den Leuten seines Volkes geht, aber die Antwort bleibt er schuldig. Kalkuliere, hat etwas auf dem Kerbholz, was ihm den Aufenthalt unter den Männern seiner Farbe verleidet, ja, man weiß nicht einmal, welchem Stamme er angehört. Genaue Kenner der roten Rasse wollen behaupten, er sei ein Hurone von jenseits der Seen, andre meinen, er sei ein Seneka oder Miamis. Als ich ihn einmal nach seinem Stamme ausforschen wollte, entgegnete er: ›Warum fragst du? Du bist ein weißer Mann, ich ein roter. Frage ich dich, ob du ein Ohioman oder Michiganman bist? Ich gebe Felle, du gibst Rum, Pulver und Blei, damit gut.‹ Es war nichts aus ihm herauszubekommen.«

»Aber da er schon drei Jahre bei dir ist, mußt du ihn doch einigermaßen kennen gelernt haben?«

»Lerne du einen Indianer kennen. Es ist ja richtig, daß er eine gewisse Anhänglichkeit an uns hat, auch vor allen Dingen weiß, daß ich ihn ehrlich behandle und über das, was er bringt, und das, was er braucht, redlich Buch führe. Der Kerl hat augenblicklich über hundert Dollar bei mir gut. Auch stört der Bursche niemand, selbst im Rausche ist er still und schweigsam. Hat auch eine gewisse Liebe zu den Kindern, bringt ihnen sogar manchmal kleine Geschenke mit, und für meine Frau läuft er viele Meilen weit in jedem Wetter, wenn die einmal etwas braucht. Ist noch vorigen Winter, als der Schnee fußhoch lag und niemand zum Hause hinaus konnte, auf seinen Schneeschuhen bis Brook gelaufen, um dort Brusttee zu holen, nach welchem meine Frau jammerte, weil die Kinder so arg den Husten hatten. War fast zwei Tage unterwegs.«

»Ist ein gutes Zeichen, Grover,«

»Ja, ist es – aber – du kennst genug von den Roten, um zu wissen, daß dem besten von ihnen nie ganz zu trauen ist, ist eine launische, unzuverlässige Rasse.«

»Ueberlegt's. Wenn er will, ist der Indianer der rechte Mann für die Fahrt, besser als der beste Grenzer, dem der rote Mann doch immer mißtrauisch gegenübersteht.«

»Wollen mit ihm reden.«

Unterdes war es Mittag geworden und den jungen Grafen verzehrte Unruhe, doch der gastfreie Baring ließ sie nicht scheiden, ohne daß noch einmal der Tisch gedeckt ward. Nach beendetem Mahle aber wurden nach des Grafen Wunsch die Pferde zum Heimritt vorgeführt. Mit echter Herzlichkeit verabschiedete sich der Farmer von ihm. »Habt einen Platz in meinem Herzen, junger Mann, Eurer Schwester wegen. Wollt Ihr mir einen Wunsch erfüllen, schickt Botschaft an Tom Myers nach Lansing, wenn Ihr etwas erfahrt, der sendet sie mir zu. Den Brief an diesen will ich gleich aufsetzen. Ist eine mühsame Arbeit für mich. Mann, aber bringe es fertig, kostet freilich Zeit. Sende Euch den Brief noch hinüber. Könnte jetzt nicht schreiben – muß allein sein und ruhig. Hat mich sehr bewegt, den Bruder von Lady Walther zu sehen und so an ihr liebes Bild erinnert zu werden. Gott segne Euch, Mann, und Euer Vorhaben.«

Damit schieden sie von Joe Barings gastlicher Behausung und trabten rasch nach Grovers Landing, wie der Platz genannt wurde, zu.

Der junge Graf hatte Heinrich kurz berichtet, was ihm hier mitgeteilt war, und der ehrliche Jäger, der die junge Gräfin von Jugend auf kannte, war tief bewegt worden, als er von ihrem so grausamen Geschick vernahm.

Rasch und schweigend trabten sie durch den Wald und die Sonne hatte nur wenig den Zenith überschritten, als sie vor Grovers Heim anlangten.

»Waren nicht gute Nachrichten, die Ihr dort hörtet, Fremder,« sagte Groner, als sie die letzte Meile im Schritt zurücklegten, »aber kalkuliere, war Joe Baring der rechte Mann, Euch Kunde zu geben.«

»Ich danke Euch von Herzen, Mister Grover. Ich bin auf das tiefste gerührt von der Liebe, mit welcher man meiner armen Schwester gedenkt. Endlich habe ich doch einmal hier von ihr reden hören – so furchtbar auch die Nachrichten klangen. Ich muß erfahren, wie sie geendigt hat, und wenn ich jahrelang die Wälder durchstreifen sollte.«

»Entsinne mich sehr gut, daß vor drei Jahren eine weiße Frau von den Ottawas geraubt wurde, war mir nur der Name entfallen, wenn er mir damals überhaupt zu Ohren kam.«

Als sie zum Hause einbogen, erblickten sie den Indianer vor dessen Tür sitzen und ruhig seine selbstgefertigte Pfeife rauchen. Des Mannes dunkle Augen richteten sich auf die beiden Deutschen und verweilten besonders lange auf dem Grafen.

»Nun, John,« redete ihn Grover freundlich an, John war der Name, den man ihm in der Familie gab, da die indianische Benennung dieser nicht zusagte, »rauchst du die Friedenspfeife?«

Der Indianer antwortete nicht.

Edgar betrachtete ihn jetzt im Tageslichte. Es war ein echter Sohn der roten Rasse, der da vor ihm saß.

Ein schlanker und doch kräftiger Mann, aus dessen, von langem, straffem, tiefschwarzem Haar eingerahmtem braunen Gesicht zwei funkelnde Augen blitzten. Aermlich und schmutzig war die Kleidung des Indianers. Ein altes, vom Wetter arg mitgenommenes Jagdhemd aus Baumwollenstoff deckte seine Gestalt bis zu den Knieen. Die Beine steckten in hirschledernen Gamaschen und seine Fußbekleidung war aus gleichem Stoff gefertigt. Das Gesicht trug den ernsten, fast melancholischen Ausdruck, der den Leuten roter Farbe so eigentümlich ist. Ein anmutiges Bild bot der rote Mann nicht.

»John hat keine Lust zu reden,« fuhr Grover unbeirrt fort, denn er kannte die Art der roten Leute, »will er ein Glas Rum trinken.«

»Er will nicht trinken,« entgegnete der Indianer ruhig.

Darüber erstaunte Grover und sah den Indianer fragend an.

»Willst du zur Jagd gehen?«

»Vielleicht. Die weißen Leute sollten nach ihren Pferden sehen.«

»Wie?« fuhr Grover empor, »weißt du etwas, John?«

Der Indianer deutete ruhig auf den Boden und sagte: »Gestern waren die drei größten Pferdediebe Michigans hier.«

»Bei Jove!« fuhr Grover empor, »du hast recht, hast du sie erkannt?«

»Gestern war mein Auge trübe, aber heute ist es klar, ich sah ihre Spuren auf dem Boden. Wirst bald von ihnen hören.«

»Es ist gut, daß das Land bereits ziemlich von der Anwesenheit der Schurken unterrichtet ist.«

»Werden bald hören,« wiederholte der Indianer, »Tyron war darunter und die rote Hand.«

»Die Schärfe der Sinne dieser Leute ist wunderbar, Sir,« sagte Grover zu dem Grafen, »sie lesen da, wo unser Auge nichts erblickt, die Zeichen des Bodens wie in einem offenen Buche. Du kennst die Schurken also, John?«

»Ich kenne sie, sah oftmals ihre Spur in den Wäldern.«

»Ist der, welchen du die ›rote Hand‹ nennst, ein großer, breitschultriger Mann mit rauher Stimme?«

In dem Auge des Indianers blitzte etwas Unheimliches auf, als er sagte: »Das ist die ›rote Hand‹.«

»Weißt du, wie ihn die Weißen nennen?«

»Sie nennen ihn bald Brooker, bald Morris.«

»Der? der war's, den man in ganz Michigan schon seit drei Jahren sucht, der Mörder vom Kalamazoo, der war's? Dann, barmherziger Gott, schütze einsam liegende Farmen. Der Kerl,« wandte er sich an den Grafen, »hat vor drei Jahren in einem einsamen Farmhause, während die Männer auswärts waren, Weib und Kinder erschlagen, um unerkannt zu rauben, dennoch wurde seine Person mit Sicherheit festgestellt. Seitdem hat ihm ganz Michigan Rache geschworen, aber obgleich hie und da gesehen, ist er bis jetzt allen Verfolgungen entgangen. Den gebe Gott jetzt in die Hand des Richters. Mich schaudert, wenn ich daran denke, daß der Mörder hier erschienen sein könnte, während ich fern weilte. Hoffentlich sind unsre Boys schon auf der Fährte der Gesellen.«

Der Indianer schüttelte langsam seine Pfeife aus, steckte sie in den Gürtel und erhob sich. Erst jetzt vermochte man die schlanke und doch muskulöse Gestalt des Mannes, der zwischen dreißig und vierzig Jahren zählen mochte, ganz zu würdigen. Er sagte: »Komm!« und schritt auf eines der Fenster zu, die andern folgten ihm. Hier wies der Indianer mit dem Finger auf die Erde. Grover beugte sich nieder und untersuchte den Boden mit Kennerblick, richtete aber dann sein Auge wieder fragend auf John. »Iltis,« sagte der lakonisch.

»Iltis? der kleine Fred?«

»So nennst du ihn!«

»Segne meine Seele, war dieser Hauptgauner, dieser Pferdedieb und Hehler am Wege?«

»Stand gestern abend hier am Fenster.«

»Was wollte er denn?«

»Zählte die Männer, die bei uns waren.«

»Hatte er es auf meine Pferde abgesehen?«

»Deine nicht. Denke, Jones hat zwanzig im Pferde im Walde.«

»Nun, dann ist es ein Glück, daß der gestern abend den Tyron erkannt hat, er wird Fürsorge treffen, daß ihm kein Pferdeschwanz abhanden kommt. In dieser Nacht werden sie doch schwerlich bereits ihre Räuberhände ausgestreckt haben.«

»Iltis sehr klug. Wußte, daß Farmer viel in Brook zu Versammlung.«

»Alle Wetter, daß wir das alles erst jetzt erfahren! Hat sich mit einemmal die ganze Mord- und Gaunerbande hier versammelt? Das ist ja eine Gefahr für das Land weit und breit. Was beginnen wir, John?«

»Denken, ihm schießen tot wie Battle.«

»Sollte mir auf den Schuß Pulver nicht ankommen,« brummte Grover, »nur erst haben. Daß die Halunken sich hierher trauen, wo erst kürzlich das blutige Exempel an ihrem Spießgesellen Battle vollstreckt worden ist? Muß ihnen anderswo zu heiß geworden sein. Hätte große Lust, zu Jones zu reiten und Nachfrage zu halten, wie es dort steht.«

Graf Edgar hatte mit Aufmerksamkeit der Unterhaltung der beiden gelauscht und wandte sich nun an Grover mit der Frage: »Ihr habt hier viel unter Pferdediebstahl zu leiden?«

»Es war eine Zeit lang eine Landplage hier in den westlichen Counties, haben uns vor ein paar Jahren endlich Ruhe geschafft. Wurde die Zeit über nichts von Pferdediebstählen gehört, war den Burschen der Boden zu heiß geworden. Wundre mich, daß sie sich hierher wagen; müssen das Land aufbieten, sind gefährliche Leute. Und hat der Indianer sich nicht geirrt, war der Kerl, mit dem Ihr gestern abend anbandet, wirklich der Morris, der blutige Mörder, dann macht sich auch alles, was eine Büchse führen kann, auf, um den Schurken zu verfolgen, sobald es nur im Lande bekannt ist. Schlimme Nachbarschaft, vor Hunger wahnsinnige Wölfe sind mir lieber.« Mit sorgenvoll gefalteter Stirn ging er ins Haus hinein. Der Graf winkte Heinrich heran und teilte ihm mit, daß der Indianer hier auf dem Erdreich unter dem Fenster Fußspuren entdeckt und sogar die Persönlichkeit des Lauschers festgestellt habe. Er forderte ihn auf, mit ihm gemeinschaftlich den Boden zu untersuchen. Beide beugten sich nieder und durchforschten denselben mit geschärften Blicken. Nach einer Weile richtete sich der Graf auf und sagte: »Ich kann nichts bemerken, du, Heinrich?«

»Nein, Herr Graf, ich würde hier nimmer eine Menschenspur entdecken. Wenn der rote Mann hier etwas sieht, dann muß er andre Augen haben als ich.«

Der Indianer stand dabei und verfolgte das Tun der beiden mit ruhiger Aufmerksamkeit. Zu ihm wandte sich jetzt Graf Edgar mit den Worten: »Will der rote Mann uns sagen, wie er hier menschliche Fußspuren zu entdecken vermag? Wir erblicken nichts.«

John oder Athoree, wie sein indianischer Name lautete, trat näher und sagte mit höflicher Gebärde: »Der Fremde möge seine Augen auftun.« Er wies auf das kurze Gras, welches unter den Fenstern wucherte, und sagte: »Ihm steht gerade, hoch. Hier,« und er zeigte auf eine andre Stelle, »er nicht gerade – beugt sich.« Und in der Tat bemerkten die beiden jetzt, daß, was ihnen gar nicht aufgefallen war, an einigen Stellen das Gras weniger aufrecht stand. »Iltis hier Gras niedertreten. Gras sich wieder aufrichten, hier entzweitreten,« und er zeigte ihnen einige geknickte Grashalme. Heinrich, hierauf aufmerksam gemacht, sagte staunend: »Das sind Jägeraugen, Herr Graf, das hätte ich niemals geglaubt, wenn ich es nicht selbst gesehen. Wahrhaftig, ja, jetzt, wo ich aufmerksam gemacht bin, glaube ich, daß ein Mensch hier gestanden haben kann.«

Der Graf verwunderte sich nicht weniger über diese Probe indianischer Spürkraft, von der er bis jetzt nur gelesen hatte.

»Wenn ich nicht irre, weiß der rote Mann auch, *wer* hier gestanden hat, wie hat er das herausgefunden?«

Der Indianer bückte sich und bog das Gras an den gestern abend niedergetretenen Stellen auseinander.

»Will der Fremde hierher blicken?« Die Augen des Grafen und Heinrichs folgten dem hinweisenden Finger Johns. »Hier, Eindruck eines Stiefels;« – und in der Tat bemerkten sie in dem weichen Erdreich einen Eindruck, ohne indessen unterscheiden zu können, wovon er herrührte. »Absatz« – sagt der Indianer – »schief – dicke Nägel. Sah Iltis im Walde gestern, gehen auf seiner Spur, hier wieder Spur – Iltis gestern abend hier.«

Das Erstaunen der beiden ward hiernach nicht geringer.

»Ich sehe mit Vergnügen, daß der rote Mann ein großer Spurenfinder ist und daß die Gerüchte über den Scharfsinn der roten Leute nicht übertrieben sind.«

Der Indianer verstand wohl nicht alles, doch begriff er so viel, daß ihm ein Kompliment gemacht wurde, er entgegnete mit einem leichten Lächeln: »Roter Mann, viel sehen, viel hören, Erde sprechen, Baum sprechen. Wind auch, er viel sehen.«

»Ich habe es mit Staunen wahrgenommen. Wie nenne ich den roten Mann?«

»Grover nennen ihm John, weißer Name, Indianer nennen ihm Athoree, ihm sagen ›Pfeil‹ in Sprache von Inglis.«

»Gut, bleiben wir bei Athoree.«

»Ihm lieber hören.«

»Desto besser.«

»Wie heißt der weiße Mann?«

»Graf Bender.«

»Nicht verstehen, ihm ander Namen geben.«

»Nun gut, Athoree, so gib mir einen andern Namen.«

»Er Krieger?«

»Ja, ich bin Soldat.«

»Gut. Er tapfer.«

»O,« lächelte Graf Edgar, »steht mir die Tapferkeit auf der Stirne geschrieben?«

»Gestern abend viel Nebel hier,« sagte der Indianer und deutete auf seine Stirne, »Nebel im Kopf, Nebel vor Auge, dicker Nebel, nicht viel hören, nicht viel sehen, Hand lahm, Fuß lahm.«

»Ja, es schien mir auch so, als ob der Nebel ziemlich dicht gewesen sei, der dein Haupt umwallte.«

»Dicker Nebel – nicht viel sehen, nicht viel hören, aber ein wenig. Sehen jungen Krieger vor Rothand stehen – er tapfer.«

»Also das hast du doch trotz deines starken ›Nebels‹ bemerkt?«

»Ihm sehen. Gut.«

»Aber nun, mein Name. Ich werde nicht wenig stolz darauf sein, einen indianischen Namen mit nach Hause nehmen zu können.«

»Jungen Krieger nennen Neataru, ihm sagen in Inglis: Gutherz, er gutes Herz, er tapferes Herz, Athoree es sehen.«

»Gut, den Namen acceptiere ich und will ihm allezeit Ehre machen. Nun mußt du hier für Heinrich auch einen indianischen Namen finden,«

»Ihm später geben, erst kennen.«

»Schön.«

Indem kam Grover wieder aus dem Hause.

»O, ich sehe. Fremder, Ihr habt Euch bereits mit John bekannt gemacht.«

»Ja, er hat mich Spuren finden gelehrt und mir bereits einen Namen erteilt, der auf mein kleines Rencontre mit dem Burschen von gestern abend Bezug hat, er hat mich Gutherz genannt,«

»Ein schöner Name, und ist unter Umständen von einem Indianer erteilt etwas wert. Mich nennt er den Biber, weil ich mir so flugs ein eigenes Heim baue.«

»Ja, er Biber, er sitzen Winter im Bau,« sagte der Indianer.

Grover nahm den Grafen zur Seite und fragte halblaut: »Wie gefällt Euch die Rothaut?«

»Der Mann macht mir keinen unangenehmen Eindruck.«

»Der Bursche ist gut genug, wenn er nüchtern ist, er wäre schon der rechte Mann für Eure Fahrt. Wenn er übrigens gestern abend trotz seines schweren Rausches bemerkt hat, daß Ihr für ihn eingetreten seid, so ist das für sein künftiges Verhalten Euch gegenüber sehr günstig.«

»Er hat es wahrgenommen.«

»Das ist gut. Man sollte es kaum für möglich halten, daß solch ein roter Bursche selbst schwer betrunken noch mehr sieht und hört als wir. Wenn er übrigens dem Burschen, der ihm gestern die Haut ansengen wollte, begegnet, so darf sich dieser hüten, dies und den Tritt rächt der Indianer mit Blut. – Wir wollen ihn doch übrigens gleich einmal befragen, ob er Euch auf Eurer Reise begleiten will. Wenn nicht, müssen wir für einen andern Führer sorgen.« Sie traten zu dem Indianer zurück und Grover sagte:

»Höre, John, der Herr hier will eine Fahrt in die Wälder machen, nach Norden zu, willst du nicht die Pfade für ihn suchen?«

»Will der Fremde jagen?«

»Nun, eigentlich nicht, er hat einen andern Zweck, er sucht eine Verwandte im Lande.«

»In den Wäldern des Nordens?«

»Es ist am besten, man schenkt dem Indianer, wenn man sich seiner versichern will, reinen Wein ein, Herr Graf.«

»Sagen Sie ihm die Wahrheit.«

»Der Herr, John, hat hier im Lande eine Schwester wohnen, oben am Manistee, sie ist von den Ottawas vor drei Jahren in die Gefangenschaft geschleppt, als diese die Streitaxt ausgegraben hatten, und er ist aus fernem Lande gekommen, um sie zu suchen.«

Der Indianer lauschte bewegungslos mit tiefem Ernste den Worten Grovers.

»Wird John ihn zu den Ottawas führen? Damit ›Gutherz‹, wie du ihn genannt hast, nach der Schwester sich umschaue?«

Der Indianer schwieg mit ehernem Gesicht, dann richtete er die dunklen Augen auf Graf Edgar und sagte langsam: »Athoree wird nachdenken. Er wird es sagen.«

»Ich fürchte, wie ich schon bei Baring äußerte,« flüsterte Grover dem Grafen zu, »er hat etwas bei den Leuten seiner Farbe auf dem Kerbholz, und traut sich nicht zwischen sie. Wir müssen's abwarten.«

»Hat der Biber die rote Hand und den Iltis vergessen?« sagte jetzt der Indianer.

»Des Teufels, nein. Fürchtest du Gefahr für uns, John?«

»Nein, er kommt nicht zurück. Ich werde bald auf seiner Spur sein.«

»Willst du ihn verfolgen, John?«

»Athoree wird ihm folgen.«

»Nun, und wie willst du ihn finden?«

»Wirst bald von ihm hören, Grover, dann Zeit, Spur zu folgen.«

Kaum hatte er ausgeredet, als er plötzlich das Haupt neigte und angestrengt nach der nach Westen hinführenden Straße lauschte. Dann sagte er: »Sie kommen schon, ihn zu jagen.«

Die andern lauschten auch, aber erst nach einer Weile erhaschte ihr Ohr fernher dröhnenden Hufschlag.

»Das sind Farmer und in starker Zahl,« sagte der Wirt, »die kommen eilig heran, da muß etwas geschehen sein. Sollten die blutigen Schurken das Land schon in Aufruhr versetzt haben?«

Sie horchten schweigend, das Geräusch galoppierender Pferde wurde vernehmlicher und da bog auch schon um die Waldecke eine wild heranjagende Reiterschar.

Bald erkannte man, daß es Landleute der Umgegend waren.

Voran ritt Bill Jones, die Büchse quer über dem Sattel, und rief schon von weitem: »Die Schurken, Grover, die blutigen Schurken, fünf meiner besten Pferde sind fort.«

Heransprengend zügelte er sein schäumendes Roß und sprang aus dem Sattel.

»Laßt die Pferde verschnaufen, Männer, nützt nichts, sie tot zu jagen.«

Die Männer, sämtlich wohlbewaffnete Farmer der Umgegend, unter ihnen mehrere, welche gleich Jones gestern abend bei Grover geweilt hatten, folgten dem Rate und stiegen ab.

»Beim Himmel, Grover, fünf meiner besten Pferde. Die Halunken müssen von hier direkt zu meinem Pferch geritten sein.«

»Wann habt Ihr's denn entdeckt, Jones?«

»Der verwünschte Whisky, Grover. Reite nach Hause, lege mich aufs Ohr. Ging mir zwar unterwegs manchmal durch den Kopf, daß der Tyron im Lande, aber es war Nacht, mein Pferch liegt gut versteckt im Walde, denke an keine Gefahr. Als ich aufwache, fällt mir die Sache von gestern abend wieder ein, sattle und reite flugs nach meinen Pferden hinaus. *Damned rascals!* Denke dir, Grover, das blutige Entsetzen, der Pferch leer – leer. Habe in meinem ganzen Leben keinen solchen Schreck gehabt. Hatte siebzehn Stück Prachttiere im Walde. Wundre mich, daß mich nicht der Schlag gerührt hat. Wie ich zu mir komme, blase ich das Horn, das kennen die Tiere, alles meine eigene Zucht, kommen verschüchtert herbei, sind nur zwölf, die fünf besten fort. O, die blutigen Schurken!«

»Nehmt erst einen Schluck, Männer,« sagte Grover und befahl Jim, der, als die Kavalkade heranjagte, aus dem Stalle getreten war, Becher und Whisky zu bringen, der alsbald gastfrei kredenzt wurde.

Auch die Frauen hatte der Lärm aus dem Hause gelockt.

»Die Halunken müssen einen Helfershelfer gehabt haben, der genaue Ortskenntnis hatte, sonst hätten sie nimmer, besonders im Dunkeln, meinen Pferch gefunden,«

»Den Iltis, Jones.«

»Was?« fuhr der auf, »der? Ist der hier? Woher weißt du's?«

»Er hat gestern abend dort am Fenster gestanden und gelauscht, der Indianer hat heute morgen die Spur gefunden.«

»Der? hier? Indianer, weißt du's sicher?«

»Dort Spur, so gut als ihn sehen.«

»Dann ist's klar, der Schurke kannte Schritt und Tritt bei mir. Dachte, er wäre längst irgendwo gehangen worden, weil wir ein Jahr lang nichts von ihm hörten. Dann hat er uns auch den Tyron und die beiden andern hierher gelockt und sich mit ihnen hier an der Straßenkreuzung ein Rendezvous gegeben.«

»Nun, und weiter?« fragte Grover.

»Ich, wie ein Sturmwind heim, nachdem ich die übrigen Pferde gesichert hatte, rufe meine Leute, jage sie zu den Nachbarn, blase das Horn, und als hier Myers und Turnbull, welche mir am nächsten wohnen, eingetroffen waren, machten mir uns auf die Suche. Nach und nach trafen dann die Freunde hier ein. Denke dir, Grover, die Schurken sind frech die Straße entlang geritten, wir verfolgten die offene Spur bis zum Devilskreek, da sind sie ins Wasser gegangen. Sie müssen nach dem Muskegon, können nicht seitwärts durch die Sümpfe. Wir ließen Tom Raggle und Ramsgate hinter ihnen und schneiden jetzt die Biegung ab, die der alte Fluß macht, bei Harpers Trift treffen wir wieder zusammen.«

»Ja, aber wo glaubst du denn, Jones, daß die Burschen mit der Beute hin wollen?«

»Stromunter sind sie nicht, denn vom Devilskreek können sie nur den Muskegon hinauf. Nehmen den Weg nach Osten auf den Saginaw zu, oder haben da oben Hehler, welche ihnen die Beute vorläufig in Sicherheit bringen.«

»Wird so sein, Jones. Wird 'ne lange Jagd werden, ist wilder Boden dort, Sumpf, Wasser und dann steht ihnen die Bigprairie offen.

»Wenn sie die nehmen, wäre das noch das Glücklichste, aber ich fürchte, sie wissen die Pferde dort zu verbergen, um sie erst in Wochen nach Osten zu führen. Denn jetzt, wo ich weiß, daß der Iltis hier war und mit den Banditen zusammentraf, so ist es mir ganz klar, daß es von vornherein auf meine Pferde abgesehen war, und da fürchte ich auch, daß der abgefeimte Bursche ein Versteck in Bereitschaft hat.«

»Nun, Jones, wollen tun, was Männer tun können.«

»Willst du reiten, Grover?«

»Will, Mann, habe noch meinen besondern Grund. Weißt du, Jones, wer der lange Kerl war, der gestern abend zum Messer griff.«

»Nun?«

»Der Morris!«

»Der Morris?« klang es in wilden Rufen ringsum. »Der Mörder vom Kalamazoo? Der Johnsons Weib und Kinder erschlagen hat?«

»Der Indianer sagt es.«

»John, Rothaut, ist es wahr?«

»Die ›rote Hand‹, hier. Ihm gestern sehen ganz durch Nebel, heute aufwachen, denken nach, suchen Spur, ihm noch finden, kenne Spur von ›rote Hand‹, habe sein Maß, er hier.«

»Nein, beim Himmel,« schrie Jones fast, »der soll lebendig nicht zum Lande hinaus. Was meint ihr, Männer?«

»Hast recht, Jones, müssen ihn haben, schreit vergossenes Blut zum Himmel. Wollen ihn jagen.«

»Mögen meinetwegen die Pferde zum Teufel gehen, aber den Morris müssen wir haben.«

Während sie so sprachen, klang auf der Straße von Süden her eiliger Hufschlag. Aller Augen wandten sich dorthin, da erschienen auch bereits vier Reiter, welche rasch herantrabten. Der Voranreitende trug eine blaue Uniform, während die drei folgenden bürgerliche Kleidung zeigten. Bewaffnet waren sie mit Büchsen und der Beamte führte noch einen Säbel.

»Weller, der Konstabel,« sagten die Farmer, als sie die Uniform erkannten.

Die Reiter zügelten, als sie herankamen, die Pferde und der Konstabel sagte: »Guten Morgen, Männer.«

Die Farmer, welche ihn fast alle kannten, erwiderten den Gruß freundlich.

»Gebt uns einen Schluck, Grover, haben einen langen Ritt hinter uns.«

»Seid willkommen, Weller, bei Bill Grover, sollt'« haben,« und rasch wurden die neuen Gäste bewirtet.

»Was führt euch hier zusammen, Männer?« fragte der Konstabel, »komme von Süden, bin auf der Jagd.«

»Könnt gleich mit uns jagen, Weller,« sagte Jones, »sind mir diese Nacht fünf Pferde gestohlen, sind eben dabei, sie uns wieder zu holen.«

»Pferde?« sagte der Konstabel gedehnt. »Jetzt? Das wäre gar toll. Will euch sagen, Leute, habe augenblicklich höhere Jagd, bin hinter dem Morris her.«

»So hat der Indianer also ganz recht gesehen.«

»Nun, Weller,« meinte Jones, »so tut Ihr wohl am besten, mit uns zu reiten, denn der war mit Tyron, dem Iltis und noch einem diese Nacht an meinem Pferch.«

»Irrt Ihr Euch nicht, Jones?« fragte ernst der Beamte, ein untersetzter, energisch dreinschauender Mann.

»Denke nicht,« entgegnete dieser und setzte nun dem Konstabel den ganzen Sachverhalt auseinander.

Nach kurzem Nachdenken sagte dieser: »Es wird so sein, Männer. Der Iltis auch hier? Den glaubte ich weit. Und den Tyron habt ihr selbst gesehen?«

»Wie ich Euch sehe, Weller, nur leider zu spät erkannt.«

»Auch das ist mir neu. Daß der Morris im Lande war, wußten wir. Er hat sich in letzter Zeit in Indiana herumgetrieben, ist dann am Grand River gesehen worden, und es wurde festgestellt, daß er sich nach Norden gewendet habe. Ich bin seit drei Tagen hinter ihm her. Einmal war ich ihm dicht auf den Fersen, habe aber gestern abend die Spur verloren. Dann hat er also sich mit Tyron und dem Iltis hier zusammengefunden und die hatten ein Schlupfloch für ihn offen. Wie sah denn der dritte Mann aus?« Man schilderte dem Konstabel die Persönlichkeit, er nahm darauf ein Buch aus der Tasche und überlas einige Notizen. »Hm, habe nichts von dem Burschen hier, aber gesehen habe ich ihn schon, weiß nur nicht wo und wann. Werden ja hoffentlich seine Bekanntschaft machen? Wo denkt ihr denn, Männer, die Gesellschaft und Jones' Pferde zu finden?«

Jones erklärte ihm ihre Ansicht über die Richtung, welche die Pferdediebe genommen haben konnten.

»Könnt recht haben, wird so sein. Dachte erst, der Morris wolle nach Norden, zu seinen Freunden, den Ottawas, oder nach Canada hinüber.«

»Zu den Ottawas?« fragte Grover.

»Ist ein Fakt, hat schon oft bei den roten Spitzbuben einen Unterschlupf gefunden. Haben aber von Regierungs wegen dem Häuptling Peschewa einen Wink geben lassen: solle ihm teuer zu stehen kommen, wenn er den Mörder noch einmal verstecke. Uebrigens, Männer, wenn eure Pferde wieder Atem haben, wird es Zeit sein, sich auf den Weg zu machen.«

»Ist Zeit,« sagte Jones, »mußten aber die Pferde verschnaufen lassen, können jetzt wieder einen Ritt aushalten.« Die Farmer bestiegen nach und nach ihre Rosse. In der Türe stand Grover bei seiner Frau und seinen Kindern. »Wird dir nichts in meiner Abwesenheit geschehen, Nelly, ist das Land sicher, wo mir die blutigen Schurken vor uns haben,«

»Reite mit Gott, Grover,« sagte die Frau, »ist Mannespflicht, den grausamen Mord am Kalamazoo zu rächen. Weißt, bin im Walde groß geworden und verstehe mit der Büchse umzugehen. Reite mit Gott.«

»Bist mein braves altes Weib. Würde mich zeitlebens schämen, wenn ich zu Haufe bliebe, wenn es der Jagd auf den Morris gilt und zugleich einem Nachbarn sein Eigentum wieder zu schaffen.«

Er gab den Befehl, sein Pferd, welches Jim schon gesattelt hatte, vorzuführen.

»Reitet denn der Indianer mit?« fragte der Konstabel.

Da erschien Athoree auch schon auf einem andern Pferde des Wirts vollständig bewaffnet.

»Hallo!« schrieen die Farmer, »die Rothaut geht mit; gut so. Seine Spürnase können wir brauchen. Ist recht, John, daß du dabei bist.«

»Athoree, ein Wörtchen reden mit der ›roten Hand‹.«

»Wir auch! Wir auch!«

Die Frauen reichten den Männern noch Mundvorräte in den Sattel.

»Wird gerne gegeben, Männer, kann eine lange Jagd werden, und ist nicht gut mit hungrigem Magen schlafen.«

Die ganze Scene über hatten Graf Edgar und Heinrich ruhig dabei gestanden und den Worten der Männer gelauscht, auch der Graf von Zeit zu Zeit dem Jäger Kenntnis von dem Inhalt der Gespräche gegeben.

Als jetzt die Farmer mit dem Konstabel langsam sich in Bewegung setzten, trat der Graf auf Grover zu und sagte: »Mich sollte eigentlich die heilige Pflicht, welche ich hier zu erfüllen habe, abhalten, an eurem Zuge teilzunehmen, doch da Ihr, Grover, und auch der Indianer sich entfernen, ist mein Aufenthalt hier nutzlos, und wenn es Euch recht ist, will ich mich der Expedition anschließen.«

»Ist recht. Mann, hatte es auch so erwartet. Kalkuliere, ist gut für Euch und Eure fernere Fahrt, könnt da manches lernen. Seht, wie's in den Wäldern zugeht. Ist recht. Mann, seid willkommen bei der Jagd.«

Jim hatte wie selbstverständlich die Pferde der beiden Fremden gesattelt und in weniger als einer Minute ritten sie mit Grover zur Farm hinaus, in raschem Galopp bald die übrigen einholend, welche jetzt eine stattliche, wohlbewaffnete Reiterschar von achtzehn Männern darstellte.

In rascher Gangart ging es die Straße nach Süden entlang. Der Indianer ritt an der Spitze, ihm folgte der Konstabel und Grover mit dem Grafen und Heinrich schlossen den Zug.

Schweigend ritten sie so drei Stunden dahin, als der Indianer endlich mit der Hand winkte und zum Halten aufforderte.

»Was gibt's, Rothaut?« fragte Weller.

»Müssen hier in Wald, wenn an die Biegung des Muskegon wollen.«

»Jetzt schon? Ist's nicht besser, bis zum Bluefill zu reiten?«

»Es besser hier, Boden besser, Baum besser. Weg kürzer.«

»Ich denke, Gentlemen, mir folgen dem Rate des Indianers.« äußerte Jones.

»Tut's,« sagte Grover, »John kennt jeden Baum hier.«

»Dann voran, Indianer, führe uns nach Harpers Trift.«

Unter des Indianers Führung ritten sie nun rasch im Walde einher, so rasch, als es die sich entgegenstellenden Hindernisse erlaubten. Doch standen die Bäume, Ahorn, Ulmen und Walnuß, nicht gar zu eng, und die von Jugend auf an den Wald gewöhnten Pferde überwanden leicht alle Schwierigkeiten des Weges. Sie mochten wohl zwei Stunden geritten sein, als das Holz dichter wurde und die Verfolger zwang, langsamer zu reiten. Im Walde hatte man sich erst recht schweigend verhalten. Der Konstabel, der selbst ein sehr erfahrener Hinterwäldler war, ritt zu dem Indianer und fragte: »Wie weit glaubst du noch den Muskegon, John?«

»Er ganz nahe. Hier warten. Athoree will an den Fluß gehen.«

»Gut, Indianer, geh.«

Er forderte zum Halten auf und der Reitertrupp stand schweigend unter den Bäumen, während der Indianer, der sein Pferd verlassen hatte, rasch zwischen den Büschen verschwand.

Nach kurzer Zeit erschien Athoree wieder.

»Können gehen,« sagte er, nahm sein Pferd am Zügel und schritt voran, die andern folgten.

Nach wenigen Minuten erreichten sie nun das Flußufer. Der Muskegon, welcher stromab nach Grovers Landing hin einen großen Bogen machte, bildet hier fast einen rechten Winkel, so daß die Reiter sowohl stromauf als stromab weithin den Fluß überschauen konnten. Das Ufer war da, wo sie es erreichten, frei von Bäumen und nur niedriges Gebüsch säumte dasselbe ein. Dicht vor ihnen zeigte sich ein verfallenes Blockhaus. Das Ufer des ziemlich breiten Flusses war auf beiden Seiten durch Menschenhände abschüssig gemacht, denn diese Stelle bot für die Bewohner weithin die einzige passierbare Furt durch den tiefen Fluß, Etwas oberhalb derselben mündete der Devilskreek in den Muskegon. Die Ufer waren dicht bewaldet und eine feierliche Stille lagerte über dem Strom und seiner in jungem Grün prangenden Umgebung.

»Wo mögen Raggle und Ramsgate stecken?« ließ sich eine Stimme vernehmen, während sich alle nach den beiden jungen Männern, welche den Dieben den Devilskreek entlang gefolgt waren, umsahen.

»Da kommen sie,« sagte einer der Farmer und deutete stromauf, wo von der Mündung des Kreek her zwei Reiter nahten.

Schweigend erwartete man ihre Annäherung und dann fragte Jones: »Nun, Boys, wie steht's?«

»Sie sind mit den Pferden in den Muskegon gegangen, ob aber stromauf oder stromab haben wir nicht ermitteln können,« erwiderte Raggle.

»Stromab zu gehen werden sie sich hüten,« meinte Grover, »kalkuliere, sind stromauf.«

»Weit können sie da nicht kommen, selbst wenn sie ein Boot gehabt und die Pferde gezwungen hätten, nachzuschwimmen, denn lange kann auch der beste Gaul nicht gegen die Strömung ankämpfen.«

»Vor allen Dingen müssen wir uns überzeugen, ob sie nicht durch die Furt gegangen und drüben gelandet sind. Wer geht?«

»Athoree wird gehen,« sagte der Indianer, der abgestiegen war und am Walde stand.

»Will einer der jungen Männer mit mir gehen, um mein Kanoe tragen zu helfen?«

»O,« sagte der Konstabel, »du hast ein Boot hier? Das erleichtert die Sache wesentlich.« Auf seinen Wink folgte einer seiner Begleiter dem Indianer und bald erschienen beide mit einem leichten Rindenkanoe, welches Athoree hier versteckt hielt, und ließen es vorsichtig ins Wasser. Der Indianer ging dahin, wo das Ufer abschüssig war, und betrachtete den Boden. »Hier er nicht in Wasser gehen. Aber können Muskegon von Kreek herab schwimmen und doch Furt benutzen. Drüben sehen.« Er stieg ins Boot. »Ich denken,« sagte er noch, »er nicht hier, aber gut, wenn Männer nach drüben schauen.«

»Glaube auch nicht, daß die Burschen noch in der Nähe sind, die werden so viel Meilen zwischen sich und uns legen, als sie nur können,« sagte der Konstabel.

Der Indianer, geschickt das Ruder handhabend, trieb das leichte Fahrzeug rasch hinüber.

Scharf umherspähend näherte er sich dem Ufer, landete dann und stieg aus. Da bis auf die abschüssig gemachte Stelle das Ufer hier zu steil war, um einem Pferde das Landen zu gestatten und er keine Spuren bemerkte, stieg er wieder in das Kanoe und ruderte zurück. Aus dem Boote rief er den Männern zu: »Er weiter oben aus dem Wasser gehen. Haben die jungen Leute,« wandte er sich an Ramsgate und Raggle, »den Boden am Kreek nach Hufspuren durchforscht?«

»Den Kreek haben sie nicht verlassen,« sagte der junge Raggle, »außer in den Fluß hinein, wir sind am linken Ufer entlang geritten und hätten es bemerken müssen, wenn sieben bis acht Pferde ans Land gestiegen wären. Jenseits ist Sumpf, dort konnten sie nicht hinein.«

»Wollen sehen. Will Jones zu mir ins Kanoe kommen.«

»Sofort, Indianer,« und der junge Mann setzte sich rasch in das Vorderteil des Bootes, die Büchse über das Knie gelegt.

»Bedenke, Indianer, daß die Sonne nicht mehr lange am Himmel steht,« rief ihm der Konstabel nach.

»Müssen Spur haben – können nicht weiter gehen. Wird nicht lange dauern und Kanoe rascher in Wasser als Pferd in dicken Busch.«

Mit kräftigen Schlägen trieb er das Boot stromauf nach der Mündung des Kreek zu und trieb dasselbe hinein. Beider Augen durchforschten das Ufer zu ihrer Linken, auf der andern Seite hatten die jungen Leute dies bereits getan, bis dahin, wo der Sumpf begann. Dann wandte der Indianer um, hielt nach etwa hundert Schritten, deutete auf das Ufer und sagte: »Hier bringen Kanoe ins Wasser,« Sie hielten dicht am rechten Ufer und Jones gewahrte nun auch

Fußspuren, die ungeschickt vermischt waren und den Eindruck, den das Boot bei seinem Herablassen ins Wasser gemacht hatte.

»Du hast recht, John. Hier muß der Iltis ein Boot versteckt gehalten haben. Aber was meinst du, ist nun zu tun?«

»Gleich sehen. Er sitzen in Boot und lassen Pferd an langem Strick hinter her schwimmen, werden gleich sehen, wo gelandet.«

Er führte das Boot in den Fluß zurück und ruderte dann, sich am linken Ufer haltend, kräftig stromauf. Sie mochten etwa tausend Schritt zurückgelegt haben, als das Ufer höher anstieg und der Indianer sagte: »Hier nicht landen, drüben.«

Er fuhr quer über den Strom, noch einige hundert Schritt am rechten Ufer hinauf, wandte dann und ruderte, sich immer dicht am Lande haltend, zurück. Das Wasser wurde hier flacher und war von dichtem Schilfe eingefaßt. Plötzlich hielt er an. Aus dem Rohre, am Rande desselben, ragten einige junge, dichtbelaubte Bäume hervor.

»Hier er gehen an Land.«

»Hier, John? Du irrst dich – hier ist ja absolut nichts zu bemerken.«

»Hier er gehen an Land,« sagte der Indianer, ergriff einen der Bäume und hob ihn mit leichter Mühe aus dem Wasser empor, er war abgehauen und das zugespitzte Ende in den weichen Uferschlamm gesteckt. Mit den andern machte er es ebenso und warf sie in den Strom. Nun ward klar, daß diese nur die Stelle verbergen sollten, wo Boot und Pferde durch das Schilf gebrochen waren. Athoree trieb das Kanoe in das Schilf, in die, nachdem die deckenden Büsche entfernt waren, deutlich wahrnehmbare Öffnung hinein, wo sie alsbald auch in dem weichen Boden voll ausgetretene Hufspuren erblickten.

»Also hier?«

»Hier. Er sehr dumm, wenn glauben, damit Indianer zu täuschen.«

»Aber wo wollen die Halunken hier auf dem rechten Ufer hin?«

»Werden sehen,« sagte Athoree, »er andre holen, dann weiter reiten,« und beide stiegen ins Boot. Vom Flusse aus riefen sie den Gefährten zu, das Ufer zu wechseln und alsbald setzte die Schar durch die ziemlich seichte Furt, die Pferde Jones' und des Indianers mit sich führend. In Eile ward das Kanoe so gut als möglich am Ufer versteckt und der Indianer voran, trabte die Schar das Ufer entlang durch den Wald.

Sie erreichten in wenigen Minuten die breite Fährte, welche in den Wald hineinführte quer vom Wasser ab.

Die Reiter hielten einen Augenblick und betrachteten die Spuren.

»Meine schönen Tiere,« murmelte Jones ingrimmig, »wehe den Halunken, wenn ich sie erwische.«

»Wo die Spitzbuben eigentlich hier hin wollen? Nach Norden zu an den Pineriver? Das möchte ich bezweifeln,« sagte nachdenklich der Konstabel. »Hier herum ist weder Haus noch Straße, nur Wald und Sumpf, und was wollen sie auch am Pineriver?«

»Der Iltis kennt die Wälder hier gut, er wird schon wissen, wo er hin will, verlaßt Euch darauf, Weller, aber ich denke, wir werden ihm und seiner Schlauheit gewachsen sein. Hier müssen wir sie erreichen. Ich fürchtete einen Augenblick, sie hätten weiter unten wieder das Ufer gewechselt, um den Pineriver zu gewinnen.«

Sie verfolgten nun rasch die tief eingetretene Spur. Nach einiger Zeit hielt der Indianer und alle ahmten ihm nach.

»Was hast du, John?«

»Gehen und sehen.« Alle schwiegen.

Er sprang aus dem Sattel und schlich zur Seite der Spur durch die Büsche. Nach einiger Zeit kehrte er zurück.

»Pferde in Sumpf.«

»In den Sumpf? Wie ist das möglich?«

»Selbst sehen, Konstabel und Jones.«

Die beiden stiegen ab und schlichen dem vorangehenden Indianer nach. Nach einigen hundert Schritten standen sie an einem rechts und links sich weit ausdehnenden, mit schlammigem Wasser bedeckten Sumpf.

Die Spur führte direkt hinein. Die drei Männer standen einen Augenblick stumm.

»Sie sind richtig in den Sumpf gebracht. Was bedeutet das? Indessen wo die durchkommen, kommen wir auch durch, wir reiten nach.«

»Wollen im Schlamm versinken, wie?«

Der Konstabel sagte nachdenklich: »Wir hörten schon vor Jahren, als die Pferdediebstähle bei uns so arg waren, daß in einem der Sümpfe hier oben am Muskegon sich ein Schlupfwinkel der Gesellen befinde. Wir konnten nur nie erfahren, wo. Also das war hier? Die Kerls haben darin festen Boden und kennen natürlich eine sichere Furt, die ja wohl hier in der Nähe sein muß.«

Der Indianer betrachtete das Wasser dicht am Ufer und ging langsam und vorsichtig, die Büchse schußfertig in der Hand, daran hin. Nach etwa hundert Schritten blieb er stehen und sagte zu den beiden Männern, die ihm leise und vorsichtig, gleichfalls mit schußfertigen Waffen, gefolgt waren: »Hier Furt.«

»Woran siehst du das?«

»Er führen, um zu täuschen, Pferde am Ufer im Wasser hierher. Da gegangen, Pferde treiben auf ihrem Wege Blätter und Wasserlinsen hinweg, er kommen hinter ihnen wieder langsam zusammen – aber nicht ganz dicht – er kleiner dünner Streifen bis hierher – dort nicht mehr Streifen, hier Furt, Pferde nicht weiter am Ufer gehen.«

»Bei Jove, Indianer,« sagte Weller, »du bist ein bewundernswerter Bursche auf der Fährte. Jetzt,« wandte er sich an den nicht minder über den Scharfsinn des Indianers erstaunten Jones, »erhaltet Ihr Eure Pferde und ich hoffentlich meinen Morris, und zwar lebendig. Gehen mir zurück.«

Leise wurde den andern mitgeteilt, was das Resultat ihres Forschens gewesen sei.

»Ja,« sagte Grover zu Edgar, »wenn John nüchtern ist, ist er im Walde nicht mit Gold aufzuwiegen.«

»Was aber nun?« begann der Konstabel. »Die Nacht bricht bald herein, wir müssen hier in der Nähe lagern und die Furt bewachen lassen, Männer, kalkuliere ich. Können heute nichts mehr tun, müssen alles auf morgen versparen. Ist's nicht so, Männer?«

»Hast recht, Konstabel, wollen so tun. Möchte in den blutigen Sumpf heute nicht hineinreiten. Wollen ein Lager beziehen, etwas in den Wald hinein, und morgen dann sehen,« sagte Jones. Alle waren damit einverstanden. Zwei der jüngeren Leute wurden bestimmt, die Furt zu bewachen, bis man sie ablösen würde, mit dem strikten Befehl, sowie etwas Verdächtiges sich zeige, eine Büchse abzufeuern, und die andern ritten langsam einige hundert Schritte in den Wald hinein, wo sie eine lichtere Stelle fanden. Dort stiegen sie ab und richteten sich, zu lagern. Die Pferde wurden angebunden und von dem mitgebrachten Hafer gefüttert, die Männer nahmen ihre wollenen Decken und legten sich nieder. Mundvorrat wurde hervorgezogen und ihm nach scharfem Ritte kräftig zugesprochen. Während anfänglich die Meinung vorherrschte, es sei unvorsichtig und werde die Verfolgten warnen, wenn Feuer angezündet würden, glaubte man endlich doch bei der Entfernung vom Feinde und der bewachten Furt es wagen zu dürfen, besonders da die Kühle des Abends sich bemerklich machte, das erwärmende Element hervorzurufen. Bald loderten Holzstöße empor, um welche sich die Farmer behaglich niederließen. Grover und seine beiden Gäste sahen zusammen.

»Nun, Fremde, wie gefällt euch eine solche Jagd?«

Die beiden Deutschen hatten während des Rittes alle Vorgänge aufmerksam verfolgt, und absonderlich die von so scharfer Beobachtungsgabe zeugenden Wahrnehmungen des Indianers angestaunt, ohne sich indessen durch Fragen etwa störend in den Gang der Dinge einzumischen. Beide waren erfahrene Waldleute nach europäischer Art und erprobte Krieger und wußten, daß man auf der Jagd oder vor dem Feinde Schweigen beobachtet.

»Es ist für mich,« entgegnete Graf Edgar, »ungewöhnlich interessant, einer solchen Aktion beizuwohnen, und ich bewundere die Energie und die Klugheit, mit welcher hierbei zu Werke gegangen wird, besonders von Leuten, die doch eigentlich das Kriegshandwerk nicht treiben.«

»Kalkuliere, Mann,« sagte lächelnd sein Wirt, »seid in einem gewaltigen Irrtum. Sind kaum zwei unter uns, die nicht schon Kugeln gewechselt hätten, sei's mit diebischen Rothäuten oder Liebhabern von Pferdefleisch, wie mir sie hier vor uns haben. Ja, die älteren von uns haben im großen Kriege gefochten und die Kanonen krachen hören. Sind hier an der Grenze der Zivilisation, muß jeder sich seiner Haut wehren können. Hat's Gesetz hier kaum noch Macht, habt's gestern abend gehört, müssen Männer da sein, die ihm mit der Büchse Geltung verschaffen. Sind alle solche Männer hier; sollt schon sehen, wie sie fechten, wenn's nötig wird.«

»Ich glaube es,« sagte der junge Mann, »und nehme nicht ohne aufrichtige Bewunderung diese selbstbewußte Manneskraft, die sich selbst zu ihrem Rechte verhilft, wahr.«

Etwas entfernter vom Feuer saß der Indianer und rauchte ruhig seine Pfeife.

»Willst du einen Schluck Rum, John?« fragte Grover.

»Athoree trinkt nicht Rum auf Kriegspfad.«

»So, meinst du, wird's ein Fechten geben?«

»Werden fechten, wenn nicht davonlaufen können.«

Indem nahten der Konstabel und Jones dem Feuer und ließen sich neben Grover nieder.

»Müssen nun doch einmal beraten, Männer, was morgen zu tun ist,« sagte der Konstabel, »rücke einmal näher, Rothaut, wir brauchen deinen Rat.«

Der Indianer ließ sich näher am Feuer nieder.

»In den Sumpf sind sie, das ist ein Fakt,« äußerte der Konstabel, »wie aber kommen mir hinein oder wie treiben wir die Burschen heraus? Angesichts von vier Büchsen durch die Furt eines Sumpfes zu reiten, ist sicherer Tod. Sagt einmal Eure Meinung, Grover.«

Dieser kratzte sich am Kopfe.

»Kalkuliere, ist eine heikle Sache. Wenn die Kerle Proviant haben, können sie es aushalten. Wer hätte geahnt, daß sie so nahe hier einen solchen Schlupfwinkel haben; selbst der Indianer, der durch seine Jagden die Gegend weit und breit kennt, wußte nichts davon, und was der für eine Spürnase hat, wißt ihr ja.«

»Was meint John dazu?«

Nach einer Weile des Nachdenkens sagte dieser: »Iltis schlau genug, ich denken, er nicht gehen in Bau mit nur einer Röhre.«

»Was meinst du damit?«

»Er laufen in aller Eile von Jones' Wald hier in Sumpf, geben nicht viel Mühe, Spur zu bergen, wissen ganz gut, daß bald hinter ihnen her. Denke, gibt noch andern Ausweg hier.«

»Das wäre verwünscht. Was aber dann tun? Wenn du das meinst, müßten wir doch den Sumpf umzingeln.«

»Er viele Meilen weit,« entgegnete der Indianer. »Müssen, warten. Kannst in der Nacht nicht reiten im Wald, Konstabel, und die dort auch nicht. Sind sie noch darin, reiten morgen weg bei Tageslicht, sind sie schon fort, müssen dann Spur aufnehmen, das alles!«

Damit erhob sich der Indianer, hüllte sich in seine wollene Decke und legte sich, den Sattel unter dem Kopf, an einem nahen Baume schlafen.

»John hat recht, Grover; vor Tagesanbruch läßt sich nichts machen,« ließ der Konstabel sich vernehmen. »Wollen morgen sehen. Gute Nacht.« Damit ging auch er vom Feuer hinweg und suchte sich eine Ruhestätte.

Grover sagte: »Ist nichts zu tun vor morgen, Jones, müssen's abwarten.«

»Ja,« sagte dieser seufzend und schritt davon, dem Konstabel nachzuahmen.

»Bleibt nichts Besseres, Fremder, als zu schlafen, um morgen frisch zu sein,« und auch Grover wählte sich einen Platz aus, wo er die Nacht zuzubringen dachte.

Nach und nach fanden alle die von dem scharfen Ritt angestrengten Männer geeignete Lagerplätze, auf des Grafen Befehl legte sich auch Heinrich nieder, so daß der junge Offizier nur noch allein am Feuer wachend saß.

Tiefe Stille herrschte um ihn, nur von fernher klang aus dem Sumpfe das Gequak des Ochsenfrosches herüber und hie und da der Schrei eines Nachtvogels.

Wirr kreuzten sich die Gedanken in seinem Kopf. Was während der aufregenden Verfolgung zurückgedrängt war, die Erinnerung an das furchtbare Schicksal seiner Schwester, die aller Wahrscheinlichkeit nach mit ihrem Kinde unter der blutigen Faust der Wilden ihr Leben geendet hatte, trat jetzt mit ganzer Macht hervor, und grause Schreckensbilder stiegen in seinem Geiste auf, die ihn schaudern machten. Dann dachte er des Greises, der in der fernen Heimat tröstliche Kunde täglich erwartete, und ein tiefer Seufzer entstieg seiner Brust. Lange noch saß er so in schmerzlichem Sinnen am niederbrennenden Feuer, bis auch ihm sich der Schlaf nahte, und ein holder Traum, welcher ihm die so heiß ersehnte Schwester in blühender Frauenschönheit zeigte, einen zarten Knaben zu ihren Füßen, ihn über die rauhe Wirklichkeit hinwegtäuschte.

Drittes Kapitel.
Die Pferdediebe.

Innerhalb des sich weithin erstreckenden Swampes lag, wie die Farmer ganz richtig vermuteten, eine ziemlich umfangreiche Strecke festen Bodens, eine Insel, rings von ungangbarem Morast umgeben. Während im Sumpfe selbst nur die rote Zeder wuchs, trug dieses Eiland dieselben Baumarten, wie sie ringsum in den Wäldern sich erhoben. Von Bäumen und Büschen dicht eingehüllt lag hier auf einem Hügel eine ziemlich große Blockhütte und dicht daneben ein niedriges Stallgebäude, aus welchem das Scharren von Pferdehufen hervordrang. In der Hütte loderte ein helles Feuer empor und beleuchtete den wenig wohnlichen Raum, wie die Gestalten der Männer, welche um dasselbe, welches einfach in der Mitte auf dem festgestampften Boden brannte, saßen.

Einige roh gefertigte Stühle und Tische, welche ungeordnet umherstanden, dienten nicht dazu, das Innere behaglicher zu gestalten.

Neben den drei Männern, welche am verflossenen Abend bei Grover einkehrten, zeigte sich noch ein vierter, der sich durch eine auffallende Persönlichkeit auszeichnete. Eine kleine, fast zierliche Gestalt trug einen nicht unschönen Kopf, den schwarzes lockiges Haar bedeckte, aus dem mageren Angesicht, dessen Nase spitz hervorragte, blickten zwei dunkle, stechende Augen hervor, dies und das spitz zulaufende Kinn, vielleicht auch noch besondere Eigenschaften, mochten dem noch jungen Mann den Namen Iltis verschafft haben, unter dem man ihn am Muskegon kannte. Auch der kleine Fred wurde er genannt; wie sein eigentlicher Name lautete, wußte hier zu Lande niemand. Neben ihm lag die herkulische Gestalt des Messerhelden von gestern abend. Ruhig und mit einem gewissen Anstand saß auf einem Schemel der, welcher die höflichen Manieren in Grovers Behausung gezeigt hatte, und neben ihm ein breitschulteriger, untersetzter Geselle mit rohem, stumpfsinnigem Gesichtsausdruck, derselbe, den Jones zu spät als den berüchtigten Tyron erkannte.

Flaschen, Becher, Reste von Mundvorräten zeigten, daß die Bursche tüchtig getafelt hatten.

»Goddam!« murrte der Lange nach einer Weile, während alle geschwiegen, und faßte nach der rechten Schulter, »der Hund hat mir richtig den Arm fast verrenkt, ich spüre es noch.«

»Ich bedauere noch jetzt, daß ich deinem unsinnigen Verlangen, bei Grover einzukehren, nachgegeben habe, Morris –«

»Nenne mich nicht Morris,« schrie der Angeredete rauh, »ich bin John Harper aus dem Jackson County, ein ehrenwerter Bürger!«

»Nun ja, meinetwegen Old Nick[1] in Person,« sagte ruhig sein Nachbar, was dem Iltis ein helles Gelächter abnötigte.

»Laßt eure Narrheiten, sonst nehme ich einen von euch am Kragen und schüttle ihm die Seele aus dem Leibe,« schrie Morris, und setzte hinzu: »Verdammt, meine Achsel.«

»Daß ich deinem Verlangen, bei Grover einzukehren, nachgegeben habe,« fuhr gelassen der andre fort, »denn es hätte uns alles verderben können!«

»So? Mußten nicht die Pferde getränkt werden, wenn sie in der Nacht noch laufen sollten – he?«

»Und mußte nicht der ehrenwerte Bürger aus dem Jackson County etwas Whisky einladen, nachdem er seine volle Flasche unterwegs in großer Eile geleert hatte?«

»Daß uns der Teufel auch die schuftigen Farmer in den Weg führte,« brummte der Angeredete, »wer konnte denn vermuten in dem einsamen Store zehn solcher Langbüchsen zu finden?«

»Ich will dir was sagen, Morris, der Whisky bereitet dir ein schlechtes Ende. War ich nicht, so hatte dich der Konstabel, der dir dicht auf den Fersen war, vorgestern in seinen Klauen.«

» *Damned his eyes*!« knurrte der Lange. »Muß früher aufstehen, wer John Morris fangen will.«

»Ei, jetzt bist du wieder Morris, ehrenwerter Bürger aus dem Jackson County?«

»Laß den Unsinn, Burton. Ich ärgere mich schon lange, daß ich in diese verdammte Gegend gekommen bin. Wer diesen blutigen Konstabel nur auf meine Fährte gebracht hat?«

»Du bist seit der Sache am Kalamazoo eine sehr gesuchte Persönlichkeit, und ganz Michigan beeifert sich, wie ich mit Interesse wahrgenommen habe, dem Sheriff deine nähere Bekanntschaft zu vermitteln.«

Mit einem schweren Fluche rief Morris: »Laß das gut sein, Burton, oder ich renne dir mein Messer in den Leib, ehe du Amen sagen kannst.« Diesmal brauste er wirklich in wilder Wut empor.

---

[1] Der Teufel.

»Ich will dir nur zu Gemüte führen, Mann, daß du durch dein wildes Saufen und Toben dich und womöglich uns alle in Gefahr bringst. Kam ich nicht dazwischen, als der brave Konstabel dir nahe genug war und ich ihn mit der unschuldigsten Miene von der Welt in den April schickte, als er mich nach dem einsamen Reiter fragte, so hättest du jetzt eiserne Armbänder. Es war ein Glück, daß der Mann mich nicht kennt.«

»Würde sich höllisch gefreut haben, deine Bekanntschaft zu machen,« murrte Morris.

»Möglich, jedenfalls brachte ich ihn von deiner Spur ab,« erwiderte Burton ruhig.

Hierauf schwieg Morris und schnitzte eifrig mit seinem Messer an einem Stück Holz.

Tyron äußerte nach einigem Schweigen: »Geht mir das Schicksal von Battle nah, muß es nicht klug angefangen haben, um so den blutigen Hunden in die Fänge zu geraten.«

»War alles geschehen, Bill,« sagte der Iltis, »was geschehen konnte. War nicht möglich, ihn aus dem Gefängnis zu holen, mußten den Sheriff bestechen. Gelang auch, ich habe dann Tom Battle selbst über den Muskegon gesetzt. Wie die Bursche auf seine Spur gekommen sind, wie es ihnen gelang, den so erfahrenen Tom, der ihnen so manche Nase gedreht hat, zu fassen, ist mir ein Rätsel. Sprachen gestern abend davon, die Muskegonmänner in Grovers Store, konnte aber nur wenig davon, des Windes wegen, verstehen.«

»Hättest uns auch warnen können, dort einzukehren,« meinte Burton.

»Wäre auch geschehen, hattest es nur zu verdammt eilig, deinen Toddy zu nehmen. Muß meine Visage in möglichster Entfernung von diesen Leuten halten, kennen mich zu genau.«

»Konnte gefährlich werden, fuhr mir in die Glieder, als ich die Bursche sah. Mußte noch der Morris wegen einer elenden Rothaut Streit beginnen. Was, zum Teufel, konnte dich veranlassen, mit dem betrunkenen Indianer anzubinden? Konnte uns an den Hals gehen.«

»Seitdem mir der tückische Hund, dieser Peschewa, den Laufpaß gegeben hat, habe ich eine Wut auf die rote Rasse, die bei jeder Gelegenheit losbricht. Der Bursche war sicher ein Ottawa.«

»Der Ottawahäuptling ist, wie du selbst sagst, nur dem Drucke gewichen, den man von Lansing aus auf ihn ausgeübt hat, sonst ist uns der Mann gewogen; wenn der die Räuberfaust in die Tasche steckt, geschieht es nur höchst unfreiwillig.«

»Soll mich nicht wundern,« warf der Iltis mit der hellen Knabenstimme, welche ganz zu seiner Persönlichkeit paßte, ein, »wenn die Roten bald wieder von sich hören lassen.«

»Wie ist das?« fuhr Morris empor, »haben sie die blutige Lektion vergessen, die sie vor drei Jahren erhielten?«

Der Iltis zuckte die Achseln: »War oben am Mackinaw, habe Freunde dort und habe da so ein Liedlein pfeifen hören, die roten Männer stecken die Köpfe zusammen und halten geheime Ratsversammlungen.«

»Ich habe ein ganzes Jahr bei den roten Schuften zugebracht, als es mir im Süden zu heiß wurde, der Peschewa nannte mich seinen Freund, bis der rote Hund mir endlich rund erklärt: ich müsse fort. Wenn dein Liedlein die Wahrheit sagt, und unwahrscheinlich ist mir das nicht, dann wird sich der gute Peschewa wohl wieder nach mir und meiner Büchse sehnen.«

»Kann schon sein.«

»Ist immer ein guter Unterschlupf da oben für den Notfall, man darf's mit den roten Burschen nicht verderben.«

»Siehe gestern abend,« sagte Burton.

»Gestern abend überkam mich gerade die Wut auf das undankbare Gesindel, als ich nach langer Frist wieder eine Rothaut erblickte.«

»Es war ein Glück, daß die Sache so ablief, sonst hätten die Farmer am Ende uns und besonders Tyron etwas genauer angesehen, und das hätte uns Unannehmlichkeiten bereiten können.«

»Ein weiteres Glück, daß niemand Tyron kannte.«

»Der Jones hat mich mehrmals scharf fixiert, aber er mußte mich wohl nirgends unterzubringen. Jammert jetzt vielleicht nach mir und seinen schönen Pferden,« lachte roh der, von dem die Rede war.

»Prachttiere,« schrie Morris, »besonders der Rappe, der ist in Detroit seine tausend Dollars wert. Ha, haha, das war ein Meisterstück vom Iltis.«

»Ist eine Freude für mich, mit Gentlemen zusammen zu arbeiten. Aber was sagt ihr zu diesem Unterschlupf hier, he? Sucht so etwas in den Staaten.«

»Ja, der Platz ist gut genug,« sagte Burton.

»Verdanken wir dem armen Battle, Gott sei seiner Seele gnädig,« setzte er in lästerndem Tone hinzu, »der hat den Platz ausfindig gemacht, und wir, er, Tyron, ich und die guten Bursche, welche nicht mehr sind, haben das alles hier hergerichtet. Hat zwei Jahre jetzt leer gestanden, habe erst alles wieder einrichten müssen. Von allen Lebenden kennen nur zwei, Tyron und ich, die Furten.«

»Ist'n Hauptplatz, kalkuliere, man kann sich Monate hier halten–«

»Wenn genügend Mundvorrat da ist und keiner die Furten entdeckt, gewiß.«

»Das soll schwer werden.«

»Wie hat denn Battle diese Insel entdeckt?«

»Der hat eines Tages auf der Jagd hier einen Hirsch durchwaten sehen und ist ihm nachgeritten, dem verdanken mir diese unangreifbare Feste.«

»Möchte wissen, ob sie uns schon auf der Ferse sind.«

»Denke nicht,« sagte Iltis. »Ist fraglich, ob jemand von Jones heute zum Pferche kommt, und wenn es geschehen ist, ehe sie Leute zusammenholen, die sich uns nachwagen dürfen, vergeht Zeit, denn wenn sie auch bis zum Muskegon unsern Weg ziemlich leicht ermitteln können, soll es ihnen doch von dort aus schwer werden, der Spur weiter zu folgen. Aber wenn sie sie auch finden, ehe sie herankommen, sind wir längst am Pine River und lachen die Muskegonmänner aus.«

»Will euch was sagen,« nahm Burton das Wort, »sind diese Farmer immerhin geschickte Waldleute, welche einer Spur zu folgen wissen, aber weit mehr als sie ist der Indianer zu fürchten, der doch sicher zu ihnen gehört.«

»Ist ein verkommener Kerl, der Rote, kenne ihn, ist mitunter tagelang betrunken, und eine Rothaut, die den Rum nicht lassen kann, ist dem Teufel mit Haut und Haar verfallen, der Bursche ist sicher heute so betrunken wie gestern.«

»Ich muß gestehen, ich wünschte, wir waren am Pine River, und jedenfalls müssen mir mit Tagesgrauen fort. Mich sollte es nicht wundern, wenn sie uns bereits auf der Ferse sitzen,« sagte Burton.

»Wenn sie uns verfolgen und bereits diesseits des Muskegon sind, so werden sie mit der Nacht gelagert und Feuer angezündet haben, und vom Dache des Hauses können wir meilenweit über den Wald hinsehen. Komm, überzeuge dich, da ist die Leiter,« er wies auf eine solche, welche am Ende des Raumes bis zu dem hohen Dachfirst hinaufführte, »hier ist ein scharfes Glas,« und Iltis reichte ihm ein kleines Teleskop, »steig hinauf, öffne die Luke und halte Umschau.«

»Gut,« sagte Burton und stieg die Leiter hinan.

Oben öffnete er die Luke und schaute sich, das Glas vor dem Auge, um.

Plötzlich stieß er einen Ruf aus, der die andern aufspringen machte.

»Was gibt's?« schrie der Iltis.

»Komm herauf.«

Gewandt wie ein Eichhorn kletterte der dann die Leiter empor und drängte oben neben Burton seinen Kopf durch die Luke.

»Dort,« sagte dieser und mies nach der Gegend hin, wo die Furt begann.

»Gib mir das Glas!«

Er lugte eifrig hindurch und erkannte deutlich die von dem Feuer schwach erleuchteten Baumwipfel.

»Verdammt meine Seele,« sagte er in schrillem Tone, »die Hunde sind da und haben die Stelle, wo die Furt beginnt.«

»Kann nicht zufällig ein Jäger sein Feuer dort angezündet haben?«

»Sieh dir den Umkreis des Lichtscheins an, das sind mindestens drei, vier Feuer, die Schurken müssen in starker Zahl ausgerückt sein.«

»Kommt einmal herunter und laßt mich hinauf,« schrie Morris, »ich will mir den Fall einmal ansehen.«

Die beiden kamen herab, und der lange Bursche stieg hinauf.

Nachdem er gleich den andern die Stelle gemustert, kam er wieder herab.

»Das sind sie sicher. Alle Wetter, die haben's eilig. Was nun?«

»Zwei Dinge gibt's, entweder harren wir hier aus, bis sie sich verzogen haben, oder gehen mit dem ersten Tagesgrauen durch die Furt nach Osten davon.«

»Hier ausharren? Wie lange denn? Ohne Nahrung für Mensch und Tier? Unsinn! Das haben wir von deiner verwünschten Schlauheit. Hätten wir, wie ich vorschlug, den Muskegon weiter oben wieder gekreuzt, so wären wir jetzt in Sicherheit und erreichten zur rechten Zeit den Pine River; dort sollten die Burschen uns suchen, ich hätte ihnen eine Nase gedreht, und wenn sie uns dicht auf den Hacken gewesen wären. Verdammt, wir sitzen in der Falle.«

Die vier Gesellen zeigten bedenkliche Gesichter, selbst die rohe Physiognomie Tyrons hatte sich verändert.

»Du bist natürlich immer der Kluge!« schrillte der Iltis. »Wie sie nur so rasch die Spur entdeckt haben und sogar die Furt, es ist doch nichts versäumt worden.«

»Wir sitzen in der Falle,« knirschte Morris, »verdammt sei dein Sumpf, verdammt seien deine Indianerkunststücke, die niemand täuschen, hätte ich nur meinen Gaul genommen und meinen Weg allein fortgesetzt.«

»Da wärest du deinem Freund, dem Konstabel, in die Fänge gelaufen,« lachte der Iltis höhnisch.

»Schweig, Grünschnabel,« schrie ihn Morris an, »ich treibe dieses Handwerk länger als du –«

»Und noch ein andres, wie am Kalamazoo –«

Morris stieß einen gotteslästerlichen Fluch aus und zog das Messer, blitzschnell hatte auch der gewandte Iltis sein breites Bowieknife herausgerissen, und die beiden wären handgemein geworden, wenn nicht Burton und Tyron sich auf sie geworfen, der erstere auf Morris, der andre auf den kleinen Fred, und sie zurückgedrängt hätten.

»Seid ihr wahnsinnig?« sagte Burton, der den starken Morris kaum zurückzuhalten vermochte.

»Den mach' ich kalt, der mir noch einmal die Geschichte am Kalamazoo vorwirft.«

»Komm an!« schrie der Iltis mit vor Wut funkelnden Augen, »mein Messer erspart dir den Strick.«

Von neuem wollte Morris auf ihn los: »Du hast uns hier in die Falle gelockt –« als Burton den Revolver zog und nachdrücklich sagte: »Ich schieße euch beide nieder wie räudige Hunde, wenn ihr jetzt nicht Frieden haltet.« Dies brachte die wütenden Gesellen etwas zu sich.

»Seid ihr wahnwitzig, daß ihr jetzt, wo draußen die Gefahr lauert, aufeinander losgeht wie zwei Kampfhähne? Das Messer fort, Morris, du auch, Iltis, es ist Zeit zu beraten, wie wir den Hals aus der Schlinge ziehen. Gebt Frieden, Männer, ist keine Zeit, sich die Kehlen abzuschneiden.«

Widerwillig ließen die beiden Gegner vom Streite ab und steckten die Messer in die Scheiden, ähnlich zwei bissigen Hunden, welche durch eine starke Hand getrennt worden sind.

»Was nun?« sagte Burton, »was nun, Iltis? Du hast uns in die Schlinge gebracht, wie bringst du uns heraus?«

»Ich habe euch gut geführt, mir haben früher oft wochenlang hier in Sicherheit gehaust, als Battle noch lebte, was werft ihr mir vor, ich hätte euch in die Falle gelockt?«

»Nun, gleichviel, jetzt sind wir drin, wie kommen mir heraus? Sprich, Mann.«

»Wie sie uns nur auf die Fährte gekommen sind? Wir haben wohl ein dutzendmal dieses Kunststück gemacht, ohne entdeckt zu werden, und uns wochenlang hier aufgehalten.«

»Ja, ihr hattet Mundvorrat und Pferdefutter und konntet's aushalten, wir werden ausgehungert, denn die gehen von der Furt, die sie sicher entdeckt haben, denn sonst würden sie nicht gerade dort lagern, auch wochenlang nicht fort, dafür kenne ich sie. Die bringen womöglich das ganze Land auf die Beine und umstellen den Sumpf oder kommen sogar durch die Furt. Was beginnen wir, Iltis?«

»Wir wollen hinaus und die Hunde bei ihrem Feuer zusammenpfeffern, lebendig sollen sie mich nicht haben!« schrie Morris. »Führ uns hinaus, Grünschnabel, dann wollen wir dir verzeihen.«

»Was meinst du, Iltis, können mir hinaus?«

»Jetzt bei der Nacht, durch den Sumpf? Unmöglich, das hätte nicht einmal Battle, der jeden Baumstamm hier kannte, gewagt. Ich finde selbst bei Tageslicht nur mit Mühe den Weg. Will nicht im Sumpfe ersticken.«

»Das geht also nicht, das sehe ich ein. Was aber tun?«

»Entweder wir bleiben morgen noch hier und warten ab, ob sie sich nicht verziehen –«

»Das geht nicht,« sagte Morris, »die Pferde werden matt und sie erwischen uns dann erst recht.«

»Oder,« fuhr Iltis fort, »wir müssen mit Tagesgrauen, sobald ich nur die Zeichen sehen kann, durch die Ostfurt davon auf jede Gefahr hin.«

»Dann fort mit Tagesgrauen,« knurrte Morris, »und kommen sie an, soll mancher ins Gras beißen. Höllischer Sumpf!«

»Was meinst du, Tyron?« fragte ihn Burton.

»Dabei ist nichts zu machen, als so rasch als möglich in den Wald zu gehen. Müssen wir fechten, na, dann wird sich's zeigen.«

»Es wird das richtige sein, dünkt auch mich, es ist von zwei Gefahren die kleinere. Also Iltis, sobald du deinen Weg erkennen kannst, fort. Nur vorher die Pferde ordentlich getränkt, daß sie laufen können.«

Finster und wortlos setzten sich die Burschen wieder um das Feuer. Morris untersuchte sorgfältig seine Büchse und seinen Schießbedarf, Burton saß ruhig und nachdenklich da, der lebhafte Iltis sprang von Zeit zu Zeit auf, lief hinaus, sah nach den Sternen, um die Zeit zu erkunden, kletterte zu der Luke empor, um nach dem Feuerschein zu spähen, oder tränkte die Pferde. Tyron streckte sich gelassen zum Schlafe aus.

*

Noch ehe sich der erste Tagesschimmer im Osten zeigte, erhob sich der Indianer, trat zu Grover und weckte ihn, ein Gleiches tat er dann mit Jones und Weller.

»Zeit zu reiten,« sagte er. Die Männer erhoben sich dann sämtlich, nahmen rasch einen Schluck aus der Feldflasche und einen Imbiß, während der Konstabel nach der Furt ging und die dort Wache haltenden Männer befragte. Nichts war diesen aufgestoßen, ruhig war die Nacht verlaufen.

Er ging dann zurück, versammelte alle um sich und sagte: »Schlage vor, Männer, teilen uns. Lassen vier Leute hier an der Furt, und wir andern reiten den Sumpf ab. Sind sie drin, sollen sie uns nicht entgehen.«

»Ist recht!« sagten die Männer, »wollen so tun.«

Hierauf wurden noch zwei von ihnen nach der Furt abgesandt, um sich den andern dort im Versteck anzuschließen und den Uebergang zu bewachen.

Hierauf stiegen alle zu Pferde, und Grover, Jones, der Graf, Heinrich, Athoree und noch zwei der Farmer, Miller und Warton, ritten rechts ab, während die übrigen unter Führung des Konstabel sich nach links wandten, um so den Sumpf zu umkreisen.

Schon war es Tag und der Weg gut zu erkennen.

Der Sumpf streckte sich weit von Osten nach Westen aus und Grover mit seinen Begleitern umritt das nähere Ende nach Osten zu. Sie hielten sich so nahe an das Wasser, als der Boden es erlaubte, mußten aber doch häufig in den Wald abbiegen, um gefährlichen Stellen auszuweichen.

Etwa eine Stunde mochten sie so geritten sein, als der Indianer einen Schrei ausstieß, den Arm schwenkte, seinem Pferde die Hacken gab und rasch voransprengte.

»Huppih! Huppih!« stieß Jones gellend seinen Jagdruf aus, »wir haben sie, wir haben sie!« und gab dem Gaul die Sporen.

»Halt! halt! Männer,« rief der besonnenere Grover, »laßt uns die Sache betrachten, kalkuliere, wird nichts schaden.«

»Vorwärts, vorwärts! alter Biber, mir haben sie, wir haben sie!« Und er sprengte dem Indianer nach.

Die andern hielten bei Grover und betrachteten die Spur, die direkt aus dem Sumpfe auf das Land führte.

»Die Spur ist frisch,« sagte der Wirt, »die kann kaum eine Stunde alt sein.«

»Also noch eine Furt haben die Halunken hier? Na, dann nach. Freunde, hier ist kein Irrtum möglich, wir haben sie vor uns. Werden gleich sehen, welchen Weg sie nahmen.«

Auch er gab jetzt seinem Pferde die Sporen und in wilder Hast ritten sie auf der Spur, die nach Nordost, das ist dem Muskegon zu, führte, einher.

Bald gewahrten sie, in eine Lichtung einreitend, den Indianer und Jones, welche quer vor ihnen in entgegengesetzter Richtung einherritten.

»Sie haben die Spur verloren,« sagte Grover.

Gleich darauf hielten sie vor einem breiten, aber seichten Bache, welcher nach Süden zu floß.

»Sie sind ins Wasser gegangen, und die beiden suchen, wo sie es etwa verlassen haben,« bemerkte Grover zu dem Grafen. Indem sprengte auch Athoree schon heran.

»Bach hinunter, Grover, nicht hinauf!« rief er diesem zu.

»Weißt du, wo dieser Bach mündet, John?« fragte der Wirt.

»Läuft in Muskegon weit unter Dewilscreek.«

»Sie wollen sicher den Muskegon gewinnen und müssen dann bald den Bach verlassen, sie müssen nach Ost und der Bach läuft südlich.«

Schon jagte auch Jones heran.

»Hast du sie, John?«

»Bach hinunter,« sagte er lakonisch.

»Huppih! Nach!« schrie der erregte Mann und wollte davonsprengen.

»Ein Wort, Jones!«

»Rasch, Mann, rasch!« Aber er zügelte doch den Gaul, trotz seines Verfolgungseifers.

»Einen Augenblick Ueberlegung. Nicht zu hitzig, Jones, kommen noch zeitig genug an; wir haben sie vor uns, geht im Wasser nicht rasch von dannen.«

»Haben schon kostbare Zeit verloren, Grover, bring mich durch deine Ruhe nicht zur Verzweiflung.«

»Höre eins. Wollen die Schufte augenscheinlich wieder über den Muskegon, müssen bald aus dem Wasser heraus und nach Osten. Werden gleich die Spur haben. Ist der Muskegon mit Pferden nur oberhalb der Schnellen zu überschreiten, müssen deshalb bis über diese hinaus reiten. Kalkuliere, ist richtig, teilen uns, ein Teil trabt direkt zu den Stromschnellen, sind dann früher da als die Diebe, der andre folgt der noch warmen Spur.«

»Magst recht haben, alter Grover, ich bleibe auf der Spur, reitet ihr zum Flusse, ich treibe sie euch zu. Kommt mit mir. Freunde,« rief er den beiden Farmern zu, und alle drei sprengten dem Laufe des Baches nach, das Ufer entlang davon.

»Habe ich recht, John?«

»Hast recht, Grover, müssen Diebe in Prairie jagen, dann sicher.«

»Du kannst uns führen?«

»Gerade wie Pfeil, dort der Fluß über die Felsen läuft,« und er deutete mit der Hand auf eine Stelle des Horizontes nach Osten zu.

»Wenn Jones in seiner Wut nur nicht in eine Falle gerät, sobald sie wahrnehmen, daß sie verfolgt werden?«

»Jones klug, Grover, wird Augen auftun?«

»Wollen wir hoffen. Also voran, John. Kommen Sie, Herr Graf, jetzt werden Sie bald die Büchsen knallen hören.«

In schnellem Tempo ging es nun vorwärts, in so gerader Richtung, als die Bodengestaltung nur erlaubte, durch den Wald, über Lichtungen, an kleinen Seen vorüber, oft in dem welligen Gelände hügelauf, hügelab. Der Indianer führte sie mit wunderbarer Sicherheit.

Es war ein für Tier und Mensch überaus anstrengender Ritt, und wiederholt mußten sie halten, um die Tiere verschnaufen zu lassen. Doch da die Verfolgten dieselben Hindernisse zu überwinden hatten und wegen der mitgeführten Rosse weniger schnell den Weg zurücklegen konnten, so war alle Aussicht, daß sie vor den Räubern am Muskegon anlangen würden. Sie mußten endlich langsam reiten, da die Pferde erschöpft waren. Während sie durch eine kleine Savanne ritten, wo zwischen dem vergilbten vorjährigen Grase der junge Nachwuchs emporsproßte, berührte ihr Ohr ein dumpfes Brausen.

»Was ist das, John?« fragte Grover.

»Wasser fällt über Stein.«

»Oho, so sind wir ja da! Kalkuliere, sind die ersten am Muskegon.«

Sie ritten weiter, erreichten den Wald, der sich nur als schmaler Streifen bis zum Flusse hin darstellte, und erblickten bald den Strom.

»Du hast uns trefflich geführt, John,« sagte Grover. »Was sagt Ihr, Fremder, zu einer solchen Probe von Ortssinn? Der Indianer hat uns, ohne auch nur einen Augenblick zu zögern, in fast gerader Richtung hierher geführt.«

»Es ist bewundernswert.«

Sie hielten. Einige hundert Schritte unterhalb der Stelle, wo sie standen, lief der Fluß eilig auf eine weitere Strecke in ziemlich starkem Fall zwischen Felsen hindurch und erfüllte die Ufer ringsum mit seinem Brausen.

»Was ist nun deine Meinung, John?«

»Haben Muskegon gesehen, gehen zurück an Waldsaum, liegen dort hinter dicken Baum, warten, bis kommen, können von dort aus schießen.«

»Also komm.«

Sie ritten die kurze Strecke zurück, stiegen ab, banden die Pferde an Bäume und suchten sich in geringer Entfernung voneinander Verstecke, von denen aus sie die Savanne noch ziemlich weit übersehen konnten.

Es hatte sich aller bis auf den Indianer die Aufregung bemächtigt, welche einem solch ernsten Zusammentreffen vorherzugehen pflegt, trotzdem die beiden deutschen Krieger in zwanzig furchtbaren Schlachten mit einem tapferen Gegner gerungen hatten. Auch Grovers fleischiges, breites Gesicht zeigte nicht ganz den gewöhnlichen Gleichmut, aber er hielt seine lange Büchse wie zwischen eisernen Klammern in den starken Händen. Der Indianer behielt seine gewöhnliche stoische Ruhe bei.

Zu Heinrich sagte, während sie sich ihre Plätze aussuchten, der Graf: »Heinrich, dies ist eine Sache, die uns eigentlich wenig kümmert, zu der wir nur als Zuschauer mitgeritten sind, wir wollen deshalb nur die Waffen brauchen zum Schutze unsres Lebens oder des der andern. Wir schießen auf die Pferde der Verfolgten und nur im Notfall auf sie selbst, und auch dann ist es genug, wenn wir sie kampfunfähig machen.«

»Zu Befehl, Herr Graf. Es sind grimmige Spitzbuben, auf die wir lauern, nicht wahr?«

»Wie die Leute sagen, sind es sämtlich gefürchtete Mörder und Diebe. Besonders einen von diesen Gesellen müssen mir womöglich lebendig zu bekommen suchen, den, mit dem ich bei Grover das Rencontre hatte, es soll ein ruchloser Verbrecher sein.«

»Gut, Herr Graf.«

»Also wir handeln, wie es der Augenblick gebietet, und töten nur in Notwehr.«

Dann warteten sie lautlos der Dinge, welche kommen sollten.

Wald und Savanne lagen in tiefem Schweigen und nicht ein Lüftchen regte sich, nur das dumpfe Brausen der Stromschnellen berührte das Ohr.

So lagen sie, die Augen nach der Savanne und dem fernen Waldsaum gerichtet, wohl eine Stunde lang da, als plötzlich der Knall einer Büchse von links her schwach zu ihrem Ohre klang.

Sie griffen zu den Waffen und machten sich schußfertig. Da – noch ein Schuß und noch einer.

»Bei Jove,« brummte Grover, »der tolle Jones kämpft mit den Schurken. Wäre ich doch bei ihm geblieben, kann ihm schlecht bekommen, dem Hitzkopf, sind ihrer nur drei gegen vier gute Büchsen.«

Sie hatten sich schon beim ersten Schusse erhoben und standen, durch Bäume gedeckt, zum Kampfe bereit da.

Jetzt brausen auf zu rasendem Laufe angespornten Pferden vier Reiter aus den Büschen, ihnen gegenüber auf die Savanne, dem Waldsaum zu, wo der Hinterhalt lauert.

Noch ist die Entfernung zu weit, um zu feuern.

Sie kommen mit großer Schnelligkeit näher, Grover liegt im Anschlag, seine lange Rifle an den Baum lehnend. Der Mann ist aufgeregt und sein Finger berührt unabsichtlich den Drücker. Krach – entlud sich die schwere Waffe – ohne daß die Kugel ein Ziel findet.

» *Damned my eyes!*« flucht er grimmig, »schäme dich, Grover, zitterst wie ein Knabe, der zum erstenmal auf einen Hirsch anlegt,« macht sich aber sofort daran, die Büchse wieder zu laden.

Die Reiter stutzen – halten, sie sind immer noch außer Schußweite.

Drei ledige Rosse brechen drüben aus dem Walde, es sind Pferde von Jones.

Die Verfolgten haben augenscheinlich eine kurze Beratung gehalten – jetzt wenden sie und reiten in wilder Flucht dem Norden zu.

»Zu Pferde!« ruft Grover, der durch sein Mißgeschick in grimmige Wut versetzt war, und in größter Eile besteigen alle die Rosse.

»Warum du schießen, Grover?« fragt der Indianer.

»Weil ich ein Esel bin. Vorwärts! Das muß ausgeglichen werden, sonst lacht mich ganz Michigan aus, so lange ich lebe.«

Kaum ritten sie in die Savanne, als von derselben Seite, von welcher die Verfolgten gekommen waren, auch Jones mit dem einen seiner Begleiter aus dem Walde brach und in vollem Rosseslauf mit lautem Huppih! und seine Büchse schwingend den Flüchtigen nachsetzte.

Als er an die Gruppe herannahte, schrie er Grover zu: »Wir haben sie, Grover – sie nehmen die Prairie, wir haben sie – Huppih!«

»Wo ist Miller?« fragte Grooer, – Miller war der zweite Begleiter von Jones – »ist er verwundet?«

»Nein, er fängt die Pferde ein. Huppih! Huppih!« Und die abgematteten Rosse strengen ihre letzten Kräfte an. Die Tiere der Verfolgten sind noch mehr erschöpft, die Verfolger kommen näher, doch schon sind die eilends Flüchtenden dicht am Walde.

Der Graf reitet neben Heinrich und fragt: »Trägt deine Büchse bis zu den Bäumen dort?«

»Ja, Herr Graf.«

»So halte und schieße eines der Pferde an.«

Heinrich zügelt sein Roß, und kaum steht es, so entlädt sich auch seine Büchse und eines der Pferde stolpert, eilt aber doch mit den andern weiter.

»Gut gemacht, Deutscher!« schreit Jones dem, nachdem er mit Blitzesschnelle geladen, heranjagenden Deutschen zu.

Jetzt winkt der Indianer mit der Hand und ruft: »Halt! Halt!« Sie halten.

Eben verschwinden die gehetzten Diebe in dem Dickicht.

»Was heißt das, Indianer?« fragt Jones. »Was gibt's?«

»Willst du Kugel im Leibe haben, Jones? Werden gleich schießen.«

»Du hast recht, Rothaut; das kommt von der Wut. Es wäre kindisch, alter Grover, gegen den Wald dort anzureiten. Die Schurken legen sich natürlich in den Hinterhalt und schießen uns herunter, als ob wir Sperlinge wären.«

»Hierher reiten,« sagt Athoree und lenkt sein Roß gegen eine Bodenanschwellung, welche gegen Kugeln vom Walde her Deckung bietet. Da blitzt auch schon eine Büchse auf, doch die Entfernung ist für die Rifle noch zu groß, nur eine matte Kugel pfeift an ihnen vorüber.

»Jones,« sagt hastig der Indianer, »du oben auf Hügel schleichen, legen in Gras.«

»Was willst du tun?«

»Will nach Wald sehen, ob Morris fortreitet,«

»John, das ist gewagt.«

»Denke, sie reiten schon jetzt, wollen uns nur glauben machen, daß mit Büchse im Anschlag.«

»Dann geh mit Gott.«

Der Indianer warf sich zu Boden und glitt mit der Gewandtheit und Schnelligkeit einer Schlange durch das hohe dürre Gras, während Jones der Graf und Heinrich abstiegen und die Bodenanschwellung hinaufkrochen, um sich dort mit den Büchsen im Anschlage im Grase niederzulegen und den Wald zu beobachten, während Grover und der Farmer unten die Pferde hielten.

Nach ganz kurzer Frist trat Athoree ganz offen aus dem Walde hervor und winkte mit der Hand. Schnell bestiegen die Abgesessenen die Pferde wieder und Athorees Roß mit sich führend, bewegten sie sich eilig auf den Indianer zu. Dieser sprang in den Sattel und sagte dabei: »Wie ich denken, er gleich weiter reiten – er nehmen Prairie, ihn jetzt fassen.«

So rasch es anging, eilten sie in breiter Front durch den Wald.

Graf Edgar hatte einigen riesenhaften, wahrscheinlich von einem Sturm entwurzelten Baumstämmen ausweichen müssen und war dadurch, daß er gezwungen ward, sie zu umreiten, wohl an hundert Schritte ins Hintertreffen gekommen. Niemand, selbst sein treuer Heinrich nicht, hatte ihn innerhalb der belaubten Wälder vermißt.

Während die andern bereits in die Prairie einritten und sich nach ihren Opfern umsahen, weilte der Graf noch im Walde.

Als er an einer uralten Eiche vorbeiritt, sprang plötzlich Morris dahinter hervor, faßte mit der einen Hand die Zügel und stieß gleichzeitig mit der messerbewehrten Rechten nach dem jungen Manne.

So plötzlich und unerwartet dieser Angriff auch war, so führte der ebenso gewandte als entschlossene Offizier doch einen so kräftigen Stoß mit dem Kolben seiner Büchse nach der Brust des Angreifers, daß dieser zurückwankte und sein Messer den Grafen nicht erreichte.

Morris, ein riesenstarker und zugleich behender Mann, ließ das Messer fallen, faßte mit beiden Händen des Grafen Bein und riß ihn, ehe er auch nur Maßregeln zur Abwehr treffen konnte, herab, so daß er zur Erde stürzte und ihm die Büchse entfiel. Augenblicklich war der Graf aber wieder auf den Beinen und faßte den Gegner fest mit beiden Händen.

Ein wildes Ringen entstand. Der Jüngling besaß außergewöhnliche Körperkraft und er wußte, es galt das Leben; aber sein zur Verzweiflung getriebener Gegner, welcher sich durch die Verwundung seines Pferdes des letzten Rettungsmittels beraubt fand, war ihm überlegen, das fühlte er.

»Hallo! Herr Graf! Herr Graf! Hallo!« ertönte Heinrichs Stimme in nicht großer Entfernung.

Todesangst verdoppelte bei dem Nahen eines zweiten Feindes des Banditen herkulische Kraft und er schleuderte den jungen Mann mit solcher Wucht zu Boden, daß er fast betäubt dalag, unfähig, sich gleich wieder zu erheben. Dann ergriff er seine Büchse, haschte mit wenig Mühe des Grafen Roß, schwang sich darauf und ritt davon, als eben Heinrich sein Pferd auf den Schauplatz drängte. Nur die im Angesichte des Feindes gebotene schnelle Flucht und die Notwendigkeit, einen Schuß in der Büchse zu haben, verhinderten es, daß er dem Grafen eine Kugel zusandte. Mächtig erschrak Heinrich, als er seinen Herrn am Boden liegen sah, und sprang aus dem Sattel.

Doch schon erhebt sich Graf Edgar. »Sei unbesorgt, Heinrich, es ist mir außer einigen Quetschungen nichts geschehen,« und erzählt dem erregten Mann, wie der Bandit in überfallen hatte

Der Jäger half dann dem Grafen auf sein Pferd und führte es durch den Wald nach der Prairie, wo die andern harrten.

Ein Schrei der Wut ließ sich hören, als der junge Offizier den Ueberfall und diesen Ausgang mitteilte.

»*Damned his soul*!« schrie Jones.

»Ist der größte Schurke entkommen. Was nun? Sollen mir dem Morris nachsetzen oder die Hunde vor uns jagen?«

»Geh, Jones,« sagte der Indianer, »fechte in der Prairie – Athoree wird der Fährte des Morris folgen.«

»Skalpiere den Hund, John, und du sollst ein Faß Rum haben.«

Schon ritt der Indianer in den Wald zurück.

»Vorwärts, Männer, hinter den Dieben her.«

»Ich will die Jagd mitmachen, Heinrich, auf deinem Pferde, bleibe du hier, wir holen dich wieder ab, lange kann es nicht dauern,« sagte der erregte Graf.

»Ich würde zurückbleiben, Herr.«

»Nein, mein Blut ist warm, ich will reiten, besser als hier im Walde sitzen und meine Quetschungen fühlen.«

Von den Verfolgten war bei der Bodengestaltung, man bezeichnet sie im Lande als rollende Prairie, im Augenblick nichts zu erblicken, sie ritten deshalb die höchste Erdanschwellung, die sich ihren Augen darbot, hinan, um Umschau zu halten. Der Graf schloß sich ihnen an, während Heinrich besorgt am Waldessaum zurückblieb.

Auch von oben war nichts zu erspähen, die Gejagten hielten sich wohlweislich in den leichten Einsenkungen des Bodens.

»Vorwärts, Männer, Huppih!« rief Jones, der jetzt die Führung übernahm, »vom nächsten hohen Punkte aus müssen wir sie sehen,« und fort galoppierten sie, so rasch die Pferde laufen konnten.

Ein scharfer Nordwind hatte sich erhoben, der sie, ihnen ins Gesicht blasend, eisig anwehte. Aber vorwärts, vorwärts, die wildeste Jagdlust war erwacht.

Wiederum leiteten sie ihre Pferde nach Zurücklegung einer großen Strecke eine Bodenanschwellung hinan, und »Huppih! dort sind sie, die Hunde!«

In der Ebene, die sich vor ihnen ausbreitete, sahen sie jetzt deutlich die drei Flüchtlinge, welche sich nach verschiedenen Richtungen hin bewegten.

»Sie haben sich getrennt, aber das soll ihnen nichts helfen. Ich nehme den links, Grover, du den in der Mitte und Morton den andern.«

»Nein, laß uns zusammenbleiben, Jones –« aber schon sprengte jener dem Gegner, den er sich erwählt hatte, nach. Die Flüchtenden waren kaum eine Meile weit vor ihnen und konnten bald erreicht sein, und dann mußten die Büchsen sprechen.

Während sie so vorwärts ritten, erschien zu ihrer Linken Morris auf des Grafen Pferd am Horizont, und nach kurzer Frist hinter ihm der Indianer, dessen gellender Schlachtruf bis zu ihnen herüberdrang. Aber das Pferd des Grafen, welches der Mörder ritt, war augenscheinlich kräftiger, als das des Indianers.

Der Nord brauste immer stärker.

Plötzlich verschwanden die drei, welchen Jones, Grover und der Graf nacheilten, vom Erdboden, nur Morris war von den Verfolgten noch sichtbar, hinter ihm der Indianer.

Grover hielt mit seinen Begleitern und rief mit Stentorstimme Jones zu, gleichfalls zu halten.

»Dort, quer vor uns, muß eine sich lang ausdehnende Senkung sein, und wir laufen ins Feuer der Schurken, wenn wir uns unvorsichtig nahen. Jones! Jones! Halt! Da seht, der Indianer gibt die Verfolgung auf, er hält, er wendet sogar; was ist das, er winkt uns zu, zurückzureiten? Bei Jove, er jagt zurück! Was ist das?«

Eine leichte, kaum bemerkbare Dunstwolke zeigte sich an dem Rande, hinter welchem die drei Räuber verschwunden waren.

»Allmächtiger Gott! zurück! zurück! Der Wind weht scharf gegen uns, und die Schurken haben das dürre Gras angezündet. Zurück, Herr Graf, jetzt geht's ums Leben!«

Staunend sah Graf Edgar die furchtbare Aufregung des starken Mannes, folgte ihm aber, gleich dem andern Farmer, indem er sein Pferd wandte und es zur wahnsinnigen Eile anspornte.

Jones hatte gleichfalls den Rückweg angetreten.

Graf Edgar schien die Gefahr keineswegs so dringend zu sein, er wandte trotz des schnellen Rittes sogar den Kopf, und bemerkte freilich, daß die Rauchwolke sich verstärkt hatte.

Etwas vor ihm ritt schwerkeuchend Grover, unaufhörlich sein Pferd antreibend, drüben tat Jones augenscheinlich ein Gleiches.

Nur Pferde von dieser ungewöhnlich dauerhaften Rasse vermochten solche Anstrengungen zu ertragen. Fort ging's in wilder Flucht.

Der Wind sauste hinter ihnen her, gleich als ob er ihre Eile beschleunigen, oder mit den Pferden um die Wette rennen wollte.

Ein unangenehmer brenzlicher Geruch machte sich nach einiger Zeit bemerkbar, den der Sturm auf seinen Flügeln ihnen nachführte.

»Vorwärts! Vorwärts!« keuchte Grover.

Dennoch konnte es der Graf nicht unterlassen, einen Moment zu halten, und sich umzusehen.

Fast der ganze nördliche Horizont war bereits in Dunst gehüllt, und dichte Dampfwolken stiegen aus der Prairie auf, welche der Wind nach Süden fegte.

Wild flohen scheue Tiere an ihm vorbei, wie sie in der Prairie heimisch waren, und heiserer Vogelschrei klang aus der Luft herab.

Er wandte sein Roß und war bald wieder in der Nähe Grovers.

»Vorwärts! Vorwärts!«

Was war das? Jones, der rechts von ihnen ritt, war nicht mehr zu sehen, auch der Wald vor ihnen ward undeutlicher, immer undeutlicher.

»Vorwärts! Vorwärts!«

Der Rauch des Prairiefeuers, auf Sturmesflügeln einhergetragen, begann sie einzuhüllen. Er ward mit dem weiteren Umsichgreifen des Feuers stärker und stärker.

Weh, wenn er sie dichter umfing.

Weh, wenn das Feuer sie erreichte.

Undeutlich sah der Graf nur noch Grovers Gestalt vor sich, auch die Atmungswerkzeuge wurden durch den Dampf belästigt.

»Vorwärts, um Christi willen!«

Aber die Pferde brauchen nicht mehr angetrieben zu werden, sie erkennen die Gefahr, welche hinter ihnen einherstürmt, und Todesangst beflügelt ihren Lauf wie den der wilden Tiere, welche schattenhaft an ihnen vorüberhuschen.

Zwei, drei Minuten reiten sie in dichtem Dampfe.

Dem Grafen will es scheinen, er höre schon das Knistern der Flamme hinter sich.

Ist der letzte Augenblick gekommen?

»Herr Graf! Hallo! Hallo! hier!« klingt schwach Heinrichs Stimme an sein Ohr, der treue Jäger hat die Gefahr längst erkannt und gibt nach Jägersitte Anruf, damit die andern wissen, wo er stehe.

Bittere Angst um seinen Herrn verstärkte den Ruf.

»Heinrich!« schrie der Graf, so laut er konnte, »Heinrich!«

»Hallo! Hallo! hier! hier!« Da taucht im Dampf vor ihnen des Indianers dunkles Antlitz auf, welcher trotz der drohenden Gefahr ihnen entgegengeritten war.

Er ergriff des Grafen Pferd am Zügel, riß es nach rechts herum und rief Grover zu, ein Gleiches zu tun.

Einer Bodenerhebung ausweichend, waren die Tiere in eine Richtung schräg nach dem Wald hin geraten, was den Weg verlängerte und ihnen die Gefahr näher brachte.

»Hallo! Hallo!« ließ immerfort sich Heinrichs Stimme und immer deutlicher vernehmen.

Dieser Ruf und des Indianers tolle Verwegenheit, in den Dampf hineinzureiten, hatte ihnen Rettung gebracht. Endlich erscheinen schattenhafte Bäume – deutlicher – deutlicher meiden sie – da steht Heinrich – er stürzt auf den Grafen zu, faßt das Pferd am Zügel und zieht es in den Wald hinein. – Schon wenige Schritte in dem dichten Laubholz ist die Luft reiner, der Dampf weniger dicht. Bald können sie frei atmen, und langsam unter des Indianers Führung, der voranreitet, erreichen sie die Savanne jenseits des Waldes. Dampfwolken fliegen noch immer hoch über sie hin, aber hier unten hemmt das dichte Holz das Vordringen des Rauches.

Sie warfen sich von den zitternden Pferden auf das Gras, Grover, der Graf, auch der Farmer Morton, der sich an ihrer Seite gehalten hatte, sie sind so erschöpft, daß kein Wort über ihre Lippen bringt. Der Indianer hält noch hoch zu Roß neben ihnen.

Besorgt beugt sich Heinrich über seinen Herrn, dieser lächelt ihm beruhigend zu. Heinrich bietet ihm die Feldflasche und der Graf nimmt einen kräftigen Schluck Rum.

Grover ist zu erschöpft, um auch nur nach seiner Flasche greifen zu können, auch ihm bietet Heinrich die seinige.

»Wo ist Jones?« stöhnte der starke Mann nach einem kräftigen Schluck.

»Ist am Wald drüben – sicher.«

»Wird das Feuer hierher kommen, John?«

»Prairiefeuer gleich aus – Wald nicht brennen – zu naß. Sieh,« und er deutete nach oben, »schon weniger Rauch.«

Und in der Tat zogen die Dampfwolken schon lichter vor dem Nordwind einher.

Schweigend blieben die Männer noch eine Weile liegen.

Heller und heller wurde der Himmel, klarer und klarer die Luft, der Wind wehte bereits weniger heftig, und mit Entzücken sog die Brust den balsamischen Odem des Frühlingstages ein.

Jones kam heran, sein Pferd führend: »Hallo, Grover! Wie steht's. Mann? Kalkuliere, habt ein Wettrennen gemacht.«

»War hart an uns, Jones, ist ein Fakt.«

»Sind heraus, Bill Grover, ist auch ein Fakt.«

»Wie gefiel's Euch, Fremder? Kalkuliere, habt so was in Eurem alten Deutschland nicht.«

»Nein, Herr, geht friedlicher bei uns zu.«

Jones, der trotz der mißglückten Jagd und der überstandenen Gefahr, da er sich wieder im Besitz seiner Pferde wußte, guter Laune war, lachte: »Ja, Mann, seid im alten Mich, an der Grenze, ist noch wildes Land, muß noch manches anders werden, ehe es aussieht wie bei Euch. Kalkuliere, war eine tolle Frolic, aber habt gesehen, wie es manchmal bei uns zugeht, müssen uns selbst unsrer Haut wehren gegen blutige Schurken und gegen die Elemente.«

Grover stieß einen kräftigen Fluch au«: »Daß die Hunde uns entkommen sind, Jones, jammerschade!«

»Kalkuliere, war nichts zu machen, Grover, nimm's kaltblütig. Mann, laufen uns doch noch in die Finger. Komm mal her, John,« lief er dem absteigenden Indianer zu und reichte ihm, als dieser herankam, die Hand, eine Ehre, welche der Indianer zu würdigen wußte: »Dir verdanken wir's, Rothaut, daß unsre Knochen nicht auf der blutigen Prairie verkohlen. Wenn deine indianische Nase nicht war, kamen wir bei *dem* Winde und *dem* Dampfe nimmer heraus. War dicht hinter uns, Grover, der Sensenmann. Will dir was sagen, John, wenn du Bill Jones einmal brauchen kannst, dann komm nur zu ihm, verstehst du? Und dann habe ich da noch ein altes Schießeisen zu Hause,« er meinte eine zwar alte, aber vortreffliche Waffe. »Hast oft geliebäugelt damit, wenn wir einmal zusammen jagten, die Rifle ist dein, John, kannst sie dir holen. Ist für deine Dienste gestern und heute.«

De« Indianers Augen funkelten in heller Freude, das war ein gar wertvolles Geschenk für ihn.

»Und wenn du das verdammte Saufen lassen könntest, dann wärest du ein ganzer Kerl.«

»Danke, Jones,« sagte er, »gute Rifle, freut sehr Jägerherz.«

»Daß die Bursche uns entkommen sind,« knurrte Grover, »ich hätte so gern einem von ihnen den Schädel eingeschlagen.«

»Sind Bestien,« sagte Jones, »verzweifelte Schurken, hatten Glück diesmal, aber entlaufen dem Galgen doch nicht. Seht Ihr, Fremder,« wandte er sich an den Grafen, »müßt nicht denken, daß wir unvorsichtige Leute sind, die sich blindlings in Gefahr begeben und andre mit hineinreißen. War das Feuer nicht möglich, wenn nicht der Wind nach Norden umgesprungen und so stark gewesen wäre. Waren auch zu nahe – hätten sonst ein Gegenfeuer anzünden können. Habt gesehen, selbst der erfahrene Indianer fürchtete solche Gefahr nicht. Freilich hatte seine Spürnase die Sache zuerst weg. Ich glaube, diese roten Leute riechen ebenso weit als sie sehen. He, John?«

»Riechen gut, riechen Dampf, sehen ihn – wissen, daß Gras anzünden. Reiten weg, nicht kämpfen gegen Feuer.«

»Richtig, da hört die Menschenkraft auf. Und dein Freund Morris ist dir entkommen.«

»Er besser Pferd, ihn noch einholen, später.«

»Will ich von Herzen wünschen.«

»Was ist nun zu tun, John?« fragte Grover.

»Reiten nach Haus, legen auf Ohr und schlafen!«

»Nichts mehr zu machen?«

»Prairie heiß – ganzen Tag noch – morgen noch – nicht weiter – Spitzbuben fort.«

»Ist ein Jammer, ist ein Jammer.«

»Kalkuliere, Fremder, ist eine andre Art Krieg, als Ihr da im blutigen Frankreich geführt habt? He?«

»Ja,« sagte der Graf, der jetzt, wo nach der Aufregung und heftigen Bewegung Ruhe eingetreten war, die unsanft zugefügten Verletzungen fühlte, welche die Folgen seines Ringens mit Morris waren, »sie entspricht dem Lande und seinen Verhältnissen. Aber ich sehe mit Freude, welch geschickte und tapfere Kämpfer auf diesem Boden erwachsen. Sind Männer hier.«

»Kalkuliere, sind,« lachte Jones, »wissen sich zu wehren.«

Heinrich, der, als er die Gefahr, welche seinen Herrn bedrohte, erst erkannte, in Todesangst die wilde Flucht vor dem Feuer mit angesehen hatte, eine Angst, die sich steigerte, als der Dampf die Reiter einhüllte, war körperlich frisch, aber immer noch sehr bewegt und beschäftigte sich mit rührender Treue um seinen Herrn, ihm kleine Dienste leistend, um sein Lager möglichst bequem zu machen, wiederholt nach seinem Befinden sich erkundigend, von den noch vorhandenen Vorräten anbietend, die aber der erschöpfte junge Mann ablehnte. Während er so um ihn beschäftigt war, traf sein Auge einen zierlichen Wapitihirsch, welcher sich etwa hundert Schritte von ihnen erhoben hatte und sicherte. Das Tier, wahrscheinlich auch vor dem Feuer entflohen und hier Rast suchend, stand schußgerecht. Eine schnelle Bewegung brachte die Büchse in Heinrichs Hand, sie lag an der Wange – ein Krach – hoch ansteigend fiel das Tier im Feuer.

Alle sprangen erschreckt empor.

»Was gibt's?« fragte hastig der Graf.

»Ein Hirsch, er liegt.«

Beruhigt setzten sie sich wieder und Jones lachte. »Das ist gut, den Braten können mir brauchen.«

Heinrich brach das Tier rasch auf, brachte die Beute heran und mit Hilfe des Indianers loderte bald ein Feuer empor und der Duft des schmorenden Hirschfleisches füllte einschmeichelnd die Luft.

»Hallo, Boys!« ertönte eine kräftige Stimme, »nennt ihr das Jagd machen?«

Es war Weller, welchem in einiger Entfernung seine Gefährten folgten.

»Hoho! der Konstabel, der hat den Braten gerochen – der hat eine Nase.«

»Habe wenigstens den Rauch des Feuers gesehen, aber ist gut, Leute, haben einen bärenmäßigen Hunger. Was war das für ein Dampf?«

Man gab ihm rasch Kenntnis von den Vorfällen.

»Schade, schade, daß die Schufte entkommen sind. Müssen rasch Botschaft an den White River senden und die Leute dort vor ihnen warnen. War nichts zu machen, Männer, haben getan, was wir konnten. Ist ein Fakt.«

Die von dem milden Ritt Erschöpften hatten sich bald wieder erholt und in kurzer Zeit saßen sie sämtlich um das Feuer und sprachen dem duftenden Braten kräftig zu.

»Jetzt,« sagte der Indianer, »Grover, gib Rum, Jagd aus.«

Von allen Seiten bot man ihm die Jagdflaschen, von denen einige noch gut gefüllt waren, an. Er nahm die von Grover und leerte sie in einem Zuge.

»Ah, Rum gut.«

»Na ja,« brummte Grover, »wenn wir zu Hause sind, wird's wohl wieder losgehen. Schade um den Mann.«

Sie ruhten aus und traten dann, nachdem auch Miller mit den aufgesammelten Pferden Jones' sich ihnen angeschlossen hatte, den Heimweg den Muskegon entlang an. Unterwegs wurden die Männer, welche an der Furt des Sumpfes Wache hielten, aufgenommen und dann am Ufer des Flusses die Nacht zugebracht. Am andern Tage trafen alle, erschöpft, aber sonst wohlbehalten, von der vergeblichen Jagd in der Heimat wieder ein.

Viertes Kapitel
Der Onkel Meschepesches.

Graf Edgar, der durch die im Ringkampfe mit Morris erlittenen Hautabschürfungen und sonstigen Verletzungen eine Zeitlang unangenehm belästigt worden war, hatte durch die von Grovers Frau ihm verordneten Heilmittel so weit Linderung gefunden, daß er sie kaum noch fühlte; doch war Ruhe für noch einige Tage geboten, ehe er sich den Anstrengungen einer Reise durch die Wälder, ohne Nachteile befürchten zu müssen, wieder aussetzen durfte.

In Sinnen verloren weilte der Offizier am Tage nach der Rückkehr von der wilden Jagd unter einer breitblätterigen Sykomore, unweit des Blockhauses, zu deren Fuße ein roh gefertigter Tisch, von Bänken umgeben, ein angenehmes, schattiges Plätzchen bot.

War ihm auf seiner Reise durch Ohio und quer von Detroit durch Michigan bis zum Muskegon die Art und Weise des Lebens auf den Farmen nicht unbekannt geblieben, so befand er sich doch hier zum erstenmal während seines Aufenthaltes in den Vereinigten Staaten an der Grenze der Zivilisation, in Gegenden, in welchen das Gesetz seine Macht bereits verloren hatte, wo jeder Mann bewaffnet sein und seine Waffen gelegentlich brauchen mußte, um sein Leben oder Eigentum zu schützen.

Wenn er sich vergegenwärtigte, daß seine Schwester, die ihm noch als zarte Erscheinung vorschwebte, umgeben von der Liebe und Fürsorge zärtlicher Eltern, und all dem äußeren Schmuck des Lebens, wie ihn ein vornehmes Heim in Deutschland bieten konnte, in ein solch wildes Waldtreiben mit seinen Mühen und Entbehrungen und Gefahren geschleudert worden war, so überkam ihn ein Gefühl unsäglicher Trauer.

Nach den Mitteilungen, die ihm der alte Baring, gemacht hatte. zweifelte er nicht, daß sie und ihr Knabe schon längst nicht mehr unter den Lebenden weilten.

Daß er den Indianerstamm aufsuchte, der damals den Angriff auf die unbeschützten Farmen am Manistee ausgeführt hatte, stand fest bei ihm, wie, daß er weder Zeit noch Mühe und Geld sparen durfte, um Gewißheit über das Ende der ihm teuren Menschen zu erlangen.

Rauh war das Land, in welchem er sich befand, rauh die Bewohner desselben, aber diese wohl geeignet, den Kampf mit allen Mühseligkeiten eines solchen Lebens aufzunehmen und siegreich zu Ende zu führen.

Eine wilde, aber kernige Menschenklasse. Was ihm noch am meisten imponierte, war, daß diese rohen Waldleute solch hohe Achtung vor der Majestät des Gesetzes hatten, wenn sie dasselbe auch gelegentlich auf ihre Art selbst ausübten.

Gleichzeitig hatte er in den wenigen Tagen, die er am Muskegon weilte, auch den Auswurf des Landes kennen gelernt, der sich hier an der Grenze des Urwaldes herumtrieb.

Er erkannte klar genug, daß eine Reise durch die Wälder, selbst mit einem erprobten und erfahrenen Führer, nicht ohne Gefahren sei, um mehr als er und Heinrich weder mit dem Urwald und seinen Geheimnissen, noch mit der Art der wilden Eingeborenen vertraut waren.

Doch das schreckte weder den tapferen Offizier, noch hielt es den Bruder ab, seine Pflichten zu erfüllen, und daß bekannte oder unbekannte Gefahren Heinrich nicht einschüchterten, wußte er.

Während er so in Sinnen verloren im Schatten der Sykomore weilte, kam Grover aus den Feldern zurück und setzte sich zu ihm.

»Kalkuliere, Fremder, langweilt Euch – seid an die Städte und ihr Treiben gewöhnt,« sagte er, nachdem er seinen Gast begrüßt hatte.

»Nicht doch, Mister Grover, die Einsamkeit und Eintönigkeit dieser endlosen Wälder mit ihrer feierlichen Stille hat etwas Ueberwältigendes für mich und versetzt mich in gehobene Stimmung, außerdem habe ich Sorgen, die keine Langeweile aufkommen lassen.«

»Seid entschlossen. Mann, nach Norden zu gehen?«

»Gewiß.«

»Ist ein mildes Land da oben, habe es kennen gelernt. Gehören erfahrene Waldleute dazu, um es zu bereisen. Möchte Euch gerne einen tüchtigen Führer mitgeben. Was meint Ihr denn nun zu dem Indianer, nachdem Ihr ihn im Walde bei der Arbeit gesehen?«

»Ich muß gestehen, der Mann flößt mir Zutrauen ein, Grover.«

»War gestern abend wieder höllisch im Nebel, wie er sagt, wird wohl seinen Rausch noch nicht ausgeschlafen haben.«

»Und doch verweigerte er den Whisky während unsres Streifzuges.«

»Ja, es ist merkwürdig genug, daß er bei seinen Jagden und bei einer Affaire, wie die unsre, sich der geistigen Getränke zu enthalten vermag. Ich würde ihm ja nicht so viel Rum geben und habe ihn ihm auch früher schon verweigert, aber dann geht er einfach davon bis zum nächsten Store und betrinkt sich dort. Es ist nicht leicht, mit diesen Leuten umzugehen. Ich habe früher viel mit Indianern gehandelt und so manche Beobachtungen gemacht, es ist eine besondere Art Menschen und man lernt sie nie auskennen.«

»Sprecht Ihr Ihnen gute Eigenschaften ab?«

»Nein, das tue ich nicht. Der Indianer ist erstens unbezweifelt tapfer, und das ist schon etwas, sie sind auch klug in ihrer Art, und ich höre ja, es sei hie und da der Regierung gelungen, sie seßhaft zu machen und zu Ackerbauern zu erziehen. Aber ich bestreite ihnen die unbedingte Zuverlässigkeit und Treue. Es ist eine trotzige, eitle und deshalb leicht verletzliche Rasse, sehr zum Lügen geneigt und, wenn ihre wilden Instinkte entfesselt werden, geradezu furchtbar, ein Tiger ist dann ein Lamm gegen diese heulenden Wilden.«

»Ich habe es schaudernd gehört.« – Nach einer Weile fuhr der junge Mann fort: »Und haltet Ihr diese Leute nicht auch edler Empfindungen fähig?«

»Ich müßte lügen, wenn ich sagen wollte, ich hätte je eine Probe davon gesehen, obgleich, wie ich ja schon bei Baring erzählte, unser John sich wiederholt sehr gefällig gegen uns erwiesen hat.«

»Sollte nicht manches in ihrer Handlungsweise aus der Art und Weise resultieren, mit welcher sie von den Europäern behandelt worden sind, denn ganz gut ist man mit den ehemaligen Besitzern dieses Bodens wohl nicht umgegangen.«

»Ist ein Fakt, Fremder, ist nicht immer redlich mit ihnen verfahren, sind hie und da wie wilde Tiere behandelt und von den schuftigen Agenten greulich betrogen worden.«

»Da seht Ihr.«

»Ist ein Fakt. Sind aber trotzdem tückische Gesellen und ganz ist keinem von ihnen zu trauen. Will Euch deshalb nicht zureden. den John mitzunehmen, ob ich gleich nichts gegen den Mann zu sagen weiß, und ich die Jahre, die er bei uns zubringt, gut mit ihm ausgekommen bin.«

»Wenn der Mann mit mir gehen will, ich will ihm gerne die Führung anvertrauen und ihn reich bezahlen.«

»Wenn ich nur dahinter kommen könnte, was den John eigentlich von seinen Stammesgenossen fern hält? Ein Indianer von den Seen oben ist er, das ist sicher, aber er will nicht heraus mit der Sprache, welchem Stamme er angehört. Es müssen da ganz besondere Gründe vorliegen. Seit Menschengedenken hat sich in diesen Gegenden außer John kein Indianer blicken lassen. Die sind längst alle nach Norden vertrieben morden oder auf Reservationen angesiedelt, wie die Ottawas, Pottawatomie, Huronen und wie diese roten Völkerschaften alle heißen. Wollt Ihr, Fremder, den John mitnehmen, fraglich ist es ja, ob er geht, so will ich Euch nicht abreden, denn geschickt und tapfer ist der Mann, das habt Ihr ja selbst gesehen und, was bei Eurer Fahrt nicht zu unterschätzen ist, ein trefflicher Jäger, aber – auch nicht zureden.«

»Nach dem, was ich von ihm gesehen habe, bin ich entschlossen, wenn er will, ihn mitzunehmen.«

»Gut. – Was ich noch sagen wollte,« äußerte der Wirt nachdem er sich einigemal geräuspert hatte, »wäre mir angenehm. Fremder, wenn Ihr die Sache nicht erwähnen wolltet –«

»Welche Sache –?«

»Nun, daß ich da oben am Muskegon den Kinderstreich beging und die Büchse losgehen ließ. Ich könnte mich ja selbst dafür ohrfeigen, aber wird es hier bekannt, so hänseln mich die Bursche so, daß ich ein Haus weiter ziehen müßte, und das möchte ich nicht.«

Lächelnd entgegnete der Graf: »Seid unbesorgt, Grover, ich erwähne die Sache nicht, aber wie ist's mit dem Indianer?«

»Der spricht nicht. Wenn Ihr aus einem Indianer etwas herausbekommen wollt, dann müßt Ihr's schlau anfangen – Schwatzen ist ihre Sache nicht.«

»Keine üble Eigenschaft.«

»Hallo! alter Biber, Grover, wo steckst du?« schallte eine kräftige Stimme von der Straße herüber – und der greise Baring ritt an die Fenz heran.

Erfreut erhob sich Grover und ging ihm entgegen. Der Graf folgte ihm.

»Alter Biber,« lachte der fröhliche Alte. »Hier ist Joe Baring, deinen Besuch zu erwidern, laß tafeln. Mann, ich fühle mich dir ebenbürtig in Bezug auf wölfischen Appetit.«

»Bist willkommen, Joe Baring, und sollst vor dem Verhungern geschützt werden,« sagte dieser munter und schüttelte dem Freunde die Hand, der dann abstieg und, nachdem der stets bereite Jim ihm das Pferd abgenommen, auf den Grafen zutrat und ihm die Rechte reichte. »Müßt gedacht haben, ist der alte Joe Baring kein Mann von Wort, weil er seinen Brief nicht schreibt. Hatte die Rechnung ohne den Wirt gemacht. Ist freilich keine leichte Aufgabe, Fremder, so ein Ding wie einen Brief fertig zu bringen. Sind's nicht gewöhnt. Mann, müssen zu viel die Pflugschar, die Axt und die Büchse handhaben, aber noch schwieriger wird die Sache, wenn kein Papier vorhanden ist. Hatten keine Handbreit davon im Hause, schreiben selten. Schickte herum bei den Nachbarn, weit und breit, habe aber erst gestern etwas Papier bekommen und mich dann gleich an die Arbeit gemacht, ist glücklich gelungen. Kalkuliere, ist ein Brief so gut wie irgend einer,« und dabei holte er ein merkwürdig zusammengefaltetes und mit Gummi verklebtes Schriftstück aus der Tasche, dem mit einer eckigen, unsicheren Kinderhandschrift die Adresse aufgeschrieben war.

»Mag vielleicht nicht ganz regelrecht sein, aber, kalkuliere, ist ein richtiger Brief, und Tom Myers wird ihn schon lesen.« Damit überreichte er dem Grafen sein Kunstwerk, der es mit Dank in Empfang nahm.

»Es kommt auf die Form wenig an, wenn nur der Inhalt gut ist, Mister Baring.«

»Habt recht, Mann. Der Inhalt muß gut sein, beim Menschen – wie bei – willst du mich verhungern und verdursten lassen, Bill?« donnerte er Grover an und lachte dann herzlich, fortfahrend – »wie bei Flaschen.«

»Nelly, Nelly!« rief Grover zum Hause hin, »hier verdurstet ein Mann –«

»Muß doch deiner Lady erst guten Tag sagen – und wo sind denn die Kinder?«

Da erschienen auch Grovers Frau und dessen Töchter bereits in der Türe und bewillkommneten den alten Freund und Nachbar herzlich.

»Sollt nicht verschmachten, Mister Baring,« sagte die Frau, »ist in Grovers Landing immer etwas zu finden, den Durst zu löschen. Ist's Euch gefällig einzutreten?«

»Danke, bleibe hier unter der alten Sykomore, Mistreß Grover – ist ein liebliches Plätzchen.«

»Wie Ihr wollt.«

Während sie sich ins Haus begab, um Anordnungen zur Bewirtung des Gastes zu treffen, begrüßte der muntere Baring die Töchter Grovers, welche schüchtern knicksten.

»Freut mich, Mädchen, euch so munter zu sehen – habt Wänglein wie ein junger Jerseyapfel – und Lippen wie Rosenknospen –«

»Hör auf, hör auf, alter Joe, mach mir die Mädchen nicht eitel. Glaubt's nicht, Kinder, Baring macht nur Komplimente. Ist stets ein loser Schelm gewesen, treibt seinen Spaß mit euch.«

»Ist nicht wahr, Mädchen –«

»Seid Nachteulen, sage ich euch –«

»Grover,« schrie Baring, »kleine Posaunenengel sind's.«

Die Mädchen lachten, der Alte erst recht – und auch Grover stimmte ein – selbst dem Grafen lockte die Scene ein Lächeln ab.

»Geht ins Haus, Mädchen, und helft der Mutter,« worauf das hübsche, frische Schwesternpaar ins Haus eilte.

»Prächtige Kinder sind's, Grover, ist ein Fakt.«

»Nun,« sagte der geschmeichelte Vater, »können sich sehen lassen.«

Die drei setzten sich an den Tisch, welcher bald reichlich mit Speisen und Trank besetzt war.

»War John Turnbull bei mir,« nahm Baring im Laufe des Mahles das Wort, »hat mir eure Jagd erzählt, Grover. Hätte ich's nur gewußt, wäre dabei gewesen, geht mir das Herz auf bei einer solchen Frolic. Schlimm nur, daß die Bursche entkommen sind, wird denen am White River wenig angenehm sein, kalkuliere ich.«

»Das Land muß gereinigt werden von diesen Gesellen und wenn die Miliz aufgeboten werden muß,« sagte Grover ernst. »Keine einsam liegende Farm ist ja sicher vor ihnen.«

»Ja, wenn Wälder und Prairien nicht wären.«

»Und die Hehler, sage. Die Spitzbuben, die sich hier eingefunden hatten, und vor allen der Iltis, müssen doch anderwärts sowohl als hier einen Unterschlupf finden. Der Iltis ist sicher schon längere Zeit hier in der Gegend verborgen gewesen, wenn man nur erfahren könnte, bei wem? Im Walde oder in den Sümpfen kann er sich doch nicht fortwährend herumgetrieben haben. Und bekannt ist ja dieses Raubtiergesicht genug. Hat die Gelegenheit bei Jones ausspioniert und dann mit seinen Gesellen den Raub ausgeführt.«

»Wird so sein. Am meisten bedaure ich, daß euch der Morris entgangen ist, drei Jahre lang hat er sich jetzt der Gerechtigkeit zu entziehen gewußt, und wer weiß, was er in dieser Zeit für Untaten ausgeführt hat?«

»Ist bedauerlich, ja.«

»Was nur aus dem armen Johnson geworden sein mag?«

»Weiß es niemand, Grover, ist verschwunden, denken alle, hat sich das Leben genommen. »Kennt die Geschichte, Fremder?«

»Ich habe einiges davon gehört.«

»Ist 'ne traurige Sache. Wohnte da am Kalamazoo, südwärts von uns, der Mann Johnson. Habe ihn gekannt, war ein rechter Mann, wohnte, wie wir hier hausen, einsam auf seiner Farm. Hatte eine Frau und zwei Kinder, einen Knaben und ein Mädchen. Ließ sie eines Tages allein zu Hause, was ja oft genug geschah; war dieser gefährliche Mensch, der Morris, der wegen Mordes und Diebstahls bereits dem Henker verfallen war, dorthin gekommen, während ihm die Männer vom Grand River schon auf der Fährte waren, hat, um zu rauben, das arme Weib und die Kinder gemordet, genommen, was an Geld zu finden war, und das war wenig genug, Johnsons bestes Pferd aus dem Stall gezogen und ist so entkommen. Als Johnson am Abend nach Haufe kam und das Liebste, was er auf der Welt hatte, tot vor sich sah, ist er ganz still gewesen, hat kein Wort sprechen können, war wie versteinert. Hat auch keinen Laut mehr hören lassen, sagen die Nachbarn, hat in einer Ecke gesessen und ist ganz still gewesen. Sind die Nachbarn gekommen und haben Frau und Kinder begraben. Schweigend und tränenlos ist Johnson mitgegangen. Ist dann beim Grabe allein geblieben, hat auf keinen Trostspruch gehört, war am andern Morgen fort – hat sein Eigen, alles verlassen. Denken alle, hat sich der Mann ein Leids angetan.«

»Es ist furchtbar,« sagte der junge Graf und schauderte leicht zusammen.

»Ging wie ein Schrei der Wut durchs ganze Land, als die Tat ruchbar wurde. Ist alles aufgeboten worden, den Mörder zu fangen, haben ihn nicht erwischt. Nun erscheint er wieder zwischen uns, um abermals zu entkommen. Jammerschade!«

»Jetzt begreife ich ganz die Wut, mit welcher dieser entsetzliche Mensch verfolgt wird.«

»Wird ihm nicht gut ergehen, wenn unsre Leute ihn ergreifen, kalkuliere, wird einige schlimme Stunden haben, werden den Henker nicht bemühen, ist die Tat vom Kalamazoo nicht vergessen,« sagte Baring, »Ist nicht zu vermeiden, daß solches Gesindel sich hier an den Grenzen herumtreibt. Suchen wie wilde Tiere die Einsamkeit der Wälder, wenn sie verfolgt werden, und Not und Verzweiflung treiben sie zu neuen Verbrechen. Ist der Auswurf der Städte und dichter bewohnten Bezirke, der uns hier im Hinterwald zu teil wird. Machen darum nicht viel Umstände mit den Burschen, wenn mir sie fassen und die Sache klar ist. Hatten den Battle freilich vor die Jury gestellt, saß im Countyhause, wäre aber entwischt, wenn nicht der Konstabel und schließlich der Indianer, der John, gewesen wären. Ist eine Lehre für uns, werden zunächst selbst die Ausübung der Gerechtigkeit in die Hand nehmen.«

»Ich sehe wohl, nach dem, was ich erfahren, ein, daß hier ein energisches Eingreifen am Platze ist. Was Medikamente nicht heilen, heilt Eisen.«

»Ist ein Uebergangsstadium, Fremder, sind noch halbwilde Leute hier, wird anders werden, wenn das Land mehr besiedelt ist. Hatte der Iltis einen Store, weiter unten am Muskegon, ähnlich wie hier Grover, war nichts weiter als ein Hehler, und um dies saubere Geschäft zu verdecken, hielt er den Store. War der Tyron sein Spießgeselle, und auch der Morris trieb sich damals im Lande unter dem Namen Brooker herum, war noch vor der Tat am Kalamazoo. Kamen ihnen endlich auf die Sprünge, als wir aber das Nest ausnehmen wollten, war es leer, hatten das Nachsehen. War viel damals gestohlen worden, besonders Pferde. Habe mit Erstaunen von dem Sumpfe und seiner Furt gehört, wundere mich, daß das nicht früher entdeckt worden ist. Muß es der Battle, der damals die Raubzüge kommandierte, wundervoll verstanden haben, sich und seine Beute zu verbergen. Traute sich der Bursche doch wieder ins Land, bekam ihm schlecht, wie Ihr gehört habt. Werden auch diese Gesellen noch ins Garn laufen.«

»Möge die irdische Gerechtigkeit sie bald erreichen.«

Nach einer Weile fuhr Baring fort: »Seid also entschlossen, die Ottawas aufzusuchen?«

»Ja, Mister Baring.«

»Ist recht. Haben da jetzt einen Häuptling Peschewa, einen geriebenen Fuchs. War sicher vor drei Jahren auch am Manistee dabei. Hat aber seinen Hals aus der Schlinge zu ziehen gewußt und ist jetzt das Haupt des Stammes. Ich glaube, er ist für Geschenke sehr zugänglich, und wird Euch, wenn Eure Gabe ihm genügt, vielleicht beistehen. Ist eine heikle Sache, bei den Ottawas überhaupt von der ganzen Geschichte am Manistee zu reden, wollen nichts davon hören. Haben Furcht, daß die Regierungsmänner noch einen oder den andern am Schöpfe nehmen. Macht ihnen nur bald plausibel, daß Ihr kein Amerikaner, kein Engländer seid, sondern ein Deutscher, kalkuliere, werden Euch dann mit freundlicheren Augen ansehen. Sind auf uns nicht gut zu sprechen. Alles andre, wie Ihr die Reise einrichtet und so weiter, wird Euch Tom Myers schon sagen, hat eben mit den Indianern zu tun, ist sein Departement.«

Ein kräftiges: »Hallo, Grover!« meldete die Ankunft eines neuen Gastes. Es war der Konstabel Weller, von welchem der Anruf ausging.

Er stieg ab und man hieß ihn willkommen.

Der energische und erfahrene Beamte, der ebenso umsichtig als mutig die Gegend von dem Raubgesindel zu säubern suchte, erfreute sich bei den Farmern allgemeiner Achtung.

»Bin erfreut, Euch zu sehen, Konstabel,« sagte Baring und schüttelte ihm die Hand.

»Von wo des Weges, Weller?« fragte ihn Grover.

»Komm von der Big Prairie, Mann, mußte doch sehen, wie die Sache dort aussah.«

»Nun?« fragten begierig die Männer.

»Das Prairiefeuer hat nicht weit um sich gegriffen, sobald der Wind nachließ, erstarb es auch, war schon zu viel junges Gras zwischen dem vorjährigen, hätte Euch sonst schlimm ergehen können. Den Wald hat's gar nicht angegriffen.«

»Und die Räuber?«

»Haben, wie ich vermutet, sich nach dem White River zugewendet. Ist übrigens schon Botschaft dahin ergangen, wird bald bekannt sein, welche Gäste sich dort eingefunden haben. Jetzt weiß ich übrigens auch, wer der vierte des Kleeblatts war, den Ihr mir schildertet.«

»Wer war's? Sehe den Kerl noch vor mir.«

»Ist ein gewisser Wilfers, ein äußerst gefährlicher Bursche, um so gefährlicher, als er die Manieren der feinen Städter hat. Ist Advokat gewesen, dann Spieler, Mörder. Hat eine alte Frau einer Erbschaft wegen vergiftet. Er rettet sich, sobald man ihm in den Städten auf die Spur kommt, stets in den Hinterwald, was ihn übrigens nicht verhindert, sobald er sich die Mittel dazu verschafft hat, wieder in den Städten aufzutauchen und diese zu brandschatzen. Er ist ein gewiegter Verbrecher und in einem guten Teile der Union bekannt. Wäre kein übler Fang gewesen, bemühen sich mehrere Staaten um die Ehre, ihm frei Logis zu geben und ihn dann mit dem hänfenen Halsband zu schmücken.«

»Werdet Ihr an den White River gehen. Weller?«

»Nein, ist schon alles Nötige veranlaßt, um die Gesellen zu verfolgen. Ist eine schwierige Sache, sie nach Norden hin aufzuspüren. Werden sich natürlich trennen, müssen eine andre Gelegenheit abwarten, ein Wörtchen mit ihnen zu reden.«

Im Verlaufe des Gespräches erfuhr der Konstabel von der Absicht des Grafen, nach Norden aufzubrechen und die Ottawas aufzusuchen, auch der Zweck dieser Reise wurde ihm bekannt gegeben.

»Hm, hm,« äußerte der Beamte, »seid der Bruder von Frau Walther, Mann? War damals mit am Manistee, bin hinter den Wilden hergewesen, als wir sie in die Flucht geschlagen hatten. Erinnere mich auch noch sehr gut der Nachforschungen, welche nach der verschwundenen Frau und dem Kinde angestellt wurden. War Joe Baring der Mann, der sich der Sache annahm.«

Graf Edgar drückte dem Alten herzlich die Hand.

»Versucht's, Fremder, beruhigt Euer Gemüt, aber versprecht Euch keine Aussicht auf Erfolg. Es ist merkwürdig, wie schweigsam die Ottawas über diese ganze dunkle Affaire sind; so viel Verhöre auch stattgefunden haben, aus keinem der roten Bursche war auch nur etwas herauszubekommen, was Licht in die Sache gebracht hätte. Und dabei haben sie sie fortgeschleppt, die Frau und das Kind, daran ist gar kein Zweifel.«

Er bestätigte lediglich nur das, was auch schon Baring gesagt hatte.

»Will Euch was sagen. Fremder,« fuhr er dann fort, »habe früher mit den Ottawas zu tun gehabt in dienstlichen Angelegenheiten, habe mal einem alten Weibe das Leben seines verschmachteten Kindes gerettet, hat mir das Weib, welches vor Dankbarkeit vergehen wollte, einen Totem gegeben, das ist so ein Erkennungs- und Schutzzeichen unter den Leuten roter Farbe, hat mir auf die Seele gebunden, es zu benützen, wenn ich jemals von ihren Stammesgenossen etwas bedürfe. Will Euch das Ding geben, werde schwerlich wieder mit dem Volke in Berührung kommen, habe das Ding die Jahre her mehr aus Gewohnheit als einem andern Grunde bei mir getragen.« Dabei zog er einen kleinen Gegenstand aus der Tasche, der sich bei näherer Betrachtung als ein roh aus Holz geschnitzter Vogel auswies. Das Ding wanderte von Hand zu Hand.

»Wenn das Weib noch lebt, sie nannte sich eine Miskutake, merkt Euch den Namen, das heißt Bohnenblüte, ob sie gleich aussah wie ein: vertrocknete Rübe, so kann sie Euch vielleicht für Euren Zweck von Vorteil sein. Nehmt das Ding mit Euch, nützt's Euch nichts – so bringt's ja auch keinen Schaden.«

»Ich nehme es mit Dank an, Herr Konstabel, und hoffe, das Zeichen soll mir Vorteil bringen.«

»Mag es sein. Fremder.«

»Ist eine eigene Sache mit diesen Totems der Wilden,« ließ Baring sich vernehmen, »haben ihre Bedeutung und werden auch von den Leuten respektiert. Haben unter sich ganz wunderliche Gebräuche die Roten, man kann nur nicht ordentlich dahinter kommen, so viel man's auch schon versucht hat.«

»Ah, da kommt ja John, dem wollen mir das Ding einmal zeigen.«

Langsam schritt der Indianer auf die Gruppe unter der Sykomore zu, um das Gesicht hing feucht das schwarze Haar hernieder.

Er pflegte nach überstandenem Rausche den Kopf in kaltem Wasser zu baden, und das mußte er auch jetzt getan haben.

Als er vor den Männern stand, die ihn schweigend herankommen ließen, richtete er die Augen aus Edgar und sagte: »Kommen danken, Gutherz schenken Athoree schönes Messer – er sehr freuen.«

Der Graf hatte ihm in der Tat ein schönes Jagdmesser von vorzüglichem Solinger Stahl, und reich ausgestattet, geschenkt, was dem Indianer großes Vergnügen bereitet hatte. Er trug die schöne Waffe, welche wenig zu seiner ärmlichen Kleidung paßte, jetzt im Gürtel.

»Es freut mich, Athoree, wenn das Messer dir gefällt, mögest du noch manchem Hirsch den Genickfang damit geben.«

Grover, der den Totem gerade in der Hand hatte, hielt ihn jetzt dem Indianer vor Augen und fragte: »Was ist das, John?«

Athoree sah die Figur an, ohne eine Muskel seines Gesichts zu bewegen, und sagte langsam: »Das, denke Totem von roten Leuten.«

»Kennst du's nicht?«

»Nicht kennen.«

»So bist du also kein Ottawa?«

Der Indianer ließ sein dunkles Auge im Kreis herumschweifen, antwortete aber nicht.

»Kannst du erkennen, John, welchem Stamme dieser Totem angehört?«

Der Indianer nahm die Figur in die Hand, betrachtete sie genau und antwortete dann: »Jedes Volk eigene Totems, ihn nicht kennen, vielleicht Ottawa.«

»Glaubst du denn, daß ein solcher Totem dem, der ihn trägt, Nutzen bringen kann?«

»Totem, gut, bei rotem Mann, rechter Totem.«

»Ich verstehe, du willst sagen, wenn einem roten Mann ein Totem seines Stammes gezeigt wird, so ist es vorteilhaft für den Träger desselben?«

»So meinen.«

»Um so mehr weiß ich jetzt Ihr Geschenk zu schätzen, Herr Konstabel, wir wollen diesen Talisman verwenden, sobald wir mit den Ottawas zusammenkommen.«

»Wolltest du etwas, John?« fragte ihn Grover.

»Athoree will mit Gutherz reden.«

»O, ich stehe dir zu Gebote, Athoree,« sagte Graf Edgar und erhob sich. »Willst du mich allein sprechen?«

»Ihn allein sprechen. Komm mit.«

Er ging und der Graf folgte ihm, während die andern unter der Sykomore zurückblieben.

Der Indianer führte Graf Edgar schweigend zum Flusse, lud ihn dort ein, das Kanoe zu besteigen, und ruderte dann den Muskegon hinauf.

Der junge Mann fügte sich dem Indianer und richtete keine Frage an ihn.

Nach kurzer Frist legte Athoree an dem linken Ufer an und ging in den Wald, wohin Graf Edgar ihm nachging.

Vor einem Erdaufwurf von ziemlichem Umfang, der sich kahl zwischen den Bäumen erhob, stand der Indianer still.

Nach einer Weile sagte er leise, in fast feierlicher Weise: »Grab von großem Häuptling.«

»O,« sagte der Graf, »ist das der Grabhügel eines Mannes deines Volkes?«

»Gebeine von großem Häuptling ruhen hier. Stammt Athoree von Meschepesche, dem großen Panther meines Volkes, ab.«

»Er enthält also die Gebeine deines Ahnherrn?«

»Großer Häuptling – der Wyandots. Athoree Wyandot. Nicht sagen hier, Gutherz; fragen immer nach Stamm, brauchen nicht zu wissen, Gutherz wissen, Athoree Wyandot, das genug, nicht andern sagen.«

»Ich will darüber schweigen.«

»Sagen ihm, damit nicht denken Ottawa; Wyandot ganz ander Volk, andre Sprache.«

Er ließ sich auf einem am Boden liegenden Stamm nieder und Graf Edgar setzte sich neben ihn.

»Hier Grab von großem Häuptling der Wyandots – lange tot – vor vielen Sommern in glückliche Jagdgründe gegangen. Jagten einst die Wyandots hier in den Wäldern, dies ihre Jagdgründe, wohnten hier, war das Land von See zu See ihr Eigentum. Lange her – lange her. Sind arm die Wyandots, arm und schwach – wohnen jetzt weit fort, an anderem See.«

»Also es leben noch Leute deines Volkes?«

Athoree nickte.

»Leben noch viel – sind arm.«

»Und du lebst von deinem Volke getrennt, Athoree?«

Der Indianer senkte den Kopf und erwiderte erst nach einiger Zeit: »Leben nicht bei Wyandots – ich nicht sagen, warum, nicht jetzt. Wollen nicht bei andrem roten Mann wohnen. Leben hier, damit einst begraben werden hier bei großem Vater.«

»Warum hast du mich hergeführt?«

»Will mit dir allein reden, hier reden, reden am Grabe von meines Volkes Häuptling. Hier nur Wahrheit reden, der große Panther hört es.«

Leise säuselte der Wind in den Blättern. Die tiefe Stille des Waldes, der alte Grabhügel vor ihm, der Sprößling eines Volkes, welches einst hier herrschte, neben ihm, der feierliche Ton, in welchem der Indianer mit ihm sprach, das alles machte auf den Grafen besonderen Eindruck.

Es beschlich ihn ein Gefühl, als ob der Geist des alten Indianerhäuptlings sie umschwebte.

Er blickte in seines roten Gefährten ernstes Gesicht und sagte: »Athoree möge reden.«

»Erst sagen, warum gehen zu Ottawa?«

»Es ist dir schon mitgeteilt, ich suche die Spur meiner Schwester, welche die Ottawas vor drei Jahren vom Manistee in die Gefangenschaft geführt haben, und du sollst nun helfen, sie zu finden.«

»Nicht mehr Spur finden – Sonne, Wind und Regen Spur längst verweht.«

»Vielleicht lebt sie noch in der Gefangenschaft der roten Männer.«

»Nicht wagen, weiße Frau gefangen halten – nicht wagen,« sagte der Indianer nachdrücklich.

»Und lebt sie nicht mehr, so will ich ihre letzte Spur auf Erden, ihr Grab suchen.«

»Gut. Athoree suchen und finden Meschepesches Grab, suchen deiner Schwester Grab, ihn auch finden.«

»Und willst du mir beistehen?«

»Du gesehen Athoree im Nebel, dicker Nebel, dreimal, einmal. Du gut gegen fremden betrunkenen Indianer, schützen ihn gegen rote Hand – du Gutherz – nicht vergessen. Du denken, Athoree schlechter Injin, weil trinken Rum, viel Rum, bis Nebel ganz dick im Kopf. Trinken nicht auf Jagd, nicht auf Kriegspfad, trinken, wenn böse Gedanken kommen, viel böse Gedanken, Rum scheuchen sie weg, und Athoree sehen glückliche Jagdgründe vor sich, sehen die Wyandots, wie sie noch herrschen im Land, und zahlreich sind, wie die Blätter des Waldes. Darum Athoree trinken.«

»Nun, ich habe zu meiner Freude gesehen, daß du, sobald ernste Forderungen an dich herantreten, auch dem Rum entsagen kannst.«

»Immer nur trinken, wenn der böse Geist Degschuhvenoh sendet schlimme Gedanken.«

»Ich schenke dir, Athoree, wenn du mich begleiten willst, mein volles Vertrauen.«

»Da» gut, ihm vertrauen, das gut.«

»Und willst du mit mir gehen?«

»Ich will mit dir gehen nach Norden. Vielleicht sendet mich Manitou dorthin – vielleicht,« setzte er leiser hinzu, »der böse Geist – Athoree will gehen und dich beschützen.«

»Gut, ich danke dir.« Und der Graf reichte ihm die Hand, die der Indianer mit einem freundlichen Lächeln nahm und drückte.

»Meschepesche alles hören, nicht Lüge sagen, wo er hören – gerade Zunge, eine Zunge.«

»Das setze ich voraus.«

Der Indianer stand auf und bestieg langsam den Totenhügel, den er, seitdem er in dessen Nähe weilte, durch Entfernung der ihn überwuchernden Pflanzen emsig pflegte. Oben begann er leise zu singen in nicht unmelodischen langgetragenen Tönen. Dreimal umschritt er in der Höhe den Hügel, dann verstummte sein Gesang, und er kam wieder herab.

»Meschepesche sagen, daß Athoree gehen mit weißem Mann nach Norden, ihm sagen, sonst denken, Enkel undankbar gegen großen Vater. Komm, Gutherz, jetzt gehen.«

Bald befanden sie sich wieder in Grovers Heim, wo noch immer Baring weilte, während der Konstabel sich bereits entfernt hatte. Der junge Mann teilte den beiden mit, daß der Indianer ihm erklärt habe, er wolle ihn begleiten.

»Es ist ein hohes Zutrauen, John, welches dir der Fremde schenkt, und wie ich dich kennen gelernt habe, wirst du es rechtfertigen.«

»Athoree nur eine Zunge, ihn führen hin, ihn führen her.«

Es wurde nun noch mancherlei über die Fahrt in die Wälder gesprochen und dem Grafen Ratschläge erteilt. Besonders aber ihm empfohlen, sich in Lansing vorerst die nötigen Empfehlungen zu verschaffen.

In freundlich väterlicher Weise nahm dann Baring Abschied von ihm, ihn wiederholt bittend, ihm von den Resultaten seiner Forschungen Mitteilung zu machen, was Graf Edgar versprach.

Am andern Tage erhandelte er dann zwei Pferde von Jones, das eine für sich als Ersatz für das von Morris geraubte Tier, ein andres für den Indianer, und am Morgen des dritten Tages traten sie, Athoree stattlich mit neuer Kleidung ausgerüstet, die ihm der Graf gekauft hatte, nach einem herzlichen Abschiede von den braven Grovers, die den jungen deutschen Edelmann lieb gewonnen hatten, die Reise nach Süden zu an, den Weg, den sie vor wenig Tagen gekommen waren.

Fünftes Kapitel
In Lansing.

In dem freundlichen Lansing, der Hauptstadt Michigans, schritt, es ist mehr als eine Woche vergangen, seitdem wir Grovers Farm verließen, Graf Edgar in städtischer Kleidung dem Gouvernementsgebäude zu. Den größten Teil seines mitgeführten, teils ihm von Detroit nachgesandten Gepäckes hatte er, ehe er seine Reise zum Muskegon antrat, hier in einem Hotel zurückgelassen, so daß es ihm leicht ward, seine für den Wald berechnete Kleidung angemessen zu verändern. Gaben Tracht und Haltung den Mann vom Stande zu erkennen, so würde jeder Europäer, und besonders der Deutsche, auch sofort in ihm den Offizier im Zivilkleide erkannt haben. Heinrich war mit ihm in Lansing, während er den an die Städte nicht gewöhnten Indianer in einem einsamen Wirtshause vor der Stadt zurückgelassen hatte, um ihn später wieder zu sich zu rufen.

Leichten Schrittes stieg der Offizier der Königsgrenadiere die zum Gouvernementsgebäude führende Treppe hinan und ersuchte im Vestibül einen Bediensteten, ihn zu dem Sekretär Mr. Myers zu führen.

Alsbald stand er vor einem behäbigen Herrn von untersetzter, kräftiger Statur, dessen braunrötliches, frisches Angesicht keineswegs auf einen Stadtbewohner schließen ließ.

Mr. Myers empfing den Grafen höflich, und als ihm dieser, nach seinem Begehr gefragt, das Schreiben Barings eingehändigt, lachte der schon bejahrte Herr, als er es erblickte, so herzlich, daß ihm die Tränen in die Augen traten: »Verzeihen Sie, Herr Graf, meinen ungezügelten Ausbruch von Heiterkeit, aber dieses Schriftstück ist die seltsamste Ausgeburt des Hinterwaldes, die mir je vorgekommen ist. Alter ehrlicher Joe, wir sind Jugendfreunde, Baring und ich, Herr, was mag dir dies Dokument Schweißtropfen gekostet haben –« Und er lachte herzlich von neuem.

Endlich öffnete er den Brief, blickte hinein, und wurde während des Lesens immer ernster. Er legte ihn dann beiseite und sagte: »Aller Beistand, Herr Graf, den ich zu leisten vermag, soll Ihnen gern zu teil werden. Die traurige Angelegenheit hat uns seiner Zeit viel beschäftigt. Indessen ist der Einfluß der Regierung auf jene einsamen und entfernten Gegenden wie auf die in unserm Staate lebenden Indianer nicht bedeutend. Wir hängen dort von untergeordneten Organen ab, die nicht immer zuverlässig sind, wie ich mit Bedauern eingestehen muß. Ich selbst bin im Walde und an der Indianergrenze aufgewachsen, deshalb hat man mich auch hier mit den Indianerangelegenheiten betraut, und kenne ziemlich Land und Leute, bin ja auch nicht ohne Einfluß, besonders auf das Haupt der Ottawas, den Peschewa, aber dieser Einfluß ist sehr bedingter Natur, wie denn ein Indianer in seinen Launen ganz unberechenbar ist. Gern gebe ich Ihnen ein Schreiben an den Mann mit, er kennt das Regierungssiegel, wenn er auch den Inhalt ohne einen Dolmetsch nicht enträtseln kann, und ein solcher ist nicht immer bei der Hand, aber das Siegel legitimiert Sie wenigstens. Sind Sie in der Lage, einige Geschenke hinzuzufügen, wie jene Leute sie lieben, so wird das den Eindruck des Regierungsschreibens wesentlich verstärken. Unser Agent dort oben am Manistee wird Ihnen auf mein Ersuchen ebenfalls alle möglichen Dienste leisten, und Sie können auf der Agentur alles das erlangen, was Sie für die Indianer als Geschenke brauchen.«

Der Graf sprach seinen verbindlichsten Dank aus.

»Warnen aber muß ich Sie, Herr Graf, meinem Briefe an den Peschewa einen besonderen Wert beizumessen, er ist ganz unabhängig und nicht immer gut auf uns hier zu sprechen; ferner muß ich Ihnen mitteilen, daß die Regierung mit diesem Schriftstück durchaus keine Garantie irgend welcher Art für Ihre Sicherheit unter den roten Leuten übernehmen kann. Was Sie wagen, und es ist ein Wagnis, unternehmen Sie auf eigene Gefahr. Unsre Macht ist, wie ich bereits sagte, dort oben beschränkt, und es kann leicht sein, möge Gott es verhüten, daß Sie ebenso spurlos verschwinden, wie Ihre beklagenswerte Frau Schwester. Wir können Sie nicht schützen. Wie ich aus dem Briefe ersehe, hat Ihnen Joe Baring schon genügende Mitteilungen über das, was damals, nach beendetem Kampfe, im Interesse Ihrer Schwester geschehen ist, gemacht; es ist in der Tat nichts versäumt worden, das wird Ihnen mein alter Joe bestätigt haben.«

»Gewiß, Sir, gewiß.«

»Die Gefahren, welche Sie dort oben erwarten, sind größer, als Sie ahnen können. Unsre Indianer sind, seit sie auf ihren Reservationen angesiedelt sind, moralisch gesunken, und ihr Sittlichkeitsgefühl hat nicht dadurch gewonnen, daß sich öfters von der Obrigkeit eifrig gesuchte Mörder und Diebe zu ihnen flüchten.«

Edgar erzählte nun dem freundlichen alten Herrn von den Vorgängen der letzten Tage und von dem für die Fahrt angeworbenen Indianer.

»Von dem, was dort am Muskegon geschehen ist, haben wir bereits Nachricht erhalten, und es ist alles getan, was wir tun können, um besonders den berüchtigten Morris zu fassen. Aber Sie werden sich selbst überzeugt haben, wie weit die Kraft des Gesetzes in jenen Distrikten sich erstreckt, unsre Hinterwäldler müssen das Beste dabei tun. Und was den Indianer anbelangt, wenn der erfahrene Baring damit einverstanden ist, können Sie ihn ruhig mitnehmen; daß er trinkt, kann gelegentlich unangenehm werden, schadet aber schließlich nichts, und was Sie mir von dem Manne erzählen, spricht ja für ihn. Jedenfalls ist er im Walde und im Verkehr mit den Roten eine treffliche Hilfe.«

Edgar mußte Mr. Myers noch weitere ausführliche Mitteilungen über Baring, Grover, die dortigen Farmer und seinen Feldzug in Gesellschaft dieser Leute machen.

»Ist eine wilde Rasse, unsre Hinterwäldler, und geben den Indianern nicht viel nach in manchen Dingen, aber sind Männer.«

»Das sind sie, Sir.«

Die Unterhaltung dauerte an, bis ein Diener hereintrat und Mr. Myers eine Visitenkarte überreichte. Der Graf erhob sich, um sich zu empfehlen, der Sekretär sagte: »Wenn Sie mir die Ehre erweisen wollen, Herr Graf, mein Gast zu Tische zu sein, so wird mich das sehr erfreuen.«

Graf Edgar nahm es dankend an und empfahl sich. »Um vier Uhr ist Dinnerstunde!« rief ihm Mr. Myers noch nach.

Im Vorzimmer wartete, um vorgelassen zu werden, ein Herr, dessen Gesicht dem Grafen auffiel. Der Fremde zuckte, als er des Grafen ansichtig wurde, leicht zusammen, was dieser indes nicht bemerkte. Er sah dem Herrn noch nach, als der zu Myers hineinging.

Auf dem Wege zu seinem Hotel sann er ununterbrochen darüber nach, wo er wohl den Mann schon gesehen habe, erlangte aber keine Gewißheit. Nachdem er einige Briefe nach der Heimat geschrieben hatte, kleidete er sich zum Dinner an und traf um die festgesetzte Stunde im Gouvernementsgebäude, wo Myers seine Wohnung hatte, ein.

Der Graf wurde in dem einfach, aber elegant ausgestatteten Parlour von seinem Wirte und dessen Frau und Tochter empfangen, einer würdigen Matrone und einem allerliebsten Mädchen von vielleicht achtzehn Jahren. Ein stattlicher Herr in der Uniform der Staatentruppen wurde ihm als Oberst Schuyler vorgestellt und eine junge Dame als dessen Tochter. Miß Schuylers äußere Erscheinung würde überall Aufsehen erregt haben, und es war nicht zu verwundern, daß Edgars Auge sie mit staunender Bewunderung traf. Eine schlanke Gestalt von überaus anmutigen Formen trug einen Kopf von fast rein griechischer Bildung, dem das leichtgewellte, aschblonde, in einen einfachen Knoten geschlungene, am Hinterhaupte befestigte Haar das vollkommene Gepräge der edelsten Antike verlieh.

Aus dem etwas bleichen Antlitz leuchteten Augen von ernstem, fast schwermütigem Ausdruck, die demselben ein durchgeistigtes Gepräge verliehen, so daß es dem Grafen schien, er habe noch nie eine weibliche Gestalt erblickt, welche in so vollendeter Weise jugendliche Anmut mit Würde paarte.

Miß Myers, ein bewegliches, munteres, rundliches Dämchen, voll blühenden Lebens, bildete einen nicht ungefälligen Gegensatz zu der ernsten Schönheit an ihrer Seite. Graf Edgar empfing von Miß Schuyler den Eindruck, welchen sie überall hervorrief, wo sie zum erstenmal erschien, den, ein weibliches Wesen ausgerüstet mit seltenen Vorzügen des Leibes und der Seele und von nicht alltäglicher Charakterbildung vor sich zu haben. Die junge Dame mußte an die Wirkung ihrer Persönlichkeit so gewöhnt sein, oder sie so gering schätzen, daß sie den bewundernden Blick Edgars nicht zu bemerken schien und nach kurzer Begrüßung gleichmütig in einer Unterredung mit Miß Myers fortfuhr.

Oberst Schuyler, eine vornehme Erscheinung, dessen schlanke und doch kräftige Gestalt durch die einfache knappe Uniform der regulären Staatentruppen hervorgehoben wurde, mit ernst freundlichem Ausdruck auf den wohlgeformten Zügen, reichte dem jungen Manne die Hand mit den Worten: »Ich freue mich herzlich, einen deutschen Kameraden begrüßen zu dürfen, den Angehörigen einer Armee, welche sich so unverwelkliche Lorbeeren erkämpft hat.«

Graf Edgar dankte in einigen verbindlichen Worten.

»Wir haben hier,« fuhr der Oberst fort, »mit Staunen die Siegesbahnen der deutschen Armeen verfolgt.«

»Mit Freuden habe ich, seitdem ich in den Staaten weile, bemerkt, welche Sympathien man uns hier entgegenbringt und unsre Taten neidlos anerkennt.«

»Im Norden gewiß überall, während der Süden wohl Frankreich sympathischer gegenüber gestanden hat. Wir Militärs, und besonders Sheridan, den ich nach seiner Rückkehr vom deutsch-französischen Kriegsschauplatze wiederholt gesprochen habe, sind voll von Bewunderung für die deutsche Kriegführung.«

Diese Anerkennung von seiten eines gebildeten Offiziers, dem ersten, der ihm in Amerika entgegentrat, tut dem patriotischen Herzen des jungen Mannes nicht minder wohl als die unbefangene Teilnahme, welche ihm wiederholt einfache Landleute zu erkennen gegeben hatten.

»Wir haben einen Fürsten an der Spitze unsres Staates von so hoher Einsicht und solch vornehmer selbstloser Gesinnung, daß er alles dem einen großen Zwecke unterordnet, oft sogar seine eigene Anschauung dem Urteile seiner erprobten Generale und Räte. Nur da, wo diese Einheit in der ganzen Führung herrscht, solche Hingebung von allen Seiten, sind Erfolge möglich, wie wir sie errungen haben.«

»Ja,« sagte der Oberst, »Ihr Kaiser Wilhelm ist wohl eine echt fürstliche vornehme Erscheinung, und ich, obgleich Republikaner, begreife ganz die Liebe und Ehrfurcht, welche ihm sein Volk entgegenbringt.«

Mit leuchtenden Augen entgegnete Edgar mit Shakespeares Wort: »Jeder Zoll ein König! Wir lassen uns auch freudig alle für ihn töten.«

Ein freundliches Lächeln umspielte des Obersten Lippen bei der so ungeheuchelt hervortretenden Verehrung des jungen Mannes für seinen greisen König.

»Es ist ein gewaltiges Volk das deutsche, wenn seine Kräfte vereint wirken, und ich denke, es wird für die Ruhe Ihres Erdteils von Vorteil sein, daß Deutschland die Führung auf dem Kontinent übernommen hat.«

»So hoffen wir alle. Wir haben endlich die Stellung wieder errungen, die uns im Rate der Nationen gebührt, die wir einst in der Welt einnahmen, als vor dem Kaiser der Deutschen sich die Könige Europas beugten – wir werden sie auch behaupten.«

Mr. Myers forderte auf, zu Tisch zu gehen. Oberst Schuyler bot galant der Frau vom Hause seinen Arm, während der Hausherr Miß Schuyler den seinigen lieh; Edgar führte Miß Myers zu dem nahe liegenden geräumigen Diningroom.

Das Mahl war einfach, aber trefflich und die gebotenen Weine vorzüglich.

Während einer der Pausen im Laufe des Mahles bemerkte Oberst Schuyler: »Ich habe vor dem französischen Kriege Ihr Vaterland besucht, Herr Graf, und doch dort einen andern Eindruck von dem deutschen Volkscharakter gewonnen, als mir ihn von dem größeren Teile der bei uns ansässigen Deutschen empfangen.«

»Sind Ihnen meine hier heimisch gewordenen Landsleute nicht sympathisch, Herr Oberst?«

»Unsre Deutschen haben im großen Bürgerkriege treu zur Union und zum Norden gehalten, wie sie bereits im Unabhängigkeitskampfe auf unsrer Seite gegen England fochten, dafür sind wir ihnen Dank schuldig. Niemand wird ihnen auch Fleiß, Betriebsamkeit und Intelligenz absprechen; sie bilden im großen und ganzen ein tüchtiges Element in unserm Staatsleben. Aber es ist etwas Kleinliches in diesen Leuten, und sie werden bei ihrem merkwürdigen Vereinsleben, ihrer Zerrissenheit und Streitsucht, ihren dumpfigen Bierstuben, welches alles wohl Erbteile der politischen Zerrissenheit ihres Vaterlandes und der polizeilichen Bevormundung des Volkes sind, nie die geschäftliche und gesellschaftliche Stellung des Amerikaners erreichen.«

»Es tut mir leid, das zu hören.«

»Es ist so, trotz aller guten Eigenschaften auch Ihrer hiesigen Stammesgenossen. Will man aber den Deutschen kennen lernen, muß man ihn in seinem Vaterlande aufsuchen, da gewinnt man die Ueberzeugung, ein großes, gutes, zum Höchsten aufstrebendes Volk vor sich zu sehen. Das eiserne Staatsgefüge, besonders in Preußen, hat mich mit Bewunderung erfüllt. Ich habe mich als Soldat vorzugsweise um Ihre militärischen Einrichtungen gekümmert, und mit diesen kann kein Volk der Erde sich messen. Der Mangel ähnlicher Einrichtungen hat uns in unserm furchtbaren Bürgerkriege so unendliche Menschenopfer gekostet, welche zweck- und nutzlos hingeschlachtet wurden.«

Miß Schuyler richtete die ernsten Augen auf Edgar und fragte mit einer Stimme von bestrickendem Klang: »Sind Sie ein Freund des Krieges, Herr Graf?«

»Als Berufssoldat müßte ich eigentlich mit Ja antworten, Miß Schuyler; wer aber, der den Krieg gesehen hat, wäre ein Freund desselben? Ich habe ihn kennen gelernt, wie Ihr Herr Vater, in seiner schrecklichsten Gestalt, und ist es gleich geboten, das Schwert zu ziehen, um die höchsten Güter dieses Lebens zu verteidigen, wenn es sein muß, dafür zu sterben – so treffe jeden der Fluch der Menschheit für alle Zeit, der leichtfertig den Krieg heraufbeschwört.«

»Sie sprechen mir aus der Seele,« fügte der Oberst hinzu.

»Und glauben Sie, Sir,« fuhr seine Tochter fort, »daß eine Zeit kommen wird, wo es keine Kriege mehr gibt?«

Nach einer kurzen Pause sagte der Graf: »Nein, Miß Schuyler, ich glaube das nicht und wünsche es auch nicht.«

»Wie? Widerspricht es nicht dem, was Sie eben sagten?«

»Ich glaube nicht. Entfesselt der Krieg alle wilden und grausamen Instinkte der Menschennatur, so ruft er daneben auch alle edlen und großen Eigenschaften des Herzens empor, todesmutige Hingebung für das Vaterland, das hohe Gut der Freiheit, Treue, Mitleid, Aufopferungsfähigkeit in ungeahntem Grade, und nie wird ein Volk würdig unter den Nationen dastehen, welches nicht fähig und bereit ist, für ideale Güter zu kämpfen und zu sterben. Unser Lieblingsdichter sagt:

›Der Krieg ist schrecklich wie des Himmels Plagen,
Doch ist er gut, ist ein Gesetz wie sie.‹«

Er hatte sich bei diesen Worten der deutschen Sprache bedient und fuhr nun fort: »Das heißt im Englischen –«

»Ich lese Schiller im Original, Herr Graf,« sagte Miß Schuyler, sich des Deutschen bedienend.

»O, Sie sprechen meines Volkes Sprache – wie mich das erfreut!«

»In Ihrem Sinne, Herr Graf, will ich den Krieg acceptieren und mit dem Sohne des Tydeus Hektor rühmen:

›Der, für seine Hausaltäre
Kämpfend, ein Beschirmer – fiel.
Krönt den Sieger größere Ehre,
Ehret ihn das schönere Ziel.‹«

Graf Edgar lauschte ihren deutschen Lauten mit Entzücken.

»Meine Tochter hat nur Ihres Schiller wegen, den sie leidenschaftlich verehrt, deutsch gelernt und unser erster Besuch in Ihrem Vaterland galt den geheiligten Stätten, wo Ihr großer Dichter geweilt hat.«

»Schiller,« sagte Miß Schuyler, »kann nicht in andre Sprachen übertragen werden, selbst in das so nahe verwandte Englisch nicht, der bestrickende Zauber, den das Original ausübt, verschwindet im fremden Idiome wesentlich – der Duft fehlt der nachgeahmten Blüte.«

»Ich höre mit innigem Vergnügen, wie Sie unsern Schiller verehren. Er ist der Liebling unsres Volkes und wird es ewig bleiben, und ich verstehe es ganz, ob ich mich gleich niemals mit Uebersetzungen seiner Werke bekannt gemacht habe, daß die Fülle und Schönheit der Sprache, wie deren hinreißende Klangwirkungen nicht wiedergegeben werden können, selbst im Englischen nicht.«

»Da wir gerade bei dem großen deutschen Poeten sind,« äußerte der immer gut aufgelegte Wirt, »wollen wir seiner in diesem Traubensafte vom Rhein gedenken,« und er präsentierte seinen Gästen gefüllte Römer mit dem deutschen Wein.

Das Gespräch nahm eine andre Wendung, bald ward die Tafel aufgehoben und man begab sich zurück in den Parlour, um dort den Kaffee zu nehmen.

»Gestatten Sie mir, eine Frage an Sie zu richten, Mr. Myers?« ließ der Graf sich vernehmen, als sie sich niedergelassen hatten.

»Immer zu, immer zu, wenn ich sie beantworten kann, soll es geschehen; nur Staatsgeheimnisse darf ich nicht verraten,« setzte er lachend hinzu.

»Als ich heute morgen bei Ihnen war, wurde Ihnen ein Herr gemeldet, den ich dann beim Hinausgehen im Vorzimmer sah. Seit diesem Augenblicke sinne ich darüber nach, wo ich diesen Mann gesehen habe, ohne darauf kommen zu können. Doch muß es bei einer nicht unbedeutenden Angelegenheit gewesen sein, wo diese Physiognomie sich mir eingeprägt hat. Freilich ist es bei der Fülle von Eindrücken, welche ich auf meiner Reise durch das Land empfing, der großen Zahl von Menschen, welche mir hierbei vor Augen kamen, nicht verwunderlich, daß mein Gedächtnis nicht gehorchen will. Ist es indiskret zu fragen, wer der Herr war?«

»Durchaus nicht, durchaus nicht, Sir. Der Mann nannte sich Wharton und ist halb Kaufmann, halb Landwirt, wie ich vermute, am Muskegon ansässig, dort werden Sie ihn gesehen haben.«

»Am Muskegon? Das Aeußere des Mannes machte nicht den Eindruck eines der wackeren Farmer dort oben.«

»Nein, das nicht. Wird ein Spekulant sein, schien mir so. Will aber im Norden, wo viel Wasserkraft vorhanden ist, Mühlen bauen und erkundigt sich bei mir nach den dort angesiedelten Indianern, deren Verhältnissen, und ob er etwa Störungen von ihnen zu befürchten habe. Darüber konnte ich den Mann beruhigen, denn Freund Peschewa, die milde Katze, wie sein romantischer Name lautet, ist mit seinen Ottawas sehr friedlich gesonnen.«

»Am Muskegon?« sagte nachdenklich der Graf, »dann muß ich ihn dort in andrer Kleidung gesehen haben.«

»Er wußte auch schon von den Spitzbubenstreichen dort, kam von daher und bat energisch um Sicherung der Grenzdistrikte. Ging mich zwar nichts an, aber beschwichtigte den Mann, sagte ihm, es sei alles getan, um dem saubern Kleeblatt, Morris, Wilson und Tyron, das Handwerk zu legen, unsre besten Spürhunde seien bereits hinter ihnen her. Zu Michigan hinaus kommen sie diesmal schwerlich, wenn sie nicht über den Mackinaw nach Norden hin entwischen und das ist eine sehr schwierige Sache. Ist ganz Michigan zu viel daran gelegen, besonders den Morris zu fangen. Wir haben, was diese Gesellen betrifft, eine energische Tätigkeit entfaltet, sobald wir Nachricht von ihnen hatten, so daß man in wenig Tagen auf der einsamsten Farm von ihrer Anwesenheit im Lande wissen wird. Das schien den Herrn zufrieden zu stellen. Machte übrigens den Eindruck eines ganz gebildeten Mannes.«

»Danke sehr für Ihre Mitteilung, Mr. Myers. Weiß gar nicht, warum mich dieses Gesicht so interessierte. Sie werden wohl recht haben und ich habe den Mann irgendwo am Muskegon gesehen.«

Als der Wirt sich einen Augenblick zu den Damen wandte, sagte Oberst Schuyler zu Edgar: »Freund Myers hat mich von dem Zweck Ihrer beabsichtigten Reise nach dem Norden unterrichtet, Herr Graf, wenn ich Ihren Zwecken förderlich sein kann, stehe ich mit meinem Einfluß zu Gebote.«

»Das nehme ich mit herzlichem Danke an, Herr Oberst.«

»Ich begebe mich in wenigen Tagen nach Norden, um dort das Kommando über unsre Forts an den Seen zu übernehmen, und beziehe mein Hauptquartier in Fort Duncan, nachdem ich die andern Befestigungen inspiziert habe. Es wird mir Freude machen, Sie dort zu begrüßen und mehr noch. Ihnen Nutzen bringen zu können.«

»Ja,« mischte sich Mr. Myers, der wieder herangekommen war, in das Gespräch, »ging mir im Kopf herum, Ihre Reise, Herr Graf, fiel mir ein, daß Freund Schuyler da oben das Kommando übernimmt, habe ihn deshalb schleunigst eingeladen, damit Sie seine Bekanntschaft machten. Ist ein gewaltiger Mann in jener Gegend als Oberbefehlshaber.«

»Wie sehr bin ich den Herren zu Dank verpflichtet.«

»Geschieht gerne Ihnen, Ihrem edlen Zwecke und dem alten Joe zuliebe, dem kunstvollsten Briefschreiber im ganzen alten Mich.« Er lachte wieder in seiner herzlichen Art und erzählte dem Oberst von dem ungeheuerlichen Schreiben, welches ihm der alte Farmer zugefertigt hatte.

Die Herren, welche einstweilen noch ein Glas Wein getrunken hatten, begaben sich nun zu den Damen an den Kaffeetisch, wo sehr lebhaft diskutiert wurde.

»Sie müssen mir beistehen, Herr Oberst,« rief diesem Miß Myers entgegen, welche die gute Laune ihres Vaters als Erbteil überkommen zu haben schien, »wir verhandeln hier wichtige soziale und politische Angelegenheiten.«

»O, Miß Mary, hören mir nicht von Politik täglich so viel, daß uns die Ohren gellen?«

»Unsre Politik ist viel wichtiger und großartiger, als die des Volkes der Staaten, Herr Oberst. Wir entwerfen Zukunftspläne und wollen Frances zur Königin der Indianer machen, dann ist diese leidige Frage mit einemmal gelöst. Eben sind wir dabei, ein königliches Kostüm für sie zu entwerfen.«

»Miß Mary, eine Königin in unsrer glorreichen Republik? Das ist ein revolutionärer Gedanke,«

»Nur zu der der roten Leute, und das kann sich Uncle Sam ruhig gefallen lassen. Wir brauchen dann auch keine Truppen mehr in den Norden zu schicken, um die Wilden zu überwachen, wir senden einfach Frances hin, sämtliche Indianer, Ottawas, Pottawatomies, Missinsig und wie diese entsetzlichen Menschen heißen, ich muß ja oft genug von ihnen hören, fallen auf die Kniee und beten sie an, begraben das Kriegsbeil für ewige Zeiten und lassen sich sanft zur Zivilisation herüber führen.«

»Und solche Macht trauen Sie, Miß Mary, Frances Schuyler zu?«

»Natürlich. Wer sollte sie sonst haben als Frances,« und sie blickte die Freundin liebevoll an. Ueber deren Antlitz zog ein sonniges Lächeln, die ernsten Züge hold verklärend.

»Sie wird naturgemäß sofort zur Königin erhoben, sobald sie nur erscheint, und alles gehorcht ihr mit demütigstem Eifer. Aber – und das ist die Hauptsache – wir sind nach nicht einig über das Kostüm, in welchem sie sich den Roten zeigen soll, ich will ihr eine goldene Krone und einen Purpurmantel geben, und Mama meint, Frances soll als Engel mit Flügeln erscheinen. Da mir uns nicht einigen können, wollen mir das Urteil der Herren anrufen.«

»In Kostümfragen bin ich wenig bewandert,« sagte der Oberst, auf den munteren Ton eingehend, »aber ich denke mir dann so etwas Indisch-Phantastisches, um die roten Leute zu entzücken.«

»Ei bewahre, nein Krone und Purpur. Was meinst du, Papa?«

»Ja, liebes Kind, wenn ein Kostüm diesen roten Menschenbrüdern gefallen soll, so muß es so ein bißchen bunt karriert sein, rot und blau und gelb und so –«

Alle lachten herzlich, selbst Miß Schuyler stimmte in die Heiterkeit ein.

»Ja, ihr lacht, aber es ist richtig, ich kenne den feinen Geschmack der Rasse. Nun, Herr Graf, sagen Sie Ihre Meinung, ihr Deutschen sollt ja die gelehrteste Nation der Welt sein.«

»Wenn ich mir ein Urteil in dieser so hochwichtigen Angelegenheit erlauben darf, ich würde Miß Schuyler den griechischen Chiton und Mantel als passende Gewandung empfehlen, den Helm auf dem Haupte und am Arme den Schild.«

»O, herrlich, herrlich, Herr Graf – ja, Pallas Athene, daß ich darauf nicht kam – das ist's, was Frances tragen muß – dann liegen ihr aber auch die Weißen zu Füßen.«

Ablenkend sagte Miß Schuyler: »Wir wollen die Herren nicht länger mit unsern Phantasien und phantastischen Kostümfragen langweilen, Mary.«

»Ja, ja, meine Athene,« und Miß Myers küßte die Freundin, »wir wollen abbrechen, die Frage ist erledigt. Aber willst du uns eine Freude machen, so setze dich an den Flügel und singe.«

»Gerne,« entgegnete die junge Dame ohne Ziererei, und alsbald klang ihre schöne, wohlgeschulte Altstimme in dem ziemlich großen Räume wieder. Sie sang die so ergreifende Klage des Orpheus um seine Euridike aus Glucks unsterblicher Oper.

Die entzückten Hörer hielten den Atem an, um voll lauschen zu können, und der Graf, dem nicht nur der Ton dieser Stimme, die hehre Weise des großen Komponisten zu Herzen gingen, vor allem auch der Inhalt der Arie, die ihn so lebhaft an seine ernste Mission erinnerte, fühlte, wie ihm das Auge feucht wurde.

Miß Schuyler schloß, und noch herrschte atemlose Stille, erst als sie sich vom Instrumente erhob, löste sich der Zauber, mit welchem sie die Hörer gefangen gehalten, und man überhäufte sie mit Lobsprüchen.

»Es ist der Tonmeister, der euch entzückt,« entgegnete sie hierauf, »es liegt das tiefste menschliche Fühlen in dieser Totenklage, ich selbst singe sie nie, ohne daß ich ergriffen bin.«

»Das singen Sie mal den Ottawas vor, Miß Frances,« sagte allen Ernstes Myers in ungekünstelter Bewunderung, »und wenn sie Sie dann nicht zur Königin machen, dann ist es Viehzeug – was sie freilich überhaupt sind.«

Miß Schuyler lachte, und die andern stimmten bei der mit so großem Ernste gemachten Bemerkung des Sekretärs mit ein.

Die heitere Stimmung war wieder hergestellt. Man begab sich nun in den schönen und großen Garten des Gouvernementsgebäudes, damit die Herren eine Cigarre rauchen konnten.

Sie wandelten durch die schattigen Laubengänge, der Oberst und Edgar gingen zusammen.

»Haben die Befestigungen, welche Sie unter Ihr Kommando nehmen, strategische Wichtigkeit, Herr Oberst?«

»Die älteren Befestigungen sind heutzutage bei der starken Bevölkerung dieser Staaten und den so vervollkommneten Verkehrsmitteln nicht mehr von wesentlicher Bedeutung, ob sie gleich im Unabhängigkeitskampfe sehr wichtig waren. Dennoch dürfen sie nicht vernachlässigt werden, sie bilden den ersten Schutz gegen einen Angriff von Kanada her; die jüngeren Festungsanlagen im Lande gelten fast nur den Indianern.«

»Ich wünsche Ihnen eine Garnison, in welcher Sie mehr geistige und gesellschaftliche Anregung haben, als in manch vereinsamten deutschen Posten zu finden ist.«

»Diese Forts, Herr Graf, sind die eintönigsten und traurigsten Orte der Welt für den, der nicht im stande ist, sich an sich selbst genügen zu lassen. Die Offiziere in ihrer großen Mehrzahl gehen höchst ungern in die Grenzforts, und ich gebe zu, daß für junge, lebenslustige Männer eine solch vereinsamte Friedensgarnison nicht angenehm ist. Die passionierten Jäger söhnen sich mit der Einsamkeit der Wälder noch am ehesten aus. Mir ist es gleichgültig, wo mich der Dienst hinführt, ich fühle mich in strenger Pflichterfüllung überall wohl. Gewöhnlich wird die Besatzung dieser Plätze alle zwei Jahre gewechselt, aus mir unbekannten Gründen hat das Kriegsdepartement kürzlich befohlen, daß die Ablösung sofort erfolgen soll, das heißt noch vor Ablauf der gewöhnlichen Frist, so daß ich vierhundert Mann Truppen mit mir führe.«

»Wollen Sie den Weg zu Lande zurücklegen?«

»Nein. Ich schiffe mich mit meinen Truppen in Grand Haven ein, lande mit einem kleinen Teil derselben in Traverse City, während die andern nach Duncan weiterdampfen, inspiziere die Forts Jefferson und Jackson und begebe mich dann selbst nach Duncan. Von Traverse City aus muß ich natürlich marschieren.«

»So müßte ich also auch einen Teil des Weges zur See zurücklegen?«

»Ei ganz natürlich, was wollen Sie sich unnötigerweise den Strapazen einer Landreise aussetzen. Sie bekommen dort oben noch genug daran. Für Sie wird es das richtigste sein, sich wie ich in Grand Haven einzuschiffen und dann am Manistee an Land zu gehen. Dort treffen Sie unsre Agentur und können dann mit einem des Landes kundigen Führer Ihren Weg durch die Wälder suchen. Sie ziehen nach Nordost, ich nach Südwest. Der nächste Militärposten ist für Sie Fort Jackson, das eigens dazu angelegt ist, die Ottawas zu überwachen.«

»Machen Ihnen die Indianer noch immer zu schaffen?«

»Die Macht des Chippewayvolkes, zu ihm gehören die Ottawas, Pottawatomies, Saulteux und Missinsig, ist längst gebrochen, mit ihnen, einigen Huronen und Senecas, mag die Zahl der Indianer auf den beiden Halbinseln von Michigan nicht ganz achtzehntausend betragen.

»Vor drei Jahren haben die Schurkereien unsrer Indianeragenten, welche die Leute verhungern ließen, einen Ausbruch der Ottawas veranlaßt, der dann freilich die ganze indianische Wildheit entfesselte, aber es war nur ein Akt der Verzweiflung. Sie sind blutig gezüchtigt worden und halten seitdem Ruhe. Diebereien kommen freilich oft genug vor und machen den kommandierenden Offizieren dieser Forts häufig Unannehmlichkeiten, da sie dann zwischen den sehr zur Selbsthilfe geneigten, im Hinterwald ansässigen Farmern und den indianischen Spitzbuben zu entscheiden haben, was selten ohne Verdrießlichkeiten abgeht. Das ist aber auch alles, ich glaube nicht, daß die Indianer im Norden noch einmal zu den Waffen greifen werden.«

»Sie treten bald Ihren Marsch an?«

»Ich bin nur hier, um mich beim Gouverneur zu verabschieden und den alten Freund Myers wiederzusehen, ich reise morgen mit meiner Tochter nach Grand Haven, wo wir uns einschiffen.«

»Ihr Fräulein Tochter begleitet Sie, Herr Oberst?« fragte erstaunt der junge Mann.

»Ja, Herr, Frances Schuyler verläßt ihren Vater nicht.«

Sie schritten weiter, bis sie auf die Damen trafen, welche Mister Myers in guter Laune zu erhalten wußte, wenigstens herrschte sehr muntere Stimmung, als sie zu ihnen gelangten. »Was erregt die Heiterkeit der Damen?« fragte der Oberst.

»Papa erzählt wieder seine drolligen Geschichten.«

»Pst! Mary, Pst!« lachte er. »Es ging wieder über den Adel her, Schuyler, und da Ihr von altem holländischem Geschlecht seid und der Herr Graf sogar ein deutscher Lord ist, so könnte ich mit meiner Geschichte gut ankommen.«

»Nur immer zu, Myers,« sagte Oberst Schuyler.

»Ich werde sie mit dem Stoizismus eines Indianers ertragen,« fügte Graf Edgar hinzu.

»Machen uns gar manchmal lustig, Herr Graf, über Adel, Orden und so weiter, wahrscheinlich, weil wir beides nicht haben können, aber ist harmlos. Haben da eine Familie hier, Courtland, behauptet vom ältesten normannischen Adel abzustammen und mit Wilhelm dem Eroberer in England eingezogen zu sein, ist sehr stolz darauf, sehr exklusiv in gesellschaftlicher Beziehung und behandelt uns Staubgeborene ohne sechsunddreißig Ahnen etwas von oben herunter. Der witzigste Kopf Lansings, der Advokat Hoboken, erzählte nun kürzlich einem besonders hochmütigen Angehörigen dieser Familie folgende Geschichte:

»›Kennen Sie,‹ fragte er den Normannensprößling, ›die Geschichte von der Namengebung an Adam?‹

»Alles ringsum, es war in großer Gesellschaft, horcht auf, denn Hobokens scharfer Witz ist so allgemein bekannt, wie die Schwäche der Courtlands.

»›Nein,‹ sagt der Gefragte harmlos.

»›Als Gott Adam geschaffen hatte,‹ so ließ sich unter tiefem Schweigen der Anwesenden der Advokat vernehmen, ›forderte er ihn auf, sich einen Namen zu wählen.‹

»Nach einigem Nachsinnen sagte Adam: ›Nun, wenn ich wählen darf, so möchte ich wohl Courtland heißen.‹

»›Nun sieh mal einer,‹ sagte lächelnd der liebe Gott, ›diesen Burschen an, sich gleich solchen alten vornehmen Namen auszusuchen.‹

»Das Gelächter war unauslöschlich, welches hierauf ausbrach.«

Der Graf und Schuyler lachten auch.

»Mister Myers hat immer seine Schnurren im Kopf,« sagte Mistreß Myers. »Gott bewahre ihm seinen Humor.«

Indem sie sich anschickten, weiterzugehen, traf es sich, daß Edgar neben Miß Schuyler einherschritt.

»Ihr Vortrag der Orpheusarie hat mich sehr ergriffen, Miß Schuyler, Sie sind eine Künstlerin.«

»Nein, aber ich singe mit dem Herzen, Herr Graf, und da ist bei einem solchen Tonstück die Wirkung unwiderstehlich auf fühlende Menschen,« sagte sie einfach.

»Wenn Ihnen bekannt ist, was mich in dieses Land geführt hat, können Sie erst recht ermessen, wie des Orpheus' Klage mich berührt,«

»Ich habe von dem traurigen Schicksal Ihrer Schwester, wie von Ihrer Mission gehört, und hoffe zu Gott, daß auch treue Bruderliebe im stande ist, der Unterwelt ein Opfer zu entreißen,«

Sie gingen schweigend eine Weile nebeneinander.

»Sie begleiten Ihren Vater in seine einsame Garnison, Miß?«

»Ja. Mein Vater hat nichts auf der Welt als mich, und ich nichts Teureres auf Erden als ihn, den besten der Väter, den vollendetsten Gentleman, den tapfersten Krieger.«

Ihr Auge leuchtete, als sie sprach, und Edgar sah mit aufrichtiger Bewunderung in dieses schöne, von edlen Gefühlen belebte Antlitz.

»Es ist, wie mir Oberst Schuyler sagt, nicht unwahrscheinlich, daß wir uns in den Urwäldern des Nordens wieder begegnen.«

»Es soll mich freuen. Sie dort zu sehen und gute Nachrichten von Ihnen zu hören.«

»Sie fürchten also dieses einsame Leben in jenen so entfernten Garnisonen nicht?«

»Nein, Herr Graf, nachdem ich einige Zeit in Washington zugebracht, wo mein Vater im Kriegsdepartement tätig war, sehne ich mich sogar danach. Es sollen Unordnungen dort oben in den Garnisonen herrschen, deshalb sendet man einen Offizier vom Range meines Vaters dorthin; er wollte den Auftrag meinethalben schon ablehnen, ich selbst habe ihn dazu bestimmt, ihn anzunehmen, ich bin der Bälle, der Soireen, des Klatsches herzlich überdrüssig, und wenn ich,« setzte sie lächelnd hinzu, »Aussicht habe, wie meine liebe Mary meint, Königin der Ottawas zu werden, so ist das schon eines Aufenthaltes in einem einsamen Fort wert.«

Der Graf dachte in seinem Sinn: selten wie das Aeußere dieses Mädchens ist auch sein Denken und Fühlen. Etwas wie ein Kompliment schwebte ihm auf den Lippen, was er in andrer Gesellschaft mit Eleganz vorgebracht haben würde, doch diesem Mädchen gegenüber, die ausgestattet mit solch hohen Vorzügen der Seele wie des Körpers, sich dennoch so schlicht und einfach gab, und einen öden Aufenthalt an der Seite des bejahrten Vaters dem in den Salons der Hauptstadt des Landes vorzog, wollte es nicht über die Lippen, er sagte nur: »Wohl dem Vater, der sich einer solch liebevollen Tochter erfreut.«

Sie traten wieder zu den andern, und Graf Edgar schickte sich an, sich zu verabschieden. Er dankte den Damen des Hauses und vor allem Mister Myers, der ihn mit so warmer Freundlichkeit aufgenommen hatte.

»Den Brief an den Peschewa haben Sie morgen früh, Herr Graf, ebenso den an den Agenten am Manistee, außerdem sind Sie mir, so lange Sie in Lansing weilen, jederzeit willkommen. Die Dinnerstunde kennen Sie nun.«

Oberst Schuyler sagte: »Ich rechne auf ein Wiedersehen im Norden. Sollten Sie mich im Fort Jackson nicht persönlich antreffen, so werden Sie den zeitigen Kommandanten angewiesen finden, Ihnen allen möglichen Beistand zu leisten. Ich wünsche Ihnen besten Erfolg.«

Als er sich von Miß Schuyler verabschiedete, reichte sie ihm die schmale weiße Hand mit den Worten: »Ein guter Stern leite Sie auf Ihrer Fahrt und zu ersehntem Ziele.«

Der junge Mann war bewegt von der so herzlichen Freundlichkeit, mit welcher ihn diese guten und hochgebildeten Menschen aufgenommen hatten, als er Myers' gastliches Heim verließ, und immer klang noch des Orpheus' Klage von solch sympathischer Stimme vorgetragen ihm im Ohr. »Ein seltenes Mädchen,« sagte er leise vor sich hin.

Vor dem Gouvernementsgebäude erwartete ihn Heinrich und ging mit ihm zum Hotel zurück, den mit schönen Ulmen geschmückten Broadway hinunter.

Während sie so zwischen Spaziergängern, welche der schöne Abend ins Freie gelockt hatte, entlang schritten, fiel beiden das Gesicht eines Mannes auf, der an ihnen vorbeikam.

»Hast du dir diese Visage angesehen, Heinrich?« fragte der Graf, »welche Aehnlichkeit mit einem Fuchse.« Der Mann, der ihnen begegnet war, hatte ein spitzes Gesicht, hervorragende Nase und ein Paar stechende schwarze Augen.

»Mehr noch wie ein Marder, Herr Graf.«

Bei dem Wort Marder fiel dem jungen Manne der Name »Iltis« ein, den die Farmer am Muskegon einem der Räuber gegeben hatten.

Er blieb plötzlich stehen und sagte: »Mein Gott, wo hatte ich meine Augen, der Mann im Gouvernementsgebäude war einer von den Schurken, die bei Grover einkehrten, der Gefährte von Morris. Jetzt weiß ich's. Wie konnte ich auch vermuten, einen der Gesellen hier, und im Regierungsgebäude anzutreffen? Was nun beginnen?«

»Wenn der Herr Graf der Sache sicher sind, müßte man es doch der Polizei anzeigen.«

Nach einigem Nachdenken entschloß Edgar sich, zu Mister Myers zurückzukehren und ihm seinen Verdacht mitzuteilen.

Der war nicht wenig erstaunt über die zuversichtliche Behauptung des Grafen und sagte, auf das Abendblatt der Staatszeitung deutend: »Dann haben mir auch bereits einen Beweis von der unheilvollen Tätigkeit der Verbrecher.«

Des Grafen Auge fiel, als er das Blatt in die Hand nahm, auf einen auffällig gedruckten Artikel, in welchem über einen vor einigen Tagen verübten Mord berichtet wurde, der erst gestern entdeckt worden war. Man hatte die gänzlich entkleidete und verstümmelte Leiche eines alten Mannes gefunden, deren Identität bis jetzt noch nicht festgestellt werden konnte.

»Da wollen wir,« sagte Myers, »doch sofort die Polizei avertieren, ob ich mich gleich vergeblich frage, was der Kerl hier in Lansing und bei mir wollte? Irren Sie sich auch nicht?«

»Ich irre mich nicht.«

»Dann muß er auch Sie erkannt haben und leichter, als Sie ihn.«

»Das ist möglich.«

Er teilte weiter seine Begegnung mit dem Manne auf der Straße mit, dessen Gesicht sowohl ihm als Heinrich aufgefallen war.

»Das wäre, wenn auch der Iltis hier weilte.«

Unverzüglich begaben sie sich nach dem Polizeibureau, welches sich ebenfalls im Regierungsgebäude befand, und trafen den Polizeichef noch an.

Nachdem dieser Myers und den Grafen angehört hatte, ließ er sich den Farmer von Muskegon schildern und verglich die Schilderung mit einem Signalement, in einem seiner Bücher. »Es ist kein Zweifel, das war der berüchtigte Wilfers,« sagte er dann, »aber auch ich frage mich vergeblich, was der Mann hier gewollt hat? Den andern, dem Sie auf der Straße begegneten, habe ich hier nicht verzeichnet, der hat sich seine Berühmtheit nur an der Grenze erworben, und wir haben kein Signalement von ihm.«

Alsbald wurden Beamte nach allen Hotels und nach dem Bahnhof abgeordnet, und der Telegraph spielte nach allen Richtungen.

»Ist das Wilfers gewesen, dann hat er auch den Mann am Cedercreek ermordet und die Leiche ganz unkenntlich gemacht, um nicht zu früh die Entdeckung herbeizuführen.«

Während sie noch über den Fall sprachen, ließ sich ein Bankier der Stadt in dringender Angelegenheit melden.

Vorgelassen, berichtete er, daß heute morgen ein Mann, seiner Schilderung nach Wilfers, ihm den Check eines langjährigen Geschäftsfreundes, des wohlhabenden Landmannes eines benachbarten Countys, präsentiert habe, der sich selbst als Farmer und Nachbar des Ausstellers vorgestellt habe. Da der Check gut war und der Mann nichts Verdächtiges an sich trug, habe er den Check, auf tausend Dollar lautend, anstandslos eingelöst. Als er die Abendnummer der Staatszeitung gelesen habe und von dem Raubmord am Cedercreek erfahren, sei ihm unwillkürlich der Gedanke gekommen, der Ermordete, dessen Ankunft schon seit einiger Zeit avisiert sei, sei sein Geschäftsfreund Lewis von Bathfield, und der, der den Check präsentiert habe, sein Mörder oder wenigstens ein an dem Morde Beteiligter.

»Nun wissen wir,« sagte der Polizeichef, »was der Schurke in Lansing wollte. Der Ermordete kam von Bathfield die Landstraße von Norden und ebenso der Mörder vom Muskegon denselben Weg her.«

Er bedankte sich bei dem Bankier und verabschiedete ihn.

»Doch das erklärt noch nicht, was er bei Ihnen wollte, Myers? Dahinter muß noch etwas Besonderes stecken. Nun, wir werden ja sehen.«

Zudem traf auch schon die Meldung ein, daß ein Farmer, der sich Wharton nannte und von Muskegon kam, im Unionhotel gewohnt habe, heute morgen aber ganz plötzlich abgereist sei und zwar zu Pferde und nach Süden zu.

Am zweiten Tage nach diesen Ereignissen verließ Graf Edgar das gastfreundliche Lansing, nachdem er Athoree zu sich gerufen hatte, nahm einen kurzen Aufenthalt in dem am Michigansee gelegenen Grand Haven, wo er Oberst Schuyler in voller Tätigkeit antraf, die Ausrüstung seiner Truppen zu vervollständigen und deren Überführung nach Norden zu bewerkstelligen, und schiffte sich dann mit seinen Begleitern auf einem Dampfer ein, um vom Manistee River aus seinen Zug in die Wälder zu beginnen.

Sechstes Kapitel.
Am Lagerfeuer.

Hell schien die Sonne auf eine ausgedehnte Eichenlichtung hernieder und grüßte unsre Freunde, welche dieselbe langsam durchzogen. Eine anmutige Gegend war es, welche sich dem Auge der Reisenden darbot, Gehölze, Lichtungen, Teiche und kleinere Seen, welliger Boden und grasbewachsene Ebenen, oftmals von einem sanft hinfließenden Bach durchschnitten, gewährten reiche Abwechselung.

Die Gewässer waren belebt von Wasservögeln aller Art, dann und wann wurde im hohen Grase ein Bock flüchtig, den die kleine Karawane aus seiner Ruhe aufgestört hatte, oder der Schrei eines Raubvogels tönte aus hoher Luft hernieder und unterbrach die feierliche Stille, welche auf allem ruhte. Kein Singvogel ließ sich hören, denn der lebt nur an den Grenzen der endlosen Wälder und traut sich nimmer in deren Tiefe.

So schweigsam wie alles ringsum zogen auch die Männer einher, welche hier inmitten der Wildnis ihren Pfad nach Nordosten suchten.

Voran ging der Indianer, die Büchse im Arm, welche ihm Jones vor Wochen geschenkt hatte, und ließ seine Falkenaugen umherschweifen.

Hinter ihm folgten Graf Edgar und Heinrich in der Tracht, in der wir sie bereits bei ihrem Erscheinen in Grovers Hause geschildert haben.

Den Schluß des Zuges bildete ein breitschulteriger Geselle mit frischem, gutmütigem Gesicht, gekleidet in eine Friesjacke, kurze Beinkleider und Gamaschen, der ein bepacktes Maultier am Zügel führte.

Außer ihm trugen alle Waffen, Büchse, Hirschfänger, Messer, er führte nur den gewichtigen Stock, wie er dem irischen Landmann eigentümlich ist und ihm gelegentlich als furchtbare Waffe dient, als Ausrüstung.

Graf Edgar hatte auf der Agentur, welche etwas oberhalb der Mündung des Manistee errichtet war, um welche sich bereits ein kleines Städtchen zu erheben begann, welches den bescheidenen Namen Neulondon führte, seine Einkäufe gemacht, um die Häuptlinge der Ottawas zu beschenken, sich auch von dem Agenten, einem einsichtsvollen und wohlwollenden Mann, sowohl über seinen Weg, als über die Verhältnisse bei den Ottawas möglichst instruieren lassen.

Zu den Pferden, welche er an Bord des Dampfers mitgeführt hatte, erwarb er noch ein Maultier, um das durch die Geschenke ansehnlich vermehrte Gepäck zu tragen, und nahm auf die Empfehlung des Agenten einen Irländer an, um das Saumtier zu führen, welcher den hochtrabenden Namen O'Donnel führte.

Der Mann war ihm von dem Agenten als zuverlässig und treu geschildert worden, und da sein derbes, gutmütiges Aeußere die Empfehlung unterstützte, nahm ihn der Graf für seine Expedition ins Innere in Dienst.

Michael, ein untersetzter, äußerst kräftiger Bursche, der im Alter von siebenundzwanzig bis achtundzwanzig Jahren stehen mochte, war ein echter Sohn der grünen Insel und erwies sich auf ihrer bisherigen Fahrt als willig und von unverwüstlich guter Laune.

Er weilte noch nicht lange in den Vereinigten Staaten, war Arbeit suchend an den Manistee verschlagen worden und trat, da es ihm an einer Existenz fehlte, gern in des Grafen Dienste.

Während ihm dieser durch seine vornehme und doch leutselige Weise sowohl imponierte wie auch seine Zuneigung gewann, hatte Michael eine unüberwindliche Scheu vor dem Indianer, dessengleichen er bisher noch nicht erblickt hatte, was dem Grafen und Heinrich öfters ein Lächeln abnötigte, von Athoree aber gar nicht bemerkt zu werden schien.

Schweigend zogen sie noch eine Weile den nicht unmühsamen Weg fort, während die Strahlen der Sonne schräger und schräger fielen.

Die ersten Tage ihrer Reise hatten sie noch zu Pferde zurückgelegt, dann aber diese als auf dem durchschnittenen Boden und in dem hohen Grase mehr hinderlich als fördersam bei einem einsam wohnenden Farmer zurückgelassen, mit dem Ersuchen, sie gelegentlich dem Agenten am Manistee zuzusenden, von dem Edgar infolge des Empfehlungsschreibens Mister Myers' sehr freundlich aufgenommen worden war.

Um die Richtung ihres Weges zu finden, hatte sich Graf Edgar anfangs seines Kompasses bedient, dann aber die Führung ganz Athoree überlassen, der ein sicherer Wegweiser war als die Magnetnadel, welche im dichten Walde sich bald als nutzlos für die Marschbestimmung erwies, da sie jeden Augenblick befragt werden mußte und im nächsten Moment keine Gewähr für die Einhaltung der Richtung bot. In der Ebene, wo man weit entfernte Punkte ins Auge fassen und seinen Marsch, nachdem ihre Lage nach dem Kompaß bestimmt ist, nach ihnen richten kann, ist dies etwas andres.

Der Indianer hatte seine untrüglichen Kennzeichen an Baum, Busch, Wasserlauf und am Stande der Sonne, um die Reisenden, soweit es der Boden erlaubte, in fast gerader Richtung nach Nordost bis zum Baercreek zu führen, dessen Laufe sie zu folgen hatten, um zu den Dörfern der Ottawas zu gelangen.

»Die Sonne sinkt, Athoree,« redete der Graf den schweigend vor ihm einherschreitenden Indianer an, »und der Marsch, den mir zurückgelegt haben, war lang, wollen mir nicht das Lager beziehen?«

»Gut. Gehen noch bis Wald,« und er deutete auf den noch eine Meile entfernten dichten Waldsaum, »denke, dort schlafen.«

»Wie du meinst, ich folge deinem Rate.«

Der Graf blieb stehen und wartete, bis der Irländer mit seinem Maultier kam.

»Nun, Michael,« redete ihn der Graf freundlich an, denn er hatte Wohlgefallen an dem gutmütigen Burschen gefunden, »wir sind müde, was?«

»Gar nicht, Euer Gnaden, gar nicht, meiner Mutter Sohn läuft noch zehn Meilen und geht dann zum Tanze, Euer Gnaden; wenn ich nur das Beest nicht an der Hand hätte.«

»Hast du wieder viel Last mit ihm gehabt, Michael?«

»Heute ging's, Euer Gnaden, ich habe dem Vieh hie und da mit meinem Shilallah zugeredet, wenn es gar zu störrisch war, und das half. Das Tier will immer seinen eigenen Weg gehen, und oftmals bleibt's stehen, und meiner Mutter Sohn kann's kaum von der Stelle bringen,« sagte der Irländer.

»Nun, wir sind bald am Ziele unsrer Reise, und dann wirst du des, wie ich bemerkt habe, leider sehr störrischen Tieres ledig.«

»Michael O'Donnel wird darum nicht weinen, Euer Gnaden.«

Er warf einen Blick auf den Indianer, der ruhig etwa fünfzig Schritt vor ihnen einherging, und ließ sich, die Stimme dämpfend, vernehmen: »Können denn Euer Gnaden dem roten Mann da vorn auch ganz trauen?«

»Ich denke wohl, Michael, er hat uns gute Dienste geleistet und wird sie uns gewiß noch leisten.«

»Seien doch Euer Gnaden ja recht vorsichtig,« fuhr Michael fort, den des Grafen gütige Weise zu vertraulichen Aeußerungen ermutigte, »es kann ja in diesen braunen Kerlen nicht viel Gutes stecken. Ich habe schon genug an diesem und mich überläuft's jedesmal, wenn mich der Mensch mit seinen schwarzen Augen, die manchmal wie Kohlen funkeln, ansieht.«

»Nun, du wirst dich mit der Zeit an ihn gewöhnen, er ist ein ganz ehrlicher Mann.«

»Aber, Euer Gnaden, er tut ja den ganzen Tag den Mund nicht auf,« meinte Michael, der stets zur Unterhaltung aufgelegt war, »und solchen stillen, finstern Leuten ist nie recht zu trauen.«

Der Graf, welcher des Iren Schwäche, sich gern und lebhaft zu unterhalten, bald kennen gelernt hatte, lächelte über diese Aeußerung, denn einen größeren Gegensatz als den stolzen, wortkargen Indianer und den redseligen Iren konnte es wohl kaum geben.

»Es ist die Art dieser Leute, Michael, sich schweigend zu verhalten, und du darfst deshalb keine üble Meinung von ihm haben.«

»Euer Gnaden, ich will wünschen, daß alles gut geht, aber der Mann ist mir ganz unheimlich. Und wie er so seinen Weg findet in diesen schauerlichen Wäldern und Grasebenen ohne Kompaß und Wegweiser, das geht doch sicher nicht mit rechten Dingen zu.«

»Diese Fähigkeit, den Weg nach Anzeichen zu finden, die wir nicht bemerken und uns so sicher zu führen, ist es ja, welche ihn für unsern Marsch so wertvoll macht. Du hast ja selbst gesehen, wie unnütz der Kompaß im Walde war.«

»Euer Gnaden mögen ja das alles besser verstehen als ich, der ich nur ein armer Bursche aus Leitrim bin, aber Euer Gnaden müssen doch vorsichtig sein, und wenn wir nun gar noch mehr von der Sorte bekommen?« der Ire machte ein ganz bedenkliches Gesicht, »so –«

»Gib dich zufrieden, wir werden mit den roten Herren die beste Freundschaft halten.«

Der Graf verließ ihn und ging wieder zu Heinrich.

Athoree, war es Zufall oder hatte er etwas von der Unterredung des Grafen mit dem Iren erhascht, blieb jetzt ebenfalls stehen und erwartete Michaels Herankommen.

Der kluge Indianer hatte sehr bald bemerkt, daß er dem Manne aus Leitrim unsympathisch war, aber dies nicht beachtet, und da er das gutmütige, ehrliche Wesen des Burschen nicht verkannte, ihm den Widerwillen, den er gegen ihn zu haben schien, nicht nachgetragen. Bis jetzt hatte er aber auf den langen Märschen und abends an dem Lagerfeuer noch nicht einmal das Wort an ihn gerichtet.

Michael war höchst erstaunt und gar nicht angenehm berührt, als Athoree, nachdem er zu ihm gelangt war, ihn erst mit seinen dunklen Augen anstarrte und dann ruhig neben ihm herging. Er brummte auf Gälisch in sich hinein: »Hol dich der Teufel, brauner Bursche, was willst du hier neben meiner Mutter Sohn?«

Noch größer ward die Ueberraschung Michaels, als ihn der Indianer jetzt, zum erstenmal seit ihrem Zusammensein, anredete.

»Warum trägt Rothaar,« es war nicht zu leugnen, Michael erfreute sich eines ungewöhnlich starken, blondrötlichen Haarwuchses, der unter seiner wollenen Mütze in wirren Locken hervorquoll, »keine Waffen?«

»Rothaar? Rothaar? Wen meinst du denn damit?«

»Ihn meinen.«

»So? Na,« brummte Michael, »hättest du mir das woanders gesagt, so sauste jetzt mein Shilallah auf deinen Schädel, daß dir Hören und Sehen vergehen sollte. Was so ein Kerl einem für Namen gibt? Rothaar?«

Der Indianer wiederholte ruhig seine Frage.

»Waffen? Waffen? Was sagst du denn hierzu, Indianer?« und er zeigte seinen gewichtigen zugespitzten Stock aus ebenso zähem als festem Holze. »Damit fertige ich ein Dutzend von deiner Art ab.«

Ueber des Indianers Angesicht zog ein kaum bemerkbares Lächeln.

»Büchse trägt weiter als dicker Stock, he?«

»So gescheit bin ich auch, um das zu wissen.«

»Puff, kleines Loch in Brust und der Irisch tot.«

»Nu, nun hör auf mit solchen Geschichten, unheimlicher Kerl,« brummte er dazwischen, »wer soll denn hier schießen, es sind doch hier keine Räuber und Mörder?«

»Gutherz tragen Flinte, andrer Mann, Athoree tragen Flinte, warum du keine Flinte?«

»Ach, ich versteh' mit dem Schießeisen nicht umzugehen, ich habe in meinem Leben noch keine Büchse abgefeuert. Nein, Indianer, im gesegneten Erin machen wir die Sache ehrlich mit dem Shilallah ab.«

»Flinte gut, kommen jetzt zu wildem Indianer, nicht wissen, ob nicht fechten müssen.«

»So? Fechten? Das ist mir schon recht, aber es muß dann regelrecht hergehen,« und er schwang den gewichtigen Stock mit einer Leichtigkeit ums Haupt, die auf außerordentliche Körperkraft schließen ließ.

»Fechten? Mit der braunen Bande? Na, da haben wir es ja. Ich habe es Seiner Gnaden gesagt, daß hier nicht zu trauen ist. Na, wehren werde ich mich,« sagte der Ire, dem es weder an Mut noch an Kampfeslust fehlte.

»Rothaar müssen Flinte tragen.«

»Ich will dir einmal etwas sagen, Indianer, wenn wir gute Freunde bleiben sollen. Der Herr Graf sagt ja, du wärst ein ganz reputierlicher Kerl trotz deiner verwünschten Hautfarbe, also wenn wir gute Freunde bleiben sollen, dann nennst du mich Michael, wie ich getauft bin, der heilige Michael ist mein Schutzpatron. Verstehst du?«

»Warum nicht nennen Rothaar? Guter Name, he?«

»Ich sage dir, laß es gut sein, Rotfell,« brummte Michael, der anfing ärgerlich zu werden, mürrisch.

»Nicht verstehen.« Er deutete auf sich: »Roter Mann du sagen, ich sage Rothaar – Rothaar schön.«

»Nun, ja, schlecht ist es ja nicht, es tragen's« bei mir zu Hause ziemlich viele,« sagte der Irländer, der sich doch geschmeichelt fühlte, daß der Indianer seine Haarfarbe schön fand.

»Warum Rothaar nicht Flinte tragen?« fuhr der hartnäckige Indianer fort.

»Bei St. Patrick, ich habe es ja schon gesagt, ich kann nicht schießen.«

»Womit dann Skalp verteidigen, wenn Feinde kommen, wollen nehmen Skalp?«

»Was ist das? Was wollen sie nehmen? Skalp? Meinen Skalp?«

»Wenn roter Mann Krieg, er schießen Feind tot, puff, gehen zu ihm, fassen Skalplocke so,« er fuhr mit der einen Hand nach seinem Kopfe und faßte einen Büschel seines schwarzen, lang herunterhängenden Haares, während er mit der andern sein Messer zog, »und schälen Kopfhaut ab,« hierbei fuhr er mit der messerbewehrten

Hand ums Haupt, »so – das Skalpnehmen.« Dies und der grimmige Gesichtsausdruck des Indianers erschreckten den guten Michael sehr.

»Jässus? Was meinst du, Indianer? Willst du damit sagen, daß sie einem hier die Haut vom Kopfe abziehen?«

»Das gerade so – jeder Krieger nehmen Skalp.«

»Na, da bin ich in eine schöne Gegend gekommen.«

»Aber erst schießen tot,« sagte beruhigend der Indianer, »erst tot, dann Skalp.«

»Darin kann ich nicht viel Tröstliche« finden,« brummte Michael.

»Manchmal auch nehmen Skalp, wenn noch leben.«

»Heiliger Michael, schütze uns,« sagte der Ire und fuhr unwillkürlich mit der Hand nach seinem Haupte, »das ist ja schauderhaft. Gott bewahre jeden Christenmenschen davor.« Dann murmelte er in sich hinein: »Ich werde jetzt den Grafen nicht sitzen lassen, aber ich wollte, ich wäre zu Hause geblieben, schon dieses unheimlichen Kerls wegen mit seinem Skalpnehmen.«

»Darum du tragen Büchse,« sagte der Indianer, »und retten Skalp.«

»Rette du nur deinen,« brummte wieder Michael, »vor meinem Shilallah, der dir gelegentlich darauf sausen könnte.«

Der Graf blieb mit Heinrich vorn stehen, zog sein kleines Fernglas und lugte nach dem Walde. Mit einigen Sprüngen war der Indianer, als er dies bemerkte, bei ihm. »Was ist das dort am Walde, da wo die Tanne ragt, Athoree?«

Er wollte dem Indianer ein Glas reichen, aber dessen Falkenaugen hatten schon erkannt, was dem Grafen selbst durch das Glas nicht genügend deutlich wurde, und sagte mit einem leisen Ausrufe: »Bären!«

»Alle Wetter, ja. Wahrhaftig, jetzt erkenne ich sie auch. Bären, Heinrich!«

»O, Herr Graf,« sagte dieser und riß die Büchse von der Schulter, während ihm die Jagdlust aus den Augen blitzte.

Sie hatten zwar auf ihrer Fahrt vom Manistee herauf wiederholt Bären gesehen, die sich aber beim Anblick von Menschen stets so hastig entfernten, daß ein Anpirschen nicht möglich gewesen war.

»Was meinst du, wollen wir einen Gang mit Meister Braun machen?«

»Mit tausend Freuden, Herr Graf, einen Bären habe ich doch noch nicht geschossen.«

»Athoree, wollen mir jagen?«

Dieser hatte ebenfalls bereits die Büchse von der Schulter genommen und schaute eifrig nach dem Wild aus.

»Bär gut, ihn schießen.«

»Dann Weidmannsheil! Wollen uns anpirschen,«

Graf Edgar schlich gebückt voran unter sorgfältiger Beobachtung des Luftzuges, um Meister Petz den Wind abzugewinnen und so in Schußnähe gelangen zu können.

Michael war vom Grafen bedeutet worden, ruhig mit seinem Maultier da zu bleiben, wo er sich befand. Dieser band darauf das Tier an einen Baum und legte sich ruhig ins Gras nieder.

Als die Jäger näher kamen, bemerkten sie, daß die Bären, es waren zwei, eifrig mit der Untersuchung eines entwurzelten Baumes beschäftigt waren, der, vom Sturm danieder gestreckt, wohl ein Bienennest enthalten mochte, dessen Vorräten die Tiere nachspürten.

Es war augenscheinlich ein Paar, Meister Braun mit seiner Ehegattin, beide stattliche Exemplare.

Vorsichtig bewegten sich die Jäger vorwärts, der Graf an der Spitze, etwa fünfzig Schritte hinter ihm Heinrich. Es galt nicht nur in Schußweite zu kommen, sondern dem Wild auch den Weg nach dem Walde zu verlegen, wo es, wenn es sich dahin zurückzog, für sie, die keine Hunde mit sich führten, um das Wild zum Stehen zu bringen, nicht mehr erreichbar war. Der Indianer ging ziemlich weit hinter Heinrich einher. Als sie auf etwa hundertundfünfzig Schritte an die Tiere herangekommen waren, brach unter dem Fuße des Grafen ein dürrer Ast, die Bären stutzten und windeten nach der Richtung des verdächtigen Geräusches hin. Jetzt gab Graf Edgar Feuer. Der Bär war augenscheinlich getroffen und richtete sich mit großer Schnelligkeit auf. Die Bärin stutzte bei dem Schusse, wurde aber dann sofort flüchtig nach dem Walde zu, während ihr Gemahl brummend nach dem Gegner ausspähte, der ihn so heimtückisch überfallen hatte. Als Heinrich die Bärin zu Holze ziehen sah, während der Graf eifrig lud, sandte er ihr eine Kugel nach, die auch, dem Verhalten des Tieres nach zu urteilen, getroffen haben mußte, obgleich es bei dem mit Bäumen besetzten Terrain, dem hohen Grase und der Entfernung ein schwieriger Schuß war.

Die Bärin blieb einen Augenblick stehen, untersuchte ihre Wunde, setzte dann aber ihre Flucht fort. Graf Edgar, der dem Walde am nächsten war, erhob sich aus seiner gebückten Stellung und lief rasch vorwärts, um ihr den Weg abzuschneiden oder wenigstens, ehe sie im Dickicht verschwand, noch einen Schuß auf sie abzugeben. Bei dem Erscheinen eines Menschen erschrak das Tier und setzte sich, nach dem Grafen hin windend, einen Augenblick nieder. Graf Edgar feuerte von neuem, ohne aber zu treffen, und das Tier, welchem die Kugel dicht an der Nase vorbeigeflogen sein mochte, änderte jetzt seine Richtung und lief mit großer Schnelligkeit in die Lichtung hinein.

Bei seinem Eifer, der Bärin einen Schuß beizubringen, hatte der junge Mann des Bären nicht geachtet. Dieser war indessen streitlustiger als seine Gattin, und der Graf sah mit einemmal den Bären auf kaum zwanzig Schritte vor sich, er warf die entladene und deshalb nutzlose Waffe fort, zog entschlossen den Hirschfänger und stellte sich zum Kampfe.

Da krachte Heinrichs Büchse, der die Gefahr, welche seinem Herrn drohte, wohl erkannt hatte. Die Kugel traf schräg den mächtigen Schädel des Bären und prallte machtlos an diesem massiven Knochenbau ab. Das Tier schüttelte sich einen Augenblick, richtete sich dann aber empor und nahm, auf den Hinterbeinen schreitend, mit den Vorderpranken wild in der Luft herum fuchtelnd, den Grafen an, der ihn in fester Stellung, den Hirschfänger zum Stoß bereit, erwartete. Bis auf zwei Schritte war das wütende Tier herangekommen, als von neuem Heinrichs Büchse aufblitzte; der Bär, augenscheinlich schwer getroffen, sank zusammen, sprang aber schnell wieder empor und machte eine Bewegung nach Graf Edgar zu, so daß dieser schon den heißen Atem des Tieres fühlte. Heinrich lud mit einer unvergleichlichen Schnelligkeit. Graf Edgar, welchem die Fechtkünste Meister Brauns nicht unbekannt waren, führte seinen Hirschfänger mit solcher Geschicklichkeit, daß er die Waffe dem hochaufgerichteten Tiere tief in den weitgeöffneten Rachen zu stoßen vermochte, dann sprang er zur Seite, den Stahl im Rachen des Bären lassend. Wiederum krachte Heinrichs Büchse, das Tier stürzte zusammen und wälzte sich, wild um sich schlagend, in Todeszuckungen auf dem Boden. Heinrich sprang herbei – aber er sowohl als der Graf hielten sich wohlweislich von dem sterbenden

Tiere entfernt, bis es verendet war. Graf Edgar gab dem Jäger die Hand und sagte einfach: »Ich danke dir.«

Als der Indianer bemerkte, daß die Bärin die Lichtung wählte, um zu entfliehen, sprang er rasch vorwärts, um ihr auch diesen Weg abzuschneiden, doch vorsichtig genug, um von dem Tiere nicht bemerkt zu werden. Auf etwa hundert Schritte nahe gekommen, feuerte er und verwundete das flüchtende Tier. Die Bärin richtete sich zornig auf den Hinterbeinen auf, rings umher windend. Da Athoree sich niedergebeugt hatte, während er rasch wieder lud und der Wind ziemlich scharf von dem Tiere her blies, bekam dieses keine Witterung von ihm und setzte mit tiefem Brummen, aber augenscheinlich langsamer, seine Flucht fort. Der wackere Michael O'Donnel, welcher sich, als die Jagd begann, behaglich niederließ, ein Stück geräuchertes Fleisch aus seiner Tasche zog und diesem eifrig zusprach, hatte sich doch, als die Büchsen wiederholt knallten, erhoben und sah aus der Entfernung, wie der Bär auf den Grafen zuging und unter Heinrichs Schüssen endlich zusammenfiel.

Auch die Bärin bemerkte er, als sie sich erhob, um zu winden.

Diese nahm, als sie die Flucht fortsetzte, ihren Weg gerade auf ihn zu.

Michael legte sein Fleisch beiseite, ergriff seinen schweren Irenstock und ging ihr furchtlos entgegen.

»So entkommst du nicht, Bursche,« brummte er, »hier steht Michael O'Donnel mit seinem Shilallah.«

Er hatte wohl auf Jahrmärkten hie und da Bären gesehen, die ihm wenig imponiert hatten, und kannte die Gefahr nicht, welcher er sich aussetzte.

Als das durch seine Verwundungen wütend gemachte Tier ihn erblickte, richtete es sich auf und mit aufgerissenem Rachen, der das furchtbare Gebiß zeigte, und unheimlich funkelnden Augen drang es auf den Iren ein.

Michael stutzte zwar bei diesem schreckenerregenden Anblick, verlor aber keinen Augenblick seine Zuversicht, und als das schnaubende Tier in gehöriger Nähe war, führte er mit seinem schweren Stocke so blitzschnelle und wuchtige Schläge nach ihm, daß die Bärin ins Wanken kam und den Kopf schüttelte. »Ja,« brummte Michael, »das ist Irenarbeit, Brauner, komm nur an.«

Immer wütender wurde unter seinen Streichen das Tier und focht entsetzlich mit seinen Vorderpranken durch die Luft, Michael mußte unter dem Andrang zurückweichen, führte aber unverdrossen seinen Stock mit großer Kraft.

Ein Prankenschlag der Bärin traf denselben für Michael so unglücklich, daß er ihm aus der Hand flog.

Der verblüffte Ire stand wehrlos dem rasenden Tiere gegenüber.

Im selben Augenblick krachte in seiner Nähe ein Schuß, die Bärin zuckte zusammen, stand, führte noch einige wilde Prankenhiebe in die Luft, drehte sich um sich selbst und sank tot nieder.

Zehn Schritte von ihm stand ruhig der Indianer, dessen Nahen Michael während seines wütenden Kampfes nicht bemerkt hatte, und lud seine Büchse.

Seine Kugel, aus geringer Entfernung abgesandt, hatte der Bärin Herz gefunden.

Trocken sagte er: »Stock gut, Flinte besser. Rothaar, he?«

Der mehr verblüffte als erschreckte Mann aus Leitrim sprach, mehr zu sich als zu dem Indianer, während er das so rechtzeitig erlegte Tier anstarrte: »Nun, bei St. Patrick und St. Michael, meinen Schutzpatronen, ich handhabe nun den Shilallah seit meiner Jugendzeit, aber daß mir ihn einer, und wenn er der Beste gewesen wäre, so aus der Hand geschlagen hätte, das habe ich nicht erlebt.«

»Können fechten, Bar? Wie?« meinte Athoree nicht ohne Humor.

»Das muß ich sagen, solche Bestie ficht geschickter, wie der Beste in Lenrim. Die schönsten Hiebe hat sie mir pariert.«

»Rothaar jetzt in Stücke, wenn nicht Büchse. He?«

»Höre einmal, roter Mann,« sagte Michael, dem jetzt erst die ganze Gefahr klar wurde, welcher er entgangen war, »ich würde lügen, wenn ich sagte, daß ich für dich und deinesgleichen eine besondere Vorliebe hätte, aber wenn ich dir das je vergesse, oder wenn ich nicht, wenn du einmal in einer Gefahr bist, dir nicht Gleiches mit Gleichem vergelte, dann will ich nie in den Himmel kommen. Gib mir die Hand.«

Er ging auf den Indianer, der mit Staunen gesehen hatte, wie der Ire mit seinem Stocke gegen die wütende Bärin kämpfte, zu und streckte ihm seine markige Rechte hin.

Der Indianer nahm sie mit einem feinen Lächeln.

»Jetzt Indianer guter Mann, wie?«

»Ja, das muß wahr sein, Rothaut,« sagte der treuherzige Irländer, ihm die Hand schüttelnd, »du hast dich wie ein braver Kerl und guter Freund benommen. Ich sehe jetzt, daß es auf das bißchen

Farbe nicht ankommt, wenn das Herz auf dem rechten Fleck sitzt. Ich danke dir.«

Athoree hatte nicht nur mit Staunen, sondern auch mit aufrichtiger Bewunderung gewahrt, mit welcher Tapferkeit, Kraft und Geschicklichkeit Michael mit dem rasenden Tiere focht, und dies hatte den Mann aus Leitrim, den er bisher der Beachtung nicht wert hielt, in seiner Wertschätzung mit einemmal sehr hoch gestellt.

Er erwiderte den Händedruck und sagte: »Du tapferer Mann, starke Hand, sehen alles. Athoree nicht mehr sagen Rothaar, du nicht gerne hören, sagen ›Starkhand‹, he?«

»Na, wenn dir mein ehrlicher Name nicht über die Lippen will, meinetwegen, es ist mir immer noch lieber als Rothaar.«

Der Bär war verendet.

»Was machen mir nun mit dem Vieh, Indianer?«

Dieser zog sein Messer, die schöne ihm vom Grafen geschenkte Waffe, warf das Tier rasch und geschickt aus, schnitt ihm die Pranken ab und sagte dann: »Lassen liegen, Fell vielleicht morgen holen. Ander Bär viel Fleisch, genug zu essen. Sonne sinkt.«

»Mir ist es recht, dann wollen wir wieder zu den andern gehen.«

Er nahm das Maultier, welches angesichts der Bärin verzweifelte Versuche gemacht hatte, sich zu befreien und noch an allen Gliedern zitterte, am Zügel, beruhigte es und nachdem er seinen Kampfstock aufgenommen hatte, schritten sie auf den Grafen und Heinrich zu, welche, als sie sie erreichten, bereits mit großer Geschicklichkeit ihre Beute der Decke entkleidet hatten. Der erlegte Bär war von ungewöhnlicher Größe, ein schönes Exemplar seiner Gattung.

»Nun,« sagte der Graf, »Frau Mumma liegt auch? Das ist eine ansehnliche Jagdbeute.«

»Hier, Starkhand mit ihr fechten, Bärin fechten, so – Starkhand mit Stock so,« und Athoree ahmte in drolliger Weise die geführten Hiebe nach.

»Was, Michael,« sagte verwundert der Graf, »du hast dich in einen Faustkampf mit der Bärin eingelassen?«

»Ja, Euer Gnaden, was sollte ich machen? Ich wollte doch das Tier nicht entwischen lassen. Habe übrigens bemerkt, daß ein Bärenschädel doch härter ist, als die dickste irische Hirnschale. Ich verstehe meinen Shilallah zu handhaben, aber gegen solch ein Vieh ist gar nicht zu fechten. Wenn der rote Mann nicht gewesen wäre, hätte mich das Tier aufgefressen, aber der kam zur rechten Zeit mit seiner Büchse und half ihr hin.«

Edgar erkundigte sich des näheren nach Michaels Abenteuer und erstaunte nicht wenig über die Naivetät, den Mut und die Kraft des Iren, als er von allem Kenntnis erhielt.

»Deine Meinung über Athoree hat nun wohl eine Umwandlung erfahren, Michael, nicht wahr?«

»'s ist ein urbraver Kerl, Euer Gnaden, und wenn er einmal einen Schädel entzwei geschlagen haben will, so will ich's für ihn besorgen, so wahr ich meines Vaters Sohn bin.«

Der Graf ergötzte sich höchlich über seines Irländers Jagdabenteuer sowohl, als seine Aeußerungen.

Da die Sonne sich zum Untergang neigte, nahmen sie außer der Haut und den Pranken einiges Fleisch des Bären mit und begaben sich nach dem nahe gelegenen Walde, an dessen Rande, wie der Indianer vermutet hatte, ein Bächlein floß.

An seinem Ufer ließen sie sich nieder, zündeten Feuer an und bald schmorte das Bärenfleisch am Spieße und kochte Wasser in dem Blechkessel, um den im Walde so unentbehrlichen und wohltuenden Kaffee zu bereiten.

Nachdem dann die Begierde nach Speise und Trank gestillt war, zogen Heinrich und der Indianer ihre Pfeifen, und aus der am Feuer behaglich hingestreckten Gruppe erhob sich bald der Duft des Virginiakrautes.

Das Maultier war seiner Last entledigt und an langer Leine angepflockt, um weiden zu können.

Ein eigener Reiz von Poesie liegt über solch nächtlichem Lager im Urwald. Ringsum die schweigende Wildnis, oben der glänzende Sternenhimmel, die nächste Umgebung von dem lodernden Feuer malerisch beleuchtet, es ist herrlich, in lauer Sommernacht so im Walde zu ruhen, und wohl begreift sich's, daß es Menschen gibt, welche ein beschwerliches aber ungebundenes Leben im Walde dem in den Ansiedlungen oder Städten vorziehen.

Das Feuer knisterte und dann und wann rauschte der leichte Wind in den Bäumen; sonst regte sich nichts weit und breit.

Graf Edgar war in Nachdenken versunken. Er dachte der fernen Heimat, dachte der nächsten Zukunft, die ihm hoffentlich Gewißheit über das Schicksal seiner Schwester bringen würde, und dazwischen tauchte das Bild von Frances Schuyler in seinem Herzen auf und leise erklangen die Töne von Orpheus' Klage vor seinem inneren Ohr.

Heinrich rauchte nachdenklich dieselbe kurze Pfeife, welcher er im deutschen Walde Dampfwolken entlockt hatte. Auch er dachte wohl der Heimat. Der Indianer sprach überhaupt wenig, und nur Michael schien das Bedürfnis zu fühlen, eine Unterhaltung anzuknüpfen, doch traute er sich nicht in des Grafen Gegenwart das allgemeine Schweigen zu stören.

Nach einiger Zeit nahm jedoch der Graf das Wort, indem er zu dem Jäger in deutscher Sprache sagte: »Welch ein Friede, welch feierliche Stille liegt über diesen endlosen Wäldern, Heinrich.«

»Ja, Herr Graf, sie stimmen das Herz zur Andacht; oft wenn ich im schweigenden Hochwalde weile, habe ich das Gefühl, als ob ich in der Kirche wäre.«

»Mit Recht, Heinrich, er ist der Tempel der Natur und der Geist des Ewigen flüstert in den Zweigen. Wohl begreife ich es, daß unsre Vorfahren ihre Götter in heiligen Hainen anbeteten. Kein Werk von Menschenhand ist zu vergleichen mit dieser erhabenen lebendigen Wölbung.«

Eine Weile herrschte wieder Schweigen. Michael hatte aufmerksam den ihm unverständlichen Lauten gelauscht, während der Indianer teilnahmlos mit seinem gewöhnlichen ruhigen Gesichtsausdruck seine Pfeife rauchte.

»Sagen Sie mir, Herr Graf, haben denn diese Wilden hier auch eine Religion, oder sind es bereits Christen?« Endlich hatte Michael, dem das Schweigen sehr lästig war, den Mut gefunden, es zu brechen.

»Soviel ich gelesen habe, besitzen sie religiöse Vorstellungen, sind auch wohl heutzutage, wenigstens die in den Reservationen, zum größeren Teile getauft. Wir wollen übrigens doch einmal Athoree fragen.« Er wandte sich an diesen mit den Worten: »Bekennt sich Athoree zu dem Glauben an den Gott der weißen Männer?«

Der Indianer wandte langsam das Auge auf den Grafen und sagte: »Als Athoree jung war, kam oft Bruder Missionar und sprach vom Gotte der Weißen, hören ihm zu, er guter Mann, aber nicht alles glauben, was er sagen. Er, weißer Mann, lieben seinen Gott, roter Mann andern Gott, lieben ihn auch; weißer Mann gehen in sein Himmel, Indianer in glückliche Jagdgründe. Das gut für Indianer, gut für Weißen.«

»Aber du glaubst doch an einen Gott?«

»Sehr wohl,« entgegnete der Indianer. »Glauben an großen Geist, er guter Geist, geben armen Indianer alles, Sieg über seine Feinde, Skalpe, Wild, Waffen, gutes Weib, Freunde, gute Kinder, er geben alles. Böser Geist, Degschuhvenoh, bringen alles Schlechte, Hunger, Not, Schnee und Eis – Krieger verliert Skalp, wenn böser Geist es haben will, dann nimmer kommen in glückliche Jagdgründe.«

»Aber du glaubst an eine Fortdauer nach dem Tode?«

»Schon sagen,« fuhr Athoree ernst fort, »guter Indianer gehen in glückliche Jagdgründe, er dort nie Not, viel Wild, gute Freunde, nicht Schmerz, nur Freude. Nur rote Männer dort, Streitaxt begraben, kein weißer Mann.«

»Und die Bösen?«

»Er gehen dahin, wo ewig Eis und Schnee, zum bösen Geist, er nie in glückliche Jagdgründe.«

»Auch dann, wenn er sonst auch brav ist, wenn er nur seinen Skalp verloren hat? nicht wahr?«

»Nie können Indianer ohne Skalp in glückliche Jagdgründe gehen – nie. Er bleiben in eisiger Nacht.«

»So ist mir schon erzählt worden. Doch, Athoree, willst du uns nicht sagen, wie der große Geist diese Erde und den roten Mann geschaffen hat?«

Leise und nicht ohne Feierlichkeit begann der Wyandot: »Der große Geist einst vor vielen, vielen Sommern, schaffen die Erde mit dem Hauche seines Mundes, machen das große Licht, das kleine Licht und die Sterne. Setzen die Erde auf den Rücken der großen Schildkröte, daß sie sie trage vom Morgen nach Abend. Er schaffen Bäume, Gras, lassen Sonne scheinen und Regenwolke kommen. Geben viel Wild in den Wald. Dann er nehmen rote Erde, formen daraus roten Mann, lehren ihn Bogen machen und Pfeil, das Wild erlegen, Feuer anzünden und sich Kleider fertigen aus der Haut des Wildes. Alles Gute er geben, schützen Indianer auch vor bösem Geist, der unaufhörlich lauert, wo er dem roten Mann Leid zufügen kann,« setzte er noch leiser hinzu. »Indianer leben, jagen, kämpfen, sterben und gehen dann zu Manitou, der ihn geschaffen, er guter Geist, er ihm lieben.«

Während der Indianer so sprach, leise und eindringlich, hier auf dem Boden, dem er entsprossen, er, der Sohn einer fremden Rasse, unter dem leisen Rauschen des Urwaldes, dessen Tiefen wohl selten ein Menschenfuß betreten hatte, beschlich den Grafen ein eigenes Gefühl. Vor ihm saß der Repräsentant eines dem Untergang unwiderruflich geweihten Volkes, dessen Väter viele Geschlechter hindurch hier einhergewandelt waren, und aus dem braunen ausdrucksvollen Gesichte des Indianers sprach zu ihm das herbe Schicksal eines der Vernichtung entgegeneilenden Stammes.

Es überkam ihn unwillkürlich ein Gefühl der Trauer darüber, daß ein nicht unbegabtes Geschlecht, wenn seine Entwickelung zur höheren Zivilisation auch noch so langsam sich vollzog, verschwinden mußte, ehe es auch nur eine Blüte treiben konnte.

Der Indianer schwieg und schaute vor sich nieder, ebenso der Graf.

Diese Gelegenheit aber benützte Michael, um wiederum das Wort zu ergreifen und sich über einen Punkt zu vergewissern, welcher ihm einiges Bedenken verursachte.

»Euer Gnaden werden erlauben, die Frage an Euer Gnaden zu richten, ob es wahr ist, wie der rote Mann hier sagt, daß seinesgleichen den Menschen die Haut vom Kopfe abziehen.«

»Ja, Michael, das ist Gebrauch bei den roten Kriegern.«

»Das ist aber eine ganz grausame Art und Weise, seine Gegner zu behandeln. Euer Gnaden. Einem den Schädel einschlagen, nun, das ist eine ganz regelrechte Sache, und geht manchmal nicht anders, aber so einem das Fell über die Ohren ziehen, das ist doch ganz unschicklich und unchristlich.«

»Die Kopfhaut des Feindes ist das höchste Siegeszeichen des indianischen Kriegers, nicht so, Athoree?«

Dieser nickte.

»Na, weißt du, mein roter Freund, schön ist das aber nicht, und ich hoffe, das nicht an dir zu erleben. Du hast dich heute zwar brav gegen mich benommen, das muß ich gestehen, aber solche Menschenschinderei könnte mich veranlassen, dir die junge Freundschaft zu kündigen. Du hast doch nicht schon etwa menschliche Kopfhäute abgezogen?«

Ein Ausdruck milden Triumphes flog über des Indianers dunkle Züge, der aber gleich darauf einem Ausdruck der Trauer Platz machte.

»Athoree wird keine Skalpe mehr nehmen,« sagte er langsam.

»Na, das freut mich, es ist sonst eine unheimliche Sache, mit dir umzugehen. So ein richtiger Christ scheinst du auch nicht zu sein, wenn ich auch nicht alles verstanden habe, was du vorhin Seiner Gnaden auskramtest. Gehst du denn auch hie und da einmal in die Kirche?«

Der Indianer hob den Arm und deutete auf die grüne Wölbung über sich, durch welche die ewigen Sterne herniederblitzten, deutete auf die uralten Bäume, welche sich ringsum erhoben: »Dies Kirche für roten Mann, hier er beten zu Manitou.«

»Na ja, das ist ja ganz gut, aber so ein bißchen ordentliche Religion muß doch sein; was du da vorhin erzählt hast, das schmeckt doch ein wenig nach Aberglauben.«

»Ich glaube, Michael,« sagte der Graf, »wir beten alle zu demselben großen guten Geiste, jeder auf seine Weise.«

»Nun, Euer Gnaden werden das ja schon verstehen, obgleich der Athoree bei uns in Irland mit seiner Religion nicht weit kommen würde. Pater Anselmus würde ihm schon so lange einheizen, bis er einen regelrechten Glauben hätte, wie sich's auch schickt.«

»Was beginnen wir mit den Fellen der Bären?« fragte der Graf, um dieses nun genug behandelte Thema abzubrechen.

»Frisches Fell sehr schwer, wird Maultier nicht tragen können, wenn überhaupt tragen, ehe es ganz trocken.«

»Es wäre doch zu bedauern, wenn wir diese schönen Siegeszeichen zurücklassen müßten.«

Er hatte kaum ausgesprochen, als der Indianer hastig seine neben ihm liegende Büchse ergriff und nach dem Innern des Waldes zu lauschte.

»Was gibt's?« fragte leise der durch die Bewegung des Indianers beunruhigte Graf.

»Pst!« flüsterte Athoree zurück. »Mann im Walde.«

Heinrich und der Graf griffen auch nach ihren Waffen.

»Indianer, Athoree?«

»Weißer Mann. Er kommen.«

So saßen sie lauschend, die Büchsen in der Hand, während Michael erstaunt um sich sah.

Jetzt hörten auch Graf Edgar und Heinrich einen leichten Schritt nahen.

Aller Augen richteten sich dahin, woher die Laute kamen; der Indianer hatte den Hahn seiner Büchse aufgezogen.

Nach kurzem atemlosem Harren öffneten sich die Büsche und heraus trat ruhig ein Mann in den Schein des Feuers, der nicht ohne

Erstaunen die um dasselbe gelagerte Gruppe betrachtete. Der Mann trug das landesübliche Jagdhemd und stand, eine hohe Gestalt, auf seine Büchse gelehnt, da. Die Augen der Lagernden begegneten den seinen. Der Mann war eine auffallende Erscheinung; unter einer kleinen Fellmütze wallte schneeweißes Haar hernieder, der ziemlich lange Bart zeigte dieselbe ehrwürdige Farbe, und die Gesichtszüge waren bleicher, als sonst Wind und Wetter im Walde zu gestatten pflegen, doch ließen das blitzende Auge, die kräftige, elastische Haltung nicht auf das Alter schließen, dem schneeiges Haar eigen ist.

»Ich bin erstaunt. Fremde, euch hier zu sehen, wo selten der Fuß eines weißen Mannes den Boden tritt,« sagte der Mann.

»Kommt näher zum Feuer, Freund,« entgegnete ihm der Graf, dem das Aeußere des Fremden jegliche Besorgnis verscheuchte, »und laßt Euch nieder, wenn Ihr unsre Gesellschaft nicht verschmäht.«

Der Mann kam näher, und genauere Betrachtung seines Aeußern bestätigte nur die ersten flüchtigen Wahrnehmungen. Er ließ sich ruhig am Feuer nieder und sah jeden der Anwesenden einzeln und aufmerksam an. Diese ließen sich das schweigend gefallen.

Dann ließ der Mann seine Augen auf dem Grafen haften und fragte: »Was tut Ihr hier im Lande der roten Männer, Fremder?«

»Wir gedenken den Ottawas einen Besuch abzustatten, Mann, und reisen deshalb friedlich im Lande einher.«

Der Mann sah hierauf Athoree an.

»Bist du ein Ottawa, Indianer?«

»Warum du fragen?«

»Ich sehe nichts an dir,« und er musterte aufmerksam Athoree von Kopf zu Füßen, »was auf einen Ottawa schließen ließe.«

»Und wenn nicht Ottawa, was dann?«

»Dann würde ich um diese Fremden beruhigter sein.«

»Verstehe ich den Sinn Ihrer Worte, Herr,« nahm der Graf das Wort, »so trauen Sie den Ottawas keine freundlichen Gesinnungen gegen uns zu.«

Der Mann antwortete nicht und richtete seine Worte wieder an Athoree: »Wo führst du die Fremden hin?«

»Viel fragen. Erst wissen, warum fragen, dann vielleicht antworten. Erst wissen, wer du bist.«

Der Weißhaarige wandte sich dann wieder an Edgar: »Wie ich aus Ihrer Aussprache des Englischen vernehme, sind Sie ein Deutscher, Sir?«

»So ist es.«

»Wollen Sie Handel mit den Indianern treiben, daß Sie ein Saumtier mit sich führen?«

»Werter Herr,« entgegnete ihm der Graf, »Sie entwickeln eine ja sehr wohltuende Wißbegierde, aber ich bin ganz der Meinung meines indianischen Begleiters, erst zu wissen, wen ich vor mir habe und aus welchem Grunde Ihre Fragen gestellt werden.«

»Hm,« sagte der Fremde, »Sie sind mißtrauisch, kalkuliere, ist recht so bei Begegnungen im Urwald, besonders im Indianergebiet. Lebe seit mehreren Jahren einige Meilen von hier und ernähre mich wesentlich mit der Jagd. Erblicke selten einen weißen Menschen, wenn ich nicht nach dem Fort gehe. Sah Ihr Feuer durch die Büsche, dachte, es seien Ottawas, kam erst näher, als ich Weiße um dasselbe sitzen sah.«

»Stehen Sie mit den Ottawas nicht auf gutem Fuße?«

»Doch. Sie gehen mir aus dem Wege, sie fürchten mich.«

»Sie fürchten Sie?«

»Ihr Aberglaube macht mich ihnen zu einem Schreckgespenst, sie behaupten, meines weißen Haares wegen, ich sei dem Grabe entstiegen und wandle ohne Berechtigung unter den Lebenden einher. Ganz unrecht haben sie nicht,« sagte er für sich, doch verstand es der Graf. »Sie dulden mich deshalb auf ihrem Gebiet und lassen mich unbelästigt, ob ich gleich hier weder wohnen noch jagen dürfte.«

Der Mann hatte etwas Unheimliches an sich.

»Die Ottawas nennen mich den ›toten Mann‹ und scheuen mich. Das ist mein Verhältnis zu den roten Leuten hier.«

Der Fremde sprach so ruhig, mit einer gewissen Milde, aber so, als ob er von einem andern als sich selbst spräche, und aus dem Gesicht, welches höchstens auf einen Mann von vierzig Jahren schließen ließ, sprach trotz des tiefen Ernstes, der darauf lagerte, etwas Gutes, welches den Eindruck des Unheimlichen wieder milderte.

»Ich stelle meine Fragen nicht aus müßiger Neugierde, Herr, sondern aus Teilnahme, denn ich sah bald, als ich mich heranschlich, daß ich, bis auf den roten Mann, Leute vor mir hatte, die des Landes unkundig sind.«

»Nun, fürchten Sie etwas für uns, Herr?« fragte nicht ohne Besorgnis der Graf.

»Fürchten? Wenn ich wüßte, daß der Mann dort ein Ottawa wäre, ja. Und wenn der Mann kein Ottawa ist, auch.«

»Der ›tote Mann‹ fürchten nicht für sich?« fragte Athoree mit einem finstern Gesichtsausdruck.

»Für mich, Indianer?« und dann setzte er mit einem schmerzlichen Lächeln hinzu: »Ich habe auf dieser Welt nichts mehr zu fürchten, auch nicht deine finstern Blicke, Mann.«

»Sie werden mich sehr verpflichten, Sir, wenn Sie mir den Grund Ihrer Besorgnisse für unsre Sicherheit angeben wollten.«

»Wenn ich nur erst wüßte, was Sie, einen Deutschen, der, seinem Aeußern und besonders seinen wohlgepflegten Händen nach zu schließen, weder Landmann noch Kaufmann ist, hierherführt, so würde ich eher sagen können, welcher Gefahr Sie sich aussetzen.«

»Ich bin über Ihre Andeutungen, daß mich überhaupt Gefahr bedrohen könne, erstaunt und, ich gestehe es, auch beunruhigt. Ich habe auf dem Indianerdepartement in Lansing und von dem Agenten am Manistee auch nicht die mindeste Andeutung erhalten, daß, von einigem Raubgesindel abgesehen, gegen das man sich in diesen abgelegenen Gegenden überall selbst schützen muß, mir von den Indianern, welche ich aufzusuchen im Begriff bin, Unannehmlichkeiten bereitet werden könnten. Ich habe – um Sie in den Stand zu setzen, meine Lage zu beurteilen, teile ich es gerne mit – diese Reise angetreten, eine Privatangelegenheit mit dem Häuptling der Ottawas zu erledigen und überbringe ihm Geschenke.«

»Sie kommen also nicht im Auftrage der Regierung?«

»Keineswegs. Ich bin ein Fremder, ein Angehöriger des Deutschen Reiches.«

Nachdenklich schwieg der Mann mit dem weißen Haar und sagte dann: »Wenn Sie meinem Rate folgen wollen, begeben Sie sich von hier nach Fort Jackson, es ist, wie auch die Dörfer der Ottawas, in zwei Tagemärschen zu erreichen. Unterhandeln Sie von dort aus mit Peschewa.«

»Aber warum befürchten Sie denn etwas für uns? Die Ottawas sollen doch, seit der blutigen Züchtigung, die ihnen vor drei Jahren zu teil wurde, eingeschüchtert und friedlich sein?«

»Ist der rote Mann dort ein Ottawa, Herr?«

Der Graf blickte auf Athoree und fragte ebenfalls: »Bist du ein Ottawa, Freund?«

»Nein,« sagte Athoree kurz und scharf.

»Gut,« sagte der Fremde, »mein Bruder ist kein Ottawa, ich höre es. Ein Indianer,« sagte er zum Grafen, »wird sich unter Umständen für den Angehörigen eines andern Stammes ausgeben, aber nie seinen Stamm direkt verleugnen, er ist kein Ottawa. Sie haben also Zutrauen zu dem roten Mann?« setzte er fragend hinzu.

»Vollkommen.«

»So darf ich offen reden. Ich komme zwar mit den roten Leuten hier wenig oder gar nicht in Berührung, denn sie weichen mir, wie ich schon erwähnte, in abergläubischer Scheu aus. Aber ich lebe im Walde und die Wälder reden ihre eigene Sprache, die nicht jeder versteht. Es ist seit einiger Zeit eine unerklärliche Unruhe unter die Wilden gekommen, es laufen Boten durchs Land, hin und her, es kommen fremde Indianer hierher, es werden Beratschlagungen gehalten, die Ottawas nehmen einen trotzigen Ton an; es sind dies für den Kenner alles Anzeichen, daß die Roten etwas planen, und selbstverständlich gegen die Weißen. Was die Veranlassung ist, weiß ich nicht, aber als sicher nehme ich an, daß das Fort augenblicklich ein sicherer Aufenthalt für Sie ist, als die Dörfer der Ottawas.«

»Nach allem, was ich gehört habe, ist es doch undenkbar, daß die Indianer einen Kriegszug gegen die Weißen beabsichtigen.«

»Undenkbar? Bei einem Indianer ist nichts undenkbarer als bei einem launischen Kinde, was der Indianer in gewissem Sinne ist.«

»Aber die Macht des Staates?«

»Kennen die Leute nicht.«

»Und die fühlbare Lektion, welche sie vor drei Jahren bekommen haben?«

»Wenn diesen Leuten einer ihrer Medizinmänner, der sich großen Vertrauens erfreut, sagt: ›Diesmal werdet ihr siegen, so brechen sie los und wenn sie sich gleich den Kopf dabei einrennen.‹«

»O, das ist sehr traurig für mich. Nicht, daß ich direkte Gefahr fürchtete, aber der Zweck, der mich hierherführt, wird dadurch vereitelt, wenn Ihre Befürchtungen gegründet sind. Was meinst du, Athoree?«

Der Indianer hatte aufmerksam den Worten des Fremden gelauscht und ihn scharf beobachtet.

»Weißer Mann vielleicht recht haben, können nicht sagen; morgen sehen. Nicht denken, daß Ottawa Kriegspfad gegen weißen Mann betreten, vielleicht mit anderm Stamm kämpfen, Pottawatomies oder Saulteux. Morgen sehen. Jetzt schlafen;« und der Indianer nahm seine wollene Decke und legte sich neben dem Feuer nieder.

»Wenn Ihr erlaubt, bleibe ich an Eurem Feuer die Nacht, Herr, meine Hütte ist noch weit von hier entfernt.«

»Ihr seid willkommen.«

Der weißhaarige Mann streckte sich gleichfalls am Feuer nieder, und ihm folgte der Ire, seinen Shilallah im Arm.

Der Graf und Heinrich saßen noch eine Weile zusammen und ersterer teilte dem Jäger mit, was der seltsame Mann für Nachrichten gebracht habe.

»Ehrlich sieht der Mann aus, Herr Graf, ich habe ihn scharf ins Auge gefaßt und ich würde seine Warnung nicht in den Wind schlagen.«

»Nun gut, morgen wollen wir sehen,« und beide schickten sich zur Ruhe an.

Siebentes Kapitel.
Der Häuptling der Ottawas.

Wir müssen in unserer Erzählung etwas zurückgehen, um die folgenden Ereignisse erläutern zu können.

Der Fremde hatte die Wahrheit gesagt, zwei Tagemärsche von dem Feuer, an dem der Graf und seine Begleiter ruhig schliefen, lag Fort Jackson, der vorgeschobenste Posten der Staatentruppen in diesem nordwestlichen Teile des Landes.

Das kleine Fort war am südlichen Ufer de« anmutigen Chippeway-Sees errichtet, da wo der ziemlich breite, aber seichte Chippeway-Kreek sich in den See ergießt.

Gleich einer leuchtenden Perle in der Muschel, so ruhte der See, der wohl sechs bis sieben Meilen im Umfang haben mochte, in den schweigenden Wäldern, welche rings bis dicht zu seinen schilfumsäumten Ufern heranreichten und sich in seinem klaren Wasser spiegelten.

Hell strahlte bereits die Sonne hernieder und beleuchtete die mit Pallisaden gekrönten Wälle des Forts, die einfach im Viereck angelegt waren. Auf jedem Walle stand unter schützender Bedachung ein leichtes Feldgeschütz, flankiert von den mit Schießscharten versehenen Pallisaden. Ein lang ausgestrecktes niedriges Gebäude innerhalb der Umwallung diente der Besatzung von sechzig Mann zum Aufenthalte, während einige andre Blockhäuser den Offizieren und Unteroffizieren als Wohnung dienten. Ställe und Schuppen vervollständigten das Ganze.

Die kleine Bucht, in welche der See hinauslief, war ebenfalls in den Bereich der Befestigungen gezogen, welche einige Kähne zu schützen bestimmt waren.

Es war früh am Morgen und die helle Sonne sah eben über die Wipfel der Bäume herüber, zwei Schildwachen schritten schläfrig die einander gegenüber liegenden Wälle entlang, als die Türe des Gebäudes, welches die Mannschaften beherbergte, sich öffnete und drei Soldaten daraus hervortraten, welche Eimer in den Händen trugen.

Aus einem der kleinen Häuser nahte gleichzeitig ein narbiger Sergeant, der zum Tore schritt, welches sich nach Süden öffnete, dasselbe erschloß und die Soldaten hinaus ließ.

»Beeilt euch, Burschen,« sagte er hierbei, »damit der Kapitän nicht zu lange auf die Milch zu warten hat, sonst haben mir wieder einen schlechten Tag.«

»Ja, ja, Sergeant,« sagten die Soldaten und schritten dann über das sanft ansteigende Glacis, welches eine von allem Holze befreite glatte Schußfläche von über hundertundfünfzig Schritt zeigte.

Unfern des Forts waren auf einer Waldwiese während der Sommermonate die Kühe der Garnison eingepfercht, und die Leute begaben sich hinaus, sie zu melken.

Eben wollte der Sergeant die schwere Balkentüre wieder schließen, als aus dem Walde im raschen Trott der indianischen Läufer, einem Mittelding zwischen Schreiten und Springen, ein Eingeborener kam, aus das Tor zueilte und schon von weitem winkte, es für ihn geöffnet zu lassen.

Der Sergeant erwartete in der Tür sein Näherkommen.

»Was gibt's, Rothaut?« fragte er, als der Indianer vor ihm stand.

»Bringe Brief von großem Vater in Washington,« und dabei wies er auf die lederne Tasche, welche er um den Hals trug.

»So? Nun, so komm herein.«

Er ließ den Mann eintreten und schloß dann die Türe.

»Wo kommst du her?«

»Kommen von Fort Duncan.«

»Nun, da hast du einen guten Lauf hinter dir. Gib mir den Brief.«

»Nur Häuptling selber geben, so befohlen.«

»Na meinetwegen, dann mußt du noch etwas warten.« Er betrachtete den Indianer von oben bis unten, besonders seine Mokassins, die aus gegerbtem Hirschfell gefertigte Fußbekleidung und deren Verzierungen.

»Du bist ein Pottawatomie?« fragte der erfahrene Grenzsoldat, der aus jenen seinen Schluß machte.

»Pottawatomie.«

»Stehst du im Fort Duncan im Dienst?«

»Er Läufer für großen Häuptling dort, tragen Brief an andern Häuptling,« sagte nicht ohne einiges Selbstbewußtsein der Indianer.

»Na, das ist ja schon immer eine ganz hübsche Würde. Wie heißest du denn?«

»Er heißen Krähenfeder,«

»Auch ein hübscher Name. Setz dich daher,« und er wies auf einige Balken, welche unweit des Tores lagen. »Willst du eine Tasse Kaffee haben?«

Aus dem Schornstein der Hütte, aus welcher der Sergeant gekommen war, stieg bereits Rauch hervor und der Duft des Kaffees verbreitete sich.

»Haben du ein Schluck Rum, ihm lieber.«

»So? Na, den kannst du auch bekommen, wenn das ›ihm‹ lieber ist.«

Er ging zu seiner Behausung, kam gleich mit einem Glase des gewünschten Getränkes zurück und bot es dem Indianer. Dieser nahm das Glas, beroch es mit Entzücken und stürzte es dann hinunter.

»Das gut.«

»O ja, mitunter, nur muß man nicht zu viel davon nehmen. Sage einmal, Pottawatomie, was treibt ihr denn auf eurer Reservation?«

»O, schlafen, gehen jagen, flechten Körbe, großer Vater in Washington sendet Kühe und Schweine und Mais,«

»Nun ja, ihr liegt auf der Bärenhaut und Uncle Sam muß euch ernähren, während wir in solch elendem Neste den elendesten aller Dienste tun und euch bewachen müssen. Diebsbande, alle miteinander,« brummte er in sich hinein.

Während er noch mit dem Indianer sprach, öffnete sich die Tür des Kommandantenhauses und in die Morgenfrische trat der Befehlshaber des Forts, Kapitän Davis, ein junger brünetter Herr von eleganter Figur, der selbst hier in der Wildnis nicht ganz den Dandy vom Broadway verleugnete.

»Zum Teufel, Sergeant, sind denn die Kerls mit der Milch noch nicht zurück?«

»Zu Befehl, Herr Kapitän, müssen im Augenblick kommen.«

Eilig ging er auf den Offizier zu und meldete in vorschriftsmäßiger Haltung: »Ein Läufer von Fort Duncan mit einem Dienstschreiben für den Herrn Kapitän.«

»So? Was wird denn das wieder sein, der Alte hat eine wahre Schreibwut, habe erst vorige Woche einen Brief bekommen. Ach, Sergeant, wann wird das Leiden in diesem verwünschten Neste enden? Ich komme um, wenn das noch lange dauert.«

»Ja, schön, Herr Kapitän, ist diese Garnison nicht.«

»Wie mögen sie sich in New York nach mir sehnen, die Bälle und Soireen,« sagte der leichtlebige junge Offizier, der Kreolenblut in seinen Adern hatte. Der Teufel hole sämtliche Rothäute und die schwarzen Hunde dazu. Na, komm mal her, Bursche,« rief er dem Indianer zu, der sich ehrfurchtsvoll erhoben hatte, als der Kapitän erschien.

Dieser schritt eilig auf Kapitän Davis zu.

»Also, was bringst du?«

»Bringe großen Brief von Fort Duncan, vom großen Häuptling dort.«

»Ja, aus Langeweile schreibt er Briefe, der große Häuptling. Gib einmal her.«

Der Indianer öffnete die Tasche und überreichte dem Offizier ein in ein Stück Hirschhaut eingewickeltes Schreiben.

Dieser erbrach es, während er ein Gähnen kaum unterdrückte, langsam und murmelte: »Ein Dienstschreiben – lesen noch vor dem Frühstück? Starke Anforderung.«

Kaum aber hatte er begonnen zu lesen, als sein hübsches Gesicht, welches bisher üble Laune zeigte, sich erheiterte, und er jubelnd ausrief: »Sergeant, die Qual hat ein Ende, die Garnison wird gewechselt. Das ist die herrlichste Nachricht, die ich je dienstlich bekommen habe. Das Majorspatent wäre mir nicht so lieb gewesen, als diese Kunde.«

»Garnisonswechsel? Jetzt? Außer der Zeit?« bemerkte der Sergeant.

»O, die müssen in Washington eine Ahnung von der entsetzlichen Seelenqual bekommen haben, die ein Linienkapitän hier in der Wildnis zu ertragen hat. Ein halbes Jahr länger und ich wäre stumpfsinnig geworden. Den Göttern Dank. Ehe ich wieder in ein solches Quartier gehe, eher entsage ich dem Dienst, das hält kein Mensch aus. In vier Wochen, Sergeant, ziehen wir ab. Oberst Schuyler kommt und bringt neue Mannschaft für sämtliche Forts. Das ist eine Nachricht. Die Mannschaft soll heute eine Doppelration Rum haben, der Tag muß gefeiert werden. Wo bleiben denn die Spitzbuben mit der Milch, diese glorreiche Mitteilung hat mir Appetit gemacht.«

Kaum hatte er ausgesprochen, als sich heftiges Klopfen am Tor hören ließ.

»Da sind sie schon,« sagte der Sergeant und ging zum Eingang, um aufzuschließen. »Sachte nur, sachte, wir sind ja nicht taub.«

Er schloß auf und rasch und aufgeregt traten die Soldaten mit leeren Eimern herein.

»Nun? Was ist das?«

»Die Kühe sind fort, Herr Sergeant.«

Kapitän Davis hatte das gehört und stieß einen grimmigen Fluch aus.

»Was ist fort? Hierher!«

Die Soldaten traten rasch vor ihn hin und der älteste derselben meldete, daß sie den Pferch erbrochen gefunden und die Kühe augenscheinlich in der Nacht geraubt worden seien.

»Da soll doch – Himmel – nein, es ist zum Verzweifeln. Auch das noch? Das haben die roten Spitzbuben getan, O, verwünscht! Woher Ersatz nehmen? Hier in dieser Einöde? Und nun muß noch der strenge Schuyler kommen. Himmel! – Wo sind die Kühe hin?« schnauzte er die Soldaten an.

»In den Wald, Herr Kapitän.«

»Dummkopf, das kann ich mir wohl denken. Nach welcher Richtung?«

Die Soldaten sahen sich an.

»Wir haben nicht nachgespürt, Herr Kapitän, wir wollten so rasch als möglich Meldung machen.«

»Das fehlte noch in diesem Neste, womöglich jetzt alle Tage Hirschziemer essen zu müssen. Habt ihr nach Fußspuren gesucht?«

»Zu Befehl, ja, aber keine bemerkt.«

»Natürlich nicht. Das sind sicher diese indianischen Halunken gewesen. Aber das soll ihnen teuer zu stehen kommen, erhalte ich meine Kühe nicht zurück, rotte ich die ganze Rasse aus. Himmel –«

Sein Auge fiel auf den Läufer. »Das haben deine rotfelligen Spitzbubenbrüder getan, aber sie sollen es büßen.«

»Pottawatomie keine Diebe,« sagte nachdrucksvoll der Indianer.

»Alles eine Halunkenrasse, zum Aufhängen jederzeit reif. Lassen Sie Alarm schlagen, Sergeant,« kommandierte der heißblütige und jetzt zornige Südstaatenmann.

Alsbald ertönte die Trommel und in kurzer Frist stand die ganze Besatzung kriegsmäßig ausgerüstet in Front inmitten des Forts.

Kapitän Davis musterte die Leute rasch, sonderte die Hälfte ab und befahl seinem Leutnant, das Kommando im Fort zu übernehmen, während er mit dreißig Mann hinauszuziehen beabsichtige, um den Spitzbuben nachzusetzen.

»Lassen Sie die Leute Proviant und Munition fassen, Sergeant, in zehn Minuten marschieren mir aus.«

Er ging nach seiner Wohnung, um auch sich für den Zug zu rüsten, und erschien nach einigen Minuten wieder.

»Höre einmal, Pottawatomie, wie dein stolzer Nationaltitel lautet, du kannst mitkommen, du hast eine indianische Spürnase und wenn du mir hilfst, die Burschen zu finden, sollst du fünf Dollar haben.«

Der Indianer, der den Wert des Geldes recht gut kannte, grinste vor Vergnügen, erklärte seine Bereitwilligkeit, mitzugehen und nach Kräften Dienst zu leisten.

Die Hälfte der Besatzung, unter ihr auch der Sergeant, zog zum Tor hinaus und nahm ihren Weg zu dem im nahen Walde gelegenen Pferch.

Hier befahl Kapitän Davis Halt und rief den Pottawatomie an.

»Komm mit, besieh dir einmal die Sache und schaue gut nach Fußspuren aus.«

Er betrat den Pferch in Begleitung des Indianers, und dessen scharfem Auge zeigten sich bald die Eindrücke von mit Mokassins bekleideten Füßen.

»Also natürlich Landsleute von dir? Nicht wahr?«

»Indianer, ja, aber nicht Pottawatomie.«

Da wo die Fenz gebrochen war, führten die Spuren der Kühe in den Wald.

Kapitän Davis teilte jetzt seine kleine Schar in drei Teile und befahl, daß, während er mit zehn Mann und dem Indianer der Spur folgte, die beiden andern Abteilungen die Seeufer rechts und links absuchen und jedes menschliche Wesen, ob rot oder weiß, verhaften und nach dem Fort bringen sollten.

Hierauf zogen unter zwei Sergeanten zwei Abteilungen rechts und links ab.

Kapitän Davis, welcher mit seinen zehn Mann zurückgeblieben war, sagte jetzt zu dem Indianer: »Willst du also deine fünf Dollar verdienen, Rothaut, so mache dich ans Werk und ermittle mir, wer den Diebstahl begangen hat.«

Willig ging der Indianer auf der leicht erkennbaren Spur der Kühe einher. Der Kapitän und seine Soldaten folgten.

Nach einigen hundert Schritten, während sie ein Stück sumpfigen Bodens überschritten, bückte sich der Pottawatomie und hob einen beschmutzten und im Schlamm stecken gebliebenen Mokassin empor. Er untersuchte ihn einen Augenblick und hielt ihn dann dem Offizier entgegen, indem er sagte: »Ottawa!«

»So, also die Myrmidonen des Herrn Peschewa hatten Rindfleisch nötig? Nun, bei Jove, sie sollen es büßen. Nicht nur, daß sie unter unsern Augen uns die paar Rehe und Hirsche noch wegschießen, so daß man meilenweit laufen muß, um nur eine Hirschfährte zu sehen, sie stehlen uns auch noch unsre Kühe? Ich will ihnen das für immer verleiden!«

Die deutlich ausgeprägte Fährte führte bald nach dem Gestade des östlichen Seeufers. Dicht am Wasser fanden sie eine Stelle, auf welcher die Kühe geschlachtet waren. Häute, Eingeweide und fast sämtliche Knochen, denen das Fleisch sorgfältig abgeschält war, fanden sich vor, und weitere Nachforschungen ergaben, daß die Beute in Kanoes über den See fortgeschafft worden war.

Drei Kühe wurden vermißt, aber nur die Ueberreste von zwei hier gefunden.

Mit bitterem Ärger betrachtete Kapitän Davis den Schlachtplatz und befahl, umzukehren und den Rückmarsch zum Fort anzutreten.

Während sie am Ufer des Sees entlang gingen, der Indianer einige hundert Schritte voran, machte sein Ruf den Offizier und seine Mannschaften stehen. Ein Blick auf den See zeigte dem Kapitän ein mit zwei Männern besetztes Kanoe, welches eifrig nach dem gegenüberliegenden Ufer zustrebte.

»Legt an!« kommandierte Davis.

»Halt da, oder ich lasse Feuer geben!«

Die beiden Männer ruderten weiter.

»Feuer!« Und zehn Musketen entluden sich krachend. Den Insassen des Kanoes schien kein Leid widerfahren zu sein, doch hatten die eilig gezielten Schüsse das Fahrzeug wiederholentlich durchbohrt und eine Ruderschaufel zersplittert.

»Augenblicklich zurück ans Land, oder ich gebe euch die zweite Salve!«

Die beiden Männer, welche in dem Boote saßen, flüsterten einen Augenblick miteinander, dann kehrte der, welcher das noch brauchbare Ruder führte, den Kahn um und ruderte langsam nach dem östlichen Ufer zurück, an das Kapitän Davis mit seinen Soldaten getreten war.

»Was heißt das, Herr,« rief eine zornige Stimme aus dem Boote, »daß Ihr auf uns schießt, als ob wir wilde Tiere wären?«

»Kommt einmal ans Land, meine Burschen, dann wollen wir weiter reden.«

Die zwei Männer, welche die Tracht trugen, die allgemein in diesen Wäldern getragen wurde, traten ans Ufer. Auf einen Wink des Offiziers wurden ihnen die Büchsen genommen.

»Und was nun?« fragte trotzig der, der schon eben aus dem Boote den Kapitän angerufen hatte, eine hohe, kräftige, wild aussehende Gestalt, während die andre untersetzt und breitschultrig daneben stand.

»Was nun? Möchte euch einmal ansehen, Männer! Betrachte Leute immer gern in der Nähe, welche dem Anrufe eines Staatenoffiziers nicht folgen, und sich lieber Kugeln um die Ohren sausen lassen. Wie heißt Ihr denn. Mann?« wandte er sich an den Großen, »woher kommt Ihr und was sucht Ihr hier?«

»Leicht zu beantworten, Herr, heiße Harper, wohne am Grand Traverse und bin mit meinem Nachbar Miller auf der Jagd hierher geraten. Sind auf dem Heimweg begriffen.«

»So? Verwünscht weit hier vom Grand Traverse. Wißt wohl nicht. Mann, daß Ihr hier in der Nähe des Forts nicht jagen dürft? Wie?«

»Haben das Fort gar nicht gesehen.«

»Wäret sonst einige Meilen davon entfernt geblieben, denk' ich, he?«

»Ich weiß nicht, Herr, was Ihr wollt. Wie kommt Ihr dazu, freie Bürger so zu vergewaltigen. Kann Euch teuer zu stehen kommen, kalkuliere ich.«

»Ich kalkuliere anders. Mann, kalkuliere, habe das Recht, mir verdächtige Gesellen in der Umgebung des Forts anzusehen.«

»Verdächtige Gesellen? Herr!«

»Seht einmal ein wenig nach, Leute, was in dem Kanoe sich vorfindet.«

Zwei Soldaten untersuchten dasselbe, fanden aber nur zwei wollene Decken, Pulverhörner, etwas gebratenes Rehfleisch und andre, dem Jäger im Walde unentbehrliche Dinge.

»Wie kommt ihr denn zu dem Kanoe, Gentlemen?«

Der Große, der sich Harper genannt hatte, sagte: »Wir jagen öfter hier und hatten das Boot hier versteckt.«

»So nahe am Fort? Und jagt öfters hier? Und wußtet doch nichts von dem Fort? Ei, ei!«

Die beiden Männer wechselten einen Blick.

»Will euch was sagen, Gentlemen, muß euch das Fort doch zeigen, damit ihr es kennen lernt, erweist mir deshalb die Ehre, mich zu begleiten.«

Er hatte kaum ausgesprochen, als der größere der beiden einen Zischlaut ausstieß, worauf die bisher ruhig dastehenden Männer rechts und links die nächsten der umstehenden Soldaten faßten, sie zur Seite schleuderten, wobei der Große noch einem der Leute das Gewehr entriß, und mit großer Schnelligkeit in den Wald sprangen.

Der Kapitän wie die Soldaten waren von diesem unerwarteten Angriff der waffenlosen Männer so verblüfft, daß sie im Augenblick unfähig waren, Gegenmaßregeln zu treffen, nur der Indianer, welcher etwas abseits stand, besaß Geistesgegenwart genug, hinter ihnen her zu feuern, doch bei den dicht stehenden Bäumen vergeblich.

»Feuer!« schrie der wütende Offizier.

Die Soldaten schossen den Flüchtlingen nach, doch augenscheinlich mit demselben Erfolg, wie der Indianer.

»Ihnen nach!« befahl Davis, »soll ich mich auch von diesen Schurken noch verhöhnen lassen? Vorwärts, Pottawatomie, zeige, was du kannst und nimm die Fährte dieser Bursche auf. Ich muß sie haben, koste es, was es wolle.«

Gehorsam setzte sich der Läufer an die Spitze des Zuges und führte Davis und seine Schar rasch auf der Spur weiter.

Die flüchtigen Männer hatten mit großer Schnelligkeit den Wald durchmessen und sicher bereits einen weiten Vorsprung vor den Soldaten, die ihnen nicht gleich rasch zu folgen vermochten, gewonnen. Der leichtfüßige Indianer mußte oft seinen Schritt mäßigen, um sie herankommen zu lassen.

Nachdem sie etwa drei Meilen zurückgelegt hatten, standen sie am Ufer eines mit Schilf umsäumten seichten Baches, in welchen die Verfolgten hineingegangen waren.

Hier war guter Rat teuer, denn es erforderte jetzt eine zeitraubende Untersuchung, um zu ermitteln, wo sie den Bach wieder verlassen hatten. Der Kapitän war walderfahren genug, um dies einzusehen und wußte auch, daß er es hier mit zwei verwegenen und geschickten Gesellen zu tun habe. Außer dem Indianer war auch niemand von ihnen wohl geeignet, um eine solche Verfolgung mit Aussicht auf Erfolg fortzusetzen.

Er überlegte einen Augenblick und gab sich dann zähneknirschend darein, das Nachsetzen aufzugeben.

»Willst du folgen, Indianer? Du sollst für jeden Skalp der beiden zehn Dollar haben. Schieß die Hunde nieder, wenn sie dir nicht gutwillig folgen. Jedenfalls bringe mir Nachricht ins Fort.«

Des Indianers Augen funkelten vor Mordlust, als er seine Bereitwilligkeit, die Verfolgung fortzusetzen, zu erkennen gab, und verschwand augenblicklich im Walde.

Davis mit seinen Soldaten machte einen Augenblick Rast. Er brütete finster vor sich hin und die Soldaten wagten deshalb keinen Laut von sich zu geben. Nicht fünf Minuten waren verflossen, als der Pottawatomie wieder erschien.

»Nun?« fragte der hierüber erstaunte Offizier.

»Ottawa!« flüsterte der leise.

»Wo?«

»Dort.« Der Indianer deutete die Richtung an.

»Wieviel?«

»So viel,« und der Läufer hob drei Finger.

»Dann vorwärts, entgehen uns jene Spitzbuben, bekommen mir doch vielleicht einige von den Kuhdieben.«

Er rief drei von seinen Leuten an sich, welche am geschicktesten waren, sich heranzuschleichen und befahl den andern, langsam zu folgen.

Mit äußerster Vorsicht bewegten sie sich durch die Büsche.

Nach einer Weile blieb der Indianer stehen und machte den Offizier auf eine Öffnung im Laube aufmerksam, durch welche man in etwa fünfzig Schritt Entfernung ein hellbrennendes Feuer erkennen konnte, um welches drei Indianer gelagert waren. Die Leute mußten sich in voller Sicherheit wähnen, denn sie führten eine so lebhafte Unterhaltung, daß die Lauscher ihre Stimmen deutlich vernahmen.

»Gehen näher,« sagte der Pottawatomie, »Büchsen stehen an Baum, ich sie fortnehmen, dann haben.«

Von neuem bewegten sie sich möglichst geräuschlos vorwärts. Die Stimme der Redenden übertönte wohl ihrem Ohre das Nahen des Kapitäns. Auf etwa zwanzig Schritt herangekommen, zeigte der

Pottawatomie dem Offizier den Baum, an welchem die Büchsen der Leute lehnten, und machte ihm durch Gebärden deutlich, daß er diese in seine Gewalt bringen wolle, und daß er dann handeln möge.

Gleich einer Schlange schlich er davon. Davis winkte seinen Soldaten, sich in Anschlag zu legen.

Plötzlich erhob einer der roten Männer das Haupt, die andern schwiegen, als auch schon der Pottawatomie hinter dem Baume hervortrat und die Büchse schußfertig in der Hand sich vor die Waffen der Lagernden stellte.

Blitzschnell sprangen die Indianer empor, als auch schon Davis rief: »Im Namen des Gesetzes, steht oder ich schieße,« und rasch vorwärts eilte, gefolgt von seinen Soldaten.

Im Augenblick waren die entwaffneten Leute von drohenden Augen und auf sie gerichteten Musketen umringt.

Die Indianer standen ganz ruhig, wie es schien mehr erstaunt als erschreckt.

»Wer seid ihr? Was sucht ihr hier?« herrschte sie Davis an.

Einer derselben, eine hohe muskulöse Gestalt, aus dessen finsterm Gesicht sich ein Paar dunkle Augen drohend auf den Offizier richteten, antwortete in ganz verständlichem Englisch: »Ist es den Kindern der Ottawas verwehrt, in diesen Wäldern zu weilen, daß ein Offizier der Staaten mit der Waffe drohend vor ihnen steht?«

»Was sucht ihr hier? Sowie einer eine Bewegung macht, schießt ihn nieder,« rief er den Soldaten zu.

»Wir kehren von einem Jagdzug nach unsern Dörfern zurück.«

»So? Wo ist denn die Beute?«

Außer einigen Stücken Fleisch, welche auf Blättern am Feuer lagen und wahrscheinlich an demselben gebraten waren, sah man keine Jagdbeute.

»Meine jungen Männer sind auf dem Wege zu unsern Wigwams damit.«

»Was du sagst, Indianer, und unterwegs heißen sie auch noch meine Kühe mitgehen? Aber das sollt ihr teuer büßen, ihr roten Halunken.«

»Bindet sie. Ihr sollt mir nicht entwischen wie die andern Banditen.«

Auf einen gebieterischen Blick dessen, der geredet hatte, verhielten sich die beiden andern ruhig, während er selbst sagte: »Ich bin

Peschewa, das Haupt der Ottawas. Warum willst du mich binden? Wünschest du, daß ich dir zum Fort folge, so soll es geschehen.«

»Ja, das wünsche ich, Mann, Peschewa oder wie du Bursche heißest, aber damit du mir nicht in die Büsche springst, will ich dich fesseln.«

»Du tust unrecht,« sagte Peschewa mit immer gleicher Ruhe, obgleich aus seinen Augen ein verzehrendes Feuer leuchtete, »mich zu binden, ich weile friedlich hier, und werde ruhig mit dir gehen. Bindest du mich, werde ich mich bei dem großen Vater in Washington beschweren.«

»Haha,« lachte der Offizier laut auf. »Beschwere dich, rotes Fell, vorher aber will ich dir und den Deinen die Lust verleiden, meine Kühe zu stehlen.«

Die Indianer ließen sich ruhig von den Soldaten die Hände binden, Peschewa mit einer Haltung von solcher Würde, daß sie jeden Fürsten geziert haben würde, dabei einen Zug von Verachtung in seinem Gesicht zeigend, der den Offizier aufs äußerste erbitterte.

Kapitän Davis war kein übler Mensch, aber er war heißblütig, etwas galliger Natur und besaß die ganze Verachtung des Südstaatenmannes gegen farbige Leute, gleichviel, ob es Neger, Mulatten oder indianische Häuptlinge waren.

Auf seinen Befehl wurde der Rückmarsch nach dem Fort angetreten, während der Pottawatomie die Verfolgung der entsprungenen Männer aufnahm, und in den Büschen verschwand.

Die Soldaten, welche die Büchsen der drei Indianer an sich genommen hatten, führten die in finsterem Schweigen einhergehenden roten Männer in raschem Schritt nach dem Fort, welches sie nach drei Stunden erreichten.

Die beiden andern Abteilungen, welche die Ufer des Sees abgesucht hatten, waren bereits eingetroffen. Der Sergeant meldete, daß er die Stelle gefunden, wo die dritte Kuh geschlachtet worden war.

Dies ärgerte den Kapitän, der sich, da er nur die Überreste von zwei Kühen angetroffen hatte, der stillen Hoffnung hingab, daß diese letzte Milchspenderin den Räubern entgangen sei, noch mehr. Auch der finstere, hochmütige Trotz der drei gebundenen Männer, welche ihre Erniedrigung mit schweigender Würde ertrugen, reizte ihn.

Er ließ sich einen Stuhl ins Freie tragen, setzte sich und befahl, die Indianer vor ihn zu führen.

»Wo sind unsre Kühe?« fragte er, als die drei Männer vor ihm standen.

»Ich weiß nichts von deinen Kühen. Peschewa stiehlt keine Kühe.«

»Na, mein roter Prinz, so ganz zweifelsfrei wird das wohl nicht sein. Wenn du jetzt nicht gestehst, Indianer, wo die Kühe hingekommen sind und wer sie gestohlen hat, so lass' ich euch Hunde bis aufs Blut peitschen, so daß ihr die Striemen mit ins Grab nehmen sollt.«

Mit einem Blick unsäglichen wilden Stolzes entgegnete ihm der Ottawahäuptling: »Du wirst nicht wagen, Peschewa zu peitschen, kleiner Yankeehäuptling.«

»Meinst du, roter Spitzbube,« entgegnete der Offizier, den die offenbare Verachtung und der Hochmut des halbnackten Indianers immer mehr in galligen Zorn versetzte, »meinst du, ich würde es nicht wagen? Du sollst gleich erfahren, wie viel ich euch Gesindel gegenüber wage. Bindet die Kerle an die Pfosten dort und holt Peitschen herbei, ich will ein Exempel statuieren und diesen Schuften für immer den Appetit nach meinen Kühen verleiden.«

Mit einem Nachdruck, der etwas Hoheitsvolles an sich hatte, sagte der Ottawa: »Ich bin Peschewa, das Haupt des großen Ottawavolkes.«

»Meinetwegen der großmächtige Großmogul!«

Die Indianer wurden, wie Davis befohlen hatte, an die von ihm bezeichneten Pfosten gebunden und einige Soldaten holten schwere Peitschen herbei.

Der jüngere Offizier des Platzes nahte sich dem Kommandanten und sagte, an den Hut greifend: »Gestatten der Herr Kapitän eine Bemerkung?«

»Immer zu, Herr Leutnant.«

»Soweit ich die Indianer kenne, wird eine solche Züchtigung eine tiefe Erbitterung unter ihnen hervorrufen, zumal da, wie ich höre, der eine der Männer der Häuptling Peschewa ist.«

»Nun, was bedeutet das, wenn das rote Gesindel erbittert ist,« sagte der Südstaatenmann mit dem Ausdruck äußerster Geringschätzung.

»Ich möchte mir doch in diesem Falle anzuraten erlauben –«

»Danke sehr, Mister Sounders, wenn ich Ihres Rates bedarf, werde ich mir ihn erbitten.«

Der jüngere Offizier, welcher besser als sein Vorgesetzter die Indianer und die Folgen kannte, welche aus einem solchen Vorgehen erwachsen konnten, fuhr trotz der ihm zu teil gewordenen Abfertigung fort: »Ich bitte wenigstens die Exekution zu verschieben – bis –«

»Kommandieren Sie hier oder ich?« fuhr ihn Davis an, worauf Mister Sounders schwieg. Auch der alte Sergeant, welcher mit besorgtem Gesicht sich seinem Chef genaht hatte, um augenscheinlich ebenfalls Vorstellungen zu machen, zog sich, die Stimmung des Kapitäns gewahrend, wieder zurück.

Die Peitschen waren gebracht.

»Kommandieren Sie einmal ein paar kräftige Leute zur Exekution, Sergeant!«

Es geschah, und neben jedem der Indianer stand ein Mann mit der Peitsche.

»Mit solchem Gesindel soll man auch noch Umstände machen. Wollt ihr jetzt gestehen, wer die Kühe gestohlen hat?«

Die Indianer, unbeweglich, mit ehernen Gesichtszügen an den Pfosten stehend, antworteten nicht.

»Drauf, Leute, und haut fest zu!« schrie Davis.

Die ersten Hiebe fielen.

Ein tiefer Seufzer entrang sich der Brust des Häuptlings. Es war kein durch Körperschmerz erpreßter Laut, dieser Seufzer. Als vielleicht ein Dutzend Hiebe gefallen waren, schon färbte das Blut der Indianer die Fetzen ihrer Jagdhemden, fragte Davis: »Wollt ihr jetzt gestehen?«

Keine Antwort.

»Nun dann vorwärts, zählt ihnen die fünfundzwanzig auf und dann laßt die Hunde laufen, damit sie zu Hause erzählen, wie man im Fort Jackson Kuhdiebe behandelt.«

Von neuem sausten die Peitschen hernieder, bis jeder der Indianer fünfundzwanzig Hiebe empfangen hatte.

Dann befahl der Kapitän, sie loszubinden, nach ihren Wunden zu sehen und zum Fort hinauszulassen.

Die Indianer hatten nicht einen Laut von sich gegeben, nicht eine Bewegung des Schmerzes veränderte ihre finsteren Gesichtszüge während der Exekution.

Dies machte Davis, der zum erstenmal Indianer in solcher Situation sah, und an das Schmerzensgeheul der Neger, welche Prügel erhielten, gewöhnt war, doch betroffen.

Der Chirurg sah nach den Rücken der Geschlagenen, und wandte die ihm zu Gebote stehenden Linderungs- und Heilmittel an.

»Na, dann kommt, Leute,« sagte der Sergeant, als dies beendet war, und winkte ihnen nach dem Tore hin.

»Erhalten wir nicht unsre Büchsen zurück?« fragte Peschewa.

»Nein,« rief Davis, »die bleiben als Ersatz für die gestohlenen Kühe hier.«

Hierauf gingen die drei Indianer langsam und würdevoll zum Tore hinaus, welches der Sergeant hinter ihnen schloß.

»Wenn das gut geht,« murmelte der erfahrene Grenzkrieger, »so kenne ich die indianische Natur nicht. Wäre ich der Kapitän, bekäme mich seit dieser Stunde kein Mensch außerhalb der Wälle zu sehen.«

Hätte der Kapitän den Blick furchtbarsten Hasses sehen können, welchen der Häuptling der Ottawas vom Walde nach dem Fort zurücksandte, so wären ihm über die Folgen der von ihm verhängten Exekution doch wohl allerlei Bedenken aufgestiegen.

Noch am Abend kehrte der Pottawatomie mit einer Wunde am Beine in das Fort zurück. Er war in hitzigem Nachsetzen in einen Hinterhalt gefallen und durfte es nur der Eile, mit welcher die verfolgten Männer ihren Weg fortsetzten, danken, daß er mit dem Leben davongekommen war.

Es begab sich dies etwa vier Wochen früher, als unsre Freunde auf der Reservation der Ottawas erschienen.

Achtes Kapitel.
Am großen Ratsfeuer der Chippeways.

Die Niederlassungen der Ottawas dehnten sich in zerstreuten Dörfern über fast zehn deutsche Quadratmeilen aus, ein Gebiet, welches ihnen von der Regierung der Vereinigten Staaten nach ihrer Vertreibung aus ihren früheren Wohnsitzen angewiesen worden war und das ihnen nicht genommen werden konnte, solange sie sich ruhig verhielten.

An einem kleinen See, drei Tagemärsche westlich von Fort Jackson lag das Hauptdorf dieser Stämme, in welchem ihr Oberhaupt Peschewa hauste.

Es bestand zum größten Teile aus gewöhnlichen Indianerhütten, welche durch zusammengenähte, gegerbte Tierfelle, die über in einer Spitze vereinigte Stangen gezogen waren, gebildet, den Bewohnern einen nur mangelhaften Schutz gewährten; doch zeigten sich auch einige kleine Blockhütten an dem Ufer des Sees.

In der ansehnlichsten derselben wohnte Peschewa, der die Ottawas regierte, soweit man bei einem Indianerstamm von Regierung sprechen kann. Das Dorf wies im ganzen etwa hundert Behausungen auf. Die Regierung der Vereinigten Staaten hatte die Ottawas aus Ohio und vom Eriesee, wo sie ziemlich zahlreich wohnten, gleichwie die in Michigan umherschweifenden Stämme, als deren ausgedehnte Jagdgründe der sich mehrenden ackerbautreibenden Bevölkerung zu neuen Ansiedlungen notwendig wurden, hierher zurückgewiesen und unterstützte sie vertragsmäßig mit Geld, Vieh, Kleidungsstücken, Kernfrüchten und so weiter, was alles leider häufig durch die betrügerische Handlungsweise der Agenten, welchen die Vermittlung übertragen war, arg verkürzt wurde oder in üblem Zustande zu den Indianern kam.

Der Leichtsinn dieser Naturmenschen ging noch dazu keineswegs haushälterisch mit dem um, was wirklich in ihren Besitz gelangte, so daß, da die Jagd immer unergiebiger wurde und der Anbau von Mais und Korn sehr geringfügig war, oftmals empfindlicher Mangel in der Reservation der Ottawas herrschte.

Die Gegend, in welche die Regierung sie verwiesen hatte, war nicht übel; zahlreich waren Bäche und fischreiche Seen, auch war das Land fruchtbar. Im ganzen waren aber die Indianer auf die Unterstützung der Regierung angewiesen, um nicht zu verkommen.

Die hier im Nordwesten der Halbinsel angesiedelten Ottawas mochten an fünf- bis sechstausend Köpfe stark sein und konnten leicht über tausend kampffähige Männer ins Feld stellen.

Die bitterste Not, verursacht durch die Manipulationen gewissenloser Agenten, hatte vor drei Jahren einen Teil des Volkes zu einem verzweifelten Angriff auf die südlich ihrer Reservation gelegenen Farmen veranlaßt, wofür sie dann, nachdem sie mit Feuer und Schwert alles verwüstet hatten, was sie erreichen konnten, zuerst von den erbitterten Farmern und später noch durch die Regierungstruppen grausam gestraft wurden.

Peschewa, der eine für einen Indianer nicht üble Kenntnis der Verhältnisse der Weißen besaß, hatte damals von dem aussichtslosen Kriegszug energisch abgeraten und durch seinen Einfluß auch den größeren Teil seines Volkes von der Beteiligung an demselben zurückgehalten. Wie weise er geraten hatte, lehrte die Folge. Nachdem die Ruhe, nach Abhaltung eines strengen Gerichtes über die Ottawa, wieder hergestellt worden war, wählte ihn sein Volk, da der bisherige Führer durch den Strang hingerichtet worden war, zum Oberhaupt sämtlicher Ottawastämme. Peschewa, der alle wilden Instinkte des Indianers besaß und als rücksichtsloser, grausamer Krieger sich in früheren Kämpfen ausgezeichnet hatte, war, sobald er die Leitung der Angelegenheiten seines Volkes in die Hand genommen hatte, klug genug, sich mit der Regierung und den Agenten auf möglichst guten Fuß zu stellen und verstand es, seine wilden Untergebenen von Ausschreitungen zurückzuhalten, so daß während der drei Jahre seiner Herrschaft ein leidliches Verhältnis zwischen den Ottawas und den Weißen bestand, wenn der tiefe Haß der Indianer gegen ihre Unterdrücker auch mit unverminderter Kraft unter leichter Decke schlummerte.

Die Regierung hatte hier oben im Norden an den Seen, nächst den Ottawas, auch die Pottawatomies angesiedelt, und jenseits der Straße von Mackinaw auf der nördlichen Halbinsel von Michigan die Saulteux, wie einen kleinen Teil des Huronenvolkes, welches, früher von Kanada her eingewandert, noch im Anfang des Jahrhunderts inmitten Michigans seßhaft gewesen war.

Das waren die Verhältnisse, in welchen die Ottawas lebten, als Graf Edgar sich anschickte, sie aufzusuchen.

Wenn für gewöhnlich das Dorf, welches gewissermaßen als Mittelpunkt sämtlicher zerstreuter Niederlassungen dieses Volkes gelten konnte, die Ruhe aufwies, welche bei dem Indianer vorwaltet, wenn er nicht von wilder Leidenschaft hingerissen ist, so herrschte heute ein, freilich nur dem Kenner indianischer Art bemerkbares Leben zwischen den in unregelmäßigen Zwischenräumen errichteten Hütten.

In einzelnen Gruppen standen die Männer zusammen und unterhielten sich leise.

Flinke Boten eilten aus dem Walde der Blockhütte Peschewas zu, andre kamen von dort und suchten die Ferne.

Hie und da schritt ein alter Häuptling, dem die Gruppen der andern bereitwillig Platz machten, nach der Hütte des Hauptes der Nation. Von Zeit zu Zeit trafen über den See, im Kanoe kommend, oder aus den Wäldern auftauchend, Ottawahäuptlinge und alte erfahrene Krieger des Stammes ein. Ja, der Kenner indianischer Trachten würde erkannt haben, daß heute Männer der den Ottawas verwandten Stämme, der Pottawatomies und selbst der fern wohnenden Saulteux anwesend waren. Diese wurden von den ältesten der hier ansässigen Ottawas bewillkommt und zu einem großen Feuer geführt, wo sie mit Fleisch und Rum gastlich bewirtet wurden.

Obgleich wohl an dreihundert und mehr Männer hier versammelt waren, hörte man doch keinen lauten Ton. Die Indianer unterhielten sich in gemessener Weise. Einzelne Weiber machten sich an den Feuern zu schaffen, an welchen Fleischstücke geröstet wurden.

Selbst die wilde Jugend des Dorfes, welche oftmals den nahe gelegenen Wald von ihrem Geheule widerhallen ließ, war heute verstummt, und bewegte sich in ehrfurchtsvoller Stille im weiten Umkreise des Dorfes oder barg sich in den Wigwams, mitunter neugierig durch deren Spalten lugend.

Es war klar, im Hauptdorfe der Ottawas bereitete sich etwas Besonderes vor.

Peschewa hatte man seit Tagen nicht gesehen, er hatte seine Blockhütte nicht verlassen, und nur die angesehensten Häupter hatten Zutritt zu ihm während dieser Tage gehabt.

Über dem Ganzen lag eine Stimmung, welche gerade wegen ihrer Ruhe und der ernsten Gehaltenheit im Benehmen aller etwas Unheimliches hatte.

Die Sonne hatte den Zenith schon weit überschritten, als zwei neue Gäste anlangten, welche die Aufmerksamkeit der zerstreuten

Gruppen erregten. In beschmutzten und zerrissenen Kleidern erschienen Morris und Tyron an den ersten Hütten des Dorfes und schritten ungehindert auf dessen Mitte und das dort lodernde Feuer los, an welchem die Gäste bewillkommnet wurden. Morris trug eine Soldatenflinte in der Hand. In einigen der Gruppen, an welchen die wüst und verkommen aussehenden Gestalten vorüberschritten, flüsterte man: »Die rote Hand.« Als die beiden an dem großen Feuer angelangt waren, wo einige Morris bekannte Ottawahäuptlinge weilten, rief er einem derselben zu: »Ah, Kitate, ich freue mich, dein ehrliches Spitzbubenantlitz zu sehen. Wie befindet sich mein Freund Peschewa?«

Mit keineswegs freundlichem Gesicht entgegnete der Angeredete: »Was führt die rote Hand zu den Wigwams der Ottawas?«

»Das Bedürfnis, meine alten lieben Freunde zu sehen. Gib mir deine tapfere Rechte.« Dabei streckte er die seinige dem Indianer entgegen.

Dieser war durchaus nicht bereit, sie zu nehmen.

»Wie? Alter Freund, heißest du mich nicht willkommen, mich, der so manche Flasche Rum für dich bezahlt hat?«

»Denke, Peschewa, Rothand sagen, er nicht mehr zu Ottawa kommen.«

»Das ist ganz richtig, aber das kam dem ehrlichen Peschewa durchaus nicht aus dem Herzen-, du weißt so gut als ich, daß die verd– Schurken in Lansing mich von hier vertrieben haben. Sie hassen mich, diese Hunde, wie sie euch hassen. Wo ist denn der große Häuptling der Ottawas?«

»Peschewa in sein Wigwam.«

»So? Nun, so will ich Seiner Hoheit doch sogleich meine Aufwartung machen.« Er wandte sich nach der Blockhütte Peschewas zu, die er von seinem früheren Aufenthalt her recht gut kannte, als der Indianer vor ihn trat und ihm zurückwinkte.

»Was bedeutet das, Kitate?«

»Peschewa nicht sprechen.«

»Das ist stark. Meinen alten lieben Freund Peschewa, die Perle aller roten Leute, nicht sprechen! Ja, wozu bin ich denn hierher gekommen, als um seine ehrliche Hand zu schütteln.«

»Denke, du gekommen weil Sheriff auf deiner Fährte, du bergen gern dein Haupt vor ihm in den Wigwams der Ottawas.«

Morris lachte gezwungen. »Unsinn, alter Bursche, ich stehe mit dem Sheriff und allen weißen Leuten auf dem besten Fuße, sie lieben mich außerordentlich. Aber ich habe schon unten am Muskegon ein Vöglein pfeifen hören, es könnte sich am Ende ereignen, daß man hier zwei gute Büchsen, wie die meine und die meines Freundes, brauchen könnte. Was sagst du dazu, Kitate?«

Der Ottawahäuptling, dessen Auge alle Aeußerlichkeiten der beiden bereits prüfend überflogen hatte, entgegnete trocken: »Zwei Büchsen? Sehe – nur Flinte von Langmesser hier – eine.«

»Ja, denke dir, mir sind von Raubgesindel angehalten worden da am Chippewaysee, haben uns alles abgenommen, waren in eine Falle gegangen. Kommen todmüde und halbverhungert hier an. Wollt Ihr mir, einem alten Freunde, in dieser Lage Gastfreundschaft verweigern?«

Der Indianer hatte aus dem Zustande, in welchem Morris und Tyron vor ihm standen, bereits seine Schlüsse gezogen. Er sagte jetzt: »Kitate wird zu Peschewa sprechen, ihm sagen, die rote Hand sei da.«

Damit ging er zu des Oberhauptes Hütte.

Morris und Tyron sahen sich an.

»Der Empfang war ja recht erbaulich, Bill, was meinst du?«

»Kalkuliere, sind sehr erfreut uns zu sehen.«

»Nun vielleicht geruhen Seine rothäutige Majestät uns nach geschehener Anmeldung zu empfangen. Uebrigens, Bill, ich müßte mich schlecht auf Indianer verstehen oder hier wird etwas Absonderliches vorbereitet. Der Iltis hat doch ganz recht gehabt, als er erzählte, die Bursche steckten die Köpfe zusammen. Wenn uns der rote Spitzbube übrigens ein Haus weiter schickt, so hoffe ich, daß er uns wenigstens Gewehre und Munition geben wird. Wir müssen dann sehen, wie mir uns durch die Wirrsale dieser Welt möglichst glimpflich durchschlagen.«

»Wäre alles schon gut,« knurrte Tyron, »wenn ich nur etwas zu essen hätte, ich bin krank vor Hunger.«

Und er warf einen sehnsuchtsvollen Blick nach dem Feuer, wo Stücke Hirschfleisches schmorten.

In kurzer Frist erschien Kitate, der Otter, wieder und sagte: »Die rote Hand und sein Freund können an den Feuern der Ottawas bleiben. Am Abend wird entschieden werden, ob sie weiter gehen müssen.«

»Und will mich Freund Peschewa nicht sprechen?«
»Ihn jetzt nicht sprechen. Am Abend sprechen.«
Er wies auf das nahe Feuer, wo ein altes Weib beschäftigt war, den Bratspieß zu drehen; einige Krieger lagen daneben ausgestreckt.

Morris ließ sich nicht lange nötigen, er und sein Genosse setzten sich an der bezeichneten Stelle nieder. »Gebt ein wenig Raum, Freunde,« sagte er zu den dort liegenden Indianern, zog ungeniert sein Messer und schnitt sich ein gehöriges Stück Fleisch ab. Ein gleiches tat Tyron. Ihre indianischen Nachbarn erhoben sich schweigend und setzten sich an ein andres Feuer.

Ingrimmig aber leise stieß Morris einen Fluch aus, als das geschah, doch ließ er sich nicht in Befriedigung seines Heißhungers stören. Mit gleich wölfischer Gier schlang Tyron die Fleischstücke hinunter.

Endlich mußten sie nun doch ihre Mahlzeit schließen und Morris sagte mit einem Ausdruck tiefer Befriedigung: »Ha, das traf sich gut, es schmeckt doch nicht besser, als wenn man gefastet hat wie mir. Verd– sei der uniformierte Schuft, der uns seine Musketenkugeln um die Ohren sausen ließ. Wenn er mir im Walde begegnet, soll er es bereuen, zwei ehrenwerte Bürger so behandelt zu haben. Haha! Tyron,« lachte er roh auf, »schickt er uns noch den Esel von Pottawatomie nach – der wie ein hungriger Wolf auf der Fährte herlief. Muß meine Kugel ordentlich gesessen haben, daß der Bursche seine Jagd einstellte.«

»War 'ne unangenehme Geschichte da am See – meine Büchse zum Teufel. Ohne Büchse in den Wäldern komme ich mir vor wie ein Fisch auf dem Trockenen! Habe die Notion, wird dem Herrn Offizier auch nicht gut ergehen, wenn er Bill Tyron schußgerecht in den Weg kommt.«

»Bin neugierig genug zu erfahren, was die roten Halunken vorhaben. Ich sehe Pottawatomie hier und sogar Saulteux. Die werden doch nicht etwa Onkel Sam über den Haufen rennen wollen? Wenn ich nur erst den braven Peschewa gesprochen hätte. Der Mann ist für allerlei kleine Pläne zugänglich.«

»Seine Freundschaft für dich scheint doch nicht allzugroß zu sein.«

»Ja, bei großen Herren ist man nie sicher, wie man aufgenommen wird, wenn man nach längerer Zeit wiederkommt und zwar wie wir mit leerer Hand.«

»Möchte doch wissen, was aus Burton und dem Iltis geworden ist,« äußerte Tyron nach einer Weile, »war eine ganz verteufelte Idee der beiden, sich nach Süden zu wenden statt mit uns nach Norden zu gehen.«

»Kalkuliere, Burton fühlt sich nicht wohl in der Wildnis, ist ein Gentleman, eignet sich mehr für die Stadt. Kommt nur zu uns, wenn es ihm dort zu heiß wird. Versteht mehr wie mir, Bill, kann dir Kartenkunststücke machen, daß einem die Augen übergehen. Ist auch ein saures Leben im Walde. Kalkuliere, tut recht der Burton, in die Städte zu gehen, ist ein gewandter Mann. Freilich ist er dem Strick dort viel näher als hier – aber – ist ein gewandter Mann. Habe es eigentlich satt, Bill. Wenn ich auf irgend eine Weise ein paar Tausend Dollar ergattern könnte, ging ich nach dem Westen und würde ein solider ruhiger Bürger.«

»Würden bald zu Ende sein, die paar Tausend Dollar.«

»Denke nicht, habe große Lust ein anständiger Kerl zu werden, bin der ewigen Hetzerei müde. Wie jagten die Hunde am Muskegon hinter uns her? Fehlt nicht viel, waren mir am Ende. Wenn ich der schuftigen Rothaut noch einmal begegne – dann – aber haha – 's war doch ein Hauptspaß, als das Feuer ihnen im Nacken brannte. Gloriose Idee vom Iltis. Möchte wohl wissen, ob sie entkommen sind, oder ihre Knochen in der Prairie gelassen haben. Haha! Gaben die Schufte Fersengeld. Tröstete mich einigermaßen für die schönen Pferde. Hoffe, die Hunde sind Staub und Asche geworden.«

Tyron schloß sich diesem so christlichen Wunsche an.

»Bin nicht ohne Besorgnis, Bill,« äußerte er nach einiger Zeit, »weiß nicht, was hier vorgeht, was der Peschewa vorhat. Helfen uns die roten Hunde nicht, ist die Sache schlimm. Müssen dann auf etwas andres sinnen, was uns heraushilft. Indessen warten wir zunächst die Sache ruhig ab, bin schon in schlimmeren Lagen gewesen.«

Die Zahl der von allen Seiten eintreffenden Indianer hatte sich noch gemehrt, und obgleich alle dieselbe ruhige Haltung beobachteten wie bisher, richtete sich doch manch fragender Blick auf die Hütte Peschewas.

Drei langgezogene Muscheltöne, die weit umher die Wälder wiederhallen machten, ließen sich jetzt von der Behausung des Häuptlings her hören. Hierauf erhoben sich die, welche lagerten, und alle zogen sich in einem weiten Umkreis zurück, den Platz in der Mitte des Dorfes vollständig freigebend. Auch Morris und Tyron hielten es für geraten, sich möglichst weit vom Mittelpunkte zu entfernen. Weiber und Kinder verschwanden gänzlich. Zwei Jünglinge richteten von vorbereiteten Scheiten einen Holzstoß inmitten des ausgedehnten Kreises auf und entfernten sich dann wieder. Aus Peschewas Hütte trat Kitate hervor, einen Feuerbrand in der Hand tragend, mit welchem er, leise und eintönig singend, den Holzstoß anzündete.

Als die Flamme des trockenen Holzes hoch aufschlug, winkte er mit der Hand und rief: »Das große Ratsfeuer der Chippeways brennt!«

Aus den in weiter Runde umherstehenden Männern traten die vierzig angesehensten Häuptlinge hervor und umgaben in kleinerem Kreise das Feuer.

Von neuem winkte Kitate und rief: »Die Krieger des Ottawavolkes sind am großen Ratsfeuer der Nation willkommen.«

Etwa zweihundert der Umstehenden traten hierauf auf das Feuer zu und bildeten einen zweiten, größeren Kreis, hinter den Häuptlingen, um dasselbe.

Auf einen Wink Kitates traten alle übrigen noch weiter zurück.

Alles dies geschah in tiefem, feierlichem Schweigen. Kitate ging hierauf zur Hütte Peschewas und gleich darauf trat der erste Häuptling der Ottawas, gefolgt von ihm und den beiden Gefährten, mit welchen er im Fort geweilt hatte, aus derselben hervor.

Peschewa war in vollem Schmuck eines indianischen Stammoberhauptes.

Er trug ein bis zum Knie reichendes Gewand von weichster Hirschhaut, dessen Ränder und Nähte die Kunst der Weiber reich geziert hatte.

Von seinen Schultern wallte ein langer Mantel von schön zubereiteten Otterfellen hernieder, den eine silberne Spange zusammenhielt. Das Haupt umwand ein scharlachrotes Tuch, unter welchem das lange schwarze Haar herniederhing, überragt von einigen Adlerfedern. Um den Hals trug er an leichter Kette eine goldne Medaille, welche ihm die Regierung der Vereinigten Staaten geschenkt hatte, als er zum Haupte seines Volkes gewählt ward. Der große, mit Stickereien und seltsamen Zeichen bedeckte Wampumgürtel der Chippeways, welcher nur bei den feierlichsten Anlässen und nur da, wo alle Stämme vertreten waren, öffentlich erschien, umwand seine Hüften.

Langsam, in würdevoller Haltung, schritt Peschewa auf das Feuer zu.

Im Kreise der Häuptlinge stehend, nachdem er den Kreis der Krieger durchschritten hatte, grüßte er die Versammlung durch leichtes Neigen des Hauptes und eine Bewegung mit der Hand.

»Die Häuptlinge meines Volkes sind Peschewa willkommen.«
»Die Gesandten der Brudervölker der Pottawatomies und Saulteux sind willkommen am großen Ratsfeuer der Ottawas.«

»Die Krieger meines Stammes sind willkommen.«

Alle im Kreise befindlichen Männer neigten das Haupt.

Zwei Jünglinge waren mit Peschewa aus der Hütte getreten, von denen der eine einen Feldstuhl trug, den er jetzt dem Häuptling hinsetzte, nachdem er ihn mit einem Pantherfell bedeckt hatte, der andre hielt eine mit Tabak gefüllte Pfeife, welche auch nur bei den größeren Ratsversammlungen benützt wurde.

Der Häuptling setzte sich und alle folgten seinem Beispiele.

Darauf reichte ihm der Jüngling die Pfeife und entzündete sie mit einem aus dem Beratungsfeuer gezogenen Span.

Beide verließen dann die Kreise und zogen sich weit zurück.

Peschema, dessen energisches, trotz seines kühnen Profils nicht unschönes Gesicht einen düstern Ernst zur Schau trug, blies den Rauch seiner Pfeife gen Himmel und dann gegen die vier Weltgegenden, und reichte sie dem neben ihm Sitzenden.

Nach indianischer Gepflogenheit machte nun die reich verzierte Friedenspfeife die Runde unter feierlichem Schweigen der Versammlung, was einige Zeit in Anspruch nahm.

Endlich kam sie zu Peschewa zurück, und die bei jeder indianischen Beratung unvermeidliche Ceremonie war vorüber.

Jetzt erhob sich der Häuptling in der ganzen Höhe seiner Gestalt.

Es war nicht zu leugnen, der Indianer hatte in der Ruhe und Würde seiner Haltung, in dem ernsten Antlitz etwas von einer wilden Majestät an sich, wie denn auch die ganze Versammlung dieser roten Männer, deren charakteristische, dunkel gefärbte Gesichter, während die blitzenden schwarzen Augen auf den Häuptling gerichtet waren, einen tiefen Ernst bewahrten, etwas durchaus Würdiges zur Schau trug.

»Häuptlinge und Krieger der Ottawas,« begann Peschewa mit tiefer, klangvoller Stimme, »ich habe den Wampum zu euch gesandt, euch zur großen Ratsversammlung unsres Volkes zu laden, ihr seid gekommen und Peschewa dankt euch dafür.

»Häuptlinge der Saulteux und Pottawatomies, ich habe den Wampum meines Volkes zu euch gesandt, denn wir sind Söhne eines Vaters, damit ich beim großen Ratsfeuer der Nation die Stimme von Freunden höre. Ihr seid gekommen und ich danke den Saulteux und Pottawatomies, ich danke euch dafür.«

Eine Handbewegung von echt indianischer Höflichkeit begleitete diese Worte.

Dann fuhr er fort: »Vor drei Sommern zogen Männer der Ottawas aus, getrieben vom Hunger, der selbst das Tier im Winter, wenn der böse Geist sein Leichentuch über die Erde breitet, bis in die Dörfer treibt, in die Niederlassungen der Weißen, um Nahrung zu holen für ihre Weiber und Kinder, die sterbend zu ihren Füßen lagen. Es waren nicht Ottawakrieger, es waren hungrige, wahnsinnige Wölfe, welche in die Ansiedlungen einbrachen, und den Yankees, als sie es nicht gutwillig gaben, Mehl und Fleisch, und als sie zu den Büchsen griffen, auch ihre Skalpe nahmen. Peschewa widerriet damals den Kriegspfad zu betreten, denn er kannte die Macht der weißen Menschen und wußte, daß das ganze Volk es büßen müsse. Er blieb zurück und mit ihm alle, die seinem Rate folgten. Ihr wißt, Männer der Ottawas, daß die Krieger des großen Vaters in Washington kamen, uns zu strafen. Sie haben es getan, denn es waren ihrer viele und wir waren wenige. Als genug der Ottawas gefallen waren im Kampfe, boten die Regierungsmänner Frieden und wir nahmen ihn an, denn wir mußten. Wir häuften die Totenhügel unsern Brüdern, sangen ihnen das Totenlied und waren wieder die Freunde der weißen Männer, wie vorher.

»Peschewa riet, als die Krieger ausziehen wollten, um gegen den weißen Mann zu kämpfen, vor drei Sommern davon ab, denn er wußte, die Tapfern unsres Stammes würden sterben.

»Heute wünscht der Häuptling der Ottawas, er wäre mit gezogen zum Manistee und wäre dort gestorben.«

Eine Bewegung ging bei diesen Worten durch die Versammlung.

Der Ottawahäuptling, der sich selbst unter diesen geborenen Rednern durch seine oratorische Begabung auszeichnete, hatte einen Augenblick das Haupt gesenkt, dann erhob er es wieder, sein dunkles Auge überflog die Versammlung und er fuhr fort: »Es kamen vor drei Sommern die Häuptlinge und Krieger unsres Volkes zusammen, hier an dieser Stelle und entzündeten das Ratsfeuer, und sprachen: da Muga, der große Bär, nicht mehr unter uns weilte, ihr wißt alle, wie er gestorben ist,« trotz der Ruhe dieser Leute flog ein leichter Schauder bemerkbar bei diesen Worten durch ihre Reihen, »so mußte die Nation der Ottawas ein andres Haupt haben, und alle Stimmen fielen auf mich, Peschewa, den Sohn Metotos, des Büffels.

»Häuptlinge und Krieger der Ottawas, drei Sommer und drei lange Winter durfte ich den Wampum des großen Ottawavolkes tragen, den ihr um meinen Leib geschlungen, drei Sommer und drei lange Winter habe ich, wie ich's verstand, unter dem Beistand der Häuptlinge für das Wohl des Volkes gesorgt. Ich habe euch nicht auf den Kriegspfad geführt, obgleich Peschewa gerne Skalpe nimmt, denn aussichtslos ist der Kampf mit den Weißen, und nimmer soll der rote Mann mehr mit dem Bruder fechten, ich habe nur mit dem Hunger gekämpft, damit er euch nicht verschlinge. Ihr werdet sagen, ob ich recht getan.

»Häuptlinge und Krieger der Ottawas, die Zeit ist gekommen, wo Peschema den Wampum seines Volkes ablegen muß, wo ihr an seiner Stelle einen andern Häuptling wählen müßt, Peschewa, der Sohn Metotos, will zu seinen Vätern gehen.«

Eine Stille, daß jeder Atemzug zu hören war, herrschte ringsum. Alle wußten, was im Fort Jackson vorgekommen war, alle fühlten den Schimpf, der nicht nur ihrem ersten Häuptling, der dem ganzen Volke in seiner Person angetan war, und unter der äußerlich bewahrten Ruhe glühte ein verzehrendes Feuer von Zorn und Rachedurst.

Endlich erhob sich einer der Häuptlinge.

»Ich bin Kitschokema, der einsame Wolf. Ich zähle nicht so viele Sommer als die großen Häuptlinge meines Volkes, ich kann mich an Weisheit mit ihnen nicht messen, ich bin nur ein junger Häuptling, aber eines weiß ich und sage es so laut, daß alle Ottawas, daß alle Pottawatomies und Saulteux es hören, das Volk der Ottawas hat nie einen weiseren und gerechteren Häuptling an seiner Spitze gesehen, als Peschewa, die wilde Katze.«

Ein Murmeln des Beifalls lief durch die Kreise.

»Der große Häuptling der Ottawas sagt uns, er könne nicht mehr an der Spitze seines Volkes stehen, wir sollen einen andern Krieger an seine Stelle setzen, es sei Zeit für ihn, zu seinen Vätern in die glücklichen Jagdgründe zu gehen. Dies mag so sein, denn Peschewa sagt es. Doch warum will Peschewa allein gehen und nicht tausend Krieger der Ottawas hinter sich haben, die ihn begleiten in die glücklichen Jagdgründe und das Angesicht Manitous schauen? Peschewa rufe, und wo er geht folgen mir und sterben mit ihm, wenn er sterben will. Kitschokema hat gesprochen.«

Ein dumpfer, sich nach und nach verstärkender Laut des Beifalls flog durch die Reihen.

Es erhob sich Kitate, der sich hohen Ansehens erfreute und Stille herrschte wieder.

»Ehe Peschewa den Wampum seines Volkes von sich wirft, und ehe wir weiter beraten, was heilsam sei für sein Volk, übe er erst noch Gerechtigkeit. Er hat sein Gesicht tagelang vor seinem Volke verborgen. Junge Männer unsres Stammes sind beschuldigt, den Weißen im Fort Jackson die Kühe geraubt zu haben. Wo sind die jungen Männer? Ich will sie sehen und hören.«

Aus dem Volke, welches im Hintergrunde weilte, traten vier junge Leute, aus dem zweiten weiteren Kreise erhob sich einer der Krieger, und alle fünf traten in den inneren Kreis vor Peschewa, legten ihre Waffen zu seinen Füßen und standen dann in ehrfurchtsvoller Haltung da.

»Haben die jungen Männer den Weißen die Kühe geraubt?« fragte Kitate.

»Ja,« sagt der Krieger, »wir taten es. Die Jagd war schlecht, die Beute gering, denn immer weiter entfernt sich der Hirsch von den Gründen der Ottawas, die Weiber und Kinder hatten Hunger, da nahmen wir den Weißen die Kühe, damit sie den Hungrigen zur Speise dienten.«

»Wußte Peschewa darum?«

»Er war eine Tagereise hinter uns, als wir das Fort erreichten, er konnte es nicht wissen. Ich tat es allein, diese jungen Männer horchten auf meine Worte.«

»Es ist gut, mein Bruder spricht mit einer geraden Zunge, er hat Lügen nicht gelernt. Wollen die jungen Leute sich zurückziehen, die Ratsversammlung wird beschließen, was mit ihnen geschehen soll.«

Die Fünf verneigten sich und entfernten sich gehorsam, ohne ihre Waffen wieder aufzunehmen.

Langsam erhob sich ein hochbejahrter Mann. Mit einer Stimme, welche aus einem Grabe heraufzutönen schien, sagte er: »Ich bin Schemagana, der schwarze Rabe. Viele Sommer sah ich über die Erde gehen und Gras und Blumen wachsen, viele Winter saß ich im Wigwam, wenn der Schneesturm raste, und harrte des Tages, da Manitou uns sein lächelnd Angesicht wieder zeigen und seine Sonne wärmer strahlen würde; wie viel Sommer und Winter Schemagana sah, weiß er nicht, es sind sehr viele.

»Einst wohnte das Volk der Ottawas fern von hier in den Wäldern am Ohiofluß, da, wo er in den Vater der Gewässer seine klaren Fluten sendet. Heller schien die Sonne dort, glänzender die Sterne in der dunklen Nacht und milder fuhr der Wind einher in dem Teil des Jahres, da der gute Geist sich seinem Volk verhüllt.

»Zahlreich war das Wild in den Wäldern, und Hirsche und Bären warteten darauf, von einem Ottawapfeil erlegt zu werden.

Groß war das Volk, seine Jagdgründe unermeßlich und die andern Völker beugten sich vor ihm.

»Da kam der weiße Mann von Sonnenaufgang her, hungrig und müde vom langen Wege. Mit leiser Stimme sprach er zum Ottawa: ›Gib mir Fleisch, laß mich an deinem Feuer schlafen, ich bin erschöpft zum Tode.‹ Und der Ottawa gab ihm, was er verlangte. Und mehr kamen von den weißen Menschen, und immer mehr, und baten um ein kleines Stückchen Land, um Mais und Korn zu bauen, damit sie nicht verhungerten. Seltsame Dinge führten sie mit sich, die der arme Ottawa anstaunen mußte, sie schenkten sie den Häuptlingen und baten, sie möchten Freunde sein. In den Händen trugen sie Blitz und Donner, während wir nur den Bogen führten und den Pfeil. Und die Ottawa waren ihre Freunde und schenkten ihnen Land. Aber immer mehr und mehr weiße Männer kamen, und trotziger wurden sie, als sie zahlreich waren, und nahmen sich das Land der Ottawas, was diese nicht mehr schenken wollten, und töteten und verjagten ihre Hirsche und Bären. Da gruben die Ottawas die Streitaxt aus, fielen auf die Weißen nieder und vertilgten sie, und ihre Skalpe trockneten im Rauche unsrer Wigwams.

»Aber zahlreicher, immer zahlreicher wurden die Weißen, je mehr mir töteten, desto mehr erschienen und geringer wurde die Zahl der Ottawas. Dreimal kämpften mir in blutigen Schlachten und dreimal schlugen sie unsre Krieger.

»Da verließen mir trauernd die Gräber unsrer Väter und zogen gen Norden, und die Yankees sprachen zu uns: ›Die Ottawas müssen wohnen an den Wassern des Erie.‹ Und wir wohnten an den Wassern des Erie. Und wiederum kamen die Weißen heran und nahmen das Land an den Wassern des Erie für sich. Wir kämpften und wurden besiegt durch die Ueberzahl, so tapfer unsre jungen Männer auch waren, und von neuem mußten mir nordwärts ziehen, immer weiter und weiter von der Statte, wo die Asche unsrer Väter ruht. In den südlichen Wäldern Michigans bauten mir unsre Wigwams – und ihr alle wißt, auch von dort vertrieben sie uns hierher, und der große Vater in Washington sagt, hier sollen seine roten Kinder wohnen für alle Zeit – seine roten Kinder, so nennt er uns.

»Jede Berührung mit den Weißen hat den Ottawas Tod und Verderben gebracht, denn sie sind mächtig, zahlreich und reich, und Manitou hat uns sein Angesicht verhüllt seit vielen Sommern, die Ottawas sind arm und schwach. Da ist Peschewa, ich kannte ihn, wie er nicht größer war als ein eben gefallenes Hirschkalb und sah, wie er groß wurde und tapfer und weise. Gleich einer Pantherkatze kämpfte er vor meinen Augen und gute Worte sprach er in der Ratshütte.

»Als vor drei Sommern die Männer ausziehen wollten gegen die Weißen, erhob Peschewa seine Stimme dagegen und viele folgten seinem Rate, andre nicht – und was geschah, wißt ihr alle.

»Männer der Ottawas, Häuptlinge, Krieger! Schemagana hat viel gesehen auf Erden, er ist alt und seine Augen trübe, und er möchte nicht den Untergang seines Volkes sehen. Ein großer Häuptling muß leiden und sterben können für sein Volk; Peschewa darf nicht von den Ottawas scheiden, er muß sie führen durch seine Stimme am Ratsfeuer und wenn es sein muß auf dem Kriegspfad. Peschewa darf nicht gehen. Ich habe gesprochen.«

Der Greis ließ sich langsam nieder.

Ein dumpfes Murmeln folgte seinen Worten, von dem unentschieden blieb, ob es Beifall der Rede spendete oder nur ein Ausdruck der Achtung für die verehrte Person des alten Mannes war.

Feurig erhob sich ein junger Häuptling. »Ich bin Papaganawe, der Blitz. Man gab mir diesen Namen, weil meine Streiche rasch fallen, rasch, wie der zuckende Strahl Manitous durch die Wolken saust.

»Mein Vater ist sehr alt und sehr weise, ich beuge mich vor seiner Weisheit, wir alle beugen uns vor ihm; er hat alles Leid Menschenalter hindurch mit ihm getragen, ich beuge mich vor ihm, wir alle beugen uns vor ihm. Ich bin jung und unerfahren gegen ihn. Mein Vater war ein großer Krieger, hat die Schlachten seines Volkes geschlagen und viele Skalpe genommen. Ich bin jung und nur einmal im Kampfe gewesen, als eine Horde Mörder in unser Land brach, welche die Weißen selbst ausgestoßen hatten. Da betrat ich den Kriegspfad wider sie und mein Tomahawk traf gleich dem Blitz aus dunkler Wolke, seit dem Tage führe ich meinen Namen.

»Mein weiser Vater will nicht den Untergang der Ottawas sehen, er hat viel Leid auf Erden gesehen, er will nichts größeres sehen. Er hat recht. Schemagana sah, wie der Yankee vor drei Jahren über uns herfiel und Männer und Jünglinge tötete; Schemagana sah, wie die Yankees die Häuptlinge der Ottawas am Halse aufhingen, bis sie tot waren,« ein dumpfer Schmerzenslaut ging durch die Versammlung, »auf daß sie nimmer in die glücklichen Jagdgründe eingehen können, weil ihre Seele dem Körper nicht entweichen konnte, das alles sah Schemagana, er will nicht mehr Leid sehen. Ich bin jung an Jahren und nicht weise wie mein Vater, aber ich darf wohl fragen: Sind wir noch Ottawas? Sind wir ein Volk, welches frei auf seinen Jagdgründen einherwandelt? Sind mir nicht die Knechte der elenden Yankees und ihrer Diebe, der Agenten? Wir sind es, Männer der Ottawas, wir sind eingesperrt in diese Wälder, die nicht unsre Heimat sind, wie der Wolf in einen Käfig, mir leben von der Gnade der Weißen wie ein Hund, dem man aus Mitleid einen Knochen hinwirft. Männer der Ottawas, das Volk, dem wir angehören, ist längst untergegangen, wir sind noch Ottawas, in unsern Adern rollt noch das Blut der Väter, aber mir sind kein Volk mehr, wir sind eine Herde armseliger Hunde, die man mit Füßen treten, denen man jede Schmach bieten kann. Wer fühlt sie nicht, die Schmach, dem ganzen Volke angetan? Wo ist der Häuptling und Krieger, der nicht freudig sterben würde, um sie zu rächen? Hier steht Papaganawe, bereit, zu fechten bis zum letzten Hauche, besser sterben, die Streitaxt in der Hand, als in Schmach und Elend leben. Ich habe gesprochen.«

Gellender Beifallsruf erhob sich ringsum bei dieser Probe feuriger indianischer Beredsamkeit und die Augen der jüngern Männer blitzten in milder Glut. Die Alten saßen ruhiger und Peschewa selbst unbewegt, gleich einer bronzenen Statue.

Wiederum erhob sich Kitate.

»Mein Bruder ist jung, seine Brust birgt das Feuer des jungen Kriegers, und seine Worte treffen das Herz der Männer, gleich dem zündenden Blitz. Mein Bruder hat recht, es ist besser, zu sterben, als in Schmach zu leben. Mein Bruder sucht den Tod, um der Schande zu entgehen, mein Bruder hat recht, er ist ein Krieger. Aber der einzelne ist kein Volk, Völker suchen nicht gemeinsam den Tod. Will mein junger, feuriger Bruder, daß wir sterben und Weiber und Kinder hier allein bleiben, ganz schutzlos vor den Weißen? Oder will mein Bruder vorher alle Weiber und Kinder durch den großen Geist töten lassen? dann will ich freudig mit ihm sterben. Manitou hat sein Angesicht verhüllt, ja, es ist so, aber weiß mein Bruder, daß es nie wieder den Ottawas leuchten wird? Ich glaube, der große Geist wird das Volk nicht untergehen lassen. Mein junger Bruder hat gesprochen mit einer Feuerseele, wie ein Held, und ich ehre ihn dafür, aber Papaganawe sprach für sich, nicht für das Volk der Ottawas. Wir dürfen nicht die Streitaxt ausgraben gegen den Yankee, und Weiber und Kinder hungernd und frierend in die Wälder jagen. Das darf nicht sein, die Ottawas sollen leben.«

Trotzig erhob sich, ihm zu antworten, ein wild aussehender Krieger.

»Amata will reden im Rate der Häuptlinge und Krieger.«

»Er möge reden.«

»Sollen mir ewig die Hunde der Weißen sein? Verhungern, weil wir kein Wild mehr haben? Körbe flechten gleich Squaws und sie den Yankees verkaufen? Nein, ich will das Blut der Weißen trinken, viel Blut, und dann sterben, aber mit hundert Skalpen am Gürtel. Rufe, Peschewa, rufe den Kriegern und mir ziehen aus, folgen dir, wohin du uns führest, und das Blut der weißen Hunde soll in Strömen fließen. Wir alle sind es überdrüssig, wie Schweine zu leben, als Männer und Krieger wollen mir zu Manitou gehen. Stimm an den Kriegsgesang und kein Ottawa lebt, der schweigt!«

In die ganze Versammlung war eine große Unruhe gekommen, welche sich vorzugsweise unter dem jüngeren Teile der Anwesenden geltend machte. Die feurigen, aufregenden Reden hatten ihre

Wirkung nicht verfehlt. Wild sprangen viele empor und schwangen die Waffen, gellende Kriegsrufe ertönten und die Krieger drängten näher zum Kreise der Häuptlinge. Immer wilder wurde das Toben und die eiserne Ruhe der Alten vermochte die Leidenschaften, welche so jäh emporloderten, nicht zu dämmen.

»Kampf! Kampf!« heulte es aus der Reihe der Krieger. »Tod den weißen Hunden! Tod! Blut, Blut!«

Da erhob sich Peschewa und augenblicklich herrschte die tiefste Stille.

Der Häuptling erhob die Hand, prächtig anzuschauen, als er hochaufgerichtet dastand im Scheine des lodernden Feuers, denn die Nacht war bereits hernieder gesunken.

»Volk der Ottawas,« klang seine weithin hallende Stimme machtvoll über den Kreis. »Volk der Ottawas, höre die Worte Peschewas, der zum letztenmal zu dir redet.« Er hielt inne, aller Augen hingen an seinen Lippen, atemlos lauschten die Söhne des Waldes.

»Volk der Ottawas, ich habe dein Schicksal im Herzen getragen, so lange ich denken kann, denn ich bin Peschewa, der Enkel vieler Häuptlinge. Kälte und Sonnenschein, Leid und Freude, Sieg und Niederlage, Hunger und Ueberfluß habe ich mit euch geteilt viele Jahre lang, denn ich bin Peschewa, der Ottawa. Wer kann sagen, er liebe sein Volk mehr als ich? Der trete vor und nenne mich einen Lügner. Mein Herz gehört meinem Volke, und wenn meine Seele dem Körper entwichen ist, und man nimmt es aus meiner Brust, wird jeder sagen, es ist das Herz eines Ottawas.

»Aber alle, auch wenn sie ihr Volk noch so sehr liebten, wie ich, sind gestorben, die Helden unsres Volkes, und auch Peschewa muß sterben.

»Ihr alle wißt,« und seine Stimme bebte in verhaltenem Zorn, »der weiße Mann hat Schmach angetan, Peschewa, dem Häuptling. Peschewa kann nicht leben, die Narben seines Rückens brennen wie feurige Kohlen, er muß die Glut löschen und dann sterben. Wäre das Volk der Ottawas groß und mächtig, würde ich die Stimme erheben und rufen: ›Wer begleitet mich auf dem Kriegspfade?‹ Aber arm sind wir und schwach. Peschewa kann sterben, nicht sollen es die Ottawas mit ihm. Darum sagt er sich los von seinem Volke, legt ab den Wampumgürtel, wendet dem Stamm seiner Väter den Rücken – und ist kein Ottawa, kein Chippeway mehr, er ist ein stamm- und heimatloser Krieger, für dessen Taten ihr nicht verantwortlich seid. Peschewa, der Häuptling, kann die Streitaxt nicht erheben, Peschewa, der Heimatlose, kann sie schwingen, wie sein Herz ihn treibt. Darum muß Peschewa gehen und sein Name ausgelöscht werden im Gedächtnis seines Volkes, daß nicht die Ottawas unter der blutigen Hand des Weißen für seine Taten leiden. So, wie der Stern dort,« und er deutete nach dem Nordstern, »unbeweglich steht an seiner Stelle, so unerschütterlich ist Peschewas Entschluß.« Eine leise Bewegung klang aus dem Ton seiner Stimme, als er weiter fortfuhr: »Volk der Ottawas, Brüder, Peschewa scheidet von dir.« Er löste den Wampumgürtel und legte ihn am Ratsfeuer nieder. »Wollt ihr noch einmal, ehe ich verstumme, meinen Rat hören: Bekleidet Kitate mit dem Wampum des Ottawavolkes.«

Er löste die Kette mit der Medaille von seinem Halse und legte sie neben den Gürtel. »Hier liegt das Zeichen des guten Vaters in Washington, der seine roten Kinder so sehr liebt.«

Mit erhobener Stimme rief er: »Hört es, Kinder des Chippewayvolkes, Peschewa, der Ottawa, ist tot, ich bin der Stammlose, der Heimatlose.«

Er trat hiermit aus den Kreisen und setzte sich still auf einen Baumstamm nieder.

Eine tiefe Bewegung hatte diese rauhen und rohen Kinder der Wildnis ergriffen. Alle sahen schweigend vor sich nieder. Es erhoben sich die beiden Häuptlinge, welche mit Peschewa im Fort gewesen waren, und der eine von ihnen sagte: »Wir sind keine Ottawas mehr, wir gehen mit dem Heimatlosen und sterben mit ihm.« Ruhig schritten sie dann zu Peschewa und ließen sich neben ihm nieder.

Auf sprangen jetzt Amata und Papaganawe, rissen die Streitäxte aus dem Gürtel, schwangen sie wild in der Luft, und der Letztere rief: »Mit Peschewa gehe ich, mit ihm zu kämpfen, zu sterben!«

»So ich!« rief Amata.

Jäh erhoben sich die jüngeren Krieger, nur die Aelteren blieben sitzen: »Mit Peschewa! Mit Peschewa! Tod den Weißen!«

»Ruhe!« gebot da würdevoll Kitate und bald schwiegen die wilden Rufe.

»Wie ein Held hat Peschewa, der unser Häuptling war, gehandelt, groß und schön. Wollen die jungen Männer des Volkes die Ottawas ins Unglück reißen?«

»Ich bin kein Ottawa mehr, ich sage mich los vom Volke, ich gehe mit Peschewa,« rief Papaganawe, ihm nach Amata, und wohl fünfzig der jüngeren Häuptlinge und Krieger gaben gleiche Erklärungen ab und eilten zu Peschewa.

In aller Augen las man die heiße Sehnsucht, zu handeln wie sie, und nur die ernste Besorgnis um die weitere Existenz des Volkes, um das Schicksal von Weib und Kindern verhinderte sie, dem Beispiel zu folgen.

Alle Anwesenden waren so aufgeregt durch die in der Geschichte ihres Stammes unerhörten Vorgänge, daß an ein weiteres ruhiges Beraten gar nicht zu denken war. Kitate hob deshalb die Ratsversammlung auf und setzte die Fortsetzung für den andern Tag fest.

Alle, die Mitglieder der Versammlung, die außerhalb derselben Stehenden, eilten nun zu Peschewa, um ihm die Achtung und Liebe kundzugeben, welche sie für ihn empfanden.

Der fortan Heimatlose saß auf seinem Baume und sah mit ernster Freundlichkeit in das Gedränge vor sich und richtete gute Worte an alle, die ihm näher kamen, sie ermahnend, die Eigenart des Volkes zu wahren und dem Streit mit den Yankees aus dem Wege zu gehen.

Peschewa sprach, wie ein Vater, der seine Stunde gekommen fühlt, zu seinen Kindern spricht, ihnen noch Ratschläge aus dem reichen Schatze seiner Erfahrungen für ihren künftigen Lebensweg erteilend.

Mitternacht war längst vorüber, als die Insassen des Dorfes den Schlaf suchten; Peschewa aber saß mit Kitate in ernster Beratung noch beisammen, bis im Osten die Sterne erbleichten, da begaben auch sie sich zu ihren Lagerstätten.

Neuntes Kapitel.
Im Shanty des »Toten Mannes«.

Als Graf Edgar nach ruhig verbrachter Nacht am frühen Morgen erwachte, sah er den weißhaarigen Gast, der sie am verflossenen Abend überrascht hatte, bereits aufrecht neben sich sitzen.

Das Auge zu den Schläfern wendend, welche unweit sich niedergestreckt hatten, bemerkte er die Abwesenheit Athorees.

»Wo ist der Indianer, Sir?«

»Er weckte mich vor Tagesanbruch und sagte mir, er wolle sich in der Umgegend umsehen.«

»Das ist gut, wir können um so ungestörter hier weilen, wenn Athoree wacht. Auf, Heinrich, zünde Feuer an, daß mir Kaffee bekommen!«

»Ja, ja, Herr,« antwortete dieser, noch schlaftrunken, indem er dem Anruf folgte.

»Es würde ratsamer sein,« sagte der Fremde, »kein Feuer anzuzünden, Herr.«

»Warum?«

»Es könnte uns unliebsame Gäste zuziehen.«

»Sie beunruhigen mich mit ihren Besorgnissen, Herr – Herr – wie nenne ich Sie eigentlich?«

»Mein Name ist Johnson.«

»Was veranlaßt Sie zu dieser Vorsicht?«

»Wie ich Ihnen schon gestern abend sagte, die auffällige Unruhe unter den Indianern. Das schwärmt wie ein Bienenkorb, und gerät man zufällig zwischen den Schwarm, ist Gefahr, daß man den Stachel zu fühlen bekommt. Ich möchte Ihnen vorschlagen, mit zu meiner Hütte zu gehen, dort kann anstandslos Rauch emporsteigen.«

»Und der Indianer?«

»Er ist davon verständigt, hält es auch für das ratsamste und wird dort wieder zu Ihnen stoßen.«

Edgar erwog einen Augenblick den Vorschlag des fremden Mannes, doch die ehrliche, zuversichtliche Art desselben, und der Schluß, daß Athoree sie nicht schlafend in der Gewalt desselben gelassen haben würde, wenn er etwas von ihm für ihre Sicherheit befürchtete, ließen ihn antworten: »Nun wohlan, Mister Johnson, so will ich Ihrem Rate folgen. Brechen mir auf.«

Da der Graf die Bärendecke ungern zurückgelassen hätte, hatte sie Michael auf seine starken Schultern geladen, was ihm freilich die Führung des Tieres nicht erleichterte.

Nachdem Johnson allen strenges Stillschweigen während des Marsches anempfohlen hatte, schritt er voran und führte sie in den Bach, in dessen seichtem Wasser er sie wohl zwei Meilen aufwärts gehen ließ. Dann schlug er den Weg quer durch den Wald ein.

Während sie ruhig unter den Bäumen einherzogen, einer hinter dem andern gehend, Johnson voran, scheute plötzlich das Tier, welches Michael im Nachtrab einherführte, vor einem an ihrem Wege liegenden Haufen irr durcheinander liegender Baumäste. Trotz des streng anbefohlenen Stillschweigens stieß der Sohn der Smaragdinsel einen lauten Fluch aus und machte Miene, das widerspenstige Tier seinen Stock fühlen zu lassen. Der Kampf zwischen ihm und dem Tiere, welches angstvoll und schaudernd die Luft einzog, wurde so heftig, daß er die Aufmerksamkeit der andern erregte und Johnson zurückging, um dem verzweifelnden Irländer beizustehen. Kaum bemerkte er das auffällige Gebaren des Tieres, als er dem Michael befahl, dasselbe zurück- und in weiterer Entfernung an dem Haufen, vor dem es scheute, vorbeizuführen. Das tat denn auch der Irländer. Zum Grafen, der mit Heinrich ebenfalls herbeigekommen war, sagte Johnson: »Es sollte mich nicht wundern, wenn wir unter diesen Aesten seltsame Dinge fänden. Wir wollen doch einmal nachsehen, in diesen Wäldern ist keine Erscheinung unbedeutend zur jetzigen Zeit. Er machte sich daran, die Aeste zu beseitigen, welche mit einem starken Bowiemesser von den nächsten Bäumen und Büschen abgehauen zu sein schienen, und Heinrich half ihm dabei.

Kaum waren einige der belaubten Aeste hinweggeräumt, als Heinrich mit kurzem Ausruf erschreckt zurücktrat.

»Was gibt's, Heinrich?« fragte Graf Edgar und ging näher.

»Ein toter Mann, Herr Graf.«

Johnson hatte noch einige Aeste entfernt, und dem Auge zeigte sich jetzt deutlich der Leichnam eines Mannes, der auf dem Gesichte lag. »Was ist das,« äußerte Johnson. »Ein Mord? Und so nahe meiner Hütte?«

Der Tote trug die im Lande gewöhnliche Kleidung, das Hinterhaupt war mit geronnenem Blute bedeckt.

Büchse und Messer lagen neben ihm.

Aufmerksam betrachtete Johnson den dahingestreckten Körper.

»Der Mann ist von hinten meuchlerisch in den Kopf geschossen worden und zwar von einem Weißen.«

»Woraus schließen Sie das?«

»Nie würde ein Indianer den Leichnam so ungeschickt verborgen haben, auch hätte er ihm aller Wahrscheinlichkeit nach den Skalp genommen; nein, das hat einer unsrer Farbe getan.«

Man wandte den Leichnam um, und mit großem Erstaunen erkannte der Graf die Züge des Gesellen aus Grovers Blockhause, den er noch jüngst in Lansing bei Myers gesehen hatte, aller Wahrscheinlichkeit nach der berüchtigte Mörder Wilfers. Zweifel konnte nicht existieren, der Ermordete war der Gefährte von Morris und Iltis.

Die Kleidung war aufgerissen und alle Taschen herausgezogen.

Das Gesicht hatte einen ruhigen, friedlichen Ausdruck, als ob der Tod ganz plötzlich eingetreten sei.

»Hier liegt ein Raubmord vor, das sieht man deutlich an den durchsuchten Kleidern. Büchse, Pulverhorn, Messer, alles ist da, er muß also vielleicht Geld bei sich geführt haben. Aber wie in aller Welt kommt der Mann mit seinem Mörder hierher?«

Der Graf teilte ihm jetzt mit, wen er in dem Ermordeten erkenne.

»Wenn das so ist, so ist den Burschen im Süden überall der Weg verlegt worden und sie haben sich hierher gewendet, um mit Hilfe der Indianer nach Kanada zu entkommen. Dann hat der andre, dessen sie erwähnen, den Mord vollführt, und ihn von hinten niedergeschossen.«

»Ihre Vermutung dürfte um so mehr Wahrscheinlichkeit für sich haben, als der Ermordete in Lansing die Summe von tausend Dollar betrügerischerweise erhoben hatte.«

»Es ist kein Zweifel, sein Genosse hat den hier erschossen, um ihn zu berauben. Es ist beunruhigend, einen solchen Gesellen in der Nähe zu wissen. Schon vor Jahresfrist trieben sich einige solcher ausgestoßener Vagabunden hier herum. Schlechte Nachbarschaft. Lassen Sie uns eilen, denn der Bube könnte auch meinem Heim und meiner alten Sumach einen Besuch abgestattet haben, ich bin drei Tage von Hause abwesend.«

Nachdem sie den Leichnam mit einigen Ästen bedeckt hatten, traten sie von neuem den Marsch in der bisherigen Ordnung an, bis sie aus ein kleines Gewässer trafen, dessen Lauf sie nun stromab folgten. Nach einiger Zeit, es mochten seit dem Aufbruch wohl drei Stunden vergangen sein, erblickten sie das Shanty Johnsons, aus dessen Schornstein leichter Rauch emporwirbelte.

Die Hütte, aus rohen Balken errichtet, ruhte einsam hier im Urwald, auf einer kleinen Erhöhung, deren Fuß der Bach bespülte. Ein kleines Stück beackerter Boden, auf dem sich Mais, Korn und etwas Gemüse dem Auge darboten, zeugte von fleißiger Menschenhand.

»Hier ist meine Behausung,« sagte Johnson, »Ihr seid willkommen, Fremder. Jetzt bin ich beruhigt, da ich sehe, daß meine alte Sumach am Herde tätig ist.«

Während sie auf die so friedlich liegende Hütte zuschritten, erschien in der Tür ein altes Indianerweib und blickte nach ihnen hin.

Johnson rief ihr einige indianische Worte zu, die sie in gleicher Sprache erwiderte.

»Es ist Sumach, meine Haushälterin, Fremder. Ich habe sie vor fast drei Jahren verschmachtend im Walde gefunden, weiter oben, an der Küste, und sie mit mir genommen. Seitdem kocht sie für mich, stickt meine Schuhe und Kleider und arbeitet im Felde. Sie hat bis jetzt keine Lust gezeigt, zu ihren Landsleuten zurückzukehren.«

Die Indianerin war keineswegs eine besonders angenehme Erscheinung. Zwar trug sie ein reinliches Kalikokleid, und auch das Tuch, welches sie um den Kopf gebunden hatte, unter welchem lange Strähnen grauen Haares niederfielen, war sauber, aber das verwelkte Gesicht mit seinen tausend Falten, die entzündeten Augenränder, der fast zahnlose Mund machte die Erscheinung abschreckend, besonders beim ersten Anblick.

»Ja, eine Schönheit ist Frau Sumach nicht, Herr,« sagte Johnson zum Grafen, da er den Eindruck wahrnahm, den das Äußere der alten Indianerin auf ihn machte, »aber ich bin an sie gewöhnt, und sie sorgt für mich mit einer rührenden Treue.«

Das Maultier wurde hierauf von seiner Last befreit und auf Johnsons Rat im Gebüsch, hinter dem Hause angebunden.

»Es ist zwar selten, daß einer von den roten Burschen hier vorbeistreift, denn sie meiden die Behausung des ›Toten Mannes‹, wie ich Euch schon sagte, aber es könnte doch einer des Weges kommen und es ist nicht nötig, daß sie zu frühzeitig von Euch erfahren.«

Auf seine Einladung betraten sie die Blockhütte, welche sich geräumiger erwies, als es von außen den Anschein hatte. Nach der

Rückseite zu zeigte sich ein roh gefertigter Herd, der aus Feldsteinen und Lehmerde errichtet war, mit einem Abzug für den Rauch, der, obgleich aus Holz bestehend, doch keine Feuersgefahr fürchten ließ, da er stark mit der lehmigen Erde, wie sie das Ufer des Baches bot, gefüttert war.

Rechts und links waren die Schlafstätten für die beiden Bewohner durch Felle und Streifen Baumwollenzeug abgesperrt. Einige Öffnungen in den Wänden ließen Licht herein, und wenn die Insassen durch das Wetter gezwungen waren, sie zu verschließen, gab eine Luke im Dach immer noch Helligkeit genug. Zahlreiche Felle vom Hirsch, Reh, Biber, Eichhorn lagen in einer Ecke und deuteten die Tätigkeit des Hausherrn an. An der Wand hing noch eine Büchse, und einige Küchengeschirre, mehrere kleine Fässer, Kisten und Blechgefäße vervollständigten gemeinsam mit einem Tisch und einigen Schemeln die Einrichtung dieser echten Hinterwaldwohnung. Von industrieller Tätigkeit gaben einige, aus Weiden und Bast schön geflochtene Körbchen Kunde, welche an einer der Wände hingen.

Als sie das Auge Edgars fesselten, sagte Johnson: »Die flicht meine alte Sumach, nur im Winter helfe ich ihr an den langen Abenden.«

Es war ein ganz seltsames Heim, in welches der junge Offizier eingetreten war, und er, wie die andern betrachteten es nicht ohne einiges Staunen.

Sie stellten dann ihre Büchsen ab und setzten sich.

Die alte Frau war bereits beschäftigt, in einem eisernen Kessel Wasser zum Sieden zu bringen, und bald konnten sie sich des Labsals des Hinterwäldlers, eines Bechers Kaffee, erfreuen, zu welcher Johnson seinen Gästen Maiskuchen und geräuchertes Hirschfleisch reichte. Das Mahl wurde schweigend eingenommen. Dann bot der Hausherr Tabak an, und mit Behagen rauchten die Männer ihre Pfeifen.

»Eine solche Behausung kommt Ihnen wunderlich vor, Herr – Wie heißen Sie eigentlich, Fremder?«

»Ich bin Graf Bender, Offizier in preußischen Diensten, dies ist mein Jäger Heinrich, und jenen guten Irländer habe ich am Manistee für meine Fahrt angeworben.«

»So! Nun als deutscher Offizier muß Ihnen ein solches Heim noch erstaunlicher erscheinen. Ich fühle mich wohl in dieser Einsamkeit und trage die Entbehrungen, welche sie gelegentlich bedingt, mit Gleichmut. Ich habe mich hier inmitten der Wildnis niedergelassen, ohne zu wissen, daß es auf der Reservation der Ottawas geschah, was uns ja verboten ist. Aber die Leute haben mich trotzdem bis jetzt unbehelligt gelassen. Ihr erster Häuptling, Peschewa, den ich besuchte, ist ein einsichtsvoller Mann, und ich glaube, friedlich gesinnt, gegen meine Niederlassung hier hat er jedenfalls nichts einzuwenden gehabt. Möglichenfalls habe ich das auch der Rücksicht auf die alte Frau dort zu danken.«

»Wenn der Peschewa, wie Sie sagen, friedlich gesinnt ist, wie kommt es, daß Sie doch Unruhen von seiten der Indianer befürchten?«

»Peschewa selbst ist zu klug, um Streit mit den Weißen zu suchen, er kennt unsre Macht, aber die Herrschaft dieser Indianerhäuptlinge ist eine sehr bedingte, und verhindert nicht Ausschreitungen aller Art von seiten seiner Stammesgenossen, die zu gehorchen nicht gelernt haben. Was im Werke ist, kann ich nicht erraten, daß aber unter den Indianern etwas vorgeht, ist sicher, und meine alte Sumach ist derselben Meinung. Ich habe seit Monaten nicht so viel gesprochen, als heute, Herr,« fuhr er fort, »und die Alte sieht mich ganz erstaunt über meine Redseligkeit an. Teils bin ich schweigsam von Natur und hatte auch keine Gelegenheit zum Reden, denn Sumach und ich sind bald mit unsrer Unterhaltung fertig.«

»Sie können sich mit ihr verständigen?«

»Schwer. Sie radebrecht einige englische Worte, und ich habe einige indianische Wendungen mir zu eigen gemacht, damit müssen wir uns begnügen. Aber die Alte ist erfahren, und in den meisten Fällen klug genug, zu erraten, was ich will. Mehrmals im Jahre komme ich nach Fort Jackson, wo ich meine Felle verkaufe und Sumach ihre Körbe absetzt. Gleichzeitig kaufen wir dann unsre Bedürfnisse dort ein, es ist alles dort zu erlangen, was wir im Walde nötig haben.«

»Es ist wohl ein eigenartiges Leben, welches Sie hier führen, Mister Johnson.«

»Und doch, Herr, dürften Sie es begehrenswert finden, wenn Sie die Majestät des Urwaldes kennen würden, wie ich. Ich fühle, daß der Geist des Ewigen in der Einsamkeit dieser Wälder uns näher ist, als an andern Orten, und jeder Gedanke wird hier zum Gebet an den Schöpfer aller Dinge. Fremder, Ihr kommt aus den Mittelpunkten der Zivilisation, aus dem gierigen Treiben der Städte. Ihr kennt den Wald nicht; nicht im Sturme, wenn die alten Baumriesen vor seinem Hause niederbrechen, wie Halme; nicht im leisen Säuseln des lauen Frühlingswindes, wenn nach langer Winternacht wieder Hoffnung in das Menschenherz einzieht. Des Waldes feierliche Einsamkeit hat mich diesem Leben erhalten, sie und das alte Indianerweib da.«

Graf Edgar sah ihn fragend an.

Johnson fuhr mehrmals mit der Hand über die Stirne und fuhr leise fort: »Ich habe einst großes Leid erlitten, Fremder, ein Leid, so schwer, daß es in wenigen Tagen mein dunkles Haar gebleicht hat zur Farbe des Schnees.«

»O, Gott, mein Gott, jetzt fällt mir ein, ich habe ja von dem Unglück gehört, das Euch betroffen hat. Ja, Johnson war der Name. Ihr seid vom Kalamazoo?«

Der Mann nickte, und winkte mit der Hand, andeutend damit, daß jener nicht weiter fortfahren sollte.

Nach einiger Zeit sagte er dann: »Ich rannte in die Wälder, rasender Schmerz trieb mich vorwärts, ich wußte nicht, wohin. Ich fühlte nicht Hunger, nicht Durst, nicht Körperschmerz. Wie ich jene Tage überstanden habe, ich weiß es nicht, nicht wie ich überhaupt am Leben blieb. Ich haderte mit der Menschheit, haderte selbst mit Gott, in wilder Verzweiflung.« Er hielt inne, und der Graf, der die tiefinnere Bewegung des Mannes wahrnahm, schwieg ergriffen gleichfalls, kannte er doch dessen furchtbares Schicksal.

»Dieses alte Indianerweib hat mich wieder zum Menschen gemacht. Fand sie verschmachtend und fiebernd im Walde, sie streckte flehend die mageren Hände nach mir aus, als sie mich erblickte. Ich erbarmte mich ihrer, es war ja ein Mensch in Todesnot. Ich hatte eine Aufgabe, mein Leben wieder einen Zweck in der Linderung fremder Leiden, das gab mich mir selbst zurück. Wochenlang habe ich das alte Geschöpf gepflegt. Gehen konnte sie nicht. Ich baute ihr eine Hütte von Zweigen über den Kopf, ich hüllte sie in meine wollene Decke, suchte heilende Kräuter und kochte sie in meinem Kaffeebecher, schoß Tauben und Schnepfen, um sie mit leichter Kost zu ernähren, und der Todesengel wich von ihrem Lager. Herr, dieses kranke Weib hatte mir Gott zum Troste gesendet; in der aufopfernden Tätigkeit für sie fand ich mich endlich wieder, gelinder wurde der furchtbare Schmerz, ich konnte endlich meinen und wieder zum Allmächtigen in ernster Demut beten. – Seitdem folgt mir die Alte wie ein treuer Hund, und ich habe mich mit ihr hier niedergelassen. Mein Dasein verfließt in stiller Einsamkeit, in anstrengender Tätigkeit und der tiefe Gram über verlorenes Erdenglück ist sanfter Wehmut gewichen, mit welcher ich der Vergangenheit denke.

»Ich habe auf Erden nichts mehr zu hoffen und werde ruhig harren, bis die Stunde kommt, die mich mit meinen Lieben wieder vereint.«

Ganz stille war es in der Hütte, als Johnson so sprach, leise, mit einem Tone, der zu Herzen ging. Sein starkes, schneeweißes Haar, der lange Bart verstärkten den Eindruck seiner Rede. Die alte Indianerin saß in der Ecke und nickte mit dem Kopfe in gleichmäßigem Takte. Der Irländer war ganz gerührt von Johnsons Worten, ob er gleich dessen grausames Schicksal nicht kannte, und auch Heinrich, der kein Wort Johnsons verstand, befand sich unter dem Eindruck des feierlichen Ernstes, der über dem Manne lag.

»Nun wißt Ihr alles, Fremder, und kennt Robert Johnson.«

»Ich nehme den innigsten Anteil an Eurem so traurigen Geschick, und vor allem sehe ich mit Rührung, daß es nicht im stande war, Euer Herz zu verhärten, wie aus Eurer edlen Handlungsweise gegen die Alte dort hervorgeht.«

»Kalkuliere, war ein Mensch, wenn auch nur ein roter Mensch, konnte sie nicht sterben lassen. Hat sich belohnt, war ruhiger hinterher.«

Sie rauchten schweigend.

Dann nahm Graf Edgar das Wort: »Nach dem, was ich von Ihnen gehört habe, Mister Johnson, und bei dem Vertrauen, welches Sie mir einflößen, will ich Ihnen auch nicht länger das meinige vorenthalten und Ihnen Kenntnis geben von der Absicht, die mich hierher führte.«

Er erzählte nun von dem Schicksal seiner Schwester und setzte ihm den Zweck seiner Reise auseinander.

»Das ist ein trauriges Ende für eine deutsche Lady, Fremder. Habe nie etwas davon erfahren, daß die Ottawas eine weiße Frau verborgen halten. Muß wohl so sein, wie Ihre Freunde am Muskegon sagen, die Angst bindet ihre Zungen. Hat der damals kommandierende General kurzen Prozeß mit einigen der grimmigsten Bluthunde gemacht, sie von Standgerichten verurteilen und ohne weiteres aufknüpfen lassen. Haben die größte Angst vor dem Hängen, die Indianer, bedeutet ihnen ein solcher Tod ewige Vernichtung, während sie sonst auf ein seliges Dasein in ihren glücklichen Jagdgründen hoffen. Die Angst vor Strafe macht die Indianer so schweigsam in dieser traurigen Sache. Wenn ich helfen kann, Herr, stehe ich gern zu Gebote.«

»Ich nehme jede Hilfe mit Dank an. Wenn ich nur erst über meine nächsten Maßnahmen im klaren wäre.«

»Wir wollen ruhig warten, bis der Indianer kommt, vielleicht bringt er uns Nachrichten.«

»Wieviel Zeit brauchen wir, um nach Fort Jackson zu gelangen?«

»Es sind zwei Tagemärsche bis dorthin.«

»Kennen Sie den gegenwärtig dort kommandierenden Offizier?«

»Kapitän Davis? Flüchtig. Mir scheint er ein lebenslustiger Herr, der sich hier an der Grenze sehr unbehaglich fühlt. Er hat mir auch schleunigst einen Namen gegeben, und mich den ›Geist des Urwalds‹ getauft.«

»Es ist zweifelhaft, ob wir ihn noch antreffen,« und Edgar unterrichtete Johnson von dem bevorstehenden Garnisonwechsel.

»Das ist freilich eine ungewöhnliche Maßnahme.«

Ein leichter Schritt ließ sich draußen hören, geräuschlos ging die Tür auf und Athorees braunes Gesicht erschien in der Oeffnung. Rasch trat er ein, warf einen Blick umher und blieb dann wie gebannt stehen.

Die Augen aller waren auf ihn gerichtet.

»Nun, Athoree?«

Der Indianer antwortete nicht, er stand, den Kopf vorgebeugt, bewegungslos, doch zeigte ein merkliches Zittern der ganzen Gestalt, daß eine hohe Aufregung den starken Mann ergriffen haben mußte. Die weit aufgerissenen, dunklen Augen waren mit einem Ausdruck auf die alte Indianerin gerichtet, wie man ihn niemals bisher an ihm wahrgenommen hatte. Ein leiser Ausruf, der fast wie ein Stöhnen klang, entrang sich der Tiefe seiner Brust.

Sumach saß in der Ecke auf ihrem Schemel und starrte aus den entzündeten Augen Athoree an, dann hob sie die magere Hand empor, und jede Falte in ihrem runzeligen Gesicht schien Leben zu bekommen, und leise sagte sie, in bebendem Tone: »Athoree.«

Mit einem Sprung war der Indianer bei ihr, und sein heller Jubelruf, der weithin hallte, strafte allen indianischen Stoizismus Lügen.

»Mutter!«

Er faßte ihre mageren Hände und drückte sie an die Brust. Dann streichelte er ihr die runzeligen Wangen, fuhr mit der Hand sanft über ihren grauen Scheitel, und schaute die Alte mit einem Blicke an, aus dem eine Liebe und Sanftmut strahlte, wie man sie nimmer in diesem Antlitz gesucht haben würde.

Erstaunt und schweigend sahen alle diesem überraschenden Vorgange zu.

»Es ist seine Mutter,« flüsterte Johnson. »Seltsam.«

Die alte Frau bebte vor innerer Bewegung heftig, und mehrmals wollte sie sprechen, aber sie konnte es nicht. Rührung erstickte ihre Stimme.

Mit sanftem Tone sprach Athoree zärtliche Worte zu ihr.

Die Alte verhüllte das Antlitz in ihren Händen, und große Tränen rollten zwischen den braunen Fingern hernieder.

Ruhig und ehrerbietig wartete Athoree, bis die Tränen der Mutter versiegten. Sie ließ endlich die Hände sinken, blickte den vor ihr stehenden, sonst so ernsten, fast finsteren Mann an und sagte (Johnson übersetzte es später den übrigen) in der Sprache der Wyandots: »Manitou hat Sumach lieb, er sendet ihr den Sohn.«

Johnson winkte den übrigen, die Hütte zu verlassen, um die beiden tief bewegten Menschen bei Austausch ihrer Gefühle nicht zu stören, und alle folgten ihm geräuschlos durch eine in der Hinterwand angebrachte Türe in den Wald, der sich hier bis dicht an die Hütte heranzog.

»Da spricht man nun diesen roten Menschen das Herz ab,« sagte Johnson draußen, »ich kann mir keinen ergreifenderen Gefühlsausbruch denken, als ihn hier der stoische Indianer wahrnehmen ließ.«

»Ich bin überrascht und bewegt von diesem Wiedersehen,« ließ Graf Edgar sich vernehmen, »ich muß gestehen, auch ich hätte nach dem, was ich bisher von Athoree gesehen habe, eine solche tiefe Herzensregung nicht erwartet.«

»Es ist ein wildes Geschlecht, das der roten Leute, eine erbarmungslose Rasse, wenn ihre Leidenschaften erregt sind, aber sie hassen und lieben, wie mir Menschen alle. Also ein Wyandot ist Ihr Indianer, diesem Stamme gehört Sumach an. Das ist gut. Die Wyandots sind ein ganz andrer Menschenschlag, als diese Chippewayvölker, und ich bin nun über ihn beruhigt. Der verrät Sie nicht an die Ottawas. Anfänglich betrachtete ich ihn mit Mißtrauen, denn unter den roten Leuten gibt es gefährliche Umhertreiber, wie unter den Weißen, hier an der Grenze.«

Aus der Hütte tönten die gedämpften Stimmen der Indianer zu ihnen herüber, bald Athorees, bald der Alten.

Sie harrten geduldig.

Dann kam der Indianer sehr eilig heraus, wühlte eifrig in dem Gepäck, welches das Maultier trug, es war hinter dem Hause abgelegt, holte ein scharlachrotes Tuch und ein paar silberne Ohrgehänge hervor, welche zu den für die Ottawas bestimmten Gaben gehörten, zeigte sie dem Grafen und sagte: »Gib dies, Athoree alter Mutter schenken, dir wieder geben.«

Lächelnd nickte der Graf.

Athoree eilte wieder in die Hütte und führte bald die Alte heraus, welche er mit dem Tuche und den Ohrgehängen geschmückt hatte.

Schöner war Frau Sumach freilich nicht dadurch geworden, aber aus jedem Zuge ihres faltigen Gesichtes strahlte Wonne, und der Indianer blickte mit Stolz auf die Mutter, in ihrem kostbaren Schmuck.

»Athorees Mutter, Gutherz,« sagte er, »lange nicht gesehen. Glauben tot. Großer Geist lassen wieder finden. Er gut.«

»Ich freue mich herzlich deines so seltenen Glückes, Athoree, und wenn du deine Mutter erfreuen willst, so nimm nur, es ist ja genug von dem Zeug da.«

»Ganz genug, alte Frau sich freuen, ganz genug.« Dann ging er auf Johnson zu und sagte: »Du guter Mann gegen alte Mutter, sie mir sagen. Athoree nur ein Leben, es dir gerne geben, wenn du haben willst.«

»Du bist ein guter Sohn, Wyandot, das sehe ich und das freut mich. Deine Mutter hat mir das, was ich für sie getan habe, längst vergolten.«

Michael, der ein weichherziger Bursche war, hatte sich, als ihm das Verhältnis der beiden Indianer klar wurde, verstohlen eine Träne abgewischt, der groteske Aufputz der Alten aber jegliche Rührung verscheucht, so daß er große Lust hatte, in Heiterkeit auszubrechen, wie auch die andern ein Lächeln nicht unterdrücken konnten, als die geschmückte Sumach erschien, aber er bezwang es weislich. Doch murmelte er in den Bart: »Ein guter Kerl mag der Athoree sein, aber Geschmack hat er nicht.« Nachdem wieder ruhige Sammlung in die Gemüter zurückgekehrt war, wandte sich der

Graf mit der Frage an den Indianer: »Was hat Athoree Neues gesehen?«

»Nicht viel sehen, nicht weit genug gehen. Viel Ottawa im Walde, sehen Spuren, gehen hin, gehen her, nicht wissen, was Ottawa denken. Besser gehen Fort, dann immer noch zu Peschewa gehen.«

»Nun, wenn das auch deine Ansicht ist, so nehmen wir unsern Weg zunächst zum Fort.«

Man teilte ihm noch den Leichenfund mit. Der Indianer horchte auf, ließ sich die Stelle beschreiben, die kaum drei Meilen entfernt und durch die hinterlassene Spur leicht zu finden war, sagte: »Athoree gehen und sehen,« und entfernte sich augenblicklich. Die andern gingen in die Hütte zurück, wo die vor Glück und Stolz strahlende Sumach ihre Reize wiederholt in einem kleinen Stück Spiegelglas bewunderte. Der Graf erklärte Heinrich den inneren Zusammenhang der Vorgänge, deren schweigender Zeuge er gewesen war.

»Es ist wunderbar genug, dieses Wiederfinden. Auch ich hatte dem finstern braunen Burschen so viel Herzlichkeit nicht zugetraut. Das alte Weib ist aber doch entsetzlich häßlich, Herr Graf.«

»Ja, die Indianerinnen verblühen rasch, Heinrich, es mag wohl das harte Leben, welches diese Frauen führen, Ursache sein, denn der Indianer arbeitet unter keinen Umständen. Alles müssen die Frauen tun. Der Mann kennt nur Jagd und Krieg.«

»Das müßten wir bei uns auch einführen, Herr Graf.«

»Da würden wir bald zu seltsamen Zuständen kommen. Nein, ohne Ackerbau kein Staatengebilde, keine Zivilisation. Die Indianer gehen elend zu Grunde, wenn sie sich nicht entschließen, den Pflug in die Hand zu nehmen.«

Nach einer Stunde kam Athoree zurück.

»Nun?« fragte der Graf.

»Toten Mann sehen, ihn kennen. War am Muskegon, ihn jagen in Big Prairie.«

»Ja, es war einer von den Schurken, die wir verfolgt haben, ich erkannte ihn auch. Aber was denkst du über die Ursache des Todes?«

»Andrer Schurke ihn von hinten schießen, stehlen dann, Taschen leer.«

»Hast du mit deinem untrüglichen Scharfsinn ermitteln können, welcher es gewesen sein mag?«

»Nicht mehr Spur sehen, nicht wissen.«

»In Lansing war, wie ich vermute, der Iltis genannte Mann bei ihm.«

»Dann Iltis ihn erschlagen. Werden rote Hand und Tyron auch hier sein, laufen vor Sheriff fort in dicken Wald.«

»Meinst du? Das wäre eine recht unerfreuliche Nachbarschaft.«

»Erst nach Fort gehen, dann rote Hand suchen! Athoree ihn finden; hier nicht Prairie, hier nicht Feuer, er nicht entwischen.«

»Wann meinst du denn, daß mir nach dem Fort aufbrechen sollen?«

»Gleich gehen, morgen dort, wenn Sonne untergeht.«

»Nun wohlan, so wollen wir uns zur Reise rüsten.« Er überlegte einen Augenblick, ob er Johnson mitteilen solle, daß sich nach des Indianers Vermutung Morris, der Mörder seines Weibes und seiner Kinder, hier in den Wäldern herumtreibe, doch war es fürs erste nur Vermutung und dann fürchtete er die heftige Gemütsbewegung, die diese Nachricht bei Johnson hervorrufen würde, der über die Person des Mörders ununterrichtet zu sein schien, da er dessen mit keiner Silbe erwähnt hatte. Er behielt sich vor, ihm gelegentlich Mitteilung zu machen. Jetzt sagte er nur: »Der Indianer meint, wie es auch, nach der Person des Ermordeten zu schließen, wahrscheinlich ist, daß sich dessen Gefährten, drei äußerst gefährliche Banditen, in diesen Wäldern verbergen. Es dürfte Euch dies vorsichtig machen, Johnson.«

»Ich fürchte sie nicht,« sagte dieser ruhig, »ich führe eine sichere Büchse und bin in den Künsten des Waldkrieges geübter als diese Gesellen. Nebenher erfreue ich mich einer Körperkraft, die es mit allen dreien aufnimmt. Doch ehe ich mich nach dem Burschen umschaue, will ich Euch zum Fort führen.«

»O, das ist sehr freundlich von Euch, doch dann bleibt Euer Heim unbeschützt.«

»Es ist fraglich, ob sie es entdecken und dann, was wollen sie hier? Sumach werden sie nichts zu leide tun.«

»Sumach nicht allein hier bleiben, wenn Rothand im Walde, er Mörder,« sagte der Indianer mit Bestimmtheit.

Er wechselte rasch einige indianische Worte mit seiner Mutter und fügte weiter hinzu: »Sumach stark, sie mitgehen, verkaufen Körbe im Fort.«

»Es ist mir recht, wenn die Alte mitgehen will, mir können dann auch gleich unsre Einkäufe machen. Ich kann Euch nicht allein ziehen lassen, denn wenn der Indianer Euch ja auch schließlich hinbringen wird, so kennt er doch den Weg nicht, und das würde Eure Ankunft dort verzögern.«

Der Graf gab Befehl, das Maultier zu beladen. Die alte Frau schickte sich zur Reise in den Wald an, indem sie ihr Kalikokleid mit einem Rocke von weichem gegerbtem Hirschfell vertauschte und die nackten Füße in schöne Mokassins steckte. Einige Provisionen Maiskuchen und Fleisch wurden den Jagdtaschen einverleibt, und schon wollte man aufbrechen, als der Indianer zu Johnson sagte: »Warum du Büchse hier lassen?« – er deutete auf die an der Wand hängende Waffe – »Felle hier lassen? He? Ihm verstecken, Pulver verstecken – alles verstecken. Diebe im Walde.«

»Meinst du? hm. Wenn meine Türe geschlossen ist, soll es wohl schwer werden, ohne Anwendung der Axt hier hereinzukommen, und der hintere Eingang ist nicht leicht zu finden.«

»Du ihm nicht kennen. Er Spitzbube. Wenn nicht hereinkommen und stehlen, er zünden Wigwam an.«

»Nun, so mag es geschehen, ich habe einen Versteck stets in der Nähe.«

Mit großer Vorsicht trugen er, Athoree und die Alte die Waffe, den Pulver- und Kugelvorrat, die Felle, welche einen ziemlichen Wert repräsentierten, in den Wald zu einer hohlen Eiche, wo alles mit indianischer Kunst und Schlauheit versteckt wurde.

»Ihm nicht finden,« lachte Sumach, »Athoree klug.« Der Indianer verwischte so gut wie möglich die Spuren, welche nach dem Baum zu führten, und dann traten sie ihren Marsch an. Das Bärenfell war in der Hütte zurückgeblieben, dem Maultier aber hatte man Sumachs Körbe aufgeladen.

Johnson ging voran und hieß deren Zug in durch Vorsicht gebotener Weise in den seichten Bach treten, den sie erst nach einer Stunde mit sorgfältiger Beobachtung aller Vorsichtsmaßregeln, um ihre Fährte zu verdecken, an einer steinigen Stelle verließen.

Ihr Wirt kannte den Weg genau und führte sie sicher, während vor- und seitwärts des Zuges der Indianer fortwährend umherspähte. Von Zeit zu Zeit kam er aber zurück und wechselte einige Worte mit seiner Mutter.

Einmal machten sie während des Marsches, auf welchem ihnen nichts Ungewöhnliches auffiel, Halt, um zu rasten, und setzten dann schweigend ihren Weg bis zur hereinbrechenden Dunkelheit fort. In einem Tannendickicht bezogen sie das Lager. Feuer wurde nicht angezündet, doch war die Luft milde und der Aufenthalt im Freien angenehm.

Ermüdet von den Anstrengungen des Tages hüllten sich die Männer in ihre wollenen Decken und streckten sich am Boden aus.

Für seine Mutter hatte der Indianer sorgfältig eine Ruhestätte ausgesucht.

Bald verkündeten die gleichmäßigen tiefen Atemzüge, daß der Schlaf sich auf die Augen niedergesenkt hatte.

Im lauen Abendwinde rauschten leise die Zweige über ihren Häuptern und flüsterten sich die Geheimnisse des Urwaldes zu, der die Schlafenden in seinen Schatten einhüllte.

Tiefes Schweigen herrschte rings umher, nur selten unterbrochen durch das ferne Geheul eines streifenden Wolfes.

Still und feierlich senkte sich dunkle Nacht auf die endlosen Wälder hernieder.

Zehntes Kapitel.
Ein würdiges Kleeblatt.

Einige Meilen von dem Shanty Johnsons lagen an einem Feuer Morris und Tyron. Schweigend und finster blickten die beiden Verbrecher vor sich hin.

An der Glut röstete ein Stück Fleisch; vermittels des Soldatengewehres, welches Morris immer noch führte, hatte er ein Opossum erlegt und zwischen den Burschen lag eine halbgefüllte Flasche mit Rum, der sie von Zeit zu Zeit abwechselnd zusprachen.

Nach einer Weile begann Morris: »Diese roten Schurken! Was nun, Bill?«

»Denke, wechseln hinüber nach Kanada.«

»So? denkst du? Schöner Gedanke, aber wie hinkommen? Hast du Geld, Mann?«

Tyron verneinte.

»Nun, ich auch nicht, zwei schäbige Greenbacks ausgenommen. Ohne Geld an die Küste zu gehen, ohne Waffen, denn diese verwünschte Flinte Uncle Sams kann ich doch dorthin nicht mitnehmen, das hieße dem Henker in die Arme laufen. Was diese roten Hunde nur vorhaben mögen? Der Herr Peschewa, mein geschworener Freund, war nicht zu sprechen, und dieser Lump, dieser Kitate, sagte mir ganz trocken, ich solle die Reservation der Ottawas verlassen, es sei Befehl der Regierung, uns auszuweisen, sonst müsse er mich an die nächste Garnison abliefern. Begegnet mir der Schleicher einmal zur rechten Zeit, will ich ein Loch in sein rotes Fell machen, durch welches seine Seele bequem entwischen kann.«

»Wenn wir nur wenigstens unsre Büchsen hätten,« knurrte Tyron, »ich komm' mir vor wie ein zahnloser Hund, welcher ausgeschickt ist, einen Fuchs abzuwürgen.«

»Ja, dieser schäbige Staatenleutnant, verdammt sei seine Seele! Würde ihm gerne eins aufbrennen, wenn man sich nur in diesem Zustande in die Nähe der Forts wagen dürfte.«

Nachdem er eine Zeitlang geschwiegen und einen Schluck genommen, fuhr er fort: »Daß meine teuren Freunde, die Ottawas, mir in solcher Lage eine Büchse verweigern konnten, als Darlehen nur, denn ich würde mir schon bald eine andre verschafft haben, hätte ich nimmer geglaubt. Fertigen ihren alten Gastfreund und Bruder mit einer Flasche Rum und etwas Hirschsfleisch ab. Können in den

Wäldern verhungern. Ein Glück noch, daß sie uns Pulver gegeben haben, sonst wären mir ganz fertig.« Er nahm wieder einen Schluck aus der Flasche, drehte den Spieß, an welchem das Opossum schmorte, und sagte, während Tyron stumpfsinnig vor sich hin stierte und an einem Grashalme kaute: »Die Roten haben etwas vor, glaube mir. Diese verrückte Ratsversammlung, ich verstehe nur nichts von ihrem Kauderwelsch, hatte entschieden eine wichtige Bedeutung. Mir wollte es vorkommen, wir saßen ja auch zu weit davon entfernt, um über die Vorgänge klar zu werden, als ob der Peschewa sich mit den andern überworfen und den kürzeren dabei gezogen hätte. Wenn der Kerl übrigens, sei es auch nur auf seine eigene Rechnung, einen Zug in die Ansiedlungen vor sich hat, ich bin dabei. Bin ganz in der Stimmung, Pulver knallen zu hören. Begreife übrigens gar nicht, wenn so etwas in der Luft schwebt, daß er sich dann nicht zweier solcher Büchsen versichert, wie wir sie führen. Ist mir alles ein Rätsel.«

»Wird wohl nichts übrig bleiben, Morris, als uns zu den Ansiedlungen zu schleichen, um uns wenigstens Waffen zu verschaffen.«

»Ja, und laufen dem Sheriff in die Hände. Weißt sehr gut, wie die Hinterwäldler auf einer Spur einherlaufen.«

»Bleibt nichts andres zu tun, müssen Büchsen, Decken und andres haben und wollen dann sehen, über den Mackinaw zu kommen.«

»Haben die Kerls das ganze Land gegen uns aufgebracht, wollte, wäre in Ohio geblieben.«

»Kalkuliere, war dir dort ein wenig zu heiß geworden,« lachte Tyron in roher Weise.

»Ist ein Fakt, waren mir dicht auf den Fersen, habe Unglück, Bill, kaum in Michigan, muß der Konstabel hinter mir her sein. Wollen alle gar zu gern ein Wörtchen mit John Morris reden, sollen aber noch warten, zu meinem Stricke ist der Hanf noch nicht gewachsen.«

Der Braten, mit welchem sich Morris beschäftigte, schien endlich genügend gar zu sein, und beide zogen ihre Messer und sprachen dem Fleische zu, trotz ihrer gegenwärtigen Situation mit bestem Appetit.

Endlich steckte Morris gesättigt das Messer ein.

»Wo sich Burton und der Iltis nur herumtreiben mögen? Wollte, die Bursche wären hier, ist ein erfinderischer Kopf, der Burton, und wohl geeignet, Gloves zu tragen, ist ein Gentleman.«

»Sind wir auch.«

»Kalkuliere, sind'«, aber doch nicht so recht; für die Bälle und Assembleen in den Städten, Tyron, mußt's gestehen, ist der Burton mehr geeignet. Ist aufgewachsen dort, war ein Advokat oder so etwas. Schade, daß wir ihn nicht hier haben.«

»Wird ihm der Sheriff den Weg hierher verlegt haben.«

»Muß gen Süden gegangen sein, wäre sonst schon hier, war die Abrede, uns bei Peschewa zu treffen.«

»Oder ist dem Henker in die Arme gelaufen. Zwar ist Burton im Walde nicht gerade schlau, um so mehr in den Ansiedlungen; aber es kommt doch die Stunde, wo auch der Klügste eine Dummheit macht.«

»Wollen's möglichst lange verhindern.«

»Kalkuliere, wollen's. Nun mache einmal einen gescheiten Plan.«

»Bleibt nichts übrig, Morris, wenden uns nach Norden nach Traverse-River, wird schon irgend jemand eine Büchse übrig haben, wird sie uns geben, wenn vielleicht auch nicht ganz freiwillig.«

»Irgendwo einbrechen? Gut. Aber wenn wir dann eine ganze Meute auf den Fersen haben.«

»Sind wir seit gestern im Walde? Wäre es das erste Mal, daß wir ganz Michigan ein Schnippchen schlügen?«

»Und wenn wir das ausgeführt, glücklich ausgeführt haben, – ich weiß nicht, ich habe einen Abscheu vor den Ansiedlungen – und was dann?«

»Dann gehen wir nach der nördlichen Halbinsel oder nach Kanada, bis wir hier wieder etwas in Vergessenheit gekommen sind.«

»Daß auch der Streich mit Jones Pferden da am Muskegon mißglücken mußte, hatte ihn der Iltis so hübsch eingefädelt. Der Rappe war unter Brüdern tausend Dollar wert. O, verwünscht!«

»Nimm's kaltblütig, gibt noch mehr Pferde im alten Mich.«

»Das Schlimmste ist, daß man sich mit diesem alten Soldatenschießeisen nirgends sehen lassen kann, und ohne Waffe sich zu zeigen, ist noch verdächtiger. O Bill, in einer so schlechten Lage bin ich noch nicht gewesen.«

»Kalkuliere, ist das Richtige, gehen nach Norden.«

»Begegnet mir einer dieser roten Hunde, und der hat eine Büchse, so knalle ich ihn ohne weiteres nieder, um das Gewehr zu erlangen.«

»Halte dafür, tust's nicht; nützt nichts, auch noch die Ottawas zu Feinden zu haben.«

»Elendes Gesindel!«

Morris stand auf, wickelte den Rest des Bratens in Blätter und steckte ihn in seinen Jagdranzen.

»Komm, Bill, wollen weiter wandern, ist vergeblich zu philosophieren. Wird ein günstiges Geschick mir hoffentlich einen in den Weg führen, den ich ins Jenseits abfertigen kann.«

Tyron erhob sich ebenfalls und beide schickten sich an, zu gehen.

»Segne meine Seele,« fuhr Morris empor, »daß mir das jetzt erst einfällt.«

»Nun?«

»Wohnte hier in der Nähe, damals als ich bei den Ottawas war, ein alter Kerl, muß achtzig oder so etwas alt sein, in seinem Shanty. Ja, wenn ich den Lauf des Baches von der Mündung an berechne, kann es nur einige Meilen weit sein. Komm, Bill, wollen den Alten besuchen, soll uns eine Büchse leihen, hat vielleicht sonst noch etwas, was wir brauchen können. Hoffentlich haust der Bursche noch hier. Denke, wir sind gerettet, Bill.« Und rascher schritten sie jetzt durch den Wald, bis sie das Ufer des Baches erreichten, an welchem in der Tat Johnsons Hütte lag.

Morris überlegte einen Augenblick, ob er sich stromauf oder stromab wenden müsse, als Tyron ihn auf eine Fußspur aufmerksam machte, welche neben dem Wasser herlief.

Beide untersuchten sie eifrig.

»War kein Indianer, Bill, ist ein Fakt.«

»Ist die Spur frisch, kann nicht viele Stunden her sein, daß der Mann hier gegangen ist.«

»War vielleicht der Alte von dem Shanty,«

»Denke nein. Ist der Alte ein großer Kerl, ist der Fuß hier für ihn zu klein. Komm, Bill, wollen wir dem Manne nachgehen, hat sicher eine Büchse bei sich, wollen ihn freundlich darum angehen.«

Tyron nickte.

Morris sah nach seinem Gewehre und beide folgten dann rasch der deutlich eingeprägten Spur, welche sich fortwährend am Ufer des Baches hielt.

Endlich führte sie ins Wasser hinein, ohne daß sie am andern Ufer weiter bemerkbar gewesen wäre.

»Ist der Kerl doch nicht so dumm, als ich glaubte,« sagte Morris, als dies festgestellt war. »Hat vielleicht etwas entdeckt, was ihn veranlaßte, den Bach zu nehmen. Verwünscht, kostet Zeit, ehe wir die Spur wieder haben.«

Sie kreuzten beide das Wasser und gingen langsam an dem Bach entlang.

Morris stand still und bückte sich. Tyron, welcher hinter ihm ging, ahmte die Bewegung rasch nach, ohne die Ursache zu kennen, welche Morris dazu veranlaßte. Leise raunte der ihm zu: »Wir haben ihn, Bill. Sitzt dort ganz gemächlich, als ob der Wald ihm allein gehörte. Bleib hier, ich will ihn mir ansehen und meinen Schuß anbringen.« Thron kauerte sich nieder, während Morris, das Gewehr schußfertig, weiter schlich.

Während der Zurückgebliebene jeden Augenblick den Krach des Gewehres zu hören erwartete, tönte mit einemmal seines Gefährten Stimme zu ihm her: »Hallo, Bill, komm her. Ist nichts, hat uns zum besten gehabt, der Bursche.«

Thron ging der Stimme nach und erblickte zu seinem nicht geringen Erstaunen neben Morris' herkulischer Gestalt die zierliche des Iltis, der ihm vergnügt entgegenlachte.

»Hat uns zu Narren gemacht, Bill, dieser blutige Iltis. Ist ein Fakt. Kann von Glück sagen, daß ich noch zur rechten Zeit seine Spitzbubenaugen erblickte, hatte schon den Finger am Drücker.«

»Wäre ein schöner Gruß von Freunden gewesen, die man weit und breit sucht,« sagte Iltis und schüttelte Tyron die Hand. Rasch tauschten die wackeren Gesellen, welche sich so unerwartet wiedergefunden hatten, einige Bemerkungen über ihre augenblickliche Lage aus.

»Aber, alle Wetter, Bursche, was ist das mit den Ottawas? Dachte, würden sich freuen, uns zu sehen, besonders wenn sie eine blutige Frolic vorhaben, und schicken euch fort wie räudige Hunde?« ließ Iltis sich darauf vernehmen.

»Ist ein Fakt, wollen nichts von uns wissen.«

»Seit drei Tagen streife ich hier herum, um nach euch auszuschauen. Nichts von Burton wahrgenommen?«

»Gar nichts.«

»Waren in Lansing, hatten aber dort mit einemmal Wind von uns. Burton meint, der Kerl, der dir bei Grover den Arm verstaucht, du weißt doch noch?«

»Ja, ich weiß.«

»Habe ihn in dem Regierungsgebäude erkannt. Wandten uns dann vorerst nach Süden. War nicht durchzukommen, hatte der Telegraph uns überall empfohlen. Mußten eilen, wieder die Wildnis zu erreichen, wo es keinen Telegraphendraht gibt. War 'ne böse Sache. Waren aber unsre Pferde gut, hatte der Sheriff das Nachsehen. Gingen dann nach Norden. Haben uns am White-River getrennt, war zu gefährlich, zu zweien zu reisen, war der Iltis auch dem Konstabel überall ans Herz gelegt, hatten allerwärts Wind von uns, merkwürdig genug. Burton ist durch die Ansiedlungen geritten, kennen ihn da von uns am wenigsten, und hat so was vom ehrlichen Manne an sich, kann sich eher unter die Halunken trauen, und ich bin durch die Prairie und die Wälder heraufgekommen. Burton dachte ich schon hier.« Die drei hatten sich niedergelassen und plauderten ganz behaglich miteinander.

»Was hattet ihr in dem verwünschten Lansing zu tun?«

»Hatte Burton die Notion, würden um so eher von unsrer Spur abkommen, wenn wir in dichter besiedelte Gegenden gingen. Kennt sich dort besser aus als im Walde. Wollte es das Glück, am Cedercreek einen Mann anzutreffen, dem Burton so sauber eine Kugel in die Schläfe jagen konnte, daß er kaum ein paar Tropfen Blut vergoß. War ein Farmer aus der Gegend dort. Zogen ihn aus, Burton nahm seine Kleider und sein Taschenbuch, fanden fünfzig Dollar bei ihm, die wir teilten, und gingen dann nach Lansing. Ist der Burton ein ganzer Kerl in der Stadt. Ging ins Regierungsgebäude zum Chef des Indianerdepartements, bei Jove, tat's, um zu erkunden, wie die Sachen hier ständen. Wußten dort nichts von Bewegungen unter den Roten, war alles in schönster Ordnung. Als er dort dem Burschen aus Grovers Landing begegnet war, gaben wir sofort Fersengeld, kann euch sagen, sind nur mit Mühe durchgekommen, hat uns wirklich verraten, der Schuft. Wollen dich auch überall gerne sprechen, Morris, habe wiederholt gehört: ›Aufgepaßt, Boys, die rote Hand ist wieder da.‹ Bist ein berühmter Mann, Morris.« Dieser nickte finster.

»Aber nun klärt mir nur einmal die Situation hier. Was ich da bis jetzt von euch vernommen habe, klingt ja merkwürdig genug. Vor allen Dingen bedaure ich die unfreundliche Haltung der Ottawas, denn wenn die wollen, können wir uns jahrelang hier herumtreiben, ehe selbst die im Fort Wind davon bekommen.«

Die beiden teilten ihm nun mit, was sie wußten und erlebt hatten, auch ihr Zusammentreffen mit Kapitän Davis vor Fort Jackson.

»Will euch sagen, Boys, kenne den Peschewa, ist ein Fuchs und ein vorsichtig abwägender Mann. Müssen da absonderliche Dinge unter den Ottawas vorgegangen sein. Denke aber auch, wenn er etwas vorgehabt hätte, sei es gegen Weiße oder Rote, würde er euern Beistand nicht verschmäht haben. Kalkuliere, habt euch schon überlegt, was zu beginnen sei, laßt mich hören, was ihr vorhabt.«

»Vor allem ist es gut, daß mir deine Büchse haben, Iltis, mit diesem alten Schießeisen ist nicht viel zu beginnen.« Man eröffnete ihm dann, daß sie beabsichtigten, nach dem Traverse-River hinüber zu wechseln, sich dort, wenn möglich, Waffen, Munition, Decken und die Dinge zu verschaffen, welche dem Waldmanne unentbehrlich sind, und dann so rasch als möglich über den Mackinaw nach der nördlichen Hälfte von Michigan oder nach Kanada zu gehen.

»Hm,« sagte Iltis, »ist ein rauhes Land drüben und nicht viel zu holen. Wird aber unter sotaner Sachlage nicht viel andres übrigbleiben, müssen fort von hier, wenn die Indianer uns nicht dulden wollen. Bekommt der Befehlshaber im Fort Wind von uns, und er schickt den Ottawas einige Geschenke, fangen uns die roten Hunde ein und überliefern uns den Truppen Uncle Sams. Ohne die Freundschaft der Ottawas sind wir keinen Tag sicher.«

Morris und Tyron stimmten zu.

»Geht manchmal im Leben alles quer, Boys. Müssen's nehmen wie's kommt. Habe große Lust, hier oben einen Store zu eröffnen, bin des Herumliegens in den Wäldern überdrüssig. Kennen mich hier nicht. Wißt, verstehe das Geschäft. Muß nur etwas Geld haben. Nun, denke, werden es finden. Können dann in Geschäftsverbindung bleiben und habt einen Unterschlupf, Boys.«

»Ja, das wäre schon recht, machte sich da unten am Muskegon auch ganz gut, aber Geld? Woher nehmen? Hier draußen ist wenig zu finden.«

»Kalkuliere, kaufen in Traverse City auch Pferde. Müßten nur den Burton haben, ist der Mann, sie zu verkaufen, sieht Vertrauen erweckend aus.«

»Ist vor allem notwendig, uns zu bewaffnen, Iltis. Muß da hier in der Nähe ein alter Kerl in seinem Shanty hausen.«

»Ah, ja, den habe ich gesehen, gehen ihm die Ottawas scheu aus dem Wege, nennen ihn den toten Mann.«

»Recht, der ist's. Wollen ihm einen Besuch abstatten.«

»Sage euch, Boys, ist nicht ungefährlich, soll ein gewaltiger Schütze sein, der Alte.«

»Kalkuliere, kann auch schießen,« entgegnete Morris trocken.

Die drei würdigen Gesellen brachen dann auf, um der Hütte Johnsons den in Aussicht gestellten Besuch abzustatten. Nach einiger Zeit wurden sie dieselbe gewahr. Die Warnung des Iltis hatte auf den rohen Morris so viel gewirkt, daß dieser sich dem kleinen Blockhause mit großer Vorsicht näherte. Etwa hundert Schritt noch von ihm entfernt hielten sie und lugten scharf aus.

Still und ruhig lag das kleine Gebäude vor ihnen.

»Scheint auf Besuch abwesend zu sein, der Alte,« sagte endlich Morris. »Bleibt hier, will den Fall untersuchen.«

Er schlich durch die Büsche bis nahe zu dem Hause hin. »Alles verschlossen,« murmelte er, als er es genügend betrachtet hatte, »muß der Alte tot oder abwesend sein.« Er kroch dann dreist an die Hütte hinan und lauschte. Kein Laut war zu vernehmen. Dann ging er zur Tür, klopfte derb an und rief: »Ho, aufgemacht, ist ein Fremder hier!« Schweigen antwortete ihm.

Er winkte dann die beiden andern zu sich.

»Ausgeflogen ist der Vogel, wollen ihm aber doch ins Nest schauen.«

Er rüttelte derb an der Türe, doch diese widerstand.

»Hm, von innen verschlossen?« Er ging um das Haus herum und versuchte die Läden aufzureißen, vergeblich, sie waren stark befestigt. Die Oeffnung aus der Rückseite war so künstlich in dem Balkenwerk verborgen, daß sie ihm bei seinen Nachforschungen nicht auffiel.

Tyron und der Iltis waren herangekommen und unterstützten die Bemühungen ihres Gefährten, doch jeder Versuch, sich Eingang zu verschaffen, erwies sich als nutzlos.

»Verd– wie hat der Kerl sich verwahrt. Ist so schwer zu öffnen, wie eine eiserne Geldkiste. Wäre nur eine Axt zur Stelle, wollte bald ein Loch gemacht haben.«

Mißmutig standen die drei Gesellen und schauten die Balkenwände an. »Muß ein Fuchs sein, der Alte, und hat sicher etwas zu verschließen, sonst hätte er nicht alles so befestigt. – Hm. Wollen's mit ein wenig Feuer versuchen, Boys – he?«

»Wird lange dauern, bis diese Klötze brennen,« sagte Tyron, »ist ein Jammer, ist sicher eine Büchse drinnen.«

Ein leichter Schritt machte sie aufhorchen, alle drei fuhren bei dem Laut zusammen und wandten den Kopf.

Wenige Schritte von ihnen stand, auf seine Büchse gelehnt, ein hochgewachsener Indianer. Wortlos starrten ihn die Männer an.

Die dunklen Augen des Mannes überflogen die Gruppe, er grüßte dann mit der Hand und sagte in verständlichem Englisch: »Ich suche die rote Hand.«

»Mich suchst du, Ottawa? Und was verschafft mir die Ehre?«

»Der stammlose Häuptling sendet mich dir nach.«

»Wer ist das? Du bist doch ein Ottawa?«

»Onugsa ist kein Ottawa mehr, er ist stammlos wie sein Häuptling, er hat das Ottawavolk vergessen.«

»Stammlos? Stammloser Häuptling? Was ist das?« Die Männer sahen sich erstaunt an.

»Wen meinst du denn mit dem stammlosen Häuptling?«

»Ihn früher nennen Peschewa, die wilde Katze, früher großer Häuptling der Ottawas, jetzt kein Volk mehr, fechten allein.«

»Fechten? Will Peschewa fechten? Wann? Mit wem?«

»Er dir sagen.«

»Und Peschewa sendet dich mir nach?«

»So er tun.«

»Er ist doch noch der gute alte liebe Freund, den ich so sehr schätze. Und fechten will er? Desto besser, mit wem, ist mir gleichgültig, ich bin sein Mann.«

»Warum ist denn Peschewa jetzt ein stammloser Häuptling?«

»Er alles sagen. Rothand mitkommen.«

»Wo ist denn Peschewa?«

»Er ist in den Wäldern,« entgegnete der vorsichtige Indianer.

»Und hat Krieger um sich?«

»Viel Krieger. Kommen noch mehr.«

»Boys, das gibt eine Frolic. Ich konnte es ja auch gar nicht begreifen, daß mein alter werter Freund Peschewa die Streitaxt ausgraben sollte und mich den Tanz nicht mitmachen lassen wollte. Aber sieh mich an, Ottawa, die Spitzbuben im Fort haben mir und Tyron hier die Büchsen genommen. Decken, alles –«

»Wieder holen,« entgegnete kurz der Indianer.

»Bin ganz dafür. Was meint ihr, Fellows, sollen wir der Einladung Peschewas folgen?«

»Selbstverständlich,« sagte Tyron, »werden ja schon hören, was es gibt.«

»Wenn mir nur Büchsen hätten. Habt ihr Waffen, Indianer?«

»Peschewa Büchsen. Warum nicht nehmen Büchse von totem Mann?«

»Meinst du den, der hier wohnt, so viel ich weiß, nennt ihr den Alten so.«

»Nicht ihn,« sagte der Indianer und warf einen scheuen Blick auf die Hütte, »er großer Medizinmann, meinen toten Mann im Walde.«

»Liegt hier einer erschlagen?«

»Er tot, Büchse neben ihm. Warum nicht nehmen?«

»Ja, das sehe ich auch nicht ein. Wo liegt denn der tote Mann, ist es weit?«

»Nicht weit.«

»Nun, so führe uns hin, eine Büchse ist in unserm Zustande nicht zu verachten.«

»Kommen,« sagte der Ottawa, und schritt voran, über den Bach hinweg.

Die drei folgten ihm.

»Ist das beste, was wir tun können, Männer, uns dem Peschewa anzuschließen, meint ihr nicht? Wo Holz gehauen wird, fallen Späne ab, wollen schon zusehen, daß wir genügend davon erlangen. Bin doch neugierig, zu erfahren, was mit dem Peschewa geschehen ist, und was er vor hat.«

Der Indianer führte sie auf geradestem Wege zu der Stelle, wo die Leiche lag, welche unsre Freunde bereits entdeckt hatten.

Sie warfen die Aeste, welche sie bedeckten, zur Seite und starrten mit schreckhaftem Erstaunen in die Züge Burtons.

Morris warf dem Iltis einen merkwürdig fragenden Blick zu, doch dieser bemerkte ihn nicht.

»Burton!« rief er, »segne meine Seele, wie konnte das kommen?«

»Bei Jingo,« sagte Tyron, »ist wie ein Hund von hinten zusammengeschossen worden.«

»Und beraubt,« setzte Morris hinzu, mit einem zweiten Blick auf Iltis. »Hatte er denn Geld bei sich?« fragte er diesen.

»Wenig mehr als ich, hatten zusammen keine vierzig Dollar im Vermögen.«

»Sind die Taschen rein ausgefegt, muß einer getan haben, der's versteht.«

»Wundre mich, daß Burton sich seinen Mörder so nahe kommen ließ. War vorsichtig, der Mann.«

»Hilft kein Klagen, Morris, ist tot wie ein Türnagel. Schade, hätten ihn brauchen können. Ein Glück, daß er uns die Büchse als Erbteil hinterlassen hat.«

Da es in diesen Tagen nicht geregnet hatte, fanden sich die Büchse, Pulverhorn, Kugelbeutel in gutem Zustande vor.

Morris bemächtigte sich derselben und gab seine Soldatenflinte an Tyron.

»Wunderbar,« sagte der Iltis, »als ich ihn am White-River verließ, trug er andre Kleider. Das ist übrigens auch seine Büchse nicht.« Er nahm Morris die Waffe aus der Hand und betrachtete sie. »Ist ganz sicher seine Büchse nicht.«

»Willst am Ende behaupten, das wäre auch Burton nicht?«

»Das ist er sicher genug. Aber wie kommt er zu diesem Rock und dieser Waffe? Und wer kann ihn erschlagen haben?«

»Hat einer von euch den Mann niedergeschossen, Ottawa?« fragte Morris.

»Nicht Ottawa, weißer Mann ihm schießen, sehen Spur.«

Von dieser war nun freilich jetzt nichts mehr zu erblicken.

»Weißer Mann?« Und wiederum streifte ein Blick von Morris den Iltis.

»Am Ende der Alte in dem Shanty dort,« meinte Tyron.

»Nicht toter Mann; finden Spur, nicht seine Spur. Andrer weißer Mann schießen tot, nehmen Geld, gehen in Bach dorthin.« Und er wies stromauf.

»Da muß sich also noch ein Weißer hier herumtreiben.«

»Na,« sagte Tyron, »nützt alles Philosophieren nichts, tot ist tot. Decken wir ihn zu und lassen ihn ruhen. Kann ihm nichts mehr nützen. Hat ein gutes Ende gehabt, war tot, ehe er es mußte.«

»Möchte doch ein Wörtchen mit dem sprechen, der ihn so hinterrücks niedergeschossen hat,« murmelte Morris. »War ein guter Kamerad, der Burton. Schade um ihn.«

Sie deckten die Aeste wieder über den Leichnam.

»Nun führe uns zu Peschewa, Ottawa.«

Darauf schritt der Indianer voran, und rasch und schweigend folgten ihm die drei Banditen.

Elftes Kapitel.
Die Stammlosen.

Ein sonniger, lachender Morgen stieg über Fort Jackson herauf. Vom unbewölkten Himmel sielen goldig des leuchtenden Tagesgestirns Strahlen hernieder und spiegelten sich glitzernd in den stillen Fluten des Chippeway-Sees, der einsam zwischen den schattigen Wäldern lag, einer köstlichen Perle gleichend, deren Schönheit durch dunkle Einfassung gehoben wird.

Kein Ton klang von den Wäldern herüber, es war so still und feierlich, wie an einem Sonntagmorgen, den die Natur mitfeiert.

Weitausgedehnt lag der glänzende See da, dessen östliches Ufer noch in Schatten gehüllt war, während sein westliches im jungen Frührot schimmerte.

Still wie alles ringsum lag auch das Fort da, selbst die beiden Schildwachen aus den Wällen standen bewegungslos, gebannt von der einfachen, erhabenen Schönheit des erwachenden Tages, und sahen, auf ihre Flinten gelehnt, schweigend über den See hinüber.

Erst nach und nach, sowie die Sonne höher stieg, wurde es dort lebendig, die das Ufer bewohnenden Wasservögel tauchten auf und suchten die erste Nahrung, hoch oben kreiste ein mächtiger Fischadler, mit scharfen Augen nach Beute ausspähend, und aus dem Walde her tönte dann und wann der helle Ruf der Spottdrossel oder das Pfeifen eines Eichhörnchens.

Im Fort selbst herrschte Schweigen, wie überall ringsum, alles schien dort noch in tiefem Schlafe zu liegen, selbst aus dem Raume, wo die zur Wache kommandierten Mannschaften weilten, drang kein Laut hervor.

Es war ein Bild solch stillen, sonnigen Friedens, welches sich an diesem Morgen dem Auge bot, daß es auch ein verhärtetes Herz zur Andacht zwingen konnte.

Ein leichter Wind erhob sich, kräuselte die sonnbeglänzte Fläche des Sees und ließ den Wald ringsum im Blättergeflüster rauschen.

Langsam gingen die Wachen auf den Wällen wieder auf und ab.

Geraume Zeit verstrich, während die Sonne höher und höher stieg, ehe sich Bewegung innerhalb des Forts zeigte.

Endlich regte sich's auf der Wache. Mannschaften traten daraus hervor, ordneten sich unter Befehl eines Sergeanten und lösten unter den üblichen Formalitäten die Schildwachen ab.

Jetzt ward es auch in dem langhingestreckten Blockhause, welches als Kaserne diente, lebendig; Soldaten kamen mit Eimern und gingen zum Brunnen, um Wasser zu holen. Bald rauchte auch der Schornstein ihrer Küche, man war augenscheinlich dabei, das Frühstück zu bereiten.

In dem Häuschen, wo der narbige Sergeant Wood wohnte, rührten sich bereits fleißige Hände, denn auch dessen Schornstein zeigte, daß die Sergeantin bereits am Herde tätig war.

Fenster wurden geöffnet und man erblickte Leute, Uniformstücke reinigend, Waffen putzend oder die Schlafsäle in Ordnung bringend.

Immer mehr und mehr entwickelte sich das gewöhnliche Tagestreiben.

Um sechs Uhr trat der Hornist aus der Wachtstube und blies zum Antreten.

In kurzer Zeit stand die ganze Besatzung des Forts, die Wachen ausgenommen, in Reih' und Glied.

Aus dem Hause, welches für die Offiziere errichtet war, ein einstöckiges Gebäude von zierlicherer Form als die andern Baulichkeiten, traten Leutnant Sounders und etwas später Kapitän Davis hervor. Die Sergeanten hatten die Mannschaften verlesen und meldeten jetzt dem Befehlshaber, daß niemand fehle.

Die Soldaten traten nach gehaltenem Appell wieder ab und der Kapitän gab den Unterbefehlshabern seine Tagesbefehle aus.

»Sergeant Harrisson, Sie nehmen sechs Mann vom zweiten Zug zum Holzfällen. Schafft noch ein paar Ladungen Brennholz herbei, mein Nachfolger soll alles in bester Ordnung finden.«

»Leutnant Sounders, Sie nehmen sich zwölf Mann vom ersten Zuge mit dem Sergeanten Mulders und machen einen Marsch den See entlang bis zum Blackcreek, dem Obersten entgegen. Den letzten Nachrichten zufolge kann er zwar frühestens morgen hier sein, aber ich kenne Schuyler, er liebt es, zu überraschen, und es ist gar nicht ausgeschlossen, daß er der Kolonne vorauseilt. Sollte er Ihnen begegnen, schicken Sie mir den flinksten Burschen, den Sie haben, hierher zur Meldung. Lassen Sie die Leute Proviant und Munition fassen. Die übrigen Mannschaften werden zum Scheuern kommandiert, damit der Oberst alles in sauberstem Zustande vorfinde. Abtreten!« Die Sergeanten entfernten sich, und zum Leutnant sagte der

Befehlshaber: »Nun lassen Sie uns frühstücken. Sounders, es ist zeitig genug, wenn Sie um acht Uhr ausrücken.«

Die Offiziere ließen sich neben dem kleinen Kommandantenhause nieder, in dessen Schatten die Sergeantin mit Hilfe einer Ordonnanz einen Frühstückstisch hergerichtet hatte. Davis und sein Leutnant sprachen herzhaft dem nach amerikanischer Sitte reichlichen Frühmahle zu.

Seit der an Peschewa und seinen roten Gefährten vollstreckten Exekution waren fast vier Wochen vergangen.

Als der gallige Zorn des Kapitäns sich gelegt hatte, sah er wohl ein, daß er nicht nur seine Befugnisse weit überschritten, sondern einen Akt roher Gewalt begangen hatte. Er schämte sich dessen innerlich aufrichtig, und war auch nicht ohne Besorgnis, daß ihm die über das Haupt der Ottawas, welches von der Regierung als solches anerkannt war, verhängte Strafe, da ja auch nicht der Schatten eines Beweises gegen ihn vorlag, an dem Diebstahl der Kühe beteiligt zu sein, erhebliche Unannehmlichkeiten bereiten könnte, wenn sie im Kriegsdepartement bekannt wurde. Er hatte sich von seinem heißen Kreolenblut hinreißen lassen, jene Tat zu begehen, die, bei der Verachtung des Südstaatenmannes gegen alles, was farbig ist, ihm im ersten Augenblick keineswegs unstatthaft erschienen war.

Denn fünfundzwanzig wohlgezählte Peitschenhiebe auf den Rücken dieses roten Gesindels bedeuteten an und für sich nicht viel, und hielten andre sicher ab, sich wiederum dem Fort in diebischer Absicht zu nähern.

Als er aber mit ruhigem Blute den Vorgang betrachtete, sah er nicht nur ein, daß er unrecht getan, sondern auch bei der bekannten Rachsucht der Eingeborenen einen Ausbruch indianischen Zornes gewärtigen könne, den veranlaßt zu haben, eine schwer Verantwortung auf seine Schultern lud.

Seine Besorgnisse wurden durch die offen geäußerten Ansichten seines Leutnants und des alten Sergeanten, welche beide die Indianer besser kannten als er, keineswegs zerstreut.

Mr. Sounders hatte ihm gesagt, daß er nach dieser Beschimpfung ihres ersten Häuptlings durchaus nicht verwundert sein werde, wenn binnen acht Tagen fünfhundert heulende Wilde das Fort angriffen, um blutige Rache zu nehmen. Der Sergeant hatte ihn ernstlich gewarnt, die Wälle des Forts zu verlassen, da er fest überzeugt sei, daß seit dem Tage der Exekution mehr als eine indianische Büchse auf ihn lauere, daß es unmöglich sei, ihn gegen solch meuchlerische Kugel zu schützen und höchst wahrscheinlich, daß der Mörder sogar entkommen werde, da ihn in diesen Wäldern zu verfolgen für reguläre Soldaten unmöglich sei.

Nicht die seinem Leben drohende Gefahr, denn Kapitän Davis war ein mutiger Mann, aber die, wie er jetzt einsah, nicht fern liegende Möglichkeit, einen Indianerkrieg hervorgerufen zu haben, hatte sehr ernstliche Besorgnisse bei ihm geweckt, die er nicht immer seiner Umgebung zu verbergen vermochte.

Sounders hatte wiederholt mit den geschicktesten seiner Leute die Wälder abgesucht, ohne irgend etwas Verdächtiges zu finden. Auch der Pottawatomie, der die Wunde, welche er bei der Verfolgung von Morris und Tyron durch zu hitziges Vorgehen und Unterschätzung seiner Gegner sich zugezogen, im Fort heilte, hatte mit indianischem Spürsinn, als er hergestellt war, den Wald weit und breit durchforscht, doch mit demselben Resultate wie der Leutnant.

Kapitän Davis zeigte sich mit der ihm eigenen Verwegenheit an der Spitze von Mannschaften oder auch allein außerhalb des Forts, und war sogar sonder Begleitung auf die Jagd gegangen, ohne daß ihm ein Unfall zugestoßen wäre.

Als so etwa vierzehn Tage vergangen, und die von Sounders und dem Sergeanten befürchteten Folgen nicht eingetreten waren, legten sich seine Besorgnisse. Sie schwanden fast ganz, als um diese Zeit ein Häuptling der Ottawas im Fort eintraf, und im Auftrage Kitates die Mitteilung machte, daß Peschewa die Häuptlingswürde niedergelegt habe und Kitate von der großen Ratsversammlung seines Volkes zum ersten Häuptling desselben gewählt sei. Kitate ließ gleichzeitig um Mitteilung des Häuptlingswechsels nach Fort Dunkan und Washington bitten und anfragen, ob der Befehlshaber des Forts Jackson seinen Besuch annehmen wolle.

Davis ließ ihm erwidern, daß er im Fort sehr willkommen sein werde.

Einige Tage später war auch Kitate in Begleitung von zwei andern Häuptern seiner Nation und einigen Kriegern im Fort erschienen, wo er sehr freundlich aufgenommen und in gastlicher Weise bewirtet worden war.

Mit lächelnder Höflichkeit hatte der indianische Diplomat die ihm erwiesenen Aufmerksamkeiten entgegengenommen. Gleichzeitig hatte er dem Kapitän mitgeteilt, daß Peschewa nicht nur die Häuptlingswürde niedergelegt habe, sondern auch aus dem Stamm der Ottawas geschieden sei, leider mit noch einigen Mitgliedern des Volkes, und hierbei sehr energisch betont, daß für etwaige Ausschreitungen Peschewas und seiner Leute gegen die Ansiedelungen oder die Soldaten des Forts keinesfalls die Ottawas verantwortlich gemacht werden könnten, da er nicht mehr zu ihnen gehöre und für alle Zeiten aus ihrem Verbande geschieden sei. Da Kitate mit der Art und Weise der Amerikaner bekannt war, hatte er gebeten, diese seine Aeußerungen zu Papier zu bringen, ein Wunsch, dem willfahrt wurde.

Davis und Sounders waren sehr froh, daß die Gefahr eines kriegerischen Vorgehens von seiten der Ottawas vermieden war, vor Peschewa und der Handvoll Gesindel, welches er allenfalls mit sich führen konnte, fürchteten sie sich nicht. Denn daß er das Fort angreifen werde, war nicht gut denkbar.

Kitate teilte ferner mit, daß fünf seiner jungen Leute, von einer unergiebigen Jagd zurückkehrend, die Kühe geraubt hatten, übrigens ohne Wissen und Willen Peschewas, erbot sich, den Wert derselben zu ersetzen, und teilte mit, daß, nachdem er zum Häuptling gewählt worden sei, er den fünf Kuhdieben befohlen habe, sich im Fort zur Bestrafung zu stellen oder gewärtig zu sein, aus dem Stamm ausgestoßen zu werden, wie es auch ganz der Wahrheit gemäß war. Wiederholt betonte Kitate, der durchaus im Einverständnis mit Peschewa handelte, daß er im Frieden mit den Weißen und dem großen Vater in Washington zu leben wünsche. Die durch Kapitän Davis' übereilte Handlung heraufbeschworene Gefahr war also auf einen etwaigen Racheakt des beleidigten Peschewa zusammengeschrumpft, und diesem glaubte man begegnen zu können.

Kitate zog nach seinem Besuche reich beschenkt davon. Daß er die Geschenke verächtlich in einen Sumpf warf, davon erfuhr man im Fort nichts; man hatte die Gewißheit hier gewonnen, daß eine Störung des Friedens von seiten der Indianer nicht zu befürchten sei.

Einem möglichen Attentate des beleidigten Indianerhäuptlings setzte man jede denkbare Vorsicht entgegen, doch war bis heute auch nicht die unbedeutendste Veranlassung gegeben worden, daß ein solches zu befürchten sei.

Die beiden Offiziere hatten ihr Frühstück beendet. Davis zündete sich behaglich eine Zigarre an und sagte: »Glorioser Tag, Sounders, hört mit ihm die babylonische Gefangenschaft auf, während deren ich oft genug an diesen Wassern saß und beinahe Tränen geweint hätte, kommen wieder zu Menschen. Nein, Sounders, ehe ich mich wieder in die Wildnis schicken lasse, eher quittiere ich den Dienst. Die Monate hier waren martervoll – ist ein Fakt.«

»Ich bin auch durchaus nicht abgeneigt, diese Garnison mit einer andern zu vertauschen, es ist in der Tat etwas einsam hier.«

»Etwas einsam? Wüste Sahara – nichts weiter. Noch ein Vierteljahr länger hier und ich war blödsinnig. Habe eine Idee, Sounders, eine kapitale Idee, denke, mir trinken zur Vorfeier des morgenden Festtages unsre letzte Flasche Champagner.«

»Sollten mir sie nicht lieber bewahren, um Miß Schuyler gebührend zu bewillkommen?«

»Ja, recht, auch gut. Furchtbare Idee des Alten, das Mädchen hier mit in die Wälder zu schleppen, mir ganz unbegreiflich.«

»Ganz kann ich's auch nicht fassen, obgleich es ja dem Oberst gewiß einen Trost gewährt, die Tochter zur Gesellschaft zu haben, denn viel unterhaltender als dieser Posten ist Fort Dunkan auch nicht.«

»Sage, fürchterliche Idee, eine junge, hübsche Lady hierher zu bringen. Schauderhaft.«

»Sie kennen Miß Schuyler, Herr Kapitän?«

»Sah sie mehrmals in Washington. Auffallende Erscheinung, nur etwas kühl, und soll ungewöhnlich geistreich sein, paßt hierher wie eine blühende Magnolie in eine Eiswüste.«

Sounders lächelte über das drastische Bild seines Vorgesetzten.

Dieser sandte einige Dampfwolken gen Himmel und fuhr nach einiger Zeit fort: »Bin froh, Sounders, daß die Geschichte hier ein Ende hat, in doppelter Beziehung. Einmal überhaupt fortzukommen, und dann,« sagte er langsamer, »die Besorgnisse dieser letzten Wochen endlich beendet zu sehen, die mich noch mehr gequält haben, als ich zeigen mochte.«

»Ja, Kapitän, wir können von Glück sagen, daß dieser Zwischenfall ohne ernste Folgen vorübergegangen ist.«

»Habe mich übereilt. Sounders, gestehe es gerne, und danke Gott, daß es so abgelaufen ist.«

»Mich wundert nur, daß Peschewa diese ganze Zeit her gar nichts von sich merken ließ. Rachsüchtig sind diese Indianer bis zum Aeußersten, und ich wußte Sie nie außerhalb des Forts, ohne ernstliche Befürchtung zu hegen, daß Ihnen aus sicherem Hinterhalt eine wohlgezielte Büchsenkugel zufliegen konnte.«

»War auch nicht ganz ruhig, wenn ich draußen war.«

»Es müssen bei den Ottawas Dinge vorgefallen sein, über welche der, wie mir schien, sehr geriebene Fuchs, der Kitate, wie er sich nannte, nicht mit der Sprache heraus wollte. Mir, soweit ich die Indianer kenne, will scheinen, daß in ihrem eigenen Lager ein Streit ausgebrochen ist, eine Palastrevolution, welche dem Peschewa seinen Thron gekostet hat. Der brave Kitate wird ihn herunter gestoßen haben. Peschewa ist mit seinem kleinen Anhang von den übrigen vertrieben worden, so nur kann ich mir den Vorgang erklären, und das wird auch Ursache sein, daß er seinen Grimm gegen uns hinunterschluckt bis zu gelegener Zeit, er wird als entthronter Prätendent mit seinen Stammesangelegenheiten genug zu tun haben. Sie haben recht, Herr Kapitän, auch für diese Angelegenheit ist ein Garnisonswechsel gut, denn daß er sich rächen wird, wenn er kann, ist sicher genug.«

»Ich würde ja dem Kerl für die Tracht Prügel gern ein paar Fäßchen Rum, Decken, Pulver schenken, um seinen Zorn zu lindern; tut mir leid, die Geschichte. – Werde sie wohl dem Oberst melden müssen.«

»Das wird wohl unausbleiblich sein.«

»Bin bereits auf eine Moralpredigt gefaßt. Wird heißen: Sind Menschen, Menschen wie wir und so weiter, kenne das Lied. Denn Teufel sind's, Menschen wie wir, Tiere, wilde Tiere sind's, nichts weiter.«

»Doch steht der Indianer, denke ich, hoch über dem Neger.«

»Bestreite ich. Sounders, halte das schwarze Viehzeug immer noch für bildungsfähiger als diese roten Bestien. Na, schließen mir das Kapitel, bin froh, daß ich fortkomme.«

Der Sergeant Harrisson war mit seinen sechs Mann nach dem Walde gegangen, um dem erteilten Befehl gemäß Holz zu schlagen, während die übrigen Soldaten eifrig mit Scheuern beschäftigt waren.

Das Piquet, welches der Leutnant dem Obersten entgegenführen sollte, trat an, und Sounders verabschiedete sich von seinem Chef.

»Also, wie gesagt,« äußerte dieser noch, »sucht der alte Pedant uns zu überraschen, flink den schnellsten Läufer hierhergesandt. Sonst meine Empfehlung an Miß Schuyler. Will übrigens noch ein paar Guirlanden aus Waldesgrün an unsrer Residenz anbringen lassen, damit die Lady sieht, daß wir hier noch nicht ganz verwildert sind. Gute Fahrt, Sounders.« Er schüttelte dem jüngeren Kameraden die Hand und dieser zog mit seinen Soldaten ab und verschwand bald im Walde.

Der Kapitän rief die vorbeigehende Sergeantin an: »Ist alles für die Aufnahme der Miß Schuyler vorbereitet, Mistreß Wood?«

»Ja, Herr Kapitän, so gut es nur irgend anging.«

»Hängen Sie ihr nur gleich auch meinen Spiegel ins Zimmer, es ist das einzige anständige Möbel im ganzen Fort, und junge Damen betrachten ihr Abbild gern.«

»Junge Herren auch,« dachte die Sergeantin, die Frau des narbigen älteren Kriegers, welche recht gut wußte, daß der Kapitän von seiner Person ziemlich eingenommen war, sie sagte aber nur: »Wie der Herr Kapitän befehlen.«

»Halt, mir haben ja auch das alte Harmonium, welches mein musikalischer Vorgänger hierher gebracht hat. Lassen Sie das in Miß Schuylers Gemächer überführen, sie singt ja und kann die Echos des Waldes mit ihrer schönen Stimme wecken.«

»Ja, Herr Kapitän.«

»Und dann wäre es hübsch, wenn Sie von den Leuten einige Laubgewinde anfertigen ließen, Mistreß Wood, um das Haus etwas zu schmücken, wir müssen doch der Tochter unsres Obersten eine Art Empfang bereiten.«

»Soll geschehen, Herr Kapitän.«

»Ist Sie denn nicht auch froh, daß mir hier fortkommen, Frau?«

»Mir ist es gleich, ich habe so lange mit meinem Mann an der Grenze und in den Außenforts gelebt, daß ich mich an ein andres Leben erst gewöhnen müßte.«

»Na, da haben wir doch eine Seele, welche sich nicht von hier fortsehnt. Merkwürdig genug. Ich verlasse mich auf Sie, Mistreß Wood.«

»Das können der Herr Kapitän.« Damit ging die Frau.

Davis setzte sich wieder an den Frühstückstisch, gähnte, zündete sich eine neue Zigarre an, befahl einen Pack New Yorker Zeitungen aus dem Zimmer zu bringen, und las sie zum viertenmal.

Die Wache auf dem Wall, welcher nach dem See zu lag, ließ einen Ruf vernehmen.

Der Kapitän legte die Zeitung fort und horchte auf. Der Sergeant Wood, welcher die Arbeiten der Soldaten beaufsichtigte, begab sich schnell auf den Wall und meldete seinem Kommandeur nach kurzer Frist: »Indianische Kanoes auf dem See, Herr.«

»Wieviel?«

»Ich denke fünf bis sechs.«

»Nahe?«

»Nein, noch ziemlich weit.«

»Indianische Kanoes auf dem See? Was bedeutet denn das? Bring mir mal das Fernrohr, Jack,« rief er seiner Ordonnanz zu und begab sich mit dem Sergeanten auf den Wall.

Ein Blick durch eine der Schießscharten belehrte ihn, daß noch ziemlich weit draußen eine Anzahl indianischer Boote hielten.

Er nahm das ihm gebrachte Glas und schaute eifrig hindurch.

»Es sind acht Fahrzeuge und in jedem befinden sich zwei Mann. Was wollen die hier? Und wie kamen sie überhaupt auf den See?«

Er sah wieder durch das Glas und bemerkte, daß eines der Kanoes sich jetzt, von raschen Ruderschlägen getrieben, auf das Fort zu bewegte, während die andern auf der Stelle, wo sie hielten, blieben und die Insassen sich ruhig darin niederlegten.

Er beobachtete die in der Ferne Harrenden, wie das herankommende Fahrzeug scharf durch sein gutes Glas, ohne übrigens irgend etwas Verdächtiges zu bemerken.

Als das Kanoe noch einige hundert Schritt entfernt war, begab er sich hinunter, nachdem er dem Sergeanten befohlen hatte, die Insassen desselben ihm vorzuführen, und nahm wie bisher Platz an dem Tische.

Die beiden Indianer, welche die Besatzung des leichten Fahrzeugs bildeten, landeten an dem Anlegeplatz und wurden von Wood, da sie den Häuptling zu sprechen verlangten, vor Davis geführt, worauf der schlaue alte Krieger sich sofort zurück begab und das Kanoe einer sorgfältigen Untersuchung unterwarf.

Außer den Büchsen der Männer und ihren wollenen Decken fand er nur ein Fischnetz und zwei Fischspeere darin. Hierauf ging er zu Kapitän Davis und betrachtete sich die Indianer, welche vor dem Kommandanten standen. Der eine dieser Leute war ein älterer Bursche und mochte vielleicht fünfzig Jahre zählen, während der andre kaum das Jünglingsalter überschritten haben mochte. Der Aeltere sprach ziemlich verständlich englisch.

»Wer seid ihr? Was wollt ihr hier?« hatte sie Davis gefragt.

»Langsam fragen,« entgegnete ihm der Alte mit einem Lächeln, »nicht gut verstehen. Zu viel fragen.«

»Also wer seid ihr?«

»Etepate,« so entgegnete der Indianer, den Zeigefinger auf die Brust richtend, »dies Etepate, der Waschbär, dies,« und er zeigte auf den Jüngling neben ihm, »Scheschepuk, die Ente.«

»Nun gut, das sind eure romantischen Namen, aber welchem Stamm oder Volke gehört ihr an?«

»Pottawatomie!« sagte der Aeltere wieder, mit unverkennbarem Stolze.

»So? Pottawatomie? Ich glaubte, ihr wäret Ottawa.«

»Nicht Ottawa, Pottawatomie, Ottawa arme Hunde.«

»Und was verschafft mir die Ehre, meine roten Gentlemen?«

»Nicht verstehen.«

»Was wollt ihr hier?«

»Ihn bitten, Pottawatomie in Chippeway-See Yeentse fangen.«

Dies war der Name eines überaus wohlschmeckenden und seltenen Fisches, der nur in diesen nordwestlichen Gewässern der Halbinsel gefunden wurde. Kapitän Davis, der ein kleiner Gourmand war, und in den letzten Wochen seinen Tisch ziemlich einförmig gefunden hatte, verbarg sein Vergnügen nicht bei der Aussicht, diesen Fisch, den die Amerikaner Merle nannten, zu erhalten. Den Genuß, Merle zu speisen, konnte man sich nur um so seltener verschaffen, als der Fisch mit dem Netze gar nicht und mit der Angel nur sehr schwierig zu fangen war, so daß er, der sich in stillen Uferwinkeln aufhielt, nur mit dem Speer erlegt werden konnte. Da aber die dazu nötige Geschicklichkeit und Uebung nur bei den Indianern zu Hause war, so oft die jüngeren Leute auch schon versucht hatten, den Fischspeer zu handhaben, so war es klar, daß nur jagende Wilde Aussicht auf Beute gaben. Da in der Nähe des Sees keine Indianer wohnten, so erschienen solche selten an dessen Ufern, um zu fischen, doch war es wiederholt vorgekommen, wie Davis bekannt war, daß Ottawas oder Pottawatomies zum Chippeway kamen mit der ausgesprochenen Absicht, sich gerade diese Leckerspeise zu verschaffen, von welcher der Indianer ein so großer Freund war wie der Weiße.

»Also ihr wollt Merle fangen oder Yeentse, wie du sagst?«

»Wenn du es erlaubst, ja.«

»Seid ihr denn nur des Fischfangs wegen hierher gekommen?«

»Haben in den Wäldern gejagt, kein Fleisch in Wigwam.«

»Das wissen die Götter, die Jagd wird immer unergiebiger hier. Habt ihr Beute gemacht? Will sagen, habt ihr etwas geschossen?«

»Nicht viel, zwei Hirsche, einen Bären,«

»O, wenn ihr die Bärenhaut noch habt, die kaufe ich euch ab. Mir ist es in dreiviertel Jahren nicht gelungen, hier einen Bären zum Schusse zu bekommen, und ich möchte doch gern mit seinem Pelz in New York paradieren. Willst du mir das Fell verkaufen?«

»Gerne.«

»So schaff es her.«

Sergeant Wood war zurückgekehrt, hatte die beiden Indianer genau betrachtet, deren Verhandlung mit seinem Offizier gelauscht, und mischte sich, da eine Pause eingetreten, mit den Worten in das Gespräch ein: »Erlauben der Herr Kapitän, daß ich einige Fragen an die Leute richte?«

»Immer zu, Sergeant.«

»Ihr seid Pottawatomies?«

Beide bejahten.

Wood hatte einige Worte des Pottawatomiedialektes erlernt, da er längere Zeit in einem der nördlicheren Forts stationiert gewesen war, und fragte jetzt in diesem: »Wo habt ihr denn eure Wigwams, Leute?«

Wie es schien, angenehm davon überrascht, in seinen eigenen Lauten angeredet zu werden, erwiderte der Alte mit einem Schwall von Worten in seiner Muttersprache, aus welchem Wood, dessen indianische Sprachkenntnisse geringe waren, denn doch nur das entnehmen konnte, daß jener wirklich den Pottawatomiedialekt sprach.

Er wiederholte also seine Frage auf englisch: »Wo wohnt ihr?«

»O, am Pinelac, wie die Yengeese sagen, Pottawatomie nennen ihn Schatwura.«

»Das ist richtig, am Pinelac wohnen Pottawatomies.«

»Aber wie kommt ihr denn hierher?«

»Kommen Maguacreek herauf, suchen Chippeway-See auf, Yeentse zu fangen, Pinelac keine mehr.«

Keiner der beiden Militärs bemerkte, wie während dieser Unterhaltung die Augen des Jüngeren verstohlen umherblickten, als wolle er sich die Örtlichkeit genau einprägen, vielleicht auch, daß, wenn sie es bemerkt hätten, sie es der Neugierde dieses Sohnes der Wildnis, der wohl zum erstenmal ein europäisches Heim betreten haben mochte, zugeschrieben haben würden.

»Wie aber,« fuhr der Sergeant in seinem Examen fort, »kommt ihr denn zu Kanoes? Hier am See sind außer denen, welche hier im Fort liegen, keine zu finden, außer daß vielleicht ein weißer Jäger hie und da eines versteckt hätte.«

»Tragen ihn her,« antwortete der Alte freundlich, »tragen ihn von Maguacreek hierher.«

»Ist das möglich, Sergeant?«

»Zu Befehl, Sir, o ja. Diese indianischen Rindenboote sind leicht genug dazu, ob es gleich ein beschwerliches Stück Arbeit sein muß, sie vom Magua hier auf den Chippeway zu schaffen.«

»Wieviel Boote habt ihr hier?« fuhr der Kapitän fort.

»So viel,« entgegnete der Indianer und erhob acht Finger.

»Und wieviel Männer seid ihr?«

»Jedes Kanoe so viel,« und er hob zwei Finger.

Das stimmte mit den Beobachtungen, welche Davis durch das Fernrohr angestellt hatte, überein.

»Wie lange wollt ihr hier fischen?«

»Denken drei Tage, wenn weißer Häuptling es erlauben.«

Kapitän Davis rief den Sergeanten beiseite, während die Indianer ruhig am Tische stehen blieben, und fragte, als sie außer Hörweite waren: »Was meint Ihr, Wood? Sollen mir den Leuten das gestatten?« Er war durch die Affaire mit Peschewa sehr vorsichtig geworden und mehr geneigt, auf den Rat seiner Untergebenen zu hören.

»Wüßte nicht, was dagegen einzuwenden wäre, Herr Kapitän! Pottawatomies sind es, das erkenne ich an ihren Mokassins, ja sogar aus den wollenen Decken im Kanoe, denn um die Kerle gelegentlich unterscheiden zu können, haben sie und die Ottawas solche von ganz verschiedenen Mustern geliefert erhalten. Ich kann nicht umhin, immer noch irgend einen Teufelsstreich von dem Peschewa zu besorgen. Der Herr Kapitän kennen indianische Schlauheit nicht, wie ich sie kenne. Aber hier scheint ja nichts zu befürchten zu sein, denn Pottawatomies dürften sich schwerlich zu etwas Feindlichem hergeben, das dieser Wilde etwa gegen uns plante. Schade, daß unser Pottawatomie nicht mehr hier ist,« dieser war vor einer Woche bereits heimgekehrt, »der hätte ihnen noch besser auf den Zahn fühlen können als ich.«

»Nun, ich denke, wir können die Leute fischen lassen, sie sind ja im schlimmsten Falle nicht zahlreich genug, um uns schaden zu können, falls sie Böses im Schilde führen füllten.«

Sie begaben sich zurück zu den beiden Indianern, welche scheinbar den Frühstückstisch aufmerksam beobachtet hatten, während ihre Blicke überall verstohlen herumflogen.

»Ich will euch die Erlaubnis zum Fischen erteilen, Pottawatomies.« Die Augen der Indianer blitzten freudig auf. »Wer ist denn euer Anführer oder Häuptling hier?«

Nicht ohne stolze Betonung entgegnete der Aeltere: »Etepate Häuptling, ihm gehorchen die jungen Männer.«

»Nun gut, also, Etepate, fische mit deinen Leuten, aber den dritten Teil der gefangenen Merle müßt ihr hier abliefern, verstehst du?«

»O, geben dir Fisch, viel Fisch, Yeentse und andre, und du wirfst geben armen Pottawatomie etwas Tabak und Rum, Kein Tabak in Wigwam, seit vielen Sonnen, kein Rum.«

»Das ist schrecklich,« lächelte Davis bei der kläglichen Betonung des eingetretenen Mangels, »ohne Rum und Tabak leben? Gut, ihr sollt von beidem haben, wenn ihr mir bis zu Mittag ein Gericht Merle schafft. Ich habe das ewige geräucherte Zeug und die paar Fische, die wir fangen, vollständig überdrüssig, Sergeant, und mich soll es freuen, wenn ich auch dem Obersten und seiner anmutreichen Tochter ein Gericht Merle vorsetzen kann, es ist doch das Kostbarste, was diese Gewässer bergen, leider,« seufzte er, »gehen sie, wie ich aus diesem Zug der Indianer hierher ersehe, wie alles Gute ihrem Untergange entgegen. Also ans Werk, Indianer, und Glück zur Jagd.«

Schon wollten diese gehen, als der Sergeant, den sein Mißtrauen nicht verließ, plötzlich fragte: »Wo ist Peschewa, Indianer?«

Ruhig, nicht ohne ein gewisses Staunen über eine allem Bisherigen so fern liegende Frage, entgegnete der Aeltere: »Nicht wissen. Ihm denken, er in sein Wigwam.«

»Du kennst ihn also?«

»Ihm kennen, er großer Häuptling der Ottawa.«

»Und du weißt nicht, wo er sich augenblicklich befindet? Hast nichts von ihm gesehen oder gehört? Mir liegt daran, es zu wissen, habe ihm eine Botschaft zu senden,« setzte er erläuternd auf die erstaunten Blicke des Wilden hinzu.

»Ihm nicht sehen, nicht von ihm hören, nicht Ottawa sehen. Der wohnen dort,« er wies nach Westen, »Pottawatomies dort,« er zeigte nach Norden. »Es ist weit von den Dörfern der Pottawatomies zu denen der Ottawas.«

»Geht nur, Leute,« fiel der Kapitän ein, »und schafft ihr mir zu Mittag Merle, will ich euch loben.«

Die Indianer gingen zu ihrem Fahrzeug zurück und ruderten mit aller Kraft in den See hinein. Davis und Wood erstiegen den Wall. Sie sahen von dort aus, wie die Indianer einen Augenblick inne hielten und eine der im Boote befindlichen Decken in die Luft schwangen. Es mußte ein verabredetes Zeichen sein, denn man bemerkte, wie sich hierauf die in der Ferne weilenden Boote zerstreuten und sich zum Fischfang anschickten.

»Sie sind ja furchtbar mißtrauisch, alter Wood,« sagte, während sie vom Wall herunterschritten, Davis, »der Peschewa muß Ihnen doch eine heillose Furcht einflößen, daß Sie sein Gespenst überall zu sehen vermeinen.«

»Herr Kapitän,« sagte mit tiefem Ernste der alte Soldat, »ich besitze so viel Mut wie jeder andre –«

»Das weiß ich ja, Sergeant, das weiß ich ja,« und der Kapitän klopfte ihm vertraulich auf die Schulter.

»Aber vor indianischen Teufeleien hege ich einen heidenmäßigen Respekt; ich habe Proben davon gesehen.«

Davis, der die Schauergeschichten des alten Soldaten kannte und eine Wiederholung fürchtete, fiel rasch ein: »Nun, fühlen Sie noch Mißtrauen gegen unsre Fischfänger, Sergeant?«

»Nein,« sagte der Alte, »ich wüßte auch nicht, wie ich es aufrecht erhalten sollte, obgleich ich ein beängstigendes Gefühl schon seit einigen Tagen nicht losgewerden kann, und ich habe wiederholt in meinem Leben die Erfahrung gemacht, daß wenn dies Gefühl über mich kam, gewissermaßen als Warnung vor kommendem Unheil, mich auch stets ein Unglück bedrohte.«

»Torheit, alter Krieger,« lachte fröhlich der Kapitän, »schweres Blut, nichts weiter. Ich muß Euch einmal dreißig Meilen marschieren lassen, da wird's Euch leichter ums Herz werden. Morgen gehen wir, so Gott will, aus diesen verwünschten Wällen hinaus, und wenn mich wieder einer hineinbekommt, darf er mich den größten Narren nennen, der je in der Union herumgelaufen ist. Munter, Wood, zu Mittag essen wir, wenn die Najaden dieses Sees uns hold sind, Merle; unterrichten Sie Mistreß Wood von diesem ungewöhnlichen Ereignis, damit sie alle Vorbereitungen trifft.«

Der Sergeant ging und versah wie bisher seinen Dienst.

Der Tag schritt langsam vor, für Kapitän Davis um so langsamer, als er die Stunde nicht erwarten konnte, die ihn aus dieser Garnison befreite.

Von Zeit zu Zeit begab er sich auf den Wall und schaute durch sein Glas nach den Kanoes aus. Einige waren immer in Sicht, deren Insassen sich eifrig mit dem Fischfang beschäftigten.

Die Sonne hatte die Mittagshöhe überschritten, als die Schildwache bemerkte, daß die Fahrzeuge der Indianer wieder inmitten des Sees zusammengekommen waren und sich langsam auf das Fort zu bewegten.

Um diese Zeit kehrte auch Sergeant Harrison mit seinen Leuten aus dem Walde zurück, von denen jeder eine Tracht Birkenholz trug. Der Sergeant meldete sich bei Davis als vom Holzmachen wieder eingetroffen. Da er auf den Wink des Kapitäns nicht gleich zurücktrat, fragte dieser: »Haben Sie noch etwas für mich, Sergeant?«

»Zu Befehl, Herr Kapitän. Sind da im Walde auf fünf Indianer gestoßen.«

Davis horchte auf. »Möchten ins Fort?«

»Soviel ich aus dem englischen Kauderwelsch des einen entnommen habe, sind sie von ihrem Häuptling geschickt, um Abbitte zu tun für die entwendeten Kühe. Auch führten sie Felle mit sich, um Ersatz für das Gestohlene zu leisten. So viel habe ich von ihnen herausbekommen.«

»Da hätten mir also die Herren Kuhdiebe. Warum haben Sie die Bursche nicht mitgebracht, Harrison?«

»Ja,« lachte dieser, »der eine, der etwas Englisch sprach, fragte, ob sie gepeitscht werden würden, wenn sie ins Fort kämen. Ich entgegnete ihm, daß das in dem Willen des Herrn Kapitäns läge. Darauf sagte der Mann wieder, wenn sie nicht die Versicherung erhielten, daß sie nicht gepeitscht werden sollten, würden sie nicht kommen, sondern in die Wälder laufen.«

»Was meinen Sie, Sergeant Wood?« wandte er sich zu diesem, der herangekommen war und die Meldung mit angehört hatte. »Sie haben am meisten Erfahrung in diesen Indianerangelegenheiten, was beginnen wir mit den Kuhdieben?«

»Waren die Leute bewaffnet?« fragte dieser seinen Kameraden.

»Büchsen hatten sie nicht, doch haben sie die sicher versteckt, denn ohne solche gehen sie nicht in die Wälder.«

»Der Kitate, oder wie der Mann hieß, hat also doch Wort gehalten, als er versprach, die Spitzbuben hierherzuschicken, um Abbitte zu leisten und Ersatz für das Gestohlene anzubieten. Das ist mir sehr lieb dem Obersten gegenüber, er wird daraus schließen, daß ich trotz meiner derben Behandlung des Peschewa kein übler Diplomat bin, wenn ich auch bei diesem Ausgang der unangenehmen Sache nicht das mindeste Verdienst habe. Wir wollen die Burschen kommen lassen, Wood, ich werde ihnen eine Strafpredigt halten, sie können die Kühe bezahlen und dann wieder laufen Gehen Sie, Harrison, und holen Sie die Leute herbei.«

Der Sergeant ging.

»Und daß sie nicht mit Waffen ins Fort kommen!« rief ihm Wood noch nach.

»Unbesorgt, ich kenne die Instruktion.«

»Das ist mir ungeheuer angenehm,« sagte Davis vergnügt, »einen Konflikt mit den Roten meinem Nachfolger zu hinterlassen, wäre mir sehr peinlich gewesen. Das ist ein glücklicher Tag heute. Die Kühe ersetzt, ein Gericht Merle in Aussicht und dazu der fröhliche Abschied morgen von dieser grauenvollen Einsamkeit – solche Tage lobe ich mir.«

Es wurde ihm gemeldet, daß die Boote der Indianer aufs Fort zu kämen.

Der Kapitän begab sich auf den Wall. Die kleine Flottille der Indianer nahte langsam. Er beobachtete sie einen Augenblick durch sein Glas, die Insassen, deutlich erkennbar, ruderten ruhig und sorglos auf das Fort zu.

»Lassen Sie ein Fäßchen Rum und etwas Tabak für die Leute holen, Wood, wir wollen nicht knausern, wenn sie anständige Beute bringen, und das scheint so, die Boote müssen schwer beladen sein. Was geb' ich denn dem Kerl für sein Bärenfell?«

»Ich glaube, für ein Fäßchen Rum bringt ein Indianer drei der schönsten Bärenfelle.«

»Das soll er haben und noch ein paar wollene Decken und Pulver dazu, mir wollen bezahlen, was es hier wert ist.«

»Ich würde die Boote nicht alle landen lassen, Herr Kapitän, es ist genug, wenn die beiden an Land kommen, welche heute morgen da waren.«

»Ich will seinem Rate folgen, Wood.«

Der Sergeant ging, um die erhaltenen Befehle auszuführen. Davis blieb auf dem Walle, um das Herannahen der Kanoes zu beobachten, auch ein Teil der Mannschaft hatte sich hier eingefunden und blickte den Indianern neugierig entgegen.

Die Boote kamen näher, in dem ersten derselben saßen die Männer, welche die Erlaubnis zum Fischen eingeholt hatten.

Der Landungsplatz war in einer kleinen Ausbuchtung gebildet, welche rechts und links von Pallisaden eingefaßt war, um ihn gelegentlich verteidigen zu können.

Als das erste Boot auf etwa hundert Schritt herangekommen war, nickte Etepate, welcher im Stern saß, dem Kapitän freundlich zu und rief: »Merle, viel Merle!«

Der Kapitän begab sich hiernach hinab auf die Plattform, wo die Boote anlegten, hinter ihm blieb die dort befindliche Tür offen, in welcher einige Soldaten standen.

Im selben Augenblick zog der Sergeant Harrison mit den fünf Indianern durch das Tor ein, welches sich nach dem Walde zu öffnete. Er schloß es hinter sich und befahl den Leuten, welche Felle auf den Armen trugen, zu warten. Scheu um sich blickend, blieben diese am Tor stehen. Der Sergeant suchte seinen Kommandeur auf.

Kapitän Davis rief den im ersten Boot befindlichen Indianern zu: »Ihr könnt landen, Bursche, die andern mögen in respektvoller Entfernung bleiben,« worauf Etepate den folgenden Kähnen etwas im Pottawatomiedialekte zurief. Diese verlangsamten ihren Lauf und hielten, während Etepate und sein junger Gefährte nach dem Landungsplatz zusteuerten. Die Wilden hatten sich sämtlich in ihren Kanoes erhoben. Quer über dem Bug des ersten Bootes war ein prachtvolles Bärenfell ausgebreitet und dahinter lagen die ersehnten Fische. Sergeant Harrison erschien in der Tür und meldete: »Die Indianer sind da, Herr.«

Der Kapitän überhörte es, denn er beugte sich im selben Augenblick über das landende Boot, um das Bärenfell zu betrachten. Kaum berührte es seine Hand, als es blitzschnell zurückgeworfen wurde, ein Indianer in voller Kriegsbemalung aufsprang und mit einem gellenden, weithin hörbaren Schrei seinen Tomahawk in dem Schädel des Kapitäns begrub. Lautlos sank dieser tot danieder. Unter den Streichen der beiden andern Indianer, welche mit gleicher Schnelligkeit ihre Streitäxte schwangen, fielen Sergeant Harrison und ein Soldat. Dem Schrei des Indianers auf der Plattform antwortete ein einzelner Ruf im Fort, welchem ein furchtbares Geheul der Wilden in den Booten folgte, die mit Sturmeseile heranruderten.

Dies alles geschah so schnell, die Ueberraschung war so furchtbar, daß die Soldaten auf dem Wall und an der Wasserpforte wie versteinert standen.

In den Kanoes hatten sich Indianer erhoben, welche bisher auf dem Boden verborgen lagen, jedes Fahrzeug zeigte jetzt vier bis fünf Insassen. Der bemalte Indianer, es war Peschewa, schrecklich anzuschauen für solche, die nie die Kriegsbemalung gesehen hatten, raste, ununterbrochen seinen Mark und Bein erschütternden Schlachtschrei hören lassend, in der Rechten den blutigen Tomahawk schwingend, in der Linken die Büchse haltend, weiter, die nächsten fielen unter seinen und seiner Begleiter Streichen. Das Wasser rauschte schäumend auf unter den Bugen der mit Dampfergeschwindigkeit heranschießenden Kanoes und im Nu wimmelte die Plattform von dreißig heulenden Wilden. Peschewa voran stürmten sie in das Innere des Forts, Dort war die Überraschung, der Schreck noch größer fast, als auf der Plattform. Die fünf eingelassenen Indianer, wirklich die, welche sich bei der großen Ratsversammlung als die Diebe zu erkennen gegeben hatten, standen scheu und ruhig am Tore, bis der Schlachtschrei Peschewas vom Wasser her in ihre Ohren klang. Da warfen sie die Felle von sich, unter welchen sie geschickt ihre Büchsen verborgen gehalten, rissen die Aexte aus den Gürteln und stürzten sich mit hellem Ruf auf die Nächststehenden, sie mit Beilen und Messern niederstreckend.

Auch hier herrschte unter den Soldaten einen Moment die Starrheit, welche eine solch grausenhafte Ueberraschung hervorruft.

Eine Scene furchtbarer Verwirrung folgte dann. In Todesangst flüchteten die wehrlosen Soldaten nach den Blockhäusern, hinter ihnen gleich Wölfen die erbarmungslosen heulenden Wilden, jeden würgend, den sie erreichen konnten.

Der einzige von allen, der den Kopf nicht verloren hatte, war Sergeant Wood. Als er aus dem Magazin zurückkehrte, wohin ihn der

Befehl seines Kapitäns geführt hatte, zwei Soldaten neben sich, von welchen der eine ein Fäßchen mit Rum, der andre ein Fäßchen Pulver und einige wollene Decken trug, hörte er den Schlachtschrei Peschewas, das ihm wohlbekannte Angriffsgeheul der Wilden, sah, wie die im Fort befindlichen fünf Männer sich auf ihre überraschten wehrlosen Opfer stürzten. Aber nicht einen Augenblick verlor der kampferprobte Soldat die Besinnung. Mit Donnerstimme schrie er: »An die Gewehre!« sprang, das Faß von sich werfend, in sein Häuschen, wo seine Frau schreckensbleich stand, rief der zu: »Unters Bett, unters Bett, Lizzie!« faßte seine schwere Muskete und sprang wieder hinaus. Sterbende, flüchtende, einzelne mit einem der Wilden ringende Kameraden traf sein Auge. In dem zur Kaserne dienenden Gebäude verrammelten die Soldaten Tür und Fenster. Der ganze Raum wimmelte von Wilden. Aus dem Walde waren beim Beginn des Kampfes noch eine ganze Anzahl Indianer herbeigeeilt, welche jetzt durch das von innen geöffnete Tor eindrangen.

Zwei Soldaten hatten sich noch zu Wood gesellt und hielten die Gewehre mit den aufgepflanzten Bajonetts vor sich. Da erklangen zum erstenmal Schüsse und alle drei, der Sergeant und seine Begleiter, stürzten getroffen nieder. Peschewa hatte bei der Schwierigkeit, welche das Laden machte, befohlen, nur im Notfall zu schießen und vorerst nur Axt und Messer zu brauchen, ein Befehl, welcher bei der durch die so schreckliche Ueberraschung hervorgerufenen Betäubung der friedlichen Garnison wirksam genug ausgeführt werden konnte. Zu allem Unglück hatten die Soldaten mit Ausnahme der Wachtposten keine Patronen. Die in die Kaserne gelangten Leute rissen die Gewehre von den Wänden, pflanzten die Bajonette auf und stellten sich zum Kampfe. Die beiden Schildwachen, anfänglich wie alle starr vor Schreck, bedienten sich jetzt als tapfere Soldaten ihrer Gewehre und feuerten sie in den Haufen der heulenden Wilden ab, nicht ohne Erfolg, wie ein und der andre Schmerzensschrei bewies. Doch alsbald fielen sie unter den Kugeln der Indianer.

Als Wood getroffen niedersank, öffnete sich die Tür seines Häuschens und seine unerschrockene Frau trat heraus, faßte den starken Mann unter den Armen und zog ihn, während Kugeln sie umpfiffen, welche in die Balken eindrangen, hinein, warf die schwere Tür hinter ihm zu und verrammelte diese, wie die kleinen Fenster eilig mit Möbelstücken.

Der innere Raum des Forts zeigte nur Tote und Sterbende, und die vor Mord- und Siegeslust trunkenen Wilden.

Ein geringer Widerstand fand noch an der Kaserne statt, an deren Fenstern blitzte dann und wann ein Bajonett auf, welches von kräftigen Händen geführt ward, aber den gewandten Wilden gegenüber nur wenig Schaden anrichtete.

Peschewa, welcher wie ein Tiger unter den Wehrlosen gerast hatte, befahl jetzt, da es augenscheinlich war, daß die Eingeschlossenen kein Pulver für ihre Gewehre hatten, die Türen des Gebäudes einzuschlagen. Aexte standen in der Nähe und gleich darauf donnerten die Hiebe gegen die schweren Planken, während ununterbrochen durch die Fenster, wo sich nur eine Oeffnung zeigte, hineingefeuert wurde. Nach wenigen Minuten brachen die Türen ein, mordgierig stürzten die Indianer hinein, und fielen gleich einige unter den Bajonettstichen der zur Verzweiflung getriebenen Soldaten, eine Minute nachher war der Kampf beendet, die Besatzung des Forts Jackson war vernichtet, nichts atmete mehr, was von diesem Tage des Schreckens erzählen konnte.

Ein Ruf Peschewas versammelte die blutige Mörderschar, an deren Gürteln die Skalpe der unglückseligen Opfer indianischer Rachsucht hingen.

Als sie schweigend um ihn standen, trat er auf den Pfosten zu, an welchem er vor wenig Wochen gebunden gestanden hatte, und hieb tief seine Axt hinein: »Seht alle, ihr Krieger des stammlosen Häuptlings, hier stand Peschewa, das Haupt der Ottawas, und empfing die Streiche des weißen Häuptlings. Nie schlägt man einen roten Mann ungestraft – Peschewa ist gerächt,« er zeigte mit wilder Gebärde auf die Toten ringsum, »das Blut der Weißen wäscht das Blut ab, das unter der Peitsche von seinem Rücken floß. Es ist gut, ich danke meinen Freunden.«

Die Indianer zerstreuten sich nun, um mit wilder Gier die Zimmer und Magazine zu plündern, einige holten brennende Scheite und Holz aus der Küche, um inmitten des Platzes ein großes Feuer zu entzünden.

Doch selbst in seiner wilden Siegeslust vergaß Peschewa nicht der Vorsicht, und sandte zwei junge Leute auf die Wälle als Späher. Dann ließ er sich an dem Tisch nieder, den unlängst Davis verlassen, und schaute mit einem Ausdruck wilden Triumphes und befriedigter Rache in das wirre Treiben seiner Leute. In der kleinen

Behausung der Sergeanten war es ganz still. Einer der Bewohner war mit Sounders ausmarschiert, die andern lagen draußen tot. Wood ruhte besinnungslos auf seinem Bett, wohin die mutige Frau den schweren Mann mit großer Anstrengung gebracht hatte. Sie hatte ihm die Wunden verbunden, eine am Kopf, eine an der Seite. Der Sergeant atmete schwer, aber da kein Blut über seine Lippen kam, wußte die erfahrene Frau, daß die Lunge nicht getroffen war. Sie saß blaß, aber gefaßt vor ihrem Gatten und lauschte auf seine Atemzüge. Mistreß Wood war die einzige Frau im ganzen Fort, keiner der andern Sergeanten oder der Offiziere war verheiratet. Der wilde Lärm draußen rauschte, während sie vor dem todwunden Gatten saß, an ihren Ohren vorbei, sie saß still ergeben, die Hände gefaltet, da.

Draußen entwickelte sich ein wildes Bacchanale. Gewehre, Montierungsstücke, Fäßchen mit Pulver oder Rum gefüllt, Weinflaschen, die Kleider und das Mobiliar der Offiziere, Betten wurden herausgeschleppt oder zu den Fenstern hinausgeworfen und jeder wählte sich nach Belieben Beutestücke aus. Die Speisekammer ward gleichzeitig geleert und bald saß die ganze Bande um lodernde Feuer, stürzte Rum und Wein hinunter und verschlang mit Gier den vorgefundenen Vorrat an Fleisch und Brot. Nur Peschewa hielt sich schweigend und genoß wenig. Die Indianer hatten nur fünf Tote und sechs leicht Verwundete. Die letzteren waren bereits verbunden, während man die Toten in der Nähe des Tores in sitzender Stellung an den Wall gelehnt hatte.

Wild schmatzten und schrieen die Wilden durcheinander, von denen sich einige in grotesker Weise mit Uniformstücken oder den Zivilkleidern der Offiziere, mit Tisch- und Bettdecke geziert oder bunte Taschentücher um die Köpfe gewickelt hatten.

Fast schien es, als ob man des Sergeanten und seiner Frau vergessen habe, doch nein, an einem der Feuer erhob sich ein Indianer, winkte noch zwei andern, alle drei ergriffen Aexte und begaben sich nach dem Häuschen, in welchem die Sergeanten wohnten.

»Oeffne!« rief einer in englischer Sprache, »Squaw kann herauskommen, roter Mann nichts tun.«

Die Sergeantin horte das wohl, verstand es auch, aber sie saß wie bisher still mit gefalteten Händen, in tiefem Schmerze, doch auch mit gottergebener Ruhe neben ihrem Gatten und achtete es nicht.

Dann donnerten Aexte an die Tür, aber diese war sehr stark, war mit Eisen beschlagen und widerstand den Hieben. Plötzlich wurden diese eingestellt und es ward still.

Draußen war alles aufgesprungen und lauschte, von fernher ließ sich Gewehrfeuer hören.

Die indianischen Späher, welche vom frühesten Morgen an das Fort umlagerten, hatten wohl gesehen, wie Leutnant Sounders mit seiner Mannschaft auszog. Ehe dies aber dem auf dem See befindlichen Peschewa mitgeteilt, seine Befehle eingeholt, wieder ans Land getragen und dann ausgeführt werden konnten, verging um so mehr Zeit, als die Indianer die größte Vorsicht beobachten mußten, denn die Wirkung des Fernrohrs war Peschewa sehr wohl bekannt und er nahm als sicher an, daß sie durch ein solches beobachtet würden. Er hatte dann an Amata den Befehl gelangen lassen, den Ausgezogenen mit zwanzig Kriegern zu folgen, sie zu überfallen und niederzumachen, doch jedenfalls in solcher Entfernung vom Fort, daß der Büchsenknall dort nicht mehr zu hören sei.

Amata hatte sich auch alsbald auf die Verfolgung begeben, mußte aber einen weiten Umweg ums Fort nehmen.

Leutnant Sounders war ruhig seinen Weg gezogen, hatte nach einigen Stunden Rast gemacht und war auf seinem Weitermarsche in die Nähe des Sees gelangt. Mit Erstaunen hatte er auf diesem Boote mit Indianern bemerkt. Er kannte als fleißiger Jäger die Gestaltung des Sees recht gut und gewahrte, daß die Kanoes da, wo sie, wie er wußte, vom Fort aus gesehen werden konnten, nur zwei Männer aufwiesen, von denen der eine ruderte und der andre fischte, daß sie aber von Zeit zu Zeit hinter die Landzungen steuerten, wo sie dann nicht vom Fort aus erblickt werden konnten, und hier sich dann noch zwei andre vom Boden erhoben, welche die Plätze mit Fischer und Ruderer tauschten, während sich diese sorgfältig im Boote verbargen und erst dann wieder in dem vom Fort aus sichtbaren Teile des Sees erschienen.

Er wandte sein Glas an und ein gleicher Vorgang wurde von ihm an dem gegenüberliegenden Ufer beobachtet.

Dies rief sein Mißtrauen in einem Grade hervor, daß er sich unverweilt zu seiner umherlagernden Mannschaft begab, und ohne seine Wahrnehmungen mitzuteilen, den Rückmarsch zum Fort befahl. Er hatte den auserlesensten Teil der Besatzung unter sich. Die zwei erfahrensten Waldleute aus deren Zahl ließ er vorangehen, die andern einzeln hintereinander herschleichend, nach Indianerart folgen. Vor dem Abmarsch hatte er das Rauchen verboten, die tiefste Stille eingeschärft und den Soldaten gesagt: »Es schwebt Gefahr in der Luft, es ist eine indianische Teufelei im Werke, vorsichtig, Leute.«

Die ganze Garnison fürchtete oder besser erwartete nach der Abstrafung Peschewas von den Indianern angegriffen zu werden, und diese Worte ihres besonnenen Offiziers ließen sie ahnen, daß die Wilden am Werke seien.

Rasch, aber vorsichtig gingen sie zurück. Mittag war vorüber und schon näherten sie sich dem Fort, als fernher Schüsse und Geschrei über den See herüber sich hören ließen.

Die Leute standen still und lauschten. Leise sagte Sounders zu seinem Sergeanten, bleich und mit bebender Stimme: »Die Hunde überfallen das Fort. Gott sei Davis, er sei den Soldaten gnädig, das ist Peschewa.« Aber entschlossen setzte er dann hinzu: »Vorwärts, Kameraden, dort wird gekämpft, wir wollen dabei sein.«

Und die tapferen Männer folgten, gleich entschlossen, dem tapfern Führer.

»Aufgepaßt, ihr da vorn. Die Hunde haben sicher unsern Abmarsch bemerkt und legen uns einen Hinterhalt.«

Nach kurzer Frist hoben auch schon die vorn Gehenden die Hände und bückten sich nieder, alle folgten, sich in Anschlag legend, diesem Beispiel. Eine Reihe von Indianern wollte an ihnen vorüberziehen, doch zögerte Sounders noch, im unklaren über die Vorgänge im Fort, und bei der Möglichkeit, einen Irrtum zu begehen, den Befehl zum Angriff zu geben, als plötzlich einer der Indianer die Büchse an die Wange riß und nach ihnen herüber schoß. Der Ruf des Leutnants »Feuer« ertönte gleichzeitig mit dem Krachen der Gewehre. Ein Teil der Indianer fiel im Feuer, die andern stürzten heulend in jäher Bestürzung zurück, wie sich denn des überraschten roten Kriegers leicht eine Panik bemächtigt. »Laden!« befahl Sounders kaltblütig. Als dies geschehen, ging er auf die Stelle zu, wo die Indianer liegen mußten, die gespannte Büchse in der Hand, und fand sieben Tote und vier, wie es schien, Schwerverwundete, welche sich am Boden krümmten. Einen dieser Verwundeten riß er empor. Es war Amata, und fragte: »Was greift ihr uns an? Sind die Ottawas auf dem Kriegspfade gegen die Langmesser?«

Mit einem Blicke wilden Hasses entgegnete der sterbende Mann: »Peschewa holt Skalpe im Fort.«

»Ich fürchtete es,« sagte der junge Offizier, »arme Kameraden.«

»Schießt den Verwundeten eine Kugel durch den Kopf,« kommandierte er, »wir können keine Gefangene machen,« legte selbst kaltblütig seine Büchse an Amatas Schläfe und bereitete ihm so ein schnelles Ende. Dann versammelte er die Soldaten um sich.

»Leute, das Fort ist augenscheinlich heimtückisch von den roten Hunden überfallen worden. Ist einer unter euch, der zögert, den Kameraden, die vielleicht, was Gott verhüten möge, in großer Gefahr sind, beizustehen, der sage es.«

»Keiner, keiner!« riefen die Soldaten.

»Dann vorwärts, aber vorsichtig, wir haben es mit wilden Tieren zu tun.«

Und schweigend zogen sie weiter.

Das waren die Schüsse, welche im Fort gehört worden waren. Als Peschewa den Wall erstiegen hatte und nach dem Walde schaute, sah er auch schon die vor Sounders flüchtigen Indianer, welche die Zahl der Soldaten wohl weit höher geschätzt hatten, als sie in Wirklichkeit war, in wilder Hast aus dem Walde stürzen.

Alsbald gab Peschewa Befehl, das Fort zu verlassen, und der ganze Haufe, wohl an sechzig Leute, die Verwundeten führten sie mit sich, verließ das Fort und verschwand im Walde, wo sich die Flüchtigen bald mit ihnen vereinten und dem Häuptling Bericht erstatteten.

Peschewa war durch von Norden kommende Händler etwas von einem Garnisonswechsel zu Ohren gekommen, dies und die übertriebene Beschreibung von der Zahl der Angreifer dort im Walde, welche ihm die eingeschüchterten Ausreißer machten, veranlaßte ihn, mit großer Vorsicht gegen den Feind vorzugehen.

Am wenigsten wollte er sich, für den Fall wirklich eine stärkere Truppenzahl heranzog, im Fort überraschen lassen, sondern das günstigere Terrain des Waldes zum Kampfplatz nehmen, welches auch nach allen Seiten für einen Rückzug offen war.

Im Fort Jackson blieben nur die stillen Toten zurück und der immer noch bewußtlose Sergeant mit seiner Frau, welche an seinem Lager inbrünstig betete.

Zwölftes Kapitel.
Das »Blutige Fort«.

Nach ruhig verbrachter Nacht hatte die kleine Karawane Edgars am frühen Morgen ihren Weg nach dem Fort wieder angetreten, und es bedurfte, nach Johnsons Angabe, eines tüchtigen Marsches, wenn sie dasselbe noch am Abend erreichen wollte. Doch selbst die alte Sumach, an Anstrengungen aller Art von früher Jugend auf gewohnt, zeigte sich der Aufgabe durchaus gewachsen.

Athoree, der die Beine eines Hirsches zu haben schien, umkreiste oft in weitem Bogen den Zug, welchen Johnson mit großer Sicherheit führte, oder eilte voran, um zu erspähen, ob der Weg keine Gefahren berge.

Oftmals tauchte dann sein braunes Gesicht plötzlich aus den Büschen auf, er wechselte einige Worte mit seiner Mutter, rief dem Grafen zu » *Alls well*!« und verschwand wieder.

Michael zog, seinem fröhlichen, leichtherzigen Wesen angemessen, durchaus sorglos einher; ihm bereitete nur das Tier manchmal Kummer, wenn es sich störrisch zeigte, und er selbst seine gälischen Schmeichelworte vergeblich verschwendete.

Den beiden Deutschen war bei diesem mit so großer Vorsicht betriebenen Marsche in den endlosen dunklen Wäldern etwas unheimlich zu Mute, und sie durchforschten, die Büchse bereit haltend, oftmals mißtrauisch die Dickungen, welche sich an ihrem Wege zeigten. Ein Gleiches tat übrigens der walderfahrene Johnson, wenn er auch seinen vollen Gleichmut dabei bewahrte.

Die Augen der alten Indianerin, welche noch scharf genug waren, spähten unaufhörlich umher, oder überflogen forschend den Boden. Gesprochen wurde wenig und dann nur in gehaltenen Tönen, selbst Michael, welcher im Hintertreffen mit dem Maultier und seinem schweren Shilallah einherschritt, mußte seine Lust an lebendiger Unterhaltung zügeln.

»Als Knabe habe ich,« äußerte, nachdem sie längere Zeit schweigend nebeneinander hergeschritten waren, der Graf zu Johnson, »Ihres heimischen Dichters Cooper Indianererzählungen, wie wohl unsre gesamte Jugend, mit der Freude gelesen, welche die werdende Generation an romantischer Begebenheit hat. Mich will bei unserm Marsche fast bedünken, ich erlebe einen Cooperschen Roman.«

»Ich kenne die Erzählungen nicht, Herr, ich bin im Hinterwalde aufgewachsen, und wenn ich auch zeitig lesen und schreiben lernte, so gab es doch bei uns wenig Bücher, die Bibel ausgenommen, welche wohl in keinem Hause fehlte. Wenn unser Zug Ähnlichkeit mit den Beschreibungen des Mannes hat, so muß er wohl gut erzählt haben.«

»Mich überkommt bei unsrer Art und Weise durch den Wald zu ziehen ein Gefühl, als ob mir uns auf dem Kriegspfade befanden.«

Johnson sah ihn an und sagte nach einer Weile: »Sie sind unsern Wäldern und den Gefahren, welche sie bergen, fremd, Herr, und könnten doch leicht sehr richtig fühlen. Mich selbst hat Unruhe befallen, als wir den Leichnam fanden und damit festgestellt war, daß weiße Mörder sich im Walde befinden. Doch können diese unmöglich so zahlreich sein, um uns Schaden zuzufügen. Indes ist Wachsamkeit vonnöten.«

»Aber Sie hegen Besorgnisse, Johnson?«

»Ich muß gestehen, ich halte alle Vorsicht für geboten. Ich selbst habe von den Indianern nichts zu befürchten, aber Ihretwegen beunruhigt mich diese außergewöhnliche Bewegung unter den Roten, denn es ist nicht die Jahreszeit, wo sie ihre große Medizin machen.«

»Was heißt das?«

»Auf den Ruf ihres Medizinhäuptlings, ihres ersten Propheten und Wahrsagers, kommen die Indianer im Herbst zusammen, und dann werden ihre abergläubischen und geheimnisvollen Zeremonien ausgeführt, die Zukunft des Stammes und der Einzelnen vermittelst aller möglichen albernen Zauberkünste befragt, der Medizintanz getanzt und große Schmausereien gehalten. Aber das geschieht, wenn die Blätter fallen, nicht jetzt.«

»Und worauf gründen Sie die Befürchtungen, die Sie augenscheinlich hegen?«

»Es ist ganz klar, daß die Indianer irgend etwas vorhaben, was, vermag ich um so weniger zu ergründen, als ich gar keine Verbindung mit ihnen habe. Mehr aber noch beunruhigt mich das Verhalten unsrer roten Freunde. Ich verstehe mich auf die indianische Natur und kenne Sumach seit drei Jahren. Ihr Athoree würde nicht gleich einem Schweißhunde uns unaufhörlich umkreisen, wenn er nicht für uns fürchtete, und wenn Sie Sumach beobachten wollen, so werden Sie bemerken, wie ihre Augen unaufhörlich spähend umherwandern mit einer Unruhe, die ich noch nicht an ihr bemerkt habe. Diese Leute wittern die Gefahr gleich wachsamen Hunden. Es schwebt etwas Unheildrohendes in der Luft, das sagt mir das Gebaren der beiden Indianer, wie man nach dem der Vögel und Tiere auf ein herannahendes Gewitter schließen kann.«

»Nun, wenn das der Fall ist, so wünsche ich nur, daß sie uns bald in greifbarer Gestalt entgegentritt, denn das Gefühl, aus jedem dichten Busche hervor könnte plötzlich eine Büchse krachen, ist kein sehr angenehmes.«

»Sie dürfen sich auf die Wachsamkeit des Indianers, auf die Sumachs, welche trotz ihres Alters noch die Augen eines Falken hat, und auf mich, der ich mich auf den Wald und auch ein wenig auf indianische Teufeleien verstehe, verlassen, ganz unvorbereitet wird uns keine Gefahr finden. Es ist die Möglichkeit denkbar, daß die Roten unter sich in Streit geraten sind, und da könnten wir natürlich leicht zwischen zwei Feuer kommen. Ich werde sehr befriedigt sein, wenn wir die Wälle des Forts hinter uns haben.«

Der Graf gesellte sich zu Heinrich und teilte ihm den wesentlichen Inhalt seines Gesprächs mit Johnson mit.

»Ich habe schon längere Zeit das Gefühl, Herr Graf, als ob wir uns zwischen Franktireurs befänden und lasse nichts außer acht. Wir haben in Frankreich solche Kriegszüge, wo hinter jedem Baume einer von diesen Spitzbuben lauern konnte, kennen gelernt. Ich bin auf der Hut.«

Sumach ließ einen leichten Ausruf vernehmen, worauf Johnson sofort stillstand, ein Beispiel, dem die andern folgten, auch Michael.

»Was gibt's, Sumach?«

»Athoree muß sehen,« sagte die Alte und deutete auf die Erde.

Sie ließ einen leisen, aber sehr durchdringenden Pfiff vernehmen, wie ihn das Eichhorn oftmals hören läßt, der sofort von vornher erwidert wurde. Johnson trat näher und richtete seine Augen auf den Boden: »Das ist die Spur eines Weißen, Sumach, die wir da kreuzen.«

»Weißer Mann, ja. Athoree sehen.«

Eilig schritt dieser schon heran. Seine Mutter unterrichtete ihn von der Entdeckung. Er beugte sich nieder, betrachtete die Spur, welche Edgar und Heinrich nur undeutlich erkannten und über welche sie achtlos hinweggegangen sein würden, selbst wenn sie mit dem Vorsatz ausgezogen wären, sie zu suchen. Der Indianer richtete sich auf und sagte lakonisch, auf die Spur deutend: »Iltis!«

»Iltis? Und dort Burton ermordet? So wirst du wohl recht haben, daß dieser seinen Gefährten meuchlerisch überfallen hat.«

»Er allein, nicht gefährlich. Müssen weiter gehen.«

Er schritt wieder davon und der Zug setzte sich von neuem in Bewegung.

»Diese Spitzbuben vom Muskegon scheinen sich hier ein Stelldichein gegeben zu haben, Heinrich,« sagte Edgar zu diesem. »Die andern Herren werden nicht weit sein.«

»Nun,« entgegnete der Jäger, »begegne ich einem derselben, so will ich ihn die Angst, welche ich bei dem Prairiebrande ausgestanden habe, büßen lassen.«

»Unrecht geschieht ja allem Vernehmen nach keinem von diesen Gesellen, wenn eine Kugel ihn niederstreckt, indessen ist es doch besser, wir gehen ihnen aus dem Wege, wir haben andre Dinge zu tun. Ich muß gestehen, ich habe mir diesen Zug zu den Ottawas leichter vorgestellt, die Leute am Muskegon und der freundliche Mister Baring hatten doch recht, als sie mir einige Gefahr in Aussicht stellten, ob ich gleich keine Ahnung habe, woher sie kommen soll. Welch ein Glück, daß wir Johnson gefunden haben, der in diesen Wäldern zu Hause ist.«

»Es ist ein wildes Land, Herr Graf, und wilde Menschen bewohnen es, rote und weiße. Ich habe mich mehr als einmal mit Wilddieben herumgeschossen, aber das ist doch kein Vergleich gegen ein Feuergefecht in diesen Wäldern. Kommt aber meine Zündnadel in Tätigkeit, so sollen sie auch erfahren, was eine preußische Jägerbüchse leistet.«

»Du hast doch noch Patronen genug?«

»Zwanzig habe ich bei mir und zweihundertfünfzig trägt das Maultier, damit muß ich auskommen.«

Sie schritten schweigend weiter. Dann blieb der Graf etwas zurück, um dem guten Michael, der unfreiwillig schweigend und sich gelegentlich mit dem Maultier vereinigend einherzog, einige freundliche Worte zu sagen. Mit behaglichem Grinsen nahte sich ihm der Sohn Erins.

»Nun, Michael, wie geht es mit dem Tiere?«

»Es ist eine störrische Bestie, Ew. Gnaden, und ich wollte, ich dürfte ein wenig fluchen, dann sollte es schon besser gehen. Nichts erleichtert die Seele mehr, als ein kräftiges Wort, Ew. Gnaden dürfen mir glauben.«

»Nun, zu Zeiten,« lächelte der Graf, »mag das ja sein. Aber wir dürfen kein Geräusch verursachen; Vorsicht ist geboten, Michael.«

»Aber warum denn nur, Ew. Gnaden? Wir sind doch ganz friedliche Leute und bringen den braunen Menschen Geschenke; wer will uns denn was anhaben?«

»Ich weiß nicht, ob uns eine wirkliche Gefahr bedroht, Michael, obgleich Johnson und dein Freund Athoree nicht ganz ruhig zu sein scheinen. Gleichviel. Tritt etwas Störendes ein, so laß augenblicklich das Maultier laufen und komm zu uns oder wirf dich zu Boden. Es ist bedauerlich, daß du keine Büchse führst.«

»Ach, Ew. Gnaden meinen, weil so ein paar Schufte etwa auf uns schießen könnten? Meiner Mutter Sohn fürchtet sich nicht, vor niemand, auch wenn er kein solch Schießeisen hat, und wenn sie herankommen, so wird mein Shilallah mit sechsen fertig, darauf können sich Ew. Gnaden verlassen.«

»Das glaube ich dir, Michael, nach der, Probe, welche du mit der Bärin abgelegt hast. Hätte ich übrigens gewußt, welche Gefahren uns hier bedrohen könnten, so würde ich dich, der du der Waffen und des Waldes unkundig bist, denselben nicht ausgesetzt haben.«

Michael mißverstand ihn und sagte ganz treuherzig: »Ich werde Ew. Gnaden nicht verlassen und wenn hundert Stück von solchen Strolchen kommen, das tut Michael O'Donnel nicht. Und ich werde, wenn's not tut, für Ew. Gnaden fechten, wie nur der beste Bursche aus Leitrim fechten kann.«

»Nun, es ist recht, mein braver Michael, mir müssen jetzt schon zusammenhalten und uns gegebenen Falles unsrer Haut wehren.«

»Darauf dürfen Ew. Gnaden rechnen,« und der kräftige Paddy schwang seinen schweren Stock, »meiner Mutter Sohn stellt seinen Mann. Nur daß man gar nicht reden darf, ist sehr unangenehm.«

»Es darf nicht sein, Michael.« Auch diese Unterredung wurde in leisem Tone geführt. »Hoffentlich sind wir noch vor Nacht im Fort, da wirfst du wohl Gelegenheit finden, deinem irischen Herzen Luft zu machen.«

Der Graf ging wieder an die Spitze des Zuges, als Athoree zurückkehrte und Johnson anredete. Er deutete nach der Seite hin, nach welcher ihr Weg führte, und sagte: »Dort Fluß, tief, wie hinüber kommen?«

»Liegt dort kein Baum quer über das Wasser?« fragte Johnson erstaunt.

»Nicht Baum dort.«

»Sollte ich den Weg verfehlt haben?« Er sah sich aufmerksam um. »Es kann nicht sein,« sagte er dann, »einige Hundert Schritt oberhalb oder unterhalb unsrer Marschlinie muß ein Baum das Wasser überbrücken, ich habe ihn selbst im verflossenen Jahre gefällt.«

»Komm und sieh.«

Beide gingen rasch voran und die andern folgten ihnen in gleichem Schritte. In wenigen Minuten hatten sie das Ufer eines kleinen Flusses erreicht, der, ohne starke Strömung zu haben, ziemlich tief zu sein schien und wohl dreißig Schritt breit sein mochte.

Johnson prüfte die Gegend und sagte dann, stromab deutend, mit Bestimmtheit: »Dort lag der Baum, nicht hundert Schritt von hier.«

»Ihn Frühjahrswasser wegschwemmen? He?«

»Nein, ich bin noch vor drei Monaten hier gewesen, und habe auf ihm den Fluß überschritten, das kann nicht sein.«

Sie gingen das Flußufer hinab.

»Hier lag der Baum,« und Johnson deutete auf eine Stelle, einige Schritte vor sich, wo deutlich der tiefe Eindruck zu bemerken war, den der schwere Stamm des Baumes im Erdreich hinterlassen hatte.

»Was bedeutet das?« sagte Johnson besorgt.

Athoree war einige Schritte vorausgegangen und stieß einen leisen Ruf jäher Ueberraschung aus. Augenblicklich stand Johnson ihm zur Seite. Beide starrten ernst zu Boden. Auch der Graf und Heinrich kamen heran. Des Indianers Augen funkelten und durchforschten mit den Blicken eines Raubtieres das gegenüberliegende Ufer.

»Was gibt's?« fragte leise Graf Edgar.

Johnson deutete auf tief in dem weichen Boden ausgetretene Spuren, ähnlich denen, welche im Schnee zurückbleiben, wenn zwei hintereinander gehen, und der Folgende sorgfältig in die Fußstapfen des Vorangehenden tritt.

»Was ist es?«

»Die Ottawas sind auf dem Kriegspfade, Herr,« sagte Johnson mit tiefem Ernste.

»Woraus schließen Sie das?«

»Weil sie in indianischer Ordnung marschiert sind, das heißt einer in die Spur des andern tretend. Wenn sie in friedlicher Absicht durch die Wälder ziehen, tun sie das nicht. Gerechter Gott, die Roten auf dem Kriegspfade? das bedeutet Unheil für mancher Mutter Sohn.«

Der Graf betrachtete die tiefe Spur, nicht ohne Besorgnisse aufsteigen zu fühlen, und übertrug Heinrich dann die Worte Johnsons.

Athoree hatte den Boden ringsum durchforscht.

»Was meinst du, Wyandot?«

»Ottawa Streitaxt ausgraben.«

»Aber wem kann es gelten? An das Fort werden sie sich unmöglich trauen, das ist wohl bewacht, und wollten sie in die Ansiedlungen fallen, wären sie nicht dieses Weges gekommen. Das ist mir ein Rätsel. Wieviel glaubst du, daß es waren, Indianer?«

»Fünfzig, sechzig Krieger, vielleicht mehr.«

»Eine solche Schar wird das stark befestigte Fort nicht anzugreifen wagen, welches zwanzig Mann lange verteidigen können. Haben die Ottawas den Baum ins Wasser gestürzt?«

»Er so tun, du hier sehen,« und er zeigte, wie die Füße derer, welche den Baum umwälzten, sich in den Boden gegraben hatten. Ein Versuch, die Spuren zu verwischen, war nicht gemacht worden.

»Aber warum?«

»Andre nicht sollen folgen auf Baum.«

»Das verstehe wer kann.«

»Lassen Sie uns hinter die Büsche treten, hier könnten uns Späheraugen treffen.«

Sie begaben sich in das nahe Unterholz, wo sich auch Michael mit seinem Maultier einfand.

»Da sind mir in eine Lage geraten, Herr Graf, die nicht vorauszusehen war, sonst hätte ich Sie nimmer hierhergeführt.«

»Wenn überhaupt eine Gefahr für uns besteht, Mister Johnson,« entgegnete der Graf ruhig, »so wäre sie dort, von wo wir kommen, gewiß nicht geringer gewesen als hier, und ich freue mich jetzt doppelt, daß wir Ihres Beistandes in einer Situation, welche verwickelt zu werden droht, nicht entbehren. Ohne Athoree und Sie wäre ich ratlos in diesen Wäldern.«

»Was können die Ottawas planen? Streit mit den Pottawatomies? Deren Dörfer liegen weitab.«

Athoree hatte sich ruhig neben seine Mutter auf einen umgefallenen Baumstamm gesetzt.

»Was meint der Wyandothäuptling?« wandte sich Johnson ernst an den Indianer, ihm zum erstenmal diese Bezeichnung gebend, welche der Sohn Sumachs durch die ernste, würdevolle Haltung, welche er, seit er den Kriegspfad gesehen, angenommen hatte, herausforderte.

»Er Häuptling, du recht, Athoree Häuptling der Wyandots,« entgegnete mit gelassener Höflichkeit der Indianer, der so ruhig dasaß, als ob keine Gefahr irgend einer Art vorhanden sei. »Er denken so: Ottawa auf Kriegspfad, da nicht Zweifel. Fort angreifen, nicht genug Krieger hier,« er wies auf die Spur, »vielleicht an ander Stelle mehr Krieger über Fluß gehen. Hier nicht mehr kommen, sonst nicht Baum in Wasser werfen.«

»Für wie alt hältst du die Spur. Sind sie heute vorübergezogen?«

»Nicht heute, gestern. Tau auf Spur gefallen, Ottawa weit von hier.«

»Aber wohin rätst du, daß mir uns jetzt wenden?«

»Athoree fremd hier. Ansiedlungen weit, Ottawa nah. Wenn auf Kriegspfad gegen weißen Mann, er Spur von weißem Manne folgen, nicht verbergen können, schießen tot, nehmen Skalp.«

»Verwünschte Geschichte mit den Skalpen das,« sagte Michael, der wie alle mit gespannter Aufmerksamkeit zuhörte.

»Fort, wie weit?«

»Am Abend können wir dort sein.«

»Ottawa nicht Fort angreifen bei Tag, zu wenig Krieger, nicht bei Nacht, roter Krieger nur bei Nacht fechten, wenn müssen, sonst, wenn sterben, er in glückliche Jagdgründe auch in ewiger Nacht bleiben. Möglich, daß lauern um Fort, bis Soldat herauskommt, das möglich. Wenn Ottawa Beil ausgraben gegen weißen Mann, hier Gefahr, dort Gefahr, drüben bei Fort nicht größer als hier. Gehen hin, und wenn dunkel, schleichen leise in Fort.«

»Das scheint mir auch das einzig Richtige, Häuptling; ich sehe, du bist ein kluger und entschlossener Mann. In der Tat, Herr Graf, es bleibt unter diesen Umständen nichts übrig, als auf jedes Fährnis hin zu versuchen, ins Fort zu gelangen. Vielleicht beunruhigen mir uns ja ohne Not, aber ich pflichte dem Indianer vollkommen bei.«

»Nun, wenn zwei solche erfahrene Männer dieser Meinung sind, so schließe ich mich derselben natürlich an. Ich verlasse mich durchaus auf Ihre Führung und werde Sie mit Heinrich nach Kräften in allem unterstützen, was Sie für unsre Sicherheit nötig halten anzuordnen. Sind wir gezwungen, zu kämpfen, nun, Heinrich und ich sind hinreichend an Gewehrfeuer und Kanonendonner gewöhnt, wir werden nicht ungefährliche Gegner sein.

»Dann also nach dem Fort,« sagte Johnson entschlossen, »es bleibt nichts andres übrig. Aber jetzt der Uebergang über den Fluß hier? Ich fürchte, wir dürfen nicht wagen, einen Baum zu fällen, um uns einen Uebergang zu bereiten.«

»Axt weithin hören,« sagte Athoree, »nicht gut.«

»Es ist freilich etwas oberhalb eine Furt, aber sie ist schwer zu passieren, besonders für das Maultier, das Wasser ist tief.«

»So lassen wir das Tier zurück,« meinte der Graf.

»Es wäre nicht gut, denn stoßen wir wirklich auf die Ottawas, so liefern die Geschenke und Schreiben, welche Sie, wie Sie mir sagten, mitführen, den Beweis, daß Sie in der freundschaftlichsten Absicht hierhergekommen sind. Wir müssen den Uebergang versuchen, nasse Kleider wird's freilich geben.«

Sie schritten einige Hundert Schritt am Wasser hinauf und Johnson sagte stehenbleibend: »Hier ist die Furt, sie erstreckt sich direkt in der Richtung von hier nach jener Schierlingstanne drüben. Erst will ich die alte Frau ans andre Ufer bringen, der Irländer kann warten, bis ich zurückkomme.«

»Athoree alte Mutter tragen.«

»Das überlaß nur mir, Häuptling, ich kenne die Furt besser und bin stärker als du.«

Er nahm Sumach auf den Arm und schritt ins Wasser, welches ihm bald bis unter die Achseln reichte, aber festen Schrittes, Athorees Mutter auf der linken Schulter tragend, mit der Rechten die Büchse emporstreckend, während die Alte ihm Pulverhorn, Kugelbeutel und Jagdtasche hielt, schritt er hinüber und setzte seine Bürde ans Land.

Ihm auf dem Fuße war Athoree gefolgt.

Johnson ging wieder zurück.

Der Graf und Heinrich wateten hinüber, gleich Johnson, hoch in den Händen empor haltend, was nicht naß werden durfte.

»Nun du, mein guter Bursche,« sagte Johnson zu Michael. »Nimm die Ladung auf deinen irischen Schädel und kreuze den Fluß, ich komme mit dem Tiere nach.«

Wie er gesagt, tat Michael und brachte auch seine Last trocken auf die andre Seite. Das Saumtier hinüber zu führen, konnte aber nur einem Mann von der Körperkraft gelingen, wie sie Johnson besaß. Das starke, bockige Tier scheute und stemmte sich mit aller Kraft dem Versuche entgegen, es ins Wasser zu ziehen. Aber Johnsons eiserner Arm zwang es hinein. Mit derselben Kraft hielt er dem in der Flut in wilder Angst kämpfenden Tier den Kopf über Wasser und brachte es glücklich ans andre Ufer, wo es zitternd anlangte.

Alle, selbst Michael, der ein ungewöhnlich starker Bursche war, staunten bei dieser Kraftprobe, und der Ire sagte: »Das hätte meiner Mutter Sohn nicht fertig gebracht. Bei St. Patrick, das sind Muskeln.«

Michael belud dann das Tier wieder, alle rangen sich so gut sie konnten die Kleider aus, und von neuem begann in tiefem Schweigen der Marsch, unter Beobachtung der größten Vorsicht. Die Stimmung war eine sehr ernste geworden, und jeder hielt seine Büchse schußfertig im Arm, selbst Michael, welchem das Tier, nachdem Johnsons machtvoller Arm es gebändigt, ruhig folgte, hielt seinen Stock kampfbereit.

Athoree ging mit den Schritten einer Katze voran, ohne sich aber weit von dem Zuge zu entfernen, so daß ihn die Folgenden stets im Auge hatten.

Lautlose Stille herrschte hier im tiefen Walde. Kein Vogel ließ sich hören, kein Eichhörnchen kletterte munter in den Aesten, kaum ein Luftzug war zu spüren. Hoch lag das welke Laub am Boden und dämpfte das Geräusch der Schritte. Mit Vorsicht vermieden es nach Johnsons Anweisung die Dahinschreitenden, am Boden liegende dürre Aeste mit dem Fuße zu berühren, ob es gleich trotz der Warnung oft genug vorkam, daß das Knacken eines solchen hörbar wurde.

Seltsam war Graf Edgar zu Sinne, als er so mit der Büchse in der Hand in der Dämmerung des amerikanischen Urwaldes einherschritt, vor sich des Indianers schattenhaft nur erscheinende Gestalt, dessen Schritte auf dem Laub und bei dem von weichem Hirschleder umhüllten Fuß nicht vernehmbar waren, über sich das dichte Laubdach, welches kaum hie und da ein Sonnenstrahl durchdrang, ringsumher aufragende Waldesriesen und mehr oder minder dichtes Buschwerk, zu seinen Füßen oftmals vermoderte Baumstämme, welche den Weg versperrten. Sorglos hatte er den ersten Teil seiner Waldreise zurückgelegt, und das Gefühl, gefährdet zu sein in dieser Einsamkeit, war ihm erst seit seiner Zusammenkunft mit Johnson aufgestiegen und durch die jüngsten Entdeckungen wesentlich gestärkt worden. Er sowohl als auch Heinrich waren Männer von unbezweifelter Tapferkeit, die in mehr als zwanzig Schlachten und Gefechten die Kugeln um sich pfeifen hörten, aber dieses leise Einherschleichen im düsteren Walde, in dessen Halbdunkel möglichenfalls das Leben nur vom scharfen Auge und seinen Gehör abhing, diese ununterbrochene Anspannung aller Sinne hatte etwas unheimlich Aufregendes. Mit Hurra! und schlagenden Tambours gegen eine Batterie anzustürmen, schien den europäischen Kriegern leichter, als so zwischen Baum und Busch, wo die tiefe geheimnisvolle Stille jeden Augenblick vom Donner einer Büchse unterbrochen werden konnte, einherzumarschieren.

Dabei bevölkerte die erregte Phantasie die düstere Umgebung mit den Gestalten wilder Feinde, und mehr als einmal, wenn ein Tier flüchtig wurde oder die Blätter stärker rauschten, wurde die Büchse emporgerissen. Mit ernstem, doch gleichmütigem Gesicht ging Johnson einher, dessen schneeiges Haar und weißer Bart ihn in dieser Umgebung wirklich wie den Geist des Urwalds erscheinen ließen, ein Name, den ihm der Offizier des Forts nicht unpassend erteilt hatte.

Ihr Weg lief fortwährend neben dem tief ausgetretenen Kriegspfad her, welchen die Schritte der Ottawas hinterlassen hatten, denn dieser führte in seiner Verlängerung direkt auf das Fort zu.

Nachdem sie einige Meilen auf diese Weise zurückgelegt hatten, immer den Spuren der Indianer entlang, machte Athoree die Folgenden aufmerksam, daß die Ottawas sich geteilt haben müßten.

Dies war am Boden leicht zu erkennen, sie waren fast im rechten Winkel auseinander gegangen. Beide Teile aber in derselben Ordnung, in welcher der ganze Zug einhergeschritten war.

»Wo der See?« fragte er Johnson.

Dieser deutete gerade auf sich hin.

»Wo Fort?«

Johnson gab ihm die Richtung an.

»Ottawa sich teilen. Fort und See umgehen? Kanoes hier?«

»Dies mag wohl sein, denn ich weiß, daß sie im Chippeway-See fischen, und so werden sie gewiß ihre Kähne hier versteckt haben.«

Der Indianer entgegnete nichts und ging nach kurzer Frist langsam weiter, dann blieb er, wie vorher der Graf, stehen und wartete, bis Michael kam, dem in der letzten Zeit bei dem Geheimnisvollen, was ihn hier umgab, die Lust zu reden vergangen war.

Athoree ging langsam neben ihm her, und da er nicht sprach, fragte Michael endlich: »Willst du etwas von mir?«

»Du starke Hand, starkes Herz; ihm sehen. Was du tun, wenn Injin kommen?«

»Du meinst, wenn deine Landsleute uns zu Leibe rücken?«

»Nicht Landsleute, Ottawa ander Volk, nicht Athorees Volk.«

»Na, 's wird sich ziemlich gleich bleiben,« murmelte der Ire.

»Was du tun, wenn kommen Injin? Mir sagen.«

»Je nun, ich werde sie behandeln wie die Bärin, und das hast du ja gesehen.«

»Gut, wenn kommen nah. Bärin keine Büchse, Ottawa Büchse, schießen gut. Was du tun, wenn schießen? Das sagen.«

Der Irländer kratzte sich den buschigen Kopf.

»Höre einmal, Indianer, zum Ausreißen ist meiner Mutter Sohn nicht gemacht, verstehst du? Und wenn sie auf uns schießen –? Hm. Du glaubst doch an Gott, nicht wahr?« »Glaube an großen Geist.«

»Nun ja, siehst du, dann muß mich der liebe Gott schützen, wir stehen alle in seiner Hand.«

»Das gut. Großer Geist mächtig. Noch besser, du kommen gleich hinter Athoree, legen in Gras, er für dich schießen. Kommt mit Tomahawk, Ottawa, du nehmen Stock und machen so wie mit Bärin. He?«

»Segne meine Seele, du bist wirklich ein guter Kerl, Indianer,« und Michael reichte ihm treuherzig die Hand, »anfangs, weißt du, mochte ich dich nicht recht, das kam davon, daß ich deinesgleichen noch nicht gesehen hatte, aber ich weiß jetzt, besonders seitdem du deine Mutter wieder hast, daß dir das Herz auf dem rechten Fleck sitzt.«

»Nicht so viel reden. So tun wie Athoree sagen.«

Der Wyandot ging zu seiner Mutter.

»Die alte Frau ist müde vom langen Wege?« fragte er in der Sprache seines Volkes.

»Der Weg ist bald zu Ende, wir sind am Fort, noch ehe die Sonne sinkt.«

»Die Ottawas haben den Kriegspfad betreten.«

»Sumach sah es.«

»Die Kugel macht keinen Unterschied zwischen einer Squaw und einem Krieger.«

»Wird Athoree fechten?«

»Athoree gehört zu Gutherz, er hat den letzten Sprossen Meschepesches vor Schmach bewahrt. Nicht gern wird Sumachs Sohn gegen die Ottawas kämpfen, sie sind nicht seine Feinde, aber greifen sie uns an, muß Athoree Gutherz schützen und fechten.«

»Gut.«

»Was wird Sumach tun?«

»Sumach wird, wenn Athoree das Zeichen gibt, im Grase liegen gleich der Schlange und lauschen.«

»Gut. Sumach ist die Frau und Mutter von Wyandotkriegern, Sumach ist klug. Athoree wird für sie fechten und mit ihr sterben.«

»Nicht sterben,« sagte die Alte eifrig, »Athoree wird fliehen, wenn die Ottawa kommen, sie werden Sumach kein Leid zufügen, die Ottawa kennen Sumach.«

»Athoree wird bei der Mutter bleiben.«

»Hört der Häuptling der Wyandots noch auf seiner Mutter Stimme?«

»Er tut es. Athoree glaubte Sumach beim großen Geiste, er vernahm ihre Stimme in dem Rauschen der Zweige und hörte auf sie. Athoree wird tun, was Sumach sagt.«

»So wird der Wyandothäuptling, der Enkel Meschepesches, seinen Skalp retten, der darf nicht trocknen im Wigwam eines hündischen Ottawa. Kann Athoree nicht sitzen am Ratsfeuer seines Volkes, soll er doch als Häuptling eingehen in die glücklichen Jagdgründe. Sumach sagt es, sie ist sicher vor dem Tomahawk der Krieger.«

Die alte Frau sprach leise, aber mit nachdrücklichem, feierlichem Ernste, und der Indianer neigte gehorsam, fast demütig das Haupt.

Nach dieser kurzen Unterredung begab er sich wieder an die Spitze des Zuges, der schweigend wie bisher im Schatten des Waldes seinen Weg fortsetzte.

Die Sonne sank, und während ihre letzten Strahlen noch die Wipfel der Bäume vergoldeten, herrschte tief unten bereits Nacht.

Endlich gewahrte das scharfe Auge des Indianers, daß es nach vorn hin lichter wurde.

»Alle niederlegen,« flüsterte er Johnson zu, »Athoree allein gehen, sehen nach Ottawas.«

Dieser nickte und teilte den andern Athorees Absicht mit, und auf seinen Wink ließen sich alle nieder und waren im Waldesdunkel nicht von Baum und Buschwerk zu unterscheiden.

Gleich einer Schlange wand sich der Sohn Sumachs schnell und geräuschlos durch die Büsche und kauerte sich am Rande des Waldes nieder. Draußen war es noch hell genug, Fort und See überschauen zu können.

In tiefster Ruhe lag das schöne Gewässer vor ihm, still und friedlich das kleine Fort an seinem Ufer.

Aber des Indianers Herz blieb unberührt von der feierlichen Schönheit eines solchen Abends; sein Adlerauge überflog den See und die Waldesränder und haftete dann lange an dem Fort, welches so schweigend vor ihm lag, als habe niemals Leben in ihm geherrscht.

Kein Laut klang von da herüber, kein Rauch stieg über die Pallisaden empor, still – alles – still.

Der Indianer wußte so viel, daß strenge Disziplin in den Garnisonen der Weißen herrsche, welche Lärm irgend welcher Art nicht gestattete, doch diese Lautlosigkeit war ihm verdächtig.

Noch einmal flog sein Blick über das Fort und den Waldsaum hin – dort an den Büschen glaubte er eine Bewegung zu bemerken, nein, es war nur der Wind, der die Zweige bewegte.

Rasch schritt er zurück zu den harrenden Freunden. »Nun, Athoree?«

»Nichts sehen. Alles still, zu still. Fort zu viel Schweigen.«

»Was heißt das?« fragte Johnson.

»Alles Schweigen, nichts hören von Langmesser, kein Rauch. Kommen sehen.«

Er ging voran und lautlos folgten ihm alle. Selbst das Maultier mußte eine Ahnung von Gefahr haben, denn es zog wiederholt in auffälliger Weise die vom Fort herkommende Luft ein und zitterte.

Bald standen der Indianer, Johnson und die beiden Deutschen am Waldesrande und sahen See und Fort vor sich.

»Das ist seltsam,« sagte Johnson, »sollte die Garnison ausgerückt sein?«

Die Nacht sank mehr und mehr hernieder. Graf Edgar hatte ein kleines aber scharfes Glas genommen und überflog das Fort.

»Da ist Küchenrauch,« sagte er endlich.

»Wo?« Und Johnson nahm das Glas.

Auch er bemerkte eine dünne Rauchsäule, die gen Himmel stieg, aber auf dem dunklen Waldhintergrunde bei dieser Beleuchtung selbst von des Indianers Auge nicht wahrgenommen werden konnte.

Dieser erbat sich das Glas, dessen Gebrauch ihm nicht unbekannt war, und sah lange hindurch, er gewahrte jetzt auch den senkrecht ansteigenden Herdrauch. Er gab es zurück und fragte Johnson: »Wo die Tür zu Fort?«

»Gerade vor uns, wir können sie nicht direkt sehen, sie ist gedeckt von einer Pallisadenreihe.«

»Nun dunkel genug, denken, gehen rasch nach Fort.«

Er rief seine Mutter zu sich, spannte den Hahn seiner Büchse, worin ihm die Männer folgten, und trat aus dem Walde hinaus. Hinter ihm folgte Johnson, dann Edgar und Heinrich, und mit seinem Maultier Michael.

Bis zum Fort hatten sie etwa zweihundert Schritt zurückzulegen.

Der dritte Teil dieser kleinen Entfernung lag hinter ihnen, als das Maultier stehen blieb und ängstlich nach rechts hin schnoberte. Der Mann aus Leitrim unterdrückte mit Mühe einen Fluch.

Gleichzeitig lösten sich vom Walde, auf der Seite, von welcher dem Tier die Witterung herkam, wohl ein Dutzend Gestalten ab, welche, schattenhaft nur wahrnehmbar, eilig herbeihuschten.

»Der Wilde!« schrie Johnson bei diesem Anblick mit mächtiger Stimme. – »Vorwärts! Lauft ums Leben!«

Von rechts her krachte ein Schuß, dem zwei andre folgten. Blitzschnell hatten die beiden preußischen Soldaten bei diesem Klang die Büchsen an die Wangen gerissen und donnernd entluden sich die Gewehre.

Mit gleicher Schnelligkeit folgten die Schüsse von Johnson und Athoree.

Zwei Schmerzensschreie ertönten, denen ein wildes Geheul folgte.

»Was ist das? Heiliger Michael!'« schrie der Irländer, »die Halunken haben mir das Maultier erschossen.« Es war in der Tat niedergefallen und wälzte sich in Schmerzen am Boden.

Bei dem raschen Feuer der so unerwartet Angegriffenen waren die eben noch heranspringenden Gestalten plötzlich verschwunden.

»Zum Fort!« schrie Johnson von neuem, »sie kommen im Grase heran,« faßte die alte Sumach, nahm sie, wie er einen Säugling gehoben hätte, auf einen Arm und lief nach dem Eingang zu. Zu seiner Seite Athoree, welcher im Laufen zu laden versuchte.

»Michael, hierher, rasch, es geht ums Leben!« rief der Graf.

»Ja, ja, Ew. Gnaden,« schallte es zurück, »ich komme. Die Kanaillen haben das Tier zusammengeschossen,« und Michael rannte mit großer Eile vorwärts.

Heinrich hatte bereits wieder eine Patrone im Laufe und lief jetzt Unfalls nach dem Fort hin.

Da tauchten vor ihnen und zu ihrer Rechten von neuem die unbekannten Angreifer auf, stürzten mit wildem Geschrei auf sie ein und suchten ihnen den Weg abzuschneiden.

Alsbald krachte Heinrichs Büchse. Ein Todesschrei, der mitten aus dem wilden Angriffsgeheul herausklang, war das Echo.

Johnson war den Pallisaden, welche das Tor verdeckten, am nächsten, er stieß einem Indianer, welcher mit geschwungenem Tomahawk auf ihn losstürzte, den Büchsenkolben vor die Brust, so daß dieser sofort am Boden lag, und sprang dahinter, dem zweiten fuhr Athorees Axt in die Schulter, Heinrich hieb mit dem Kolben darein, der Mann aus Leitrim aber ließ ein gellendes Juchzen hören, wie es bei den Kirchweihfesten der Irländer vernommen wird, wenn der Jubel am wildesten tobt, und sein Shillalah traf mit unvergleichlicher Schnelligkeit zwei heulende Wilde, die wie vom Blitze getroffen mit zerschmetterten Schädeln zu Boden sanken, ohne auch nur einen Laut von sich zu geben.

Die Angreifer standen bei diesem Anblick still. Im selben Augenblicke brach Johnson, welcher Sumach abgesetzt hatte, wieder hervor. Michael aber, in dem der gälische Kampfeszorn erwacht war, wiederholte seinen Jubelschrei und stürzte, den Stock schwingend, auf die Angreifer los.

Uebel hätte ihm dies bekommen können, doch jene hatten ihre Büchsen entladen und sprangen, entsetzt von den vernichtenden Streichen des Mannes, in wildester Flucht davon.

Ihnen nach krachte von neuem Heinrichs Hinterlader.

»Zurück, Michael, zurück!« rief der Graf und gehorsam wandte sich der tapfere Ire um.

Johnson und Athoree waren vorgestürmt, um Michael Hilfe zu leisten, als in wildem Sprunge ein Indianer an ihnen vorübersetzte, der sich in des Irländers Rücken zu weit vorgewagt hatte.

Johnson führte einen Stoß mit der langen Büchse nach ihm, unter dessen gewaltiger Wucht der Mann, in die Seite getroffen, zusammenbrach.

Mit einem Satze war Johnson, der ebensoviel Gewandtheit als Kraft zu besitzen schien, bei ihm. Die eiserne Hand faßte das Genick des Liegenden, und als ob er ein junger Hund wäre, den er im Nacken gefaßt hatte, hob er den stöhnenden Mann empor, reichte dem neben ihm stehenden Athoree die Büchse, faßte die Arme seines Opfers auf dessen Rücken zusammen, warf ihn über die Schulter und sprang nach den Pallisaden zurück, wo Michael eben anlangte.

»Das waren Hiebe aus Leitrim, Ew. Gnaden!« rief der erregte Mann.

»Hinein! Hinein!« rief Johnson.

Sumach war bereits im Fort, dessen Pforte offengestanden hatte, der Graf Edgar folgte mit Michael.

Von neuem erhob sich draußen Geheul, Johnson sprang durch die Türe ins Innere und warf seine Last zu Boden – Athoree ihm nach – Johnson schlug die schwere Türe zu und schob den Riegel vor.

Ein wütender Anprall draußen, dann herrschte Totenstille.

»Laden!« rief Johnson.

Es geschah.

Schon sprang Heinrich zum Wall empor, legte sein Gewehr in eine der Schießscharten und feuerte auf schattenhafte Gestalten, welche höllischen Dämonen gleich draußen herumsprangen.

Nachdem Athoree geladen, fesselte er rasch mit Hirschriemen, wie sie jeder Jäger in den Wäldern und besonders jeder Indianer bei sich trägt, den Gefangenen, welcher übrigens bewußtlos dalag, indem er ihm die Arme fest an den Körper band.

Ein Augenblick der Abspannung trat nach der furchtbaren Erregung, welche der so unerwartete heimtückische Ueberfall hervorgerufen hatte, ein, und auch draußen herrschte nach Heinrichs Schusse tiefes Schweigen. Die wilden Angreifer waren verschwunden.

»Was war das, Johnson?« fragte Graf Edgar leise.

»Blutgierige Wilde, Herr,« entgegnete dieser mit seiner gewöhnlichen sanften Ruhe. »Sie sind zum Morden ausgezogen; Gott sei jeder Menschenseele gnädig, welche in ihre Hände fällt.«

»Aber was ist hier geschehen? Die Türe offen und das Schweigen des Todes über dieser Stätte?«

Ringsum lagen die Leichen der Soldaten zerstreut, aber die tiefe Dunkelheit, verstärkt durch aufgezogene Wolken, verbarg den schaudervollen Anblick und hüllte die Toten in den Schleier der Nacht.

Heinrich kam vom Wall zurück und stolperte über einen in seinem Weg liegenden Gegenstand, er bückte sich, um nach dem Hindernisse in seinem Weg zu sehen, und fuhr zurück, als er zwei Soldatenleichen vor sich sah.

»Hier liegen Tote, Herr Graf.«

Edgar und Johnson traten näher.

»Was ist hier geschehen?« fragte der Graf, von dem Anblick erschüttert.

»Das Fort ist überfallen, ich fürchte, wir werden noch mehr zu sehen bekommen.«

»Sind wir hier vor einem Überfall gesichert, Johnson?«

Dieser, der durch seine öfteren Besuche das Fort gut kannte, entgegnete: »Es befindet sich noch eine Pforte am See.« Und rasch schritt er dorthin, der Graf und Heinrich folgten ihm. Sie fanden schon Athoree dort, welcher rasch und vorsichtig den Wall umschritten hatte.

»Tür offen, kommen Ottawas hier herein.«

Trotz des schwachen Lichtes nahmen sie doch die Leichen wahr, welche in wilder Zerstreuung dort übereinander lagen. Auf dem Wasser sahen sie die Boote des Forts und die Kanoes der Indianer schimmern.

»Kommen im Kanoe,« sagte der Indianer, auf die dunklen Punkte im Wasser deutend.

»Wir müssen die Bucht und die Türe verschließen.« Und Johnson begab sich auf der schmalen von Pallisaden eingefaßten Plattform nach dem See zu. Hier war, und Johnson wußte das, ein Verschluß angebracht, welcher den kleinen Hafen von dem See trennte. Dieser Verschluß bestand in einem schwimmenden dicken Balken, dessen obere Seite mit starken und hohen Eisenstacheln versehen war. Als am Morgen dem Kanoe zu landen gestattet wurde, war er geöffnet worden und seitdem nicht wieder verschlossen, Johnson gelang es trotz der Dunkelheit, den Balken in die Lage zu bringen, wo er den Hafen und die darin liegenden Boote sicherte. Er fügte ihn in die dafür bestimmten eisernen Krampen, und da an diesen noch das Schloß hing, bediente er sich desselben, den Balken vollständig fest zu legen.

Während dies geschah, hatte sich Athoree vorn auf die Plattform gekauert und die Mündung seiner Büchse, welche er wieder geladen hatte, auf das Wasser gerichtet.

Vor der Tür standen Edgar und Heinrich.

Ein leises, kaum vernehmbares Geräusch, ein Plätschern kam vom Wasser her. Ein roter Feuerstrahl brach aus Athorees Büchse, beleuchtete für einen Augenblick die grausige Scene und die Ufer hallten den Donner seines Schusses wider. Ein Gurgeln im Wasser, dann das Geräusch, welches entsteht, wenn kräftige Arme das Wasser schwimmend teilen.

Kaltblütig erhob sich Athoree: »Er wollen Kanoe holen. Nicht kriegen, er nicht wieder kommen.«

»Gehen mir zurück, die Boote liegen jetzt sicher, wenn mir die Tür befestigen, können wir ruhig den Morgen erwarten.«

»Sind die Wälle und Pallisaden nicht zu ersteigen?«

»Ohne lange Leitern nicht, Sir, solche haben die Wilden nicht, und außerdem greifen sie in der Nacht sehr selten an, die Morgendämmerung ist die gefährliche Zeit.«

Sie traten in das Innere des Forts und Johnson verschloß sorgfältig die Tür. »Ich glaube, wir dürfen uns hier hinreichend geschützt halten. Zu nehmen ist das Fort kaum, wenn es auch nur von wenigen Leuten verteidigt wird. Die Wilden haben es, Gott mag wissen durch welche List, am hellen Tage überrumpelt.«

»Ich möchte etwas Licht machen, Johnson.«

»Tun Sie das ruhig, wir sind hier keiner Kugel ausgesetzt.«

Der Graf nahm sein Feuerzeug aus der Tasche und zündete einen kleinen Wachsstock an.

Grausig war der Anblick, der sich ihnen im kleinen Umkreis bei dem Lichte der Kerze darbot. Fünf, sechs Tote lagen um sie her und deutlich war die gräßliche Verstümmelung der Köpfe zu bemerken.

»Das ist furchtbar,« sagte der Graf, und auch Heinrich, der wie sein Herr an den Anblick gefallener Soldaten gewöhnt war, schauderte vor diesem Anblick leicht zusammen.

Sumach hatte sich ruhig niedergesetzt und sah mit gleichgültigen Blicken vor sich hin. Nicht so Michael, der, als er die skalpierten Leichen erblickte, einen Schrei des Entsetzens ausstieß: »O, blutige Schurken! Das ist ja gräßlich, Euer Gnaden.«

»Ja, das ist es,« sagte traurig der Graf.

»Zwei habe ich heimgeschickt,« murmelte ingrimmig der Ire und faßte seinen Stock fester, »sie sollen nur kommen, ich will das bißchen Kopfhaut schon verteidigen.«

Der Graf leuchtete weiter umher, überall stieß das Auge auf gefallene Krieger.

Er blies das Licht aus. »Der Anblick ist nicht zu ertragen.«

»Erbarmungslose Tiger haben hier gehaust. Was sage ich? Die Tiere des Waldes sind milde gegen diese mitleidslosen Hunde, wenn ihre Leidenschaften entfacht sind. Der Engel der Barmherzigkeit muß sein Angesicht verhüllt haben. Das ist ein trauriger Ort, Herr.«

»Wir müssen alles untersuchen, Johnson, vielleicht ist noch einem oder dem andern Hilfe zu bringen.«

»Er alle tot, ganz tot,« sagte trocken Athoree, »Indianerkrieger lassen Feind nicht leben.«

»Eine entsetzliche, schaudervolle Weise der Kriegführung. Ich habe es für unmöglich gehalten, daß der Mensch, selbst der Wilde, zu solcher Bestialität herabsinken könne. Sie haben recht, Johnson, das ist ein trauriger Ort. Beklagenswerte Besatzung!«

»Wir müssen den Morgen abwarten, um das Elend ganz überschauen zu können, und uns für die Nacht so gut als möglich einzurichten suchen.«

Indem er so sprach, fiel sein Auge auf die schwach erkennbare Rauchsäule, welche friedlich aus dem Schornstein des dort im Winkel des Forts sich erhebenden kleinen Blockhauses gen Himmel stieg.

Johnson wies darauf hin: »Und doch ist noch Leben hier inmitten des Todes. Lassen Sie uns nachforschen.«

Sie gingen zu dem Häuschen hin. Deutlich bemerkten sie jetzt, daß durch die Spalten eines verrammelten Fensters schwacher Lichtschein fiel.

Johnson pochte an die Türe. »Ist jemand hier?«

Keine Antwort erfolgte.

Er pochte starker: »Ist jemand hier, so sage er es und öffne, hier stehen Christenmenschen.«

Man hörte einen leichten Schritt, und eine schwache Stimme fragte: »Wer ist da?«

»Ich bin's, Johnson, der Weißhaarige, Frau. Die Wilden sind fort. Oeffnet, das Fort ist jetzt sicher.«

Es verging eine Weile. Dann rasselten Riegel und Schlüssel und die Tür ging auf.

»Seid ihr Christenmenschen, so werdet ihr uns nichts zuleide tun.«

»Nein, Frau, nein, mir sind Freunde, beruhigt Euch.«

Die Frau ließ sie ein, und sie traten in ein kleines Gemach, in welchem auf einem Tische eine Lampe brannte. Die Möbel standen wild durcheinander. Schränke und Tische waren vor die Fenster geschoben. Dort auf dem Bett lag ein alter Soldat, der schwer atmete.

»Um Gottes willen, was ist hier vorgegangen?«

»Ich weiß es nicht, Herr,« sagte die bleiche Frau fast tonlos. »Der Wilde war plötzlich da, ich habe meinen todwunden Mann hereingezogen, und sitze nun bei ihm und warte auf seine und meine letzte Stunde. Gott wird gnädig sein.«

»Beruhigt Euch, mir sind jetzt in verhältnismäßiger Sicherheit. Könnt Ihr uns nicht das Nähere angeben, wie das Fort in die Gewalt der Wilden geriet?«

»Ich weiß von nichts, Herr; ich hörte nur schießen und heulen, sah meinen Mann fallen, hatte noch so viel Besinnung, ihn zu retten, und seit der Zeit ist mir's so dumpf im Kopfe, daß ich nicht denken kann. Ich habe gesessen und gebetet, dann habe ich Feuer angemacht, um Kaffee zu kochen, das weiß ich noch – aber – da liegt er – seht doch nur, Herr, da liegt er, mein guter, braver Mann.« Und die Sergeantin brach in einen Tränenstrom aus, der endlich das herbe Weh ihrer Seele linderte. Sie setzte sich ans Bett und hielt die Schürze vor die Augen.

Johnson nahm die Lampe und beleuchtete den Verwundeten.

»Bitte, halten Sie das Licht, ich will einmal nach den Verletzungen des Sergeanten sehen.«

Der Graf nahm die Lampe, während Johnson vorsichtig die von der Frau gemachten Verbände abwickelte. Er untersuchte die Wunden sorgfältig und mit der Geschicklichkeit des erfahrenen Grenzmanns und äußerte dann: »Die Sache ist nicht gefährlich. Die Kugel hier,« er wies auf die untere Verletzung, »ist um die Rippe herumgeglitten, aber die, welche den Kopf streifte, obgleich der Schädel nicht gebrochen ist, muß eine starke Gehirnerschütterung hervorgerufen haben. In vierzehn Tagen ist der Mann wieder gesund.« Er verband dann die Wunden wieder. »Trösten Sie sich,« sagte er zu der leise weinenden Frau, »die Wunden sind ungefährlich, der Sergeant hat einen gehörigen Puff gegen den Hirnschädel bekommen, aber der hält etwas aus. Die Betäubung wird weichen, legen Sie ihm nur Tücher mit kaltem Wasser auf den Kopf, die Wunden sind bald geheilt.«

Mit glücklichem Angesicht lauschte die Frau diesen Worten, während noch die Tränen in ihren Augen standen.

»O, Gott, Gott sei Dank.«

Lebhaft erhob sie sich dann.

»Mir ist alles wie ein wüster Traum, ich weiß gar nicht, was geschehen ist, mir war zu Mute, als ob ich einen Schlag auf den Kopf bekommen hätte, so plötzlich brach es über mich herein.«

»Pflegen Sie Ihren Mann, das Fort ist jetzt vor jeder Ueberraschung sicher; aber sagen Sie uns, wo wir für die Nacht unterkommen können.«

»Wo sind denn die Soldaten? Ist denn niemand draußen?«

Man zögerte, ihr die furchtbare Wahrheit, von welcher sie keine Ahnung zu haben schien, zu enthüllen.

»Widmen Sie sich dem Sergeanten, Frau, wir werden schon Obdach finden.«

In der Türe erschien des Wyandots dunkles Gesicht.

Die Sergeantin stieß einen Schreckensruf aus: »Da, da ist er.«

Man beruhigte sie über die Person des Indianers, aber die Frau konnte ihr Entsetzen nicht bemeistern.

»Was willst du, Athoree?«

»Ihm sagen, drüben schlafen, großes Wigwam da.«

»Gut, wir folgen dir. Aengstigen Sie sich nicht, Frau Sergeant, es ist kein Grund zu Besorgnissen vorhanden. Wir wollen uns drüben eine Ruhestätte suchen. Gute Nacht!«

Sie verließen das kleine Haus und gingen zur Wohnung der Offiziere.

Graf Edgar ließ seine Kerze leuchten und überblickte die Zerstörung, welche die Fäuste der Indianer hier hervorgerufen hatten. Alles lag durcheinander. Sie fanden eine Lampe und zündeten sie an.

Athoree, welcher seine Mutter bereits in einem Winkel der Haustür untergebracht, und ihr ein weiches und warmes Lager, besonders vermittelst der Felle, welche er in der Nähe des Tores gefunden, bereitet hatte – es waren dieselben, welche die Ottawas bei

Beginn des Kampfes fortgeworfen hatten – erklärte, er werde wachen, die andern sollten ruhig schlafen gehen.

»Einiger Schlaf wird uns not tun,« sagte Johnson, »wer weiß, was der morgende Tag uns bringt.«

Michael, der schweigend und traurig draußen in der Nacht gesessen hatte, wurde herbeigerufen. Man begann etwas Ordnung herzustellen, und was noch von Bettzeug und Decken zu finden war, zu Lagerstätten zu bereiten.

»Herr Gott, Herr Graf,« fuhr Heinrich plötzlich empor.

»Nun? Was gibt's?«

»Die Patronen, die Patronen! Ich habe nur noch wenige Stück.«

»Das ist schlimm.«

Die Patronen lagen bei dem Maultier draußen.

»Was tue ich mit der Büchse ohne Patronen? Nein, die muß ich haben. Es ist dunkel, ich schleiche hinaus und hole sie.«

»Das geht nicht, Heinrich. Draußen lauern die Wilden.«

»Und das Gepäck werden sie wohl schon geplündert haben,« fügte Johnson hinzu.

»Der Verlust der Patronen ist ein großes Unglück.«

Athoree hatte ruhig zugehört. Die schnellfeuernde Waffe, welcher er bisher keine besondere Beachtung geschenkt, hatte ihm mächtig imponiert und er begriff, daß sie ohne die Munition nutzlos sei.

Er sagte jetzt: »Schnellfeuer,« er hatte den Namen für Heinrich gefunden, »nicht gehen, Athoree gehen, wenn ihn Ottawa sehen, denken er Ottawa; Athoree gehen.«

»Willst du dich wirklich der Gefahr aussetzen, Häuptling? Du leistest uns einen großen Dienst, aber bedenke, die Ottawas sind im Felde.«

»Ottawas sind blinde Hunde, wenn ein Wyandotkrieger kommt. Athoree gehen.«

Da es in der Tat für aller Leben von der größten Wichtigkeit war, die Patronen zurückzuerlangen, beschloß man, den Indianer den Versuch machen zu lassen, zu dem er sich erboten hatte.

Alle begaben sich leise nach dem Ausgangstor. Vorsichtig ward der Riegel zurückgezogen und die Tür gerade so weit geöffnet, daß der Indianer durchschlüpfen konnte. Michael war beordert, die Tür, welche man unverriegelt ließ, zuzuhalten und sie nur Athoree zu öffnen.

»Sie sollen nur kommen, die skalpierenden Hunde,« murmelte der Mann aus Leitrim, den eine aus Entsetzen und Wut gemischte Stimmung beherrschte, »ich will ihnen den Weg zeigen.«

Athoree hatte sich auf den Boden niedergelassen und war geräuschlos im Dunkel verschwunden. Johnson, der Graf und Heinrich begaben sich auf den Wall, um ihm im Notfall als Succurs dienen zu können. Vergeblich suchten sie indes das Dunkel zu durchdringen, das Maultier lag mindestens hundert Schritt entfernt und von Athoree war nicht das mindeste zu entdecken.

Angestrengt lauschten sie, die Büchsen zum Schuß bereit.

»Mir kommt es vor, ich höre Stöhnen,« sagte Graf Edgar nach einer Weile.

»Mein Ohr erhaschte bereits auch diese Laute.«

Auch Heinrich hatte den Ton vernommen.

»Es wird ein verwundeter Indianer sein,« meinte der Graf.

»Nein, Herr, die Roten haben ihre Toten und Verwundeten bereits hinweggeschafft. Aber vielleicht liegt solch ein winselnder Ottawa draußen, und versucht es, uns durch seine mitleiderregenden Töne hinauszulocken, indem er uns glauben machen will, einer der Unsern heische Hilfe.«

Das Stöhnen ließ sich wieder hören.

»Wollen wir nicht fragen, Johnson, wer da draußen klagt?«

»Stille. Athoree ist im Felde und hört die Töne auch, er wird schon nachsehen.«

Sie lauschten angespannt weiter.

Der Sohn Sumachs war in weitem Bogen mit größter Vorsicht, einer am Boden sich windenden Schlange gleich, nach dem Maultier hingekrochen. Er kannte den Beutel, in welchem die Patronen verwahrt wurden, und mußte, wo er zu finden war.

Schon berührte er den Kadaver des Tieres, als er auf dessen andrer Seite ein leises Geräusch vernahm. Er zog das Messer und horchte. Dann tastete er nach dem Packen, in welchem die Patronen stecken mußten, aber der war vollständig ausgeraubt. Johnson hatte recht gehabt, daß die Ottawas sich die Gelegenheit, das Maultier im Schutze der Dunkelheit seiner Last zu entledigen, nicht entgehen lassen würden. Die Packen waren leer.

Wiederum hörte Athoree das Geräusch auf der andern Seite des Tieres. Vorsichtig hob er das Haupt und sah vor sich die funkelnden

Augen eines Ottawa. Nicht mit der Wimper zuckte Athoree bei dem Anblick.

»Was suchst du?« fragte sein Gegenüber ruhig.

Obgleich der Wyandot im stande war, sich mit einem Ottawa zu verständigen, denn er sprach den Dialekt der Saulteux, eines andern Zweiges des Chippewayvolkes, so begnügte er sich doch, leise etwas Unverständliches zu murmeln.

»Hier ist ein Beutel,« klang die Stimme des Ottawas, »meine jungen Männer haben ihn übersehen, trage ihn zu den Häuptlingen.«

»Gut,« murmelte Athoree.

Er nahm den ihm gereichten Beutel; – er enthielt zu seiner Freude die Patronen, – und hob sich langsam empor. Kaum war er auf den Knieen, als seine linke Hand mit einem blitzschnellen Griff des Ottawa Kehle faßte und seine Rechte ihm gleichzeitig das Messer durch den Hals zog. Dumpf röchelnd sank der Indianer um, als Athorees Hand seinen Hals losließ. Eilig kroch Athoree dann dem Fort zu. Nicht zwanzig Schritt von diesem entfernt berührte sein Ohr das leise Stöhnen, welches bis zum Wall hinaufgedrungen war.

Athoree hielt einen Augenblick inne, horchte nach allen Richtungen hin und versuchte mit dem scharfen Auge das Dunkel zu durchdringen. Wiederum vernahm er die Schmerzenslaute. Unhörbar bewegte sich Athoree nach dem Geräusch hin. Da seufzte es deutlich neben ihm. Während er das Messer in der Rechten zum Stoß bereit hielt, tastete seine Linke vorsichtig umher. Er berührte einen Rock und Metallknöpfe. Er hob das Haupt aus dem Grase und sah deutlich vor sich einen Soldaten liegen, der augenscheinlich verwundet und in Ohnmacht gefallen war. Seiner Lage nach schien es, als ob er den Versuch gemacht habe, das Tor zu erreichen und hierbei niedergesunken sei. Der ebenso kluge als entschlossene Indianer kroch hierauf nach den das Tor deckenden Pallisaden und schob den Patronenbeutel hinter diese. Dann zischte er leise. Vom Wall herab erwiderte Johnson den Laut

»Hört der tote Mann?«

»Ja,« klang es kaum vernehmbar zurück.

»Hier verwundeter Soldat, ihn holen, wenn Athoree rufen, Feuer geben. He?«

»Gut, habe verstanden.«

Sumachs Sohn kroch zurück nach dem ohnmächtigen Mann. Er faßte seinen Arm und versuchte es, ihn vorwärts zu ziehen, aber ein lauteres Schmerzensstöhnen war die Folge davon.

Hierauf richtete er den Oberkörper des Mannes langsam auf, legte dessen Kopf über seine Schulter, umfaßte seine Brust unterhalb der Arme und hob ihn empor. Kaum hatte er ihn aufgerichtet, als er schattenhaft die Gestalt eines Mannes in gebückter Stellung auf sich zukommen sah.

Die Büchse hatte er ebenfalls unter den Pallisaden gelassen, als hinderlich bei dem Hereinholen des Verwundeten.

Zweierlei blieb übrig: den Mann, den er im Arm hielt, fallen zu lassen und davonzuspringen, um den Schutz des Tores zu gewinnen, oder Feuer zu kommandieren.

Raschen Entschlusses rief er laut: »Schieß!«

Drei rote Feuerströme leuchteten an den Pallisaden auf, und mit aller Kraft schleppte der Indianer den stöhnenden Mann zu dem am Tor befindlichen Vorbau und gelangte ungefährdet hinter diesen. Draußen blieb alles still, Michael öffnete die Türe und der Indianer ließ seine Last sanft zur Erde gleiten.

Die andern kamen vom Wall herunter und trugen gemeinschaftlich den Verwundeten nach dem Offiziershause, während Athoree noch die Patronen hineintrug, Michael schloß dann sorgfältig den Eingang.

Bei der Lampe Schein erkannte Johnson in dem Geretteten den Leutnant des Forts, Sounders. Man öffnete ihm die Kleider und sah nach seinen Wunden. Diese waren nicht erheblich, und sein Zustand mochte durch Blutverlust und Ueberanstrengung hervorgerufen fein. Man zerriß ein Betttuch und verband ihn. Dann legte man ihn auf die noch vorhandene Matratze.

»Gut gemacht, Athoree,« sagte der Graf und drückte herzlich dem Indianer die Hand. »Du bist ein Krieger, den ich bewundere. Gott sei vor allem Dank, daß mir die Patronen haben, von ihnen hängt vielleicht unser Leben ab.«

Während dieser Vorgänge, welche alle Aufmerksamkeit der Männer in Anspruch nahmen und die begreifliche Erregung nicht verminderten, hatte man kaum des gefangenen Indianers gedacht.

Athoree erinnerte an diesen, indem er sagte: »Gefangenen holen.«

Er hatte ihn so fest mit seinen Riemen umschnürt, daß an Entweichen nicht zu denken war. Man fand ihn auch fast an derselben

Stelle, wo er gebunden worden war. Er hatte sich nur halb aufgerichtet und saß dort, den Rücken an einen Holzstoß gelehnt.

Athoree und Michael, welche hinausgegangen waren, richteten ihn ganz empor und forderten ihn auf, mit ihnen zu gehen.

Schweigend folgte ihnen der Ottawa nach dem Hause.

Michael konnte es bei dieser Gelegenheit nicht unterlassen, seinem Zorne auf die roten Leute Luft zu machen.

»So, Bursche, du ziehst ehrlichen Leuten die Kopfhaut herunter? Das sind also eure kannibalischen Teufelsstreiche? Nun, einige deinesgleichen habe ich bezahlt, Lump du. Was meinst du denn nun, wenn ich dir einen mit meinem gesegneten Shillalah geben wollte? Wie? Ich würde dir den Schädel zu Brei schlagen, du roter heimtückischer Mörder, der du bist. Und das wäre noch viel zu wenig Strafe für einen solchen im Dunkeln schleichenden Strolch. Gerädert mußt du werden, und das von unten auf.«

Unter dergleichen Trostsprüchen, denen er hie und da einen gelinden Puff zugesellte, begleitete er mit Athoree den Gefangenen und führte ihn in das Zimmer, wo die andern saßen.

Beim Scheine der Lampe betrachtete man ihn nun genauer.

Es war ein Jüngling von achtzehn bis neunzehn Jahren, von schlanker Gestalt und nicht unfreundlichen Gesichtszügen. Er suchte großen Gleichmut zu zeigen, doch erschrak er bemerkbar, als er Johnson erblickte, und die dunklen, glänzenden Augen durchforschten unruhig das Zimmer.

Johnson richtete dann die Frage an ihn: »Warum haben die Ottawas die Streitaxt ausgegraben? Der junge Krieger möge mir das sagen!«

Der Wilde starrte ihn nun an, ohne indes zu antworten.

»Will der Ottawa meine Frage nicht beantworten? Vielleicht spricht er nicht die Sprache der Inglis?«

Er wiederholte seine Frage im Dialekte der Ottawas, von dem er einige Worte sprach, aber des jungen Gefangenen Augen wanderten nur von einem der Anwesenden zum andern, hafteten am längsten auf Athoree und richteten sich dann unter demselben trotzigen Schweigen wieder auf Johnson.

»Es ist vergeblich, ihn zu verhören,« sagte dieser, »wenn ein Indianer nicht sprechen will, bringt ihn keine Macht der Erde dazu. Wir müssen den Burschen verwahren, vielleicht daß er morgen gefügiger ist.« Man nahm ihm Messer und Tomahawk, die er noch am

Gürtel trug, die Büchse hatte er fallen lassen, als ihn Johnson niederwarf, lockerte seine Bande, die ihn wohl, ob er gleich keinen Schmerz verriet, arg belästigen mußten, so weit, daß dieser gemindert wurde, ohne die Sicherheit seiner Gefangenhaltung zu beeinträchtigen, und führte ihn in ein kleines Nebengemach, wo man ihn einschloß.

Athoree begab sich hinaus, um Wache zu halten, er schien keine Müdigkeit zu kennen. Graf Edgar blieb mit seinen zwei Gefährten still im Zimmer des so jäh dahingeschiedenen Davis sitzen.

Johnson, dessen gewaltige Körperkraft alle bewundert hatten, zeigte seine gewöhnliche Ruhe, beim Grafen und Heinrich aber machte sich nach den Anstrengungen des Tages und den furchtbaren Scenen und Eindrücken der letzten Stunde Abspannung geltend.

Dennoch fühlten sie nicht das Bedürfnis, zu schlafen, die seelische Erregung war zu groß. Nur der brave Michael hatte sich in einer Ecke des Zimmers eine Schlafstätte hergerichtet und schlief bereits den Schlaf des Gerechten, seinen Shillalah im Arm.

Es war ein trauriges Bild, welches das Zimmer bot. An den Wänden, Möbeln und Fenstern war die zerstörende Hand der Wilden zu bemerken, draußen herrschte dunkle Nacht und das Schweigen des Todes.

Der kleinen Lampe Schein fiel auf den verwundeten Offizier dort auf dem Bette, welcher seinen Atemzügen nach jetzt ruhig zu schlafen schien. Dann beleuchtete sie die drei ernsten Männer, welche in nachdenklichem Schweigen vor sich hinstarrten, unter ihnen die auffallende Erscheinung Johnsons.

»Welch ein Tag!« unterbrach der Graf endlich die Stille, »welch ein furchtbarer Tag! Im ganzen Kriege gegen Frankreich habe ich kein solch schauervolles Schlachtfeld gesehen, als dieses kleine Fort darbietet.«

»Ja, Herr, es ist grausig. Doch weisen unsre Grenzkriege mehr als ein solches Gemetzel auf. Ich begreife Euer Schaudern, doch ich – ich habe Dinge erlebt – die – mich ruhiger auf diese Zerstörung blühenden Lebens blicken lassen.«

»Wie wundersam, Heinrich,« wandte sich Graf Edgar an diesen, »spielt das Geschick mit uns! Wer hätte jemals im Vaterlande geträumt, daß wir eines Tages in diesen Urwäldern einsam sitzen würden, umheult von mordlustigen Wilden.«

»Ja, Herr Graf, es ist seltsam genug, und wer weiß, was uns noch für Dinge aufbehalten sind. Ich habe oftmals im stillen Wald darüber nachgedacht, wie wunderbar die Wege der Vorsehung sind. Ich weiß nicht, ob ich dem Herrn Grafen einmal mein Erlebnis von Chateaudun erzählt habe?«

»Nein, Heinrich.«

»Das war erstaunlich genug.

»Anfang der sechziger Jahre fand mein Vater auf der Landstraße einen Menschen, der krank zusammengebrochen war. Er nahm ihn mit ins Forsthaus, wo er sich als ein französischer Tapeziergehilfe auswies, der in Breslau gearbeitet hatte und sich auf dem Wege zur Heimat befand. Wir haben den erkrankten Menschen verpflegt und ihn schließlich, gesund, mit einiger Unterstützung nach seinem Vaterlande geschickt und seiner später nur selten gedacht.

»Während wir Jäger 1870 in Chateaudun lagen, wurden unsre Truppen arg von den französischen Räuberbanden, diesen Franktireurs, belästigt. Wir hatten vor allem die Aufgabe, den Burschen das Handwerk zu legen. So waren wir eines Tages mit der Kompanie ausgezogen, um die Waldränder etwas zu säubern. Wir gerieten dabei in einen Hinterhalt, wurden arg zusammengepfeffert und auseinandergesprengt. Ich flüchtete mit einem Kameraden in den Wald. Während wir den Rückweg nach Chateaudun suchen, sehen mir uns unerwartet von etwa dreißig Franktireurs umringt. Schon wollen wir feuern, um unser Leben so teuer als möglich zu verkaufen, denn diese Franktireurs schlachteten alles ab, was in ihre Gewalt fiel, als eine Stimme auf deutsch sagt: ›Laßt das, ihr seid Gefangene.‹ Hierauf ließen wir die Büchsen sinken und gaben uns gefangen.

»Der Hauptmann der Bande kam auf uns zu und betrachtete uns höhnisch, es war der, der uns die deutschen Worte zugerufen hatte. Wie ich mir den Kerl mit seinen dunkeln Augen und dem kleinen schwarzen Schnurrbart ansehe, steigt unwillkürlich das Bild des französischen Tapeziers, den wir vor sieben Jahren im Hause hatten, in mir. auf. Ich frage: ›Sind Sie einmal in Schlesien gewesen?‹ Erstaunt antwortet er: ›Ja.‹ – ›Und sind im Hause eines Försters freundlich verpflegt worden?‹

»›Ja, ja!' Und halb französisch, halb deutsch sprudelte er nun heraus: Woher ich das wisse? Wer ich wäre und so weiter. Ich sagte es ihm und daß ich ihn für den hielte, den wir damals aufgenommen hätten. Nun hätten Sie den Kerl sehen sollen, Herr Graf. Der küßte mich und umarmte mich, daß mir der Atem verging, mit Tränen in den Augen, und dann sprudelte er einen Schwall von Worten an seine Kameraden, und diese Kerls kamen und drückten mir die Hand, na, um's kurz zu machen – sie ließen uns laufen. Seit dem Tage kommt mir in der Welt nichts mehr wunderbar vor, auch unsre jetzige Situation nicht. Wir sitzen zwar einigermaßen in der Klemme, wie mir scheint, aber ich denke, Herr Graf, mir kommen auch wieder heraus, und wenn nicht, na, gestorben kann nur einmal werden, dann fallen wir als preußische Soldaten mit den Waffen in der Hand.«

»Ja, Heinrich, Kriegskamerad, ist unsre Stunde gekommen, wollen wir auf einem Haufen Feindesleichen sterben.«

Heinrich nickte stumm.

Johnson hatte schweigend der ihm unverständlichen Unterredung gelauscht, er erhob sich und gab den beiden Deutschen den Rat, die Ruhe zu suchen. »Wir haben morgen einen heißen Tag vor uns, Männer, denn der Wilde ist nicht abgezogen, es ist nötig, Kräfte zu sammeln. Versucht zu schlafen.«

Er selbst bereitete sich ein Ruheplätzchen, und Heinrich und der Graf folgten seinem Beispiele. Auch versanken sie nach so großen Anstrengungen bald in einen unruhigen, oft unterbrochenen Schlummer.

Dreizehntes Kapitel.
Vor dem Sturme.

Langsam stieg endlich der junge Tag herauf, grau und farblos. Im Fort war alles ruhig und auch die Wälder lagen ringsum schweigend da. Kein Lüftchen regte sich, kein Laut war zu hören.

Die leichten Wolken im fernen Ost röteten sich, stärker und feuriger ward ihr Glanz und endlich sandte der glühende Feuerball seine ersten Strahlen über die Wälder und hüllte die Wipfel der Bäume in Gold.

Sie trafen die Flagge der Vereinigten Staaten, welche von keinem Lufthauch bewegt von der auf dem Offiziershause befestigten Stange schlaff herabhing, dann spiegelten sie sich in den Scherben der zum größten Teil zerbrochenen Fensterscheiben und fielen in das Zimmer, in welchem die Männer noch schliefen.

Höher stieg der Sonnenball und sandte seine Strahlen auf die stillen Toten nieder, welche im Fort ihren letzten Schlaf schliefen.

In feurigem Widerscheine erglänzte endlich der spiegelglatte, klare See, der wie alles ringsumher so ruhig und friedlich dalag, als habe nie die mörderische Hand eines Menschen sich gegen den Bruder erhoben, als hätten seine Ufer und die Wälder, welche ihn umsäumten, nie das Kriegsgeheul indianischer Horden widergehallt, sei die Stille nie durch den Knall der tödlichen Waffen unterbrochen worden.

Athoree trat mit leisem Schritt in das Zimmer, welches unsre Freunde beherbergte, und berührte leicht Johnsons Schulter.

Augenblicklich schlug dieser die Augen auf und fragte: »Was gibt's?« indem er gleichzeitig nach der neben ihm liegenden Büchse griff.

»Jetzt der tote Mann und Sumach wachen, Athoree schlafen,« sagte dieser leise, um die Ruhenden nicht zu stören.

»Recht, Häuptling, du hast genug getan.«

Er erhob sich, um hinauszugehen, als auch Graf Edgar aus seinem unruhigen Schlummer, der von milden Träumen gestört war, erwachte.

»Ist etwas vorgefallen?« fragte er hastig, als er die beiden Männer vor sich stehen sah.

»Nichts, Sir, wir lösen uns nur ab, der Indianer und ich. Die Nacht ist ruhig verlaufen, Athoree? Nicht so?«

»Ottawa schlafen, nichts sehen, nichts hören.«
Der Graf stand auf.
»Ich will Sie begleiten, Johnson.«
Er nahm seine Büchse und ging mit ihm hinaus, während Athoree sich in einem kleinen Nebengemache zum Schlafe niederlegte.

Sie traten hinaus in den balsamischen Morgen.

Was die Nacht mit ihrem dichten Schleier liebreich verborgen hatte, zeigte nunmehr der Strahl der goldnen Sonne in seiner schrecklichsten Gestalt.

Ein Grausen überlief den jungen Offizier, der doch an den Anblick der Schlachtfelder gewöhnt war, als er jetzt im Tagesscheine sah, wie Beil und Messer der Wilden hier gewütet hatten.

Ringsum lagen die Toten zerstreut, und starre Augen richteten sich aus schmerzverzerrten Gesichtern gen Himmel. Der Boden war mit Blutlachen bedeckt.

Sie gingen umher und ließen ihre Blicke über die entsetzlichen Gruppen schweifen, über Leichname, welche von dem Skalpiermesser der Wilden entstellt waren. In dem als Kaserne dienenden Blockhause hatten sich die Krieger tapfer gewehrt, ehe sie gefallen waren, das sah man an den blutgeröteten Bajonetts der Gewehre, welche die toten Hände noch fest umklammert hielten. Sie schritten weiter und erblickten nun auch die Leichen der Indianer, welche ihre Gefährten am Wall in sitzender Stellung zurückgelassen hatten. Sie waren alle mit Bajonettstichen durchbohrt.

»Sie haben sich verteidigt, die Männer,« sagte der Graf, als er die toten Ottawas gewahrte. »Wie war es nur möglich, Johnson, ein so gut besetztes kleines Festungswerk zu überraschen, daß mit Ausnahme des Sergeanten und seiner wackeren Frau auch nicht ein Lebender von diesem Schreckenstage erzählen kann?«

»Wie die Roten das vollbracht haben, den Kommandanten und seine Mannschaft in solch völlige Sicherheit einzulullen, kann ich mir nicht erklären, denn es ist ihnen verboten, mit Büchsen ins Fort zu kommen, auch wird unter keinen Umständen eine größere Anzahl eingelassen, doch ist der Indianer der schlaueste und verräterischste Krieger, den es geben kann.«

»Und was kann dieser Ueberfall, diese Mordtat, denn weiter ist es doch nichts, bezwecken? Die Wilden wissen doch, wie ich gehört habe, wie furchtbar die Regierung sie zu züchtigen im stande ist.

Ihre einsichtsvolleren Männer müssen sich doch sagen, daß sie es nimmer mit den Weißen aufnehmen können.«

»Ich stehe hier vor einem Rätsel. Doch ist der Indianer so unberechenbar, daß ein kleiner Anlaß ihn zu der unbändigen Wut treiben kann, deren traurige Resultate wir hier vor uns sehen.«

Sie gingen auf den Wall hinauf, blickten über den friedlichen See, der im Morgensonnenschein vor ihnen lag, und dann auf die Toten hinunter, welche auf der Plattform am Wasser ruhten.

Johnson zeigte auf Davis' Leiche und sagte: »Das ist der Kommandant dort. Wenn, wie der Indianer wohl ganz richtig vermutet, der Angriff hier vom Wasser aus erfolgt ist, worauf auch die zahlreichen Kanoes schließen lassen, so ist der Kapitän wahrscheinlich gleich anfangs gefallen.«

Mit einer stillen Rührung betrachtete Edgar den Leichnam des unter Mörderhand gefallenen Kameraden, der an Jahren ihm ungefähr gleichstehen mußte.

»Was beginnen wir mit den Leichen, Johnson?«

»Werden sie wohl begraben müssen, Herr, wird nicht angehen, sie so liegen zu lassen.«

»Natürlich nicht, wollen uns hernach ans Werk machen. Hätte nicht geglaubt, auch hier im fernen Amerika solch traurige Handlung vornehmen zu müssen.«

Sie gingen auf dem Walle weiter.

»O,« äußerte der Graf überrascht, »ich sehe mit Vergnügen, daß der Platz auch Geschütz führt.« Und er betrachtete den bronzenen Vierpfünder, welcher ihm unter einem Bretterschutz bis jetzt entgangen war.

Es war ein Hinterlader neuester Konstruktion.

Er blickte dann auf den einsam vor ihm liegenden See hinaus und sagte nach einer Weile: »Dürfen wir annehmen, daß die Wilden abgezogen sind?«

Johnson wies auf die Wälder hüben und drüben: »Von allen Seiten bewachen das Fort scharfe Augen, Herr. Schon diese,« und er deutete mit der Hand auf die Leichen der Indianer, »würden ihre Stammesgenossen veranlassen, zurückzukommen.«

»Können Sie sich nach dem, was wir hier gesehen haben, ein Bild machen, wie stark die Angreifer etwa gewesen sind?«

»Das ist schwer zu sagen. Doch muß die Zahl derer, welche ein Fort mit sechzig Mann Besatzung anzugreifen wagen, nicht klein gewesen sein.«

»Und wie erklären Sie sich es, daß wir bei unsrer Ankunft das Fort ganz verlassen fanden?«

»Habe schon darüber hin und her gedacht, Herr, muß eine plötzliche und unerwartete Veranlassung gewesen sein, welche die Wilden nach vollbrachter Tat zum Fort hinauslockte. Das geht daraus hervor, daß sie die Leichen der Ihrigen hier zurückließen, ebenso aber auch ihre Absicht, hierher zurückzukehren.«

»Doch die Angreifer von gestern abend schienen mir nicht zahlreich zu sein.«

»Nein, das waren sie nicht, aber es ist denkbar, daß eine kleinere Schar der Indianer, im Begriff zurückzukehren, durch unsern Anmarsch überrascht wurde, während der Haupttrupp noch entfernt war. Jetzt werden sie wohl sämtlich in den Wäldern versammelt sein.«

»Glauben Sie, daß wir einen Angriff zu gewärtigen haben?«

»So sicher, wie dort die Sonne scheint.«

»Und wie denken Sie sich den?«

»Vergeblich ist's, darüber nachzusinnen. An ein Ersteigen der Pallisaden ohne lange Leitern ist nicht zu denken, und diese zu fertigen, dürften sie weder die Mittel, noch die Geschicklichkeit besitzen, auch wäre ein solcher Sturm unter unsern Büchsen immer noch eine gefährliche Sache! Der Wilde setzt sein Leben nur dann direkt in Gefahr, wenn die indianische Tollwut ihn überkommt, sonst ficht er aus dem Hinterhalte und sichert seine Glieder möglichst vor feindlichen Geschossen. Feuer anzuwenden scheint bei der starken Balkenbedachung nicht tunlich. Daß sie etwas gegen uns unternehmen werden, ist sicher, aber wann und wie sie ihren Angriff ausführen meiden, weiß nur der droben. Wir müssen die Augen offen halten und auf jede indianische List gefaßt sein.«

»Glauben Sie, daß wir länger hier festgehalten werden können?«

»Die Wilden gehen nicht von dannen, bis sie entweder das Fort mit seinen Schätzen an Waffen und Pulver nebst unsern Skalpen haben, oder durch Gewalt zum Abzug genötigt werden.«

Dem Grafen schoß der Gedanke an den beabsichtigten Garnisonswechsel durch den Kopf. Konnten nicht die ablösenden Truppen im Anmarsch sein? Und der Oberst und Miß Frances?

»Der Offizier, den wir gestern abend hereinholten, muß während des Ueberfalls außerhalb des Forts gewesen sein.«

»Wahrscheinlich genug. Möglich, daß ein Teil der Besatzung draußen überfallen worden ist, das würde vielleicht auch den Abzug der Wilden erklären.«

Der Graf schwieg in ernstem Nachdenken.

Sie gingen weiter und blickten nach allen Richtungen durch die Schießscharten, ohne das mindeste Verdächtige zu bemerken. An den gestrigen Kampf erinnerte nur das tote Maultier.

Die Ecken des in quadratischen Formen errichteten Walles hatten Vorsprünge, welche, mit eichenen Balken geschützt, Schießscharten zeigten, durch welche die Längsseite des Walles bestrichen werden konnte.

Der ziemlich breite Graben war wohl zehn Fuß tief, und die eingerammten starken Pallisaden, welche außerdem noch mit eisernen Klammern untereinander verbunden waren, ragten ebenso hoch über den Wall empor.

Das Fort war bei einigermaßen zahlreicher Besatzung fest genug, auch starken indianischen Horden und selbst europäischen Kriegern, welche kein Geschütz zur Verfügung hatten, energischen Widerstand zu leisten. Ein entschlossener Feind von solcher Uebermacht, als die Indianer augenscheinlich hatten, konnte mit Hilfe von Leitern und Aufopferung einiger Mannschaft ein Fort natürlich leicht stürmen, welches nur fünf Männer zur Verteidigung hatte. Dann waren sie rettungslos dem Skalpiermesser verfallen.

»Halten Sie es für möglich, daß uns die Garnison eines andern Forts zu Hilfe kommen kann, denn so lange kann diese blutige Tat doch nicht verborgen bleiben?«

»Die Verbindungen zwischen dem Fort und den andern Befestigungen hier im Norden ist eine so unregelmäßige, der Verkehr mit der Außenwelt so gering, daß Wochen vergehen können, bis die Nachricht von diesem Ueberfall in die Ansiedelungen oder zu den andern Kommandanten gelangt. Auch werden die Indianer natürlich, solange sie hier lauern, jeden abfangen, von dem sie erwarten können, daß er die Kunde davon vorzeitig weiter trägt.«

»Sie halten es also für unmöglich, eine Botschaft von hier abzusenden?«

»Für unmöglich nicht. Der Wyandot wäre schon der Mann dazu, aber schwierig ist es dennoch, auch vergeht Zeit darüber. Denn selbst Athoree würde mit seinen indianischen Beinen Fort Jefferson, wo die nächste Besatzung liegt, vielleicht in zwei Tagen erreichen, die Truppen aber mindestens drei brauchen, um hierher zu gelangen, wenn der Kommandant überhaupt dort so viel Mann abzuschicken vermag, als hier nötig wären, um uns zu entsetzen, was sehr fraglich ist. Auch ist der Indianer im Busch ein sehr gefährlicher Feind für reguläre Soldaten. Wir Hinterwäldler nehmen es eher mit ihm auf, wir brauchen dieselbe Kampfweise wie der Rote und handhaben dabei die Büchse besser als er, sind ihm auch an Körperkräften überlegen.«

Den Grafen verließ der Gedanke an Schuyler und Frances nicht.

»Wenn ich nur den Leutnant sprechen könnte, daß er uns einige Aufklärungen gäbe.«

Sie waren auf ihrem Rundgang zu dem Häuschen gekommen, in welchem Sergeant Wood wohnte. Die Sergeantin mußte bereits in der Küche in Tätigkeit sein, denn der Schornstein rauchte.

»Wir wollen einmal nach den Leuten sehen, Johnson.«

Sie stiegen vom Wall herunter, auf welchem schon längere Zeit die alte Sumach herumschlich und von Zeit zu Zeit durch die Schießscharten lugte, und klopften an die Türe der Wohnung.

Die Frau öffnete; sie sah totenbleich aus.

»Ist es schlimmer mit Ihrem Manne, Frau?«

»Nein, Herr, es steht gut mit ihm, er spricht wieder, aber,« und sie verbarg ihr Gesicht in den Händen, »ich habe im Tageslichte gesehen, wie schrecklich der Herr mit uns ins Gericht gegangen ist. O, es ist furchtbar, furchtbar, ihr Herren.«

Sie traten ins Haus.

Die wackere Soldatenfrau, welcher tote und verwundete Soldaten kein fremder Anblick waren, beruhigte sich bald und sagte, auf ihre Küche deutend: »Ich bin dabei, den Herren Kaffee zu kochen.«

In all ihrem Jammer hatte sie der Bedürfnisse des Tages nicht vergessen.

»Das ist brav, Frau,« sagte Johnson, »wir haben Stärkung nötig. Daran erkennt man die Frau eines Kriegers.«

»Kann man Ihren Mann sprechen?«

»Ja, gehen Sie nur hinein, er ist wieder ganz bei der Besinnung, ich habe ihm auch schon von Ihnen erzählt.«

Sie öffnete das kleine Zimmer und die beiden Männer traten ein.

Der Sergeant lag bleich und matt auf seinem Bett.

»Komme, nach Euch zu sehen, Sergeant,« sagte Johnson, »kennt mich doch?«

»Kenne Euch,« entgegnete der Sergeant mit noch ziemlich kräftiger Stimme.

»Sind zu trauriger Stunde gekommen –«

»Das weiß Gott – das weiß Gott!« Er sah trübe vor sich hin und fuhr dann erregt empor: »Wie steht's draußen? Wie steht's draußen?«

Johnson und der Graf sahen sich an, denn sie mußten nicht, ob die Frau ihm bereits die ganze schreckliche Wahrheit mitgeteilt hatte.

»Sagt's nur. Mann! Sagt's nur? Alle abgeschlachtet, alle?«

»Faßt Euch als alter tapferer Soldat, Sergeant,« entgegnete ihm Edgar, »ich selbst bin preußischer Offizier und habe den Krieg mitgemacht, ich kenne Schlachtfelder, wie Ihr, und kenne den Wechsel des Kriegsglücks –«

»Sagt's heraus, macht's kurz, Herr – alle hin?«

»Ihr seid der einzig Überlebende, den wir im Fort angetroffen haben,« sagte der Graf mit tiefem Ernste.

Der Sergeant richtete die Augen zur Decke empor und aus seinen Augen rollten große Tränen über die Wangen hernieder, während seine Hand krampfhaft an der Decke zupfte.

»O Mörderbande, Mörderbande – und ich bin mit schuld daran,« stöhnte er dann.

Die Männer sahen ihn fragend an.

»Auch ich habe mich von den Hunden täuschen lassen, ein alter, erfahrener Grenzsoldat. Ich hätte sehen müssen, daß es keine Pottawatomies waren, für welche sie sich ausgaben.«

Der fiebernde und erregte Mann erzählte nun den Aufhorchenden, auf welche Weise das Fort in die Hände der Wilden geraten war.

Die raffinierte Schlauheit der Angreifer setzte den Grafen in Staunen.

»Alle hin? Alle hin? Mein armer, lebenslustiger Kapitän – armer Davis. Und der wackre Sounders –?«

»Der lebt, Sergeant, mir haben ihn vor dem Fort gefunden.«

»Gott sei Dank, doch einer noch. Und seine Leute? Seine Leute?«

»Wir wissen von nichts weiter.«

Der Sergeant schwieg erschöpft und fragte erst, nachdem er sich etwas erholt hatte: »Wie kommt ihr hierher? Wie steht's draußen?«

Man gab ihm die gewünschte Aufklärung.

»Haltet 's Fort, Männer! Haltet 's Fort! Die ganze Ottawanation setzt keinen Fuß über den Wall, wenn einige entschlossene Männer ihn verteidigen.«

»Wir wollen unser Bestes tun.« Da der Sergeant augenscheinlich einer Ohnmacht nahe war, fragte Graf Edgar noch rasch:

»Wo befindet sich die Munition für die Geschütze, ich will sie für alle Fälle mit Kartätschen laden.«

Der Sergeant nickte: »Sehe, seid ein Soldat; Frau weiß alles, Schlüssel dort –« Und der gewaltig bewegte Mann sank in Bewußtlosigkeit.

Seine Frau trat zu ihm und nahm seinen schon ergrauten Kopf in den Arm und kühlte die Stirn mit kaltem Wasser. Sie winkte den Männern, zu gehen.

»Ja, Frau,« sagte Edgar, »Ihr habt recht, es war zu viel für ihn, wir wollen uns entfernen.«

»Ich komme gleich hinüber, Herr, und bringe Euch Kaffee und die Schlüssel zum Magazin, laßt mich nur einen Augenblick mit ihm allein.«

Edgar und Johnson gingen und betraten das Zimmer, in welchem Michael noch schlief, während Heinrich sich soeben erhoben hatte. Leutnant Sounders atmete regelmäßig und lag sicher in ruhigem Schlummer.

»Wir werden eine Belagerung aushalten müssen, Heinrich, vielleicht einen Sturm.«

»Lassen Sie die Mörder nur kommen, Herr Graf,« antwortete der unerschrockene Mann, »wollen sie nach preußischer Art empfangen.«

Johnson richtete einen Tisch her, und bald erschien die Sergeantin mit Tassen, einer großen Kanne Kaffee und Soldatenzwieback.

»Wie befindet sich Ihr Mann?«

»Er schläft,« sagte die zitternde Frau, welche durch den Anblick der Leichen von neuem erregt war. Sie setzte ihre Last ab, gab Edgar einen Schlüsselbund, zeigte ihm den Schlüssel zum Waffenmagazin und entfernte sich wieder, nachdem sie noch einen mitleidigen Blick auf Sounders geworfen hatte.

Heinrich rüttelte Michael an der Schulter. »Komm nur, roter Spitzbube,« murmelte dieser, griff noch halb im Schlafe nach seinem Stocke und starrte dann mit weit aufgerissenen Augen ins Zimmer, Er rieb sich die Stirn und allmählich wurde ihm die Situation klar.

»Das ist eine schöne Geschichte, Ew. Gnaden, das wird kein Mensch in Leitrim glauben, wie wir uns herumgehauen haben.«

»Hoffentlich hast du noch Gelegenheit, deine Taten in der Heimat zu erzählen; doch nun komm, wir wollen uns für den Tag stärken, er kann heiß werden.«

»Alles recht, Ew. Gnaden, mag's kommen, wie's will, Michael O'Donnel ist bei allem dabei, sei's bei der Flasche, sei's bei Hieben. Ich werde Ew. Gnaden nicht verlassen.«

Sie setzten sich um den Tisch und die Forderungen der Natur ließen alles Grausen ringsumher vergessen; sie sprachen dem Frühstück wacker zu und Michael O'Donnel stand auch hier seinen Mann. Als sie ihren durch die Anstrengungen des vorigen Tages geschärften Appetit gestillt hatten, sagte der Graf: »Wir müssen auch nach unserm Gefangenen sehen und dürfen ihn nicht verhungern lassen.«

Johnson und Michael begaben sich nun in die Kammer, wo der junge Ottawa gefesselt lag, mit etwas Brot und Fleisch.

Der Ire bewaffnete sich zu diesem Gange wohlweislich mit seinem Stocke. Der Gefangene wurde losgebunden und ihm die Speise geboten, die er auch annahm und gierig verschlang. Michael, den Shillalah zum Hiebe bereit, ließ ihn keinen Augenblick aus den Augen, ebensowenig Johnson.

Als der junge Indianer gegessen hatte, fragte Johnson: »Will uns der junge Ottawakrieger jetzt sagen, warum er mit seinen Brüdern das Fort des großen Vaters in Washington überfallen hat?«

Der Indianer blieb stumm.

»Der Ottawa nicht will reden? Gut, so wird man ihn am Halse aufhängen müssen, bis er tot ist.«

Der Indianer zuckte zusammen und ein Blick wilden Hasses fiel auf die beiden Männer, ein Zeichen, daß er wohl verstanden hatte, was Johnson sagte, aber er schwieg.

»Nun, der Ottawa bereitet sich sein Los selbst, er muß wissen, was er tut.«

Johnson band ihn dann wie vorher und man schloß ihn wieder ein.

Draußen begegneten ihnen schon der Graf und Heinrich.

»Kommt,« sagte Edgar, »wir wollen vor allem das Depot besichtigen und die Geschütze laden.«

Sie gingen hinaus, schritten auf das Magazin, welches Johnson kannte, zu und erschlossen es.

Hier zeigte sich ein reichlicher Vorrat von Waffen und Kriegsmunition, auch die Kartätschenkartuschen fanden sich bald, ebenso Granaten.

»Wir wollen die Geschütze laden, Heinrich, und ebenso die vorhandenen Gewehre.«

»Zu Befehl, Herr Graf.«

»Die letzteren stellen wir dann an den Schießscharten auf und feuern sie gegebenen Falles so rasch als möglich ab.«

Er wiederholte dieses Johnson englisch.

»Ja, das ist gut,« meinte dieser, »das ist gut.«

»Michael muß auch so viel beigebracht werden, daß er ein Gewehr abfeuern kann. Du kannst ihn in die Schule nehmen, Heinrich.«

»Zu Befehl.«

Der Jäger und der Graf nahmen nun einige Geschützmunition, dem hierin unerfahrenen Hinterwäldler und Michael vertrauten sie sie der Gefahr wegen, welche die leicht explodierende Ladung bei unvorsichtiger Handhabung mit sich führte, nicht an, begaben sich nach dem Wall und luden sorgfältig die vier Geschütze mit Kartätschen.

Neugierig sahen Johnson und Michael zu.

»Ew. Gnaden können aber auch alles,« sagte der Ire, als er die geheimnisvollen Manipulationen an dem Hinterlader anstaunte, welcher auch Johnsons großes Interesse erregte, da auch diesem solch neuere Geschützkonstruktion fremd war.

»So, nun holt mir die Gewehre der Leute hierher.« Die drei machten sich ans Werk, trugen die Gewehre der Soldaten auf den Wall und lehnten sie neben den Schießscharten an die Pallisaden. Der Graf holte selbst Patronen aus dem Magazin. Auch wurde für jedes Geschütz noch eine Kartätschenladung herbeigeschafft. Dann machten sich die Männer ans Laden der Gewehre, was einige Arbeit verursachte, da es Vorderlader waren.

Heinrich winkte Michael heran und zeigte ihm, wie man ein Gewehr laden müsse. Der Ire, der in seinem Leben noch keine Flinte geladen oder abgefeuert hatte, begriff es indes rasch und förderte unter Heinrichs Aufsicht die Arbeit wesentlich.

»Jetzt wird meiner Mutter Sohn auch noch schießen lernen, Ew. Gnaden,« sagte er vergnügt, »aber über meinen Shillalah geht doch nichts.«

»Unter Umständen ist er gewiß gut.«

»Welchen Vorteil,« äußerte Heinrich, »sind doch die Hinterlader; Herr Graf, mich wundert, daß man die hier noch nicht hat.«

»Werden wohl schon angefertigt sein und nur auf diesem entlegenen Platze noch fehlen.«

Johnson hatte schon früher mit demselben Interesse wie Grover Heinrichs Mausergewehr angestaunt, und war von der Vorzüglichkeit der Erfindung nicht minder überzeugt als jener.

Als sie ihr Werk vollendet hatten, überblickte der Graf dasselbe und äußerte: »Was wir tun konnten, um uns in verteidigungsfähigen Zustand zu versetzen, das haben wir, wie mir scheint, getan, nun muß Gott das übrige fügen.«

Nachdem sie nun einige Augenblicke gerastet hatten, fuhr er fort: »Nun, Freunde, bleibt uns noch die traurige Arbeit, diese Toten zu bestatten, laßt uns zunächst die Leichen zusammentragen.«

Michael, Heinrich und Johnson schafften mit starken Armen die Toten, welche sich innerhalb der Wälle befanden, in eine Ecke des Forts, während Graf Edgar aus dem Magazin Hacken und Schaufeln herzutrug. Dann öffnete man die nach dem Wasser führende Pforte und trug die Leiche des Kapitäns und dann der andern herein. Dreiundvierzig Tote lagen vor ihnen, als sie jetzt die in dem mörderischen Kampfe Gefallenen zählten.

»Der Kapitän soll allein ruhen, für die andern heben wir ein gemeinschaftliches Grab aus.«

Der Graf untersuchte dann die Kleider des Kapitäns und entnahm ihnen ein Notizbuch, die Uhr und einen kleinen Ring, der an seidener Schnur auf die Brust herabhing. Nicht ohne Wehmut betrachtete er das zarte Erinnerungszeichen, welches der Tote auf seinem Herzen bewahrt hatte.

Er legte alles sorgfältig beiseite.

Es wurde dann Raum abgesteckt für das Grab der Soldaten und dann daneben für das des Kapitäns.

»Ich will meines Kameraden letzte Ruhestatt bereiten, Leute, hebt ihr die Grube für die Soldaten aus.«

Johnson und Michael, an solche Arbeit gewöhnt, handhabten mächtig Hacke und Schaufel, und da der Boden leicht und weich war, wurden die Gräber in nicht allzulanger Frist hergestellt.

Man versenkte die Körper der Soldaten und schaufelte das Grab zu. Ein Gleiches geschah dann mit den sterblichen Ueberresten des Kapitäns.

Als die Grabhügel vollendet waren, nahmen die Männer die Kopfbedeckungen ab und sprachen für sich ein kurzes Gebet.

»Schlaft wohl, Kameraden,« sagte dann laut der Graf, »und Gott tröste eure Hinterbliebenen.«

Damit war die Totenfeier inmitten des einsam in den Urwäldern liegenden, von unversöhnlichen Feinden bedrohten Forts vollendet.

Während des letzten Aktes des Begräbnisses war Athoree aus dem Hause getreten und hatte schweigend zugesehen.

Er trat dann auf Graf Edgar zu, deutete auf die Leichen der Ottawas, welche noch am Walle lagen, und fragte: »Was mit roten Mann tun?«

»Was meinst du, Athoree,« entgegnete der Graf, »sollen sie in derselben Erde mit ihren Schlachtopfern ruhen?«

»Ottawa heulende Hunde, werfen in Wasser, zu gut noch, daß Skalp behalten.«

»Das war meine Meinung auch, der Grund des Sees mag die Mörder aufnehmen.«

Athoree wechselte einige Worte mit seiner Mutter, welche als wachsame Hüterin auf dem Walle umherschlich und von Zeit zu Zeit Umschau hielt, und betrachtete dann die getroffenen Verteidigungsanstalten, äußerte aber nur: »Große Büchse auch geladen?«

»Die Kanonen? Ja, sie sind bereit, Tod und Verderben auszuspeien.«

»Gut.«

Die Wassertür wurde wieder geöffnet und die Leichen der Indianer ohne weiteres jenseits des Sperrbalkens in den See geworfen, wo sie rasch untersanken.

Mehrere Stunden waren so in angestrengter, ernster Arbeit vergangen und die Männer ließen sich jetzt ermüdet neben dem Kommandantenhause an dem Tisch, an dem gestern Davis noch so glücklich und heiter gesessen hatte, nieder. Die Sergeantin kam jetzt unaufgefordert und brachte ihnen Speise und Trank, Pökelfleisch, Schinken, Zwieback, eine Flasche mit Rum und sogar aus dem Vorrat der Offiziere eine Flasche mit Wein.

Edgar dankte ihr und fragte, halb im bitteren Ernste, halb im Scherze: »Wenn wir belagert werden, Frau, so brauchen wir uns wohl wegen Mangel an Nahrungsmitteln nicht zu einer Kapitulation zu entschließen?«

»O nein, Herr, es ist genug für viele Monate von allem da.«

Während die Männer, zwischen ihnen Athoree, dem Frühstück zusprachen, begab sich die Sergeantin ins Haus hinein, um nach dem Leutnant zu sehen.

Als sie zurückkam, sagte sie zum Grafen: »Leutnant Sounders ist wach, Herr, er möchte Sie sprechen.«

Sofort begab sich Graf Edgar ins Haus. Er fand den Verwundeten bei klarem Bewußtsein.

»In welcher Lage, Herr, führt uns das Geschick zusammen,« redete er ihn an, reichte ihm die Hand und nannte ihm Namen und Stand.

»Mir ist immer noch sehr wirr zu Sinne. Sagen Sie mir nur, wie ich hierher komme, was geschehen ist?« ließ sich Sounders mit schwacher Stimme vernehmen.

Vorsichtig teilte der Graf ihm alles mit, was er selbst wußte und erlebt hatte. Sounders, der halb aufgerichtet im Bett saß, verbarg, als in den Worten des Grafen alle Schrecken des vergangenen Tages sich aufrollten, das Haupt in den Händen.

Lange blieb er so, während der Graf, seine Gefühle respektierend, in anteilvollem Schweigen verharrte. Endlich ließ der Verwundete die Hände langsam sinken und sagte mit fast gebrochener Stimme: »Es ist viel schlimmer, als ich geahnt habe.« Dann setzte er hinzu: »Ich selbst war abwesend; als ich die Gewißheit erlangte, daß etwas gegen das Fort geplant werde, kehrte ich schleunigst mit meiner geringen Mannschaft zurück. Nachdem ich erst einige Streifpartien der Roten zurückgeschlagen hatte, wurde ich gegen abend mit starker Uebermacht angegriffen, ich selbst sank bald getroffen und bewußtlos nieder. Als ich erwachte, lag ich im Dunkel der Nacht in einem dichten Busche, der wohl verhindert hat, daß mich die Indianer fanden. Was aus meinen armen Burschen geworden, ob einer oder der andre davongekommen ist, oder alle gefallen sind, ich weiß es nicht. Ich verband meine Wunden so gut ich konnte und schleppte mich taumelnd, fast instinktiv, nach dem Fort; oftmals sank ich auf diesem entsetzlichen Wege zusammen, mich mit aller Energie immer wieder aufraffend, bis ich endlich liegen blieb.«

Edgar sagte ihm, wie er gefunden und gerettet worden sei.

Sounders dankte gerührt.

»Aber wie steht's mit dem Fort?«

Der Graf gab ihm genaue Kunde von allem, was er getan und angeordnet hatte.

»O, es ist gut. Sie sind ein umsichtiger Soldat, Herr.« Er drückte ihm matt die Hand. »Die Hunde werden Sie angreifen – doch« – unterbrach er sich – »mein Gott, mein Gott – der Oberst auf dem Wege hierher? Der Herr sei ihm gnädig, aber die Wilden werden sich wie Wölfe auf die Ahnungslosen werfen – entsetzlich.«

Der Graf erschrak heftig.

»Erwarten Sie Oberst Schuyler so bald?«

»Heute, Sir, heute – mit der neuen Garnison und seiner Tochter.«

»Und seiner Tochter?« Edgar wurde so bleich, da Sounders nicht ohne Erstaunen fragte: »Kennen Sie sie?«

»Ich habe erst kürzlich in Lansing des Obersten und Miß Schuylers Bekanntschaft gemacht. Ja, Sie haben recht –« fügte er mit bebender Stimme hinzu, »ihnen sei Gott gnädig. Und kein Mittel, ihnen Hilfe zu bringen, sie zu warnen?«

»Ich halte es für unmöglich, daß jemand am Tage unbemerkt das Fort verlassen kann, und ohne unsichtbar zu sein, wird keiner, der es versuchte, der Hand der Feinde entgehen.«

»O, armes, armes Mädchen!« murmelte Edgar leise in tiefem Schmerze.

»Ich sehe, Herr Kamerad, Sie sind erschüttert von dem Unglück, das uns betroffen hat und noch ferner droht. Es ist furchtbar, aber ich sehe kein Mittel, den Heranziehenden Hilfe zu bringen oder sie auch nur zu warnen.«

»Und Sie glauben den Oberst schon in der Nähe?«

»Den getroffenen Dispositionen nach kann er unmöglich weit sein.«

»Von welcher Richtung kommen die Truppen heran?«

»Sie marschieren den See entlang und zwar auf dessen östlichem Ufer.«

»Ich werde einige Kanonenschüsse abgeben, vielleicht daß das als Warnungszeichen aufgefaßt wird.«

»Das ist ein guter Gedanke, tun Sie es, es muß den Oberst stutzig machen, wenn er es hört, denn er weiß, daß wir hier keine Munition verschwenden.«

Edgar drückte Sounders noch die Hand und ging rasch hinaus. Die nahe Gefahr, welche den Oberst und dessen Tochter bedrohte, unter dem Messer blutdürstiger Wilden zu fallen, riefen im Grafen fieberhafte Aufregung hervor, welche durch die Unmöglichkeit, sie auch nur zu warnen, noch erhöht wurde.

Er begab sich auf den Wall und rief Athoree zu sich.

»Höre, Häuptling,« er gab ihm jetzt auch öfter diesen Titel, »es ziehen Truppen heran, welche die hiesige Garnison ablösen sollten, glaubst du, daß Peschewa sie überfallen wird?«

»Ich so denken, wenn wissen, es tun, wenn nicht wissen, er vielleicht überfallen werden.«

»Nimmst du an, daß er mit seiner ganzen Schar hier in den Wäldern liegt?«

»Nicht wissen können, nicht durch Baum sehen.«

»Der Oberst kommt mit seiner Schar, ohne Ahnung davon, daß die Ottawas die Streitaxt ausgegraben haben. Wird er heimtückisch überfallen, sind er und seine Leute sicher verloren. Könnte man sie nicht warnen, Athoree?«

»Niemand Fort verlassen, solange Sonne scheint, dort,« er wies auf den Wald, »Ottawa genug, schießen ihn tot, Botschaft nicht ankommen.«

Graf Edgar hatte einen aussichtslosen Versuch gemacht, die letzte schwache Hoffnung, von dem Indianer Hilfe zu erlangen, war erloschen.

»Nun, so sollen die Kanonen sprechen, vielleicht reden sie eine verständliche Sprache. Ich will die Geschütze abfeuern, vielleicht daß das sie warnt.«

»Das gut, große Büchse losschießen, gut, denken, ihm besser hören.«

Graf Edgar ging auf das Geschütz, welches den See beherrschte, zu und Athoree folgte ihm. Er hatte zum erstenmal hier im Fort eine Kanone gesehen. Der Graf richtete die Mündung höher, hieß den Indianer zur Seite treten und zog dann die Zündschnur.

Donnernd entlud sich das Geschütz und weckte ein vielfaches Echo, welches von den Ufern des Sees zurücktönte. Der sonst so eisenfeste Indianer bebte zurück bei dem so gewaltigen, durch das

Echo verstärkten ehernen Laut. Fernhin sausten die Kartätschen ins Wasser und ließen es hoch aufspringen.

»Das hören,« sagte Athoree und betrachtete mit staunenden Blicken das blanke Rohr. »Große Büchse gut. Sprechen wie Manitou, wenn zornig.«

Der Graf ging den Wall entlang und feuerte nach und nach die übrigen Geschütze ab. Mit Hilfe Heinrichs brachte er die Kanonen wieder in ihre Position und lud sie von neuem.

»Wir wollen von Zeit zu Zeit einen Warnungsschuß abgeben, Heinrich, vielleicht daß er seinen Zweck bei den herannahenden Truppen erfüllt.«

In hoher Aufregung schritt er dann auf dem Walle auf und nieder, von Zeit zu Zeit einen Blick auf die See und das Ufer werfend, woher nach Sounders' Angabe der Oberst kommen mußte. Noch zweimal weckte er das Echo mit dem Hall der Geschütze. Während er wiederum angstvoll durch eine der Schießscharten lugte und jeden Augenblick das Knattern der Gewehre im Walde zu hören fürchtete, bemerkte er zwei Kanoes, welche in weiter Entfernung eilig quer über den See ruderten. Durch sein Glas gewahrte er, daß jedes mit vier Indianern bemannt war.

»Heinrich,« rief er diesem zu, »bringe mir rasch eine Granate herauf, wir wollen diese Schurken, welche sich so frech vor unsre Augen wagen, doch begrüßen.«

Rasch folgte der Angerufene dem Befehl. Graf Edgar lud und richtete mit großer Sorgfalt das Rohr, ein klein wenig den eilenden Booten vorhaltend.

»Ich kann zwar auf dem Wasser die Entfernung nicht genau abschätzen, aber hoffentlich sind sie noch in Schußweite.«

Die Männer waren alle auf den Wall geeilt und standen neben dem Geschütz, die Augen auf die seinen Kanoes gerichtet.

Krach! entlud sich dessen eherner Mund, und als der Dampf sich hob, bemerkten alle, daß die Granate doch Verderben gebracht hatte.

Durch sein Glas sah Edgar, wie aus dem einen der Boote die Männer sich eilig in das andre begaben, und ferner, daß einer von dessen Insassen von seinen Gefährten hineingezogen wurde.

»Hurra!« rief Heinrich, »die saß. Noch eine, Herr Graf.« Und schon sprang er, ohne Befehl abzuwarten, hinunter zum Magazin.

»Ja,« sagte der Graf, »der Schuß traf, das eine der Boote ist sicher leck. Wartet, ihr sollt Feuer haben, so lange, bis das Rohr glühend wird.«

»Bei meiner Mutter Seele,« schrie der entzückte Michael, »das war ein Schutz.« Und er ließ seinen hellen irischen Kampfruf folgen.

Mit nicht geringerem Staunen hatten Johnson und Athoree die Wirkung des Schusses beobachtet.

Das ferne Boot hielt einen Augenblick und bewegte sich dann langsamer, als bisher sein Lauf war, zurück, entweder war es zu schwer beladen oder seine Ruder waren verletzt.

Schon kam Heinrich mit zwei Granaten heran. Graf Edgar schob das Geschoß ein, zielte mit derselben Sorgfalt wie vorher, und die im flachen Bogen hinsausende Kugel schlug in der Nähe des Kanoes ein, eine schlanke Wassersäule emporwerfend.

Durch sein Glas bemerkte der Graf, wie die Indianer mit furchtbarer Anstrengung arbeiteten, um aus dem Bereich dieses verderbendrohenden Feuers zu gelangen.

Man mußte das Geschütz sich abkühlen lassen, und ehe es aufs neue schußbereit war, war das Fahrzeug hinter einem Landvorsprung verschwunden.

»Ja, kommt nur,« lachte der Ire, den der Kanonendonner aufregte, »Seine Gnaden wird's euch schon zeigen, verd– Skalpabzieher ihr. Kommt nur heran.« Und er streckte drohend seine kräftige Faust nach dem See aus.

»Ich sehe zum erstenmal ein Geschütz in Tätigkeit, Sir, und bin erstaunt über die Genauigkeit des Schusses auf solch weite Entfernung und die Wirkung des Geschosses.«

»Es ist mehr ein glücklicher Zufall, als mein Verdienst, daß ich gleich beim ersten Schusse die wahre Entfernung ermittelt hatte, das fällt selbst einem geübten Kanonier nicht leicht.«

Von der Stelle aus, wo der Graf und seine Begleiter standen, konnte man weithin beide Ufer des Sees übersehen.

Während am östlichen Ufer, rechts von ihnen, die Bäume bis dicht ans Ufer heranreichten, war eine längere Strecke am westlichen Ufer von Bäumen und selbst, einige Büsche abgerechnet, auch von Unterholz ganz frei und nur mit Gras bedeckt. Da die Truppen vom östlichen Ufer her erwartet wurden, waren die Blicke des Grafen fortwährend dorthin gerichtet.

Ein leiser Ruf des Indianers machte ihn aufschauen, dessen Hand war nach dem westlichen Ufer ausgestreckt, und mit einer mit Entsetzen gemischten Freude erblickte Edgar eine Reitergruppe von vier Personen, welche eben den Wald verlassen hatte und den See entlang galoppierte. Sie war nur etwa eine Meile weit entfernt und selbst das unbewaffnete Auge vermochte zu erkennen, daß eine Dame darunter war.

Der Graf zitterte so bei diesem Anblick, daß er nicht ruhig das Glas vor den Augen halten konnte. Leise kam es über seine Lippen: »Gott sei ihnen gnädig! Was tun? Was tun? Athoree? Jetzt hilf!«

»Feuer in Busch vor den Reitern. Ottawa Angst vor großer Büchse.«

Mit bebender Hand schob der Graf eine Kartätschenladung in die Kanone, richtete das Rohr niedrig und die todbringenden Kugeln sausten zwischen die Bäume, in geringer Entfernung von der Kavalkade.

Die Reiter beschleunigten die Gangart, ihrer Pferde.

Johnson, Athoree und Heinrich standen, die Gewehre in der Hand, und starrten nach dem Walde.

»Dort Ottawa,« rief der Wyandot und feuerte seine Büchse nach einer Stelle ab, wo die Büsche sich dem Fort gegenüber bewegten. Johnson und Heinrich folgten. In seiner Erregung sah der Graf nur nach den Ankommenden.

»Andre große Büchse abfeuern,« sagte Athoree und deutete auf das Geschütz über dem Eingang zum Fort.

Edgar sprang hin, während die Schützen eilig luden, richtete das Rohr, und von neuem sauste der Kartätschenhagel zwischen die Bäume.

Drüben am Walde blitzte eine Büchse auf, und ehe noch deren Knall zu ihrem Ohre gelangte, krachte schon das Gewehr Heinrichs, ein Indianer stürzte taumelnd aus dem Busch und fiel auf sein Angesicht nieder.

Näher und näher kamen die Reiter in vollem Rosseslauf. Frances jagte voran, zu ihrer Seite, nach dem Walde zu, ritt der Oberst, sie mit seinem Leibe deckend, hinter ihnen die zwei Begleiter.

Wiederum krachte drüben ein Schuß.

»Wir wollen hinaus,« schrie der Graf, »mir müssen sie retten.«

»Es ist sicherer Tod für uns, Sir,« sagte Johnson ernst und legte dem erregten jungen Mann die Hand auf die Schulter, »auch geben wir das Fort preis, wenn wir einen Ausfall machen; mir können von hier ebensoviel nützen, als –« er unterbrach sich, riß die Büchse an die Wange, schoß, ließ sie sinken und sagte ruhig: »So, der hat genug.«

Athoree und Heinrich standen mit schußfertigen Waffen und durchforschten den Wald mit funkelnden Augen.

»Lassen Sie das Geschütz noch einmal sprechen, hier dem Eingang gegenüber ist die gefährliche Stelle.«

Schon schob der Graf die Ladung ein.

»Michael, gehe an die Pforte und schiebe den Riegel zurück, sobald sie kommen.«

»Ja, ja,« sagte dieser und ging hinab.

»Stellen mir uns über dem Eingang auf,« und Johnson, Heinrich und der Indianer traten dorthin.

Schon waren die Reiter nahe, schon vermochte der Graf das flatternde Haar Frances zu erkennen.

Krachend entlud sich die Kanone, deutlich hörte man das Splittern des Holzes, das Brechen der Aeste.

»Versparen wir unser Feuer, bis sie näherkommen,« sagte mit immer gleicher Gemessenheit Johnson.

»Nein, nein! Vorwärts!« schrie Edgar, »Feuer aus allen Musketen,« und er stürzte auf das nächste Gewehr los und feuerte in den Wald hinein, dies mit großer Geschwindigkeit mit der an der nächsten Schießscharte stehenden Waffe wiederholend.

Schon jagten auf schäumenden Rossen die Reiter heran.

Hinab sprang der Graf.

»Oeffne, Michael!«

Der Ire schob den Riegel zurück, Edgar riß den Flügel auf, sprang hinaus – im Walde knallte es auf, zwei Kugeln sausten an ihm vorbei – und kam rechtzeitig, um Frances in seinen Armen aufzufangen, als sie ohnmächtig vom Pferde sank. Im Laufe trug er sie hinter die Pallisaden, während von oben die Büchsen der drei Männer sich nach dem Walde hin entluden.

Schon ritt Oberst Schuyler hinter die Balkenwand, welche das Tor deckte, und dicht hinter ihm folgten seine Begleiter. Michael schlug die schwere Tür zu, schob den Riegel vor; die Flüchtigen waren in Sicherheit.

Rasch sprang der Oberst vom Pferde und eilte zu seinem ohnmächtigen Kinde. Edgar hatte die junge Dame sachte auf einen Stuhl niedergelassen.

»Es ist nur eine Ohnmacht, Herr Oberst, Miß Schuyler ist unverletzt.«

Der Oberst, seine Tochter im Arm haltend, blickte in das Gesicht des Redenden.

»Mein Gott – Herr Graf –« und die Besorgnis, welche auf seinen Zügen lagerte, machte einem unverhohlenen Erstaunen Platz. »Sie hier – Herr Graf?«

Ein Seufzer Frances wandte seine Aufmerksamkeit wieder dieser zu.

Schon kam die Sergeantin hervor und sagte: »Ueberlassen Sie die Lady mir, Herr,« und sie wies auf ihre Behausung.

Oberst Schuyler nahm, ohne etwas zu erwidern, seine Tochter auf den Arm und trug sie zur Wohnung des Sergeanten, wo er sie auf dem Bett der Frau niederlegte.

Er kam zurück und ging auf Edgar zu.

»Was um des Himmels willen ist hier vorgefallen, Herr Graf?«

»Es gehört Mut dazu, um die Wahrheit zu vernehmen.«

»Sagen Sie mir alles – auch das Schlimmste, ich bin wie von einem Blitz aus wolkenlosem Himmel getroffen durch die Vorgänge der letzten Stunde.«

Edgar berichtete ihm kurz die ganze gräßliche Wahrheit.

Der Ernst, der für gewöhnlich auf des Obersten Zügen lagerte, vertiefte sich, als er schweigend den Bericht anhörte.

Als der Graf geschlossen hatte, der Oberst alles wußte, ging dieser einige Male auf und ab, blieb dann wieder bei jenem stehen, reichte ihm die Hand und sagte: »Und Ihnen, mein deutscher Kamerad, verdanken wir unsre Rettung.«

»Gott sei Dank, daß es gelungen ist, ich war in tödlicher Aufregung von dem Augenblick an, wo ich wußte, daß Sie dem Fort nahten.«

»Daß wir in Sicherheit sind, verdanken wir nebst Ihnen der Vorsehung. Diese ließ uns, als ich beschlossen hatte, den Truppen voranzueilen, den Weg auf dem westlichen Ufer wählen, da nach Aussage des indianischen Führers, den ich bei mir hatte – es war der Pottawatomie, welcher die Briefe der Offiziere zwischen den Forts hin und her trug –, es weniger waldig sei als das östliche;

meiner Tochter hätte ein Ritt zwischen den Bäumen doch großes Unbehagen bereitet. Ich hörte Ihre wiederholten Kanonenschüsse und es stieg, wie Sie mit Recht vorausgesetzt hatten, der Gedanke in mir auf, es sollten Warnungssignale sein. Als ich aber gewahrte, und ich konnte es deutlich gewahren, daß das Fort eine Granate nach den Kanoes der Indianer warf, ein Meisterschuß übrigens, da ward mir klar, daß die Wilden kriegerisch gegen dasselbe vorgegangen seien. In unsagbarer Angst um meine Tochter legte ich den letzten Teil des Weges zurück. Zahlreich können die Ottawas auf diesem westlichen Ufer nicht gewesen sein, doch für uns gerade genug. Auch wären wir sicher ihre Opfer geworden, wenn Sie nicht dieses starke Feuer unterhalten hätten, das hat uns gerettet.«

»Ich danke Gott dafür.«

»Aber meine Truppen?« fuhr der Oberst mit tiefer Besorgnis fort, »ich fürchte das Schlimmste für sie, obgleich Kapitän Blakwater ein erfahrener und kaltblütiger Offizier ist. Also wieder ein Indianerkrieg? Schrecklich, schrecklich. Gott möge Kapitän Davis ein gnädiger Richter sein, aber er hat mit der Behandlung Peschewas alle schlimmen Leidenschaften dieses Volkes entfesselt und es ist gut für ihn, daß ihm die schwere Verantwortung für seine unüberlegte Handlungsweise hier auf Erden erspart bleibt. Die Indianer sind grausame, wilde Tiere, aber eine gewisse Ritterlichkeit ist ihnen nicht abzusprechen. Es war ein großer Fehler des Kriegsministers, einen jungen lebenslustigen Südstaatenmann zum Kommandanten eines dieser an der Grenze liegenden Außenforts zu machen. Also nur zwei sind von der ganzen Besatzung noch übrig?«

»Der Leutnant und der Sergeant, wenn nicht noch einige Soldaten gerettet sind, welche sich zur Zeit des Ueberfalls mit dem Leutnant außerhalb des Forts befanden.«

»Es ist ein herber Schlag für die ganze Union. Haben Sie sich aus dem, was Sie erkundeten, ein Bild machen können, wie stark die Angreifer waren?«

»Der Leutnant und der Sergeant schätzten ihre Zahl nicht höher als auf achtzig bis hundert Mann.«

»Das ist mir unerklärlich. Es kann dann nur ein Bruchteil der Ottawas in Waffen sein, denn wenn diese Krieg führen wollen, können sie achthundert bis tausend Kämpfer ins Feld stellen, und vor allem würden sie dieses Fort mit starker Macht angegriffen haben. Das ist mir einstweilen noch rätselhaft. Selbst die Art des Ueberfalls kann ich mir noch nicht ganz vorstellen.«

»Der Sergeant ist der einzige, der davon erzählen kann.«

»Ich kenne den alten Wood, er ist ein tüchtiger Soldat, ich werde seinen Bericht ja selbst hören. – Unter welch seltsamen Umständen kommen wir wieder zusammen, Herr Graf? Wer hätte ahnen können, daß mir so bald mitten in den Indianerkrieg hineingeraten würden, als wir so friedlich in Lansing, im Hause von Freund Myers weilten. Ihnen und Ihren wackern Begleitern danken wir es, daß das Fort nicht im Besitze der Wilden ist, daß wir noch unter den Lebenden weilen. Es soll nicht vergessen werden, Herr Graf,« und wiederum schüttelte er ihm herzlich die Hand.

Edgar stellte dem Oberst Johnson vor, dessen auffällige Erscheinung diesen wie jedermann überraschte, der ihn sah.

»Mister Johnson, der mich zufällig im Walde antraf, führte mich hierher und gehört nebst meinem Jäger Heinrich, einem Soldaten von 1870 und Träger des eisernen Kreuzes, und meinem indianischen Führer zu den Verteidigern dieses Platzes.«

»Ich bin auch Ihnen Dank schuldig, Sir,« redete ihn der Oberst freundlich an und gab ihm die Hand. »Leben Sie hier in der Nähe?«

»Ich wohne seit drei Jahren auf der Reservation der Ottawas, Colonel, in meinem Shanty.«

»Auf der Reservation?«

»Ja, Sir, wohnte früher am Kalamazoo.«

»Sie haben also Fühlung mit den Ottawas?« und des Obersten klares Auge schien bis in die Brust des Mannes dringen zu wollen.

»Nein, Colonel,« erwiderte Johnson, »sie duldeten mich nur, als ich mich unwissend innerhalb ihrer Grenzen niedergelassen hatte, und gingen mir dabei scheu aus dem Wege, da mein Aeußeres ihnen abergläubische Scheu einflößte.«

»Wie kommt Ihr vom Kalamazoo hierher, Mann?«

»Hatte Gründe, Herr,« sagte Johnson traurig.

Edgar gab dem Obersten einen Wink, der diesen veranlaßte, mit seinen Nachforschungen inne zu halten.

Er blickte in das Gesicht Johnsons und maß dessen kraftvolle Glieder mit dem Auge. »Dünkt mich. Mann, Ihr seid früh ergraut? Wie alt seid Ihr?«

»Bin vor der Zeit weiß geworden, Herr, ich zähle erst vierzig Jahre.«

Ein zweiter Wink des Grafen verhinderte den Obersten fortzufahren. »Bin Euch verpflichtet. Mann, und werde es zu vergelten suchen, – Das dort ist Ihr indianischer Führer, Herr Graf?«

»Ja, Oberst. Athoree, komm näher.« Dieser hatte mit dem Pottawatomie einige Worte getauscht und kam nun heran. »Er hat mich mit Umsicht und Treue hierher geführt und große Tapferkeit gezeigt.«

»Das freut mich zu hören, Indianer.«

Athoree neigte würdevoll das Haupt.

»Bist du ein Pottawatomie?«

»Athoree ist Wyandot.«

»Wie? Ein Wyandot? Wie kommst du denn hierher?«

»Gehen jagen für weißen Mann. Hier Gutherz nehmen mit, Schwester bei Ottawas suchen.«

»Du hast also den Herrn Grafen hierher geführt?«

»So tun.«

»Du bist ein Krieger?«

»Denken so.«

»Ein Häuptling?«

»Enkel Meschepesche«, des großen Panthers meines Volkes.«

»O, bist du von so vornehmer Abkunft?« fragte der Oberst, der mit der Geschichte der größeren Indianerstämme wohl vertraut war, ohne jede Ironie, denn Meschepesche, der Huronenhäuptling, hatte in den Kämpfen zwischen Weißen und Roten einst eine große Rolle gespielt.

»Enkel des großen Häuptlings meines Volkes.«

»Gut, Athoree ist ein Krieger und ein Häuptling, ich danke ihm, daß er meinen Freund und mich verteidigt hat. Der große Vater in Washington soll es erfahren.«

»Gut!« sagte der Indianer mit Befriedigung.

Als die Sergeantin aus dem Hause trat, wandte sich der Oberst lebhaft zu ihr: »Meine Tochter?«

»Sie ist wohl, Herr Oberst, nur noch in großer Erregung.«

»Das glaube ich wohl. Daß ich das arme Kind auch mit hierher führen mußte. Kann ich sie sprechen?«

»Sie wünscht Sie zu sehen, Herr Oberst.«

»Ich komme.«

Er ging nach dem Häuschen und trat hinein.

Der Begleiter des Obersten, dem Edgar bis jetzt wenig Aufmerksamkeit geschenkt hatte, trat jetzt auf ihn zu und nicht ohne Erstaunen erkannte er in ihm den Konstabel vom Muskegon.

»Mister Weller, Sie hier?«

»Ja, Herr, bin gerade zur rechten Zeit gekommen. Habe genug indianische Greuel im Leben gesehen. Ver– seien die Hunde.«

»Aber was führt Euch hierher?«

»Haben sich Morris und seine Gesellen hierher gewendet, bin ihnen nachgeschickt, da ich der einzige Konstabel bin, der sie alle persönlich kennt. Traf den Oberst mit seiner Kolonne und schloß mich ihr an. Wollt', wäre aus diesem Loch erst wieder heraus, sind wunderbare Dinge hier vorgegangen. Lassen Euch übrigens die Leute vom Muskegon grüßen. Fremder; sollt Euch wieder sehen lassen dort, haben Euch liebgewonnen, ist ein Fakt.«

»Freut mich zu hören, Konstabel, herzlich.«

Der Graf erzählte ihm, daß sie Burton tot im Walde aufgefunden hätten.

»Schade,« sagte Weller, »daß er dem Strick entwischt ist. Den hat einer von den andern abgetan, denn der Kerl führte sicher das in Lansing geraubte Geld mit sich. Nun, dann bin ich ja auf der richtigen Fährte, die Burschen sind hier, und ich werde sie finden. Macht mir dieser wahnsinnige Aufstand der Ottawas einen argen Strich durch die Rechnung, hatte gerade darauf spekuliert, daß die mir die Halunken fangen sollten.«

Der Graf führte ihn etwas zur Seite und fragte leise: »Kennt Ihr den Johnson, Konstabel?«

»Welchen?«

»Den, der das große Unglück am Kalamazoo hatte, von dem ich schon am Muskegon hörte.«

»Ja, habe den Mann gesehen. Ist verschollen seit der Zeit.«

»Dort, der mit dem weißen Haar und Bart ist es.«

»Es ist unmöglich, Herr!«

»Zuverlässig.«

»Mein Gott, wie hat den der Kummer verändert. Ja, war eine schlimme Sache, Herr. Begreife es wohl, daß einem das Herz dabei brechen kann.«

»Ich sage Euch das nur, damit Ihr nicht zufällig seine Herzenswunden aufreißt, er leidet noch sehr darunter.«

»Werde es nicht tun, danke Euch, Fremder. Also das ist Johnson? Und der Mörder seiner Kinder ebenfalls in diesen Wäldern?«

»Pst! Johnson kennt ihn nicht. Nicht einmal seinen Namen, Ich habe angesichts des tiefen Schmerzes, mit welchem er von seinem Unglück erzählte, nicht gewagt, ihm zu sagen, daß der Mörder aller Wahrscheinlichkeit nach hier in der Nähe weilt. Es wird sich Gelegenheit dazu finden.«

»Bei Jove,« sagte Weller mit grimmiger Miene, »soll's zu rechter Zeit erfahren. Mann, und Abrechnung mit ihm halten. Möge uns der liebe Gott nur erst diese blutigen Indianer vom Halse schaffen. Ich gebe für unsre sämtlichen Skalpe nicht einen halben Dollar.« Er sah sich um. »Wie sollen ein paar Menschen dieses Fort halten, wenn derselbe etwa heranstürmt?«

»Nun, müssen's versuchen, Konstabel.«

»Well, werde mich wehren. Mann, mein Skalp ist mir sehr wertvoll,« sagte er mit einem Anflug von Humor. »Könnt Ihr mir nicht zu einem Imbiß verhelfen. Fremder? Seid ja hier zu Hause, he? Die tolle Jagd hat mir Appetit gemacht.«

Trotz seiner Sorgen und der gefährlichen Lage, in welcher sie sich befanden, mußte Edgar doch lächeln bei der kaltblütigen Ruhe des Mannes.

Er rief Michael herbei und beauftragte ihn, für die Bedürfnisse des Konstabels zu sorgen.

»Ja, kommt nur, Herr,« sagte dieser und führte ihn nach dem Offiziershause zu, »Essen und zu trinken gibt's genug hier, und wenn diese Teufelskerls mit ihrem Geschrei und ihrer tückischen Mordlust nicht draußen herumlungerten, wäre dies ein ganz guter Platz für meiner Mutter Sohn.«

Gleich darauf gab sich der an Gefahren aller Art gewöhnte Konstabel mit Behagen den Freuden des Mahles hin.

Der Oberst erschien in der Türe von Woods Wohnung und lud Edgar durch eine Gebärde ein, näher zu treten. »Wie befindet sich Miß Schuyler?« fragte dieser, eilig auf ihn zugehend.

»Besser, nur hat sich die Aufregung noch nicht ganz gelegt. Aber sie ist ein tapfres Mädchen und wird ihre Nerven bald gebändigt haben.«

»Darf ich Miß Schuyler begrüßen?«

»Ich soll Sie holen, damit Sie Ihnen danken kann.«

Er führte Edgar in das kleine Zimmer, in welchem seine Tochter weilte.

Frances trat ihm entgegen, als er eintrat, und streckte ihm die schmale weiße Hand entgegen, welche der Graf ehrerbietig an die Lippen führte.

»Da haben Sie die Königin der Ottawas, Sir,« sagte sie mit einem matten Lächeln, »aber meine künftigen Untertanen haben mich nicht gut empfangen.«

Sie sah sehr blaß aus, zeigte aber doch äußerlich die vornehme Ruhe, welche ihr eigen war.

»Wie Sie dieser Gefahr glücklich entgangen sind. Miß Schuyler, werden auch noch andre, welche Sie etwa bedrohen könnten, besiegt werden.«

»Welch ein Wiedersehen, Herr Graf! Wie war ich erstaunt, als mein Vater mir sagte, wer uns so tapfer und geschickt verteidigt hatte. Und wie danke ich Ihnen!«

»Wir wollen uns den Dank erst noch verdienen. Miß Schuyler.«

»Halten Sie mich nicht für schwach und mutlos, das Unerwartete hatte mich erschreckt, denn ich bin nur ein Weib, aber – Sie sollen ferner meines Vaters Tochter in mir finden,« setzte sie mit einem Blick auf den Oberst hinzu, der ebensoviel Bewunderung als Liebe ausdrückte.

Ihre eigenartige Schönheit wurde durch die marmorartige Blässe, das durch den wilden Ritt in malerische Unordnung geratene Haar, das dunkle Reitkleid noch erhöht.

»Wir alle werden uns bemühen, jede Gefahr von Ihnen fern zu halten.«

»Wir müssen in Gemeinschaft tragen, was das Geschick über uns verhängt, und ich will mich bemühen, es mit Würde zu tun.«

Der Oberst fuhr zärtlich mit der Hand über ihr Haar: »Meine Frances wird ein tapferes Mädchen sein. Auch ist die Gefahr nicht so groß, hier im Fort sind wir sicher,« setzte er beruhigend hinzu, »und wir haben unter andern zwei Helden von 1870 unter unsern Verteidigern. Sollten wir genötigt sein, zu kämpfen, ehe Ersatz heranrückt, so geschieht es Schulter an Schulter mit tapferen Männern.«

»Mir scheint die letzte Stunde,« sie schauderte leicht zusammen, »gleich einem wilden Traume, aus dem ich noch nicht ganz erwacht bin.«

»Mein Kind wird sich wiederfinden. Die Gefahr ist beseitigt. Die Sergeantin mag für deine Bedürfnisse sorgen, Frances, auch will ich dir durch den Pottawatomie deinen Mantelsack schicken.«

»Aber wo sind deine Soldaten, Vater?«

»Wie ich hoffe, bereits dabei, den Indianern eine Lektion zu erteilen, sie werden wohl im Laufe des Tages eintreffen.«

Frances war über die Vorgänge im Fort noch nicht unterrichtet und der Oberst brach das Gespräch ab, um nicht veranlaßt zu werden, ihr Mitteilungen zu machen, welche ihre Aufregung zum Entsetzen steigern mußten. »Ich will dem braven Sergeanten einen Besuch machen, Kind, und dann wollen wir dir ein behagliches Unterkommen herrichten, du sollst wenigstens die Königin des Forts sein, wenn deine roten Untertanen draußen rebellieren.«

Sie verabschiedeten sich und gingen hinaus. Draußen schärfte der Oberst der Frau Wood noch ein, seiner Tochter die entsetzlichen Vorgänge im Fort zu verschweigen, und betrat dann das kleine Zimmer, in welchem der Sergeant lag.

»Nun, mein alter, wackerer Kamerad,« redete er ihn freundlich an und reichte ihm die Hand, »wir sehen uns unter traurigen Umständen wieder.«

»Leider, Herr Oberst. Ich wollte, ich wäre wo die andern sind.«

»Geschehenes ist nicht zu ändern, Wood, wir müssen als besonnene Männer die Sache nehmen, wie sie liegt. Wir haben schon andre Abenteuer erlebt, Alter. Wißt Ihr Euch noch unsrer Kämpfe mit den Blackfeet zu entsinnen?«

Ein Lächeln fuhr über das Gesicht des Sergeanten: »Die haben wir heimgeschickt, Herr Oberst!«

»Und Sergeant Wood war einer der Tapfersten unter uns. Wie ich ja höre, sind Eure Wunden nicht gefährlich. Mann, haltet Euch ruhig, damit Ihr bald wieder Dienst tun könnt.«

»Als ich die Kanonen hörte, hat mich meine Frau mit Gewalt festhalten müssen, weil ich glaubte, die Roten kämen.«

»Nein, Ihr müßt still liegen, Mann. Sollten die Bursche wirklich einen Angriff wagen, so werden wir mit Gottes Hilfe ihnen heimleuchten.«

»Der Peschewa ist gefährlich, Herr, er ist der schlaueste Teufel, der je in Menschengestalt herumgelaufen ist.«

»Habt Ihr denn eine Ahnung, Sergeant, ich bin von allen andern Vorgängen genügend unterrichtet, wie stark die Angreifer waren?«

»Als ich meine Besinnung wieder hatte, habe ich mir alle Vorgänge zurückzurufen versucht. Wäre die Ueberraschung nicht so furchtbar gewesen, hätten wir sie mit dem Bajonett hinausgeworfen, denn die in den Kanoes, die fünf, welche wir eingelassen hatten, und die, welche dann noch vom Walde her gekommen sein können, alles in allem glaube ich nicht, daß sie mehr als über achtzig zählen.«

»Offen das Fort anzugreifen werden die schwerlich wagen.«

»Desto mehr müssen der Herr Oberst mit der List der Rothäute rechnen.«

»Nun, Wood, mir kennen die indianische Kriegsweise nicht seit gestern. Pflege er seine Wunden, Alter, mir wollen uns schon wehren.«

Er gab ihm wieder die Hand, der Sergeant sagte: »Gott segne Sie, Herr,« und Schuyler verließ das kleine Zimmer.

Er begab sich dann zu Sounders, der ihm mitteilte, was er selbst wußte.

»Es ist ein wahres Glück, daß die Deutschen mit ihrer Begleitung gekommen sind und das Fort gehalten haben, unsre Skalpe zierten sonst bereits den Gürtel eines Ottawa.«

Einen Augenblick zeigte Schuylers sonst so ruhiges Gesicht einen tiefschmerzlichen Ausdruck, denn es fuhr ihm durch den Sinn, welches Los seine Tochter vielleicht bereits erreicht haben würde, wenn nicht das Fort so rechtzeitig eingegriffen hätte.

»Der Offizier scheint ein tapferer und geschickter Mann zu sein, und es war eine glückliche Idee, die Kanonen sprechen zu lassen.«

»Die Ueberraschung war groß, als uns die Situation endlich klar wurde.«

»Und Miß Schuyler?«

»Der Schrecken wirkt noch immer in ihr nach, und ich fürchte, das arme Mädchen wird noch mehr ertragen lernen müssen, Sounders; ich wollte, ich wüßte sie in Sicherheit, dann mögen die Ottawas kommen.«

»Und die Truppen, Herr Oberst?«

»Blackwater ist ein vorsichtiger und geschickter Offizier, und ich hoffe, der Kanonenschall ist zu seinen Ohren gedrungen und hat ihn gewarnt wie mich.«

Die beiden Offiziere versanken in ernstes Schweigen.

»Hilft nichts,« sagte dann der Oberst aufstehend, »trüben Gedanken nachzuhängen, müssen's als Männer ausfechten. Behüt' Euch Gott, Leutnant.«

Oberst Schuyler schritt wieder hinaus. Er ging dann mit Edgar langsam den Wall entlang, lobte die Verteidigungsanstalten und richtete dann die Frage an ihn: »Sind Sie des weißhaarigen Mannes ganz sicher, Herr Graf?«

»Wie meinen Sie das?« äußerte der erstaunt.

»Es kommt mir nicht unverdächtig vor, daß er auf der Reservation der Ottawas wohnt, und daß diese ihn dort dulden, was sie nicht zu gestatten brauchen und auch wohl kaum einem Weißen gestatten, wenn nicht besondere Gründe dafür sprechen.«

Graf Edgar berichtete dem Obersten, welch grauses Geschick das Lebensglück Johnsons zerstört hatte.

»Ich entsinne mich, von dem entsetzlichen Vorgang in den Zeitungen gelesen zu haben. Der Arme. Aber sagen Sie mir eines: Hat der Mann Blut der Ottawas vergossen?«

»Er hat gekämpft wie ein Löwe, er war's auch, der den Schurken niederschoß, welchen Sie auf Ihrem Ritt zum Fort aus dem Busche hervortaumeln sahen. Gestern hat er sogar einen Gefangenen gemacht.«

»Einen Gefangenen?« fragte der Oberst lebhaft, »das ist trefflich, da werden wir doch etwas über die Aktion der Ottawas erfahren.«

»Der Mann hat bis jetzt kein Wort gesprochen.«

»Wir müssen versuchen, ihn zum Reden zu bringen. Würden Sie die Güte haben und mir ihn vorführen lassen?«

»Es soll sofort geschehen.«

Er ging vom Wall hinab und bat Johnson, den Ottawa herbeizuholen. Dieser begab sich ins Haus, während der Oberst ebenfalls den Wall verließ.

Johnson führte den jungen Gefangenen vor Schuyler.

Der Ottawa, welchem der Kanonendonner einen tiefen Schrecken eingeflößt hatte, sah sich scheu um und blickte dann vor sich nieder.

Die im Fort befindlichen Männer, auch Athoree und der Pottawatomie, kamen heran, um der Unterredung beizuwohnen.

Schuyler, der mit den Leuten roter Rasse wohl bekannt war, betrachtete den vor ihm stehenden Jüngling, dessen Miene eine mit Trotz gepaarte Aengstlichkeit zeigte.

»Bitte, nehmen Sie dem jungen Mann die Fesseln ab!« wandte er sich an Johnson, welcher dann sofort die Riemen löste, welche die Arme des Gefangenen umschlangen.

»Der junge Krieger, den meine Männer gefangen genommen, ist ein Ottawa? Nicht so?« fragte er in englischer Sprache.

Der Indianer erhob die Augen auf den Redner, dessen stattliche, vornehme Persönlichkeit sichtlich nicht ohne Eindruck auf ihn blieb, aber er schwieg auch hier.

»Der Ottawa hält es für klug zu schweigen vor den weißen Männern, aber er irrt sich, es wäre für sein Volk besser, er würde reden,«

Ein schneller Blick traf den Oberst, der verriet, daß der Indianer verstanden hatte, was er sagte.

Oberst Schuyler, der sich in seinen reichlichen Mußestunden in einsam gelegenen Grenzgarnisonen mit großem Fleiß dem Studium der Algonkin-Dialekte hingegeben, und sogar eine Grammatik derselben verfaßt hatte, sprach jetzt in einem derselben, von dem er sicher war, daß der Ottawa ihn verstehen mußte: »Der Ottawa ist sehr jung, er hat den Kriegspfad gegen die Söhne des großen Vaters in Washington betreten und weiß nicht, daß die Ottawas dafür büßen müssen. Die Krieger des weißen Mannes sind zahllos wie die Blätter des Waldes, sie werden kommen und die Ottawas töten. Mann, Weib und Kind. Warum hat der Ottawa die Streitaxt ausgegraben? Du bist jung, Indianer, aber doch alt genug, um dich zu entsinnen, wie der große Vater in Washington die Ottawas vor drei Sommern gezüchtigt hat.«

Der Indianer, welcher überrascht aufgehorcht hatte, als der Oberst ihn fließend in der Mundart seines Volkes anredete, senkte das Haupt – aber schwieg.

Ruhig fuhr der Oberst, immer im Algonkin-Dialekte, fort: »Der junge Mann könnte viel Unheil von seinem Volke abwehren, wenn er sprechen wollte. Er will nicht, er muß den Ottawas feind sein und ihren Untergang wünschen. Gut, ein Krieger muß wissen, was er tut.«

Jetzt öffnete der Gefangene zum erstenmal die Lippen und sagte: »Niake ist kein Ottawa.«

»O, Niake ist kein Ottawa, das ist mir lieb, denn nun kann ich dem großen Vater in Washington sagen, nicht seine Kinder, die Ottawas, haben die Krieger hier erschlagen, es waren Männer eines andern Volkes. Will Niake mir sagen, welchem Volke er angehört, oder fürchtet er sich, seinen Stamm zu nennen?«

»Niake ist stammlos.«

»So? Niake ist stammlos?« Ein leichtes Staunen zeigte sich auf dem Gesicht des Obersten, aber so vorübergehend, daß es nur ein aufmerksamer Beobachter gewahren konnte. »Niake ist stammlos? Das freut mich, denn ungern hätte ich die Ottawas erschlagen sehen. Aber Niake war ein Ottawa?«

Der Indianer nickte.

»Und seine Gefährten sind stammlos, wie er?«

»Sie sind stammlos.«

»Sein Häuptling Peschewa auch?«

»Er ganz stammlos, nicht mehr Ottawa, nicht Häuptling. Nicht Ottawa graben Streitaxt aus – der Namenlose, ihm folgen Niake, er nicht Ottawa.«

Der Gefangene brachte dies mit bemerkbarem Nachdruck vor, es war klar, der Oberst hatte die richtige Seite berührt und der junge Wilde wollte sein Volk von dem Vorwurfe entlasten, Krieg gegen die Langmesser, wie die Indianer die amerikanischen Truppen nannten, geführt zu haben, denn er ersann sich wohl der harten Züchtigung, welche seinen Stamm vor drei Jahren dezimiert hatte.

Der Oberst, welcher sich sehr viel und eingehend mit indianischer Eigenart beschäftigt hatte, begriff jetzt vollständig, welches Spiel gespielt worden war.

»Hier, Herr Graf,« sagte er zu diesem, »hier haben wir ein Stück echt indianischer Diplomatie. Dieser junge Mensch behauptet, er sei kein Ottawa, er sei stammlos, und alle seine Genossen ebenso. Merken Sie auf, so folgert der Indianer: Peschewa ist tödlich beleidigt von einem amerikanischen Offizier, er will sich rächen, kann aber oder will sein Volk nicht zu Teilnehmern seiner Handlungen machen, und scheidet deshalb aus diesem Verbände aus, er erklärt sich für stammlos. Seine Gefährten tun wie er. So führen also nicht die Ottawas Krieg gegen uns, sondern nur Herr Peschewa mit seiner Bande. Das ist echt indianische Logik.«

Er wandte sich dann wieder an den Ottawa: »Der große Vater in Washington wird nicht glauben, daß es stammlose Krieger seien, welche seine jungen Männer erschlagen haben, denn er blickt in ihr Herz, und siehe da, es ist das Herz eines Ottawas in jedem. Und er sieht in das Herz der Ottawas, welche in ihren Dörfern geblieben sind, und gewahrt, wie sie sich freuen über jeden Skalp, den die Stammlosen nehmen. Und so wird der große Vater sagen: die Ottawas sind nicht mehr meine Kinder, denn sie haben meine jungen Männer erschlagen. Er wird nicht mehr Korn schicken und Kühe und Schafe, nicht mehr Pulver und Blei, er wird seine Krieger senden und alle Ottawas töten lassen. Das danken die Ottawas euch, die ihr euch stammlos nennt.«

Es wurde jedem Zuschauer klar, daß die Worte des Obersten einen tiefen Eindruck auf den jungen Mann machten, sein Auge irrte umher und er atmete schwer.

Der Oberst gewahrte wie die andern die Wirkung seiner für den jugendlichen Ottawa klug berechneten Worte.

»Der junge Krieger hat verstanden, was ich sagte?«

Der Indianer neigte das Haupt.

»Gut wäre es, wenn ein Freund der Ottawas es dem jetzigen Häuptling ins Ohr singen wollte, denn nicht möchte ich das Volk erschlagen sehen.«

Der Indianer sah ihn aufmerksam an.

»Der große Vater in Washington wird sagen: Wenn Peschewa durch einen meiner Offiziere beleidigt morden ist, warum tötet er meine Leute, die ihm nichts zuleide getan haben? Er wird sagen: Wenn die Ottawas meine Kinder wären, so würden sie es verhindern, daß die Stammlosen meine Krieger von hinten erschlagen, und all dies sollten die Männer der Ottawas wissen, aber wer wird es in ihr Ohr singen?«

Nach einem kurzen Schweigen sagte der Ottawa: »Niake wird es tun.«

»Ich fürchte, Niake wird zu Peschewa gehen, wenn ich ihm das Tor öffne, und fortfahren, gegen uns zu kämpfen,«

Mit großer Bestimmtheit erwiderte der Indianer: »Niake wird zu Kitate gehen und in sein Ohr singen, was der große Vater in Washington denkt.«

»Das wäre sehr gut, denn den Ottawas ist er gewogen, die Stammlosen hingegen wird er am Halse aufhängen lassen. Ich werde dem jungen Krieger glauben und ihm die Tür öffnen. Will er gleich gehen?«

»Nein,« entgegnete dieser nach kurzer Ueberlegung. »Niake wird gehen, wenn es dunkel ist.«

»Gut. Ich vertraue dir. Ich will dir am Abend die Tür öffnen lassen und dann tue, was du für am vorteilhaftesten für die Ottawas hältst.«

Er ließ ihn dann zurückführen und einschließen, ohne ihn jedoch fesseln zu lassen.

Er erklärte Graf Edgar seine Unterredung mit dem Wilden.

»Diese braven Leute glauben durch eine solche kindliche Fiktion die Regierung täuschen und von ernsten Schritten gegen sie abhalten zu können. Aber schon daß sie einen solchen überhaupt für nötig halten, zeigt, daß sie den Streit fürchten, wie ja auch schon das Benehmen des Kitate, von dem mir Sounders berichtet hat, angezeigt. Da also nicht das Ottawavolk bei dem Angriff beteiligt ist, sondern nur Peschewa mit seinem persönlichen Anhang, so kann die Zahl der Angreifer in der Tat nicht groß sein, und ich hoffe, daß ihnen Blackwater zu widerstehen vermag.«

»Glauben Sie, daß der junge Mann zu seinem Volke gehen wird, statt zu seiner Räuberhorde?«

»Das glaube ich sicher. Er fühlt sehr gut die Wahrheit meiner Worte und daß die Gefahr nahe liegt, daß das ganze Volk für Peschewas Tat verantwortlich gemacht werden kann. Es genügt schon, ihnen die gewährleisteten Provisionen und Geldbeiträge zu entziehen, um sie zahm zu machen, sie werden ja von der Regierung erhalten. Diese wird das freilich nicht tun, denn das hieße eine Rotte vor Hunger wahnsinniger Mörder auf die Ansiedelungen zu entfesseln. Es wird wohl nötig sein, einige Bataillone Reguläre hierherzusenden.«

»Aber was beginnen wir hier, Herr Oberst? Wir werden gegen einen ernstlichen Angriff das Fort nicht verteidigen können.«

»Nein, das können wir nicht. Verstehen die Feinde, Leitern herzustellen, so genügt ein Scheinangriff auf der einen, um den Feind auf andrer Stelle über die Pallisaden zu bringen. Ich denke mit Dunkelwerden den Pottawatomie hinauszusenden, daß er sich nach Blackwater umsieht und Botschaft nach Fort Jefferson bringt. Meine heimliche Befürchtung, daß auch zugleich jenes Fort angegriffen sein könnte, ist durch des Indianers Aussage vollständig geschwunden. Wir hier müssen ruhig die Dinge an uns herankommen lassen.«

Die Türe des Sergeantenhauses ging auf und Miß Schuyler erschien in derselben. Durch den Inhalt des Mantelsacks, welchen der

Pottawatomie auf seinem Pferde mitgeführt hatte, war es ihr ermöglicht worden, das Reitkleid abzulegen und sich umzukleiden; sie erschien in einem einfachen dunklen Gewand, von welchem das bleiche Antlitz sehr abstach.

Ihr Vater und Edgar gingen auf sie zu.

»Ich hielt es nicht länger in dem engen Stübchen der guten Frau aus, es trieb mich, die Wälle zu sehen, welche uns vor den Feinden schützen.«

»Komm, mein Kind,« sagte der Oberst und nahm ihren Arm, »die Luft wird dir gut tun. Auch wird Frau Wood dir ein Heim im Kommandantenhause bereiten, nicht so?« wandte er sich an diese, welche hinter Frances hergekommen war.

»Ist schon geschehen, Herr Oberst, alles, was mir Gutes hatten, ist in Miß Schuylers Zimmer gebracht worden.«

Der für sie bestimmte Raum, im Giebel des Offiziershauses liegend, war von der Raubgier der Indianer verschont geblieben.

Die Zerstörung, welche deren Hand im Fort hervorgerufen hatte, war einigermaßen beseitigt morden, doch sah es noch wild genug ringsum aus, und Frances' Gesicht wurde noch eine Nuance bleicher, als sie den Blick umherschweifen ließ, doch sagte sie nichts.

Der Oberst geleitete sie nach dem Wall und ließ sie einen Blick auf den See werfen, der in seiner ruhigen Schönheit vor ihnen lag.

Lange sah Frances durch eine der Schießscharten.

Die stillen Wälder spiegelten sich in den klaren Fluten zugleich mit dem unbewölkten Himmel. Wasservögel schwammen lustig auf dem See umher und neckten sich im muntern Spiele.

»Welch ein Bild des Friedens, Vater,« sagte sie, nachdem sie den Eindruck voll hatte auf sich wirken lassen.

»In der Tat, ein herrlicher Anblick.«

»Und zu denken, daß unter dieser friedlichen Stille der grause Mord lauert.« Ein Schauer überlief ihren Leib.

»Mein Herzenskind muß sich nicht solchen Gedanken hingeben; ist die Lage, in der wir uns befinden, gleich ernst, so bedrohen uns doch keine unmittelbaren Gefahren.«

»Wir stehen in der Hand Gottes, Vater.«

»Ja, Frances, und auf ihn wollen wir vertrauen, er wird die Anschläge unsrer Feinde zunichte machen.«

Sie wandte ihr Auge von dem See und sagte: »Ich will jetzt mit Hilfe der Sergeantin für deine Behaglichkeit sorgen.«

»Tue das, Kind, wir wollen nach der beschwerlichen Reise einen langen Schlaf tun.«

Er führte sie wieder hinab und sie betrat mit Frau Wood das Kommandantenhaus.

»Wir müssen nun wohl etwas Kriegsrat halten, Herr Graf, um zu erörtern, was wir in unsrer Lage tun können. Es ist geboten, die Meinung aller zu hören, welche mit uns die Gefahr teilen.«

Johnson, der Konstabel, die beiden Indianer wurden herbeigerufen und ließen sich mit dem Oberst und Edgar neben dem Offiziershause nieder, während Michael, Heinrich und Sumach auf den Wällen weilten.

»Es ist nicht zu leugnen, Männer,« begann der Oberst, »daß wir uns in einer sehr bedenklichen Lage befinden. Zwar sind Wall und Pallisaden hoch, doch nicht hoch genug, um ein Uebersteigen gänzlich zu verhindern. Greift der Feind mit Entschlossenheit an, so sind wir zu gering an Zahl, um den Angriff abwehren zu können. Ich habe leider keinen Zweifel, daß Peschewa die unter Kapitän Blackwater heranziehenden Truppen angegriffen und zurückgeworfen hat, sonst hätten wir schon von ihnen gehört; wir sind also auf uns allein angewiesen. Ich habe die Absicht, hier den Pottawatomie, sobald die Nacht hereingebrochen ist, nach Fort Jefferson zu senden, aber Hilfe von dort kann frühestens in vier Tagen hier sein. Das ist unsre Situation, und nun sagt eure Meinung, Männer, darüber, was wir tun können, um uns zu retten.«

»Colonel,« nahm nach einigem Schweigen Johnson das Wort, »ich denke nicht, daß Peschewa angesichts von sechs oder sieben guten Büchsen einen Sturm am Tage wagen wird, und nachts fechten die Indianer höchst ungern. Hat er sich mit Ihren Truppen geschlagen, so wird das nicht ohne Verluste abgegangen sein, selbst wenn er Sieger geblieben sein sollte. Alles dies läßt mich nicht an einen offenen Angriff glauben. Auch dürfte es den Roten schwer werden, Leitern zu verfertigen, und ohne diese kann Peschewa nicht stürmen.«

»Es ist sehr zu fürchten,« ließ Weller sich vernehmen, »daß die blutigen Schurken, welche ich im Namen des Gesetzes dieser Staaten verfolge, sich den Ottawas angeschlossen haben, und diese verstehen auch Leitern herzustellen. Im Notfall genügten auch junge Bäume, um die Pallisaden zu erklettern, wenn sie sich der Aeste als Sprossen bedienen. Daß sie angreifen werden, wenn sie die Soldaten zurückgeschlagen haben, ist außer allem Zweifel; sie kennen unsre Schwäche, und das Fort mit seinen reichen Schätzen an Waffen, Munition und so vielen andern Dingen, welche ihnen wert dünken, reizt sie übermächtig. Wie ich gesehen habe, sind ja zahlreiche Boote da, ich wäre dafür, diese in der Nacht zu benützen, uns nach dem andern Ende des Sees zu begeben, und den Weg durch die Wälder zu suchen.«

»Den Gedanken habe ich auch schon gehabt,« sagte der Oberst, »aber ich halte es meiner Tochter wegen für unmöglich, in den Wäldern einer Verfolgung von seiten der Indianer zu entgehen. Selbst wir Männer hätten dazu wenig Aussicht, wenn diese leichtfüßigen Krieger auf unsrer Spur sind. Auch wissen sie, daß wir Kanoes haben, und der Gedanke, über den See zu entfliehen, liegt so nahe, daß sie sicher Vorsichtsmaßregeln getroffen haben, um unsre Flucht zu entdecken, dann haben wir sie auf den Fersen. Der See ist an einigen Stellen so schmal, daß eine Büchsenkugel dessen Mitte erreicht.«

»Was meinst du, Enkel des großen Panthers der Wyandots,« wandte sich der Oberst an Athoree, »lasse der Häuptling uns seinen Rat hören.«

Athoree erhob sich und sagte mit der ruhigen Würde, welche den meisten Indianern besonders bei Beratungen eigen ist: »Denken nicht, daß Ottawa angreifen, solange die Sonne scheint, er schon viel Leute verloren. Er gestern fechten, heute fechten, er müde, greifen nicht am Abend an; wenn er kommen, kommen am Morgen, ehe Sonne da. Das rechte Zeit. Wenn fliehen in Kanoe, er bald wissen, sehr weiter Weg zu den Ansiedelungen, weiße Rose kleine Füße, sie nicht viel gehen, holen ein, nehmen Skalp von Männern, führen weiße Rose gefangen fort.«

»Da wäre Tod noch besser,« murmelte erbleichend der Oberst, der wie alle wohl verstand, daß Athoree in der bilderreichen Art seines Volkes mit der weißen Rose seine Tochter bezeichnete.

»Nicht fliehen in Kanoe über See. Rose nicht gehen können, nicht verwundeter Mann gehen können.«

Der Oberst schlug sich vor die Stirn: »Wie schäme ich mich meines Egoismus, ich denke nur an mein Kind und nicht an die verwundeten Kameraden. Es ist ja kein Gedanke an Flucht möglich, mir müssen den Feind hier ruhig erwarten.«

»So tun, ja. Wenn Ottawa kommen, nicht gehen auf Wall, zu wenig Männer. Große Büchse schießen weit, nicht nah.« Er hatte wohl erkannt, daß wenn der Angreifer im Graben war, das Geschütz nicht auf ihn gerichtet werden konnte. »Warum gehen nicht in klein Haus?« er deutete auf das Haus des Sergeanten, »es sehr dick Holz, machen noch dicker. Fenster zu, Türen zu, nur Loch für Büchse. Tragen Gewehr hinein,« er deutete auf die auf dem Wall befindlichen Soldatenflinten, »Brot, Wasser, Pulver, wehren uns dort, ein Tag, zwei Tag. Nicht leicht nehmen. Warten bis Hilfe kommt. Dies alles.«

»Und wenn sie Feuer anwenden?«

»Balken schwer, nicht leicht brennen. Machen Haus naß, ganz naß, Brunnen dort.«

»Und kommt keine Hilfe? – dann?«

Athoree zuckte die Achseln: »Dann sterben – alles vorbei.«

Tiefes Schweigen herrschte nach diesen Worten unter den versammelten Männern.

Plötzlich drang leise die feierliche Weise eines Kirchenliedes in getragenen Orgeltönen zu dem Ohr der überrascht Aufhorchenden. Wie aus hoher Luft herabkommend, erklang fast geisterhaft der Ton.

Atemlos lauschten sie.

Jetzt einte sich die schöne Stimme Frances Schuylers mit den getragenen Accorden in der hehren Weise des 62. Psalms.

»Meine Seele harret nur auf Gott, denn er ist meine Hoffnung. »Er ist mein Hort, meine Hilfe und mein Schutz, daß ich nicht fallen werde.

»Bei Gott ist mein Heil, meine Ehre, der Fels meiner Stärke, meine Zuversicht ist bei Gott.«

Leise verhallten die Töne der schönen, herzergreifenden Stimme, die Accorde des Harmoniums.

Die Hörer waren tief bewegt.

Gleich als die feierliche Weise Händels begann, hatte der Oberst unwillkürlich die Hände gefaltet, alle Weißen folgten seinem Beispiele, auch Heinrich und Michael auf dem Walle, und nie hat eine Gemeinde andächtiger erhabenem Worte gelauscht, als die kleine Schar der hier vereinigten Männer.

Der brave Ire war so ergriffen, daß ihm die hellen Tränen in die Augen traten.

Mit tiefer Aufmerksamkeit lauschten auch die Indianer den nie vernommenen feierlichen Tönen.

Der Eindruck war so mächtig, daß keiner ein Wort fand, als Frances schon einige Zeit geschlossen hatte, bis Athoree in gedämpftem Tone fragte: »Die weiße Rose sprach mit dem großen Geist? Wie?«

»Ja, Indianer, meine Tochter rief auf zu ihm, der uns allein retten kann.«

Es dauerte eine kleine Weile, ehe sie in der Beratung fortfuhren.

»Was meint der Pottawatomie?«

»Der Wyandothäuptling großer Krieger, er ganz recht. Nicht fliehen, müssen fechten, am besten dort fechten.« Und er deutete auf das Blockhaus der Sergeanten. »Das können verteidigen, nicht Fort.«

Nach einiger Ueberlegung fanden alle, daß der Vorschlag Athorees das einzige Mittel enthielt, um die Verteidigung längere Zeit fortsetzen zu können, und man beschloß sofort ans Werk zu gehen, um das Haus in wehrfähigen Zustand zu versetzen.

Johnson, Michael und der Konstabel, welche alle drei trefflich mit der Axt umzugehen verstanden, übernahmen es, Schutzvorrichtungen gegen feindliche Kugeln herzustellen. Sie bedienten sich dazu der Dachbalken der Kaserne, und Johnsons erstaunenswerte Kraft kam ihnen hierbei trefflich zu statten. Dieser und der Konstabel zimmerten mit der Geschicklichkeit amerikanischer Waldleute für Tür und Fenster starke Befestigungen, die sie mit Schießscharten versahen. Sie verbanden die Balken noch mit eisernen Klammern, die sie im Magazin vorgefunden hatten. Heinrich und die von der Absicht, ihr Haus in eine Festung zu verwandeln, unterrichtete Sergeantin trugen Pulver, Patronen und Musketen, Wasser und Nahrungsmittel aller Art in die Behausung. Edgar nahm die Verschlüsse der Geschütze fort, ließ diese aber selbst stehen. Dann half er Heinrich beim Ueberführen von Munition und Gewehren. Den Vorrat von Kartätschenladungen ließ man liegen, die Pulverfäßchen aber wurden in das Wasser versenkt. Der Oberst ordnete überall an, griff auch mitunter selbst mit zu.

Die beiden Indianer standen auf dem Wall und sahen ruhig mit zu, wie die andern arbeiteten, ohne auch nur im entferntesten Miene zu machen, ihnen beizustehen, es wäre indianischer Krieger unwürdig gewesen, solche Dienste zu leisten.

Da die Männer diesen Hochmut der Indianer kannten, den selbst das Beispiel des Obersten nicht zu brechen vermochte, und jede Aufforderung, zuzugreifen, zurückgewiesen worden wäre, ließ man sie gewähren. Auch war es nötig, daß fortwährend Ausguck auf den Wällen gehalten wurde, um vor jeder Ueberraschung sicher zu sein.

Mitten in der regsten Arbeit erschien Miß Frances unten und sah erstaunt den Vorbereitungen zu.

»Staune nur, mein Kind, aber wir müssen uns nach allen Regeln der Kunst auf die innere Verteidigungslinie beschränken, und so bauen wir eine Citadelle, da wir die ausgedehnten Außenwerke wegen Mangel an Mannschaft nicht besetzen können.«

»So glaubst du, Vater, daß wir angegriffen werden?« fragte sie, und ihre Stimme bebte.

»Nun, unmöglich wäre es nicht, jedenfalls müssen wir darauf vorbereitet sein. Du mußt wieder umziehen zu Frau Wood, wir müssen diese Nacht alle im Hause des Sergeanten schlafen.«

Frances ließ sich auf einen Stuhl nieder und sah mit gefalteten Händen den Arbeiten zu.

Es war mit solcher Kraft und Energie gearbeitet worden, daß bald nichts mehr zu tun war, und das Haus schien jetzt gegen einen Angriff so gesichert zu sein, als die gegebenen Mittel nur erlaubten.

Da bemerkte der Oberst die Spritze des Forts, eine ziemlich große Handspritze, und ordnete an, daß sie ins Haus gebracht werde. Diese und einige Tonnen wurden dann vermittelst eines Schlauches, den man zum Brunnen führte, mit Wasser gefüllt, was bei der Riesenkraft Johnsons und der Stärke und dem guten Willen Michaels bald geschehen war.

Der Tag, der eine solche Fülle von Arbeit und Aufregung gebracht hatte, nahte sich seinem Ende und alle waren erschöpft. Die Sonne stand bereits tief im Westen.

Die ermüdeten Männer ließen sich nieder, und die Sergeantin, welche eifrig mitgeholfen hatte, brachte Erfrischungen, wie sie ihre Küche bot.

Während sie aßen, ließ Graf Edgar die Bemerkung fallen: »Trefflich wäre es, wenn wir einige Leuchtkugeln hätten, um von Zeit zu Zeit das Terrain zu erhellen.«

»O, gut,« sagte der Oberst, »daß Sie mich daran erinnern, es müssen ja welche vorhanden sein.«

Er begab sich sofort nach dem Magazin, wo auch das Begehrte gefunden ward.

Frances befand sich schon bei der Sergeantin, und beide Frauen bereiteten sich eben ihre Schlafstätte.

Dann wurde Sounders von allem unterrichtet und vorsichtig zum Sergeantenhaus getragen.

Heinrich verschloß, einem Wunsche des Obersten gemäß, das Offiziershaus von innen, verriegelte Tür und Fenster und ließ sich dann an einem Tau vom Fenster herunter. Die Pferde waren bald, nachdem die flüchtige Kavalkade im Fort eingetroffen war, in dem vorhandenen Stalle untergebracht worden.

So waren, als der erste Stern am Himmel stand, alle Vorbereitungen getroffen, welche Einsicht und Erfahrung den Männern eingaben, welche hier für ihr Leben fechten sollten, um die Verteidigung zu einer wirksamen zu machen.

»Nun mögen sie kommen,« sagte der Oberst, »wir sind bereit, sie zu empfangen.«

Er begab sich ins Haus und schrieb bei der Lampe Schein rasch einige Zeilen an den Kommandanten von Fort Jefferson, schleunigen Entsatz erheischend, versiegelte ihn mit seinem Petschaft und händigte ihn dem Pottawatomie ein.

Diesem wurde noch eingeschärft, sich vorerst nach den Truppen umzusehen, was ihn kaum von seinem Wege abbrachte, und dann mit aller Schnelligkeit nach Fort Jefferson zu eilen.

»Der Pottawatomie soll außer seinem Botenlohne die schönste Büchse haben, welche in Traverse City zu kaufen ist, wenn er zeigt, daß er die Beine des Hirsches hat.«

Der Indianer lächelte: »Der Hirsch wird nicht schneller sein als ich.«

»Gut. Der Pottawatomie ist als Läufer berühmt an der Grenze.«

Die Nacht sank herab, der Oberst und Edgar begaben sich auf den Wall, wo sie Athoree und seine Mutter fanden, welche leise miteinander flüsterten.

»Bringe deine Mutter ins Haus, Athoree,« rief ihm Edgar zu.

»Sumach wird gehen,« entgegnete der Indianer und führte dann die alte Frau hin.

Nicht ohne Erstaunen bemerkte dann der Offizier, daß die Feinde die Ufer des Sees entlang verschiedene große Feuer angezündet hatten, welche ihren Schein weit über das Wasser warfen.

»Wie recht Ihr Indianer hatte, Graf; sie vermuten zunächst, daß wir den See zur Flucht wählen würden, und sie versuchen, durch ihre Feuer uns daran zu verhindern.«

Endlich war die Nacht vollständig hereingebrochen. Der Himmel hatte sich mit Wolken umzogen und ein scharfer Wind rauschte in den Bäumen und warf im See die Wellen empor.

Jetzt war es Zeit, den Pottawatomie zu entlassen. Athoree erklärte sich bereit, ihn zu begleiten, um nach den Feinden auszuspähen.

Dies war sehr erwünscht. Johnson wurde ausersehen, am Tor auf des Indianers Rückkehr zu warten und ihn einzulassen, auch beschloß man, dem jungen Ottawa nicht eher zu gestatten, sich zu entfernen, bis Athoree zurück sei. Der junge Mensch war, als das Offiziershaus geräumt wurde, im Stall eingeschlossen worden.

»Gehen Sie mit dem Indianer ans Tor, Johnson, ich will eine Leuchtkugel steigen lassen, die Augen der Lauscher sind dann geblendet, und um so eher können die Indianer unbemerkt das Fort verlassen.«

Der Oberst traf die nötigen Vorbereitungen, um die Leuchtkugeln zu werfen, und Edgar rief Heinrich an: »Komm, wir wollen uns in Anschlag legen, und für den Fall Feinde im Felde sind, sie niederknallen.«

»Recht, Herr Graf, Nachtgefecht.«

Sie steckten ihre Büchsen durch die Schießscharten und warteten auf das Licht.

»Jetzt!« rief der Oberst, und strahlend und das Terrain weithin erleuchtend, erhob sich die glänzende Kugel.

Zwei Indianer, deutlich erkennbar, standen hoch aufgerichtet in einer Entfernung von nicht viel mehr als hundert Schritt im Felde.

Die Büchsen der beiden deutschen Krieger entluden sich, und Nacht, noch tiefer als vorher, umgab sie wieder.

Geräuschlos öffnete sich das Tor und die beiden Indianer schlüpften hinaus.

»Meinen Mann hatte ich sicher, Herr Graf, der wird, wie ich glaube, genug haben.«

»Desto besser, ein Mörder weniger.«

Sie gingen zu Johnson, und alle drei lauschten angestrengt auf des Wyandots Wiederkehr.

Der Oberst hatte sich zu seiner Tochter begeben. Er saß im oberen Zimmer neben ihr und hatte den Arm um sie geschlungen.

»Du siehst ernste Gefahr für uns voraus, Vater, sage mir die Wahrheit, ich kann sie ertragen.«

»Gefahr ist gewiß vorhanden, Kind, wer könnte es leugnen, aber wir dürfen hoffen, ihr zu begegnen, und eine Soldatentochter, die Tochter Horace Schuylers, muß nicht zittern, wenn etwa Büchsen knallen oder das Geheul der Wilden ertönt.«

»Gott schütze uns,« flüsterte sie bebend, »lebendig, Vater, falle ich nicht in die Hände dieser wilden Tiere.«

»Ja, Gott schütze dich, mein Herzenskind,« sagte er, leise. »Wenn wir kämpfen müssen,« fuhr er fort, »wird es, wie ich hoffe, siegreich sein, unsre Citadelle ist gut besetzt und gut bewaffnet. Lege dich nieder, Kind, und versuche zu schlafen, ich will es auch tun, schwerlich ist vor dem Morgengrauen etwas zu besorgen, wenn überhaupt ein Angriff beabsichtigt ist.«

Er küßte sie zärtlich auf die Stirne und ging hinab, wo Sounders und der Sergeant unter der sorgenden Obhut der Frau lagen.

Bald wurde ihm gemeldet, Athoree sei zurück.

Er ging hinaus und dieser berichtete, die Hauptmacht der Indianer lagere bei den Feuern am See, er habe etwa fünfzig Krieger gezählt. Gekämpft müßten sie haben, denn frische Skalpe, welche die Gürtel zierten, und einige Verwundete habe er erblickt.

Somit war die Anwesenheit des Feindes in seiner Gesamtheit festgestellt.

»Weißer Mann auch dort. Drei, ihn kennen, Rothand, Tyron und Iltis.«

»So? Haben sich diese Schurken wirklich mit den Indianern vereint? Nun, sie sind in würdiger Gesellschaft.«

Es ward nun der junge Ottawa herbeigeholt. Man gab ihm einige Nahrungsmittel, und der Oberst sagte ihm mit ernstem Nachdruck: »Ich bin der Befehlshaber aller Truppen hier an den Seen, der Stellvertreter des großen Vaters in Washington, ich erwarte Kitate hier, so schnell er kommen kann. Meine Krieger sind auf dem Marsche, ich werde ihn, wenn er nicht erscheint, in seinen Dörfern aufsuchen. Das möge der junge Ottawa ihm sagen.«

Er wurde zur Pforte hinausgelassen und alle begaben sich nun ins Blockhaus.

Sumach, auf deren scharfe Sinne man sich verlassen konnte, und Athoree versprachen zu wachen, und die Männer gaben sich dann einem kurzen Schlummer hin.

Vierzehntes Kapitel.
Verzweiflungskampf.

Die Nacht war dunkel und stürmisch. Eilende Wolken flogen am Himmel vorüber, zwischen denen hie und da ein Stern freundlich herniederleuchtete, um sofort hinter schwarzem Wolkenrande wieder zu verschwinden.

Die Wälder rauschten ringsum und der See schlug schäumende Wellen, welche an dem kleinen Bollwerk, welches die Boote schützte, sich hochaufspritzend brachen.

Die Männer schliefen, auch die Sergantin, nur Sumach war wach und Frances. Die alte Frau schlich im oberen Stock des Hauses umher, blickte durch die Luken oder horchte mit scharfem Ohre hinaus, doch verschlangen das Wogen des Waldes, der aufschäumende See jedes andre Geräusch, welches etwa zu ihrem Ohre hätte dringen können.

Mehrmals erhob sich Athoree, öffnete die Türe und schlich hinaus, um durch die Schießscharten nach den Feinden auszuspähen. Seine Mutter hielt dann an der Pforte Wache, bis er zurückkehrte.

Im oberen Zimmer saß bei der Lampe Schein Frances Schuyler. Sie hatte zu schlafen versucht, doch vergeblich. Sie saß aufrecht, hatte die Hände im Schoße gefaltet und blickte starr vor sich hin. Das holde Antlitz, dessen Anmut durch den ihr für gewöhnlich eigenen ernsten Ausdruck nicht beeinträchtigt wurde, hatte tiefe Trauer überzogen. Sie bot in ihrer Ruhe das Bild stiller Ergebenheit in ein unvermeidliches Schicksal. Stundenlang saß sie so bewegungslos und nur ein tieferer Atemzug zeugte manchmal von Leben. Trotzdem sie bereits früher mit dem Vater in einsamen Grenzgarnisonen geweilt hatte, war dort das Leben zwar einförmig aber ruhig verlaufen. Bücher, Musik, die Sorge für den Vater bildeten ihre Unterhaltung.

Die Ehrfurcht einflößende Kriegergestalt ihres Vaters, eines Offiziers von ebenso hoher Einsicht als unerschütterlicher Tapferkeit, von jener ruhigen Art, welche selbst dem Schicksal Trotz zu bieten scheint, sein hochgebildeter Geist, sein vornehmer Sinn, dem weit ab lag, was uns, wie der große Dichter sagt, alle bändigt, bildete für sie die Idealgestalt eines Mannes.

Die innige Liebe des Obersten, die seit dem Tode ihrer Mutter sie noch zärtlicher umgab als vorher, war das Glück ihres bisher so ruhigen Daseins. Ihr eigenes Wesen ging auf in Bewunderung und Liebe, dem Vater dargebracht.

Zum erstenmal waren ihr heute die Greuel des mörderischen Krieges, der Schrecken des Todes entgegengetreten, und doch hatte sie bei dem wilden Ritt unter den Kugeln tückischer Feinde und dem Donner der Geschütze mehr an ihren Vater und die Gefahr gedacht, welcher er ausgesetzt war, als an sich selbst.

Trotz der Vorsicht, welche man angewendet hatte, um sie im unklaren über das Geschehene zu lassen, waren ihr die hier verübten Greuel nicht verborgen geblieben. Sie bewunderte um so mehr die ruhige Zärtlichkeit ihres Vaters, mit welcher er sie über das Bedenkliche der Lage hinwegzutäuschen suchte, als die Offizierstochter genügend von den Schrecknissen eines Kampfes, wie er ihnen bevorstand, unterrichtet war, und Einsicht genug besaß, um die drohenden Gefahren vollauf zu würdigen.

Fest entschlossen war Frances Schuyler, im Fall eines unglücklichen Ausgangs nicht lebendig in die Hände der Wilden zu fallen.

So weilte sie hier im einsamen Stübchen, während der Wind die Hütte umsauste und oftmals seltsame Töne hervorbrachte, und Todesahnung machte das arme Herz erbeben, umschattete den sonst so klaren Geist.

Einmal war die alte Sumach zu ihr gekommen, hat sie eine Zeitlang schweigend beobachtet, dann ihr die Hand gestreichelt und in gebrochenen englischen Lauten gesagt: »Weiße Rose nicht traurig. Athoree fechten, großer Wyandotkrieger, toter Mann fechten, alle fechten. Nicht traurig, alles gut.«

Bei dem Worte »toter Mann« – sie wußte nicht, daß man Johnson diesen Namen gab – schauerte Frances zusammen und Bilder des Schreckens stiegen vor ihrem inneren Auge auf.

Sie drückte der alten Frau, deren Augen aus dem runzelvollen, unschönen Gesicht freundlich auf sie blickten, die Hand, dann schlich diese wieder hinaus, um von neuem Wache zu halten, und Frances blieb mit ihren düsteren Gedanken allein.

Nichts konnte einem verstohlenen Angriff der Wilden günstiger sein, als diese Nacht, deren tiefe Dunkelheit den Gesichtskreis arg beschränkte, wahrend der heftige Wind im Rauschen der Bäume und im Plätschern des Sees jedes Geräusch erstickte, welches die Bedrohten von der Annäherung der Feinde unterrichten konnte.

Dazu kam noch die verhältnismäßig große Ausdehnung der Umwallung. Das Sergeantenhaus war dem Tore gegenüber errichtet und konnte dies unter sein Feuer nehmen. Zu seiner Rechten, etwa zwanzig Schritte entfernt, lag indes das Kommandantenhaus, welches einem eindringenden Feinde Deckung bot, und zu seiner Linken, im länglichen Viereck, das Blockhaus, welches der Mannschaft zum Aufenthalt gedient hatte.

Zwar hatten die Männer die Wände der kurzen Seiten entfernt, so daß ein Schußfeld durch das Gebäude hin eröffnet war, aber die Rückwand bot einem Feinde noch Schutz genug und erlaubte ihm, gedeckt bis auf zwanzig Schritte dem Sergeantenhaus zu nahen.

Als die Sterne im Osten zu erbleichen begannen und die Zeit heranrückte, in welcher die nordamerikanischen Indianer am liebsten ihre Ueberfälle ausführen, weckte Athoree die Männer alle. Er, der Oberst, Johnson und der Konstabel begaben sich in den ersten Stock, während Edgar, Heinrich und Michael unten blieben.

Sie nahmen sämtlich Stellung an den Schießscharten und blickten, die Büchsen bereit haltend, hindurch.

Totenstille herrschte im Hause, während draußen der Wind stärker rauschte.

Vom oberen Stock konnte man die Pallisaden vollständig übersehen, wenn auch über die beiden Gebäude, die Kaserne und das Offiziershaus, nur die Spitzen derselben hervorragten.

Selbst das scharfe Auge Athorees hatte in der Dunkelheit nicht gewahren können, daß bei seinem letzten Rundgang schon Feinde im Graben lagen, welche, wie man vermutet hatte, zu Leitern hergerichtete Bäume mit sich führten. Die Nacht und der Wind hatten ihnen erlaubt, unbemerkt heranzukommen und sich unter den Ecken der Bastionen niederzukauern, wo sie vor dem Feuer aus dem Fort geschützt waren.

Wiederholt Leuchtkugeln steigen zu lassen, hatte man nicht für zweckmäßig erachtet, denn es verhinderte das Anschleichen der Feinde doch nicht, und konnte bei einem plötzlichen nächtlichen Angriff, der ja doch möglich war, trotz der Abneigung der Indianer gegen Nachtkämpfe, leicht dazu führen, daß einer oder der andre, welcher vom Walle herab das Feld beobachtete, von ihrer letzten Zufluchtsstätte abgeschnitten wurde. Aus diesem Grund hatten sie es vorgezogen, sich auf das Sergeantenhaus zu beschränken und dort der Dinge zu harren, welche kommen sollten.

Die Männer standen kampfbereit in tiefem Schweigen da.

Da, wo die Pallisaden das Dach des Offiziershauses ein wenig überragten, schob sich, Johnson bemerkte es trotz des geringen Lichts, vorsichtig ein Arm herüber, dem bald darauf der Kopf folgte.

Johnsons Büchse entlud sich, und die Stelle der Pallisaden, an welcher sich der Mann gezeigt hatte, war leer, als der Dampf verflogen war.

Gleichzeitig aber schwangen sich auf der entgegengesetzten Seite zwei Indianer über die Pallisaden und verschwanden hinter der sich dem Walle entlang ziehenden Rückwand der Kaserne. Athoree und der Konstabel feuerten, doch wahrscheinlich bei der Schnelligkeit der Bewegung der Eindringlinge ohne Erfolg.

So war nun der Kampf eröffnet.

Die Blicke der Männer im oberen Stock überflogen die Pallisaden, die im unteren erfuhren durch den Knall der Büchsen, daß der Angriff begonnen habe, aber keiner der Feinde war ihnen zu Gesicht gekommen.

Von den zwei Verwundeten, die im Erdgeschoß lagen, schrie der von heftigem Wundfieber heimgesuchte Sergeant, als die Gewehre sich entluden: »Hurra!« Dann kommandierte er: »Das Gewehr fällt! Trumm, trumm, trumm, trumm!« Und er ahmte den eintönigen Trommelschlag des Sturmmarsches nach. »Vorwärts! Hurra!« Und dann lachte er wie ausgelassen.

Seine Frau saß betend an seinem Bette. Leutnant Sounders, obgleich auch fiebernd, war bei Sinnen und lauschte aufgeregt dem Kampfeslärm.

Im oberen Stock lag Frances auf den Knieen, innige Bitten zum Allmächtigen emporsendend, und in einer Ecke kauerte Sumach, bald auf den Büchsenknall horchend, bald den ihr unverständlichen Worten des Mädchens lauschend. Denn sie begriff sehr wohl, daß ihre Gefährtin zum großen Geiste der weißen Menschen rief.

Die Männer standen schußbereit.

Wiederum schwangen sich auf Johnsons Seite zwei dunkle Gestalten über die Pallisaden und verschwanden hinter dem Offiziershause, welches sie schützte.

Johnson hatte zwar geschossen, aber der Raum zwischen dem First des Daches und dem oberen Rande der Pallisaden war zu klein, als daß bei der großen Gewandtheit und Schnelligkeit der

Ottawas, gewiß der jüngeren Mitglieder der Bande, das Feuer Erfolg haben kannte.

Die Indianer, welche sich nunmehr im Fort befanden, riefen den draußen Stehenden etwas zu.

Athoree sagte zum Oberst: »Acht geben, kommen jetzt zu Tor herein.«

»Fassen Sie das Tor ins Auge!« rief Schuyler Edgar zu.

Dieser übersetzte Heinrich des Obersten Worte und alle drei, Michael hatte auch eine Muskete genommen, aber nichtsdestoweniger seinen Shillalah neben sich stehen, richteten die Läufe auf das Tor.

Fünf, sechs Schüsse wurden jetzt durch die Schießscharten der Pallisaden auf das kleine Blockhaus abgegeben. Eine Kugel traf den Lauf der Muskete, welche Michael ziemlich weit durch die Oeffnung geschoben hatte, und schlug sie ihm unsanft aus der Hand.

Der Ire stieß einen grimmigen Fluch aus.

»Heimtückische Halunken! – So ein Ding taugt gar nichts, Ew. Gnaden, mein Stock ist besser.«

Lächelnd entgegnete ihm der Graf: »Du mußt den Lauf nicht so weit hinausstecken, Michael. Dein Shillalah ist zu rechter Zeit gewiß eine gute Waffe, wie wir gesehen haben, aber einstweilen ist auch eine Muskete nicht zu verachten. Nimm ein andres Gewehr.«

Der Ire gehorchte.

Von beiden Seiten der Pallisaden wurde jetzt auf die Schießscharten der Blockhütte gefeuert, ohne daß Schaden verursacht worden wäre, und zugleich erhob sich draußen ein wildes Geheul. Zum Erstaunen aller sprangen bei diesen Lauten gleichzeitig zwei junge Indianer, einer hinter der Kaserne, der andre hinter dem Offiziershause hervor und setzten in weiten Sprüngen auf das Tor zu.

Die Ueberraschung der Männer war so groß, daß einige Sekunden vergingen, ehe sie feuerten, dann aber spie das kleine Haus gleichzeitig sieben Feuerströme aus.

Doch schon waren die mit pantherartigen Sätzen vorstürmenden beiden Wilden am Tor.

Johnson und Heinrich waren Männer, welche den Hirsch im Sprunge zu treffen gewöhnt waren, und beider Kugeln trafen. Sie hatten sich leider dasselbe Ziel gewählt. Der Getroffene fiel, der andre aber riß mit gellendem Jubelschrei den Riegel zurück, das Tor öffnete sich, ungestümem Andrang nachgebend, und herein stürmte, Peschewa voran, die ganze Schar der Ottawas, unter ihnen drei weiße Männer, mit ohrzerreißendem Kriegsruf.

So rasch es anging, hatten die Schützen im Hause nach andern Gewehren gegriffen und einige Schüsse empfingen die Heranstürmenden, welche sich aber mit großer Geschwindigkeit hinter den beiden Gebäuden verloren.

Der fiebernde Sergeant ließ von neuem sein »Hurra!« hören. »Das Gewehr fällt! Stecht sie nieder, die Hunde! Hurra!«

Ein tiefes Schweigen folgte dem wilden Ausbruch draußen.

Im Erdgeschoß forderte Edgar Michael auf, die abgeschossenen Gewehre zu laden, und ein gleiches zu tun, erbot sich oben der Oberst, indem er sagte: »Ihr seid die besseren Schützen, Männer, bleibt an den Scharten, ich mache euch die Waffen schußfertig.«

»Was wird jetzt kommen, Heinrich?« äußerte der Graf.

»Es gibt nur zwei Dinge, entweder hauen sie mit Aexten Bresche, oder sie räuchern uns aus.«

Der Graf sah nach der gefüllten Spritze, welche hinter ihnen stand.

»Das erstere würde ihnen viel Blut kosten, denn diese Eichenbalken sind nicht leicht zu zerhauen, und den Angriff mit Feuer wollen wir abwarten.«

Immer noch blieb es still draußen und von den Feinden war nichts zu gewahren.

Wahrscheinlich berieten sie den weiteren Angriffsplan.

Der Oberst hatte die Gewehre geladen und ging nun in das andre Zimmer zu seiner Tochter.

Auf den Rat von Sumach hatte sich Frances in einer Ecke niedergelassen, damit nicht eine durch die Schießscharten eindringende Kugel sie verletze, und neben ihr saß die alte Indianerin mit demselben gleichmütigen Ausdruck des Gesichts, den sie für gewöhnlich zeigte.

»Mein Herzenskind ist gefaßt?« fragte Schuyler mit ruhiger Zärtlichkeit.

»Ich bete für dich, Vater,« entgegnete sie mit bebender Stimme leise, und ein Blick voll liebender Besorgnis strahlte aus dem schönen Auge, als es sich auf des Obersten hohe Gestalt richtete.

»So, recht mein Kind, das gibt Kraft im Sturm.«

»Hast du noch Hoffnung, Vater?« fragte sie fast tonlos.

»Diese Citadelle ist uneinnehmbar, wir werden sie halten, bis Hilfe kommt. Fasse Mut, Frances.«

»Ich habe Mut, Vater, ich bin auf das Schlimmste vorbereitet.«

Er küßte sie auf die Stirn und sagte mit tiefer Bewegung: »Nicht auf das Schlimmste, das verhüte Gott. – Doch, was uns auch treffen mag. Glück oder Unglück, wir tragen es zusammen, Herzenskind. Und nun sei meine tapfere Tochter.«

Er küßte sie noch einmal und ging hinaus. Ihr Blick folgte ihm, bis er verschwunden war, dann sagte sie leise: Mein heldenhafter Vater, Gott schütze dich und – mich.«

Der junge Tag war da.

Der Sonnenball stand bereits über dem Horizonte und sandte eine Flut strahlenden Lichts hernieder.

Der Wind hatte sich gelegt und nur die Wellen des Sees rauschten noch auf.

Kräftige Axtschläge ließen sich hinter den Gebäuden hören, und bald zeigte es sich, daß ein Teil der Angreifer in das Kommandantenhaus gedrungen war, von welchem aus man das Blockhaus gut beschießen konnte.

Ein vorwitziger Ottawa schob auch bereits seinen Büchsenlauf zu einem der Fenster heraus, doch kaum erschien seine Stirn über dem Fensterrande und das über den Lauf hinblitzende Auge, als auch Johnsons sichere Kugel hineinfuhr. Lautlos stürzte der Ottawa zurück. Die Axtschläge dauerten hüben und drüben fort. Bald zeigte es sich, daß die ins Offiziershaus eingedrungenen Feinde ebenfalls Schutzvorrichtungen an den Fenstern anlegten, sie bedienten sich dazu einfach der Balkenwände, welche die inneren Räume des Gebäudes trennten.

Diese Beschäftigung wurde durch zwei Schüsse empfindlich gestört, welche fast gleichzeitig Athoree aus dem oberen, Heinrich aus dem unteren Stock abgaben – zweimal gab ein jäher Schmerzensschrei kund, daß die Kugeln saßen.

Im Kommandantenhause wandte man von da ab die größte Vorsicht an, um dem Gegner keine Zielobjekte zu bieten, denn jeder Schuß der Belagerten kostete den Angreifern Blut.

Unaufhörlich dröhnten von der Rückwand der Kaserne, hinter der Peschewa mit einem Teile seiner Leute sich befand, Axtschläge her.

Der Oberst begab sich hinunter.

»Unsre Festung hält sich, Graf.«

»Wenigstens wollen wir sie halten, bis uns die Balken über dem Kopf zusammenstürzen.«

»Ja, wehren wollen wir uns,« entgegnete Schuyler mit dem Ausdruck der unerschütterlichen Festigkeit, welche oft im dichtesten Schlachtgetümmel seine Krieger ermutigt hatte. »Die eifrige Tätigkeit der Axt hier hinter der Kasernenwand deutet darauf hin, daß der Feind einen besonderen Angriff plant. Ich bin herabgekommen, um den Raum von hier aus besser überblicken zu können. Daß sie es mit Feuer versuchen werden, halte ich für wahrscheinlich, doch sind die dicken Balken der Wände und des Daches Schutz genug, und Feuerungsmaterial an das Haus zu bringen, wird ihnen unter unsern Büchsen schwerlich gelingen.«

Das Feuer war auf beiden Seiten gänzlich verstummt und nur die Axtschläge gaben Zeugnis von der Anwesenheit der Feinde, von denen keiner vor diesen todbringenden Büchsen auch nur seinen Schatten blicken ließ.

Das Tor stand weit offen, in seiner Mitte lag die Leiche des erschossenen jungen Indianers.

»Wie halten sich Ihre Leute, Herr Graf?«

»Vortrefflich. Mein Heinrich ist ein Held und Michael kampfbegierig wie ein Berserker.«

»Wie ist dir jetzt zu Sinne, Sohn der grünen Insel?« redete Schuyler den Iren an.

»Ganz gut, Ew. Gnaden, Herr Oberst, mir werden schon mit den Schuften fertig werden. Sie sollen nur in den Bereich meines Shillalah kommen, und wenn sie dann mit ganzen Schädeln nach Hause gelangen, will ich nicht meiner Mutter Sohn sein.«

»Brav, mein Junge; die Irländer sind stets tapfere Leute gewesen, und wie ich sehe, machst du keine Ausnahme.«

»Darauf dürfen sich Ew. Gnaden, Herr Oberst, verlassen, jeder Bursche aus Leitrim ficht, solange sich sein Arm nur regen kann.«

»Nun, halte dich wacker. Mann, es geht ums Leben,«

Der Oberst lugte zu verschiedenen Schießscharten hinaus, doch war nichts wahrzunehmen, was auf die Absicht des Feindes schließen lassen konnte.

»Wir werden ja sehen,« sagte er; dann ging er wieder hinauf.

Während die Indianer sich schweigend verhielten, hörte man mehrmals die rauhen Stimmen von Morris und Tyron, ohne jedoch verstehen zu können, was sie sagten.

Der Konstabel, der ein verwegener Mann und seinem Berufe eifrig ergeben war, welcher im Kampfe mit den Ausgestoßenen hier an den Grenzen der Zivilisation große Gefahr mit sich führte, wurde nicht wenig dadurch geärgert, daß er die Stimmen der von ihm Verfolgten so nahe vor seinem Ohre hören mußte, ohne sich an sie wagen zu können!

Als wieder die laute Stimme von Morris vernommen wurde, welche diesmal näher und verständlicher mit einem: »So ist's recht, Leute, das wird's tun!« zum Konstabel herüberdrang, bezwang er seinen Grimm nicht länger und rief hinüber: »Morris, Bluthund, hörst du?«

Einen Augenblick schwieg's hinter der Kaserne, dann ließ sich die Stimme des Mörders wieder vernehmen, nicht ohne einiges Erstaunen im Ton: »Wer seid Ihr denn, alter Bursche?«

»Wirst's schon erfahren. Mann. Suche dich schon lange, um dir das hänfene Halsband anzulegen, dir und deinen Freunden.«

»Segne meine Seele!« schrie Morris, »das ist Weller, der Konstabel.« Und die drei Mordgesellen brachen in ein wieherndes Gelächter aus.

»Segne meine Seele, seid zur rechten Zeit gekommen. Kommt 'raus, will Euch gestatten, mir das Halsband umzulegen.«

Wiederum erscholl das höhnische Gelächter.

»Lacht nur, Mordbuben! Gibt so ein Ding, das heißt Gesetz, und gibt einen da droben, der es mitunter selbst handhabt. Werdet dem Galgen nicht entlaufen.«

»Wollen's versuchen, alter Konstabel. Hast mir oft das Leben verbittert, Spürhund, sitzest jetzt in der Falle. Warte nur, wird gleich zuklappen.«

»Komm,« rief der Mann, »wollen dich empfangen, Geselle!«

Damit schloß dieser überraschende Dialog, und die Tätigkeit der Aexte begann wieder.

Gern hätte der Oberst einen Blick nach außen auf die Wälder geworfen, doch das Dach des Hauses ragte nicht über die Pallisaden hinweg, und war auch hie und da ein Blick durch die Schießscharten möglich, so war doch der Raum, welcher dem Auge sichtbar wurde, sehr beschränkt.

Die geheimnisvolle Tätigkeit der Feinde flößte ihm Besorgnis ein, und um so mehr, als er sie bei ihrem Vorgehen durch drei weiße Männer unterstützt wußte, welche in allen Praktiken des Grenzkrieges erfahren genug waren.

In ununterbrochener Wachsamkeit vergingen die Stunden.

Der Oberst wußte seine Aufregung unter einer ruhigen Außenseite zu verbergen, und richtete von Zeit zu Zeit tröstende Worte an Frances oder freundliche an einen der Mitkämpfer.

Der eiserne Konstabel nahm das Ganze als die gleichgültigste Sache von der Welt, und machte nur seinem Grolle gelegentlich Luft, indem er in seiner derben Weise derer gedachte, welche zu verfolgen er ausgesandt war. Athoree trug den finstern Stoicismus zur Schau, der seiner Rasse so eigentümlich ist, während Johnson eine ruhige Ergebenheit in die Fügungen des Schicksals zeigte.

In hoher Aufregung war Graf Edgar, der das Verderben unaufhaltsam herannahen sah, ohne Mittel, ihm entgegenzutreten, doch fiel kein Schatten von Furcht in seine Seele. Als ein tapferer Soldat, der mehr als einmal dem Tode ins Auge gesehen hatte, nahm Heinrich die Sache.

Michael hingegen verließ sich mit rührendem Zutrauen auf Edgar.

»Ew. Gnaden,« sagte er, »werden uns schon aus dieser Sache heraushelfen, Ew. Gnaden können alles.«

»Ich will wünschen, Michael, daß dich dein Vertrauen in meine Fähigkeit, zu helfen, nicht täuscht.«

Frances brachte martervolle Stunden zu.

»Was denkt Ihr, Konstabel, von unsern Angelegenheiten?« fragte diesen gelegentlich der Oberst.

»Kalkuliere, Oberst,« und Weller schnitt sich kaltblütig ein Stück Kautabak zurecht, »ist eine unheimliche Sache, hier so ruhig zu sitzen, während die draußen eine Teufelei vorbereiten. Wäre mir lieber, die Wilden heulten und tanzten draußen herum. Haben was vor, daß sie so still sind.«

»Und habt Ihr noch Hoffnung auf einen glücklichen Ausgang?«

»Will Euch was sagen, Oberst; bin schon in schlimmeren Affairen gewesen, bin immer glücklich herausgekommen, wird auch hier der Fall sein. Schert mich das heulende Indianergesindel wenig, wir nehmen es mit einem ganzen Stamm auf, aber wurmt mich, daß die drei Spitzbuben mich durch ihre Anwesenheit verhöhnen, jage schon seit drei Jahren hinter ihnen her, bin das ganze alte Mich auf ihren Spuren durchlaufen.«

»O, hätte ich deine kaltblütige Ruhe,« dachte der Oberst, »aber du hast kein Kind innerhalb dieser Wände.«

Die Indianer hatten auf beiden Seiten hinter den sie schützenden Gebäuden Feuer angezündet, deren weißer Rauch sich hoch erhob.

Daß von seiten der Belagerten ununterbrochene Aufmerksamkeit dem Feinde gewidmet wurde, verstand sich in der Lage der Dinge von selbst.

Ein Jubelschrei hinter der Kaserne richtete ihre Blicke dorthin.

Das Gebäude lag, wie gesagt, durch Hinwegnahme der kurzen Seitenwände seiner ganzen Länge im Innern nach schußfrei da, nur die Wand nach dem Walle zu, dem die Kaserne sich parallel hinzog, schützte die Belagerer vor den Schüssen aus dem Sergeantenhause, dessen Lage nicht erlaubte, ihre Rückseite zu bestreichen.

Nicht ohne Staunen sahen alle, wie sich langsam am entgegengesetzten Ende des länglichen Hauses quer eine Balkenwand vorschob, welche bald fast ganz den Raum, der ihren Büchsen offen lag, ausfüllte.

Diese bewegliche Barrikade zeigte mehrere Schießscharten.

»Sie haben sich einen Schutz hergerichtet, um ungefährdeter schießen zu können,« äußerte der Oberst.

Vergeblich wäre es gewesen, auf die starken Balken zu feuern; auch deren Oeffnungen für die Gewehre, es waren nur wenige, boten keine Gelegenheit, eine Kugel anzubringen.

Das anfängliche Staunen über die sich geheimnisvoll seitwärts vorschiebende Wand nahm etwas Schreckhaftes an, als diese sich langsam durch die Kaserne vorwärts zu bewegen begann, auf das Blockhaus zu, langsam aber stetig.

Die Augen der Schützen waren auf die in ihr sich öffnenden Schießscharten gerichtet, doch an diesen ließ sich nichts erblicken.

So war die Wand, welche sich über Mannslänge erhob, einem Sturmbock gleich, langsam aber unwiderstehlich durch die Kaserne vorgerückt und befand sich kaum zwanzig Schritt von dem Hause, dem der Angriff galt, entfernt.

Ein Schuß war währenddessen weder von hüben noch drüben gefallen.

Der Oberst kam herunter.

»Was meinen Sie dazu, Herr Graf?«

»Das Unheil rückt näher.«

»Wir wollen einmal gemeinschaftlich auf die Balkenwand schießen und sehen, ob sie dem Anprall von sieben Kugeln widersteht. Halten wir alle in die Mitte und gefeuert wird auf mein Kommando.«

»Gut.«

Der Graf, Heinrich und Michael legten sich in Anschlag, oben taten der Oberst und die andern das gleiche.

»Feuer!« Und sieben Kugeln schlugen gleichzeitig in die Wand.

Sie wankte unter dem Anprall einen Moment, stand aber gleich darauf wieder fest.

Ein höhnisches Gelächter ließ sich hinter ihr hören und drei Büchsenläufe erschienen in den Schießscharten, deren Kugeln mit großer Präzision in die Schußöffnungen des Blockhauses im Erdgeschoß hineinfuhren. Da die Verteidiger sich abgewendet hatten, um neue Gewehre zu nehmen, fuhren die Geschosse in die gegenüberliegende Seite, ohne jemand zu verletzen.

Der Kampf hatte jetzt etwas überaus Gefährliches angenommen. Denn auf beiden Seiten stritten geübte Schützen gegeneinander.

Besonders die Männer im Erdgeschoß hatten die größte Vorsicht zu beobachten, um vor den durch die Schießlöcher gesandten Kugeln sich zu decken und doch dabei gleichzeitig die gespannteste Aufmerksamkeit auf den Gegner zu richten.

Edgar befahl dem unerfahrenen und unvorsichtigen Iren, von der Schießscharte hinwegzugehen.

»Aber wenn Euer Gnaden so dastehen, dann kann doch Michael O'Donnel sich nicht verkriechen, das würde sich für meiner Mutter Sohn wenig ziemen.«

»Du bist zu ungeübt, Michael, halte dich von der Schießscharte fern, du kommst später mit deinem Shillalah ins Treffen.«

»Das ist mir dann freilich schon lieber, Euer Gnaden.«

Heinrich, ein Schütze ersten Ranges, zog sich in den Hintergrund zurück, vor sich seine Schießscharte, durch welche er gerade die ihm gegenüberliegende des Gegners mit scharfen Jägeraugen beobachten konnte.

Ein Büchsenlauf wurde langsam dort eingeschoben, die Mündung nach ihm zu gerichtet.

Aber ehe er noch in wagerechter Richtung lag, krachte Heinrichs Büchse. Er traf den Lauf an der Mündung. Die Büchse verschwand und ein wilder Fluch ließ sich hören.

Eine Kugel, von oben gesandt, fuhr durch die andre Schießscharte und der Schrei eines Indianers drang herüber.

Von neuem begann jetzt ein starkes und wohlgezieltes Feuer vom Kommandantenhause her, mehrere Kugeln schlugen durch das obere Zimmer, ohne doch jemand zu verletzen.

Da die Verteidiger ihre ganze Aufmerksamkeit der Balkenwand widmeten, hatten sie ihre rechte Flanke vernachlässigt.

Johnson begab sich nach dieser Seite, sein scharfes Auge entdeckte durch die höchst unregelmäßig angelegten Oeffnungen in den Fensterbefestigungen ihm gegenüber die Schulter eines sich im Hintergrunde haltenden Indianers. Das Zimmer, in welches er hineinblickte, war hell durch ein vom Sergeantenhause nicht sichtbares Fenster erleuchtet, während der Raum, in welchem er sich befand, nur Licht empfing durch die Scharten und so Dämmerung darin herrschte.

Die Schulter erblicken, die Büchse heben, feuern, war das Werk kürzester Zeit. Ein Schmerzensschrei bestätigte, daß die Kugel ihr Ziel erreicht hatte.

Die Büchsen schwiegen. Niemand draußen wagte augenscheinlich, sich dem Feuer solcher Schützen auszusetzen.

Ueber die Balkenwand herüber, deren oberer Rand etwa vier Fuß vom Dach der Kaserne entfernt war, flogen nunmehr Holzstücke und Späne, welche nach dem Sergeantenhause von unsichtbaren Händen geschleudert wurden.

Immer mehr und mehr.

Der Oberst kam herunter.

»Jetzt legen sie Feuer an!« Er sah nach der Spritze und deren Schlauch.

Diese war so aufgestellt, daß die sie bedienenden Leute vor Kugeln von außen geschützt waren.

»Komm an die Spritze, mein Sohn,« rief der Oberst Michael zu, »wirst gleich zu tun bekommen.«

Michael gehorchte schnell.

»Doch wo bringen mir den Schlauch an? Ihn hier zur Schießscharte hinauslegen, ist gefährlich, dennoch müssen wir es versuchen auf die Gefahr hin, daß er uns entzwei geschossen wird.«

Er rief leise hinauf, daß alle Büchsen auf die Schießscharten in der feindlichen Wand gerichtet werden sollten.

Nach den bittern Erfahrungen, welche man jenseits derselben gemacht hatte, schien man auch dort es mit großer Bedachtsamkeit zu vermeiden, Körperteile dem feindlichen Feuer auszusetzen.

Unaufhörlich flogen Späne und Holzstücke über die Wand herüber und bildeten bereits einen stattlichen Haufen am Sergeantenhause.

Jetzt folgte ein lodernder Feuerbrand.

»Wasser, Michael!«

Dieser setzte den Schwengel in Bewegung.

Kühn sich aussetzend, richtete der Oberst den Schlauch. Das Feuer zischte und erlosch. Andre Brände folgten, zwei, drei. Mit Geschick richtete der Oberst den Strahl auf sie und tilgte den beginnenden Brand.

Nach diesem mißglückten Versuche verging einige Zeit, während welcher der Feind kein Lebenszeichen von sich gab, und schon glaubten die Belagerten, es sei aufgegeben worden, mit Feuer gegen sie vorzugehen, als auf einer andern Seite der Angriff in gleicher Art begann.

Hinter der Wand der Kaserne hervor wurden jetzt in reicher Zahl Holzstücke und Splitter an die Seitenwand des Blockhauses geworfen, während man in der Front fortfuhr, Holz und Feuerbrände über die künstliche Balkenwand zu schleudern. Nachdem an der Seite genügend Holz vorhanden schien, folgten auch hier brennende Scheite, welche den Haufen bald in Brand fetzten.

Die Spritze konnte nicht an zwei Stellen ihre Tätigkeit üben.

Die Axt war unsichtbar wieder in Tätigkeit, um aller Wahrscheinlichkeit nach Nahrung für das Feuer herbeizuschaffen.

Die Spritze war bereits geleert und mußte aus den Tonnen wieder gefüllt werden.

Oberst Schuyler leitete den Schlauch nach der Seitenwand und versuchte das Feuer zu löschen, indessen alle andern die Schießscharten im Auge behielten.

Während die Spritze zur Seite des Hauses ihre Tätigkeit entfaltete, flogen immer mehr glühende und brennende Holzscheite an die Front des Hauses, sie zündeten endlich auch hier an und verbreiteten bei der Feuchtigkeit der dort liegenden Holzstücke starken Rauch.

Bald zuckten die Flammen auf, welche den Rauch jedoch nicht minderten.

Auch an der Seite, wo das Feuer unaufhörlich mit Holzspänen, Holzstücken und Feuerbränden genährt und verstärkt wurde, entwickelte sich Rauch unter dem Einfluß der Spritze, die dennoch nicht im stande war, die Glut zu löschen.

Bereits begann der Qualm die im oberen Stock Befindlichen zu belästigen.

Bei alledem herrschte im Fort eine unheimliche Stille.

Schon erschwerte auch der Rauch das Zielen durch die Schießscharten.

Michael nahm, während Heinrich die Spritze bediente, einen Eimer und goß Wasser durch die Oeffnungen im untern Raume, was nur den Erfolg hatte, daß der Rauch dunkler und stärker wurde.

Der Oberst rief Johnson herunter und bat ihn, den Schlauch zu führen, und begab sich hinauf.

Das Atmen war oben bereits erschwert, während die Luft im Erdgeschoß noch erträglich war.

Der Oberst suchte Frances auf.

Sie saß wie vorher mit der alten Sumach in der Ecke des Zimmers.

Er richtete tröstende Worte an sie und blickte dann forschend um sich, das Gemach hatte eine dünne Bretterdecke, und über dieser erhob sich, spitz anlaufend, unmittelbar das Dach. Er rief den Konstabel an.

»Wir müssen dem Rauch einen Abzug verschaffen, Mister Weller.«

»Ganz wohl, Sir,« hustete dieser, »müssen gesegnete Luft haben oder bald an den großen Abzug denken.«

Weller nahm eine Axt und beide begaben sich hinauf bis unter das Dach.

Die Rückwand des Hauses lag dicht am Wall, und hierher hatte sich noch keiner von den Feinden getraut, sie hätten hier den Kugeln der Belagerer ohne Deckung gegenübergestanden, wenn sie nicht unter dem Schutz der Pallisaden von außen angriffen.

Weller hieb geschickt und schnell ein Loch in die Bretterlage, welche dem darunter befindlichen Zimmer als Decke diente, und öffnete eine im Dach befindliche Luke.

Dies hatte Wirkung, denn der Rauch zog augenblicklich ab.

Ein gleiches tat der Konstabel dann über dem Raum, von welchem die Verteidiger aus den Feind bekämpft hatten.

Das erleichterte das Atmen merklich. Vergeblich aber schien es, des Feuers Herr werden zu wollen, bei der Nahrung, welche ihm unaufhörlich zugeführt wurde.

Man leitete den Schlauch in den oberen Stock und versuchte es von dort aus, die sich vergrößernde Glut zu löschen; es zeigte sich, daß es von hier aus noch schwieriger war, dem Feuer beizukommen, als von unten.

Der Dampf wurde dichter und die Glut stärker.

Schon züngelten die Flammen am Hause empor, welches glücklicherweise aus so massiven Eichenbalken aufgeblockt war, daß diese sehr schwer Feuer fingen.

Die Indianer, welche das offene Tor unter den Kugeln aus dem Sergeantenhause nicht passieren konnten, hatten unter der Führung ihrer weißen Verbündeten zwei Pallisaden ausgehoben, und gelangten so in den Graben, ohne sich dem feindlichen Feuer auszusetzen.

Es war ihnen nicht entgangen, daß man dem Rauch im Sergeantenhause einen Abzug durch das Dach zu verschaffen gewußt hatte.

Einige gewandte Ottawas begaben sich im Graben dahin, wo die Rückseite des Hauses sich dem Wall näherte, erkletterten auf den Bäumen, welche sie in der Nacht herbeigeschleppt hatten, wie schon früher, die Pallisaden, bemerkten die Luke und wenige Minuten nachher sausten Feuerbrände, hinter den hölzernen Brustwehren hervorgeschleudert, auf das Dach, von denen zwei durch die Luke auf den Bretterboden fielen, während die andern vom Dach abglitten. Dies wurde von den Belagerten nicht gleich bemerkt, da sie vollauf durch das Feuer draußen in Anspruch genommen waren.

In dem nach dem Wall zu gelegenen Zimmer, in welchem die Verwundeten weilten, war die Luft noch am erträglichsten, obgleich auch hier der Dunst sich bereits belästigend bemerkbar machte.

Es war ein Glück, daß der immer dichter werdende Rauch die Feinde verhinderte, Kugeln durch die Schießscharten des Hauses zu senden, was bei dem Hin- und Hergehen der Männer, wobei sie alle Vorsicht außer acht lassen mußten, leicht gefährlich werden konnte.

Die energischsten Anstrengungen, des Feuers Herr zu werden, erwiesen sich als vergeblich, und der Eingeschlossenen bemächtigte sich eine sich steigernde Verzweiflung.

»Ich fürchte, Heinrich,« sagte Graf Edgar traurig zu seinem treuen Begleiter, »ich fürchte, unsre Stunde ist gekommen.«

»Ich fürchte es auch,« entgegnete dieser und atmete schwer, fuhr aber dann mit einem Ausdruck, in welchem sich wilde Entschlossenheit mit der Verzweiflung paarte, fort: »Aber ehe wir uns in diesem Hause ersticken oder verbrennen lassen, lieber hinaus, Herr Graf, und bis zum letzten Atemzuge gekämpft.«

»So denke ich auch,« sagte dieser, »müssen wir sterben, soll es kämpfend geschehen.«

Oberst Schuyler führte Frances die Treppe herunter, oben war im Dampfe nicht mehr zu atmen.

Durch die Luke hatten noch mehr Feuerbrände ihren Weg auf den Bodenraum gefunden und diese endlich die Decke entzündet. Zwar waren die Brände wie die Dielen rasch gelöscht worden, als man die Gefahr endlich bemerkte, doch hatte gerade dies einen starken Qualm auf dem Boden verbreitet, der den Abzug von unten hinderte.

Auch Sumach kam herab und ihr folgten Athoree und der Konstabel.

Der Oberst, der bleich aussah und dessen Augen unaufhörlich zu seinem Kinde hinirrten – Frances hatte sich an die Wand gelehnt –, winkte die Männer zusammen.

»Es ist das Ende, Freunde, Gott hat uns verlassen. Wir haben nur die Wahl, hier zu sterben oder draußen einen raschen Tod zu suchen,« sagte er langsam. »Die letzte Stunde ist da.«

Es herrschte eine Stille in dem Halbdunkeln, durch den Rauch noch mehr verdüsterten Raum, welche nur durch das unheimliche Knistern des brennenden Holzes unterbrochen wurde. Todesstimmung lagerte auf der kleinen Schar, der nur die Wahl blieb, hier oder draußen von diesem Leben zu scheiden. Sie blickten sich schweigend an mit tiefem, traurigem Ernste. Sekunden nur dauerte das Schweigen und wohl eine Welt von Gefühlen mochte in jeder Brust lebendig sein.

Da sagte der Konstabel mit rauher Stimme: »Will nicht ersticken hier, Oberst, wie ein Fuchs im Bau, will hinaus.« Selbst jetzt gedachte der Mann seiner Amtspflichten und fügte unwillig hinzu: »Daß mir die Schurken so entkommen müssen!«

»Ja, wenn Euer Gnaden meinen,« ließ Michael sich vernehmen und kratzte sich den buschigen Kopf, »dann wollen wir in Gottes Namen drauf los, hier geht's nicht länger mehr.«

Mit Festigkeit erklärten sich Heinrich und der Graf zum letzten Verzweiflungskampfe bereit.

Johnson gab ruhig seine Zustimmung. Athoree hatte mit seiner Mutter geflüstert: »Die alte Frau wird sich tief niederbeugen, daß keine Kugel sie trifft. Die Ottawas werden ihr nichts Schlimmes zufügen. Sumach wird auf die weiße Rose achten und später für eines Häuptlings Grab Sorge tragen. Sumach wird dann zu den Wyandots gehen und sagen, wie Athoree gestorben ist. Sie werden die alte Frau pflegen,« lauteten seine Worte.

Sumach hielt, während er ihr so zuflüsterte, ihre Schürze vor die Augen und erwiderte kein Wort.

Stärker wurde der Rauch, stärker das unheimliche Knistern. Die Balken hatten endlich Feuer gefangen.

Der Oberst war zu den Verwundeten gegangen, um denen mitzuteilen, daß das Ende sich nahe und welchen Entschluß sie gefaßt hatten.

Der Sergeant lag wie bisher bewußtlos im heftigen Wundfieber da.

Seine Frau erklärte ruhig, ihn nicht verlassen zu wollen.

»Wo er ist, bleibe ich, Herr Oberst.«

Der Oberst reichte Sounders die Hand.

»Lassen Sie mich ruhig liegen, hier oder dort enden, es ist gleichviel,« kam es finster, aber gefaßt über seine Lippen.

Der Oberst ging hinaus, die Männer standen zum letzten Kampf bereit an der Türe, Frances lehnte nach wie vor an der Wand.

Fest schloß der Oberst sein Kind an die Brust und flüsterte ihr zu: »Auf Wiedersehen droben.«

»Oeffnen Sie die Tür, Michael!« kommandierte er dann mit fester Stimme.

Michael, seinen Stock neben sich, begann die Befestigungen zu lösen. Athoree wollte zur Türe treten, um der erste zu sein, welcher hinausstürzte; mit strenger Gebärde wies ihn der Oberst hinweg.

»Zurück, Indianer, wo Gefahr ist, geht Oberst Schuyler voran!«

Der Wyandot trat zurück.

Die Tür war von allen Hemmnissen, die sich ihrem Oeffnen entgegenstellten, befreit, der Schlüssel umgedreht.

»Oeffne! Vorwärts!« und die kleine, todbereite Schar stürzte durch Flammen und Rauch ins Freie.

Ein Geheul, als wenn zehntausend Teufel brüllten, erhob sich, Schüsse krachten hier und dort, von allen Seiten eilten mit wilden Sprüngen die Indianer herbei.

Der Oberst stürzte, von drei Kugeln getroffen, auf das Angesicht. Der herzerschütternde Schrei seines Kindes verhallte in dem Toben; aber achtlos einen kleinen Dolch fallen lassend, den sie in der Hand hielt, stürzte sie hinaus und fiel auf der Leiche des Vaters nieder.

Einen Moment bildeten Angegriffene und Angreifer einen verworrenen Knäuel.

Trommelwirbel – eine dröhnende Befehlshaberstimme: »Feuer!« und vom Eingang knatterten die Musketen der amerikanischen Truppen.

Wie aus Stein gehauen stand alles da.

»Feuer!«

Und zum zweitenmal krachte eine Salve.

»Fällt das Gewehr! Stoßt alle Roten nieder!« Und eine geschlossene Reihe von Staatentruppen, welchen andre durch das Tor nachdrängten, rückten mit der von den Indianern so gefürchteten Waffe vor.

So stürmisch und wild die Indianer beim Angriff gelegentlich sind, so groß ist ihre Furcht bei einer Ueberraschung wie die gegenwärtige.

Mehr als zwanzig ihrer Leute wälzten sich schon tot oder verwundet am Boden, die andern stürzten hinter die Häuser nach dem Wall, um durch dessen Lücke zu entkommen.

Die Büchsen von Edgar, Heinrich, Johnson, dem Konstabel und Athoree entluden sich; jede Kugel fand ihr Opfer.

Athoree warf die Büchse fort, und die Streitaxt von der Seite reißend, sprang er mit dem Schlachtruf seines Volkes einem flüchtigen Ottawa nach.

Der Konstabel hatte gleichfalls die entladene Schußwaffe fallen lassen und seinen Dienstsäbel gezogen.

Morris, als er diesen Ausgang der Sache sah, rief seinen Genossen zu, die sich wie er mehr im Hintergrunde gehalten hatten: »Zu den Kanoes!« und sprang, von ihnen gefolgt, zur Wasserpforte, riß den

Riegel auf, sprang hinaus, und die Axt, welche er im letzten Augenblicke ergriffen hatte, zertrümmerte mit gewaltigem Schlage die Befestigung des Sperrbalkens. Morris und Iltis sprangen in das vorderste Kanoe, Tyron, nach welchem sie sich einen Augenblick umsahen, fehlte, und ruderten in Todesangst in den See hinaus. Einige Indianer, welche ihnen nachgeeilt waren, folgten in den nächsten Booten.

Tyron hatte den beiden andern nacheilen wollen, als ihn der Säbel des grimmigen Konstabel traf. Er taumelte, schnell folgte der zweite Hieb – Tyron stürzte und ein Stich brachte ihm die Todeswunde bei.

»Daß der Schurke von der Hand eines ehrlichen Mannes sterben muß!« knurrte der Konstabel. Dabei sah er sich nach den andern um und lief, als er sie nicht gewahrte, auf den Wall nach der Seeseite zu.

Heinrichs Büchse krachte drei-, viermal. Der Graf aber hatte sich, nachdem er geschossen, dem Oberst und der ohnmächtigen Frances zugewendet.

Johnson war nach dem Hause zurückgekehrt, hatte im Zimmer ein Fenster geöffnet, um frische Luft einzulassen, dann auf seinen starken Armen den Leutnant ins Freie getragen und gleich darauf den Sergeanten, der immerfort »Hurra!« und »Drauf!« schrie, im Kasernenhaus niedergelegt.

Den wildesten Kampf hatte aber Michael bestanden, der mit einem riesenhaften, gräßlich bemalten Indianer gleich anfangs ins Handgemenge geraten war. Dieser hatte nach ihm geschossen, aber die Kugel war ihm am Haupte vorbeigeflogen, und der wütende Ire stürzte nun mit seinem Stock auf jenen zu. Der Indianer griff zur Axt und machte einige wilde Sprünge hin und her, um dem Iren einen Schlag beizubringen, aber Michael, der Mann aus Leitrim, war ebenso gewandt als stark, und wo der schnelle Wilde sich hinwandte, bedrohte ihn des Irländers Stock. Da schleuderte der Indianer das kleine Beil nach Michaels Haupt, aber dieser wich der Waffe aus und im selben Augenblick zerschmetterte sein Stock des Indianers linke Schulter. Dieser stand mit schmerzverzerrtem Gesicht und zog nun mit einem Wutschrei das Messer; aber mit dem verblüffenden Trommelwirbel zugleich traf Michaels Stock die Hand, das Messer fiel nieder. Der Indianer wandte sich zur Flucht, aber der unermüdliche Shillalah erreichte noch seinen Rücken, so daß er niederstürzte. Gleich lag der Ire auf ihm und faßte seine Arme. »Du willst andre ehrliche Leute verbrennen und ihnen die Kopfhaut abziehen, du roter Teufel du? Dir wird Michael O'Donnel zeigen, wie man in Leitrim mit solchem Gesindel umgeht. O warte nur.«

Der Konstabel, der auf dem Wall mit wahrer Verzweiflung gesehen hatte, daß seine langgesuchten Opfer entflohen, rief einige Soldaten an, welche auch dem Boote nachfeuerten. In den Kanoes, welche Indianer trugen, schlugen die Kugeln wahrnehmbar ein, Morris und Iltis aber erreichten unverletzt das westliche Ufer des Sees und verschwanden gleich darauf im Walde.

Drohend streckte ihnen der Konstabel die Faust nach: »Ich hole euch ein!«

Diese Vorgänge hatten von dem Augenblicke an, wo die Männer aus dem brennenden Hause stürzten, bis jetzt, wo außer drei Gefangenen, zu denen der gehörte, welchen Michael gemacht hatte, kein lebender Indianer mehr im Fort weilte, viel weniger Zeit in Anspruch genommen, als wir brauchten, um sie zu schildern.

Athoree, welcher drei Ottawas mit seinem Tomahawk getötet hatte, wäre seiner roten Hautfarbe wegen fast ein Opfer der Wut der Soldaten geworden, wenn sich nicht Heinrich rasch entschlossen vor ihn gestellt und Johnson, welcher es glücklicherweise bemerkt, ihnen zugerufen hätte, er sei ein Freund. Die tiefe Stimme Kapitän Blackwaters, eines untersetzten, breitschultrigen Offiziers, rief dem Hornisten zu: »Blas zum Sammeln!«

Die Soldaten traten rasch in Reih' und Glied. Es fand sich, daß nur fünf verwundet waren, gefallen war keiner.

Jetzt warf er seinen Blick in die Runde. Ringsum sterbende oder tote Indianer, hinten das brennende Haus und diese ergreifende Gruppe vor demselben? »Wer ist der Offizier, dessen bleiches Haupt an der Brust der jungen Dame ruht? Doch nicht–?« Rasch ging Blackwater darauf los. »Mein Gott, mein guter, tapferer Oberst!« Man hörte es an dem Tone, daß der rauhe Krieger ergriffen war: »O, meine arme Miß Frances, welches Unglück!«

Das Mädchen saß bewegungslos, die Arme um des Vaters Leiche geschlungen, die Augen starr auf sein noch im Tode würdig schönes Angesicht geheftet, dessen Ausdruck ein durchaus friedlicher war, da.

Sie antwortete nicht, hörte auch wohl nicht, was Blackwater sagte.

»Welches Geschick! Welches Geschick!« Er stand eine Weile stumm, dann wandte er sich an Edgar, der neben Frances stand.

»Sind Sie vielleicht der tapfre deutsche Herr, der dieses Fort verteidigt hat?«

»Ja, Herr, preußischer Premierleutnant Graf Bender.«

»Geben Sie mir die Hand, mein tapferer Kamerad. Dort der Verstorbene hatte Sie mir schon empfohlen und unser Pottawatomie mir alles berichtet, was Sie hier getan haben. Ihnen und Ihrem Kanonenfeuer danken wir es, daß mir noch leben.« Mit warmer Herzlichkeit schüttelte er ihm die Rechte.

»Sie kamen zu rechter Zeit, Herr Kapitän.«

»Leider nicht früh genug, um unsern tapfern Oberst zu retten.« – Er fuhr sich mit der Hand über die Augen und fuhr dann fort: »Die wiederholten Kanonenschüsse hatten mich stutzig gemacht, ob ich gleich an nichts Arges dachte, denken konnte; dennoch marschierte ich sofort, als der erste fernher klingende Donner zu meinen Ohren drang, in Schlachtordnung. Das rettete uns vor Vernichtung, denn im dichten Walde plötzlich, unahnend jeder Gefahr, überfallen, wären wir rettungslos verloren gewesen. Wir wurden angegriffen, heftig, und nach tapferer Gegenwehr und großen Verlusten, ich verlor den dritten Teil meiner Leute, mußte ich zurückgehen, was in Ordnung geschah. Ich besetzte einen sich darbietenden Hügel, welcher geschlossene Verteidigung erlaubte, und bald ließ der Feind von uns ab und verschwand. Ich war ratlos. Ueberfallen von Indianern im tiefsten Frieden? Die Nacht über verharrte ich in meiner Position. Noch im Laufe dieser erreichte mich der Pottawatomie und gab mir von all den ungeheuerlichen Vorgängen hier Kunde. Er entfernte sich, um die auf dem Marsche nach Fort Jefferson begriffene Kolonne aufzusuchen. Ich ließ den Führer derselben, Kapitän Percy, auffordern, sofort auf Fort Jackson zu marschieren. Das Glück, der Zufall, die Vorsehung wollten es, daß diese Abteilung den Weg nach Fort Jefferson verfehlt hatte und dem Chippeway-See viel näher war, als sie glaubte. Dies allein ermöglichte es uns, noch in letzter Minute einzutreffen. Leider zu spät, um dieses teure Leben retten zu können. Mein armer, armer Oberst, so unter der Hand dieser Schurken zu fallen. Der vornehmste, gelassenste und zugleich tapferste Offizier, den wir in der Armee hatten, Herr!«

Auf Befehl des andern Kapitäns, der jetzt zu Edgar herankam und sich mit ihm bekannt machte, hatten die Soldaten sofort begonnen, das Feuer zu löschen, was ihnen, dank dem kernigen Holze, welches dem Feuer Widerstand leistete, mit Hilfe einiger Eimer und des reichlich fließenden Brunnens auch binnen kurzer Frist gelungen war.

Das Sergeantenhaus rauchte nur noch. Blackwater begab sich zu den beiden Verwundeten, die ihm von früher bekannt waren, in die Kaserne.

»Das war dem Tode entlaufen, Sounders, he?«

»Er war nahe genug, Kapitän.«

»Hm,« brummte dieser, »ob die Kugel eine Meile weit vorbeifliegt oder einen Zoll, gleichgültig. Wie befindet Ihr Euch, Leutnant?«

»Meine Wunden sind nicht schwer, ich hoffe, in vierzehn Tagen wieder Dienst tun zu können.«

»Der Chirurg soll gleich nach euch beiden sehen, er ist noch draußen, denn Mister Baker ist kein Freund von Kugelregen. – Und unser Oberst, Sounders?«

»Er ist gestorben, Sir, wie ein Held, indem er mit seiner Brust die andern schützte.«

Blackwater nickte.

»Es war ein Mann. – Ach, das arme Mädchen! – Nun, Mistreß Wood,« wandte er sich an diese, »Ihren Alten flicken wir auch wieder zusammen. Sie ist eine alte Soldatenfrau und wird ihn schon wieder auf die Beine bringen,«

»Ich hoffe es, Herr; Gott hat uns wunderbar erhalten.«

»Halten Sie sich wacker, Sounders, es soll rasch für Euer Unterkommen Sorge getragen werden.«

Heraustretend befahl er: »Schafft mir die Kadaver der roten Hunde hinaus und scharrt sie draußen irgendwo ein.«

Sein Blick fiel jetzt auf den Gefangenen, den Michael gebunden hatte und unter strenger Aufsicht hielt.

Der bemalte Krieger saß finster am Boden.

»Wen haben wir denn da?«

»Dieser Bursche ist mein Gefangener, Euer Gnaden. Er wollte mir zu Leibe, Herr, aber mein Shillalah hat ihm das Fest verdorben.«

»So, mein guter Bursche, dein irländischer Kampfstock hat diesen roten Helden besiegt? Brav, mein Junge, brav. Wie heißt du denn, Mann?« wandte er sich an den Indianer.

Dieser würdigte ihn weder eines Blickes noch einer Antwort.

»Es ist Peschewa selbst, Herr,« sagte Johnson, der dabei stand.

»O, wir haben den Helden dieser Mordkomödie in Händen? Gut, Peschewa, wir werden mit dir abrechnen,« setzte er finster hinzu.

Er rief einen Sergeanten an: »Nehmen Sie hier diesem Mann den Gefangenen ab. Verwahren Sie ihn mit den beiden andern, aber sicher, rate ich. Der Chirurg soll auch nach seinen Wunden sehen, wir wollen ihn möglichst ganz in die Hölle schicken.«

Die Soldaten führten den Ottawahäuptling fort und schlossen ihn mit den beiden andern Gefangenen ein.

Blackwater ließ ein Lager für die Leiche des Obersten in einem Parterrezimmer des Offiziershauses herrichten.

Frances saß immer noch stumm und nichts um sich her beachtend am Boden. Des Obersten Haupt ruhte auf ihrem Schoße.

»Miß Schuyler,« wandte sich Blackwater an sie, »wir wollen unsern tapfern Obersten dort im Hause betten, bis wir ihn der Mutter Erde übergeben. Seien Sie stark. Miß Frances, wie die Tochter eines solchen Vaters es sein muß.«

Sie neigte langsam das Haupt.

Blackwater, Edgar, Johnson und Heinrich hoben den Leichnam auf und trugen ihn nach dem Hause, wo sie ihn auf das für ihn bereitete letzte Ruhelager niederlegten.

Sounders und den Sergeanten hatte man wieder in ihr Zimmer gebracht, welches ganz unversehrt geblieben war, und die Sergeantin hatte bereits im oberen Stock ein Heim für des Obersten Tochter hergerichtet.

Das Feuer hatte an der Vorder- und Seitenfront des Hauses nur wenig Schaden angerichtet, die andern Seiten mit den daran liegenden kleinen Zimmern waren ganz unversehrt und auch vom Wasser verschont geblieben. Willenlos ließ sich Frances von Mistreß Wood dorthin führen und setzte sich schweigend an den Tisch, das Haupt mit der Hand stützend. Die alte Sumach schlich zu ihr, kauerte sich ihr gegenüber nieder und verharrte ebenso schweigend, wie davon seinem Schmerz betäubte Mädchen.

Unter der Offiziere Aufsicht und der energischen Tätigkeit der Soldaten waren nicht nur die Leichen der Indianer entfernt worden, sondern auch viele Hände in Tätigkeit, um Kaserne und Kommandantenhaus in einen Zustand zu versetzen, der ein Unterbringen der Mannschaften und Offiziere für die Nacht erlaubte.

Die Geschütze wurden geladen, die Boote gesichert, Wachen ausgestellt, die ausgehobenen Pallisaden wieder an ihrer Stelle befestigt, kurz, das Fort in verteidigungsfähigen Zustand gesetzt.

Dann endlich zündeten die Soldaten Feuer an, lagerten und stärkten sich an dem, was das Proviantmagazin des Forts aufweisen konnte.

Blackwater hatte sich zu Edgar gesellt und von diesem einen ausführlichen Bericht über alle Ereignisse empfangen, deren Schauplatz das Fort in den letzten Tagen gewesen war.

Die Sergeantin hatte sich mit der Energie einer an den Krieg und seine Wechselfälle gewöhnten Soldatenfrau von der ausgestandenen Todesangst rasch erholt und war eifrig beschäftigt, für die Offiziere Speise und Trank herbeizuschaffen und mit ihnen den Tisch neben dem Kommandantenhause zu bedecken, der denn auch bald die Offiziere, zwischen denen auf Einladung Blackwaters auch Edgar Platz genommen hatte, um sich vereinigte.

Hier wurden noch einmal die Vorgänge der letzten Tage besprochen, und Edgars, des tapferen preußischen Kameraden, Verhalten unter so schwierigen Umständen, wie das seiner Begleiter, von den Amerikanern ehrend anerkannt.

»Sie haben nun einmal den irregulären Krieg an der Indianergrenze kennen gelernt, Herr Graf, als Ergänzung Ihrer Kriegserfahrungen in Frankreich. Welch blutige Tage für dieses kleine Fort.«

Edgar ging der Tod Schuylers, dessen Persönlichkeit ihm unendlich sympathisch gewesen war, sehr nahe, und mit Schmerz erfüllte ihn das tiefe Leid, welches Frances betroffen hatte. Er saß ernst und traurig zwischen den amerikanischen Offizieren.

Es ist nichts Kleines, auch für den tapferen und kriegsgewohnten Soldaten, in den sicheren Tod zu stürmen oder ihn in einer schrecklichen Gestalt zu erwarten.

Der preußische Offizier war in die sich überstürzenden blutigen Ereignisse der letzten Tage widerstandslos hineingerissen worden.

Als mutiger, entschlossener Krieger zu kämpfen, entsprach seiner Natur, denn er war ein tapferer Soldat, aber die letzte Stunde des verzweiflungsvollen Ringens in dem kleinen Blockhause lag wie eine Wolke auf seinem Geiste.

Nicht die Todesgefahr an und für sich war es, die ihn während des Kampfes beben machte, oder jetzt noch in ihm nachwirkte, nein, die schreckenvollen Vorstellungen von dem grausigen Schicksal, welches das anmutvolle Mädchen erwartete, sobald sie in die Hand der Wilden fiel, waren es vor allem, welche noch jetzt lähmend auf sein Denken wirkten. Daß Frances den Dolch bereit gehalten, um nicht lebend in die Hand dieser Feinde zu fallen, war ihm nicht bekannt; die Ausführung dieses Entschlusses hatte nur der jähe Tod des Obersten verhindert. Als sie ihn stürzen sah, vergaß das Mädchen alles um sich her und warf sich, unwiderstehlichem Antrieb folgend, schützend über den Vater, leider nur, um von seinem letzten Atemzuge berührt zu werden.

Daß diese Greuelscenen, in welche eine solch jugendlich ideale Erscheinung wie Miß Schuyler hineingerissen war, auch die Erinnerung an die Schwester und deren grausiges Schicksal wachrief, war natürlich genug und diente nicht dazu, den düsteren Ernst seiner Stimmung zu mindern. Auch sie war einst von den sonnigen Höhen des Lebens bis zu den Schrecken eines Indianerkrieges herabgesunken und hatte ihren Tod – wo gefunden? Und der zarte Knabe, welchem sie das Leben gegeben hatte? War auch er ein Raub des Todes geworden?

Alle diese Vorstellungen hatten sich in seinem Geist gebildet und durchkreuzt, als nach dem letzten Kampfe Ruhe eingetreten war.

Sehr ernst entgegnete er dem Kapitän: »Ich habe den Krieg kennen gelernt auf blutigen Schlachtfeldern, aber es war ein Ringen im offenen Felde mit einem ebenbürtigen tapferen Gegner. Diese Kriegsführung von seiten der erbarmungslosen Wilden hat etwas Grausiges an sich und entfernt sich weit von der Kampfesart ritterlicher Nationen.«

»Und dabei gibt's noch immer zarte Menschenfreunde, welche Ach und Weh schreien und Himmel und Erde in Bewegung setzen, wenn dieser Rasse ein Haar gekrümmt wird. Diesen Menschenfreunden wünschte ich den Anblick eines indianischen Mordfeldes oder noch besser ein Stündchen in jenem Blockhaus«, wie Sie es darin zugebracht haben. Die Indianer sind Tiere, wilde Tiere, unfähig zur Zivilisation, und darum müssen sie wie Wölfe vertilgt werden. Sie bilden ein unnützes Glied in der Kette der Geschlechter der Menschen und so zermalmt sie das Rad der Geschichte, ganz im natürlichen Gang der Dinge. Nun, ich hoffe, diese blutigen Tage werden die Regierung veranlassen, die Sentimentalität der Cooperschen Romane *ad acta*, zu legen und energisch gegen diese Mordbande vorzugehen. Biegen wollen sie sich nicht, so müssen sie gebrochen werden.«

»Wahrlich, ich bin geneigt, nach den Erfahrungen dieser Tage Ihre Ansicht zu der meinigen zu machen.«

» *Well* Wollte, alle Europäer dächten so. Sind außerdem, nachdem wir die Bande des Herrn Peschewa vernichtet haben, nicht einen Augenblick sicher, daß uns nicht das ganze Volk der Ottawas auf den Hals kommt. Solche Indianerhorde gleicht einem Pulverfaß, ein Funke, und es explodiert. Nun, wir werden sie anders empfangen als der arme Davis.«

Während die Offiziere in solchen Gesprächen an ihrem Tisch verweilten, saßen Johnson, der Konstabel, Heinrich, Michael und der Wyandot in einer Gruppe vereinigt in der Nähe des Hauses, welches sie so mutig verteidigt hatten.

Johnson zeigte seine gewöhnliche ergebene Ruhe, und Heinrich hatte wenigstens die Aufregung des Kampfes überwunden. In übler Laune war der Konstabel, und Michael befand sich noch in wilder Kampfeslust. Athoree rauchte gelassen seine Pfeife.

»Bei St. Patrick,« schrie Michael, »mit einem ganzen Stamm dieser Banditen werde ich fertig, wenn es Mann gegen Mann geht und das verwünschte Schießen nicht stattfindet.«

»Ja, das ist es eben, guter Irländer,« sagte Weller, »mit deinem Stock wirst du nicht weit kommen.«

»So? Habe ich den blutigen Peschewa nicht damit zusammengehauen?« fragte Michael, der nicht wenig von seinem Siege über den gefürchteten Häuptling aufgeblasen war.

»Das ist richtig, mein Junge, in diesem Falle leistete dir dein irischer Prügel gute Dienste, und ich gestehe ganz gern, daß du dich wie ein braver Bursche benommen hast. Aber gründlich hilft gegen diese Bursche wenigstens in ihren Wäldern nur der Säbel von einem Gaule herab geschwungen.«

»Kavallerie?« fragte Michael. »Hier in diesen Wäldern?«

Auch Johnson sah den Konstabel erstaunt an.

»Ist ein Fakt, Leute. Im Waldkrieg sind uns die Roten mit der Büchse gewachsen, verstehen diesen Kampf. Sind Vorteile und Nachteile dabei so ziemlich ausgeglichen. Unsre Waldleute schießen freilich besser als die Indianer, aber nicht so die Soldaten. Ist ein Kampf von Baum zu Baum, von Versteck zu Versteck, selten ein offener Angriff; das indianische Gewürm kriecht wie Schlangen im

Busch herum, bald vor- bald rückwärts, ist nicht jedermanns Sache, das nachzumachen. Aber den Burschen das Feuer entlocken und dann ein paar Schwadronen Dragoner in die Büsche jagen, ehe sie Zeit haben, wieder zu laden, und mit dem Säbel den Hunden zu Leibe zu gehen, das tut's. Sage euch, Männer, habe bei den Michigan-Dragonern gedient und gegen die Blackfeet und noch vor drei Jahren gegen die Ottawa gefochten. Da ist die Kavallerie die beste Waffe gegen die Roten.«

»Und mein Shillalah,« sagte Michael.

»Nun ja, mein guter Bursche, kannst ja von Glück sagen, daß du kein Loch in deinem ehrenwerten Hirnschädel aufzuweisen und deinen schönen Skalp noch fest darauf hast.« Michael fuhr unwillkürlich mit der Hand nach dem Kopf. »Brauchst nun nicht nach eurer irischen Manier mit deinen Heldentaten zu prahlen. Haben Glück gehabt, daß die Kugeln um uns herumsausten, mußte der brave Oberst sie für uns erhalten. War ein Mann, der Schuyler, segne meine Seele, habe die Notion, war kein besserer in der Union.«

»Das muß wahr sein, Konstabel,« schrie Michael, »das war ein Herr und ein rechter Kriegsmann, aber mein Lord ist auch ein Mann, denke, ist ebenso brav wie der Oberst.«

»Muß gestehen, hätte das hinter den Deutschen nicht gesucht, haben sich wacker geschlagen, und ist der Mann dort,« er wies auf Heinrich, der schweigend der ihm unverständlichen Unterhaltung lauschte, »ein mächtiger Schütze, ist ein Fakt.«

»Oberst Schuyler,« nahm Johnson das Wort, »ist gestorben wie ein Held.«

»Das ist er. Mann, glorioser Soldat.«

»Großer Häuptling,« fügte Athoree hinzu.

Sie schwiegen eine Weile in Erinnerung an den Obersten, dann aber sagte Weller: »Traurig ist es, daß mir die Schurken entwischt sind, könnte mir die Haare ausreißen vor Wut, kann jetzt die Jagd von neuem beginnen. Meinetwegen hätten alle andern entkommen mögen, der Lump Tyron, der leider nun unter eines ehrlichen Mannes Hand gestorben ist, und der Spitzbube, der Iltis, wenn ich nur zum Jubel von ganz Michigan den Morris erreicht hätte.«

»Was hat der Mann verbrochen?« fragte Johnson.

»Der?«

Der Konstabel blickte ihn an, es war ein seltsamer Blick, und schon war er im Begriff, ihm zu sagen, welcher Schreckenstat Morris schuldig war, aber er bezwang sich, als er den weißhaarigen Mann so ruhig vor sich sitzen sah, und verspürte seine Mitteilung auf geeignetere Gelegenheit.

»Der? O, der hat gemordet – nichts weiter.«

»Gottes Gerechtigkeit wird ihn schon ereilen.«

Es lag etwas Prophetisches in dem Ton, wie in der seltsamen Gestalt des Mannes, als er so sprach.

»Hoffentlich auch noch die der Menschen,« brummte Weller in sich hinein. »Die Spitzbuben gehen jetzt über den Mackinaw und ich habe das Nachsehen, wenn sie nach Kanada hinüberwechseln. Bleiben sie aber in den Staaten, so will ich auch ihre Fährte finden und – dann werden wir sehen.«

Unter solchen Gesprächen verging die Zeit. Der Abend des ereignisvollen Tages sank hernieder und alle die ermüdeten und abgespannten Männer ersehnten die Ruhe.

Unsre Freunde bereiteten sich ihr Lager im Sergeantenhause und bald lag alles, die verstärkten Wachen ausgenommen, in tiefem Schlafe.

Fünfzehntes Kapitel.
Ernste Nachklänge.

Der frühe Morgen sah bereits die Soldaten im Fort in erneuter Tätigkeit, um dasselbe vollständig in den früheren Zustand zu versetzen und alle Spuren der furchtbaren Ereignisse zu verwischen.

Blackwater, welcher nach Schuylers Tode als der älteste Offizier das Oberkommando hatte, befahl den nach Fort Jefferson kommandierten Truppen hier zu bleiben und sandte den Pottawatomie mit einem Briefe an den dortigen Befehlshaber, der ihm Kunde von den Ereignissen gab und die Ablösung für später in Aussicht stellte.

Soldaten hatten aus Brettern einen Sarg hergestellt und andre draußen am Walde auf einer leichten Erdanschwellung ein Grab ausgeworfen.

Der Oberst war dann eingesargt und seine letzte Wohnung mit der Flagge der Union bedeckt morden.

Für neun Uhr war die Garnison zum Begräbnis befohlen.

Athoree war vor Sonnenaufgang schon in den Wäldern gewesen und nach einigen Stunden zurückgekehrt, ohne irgend etwas Verdächtiges gewahrt zu haben.

Der Graf und Heinrich erschienen auf dem Walle; ihre Gefährten schliefen noch. Während sie langsam auf und ab schritten, sagte Edgar: »Ich fürchte, Heinrich, die Ereignisse der letzten Tage haben uns unser Ziel ferner als je gerückt.«

»Warum fürchten das der Herr Graf?«

»Unsre einzige Hoffnung, die Spuren der Verlorenen aufzufinden, beruhte darauf, diese Ottawas genannten Indianer willig zu machen, Auskunft zu erteilen, wie meine Schwester mit ihrem Kinde geendet hat. Wenig wollte es besagen, daß die Raubgier dieser Wilden mich um den Brief des Sekretärs und die für ihre Häuptlinge bestimmten Geschenke gebracht hat, beides wäre ja zu ersetzen, aber die ausgebrochenen Feindseligkeiten zwischen den Indianern und den Regierungstruppen machten jede Verbindung unmöglich.«

»Was glauben denn der Herr Graf, was wir beginnen sollen?«

»Ich will später mit Kapitän Blackwater reden. Bin ich einmal hier, so will ich das Aeußerste versuchen, um Gewißheit zu erlangen. Erklärt sich die bisherige Zurückhaltung der Indianer in Bezug auf Mitteilungen über das Schicksal meiner Schwester aus der naheliegenden Befürchtung, dafür noch nachträglich zur Rechenschaft gezogen zu werden, so wird es nach den jüngsten Vorgängen, die ihr Schuldkonto wesentlich bereichert haben, noch schwieriger sein, Aufklärung zu erlangen. Die Hoffnung, daß sie noch unter den Lebenden weile, ist mir längst geschwunden, aber der Gedanke will mich nicht verlassen, daß der Knabe, meiner Schwester Kind, noch atme. Aber wo und wie?«

»Es wird doch Mittel geben, irgend jemand von diesen Leuten zum Sprechen zu bringen, sei es durch Geschenke, sei es durch Drohungen?«

»Ich habe dir mitgeteilt, welche Anstrengungen der alte Baring und die Regierungsorgane gemacht haben, um Gewißheit über das Verbleiben meiner Lieben zu erlangen und daß alles dies vergeblich war. Der Kampf hat nun wohl jede Brücke abgebrochen, die zu einem Verständnis mit den Ottawas führen konnte.«

»Es ist aber der Fall nicht ausgeschlossen, daß sie jetzt, wo ihnen wahrscheinlich eine Züchtigung durch die Militärgewalt bevorsteht, gefügiger sind als früher.«

»Der Kapitän wird uns ja beistehen, wollen wir hören, was er meint. – Alles in Dunkel gehüllt, jede Spur der teuern Menschen verweht. Nach dem, was ich in diesen Tagen in diesen Wäldern erlebt habe, begreife ich wohl, wie jede Spur eines Menschendaseins hier für immer ausgelöscht werden kann. In welcher Wildnis mögen deine Gebeine ruhen, arme Luise?«

»Herr Graf, als wir in jenem Blockhause weilten, hatten wir die Hoffnung aufgegeben, mit dem Leben davonzukommen, und erfreuen uns heute doch noch des Daseins. Wollen wir die Hoffnung auch hier nicht aufgeben, das Schicksal Ihrer Frau Schwester aufzuklären.«

»Es ist wahr, Heinrich, unser Leben war verfallen, und wir atmen doch noch im rosigen Licht. Der tapfere Oberst hat mit seinem Herzblut unser Lösegeld bezahlt, der grause Scherge Tod war damit befriedigt und lieh uns entkommen. Mir kommt es vor, als ob ich dieses so errungene neue Dasein ohne Berechtigung führe, da es mit so edlem Blut erkauft worden ist.«

»Ja, ein heldenhafter, vornehmer Mann, dieser amerikanische Oberst, er schritt voran, als ob es zum Tanze ginge –«

»Und ging in den Tod. – Wie das arme Fräulein es nur tragen mag?«

»Eine sehr schöne Dame, Herr Graf.«

»Eine selten edle Schönheit, ein selten edles Mädchen. – Athoree und seine Mutter haben sie die weiße Rose getauft, diese Indianer entbehren doch nicht der Poesie.«

»O, das ist schön, Herr Graf: ›Weiße Rose‹. Das ist gut gewählt.«

»Weiße Rose,« wiederholte der Graf leise, »weiße Rose – wirst du je wieder im Hauche frischen, freudigen Lebens erblühen oder bist du gebrochen und entblättert für immer, wie meine arme Schwester?«

Er schwieg in trübem Sinnen, und Heinrich wagte das Gespräch nicht wieder aufzunehmen.

Der Konstabel trat aus dem Hause, warf einen Blick umher, und als der den Grafen traf, rief er ihm fröhlich zu: »Nun, Fremder, hat der Schlaf die traurigen Gedanken und die Erinnerung an gestern verscheucht? Ich habe geschlafen wie ein Rakoon im Winter, und meinetwegen könnte die Partie von neuem beginnen. Kalkuliere, bin der Mann dafür.«

»Ja, mein wackrer Mister Weller, ich glaube Euch das, habe nicht wenig Eure Kaltblütigkeit und Eure Laune inmitten der grimmigsten Gefahr bewundert.«

»Ist Gewohnheit, Mann, nur Gewohnheit – ist ein Fakt. Habe in den bunten Fährlichkeiten dieses Lebens gelernt, nie zu verzagen. Kommt die letzte Stunde einem jeden, dem früher, dem später. Muß es kaltblütig nehmen, kalkuliere, ist das richtige.«

»Gewiß, nur hat nicht jeder die Kraft, gleichmütig auch das Schlimmste hinzunehmen.«

»Bin als junger Bursche gegen die Miamis ausgezogen, am Sandusky, wißt Ihr. Waren damals in die Ansiedelungen gefallen, genau wie vor drei Jahren die Ottawas am Manistee. Zogen aus, mein alter Vater, Gott hab' ihn selig, wollte mich nicht mitnehmen, sei noch zu jung, war achtzehn Jahre, lief aber doch mit. Lachte der Alte, als er mich sah: ›Hab' mir's gedacht. Wär' auch nicht zu Hause geblieben.‹ Na, fochten mit den Roten, nahmen mich gefangen. Haben eine schöne Sitte, die Indianer, binden die Gefangenen an einen Baum und treiben Kurzweil mit ihnen, blutige Kurzweil, kann ich Euch sagen. Stand mit zwei andern am Marterpfahl, wie sie diese Vorrichtung nennen. War uns der Tod nah wie gestern. Kann Euch sagen, war mir arg wehleidig ums Herz, war zu jung, um zu sterben, hätte gern gemeint, schämte mich nur. Da sollte ich mein Sterbelied singen, wollten die Bursche haben. Betete da laut zu unserm alten Herrgott, sollte es gnädig machen mit mir und uns. Hatte kaum Amen gesagt, krachen Büchsen in den Büschen und die Miamis geben Fersengeld. Waren unsre Leute, war mein Alter, wollte seinen Jungen wieder holen.

»›Hast du die weiße Feder gezeigt, Bob?‹ war seine erste Frage.

»›Nein, Vater‹ sagte ich, wie es auch wahr, denn wenn ich auch Angst gehabt, gezeigt hatt' ich's nicht. Da löste er meine Bande und sagte: ›Bist mein Blut, Junge. Alles, nur nicht die weiße Feder zeigen. Kannst vor unserm Herrgott dich demütigen, aber vor keinem Menschen, am allerwenigsten vor solchem Abschaum.‹ Seht, Herr, seit dem Tage, der mir in höchster Not vom Tode half, hoffe ich bis zum letzten Augenblicke. Stehen alle in Gottes Hand, Mann, weiß es schon zu machen. Ist ein Fakt, Fremder.«

»Auch uns hat er wunderbar genug errettet.«

»Kalkuliere, tat so. Hält mich mein Vertrauen auf Gott aufrecht in schlimmster Stunde.«

Athoree kam herangeschlendert.

»Ah, da ist ja John. Freue mich, Bursche, daß du dich so tapfer gehalten hast.«

Der Indianer hatte, seitdem er sich als Wyandothäuptling zu erkennen gegeben, eine bisher an ihm ungewohnte Würde angenommen.

Er entgegnete jetzt: »Nicht John mehr, Athoree, Konstabel.«

»Na, meinetwegen, wenn du das vorziehst. Wie steht's denn mit dem Rum, Bursche? Ist selten in den Wäldern, wie?«

Gelassen entgegnete Athoree: »Kriegspfad, Konstabel; trinken nicht auf Jagd, nicht auf Kriegspfad. Nicht trinken,« wiederholte er nachdrücklich.

»Das wäre? Wenn ein Indianer sich einmal dem Rum ergeben hat, so macht er es wie eine Fliege im Zuckerglase und nascht so lange, bis er ein seliges Ende findet.«

»Nein, Konstabel, Athoree hat sich uns als tapferer Wyandotkrieger bewährt und auch siegreich den Rumteufel bezwungen.«

»Pfft!« pfiff der Konstabel zwischen den Zähnen hindurch, »also nun ist das Geheimnis heraus. Also ein Hurone bist du. Von wo? Von der Halbinsel oder aus den Kanadas?«

»Konstabel zu viel fragen, Athoree Wyandot, das genug.«

»Aber wie bist du denn an den Muskegon gekommen?«

»Gehen auf Mokassins hin,« entgegnete der Indianer mit trockenem Humor.

»Nun ja,« brummte Weller ärgerlich, »das konnte ich mir ungefähr denken. Aber warum bist du denn nicht bei deinem Volke geblieben?«

»Gefallen ihm am Muskegon besser.«

»So? Ja bringe einmal einer etwas aus einer Rothaut heraus, wenn sie nicht reden will. Und ich lasse mich hängen, wenn der Bursche da oben nicht etwas ausgefressen hat, was ihm den Aufenthalt bei seinem Stamm verleidet. Wird so sein, John, he?«

»Such du Spitzbuben, Konstabel, deine Sache. Warum Athoree nicht bei seinem Volke? seine Sache.«

»Nun wird er noch grob, immer besser. Also ein Hurone? Ist mir lieb, Ihretwegen, Herr Graf, denn die Huronen sind noch die zuverlässigsten und intelligentesten aller unsrer Indianer und haben vor allen Dingen keine Verwandtschaft mit den Chippeway-Völkern hier.«

Mit dem Tone warmer Anerkennung sagte Graf Edgar: »Athoree hat sich als treuer Freund und überaus tapferer Krieger gezeigt; was ihn auch von seinem Volke fern halten mag, nimmer glaube ich, daß es etwas Unehrenhaftes ist.«

»Hm, wird einen Skalp zur unrechten Zeit genommen haben.«

Ein so drohender Ausdruck zeigte sich in dem dunklen Gesicht des Wyandot, daß er den Konstabel sofort veranlaßte, einzulenken.

»Meine es ja nicht böse, John. Kommt ja vor bei Roten und Weißen, daß das Messer einmal etwas lose sitzt.«

Mit demselben finstern Ausdruck sagte Athoree: »Konstabel tut gut, nicht zu viel fragen. Athoree Wyandot, das genug.«

Damit entfernte er sich.

»Der Bursche hat da oben etwas auf dem Kerbholze, verlaßt Euch darauf. Fremder. Also ein Wyandot? So nennen sie sich nämlich selber, gemeinhin bezeichnet man sie als Huronen. Wir haben auf der nördlichen Halbinsel deren, welche dort auf ihrer Reservation hausen, als Nachbarn der Saulteux, eines Chippeway-Zweiges, der Hauptstamm aber sitzt in Kanada. Möchte doch wissen, ob der John aus Kanada kommt oder vom Machigumi?«

»Konstabel zu viel fragen,« wiederholte lächelnd der Graf, den Indianer nachahmend.

»Ja, ist mein Geschäft, Fremder, muß allerlei wissen.«

Der Posten über dem Tore rief die Wache an.

Eilig begab sich der Sergeant, welcher diese kommandierte, auf den Wall, kam gleich zurück und meldete dem eben aus dem Hause tretenden Blackwater: »Es kommen drei Indianer vom Walde her auf das Fort zu, Herr Kapitän.«

»So? Nehmen Sie sechs Mann, Sergeant, und stellen Sie die an die Schießscharten über dem Tore. Begehren die Leute Einlaß, herein mit ihnen, natürlich ohne Schießwaffen. Knüpfen sie an das Betreten des Forts irgend welche Bedingung, wird diese nicht gewährt. Wollen sie sich darauf entfernen, droht erst, sie niederzuschießen, und stehen sie nicht, schießt sie nieder.« Der Sergeant ging zurück.

»Guten Morgen, Herr Graf,« rief Blackwater diesem zu. »Wohl geruht nach sturmvollem Tage?«

»Danke, Kapitän, die Nacht war gut.«

»Freut mich. Mister Weller, wollen Sie nicht so freundlich sein und sich zum Tore begeben, um die Herren aus den Wäldern ein wenig zu mustern und allenfalls mit Ihrer Kenntnis des Ottawa-Dialektes auszuhelfen.«

»Mit Vergnügen, Kapitän,« und Weller schritt zum Tore.

Die durch die Schildwache signalisierten Indianer waren ruhig, die Büchsen im Arm, auf das Fort zugegangen.

Vor diesem standen sie still. Der Sergeant rief von oben herab: »Was wollt ihr?«

»Häuptling sprechen,« entgegnete der eine von ihnen.

»Stellt eure Büchsen ab, dann will ich euch hereinlassen.«

Die Leute legten hierauf die Waffen nieder.

Der Sergeant schärfte den Soldaten noch ein, sie fest im Auge zu behalten und bei der ersten verdächtigen Bewegung Feuer zu geben. Dann ging er hinab und öffnete das Tor.

Die Indianer traten ruhig herein. Kapitän Blackwater stand, von seinen Offizieren umgeben, in der Nähe seines Hauses.

Der Sergeant führte die roten Männer vor ihn, während die sechs Soldaten ihnen folgten.

Mit finsterm Blick und drohend gerunzelter Stirne empfing der Befehlshaber die Wilden, die sich unachtend dessen mit ruhiger Würde vor ihm verbeugten.

»Wer seid ihr?«

Der mittlere der drei entgegnete: »Ich bin Kitate, das Haupt des Ottawa-Volkes.«

»Und was führt das Haupt des Ottawa-Volks zu mir?«

»Ein Vogel hat in mein Ohr gesungen, daß der stammlose Häuptling die Krieger des großen Vaters in Washington bekämpft habe.«

»Der Vogel wird wohl schon lange vorher davon gesungen haben, aber Kitate wird etwas taub sein, vermute ich.«

Mit gleicher Ruhe fuhr der Indianer fort: »Er flüsterte mir ferner zu, der große Vater in Washington könne glauben, es seien seine Kinder, die Ottawas, welche die Streitaxt ausgegraben haben. Nun kommt Kitate, um dir zu sagen, daß die Ottawas nichts mit den Stammlosen gemein haben. Kitate wohnt mit seinem Volke friedlich in seinen Dörfern, und mit Schmerz hat er erfahren, daß die Stammlosen die jungen Männer der Langmesser erschlagen haben.«

»So, mein guter Mann, das hast du mit Schmerz erfahren? Konntest es natürlich nicht verhindern? Wen willst du denn mit deinem Geschwätz täuschen?« fragte mit drohendem Blicke der Kapitän. »Peschewa, euer Haupt, griff im tiefsten Frieden dieses Fort verräterisch an, du wirst ja hernach sehen, was mit ihm geschieht.«

»Peschewa nicht Haupt der Ottawas, er stammlos.«

»Nun, mein braver Kitate, wir wollen uns nicht um Worte streiten, der große Vater in Washington wird wohl wissen, was er zu tun hat, ich fürchte, er wird den seinen Unterschied zwischen dem Ottawa-Stamm und stammlosen Ottawas ebensowenig zu machen wissen, wie ich. Ich danke dir für deinen Besuch, der mir so wertvoll ist, daß ich dich einladen muß, längere Zeit hierzu verweilen.«

Eine flüchtige Bewegung in den Zügen des Häuptlings zeigte, daß er diese Wendung sehr gut verstanden habe.

»Kitate,« sagte er dann, »ist vertrauensvoll zu dem großen Häuptling des Forts gekommen, er ließ meinen jungen Mann seine Worte in mein Ohr singen, darum kam Kitate.«

»Der Häuptling ist tot, Indianer, erschlagen von deinen mörderischen Schurken. Niemand hat dich eingeladen zu kommen, nun du aber da bist, wollen wir dich festhalten, bis der große Vater in Washington gesprochen hat, und wenn du dann ungehangen davon kommst, kannst du von großem Glücke sagen. Legt die Kerls in Eisen.«

»Das Volk der Ottawas wird seinen Häuptling vermissen und vielleicht nach ihm suchen,« sagte Kitate mit höflicher Ruhe zwar, aber mit hinreichend verständlicher Drohung.

»Desto besser, ich wollte, ich hätte alle deine heulenden Hunde vor diesen Wällen, so brauchten wir sie nicht aufzusuchen.«

Handschellen wurden gebracht, den Indianern ihre kleinen Streitäxte und Messer genommen und sie dann in Fesseln gelegt.

»Untersuchen Sie die Leute sorgfältig, Sergeant, und sperren Sie sie dann ein, aber nicht mit den andern zusammen.«

Ruhig ließen sich Kitate und seine Gefährten fesseln und abführen.

»So, Herr Diplomat, nun können Sie ein wenig über stammlos und nicht stammlos nachdenken. Hat einer von den Herren hierzu etwas zu erwähnen?« wandte er sich an die um ihn stehenden Offiziere.

Niemand hatte gegen das Verfahren Blackwaters, für welches er ja auch allein die Verantwortung trug, etwas einzuwenden. Kapitän Percy bemerkte: »Ich hätte dasselbe getan, Räuber und Mörder müssen als solche behandelt werden.«

Mittlerweile war die Stunde herangekommen, wo das Begräbnis des Obersten stattfinden sollte.

Blackwater ließ die Sergeantin zu sich bitten und fragte sie nach dem Befinden von Miß Schuyler.

»Ach, Herr Kapitän, sie hat, wie ich von der alten Indianerin höre, die ganze Nacht am Tische gesessen, bewegungslos wie eine Bildsäule. Sie hat nicht einmal geweint.«

»Und jetzt?«

»Ach, sie sitzt ja noch so.«

»Hm, hm. Schlimm, schlimm,« murmelte der bärbeißige Kapitän, der unter seiner rauhen Außenseite ein fühlendes Herz barg. »Was denn nun beginnen? Ohne Miß Schuylers Einwilligung können wir doch nicht zum Begräbnis schreiten. – Ob ich einmal zu ihr gehe?«

»Ich will zu ihr gehen und mit ihr reden,« sagte Johnson, welcher sich der Gruppe um den Kapitän zugesellt hatte.

»Ihr, Herr? Wer seid Ihr?«

»Ein Mann, Kapitän, neben dessen Leid der jungen Lady das ihrige klein erscheinen wird.«

Johnson ging, und während ihm Blackwater noch nachsah, trat Edgar auf ihn zu, um ihn über dessen Person aufzuklären.

In dem kleinen Stübchen saß Frances, wie die Sergeantin es geschildert hatte, bewegungslos, das schöne Haupt in die Hand gestützt, starr vor sich hinblickend; das herrliche Haar hing ungeordnet um das marmorbleiche Antlitz hernieder.

In einer Ecke kauerte die alte Sumach. Lange sah Johnson des Obersten Tochter an, dann sagte er mit sanfter Stimme: »Miß Schuyler.«

Keine Antwort. Der Schall war am Ohr der Trauernden vorübergegangen.

»Miß Schuyler, der Oberst wartet auf seine Tochter, daß sie ihn zum Grabe geleite.«

Ein Zittern überflog des Mädchens Leib und ein Klagelaut hallte durch das Zimmer, dann saß sie wie vorher.

»Sich seinem Schmerz zu sehr hingeben, junge Dame, heißt mit Gott hadern.«

Nur ein leises Stöhnen war die Antwort.

Nach einer kurzen Weile, während man nur die Atemzüge der drei Menschen hörte, fuhr Johnson in einem Tone fort, der tiefe innere Erregung verriet: »Ich kannte einst einen Mann, der froh und glücklich der Heimat zueilte, um sein gutes Weib, seine teuren Kinder zu umarmen, die er am Morgen in der Fülle blühenden Lebens verlassen hatte – er fand sie in ihrem Blute – erschlagen von roher Mörderfaust.« –

Langsam hob Frances die Augen auf Johnson, der ruhig auf seine Büchse gelehnt, vor ihr stand. Die seltsame Erscheinung, das lange, weiße Haar, der Bart des Mannes, das für einen Hinterwäldler bleiche Antlitz, aus dem die guten blauen Augen trauernd auf sie blickten, machten ihr den Eindruck einer Prophetengestalt.

In der Aufregung der früheren Stunden hatte sie ihn nicht beachtet, kaum bemerkt, jetzt zum erstenmal wirkte sein absonderliches Aeußere, welches ihm von den Indianern den Namen »der tote Mann« verschafft hatte, mit um so größerer Gewalt auf sie, als er fast wie ein Bote aus einer andern Welt vor ihr stand.

Ihr Auge erweiterte sich, als es die ehrwürdige Erscheinung betrachtete.

Leiser fuhr dieser fort: »Der Mann, der das erduldet hat, steht vor Ihnen, Miß, ruhig und gottergeben.«

Sie sah ihn noch immer aufmerksam an.

Dann kam es schwach und vernehmbar von ihren Lippen: »Armer, armer Mann!«

»Soll der Oberst, der für uns gestorben ist, noch länger auf sein Kind warten? Oder soll er, ohne daß es ihm das letzte Geleit gibt, zu Grabe gehen?«

Sie strich mit der Hand über das Haar, über die Augen, erhob sich langsam und sagte dann: »Ich bin bereit, Sir, kommen Sie.«

Sie gingen. Draußen wartete Kapitän Blackwater und bot Frances schweigend seinen Arm.

Sie schritten hinaus in den inneren Raum des Forts.

Die Truppen standen in Paradestellung, dem Kommandantenhause gegenüber, die Geschütze waren bemannt.

Blackwater gab ein Zeichen, und sechs Sergeanten begaben sich ins Haus.

Von ihnen getragen erschien der Sarg, der des Obersten sterbliche Hülle einschloß.

»Achtung! Präsentiert das Gewehr!«

Die Waffen rasselten unter gedämpftem Trommelwirbel, die Truppen präsentierten.

Kapitän Percy kommandierte die Leichenparade.

Eine Sektion schwenkte ab und marschierte mit dem Tambour, der leise das gedämpfte Spiel rührte, voran.

Dann kam, von den Sergeanten getragen, der Sarg, eingehüllt in das gestreifte Sternenbanner.

Obenauf lag des Obersten Degen und Hut, ein Gewinde von grünem Laub umschlang ihn.

Hinter ihm schritt Blackwater, die wankende Frances führend, einher. Es folgten die Offiziere und unsre Freunde.

Eine Sektion der Besatzung schloß den kleinen Leichenzug.

Langsam bewegte er sich nach dem offenen Grabe, welches von einer alten Eiche überschattet wurde, zu.

Langsam sank der Sarg hinab, der Staub zum Staube.

Kapitän Blackwater gab Frances' Arm an Edgar und trat ans offene Grab.

Aus einem Buche las er ein Gebet, einfach, ergreifend, der derbe Soldat war selbst ergriffen.

»Amen.«

Dann sagte er noch: »Kameraden, unser Oberst starb wie ein Held, vorangehend im Kampfe, opferte er sein Leben für andre, ein leuchtendes Beispiel jenes hohen Mutes, welcher in Erfüllung der Pflicht den Tod nicht fürchtet, ein leuchtendes Beispiel für die Armee, welcher er angehörte. Kameraden, nicht die Armee, nicht wir werden ihn vergessen, unser Oberst starb im Dienste des Landes.«

Kapitän Percy hob den Degen.

Dreimal entluden sich die Musketen, dreimal krachten von den Wällen die Geschütze über das Grab eines tapferen Soldaten hin.

Bald war der Hügel gehäuft, die Soldaten schmückten ihn mit Grün, und zurück ging der Zug zum Fort, Frances wiederum geführt von Blackwater.

Stumm und bleich hatte das Mädchen der feierlichen Handlung beigewohnt, als sie jetzt langsam ihr Zimmer betrat, zu welchem der Kapitän sie geleitet hatte, brach sie in einen unaufhaltsamen Strom von Tränen aus.

Blackwater hörte es vor der Türe und sagte leise: »Das ist gut. ›Gram, der nicht spricht, raunt leise zu dem Herzen, bis es bricht.‹ Weine, armes Mädchen, auch deine Tränen werden milder fließen.«

Den Offizieren, welche ihn unten erwarteten, sagte er: »In einer Stunde zum Kriegsgericht, ihr Herren, wir wollen heute auch noch mit Herrn Peschewa fertig werden.«

Auch Michael, Johnson, der Konstabel standen dort ernst beisammen. Michael war sichtlich gerührt von der einfachen Trauerfeier.

»Seine Gnaden der Herr Oberst waren ein vortrefflicher Mann, ich werde ihn nie vergessen.«

»Niemand, der ihn gekannt hat,« sagte der Konstabel, »einen Oberst Schuyler vergißt man nicht.«

»Gott hatte ihn lieb, er fand ein glückliches Ende, im edelsten Aufschwung der Seele, vorangehend im Kampfe, nahte ihm der Tod. Wohl dem, der ein gleiches findet,« ließ Johnson sich vernehmen.

»Ist recht, Alter, ist recht. Sterben müssen wir alle, aber beneidenswert ist solch ein Tod.«

Edgar trat zu ihnen.

»So wäre das Trauerspiel vollendet, der Held von Fort Jackson ruht im Grabe.«

»Wenn mich nicht alles täuscht, wird gleich noch ein andres Trauerspiel zu Ende gehen,« äußerte Weller und blickte nach dem Wall am Tor hin, wo ein Dutzend Soldaten im Begriffe waren, einige Balken aufzurichten.

Sie schauten der emsigen Tätigkeit der Soldaten einige Augenblicke zu, dann fragte Edgar: »Was gedenken Sie nun zu tun, Mister Weller?«

»Mich wieder auf die Suche nach meinen Burschen zu machen. Kann nur allein nicht fort, wäre sonst schon hinter ihnen her. Muß abwarten, was der Kapitän beschließt. Ist auch das arme Mädchen hier, kann ja auch nicht im Fort bleiben, wird uns Blackwater nach der Küste geleiten lassen müssen. Aber was gedenkt Ihr zu tun. Fremder?«

»Ich behalte meinen Zweck fest im Auge, Konstabel, und erwarte ebenfalls Kapitän Blackwaters Entschließungen.«

»Will Euch was sagen. Mann, wird das Ottawa-Volk wie ein aufgescheuchter Bienenschwarm sein, wenn sie dort erfahren, daß ihr Häuptling hier in Eisen liegt. Lungern sicher einige von dem Gezücht hier herum, kommt nicht allein, der Kitate. Werden die Ottawas es bald wissen und dann dürfte es für jedes weiße Gesicht gefährlich sein, sich im Walde zu zeigen.«

»Lassen wir den Kapitän erst seine Geschäfte erledigen, dann wird es Zeit sein, seinen Rat und seine Willensmeinung einzuholen.«

»Meiner Seele,« ließ Michael, welcher aufmerksam der Tätigkeit der Soldaten auf dem Walle gefolgt war, sich vernehmen, »meiner Seele, ein Gevatter Dreibein, ganz wie er in Leitrim aufgerichtet wurde, wenn ein lustiger Bursche ein Pferd gestohlen hatte.«

»So, stehlen die Irländer auch Pferde?« fragte Weller.

»Nun, kommt vor.«

»Aber hängen auch die Liebhaber von Pferdefleisch, he?«

»Jetzt nicht mehr, seit Jim O'Flanagan nicht mehr. Gehen jetzt übers Wasser.«[2]

»Schade. Also Jim O'Flanagan hat das abgebracht?«

»Gewissermaßen, ja, er war der letzte, der wegen eines jämmerlichen Gaules baumeln mußte, und er lebte vielleicht noch, wenn er den Johannistrunk nicht ausgeschlagen hätte.«

»O, wie ist das? Erzähl doch einmal, Bursche, höre gerne solche Sachen.«

---

[2] Nach Australien.

»Nun, Sir, Jim O'Flanagan war der munterste Bursche in Leitrim, hatten ihn alle gern, war lustiges, fröhliches Gemüt, und schwang seinen Shillalah, daß es eine Freude war.«

»Hatte wahrscheinlich nur eine große Vorliebe für Pferdefleisch?« fragte der hartnäckige Konstabel.

»Nun, Sir, war nicht zu leugnen, hatte Unglück, der Bursche. Nahm ihn eines Tages der Sheriff fest, sollte dem Müller den Fuchs gestohlen haben. Jim sagte, wäre ihm' auf der Landstraße begegnet, der Fuchs, hätte ihn nur festgehalten, um ihn dem Müller zurückzubringen.«

»Das glaubte man natürlich.«

»Nein, Herr, leider glaubte man ihm nicht.«

»Merkwürdig.«

»Und der arme Jim sollte hängen. Nun, war nichts zu machen, mußte den Sprung von der Leiter tun. Hatte immer geahnt, der arme Jim, daß es einmal so kommen würde, hatte deshalb mit seinem Freunde Patrick O'Connor, dem Spielmann, abgemacht, und hatte ihm dieser auch fest versprochen, wenn er, Jim, einmal hinausgefahren würde, sollte Patrick dem Wagen vorausspielen, alle die schönen Lieder, die sie zusammen gesungen hatten. War fest versprochen.«

»Ist doch ein fröhliches Volk, das Irenvolk,« meinte Weller.

»Als nun der Tag kam, wo Jim fahren sollte, war Patrick nicht da. Wurde der Jim doch sehr verdrießlich, als er nirgends den lustigen Pfeifer erblickte, und sprach kein Wort mehr. Sah sich überall auf dem Wege um, aber kein Patrick kam. Lag zur Zeit betrunken irgendwo in einem Graben und schlief seinen Rausch aus, hätte sonst nimmer sein Wort gebrochen. Aber war gerade Johannistag, hatten eben gezecht, die Burschen. Als nun der Zug zum Wirtshause vor Dumfries kam, war gerade die Hälfte des Weges zum Galgen, kam die Wirtin heraus, um dem Delinquenten den letzten Trunk zu reichen, war Sitte so damals.

»Jim aber war so verdrießlich über das Ausbleiben seines Freundes, daß er den Trunk unwirsch zurückwies.

»Ist Johannistag,‹ Jim sagte die Wirtin, ›schlag keinen Johannistrunk aus, bringt Unglück das.‹

»›Nein, will nicht,‹ sagte dieser, ›ärgere mich zu sehr über Patrick. Vorwärts!‹

»Und weiter ging's, und Jim mußte baumeln.

»Kaum war's geschehen, kommt ein Reiter mit der Begnadigung angesprengt, sollte übers Wasser geschickt werden, der Jim. Hätte er den Trunk genommen, wäre der Reiter zur rechten Zeit gekommen, und Jim lebte heute noch. Seit dem Tage schlägt kein Ire einen Johannistrunk mehr aus, bringt Unglück.«

»Kalkuliere, täten's ohne deinen Jim O'Flanagan auch nicht.«

»Kann sein!«

»Ist denn die Geschichte nun auch wahr. Mann?«

»War nicht dabei,« lachte Michael, »wird von den Alten so erzählt.«

»Eine echt irische Geschichte, Fremder, könnt da etwas lernen, oder habt ihr auch so vergnügte Galgengeschichten in eurem Lande?«

»Ich glaube nicht, wenigstens entsinne ich mich keiner solchen, aber dies wird's wohl sein, was man recht eigentlich Galgenhumor nennt.«

»Ist ein absonderlicher Humor.«

Auf dem Tisch neben dem Kommandantenhause wurde Papier und Tinte aufgestellt und die Offiziere versammelten sich dort.

Dann erschien Kapitän Blackwater. Er nahm an dem Tisch Platz, ersuchte einen der jüngeren Offiziere, ein Protokoll aufzunehmen, und befahl dann, die Gefangenen vorzuführen.

Hierauf wurden Peschewa und die beiden mit ihm gefangenen Indianer gebunden vor ihn gebracht.

Der Ottawahäuptling, dessen zerschmetterte Schulter der Chirurg verbunden hatte, mußte gewiß furchtbare Schmerzen leiden, gab aber durch kein Zucken seiner Muskeln Kunde davon.

Mit einem Gesicht von eherner Unbeweglichkeit trat er vor die Kriegsrichter.

»Wie heißest du?« redete ihn Blackwater an.

Peschewa gab nicht Antwort.

»Wir haben keine Zeit, uns mit indianischen Finessen und indianischer Verstocktheit aufzuhalten. Schreiben Sie: Peschewa, erster Häuptling der Ottawa-Nation; da er Auskunft verweigerte, wurde seine Person festgestellt – von – wer kennt ihn, Leute?«

Edgar, Johnson, der Konstabel, Michael waren als Zeugen anwesend.

Der Konstabel trat vor: »Ich, Kapitän.«

»Dieser rote Mann ist also?«

»Peschewa, der Häuptling der Ottawas.«

»Seine Person festgestellt,« fuhr kaltblütig Blackwater fort, »durch Mister Weller, Konstabel im Dienste der Regierung.«

Johnson bezeugte die Persönlichkeit ebenfalls.

Auch seine Aussage wurde zu Protokoll genommen.

»Hast du etwas zu sagen, Peschewa?«

»Ich nicht Peschewa, nicht Ottawa, ich stammloser Häuptling.«

»Nun ja, meinetwegen, bleibe dabei. Du bist mit den Waffen in der Hand in diesem Fort festgenommen morden, nachdem du vorher durch einen listigen Ueberfall seine ganze Besatzung ermordet hattest.«

Ein Ausdruck grimmigen Triumphes zeigte sich in des Indianers energischem Gesicht: »Peschewa nahm für jeden Schlag, den ihm der Häuptling geben ließ, einen Skalp.«

»So? Nun bist du also doch Peschewa? Der Gefangene ist geständig. Das Gesetz bestimmt Tod, ihr Herren, und gestattet nur die Wahl zwischen der Kugel und dem Strick.«

Einige Sekunden flüsterten die Offiziere.

»Der Mörder Peschewa, Häuptling der Ottawas, ist einstimmig zum Tode durch den Strang verurteilt,« verkündete Blackwaters tiefe Stimme. Dann setzte er hinzu: »Gott sei deiner Seele gnädig, Indianer.«

Bewegungslos hörte Peschewa das Urteil an.

»Nun zu den andern. Wie heißest du, Mann?« fragte der Kapitän den ihm Zunächststehenden.

Der antwortete nicht.

»Und du?« wandte er sich an den dritten.

Auch dieser schwieg.

»Kennt jemand von den hier Anwesenden diese Leute?«

Niemand kannte sie.

»Es ist zwar ziemlich gleichgültig, welch gutklingende Namen die Subjekte führen, indessen der Ordnung wegen wollen wir noch einen Versuch machen, ihre berühmten Persönlichkeiten festzustellen. Holt mir einmal den Kitate her.«

Alsbald wurde dieser vorgeführt.

Der Häuptling tauschte mit Peschewa einen Blick und stand mit ruhiger Würde vor den Richtern.

»Wie heißen diese beiden Männer, Kitate?«

»Kenne nicht ihre Namen.«

»Es sind doch Leute von deinem Stamme?«

»Kitate kennt alle Männer der Ottawas, diese Männer sind nicht von seinem Stamme.«

»Nun, meinetwegen, so wird die Geschichte um die Namen dieser beiden braunen Helden betrogen werden. Schreiben Sie, zwei Ottawaindianer, deren Namen nicht festzustellen waren, mit den Waffen in der Hand, kämpfend gefangen genommen, wegen Mordes, Raubes und so weiter. Hat einer der Herren etwas zu bemerken?«

Es hatte niemand etwas zu bemerken und so wurde ihnen der Strang zuerkannt, wie Peschewa.

Sie nahmen das Urteil mit finsterem Trotz hin.

»Bereitet euch zur letzten Reise, Leute, in einer halben Stunde sollt ihr sie antreten. – Die Sitzung ist geschlossen.«

Die Offiziere erhoben sich.

»Wenn du willst, Kitate, kannst du deinem Freunde Peschewa Gesellschaft leisten.«

Der Häuptling dankte mit einer leichten Neigung des Hauptes.

Er und Peschewa setzten sich abseits auf einen Balken und beide unterredeten sich ruhig und würdevoll.

»Mein Bruder wird sterben.«

»Peschewa war tot, als ihn der Häuptling hier schlug, nur der Stammlose stirbt.«

»Die Ottawas werden um ihn trauern.«

»Die Ottawas dürfen um Peschewa trauern, er liebte sein Volk. Ich habe ihn gerächt, das Blut der Langmesser floß.«

»Peschewa hat getan, wie er mußte.«

»Werden die Ottawas dafür büßen müssen, daß ich die Skalpe der Weißen nahm?«

Ruhig entgegnete der andre: »Kitate ist gefangen wie du.«

»Peschewa wird nicht Ruhe haben im Grabe.« Er schwieg und fuhr dann fort: »Peschewa wollte in der Schlacht sterben, es ist nicht gelungen. Nun hängen ihn die Weißen am Halse auf und seine Seele muß im Körper bleiben, sie kann nicht in die glücklichen Jagdgründe gehen.«

»Manitou wird einen so großen Häuptling zu sich rufen, wenn die Langmesser auch seine Seele festzuhalten suchen. Peschewas Seele ist stark genug, um die Bande des Körpers zu sprengen, sie wird noch heute in den glücklichen Jagdgründen seines Volkes sein.«

»Kitate glaubt es?«

»Kitate glaubt es, denn Manitou ist gerecht.«

»Er hat sein Angesicht seit vielen Sommern verhüllt. Peschewa sieht nur eine dunkle Wolke, er sieht nicht das Angesicht Manitous.«

»Peschewa wird es sehen.«

»Ich glaube, Kitate, die Stunde der roten Männer ist gekommen, sie werden vertilgt von dem Pfade, auf welchem ihre Väter gewandelt sind, viele Geschlechter hindurch, nicht oft mehr werden die Bäume das grüne Gewand anlegen, bis man vergebens die Spuren der roten Männer auf Erden suchen wird, ihre Stunde ist gekommen.«

Beide schwiegen und senkten das Haupt.

Dann ergriff, so gut er es in seinen Fesseln vermochte, Peschewa des andern Hand.

»Kitate und Peschewa wandelten viele Sommer und viele Winter Seite an Seite. Sie lernten zusammen mit gefiedertem Pfeil den Hirsch erlegen, sie betraten gemeinsam den Kriegspfad, sie waren Häuptlinge des Ottawa-Volkes und Brüder. Wird Kitate seines Freundes gedenken?«

»Er denkt seiner.«

»Wird er ihm das Totenlied singen?«

»Alle Taten Peschewas stehen in Kitates Herzen, er wird eines großen Häuptlings Totenlied singen.«

Die Garnison trat an, und der Profoß ging auf die Indianer zu.

Alle Offiziere waren erschienen. Blackwater sandte zu Frau Wood, damit sie verhindere, daß Frances etwa Zeugin der Exekution werde.

Doch lagen die Fenster ihres Zimmers nach dem Wall hinaus, und das Mädchen war weit davon entfernt, Anteil an den Vorgängen zu nehmen, welche sich in ihrer Nähe abspielten.

Auch die mit Kitate gekommenen Indianer waren auf Blackwaters Befehl herbeigeholt worden, damit sie Zeugen der Hinrichtung sein sollten.

Als sich Peschewa zu seinem letzten Gang rüstete, sagte er noch zu seinen Stammesgenossen: »Peschewa geht.«

»Kitate wird ihm folgen.«

»Kitate wird leben und über die Ottawas wachen, sie sind seiner Weisheit anvertraut.«

Damit schritt der wilde Häuptling, dem es weder an Klugheit noch an andern guten Eigenschaften fehlte, um ihn zu einem umsichtigen und fürsorglichen Lenker der Geschicke seines Volkes zu machen, mit festem Schritt und trotzig erhobenem Haupte nach dem Walle zu, auf welchem die Galgen errichtet waren.

Die ihm von Davis erteilte körperliche Züchtigung hatte in dem sonst besonnenen Mann, welcher die Macht der Weißen wohl zu schätzen wußte, und in seiner Häuptlingsstellung alle Kunst anwandte, um mit ihnen auf gutem Fuße zu bleiben, den ganzen wilden Stolz eines Häuptlings und Kriegers tödlich verletzt und die unbändige Wut der indianischen Natur entfesselt, welche zu den grausigen Taten der letzten Tage geführt hatte.

Als Peschewa oben auf dem Walle stand, wandte er sich um, warf einen Blick auf Wald und See, dann hernieder auf die Offiziere und Soldaten, und sagte mit einem Ausdruck tiefer Bitterkeit: »Der rote Mann muß seinen Platz den hungrigen Weißen räumen, die er einst an seinem Feuer gastfrei aufgenommen hat. Peschewa verachtet die Weißen, es sind Hunde.«

Darauf betrat er die Leiter, seine beiden Gefährten waren schon früher an ihre Plätze geführt und bewahrten dieselbe Ruhe, welche sie bisher gezeigt hatten.

Trommelwirbel. Die Strafe war vollstreckt, die Seele der roten Männer dem Körper entflohen.

Nach einer Stunde wurden die Leichen abgenommen und am Rande des Waldes eingescharrt.

So endete Peschewa, einer der begabtesten Männer, welche die rote Rasse hervorgebracht hatte.

Kitate und die mit ihm verhafteten Krieger waren bewegungslose, stumme Zuschauer der Exekution gewesen.

Dann begann der Häuptling leise zu singen in einer eintönigen getragenen Weise und setzte dies fort, bis die Leiche Peschewas abgenommen ward. Er zählte dessen Taten als glücklicher Jäger und gefürchteter Krieger auf, rühmte seine Weisheit im Rate seiner Nation – er sang seinem Freunde das Totenlied.

Blackwater richtete, als er schwieg, das Wort an ihn.

»Der Häuptling der Ottawas ist nicht mit nur zwei Begleitern gekommen, er hat seine jungen Leute im Walde gelassen?«

»Wie du sagst, Kitate muß Jäger haben, welche Wild für ihn erlegen, der Weg von den Dörfern der Ottawas zum Fort ist lang.«

»Er wird seine jungen Männer herbeirufen und sie mit Botschaft an sein Volk senden.«

»Der Häuptling der Langmesser wird sie dann zu Gefangenen machen, wie Kitate.«

»Nein, Ottawa, sie können kommen und frei von dannen gehen.«

»Der Häuptling der Langmesser sagt es.«

»Ich sage es.«

»Gut.«

»Ich muß Kitate hier behalten, bis der große Vater in Washington entschieden hat, was mit ihm geschehen soll. Nicht weiß ich, ob er den Ottawas verzeihen oder seine Krieger gegen sie senden wird. Ganz gewiß aber wird das letztere geschehen, wenn die Ottawas die entflohenen Stammlosen oder die weißen Mörder aufnehmen, welche in ihrer Gesellschaft waren, oder überhaupt irgend einem Weißen ein Haar krümmen. Der Häuptling hat mich verstanden?«

»Kitate versteht.«

»Willst du nun deinem Volke durch die jungen Männer im Walde sagen lassen, wie es sich verhalten soll, so tue es, du bist klug und erfahren genug, um zu wissen, daß es Vernichtung für euch bedeutet, wenn wir in Waffen gegen euch vorgehen.«

»Kitate wird seinem Volke Botschaft senden, er will nicht in Feindschaft mit dem großen Vater in Washington leben, die Ottawas sollen seine Kinder bleiben.«

»Also tue, was dir im Interesse deines Volkes geboten erscheint.«

Kitate ging auf den Wall und stieß dort einen gellenden Ruf aus. Schnell traten hierauf fünf Indianer aus dem Walde und kamen furchtlos bis dicht an den Graben.

Dieser Wilde, der eben seinen Freund schmählich unter der Hand der Weißen enden sah, der eine Welt von Haß im Herzen trug, besaß die Kraft, seine erregten Leidenschaften niederzuzwingen und in ruhigem Tone zu seinen Stammesgenossen zu sprechen.

Eindringlich klangen die Worte, welche er vom Wall herab an sie richtete, und diejenigen, welche etwas von der Sprache der Ottawas verstanden, wie der Konstabel, Johnson und Athoree, erkannten, daß er die in den Dörfern zurückgebliebenen Häuptlinge auffordern ließ, sich im Interesse des Volkes nicht nur jeder Feindseligkeit gegen die Weißen zu enthalten, sondern auch sowohl die sogenannten

Stammlosen, als deren Verbündete, wie die »rote Hand« zurückzuweisen, wenn sie Gastfreundschaft in Anspruch nehmen wollten.

Einer der draußen Stehenden erwiderte: »Kitate ist gefangen.«

»Kitate muß, wie alle Ottawas, sich dem Willen des großen Vaters in Washington fügen, dieser wird entscheiden. Geht und singt meine Worte in das Ohr der Häuptlinge.«

Die Indianer neigten sich und eilten leichtfüßig davon.

Blackwater hatte man von dem Inhalt der Rede Kitates unterrichtet, er sagte zu ihm, als er herabkam: »Du bist klug, Ottawa, und wie ich im Interesse deines Volkes hoffe, auch ehrlich.«

Er ließ die Gefangenen zurückführen und begab sich dann in sein Zimmer, um einen langen Bericht an die Regierung abzufassen.

Der Tag verlief ruhig.

Die Mannschaft hatte immer noch genügend zu tun, um alles inner- und außerhalb der Gebäude möglichst in den früheren Zustand zu versetzen.

Die Nacht brachte allen den ersehnten Schlaf, den die Aufregung dieser Tage verhindert oder beeinträchtigt hatte.

Auch Frances fand die Ruhe, welche Seele und Körper so sehr erforderten, und schlief den traumlosen Schlaf der Erschöpfung.

Sechzehntes Kapitel.
Abschied.

Am andern Morgen zeigte das Fort bereits wieder den regelmäßigen Gang des Dienstes und nur zerstörte Fensterscheiben und die Spuren des Brandes am Hause des Sergeanten erinnerten an die furchtbare Katastrophe, welche so plötzlich über dasselbe hereingebrochen war.

Bald nach dem Appell schritten die beiden Kapitäne langsam vor ihrer Wohnung auf und nieder.

»Ich glaube nicht, Percy,« fuhr Blackwater im Laufe eines angelegentlich geführten Gespräches fort, »daß die Roten etwas gegen uns unternehmen werden, sie scheinen doch gewaltigen Respekt vor dem ›großen Vater‹ in Washington zu haben, indessen ist das Volk unberechenbar und ich kann Sie mit Ihrer Mannschaft nicht entlassen, bis frische Truppen eingetroffen sind. Haben wir überhaupt einen Angriff zu gewärtigen, so wird Fort Jackson selbstverständlich zuerst belagert werden.«

»Ich bin vollständig von der Notwendigkeit meines Hierbleibens überzeugt, Blackwater, und bis andre Dispositionen getroffen worden sind, wollen wir uns hier so behaglich einrichten als möglich.«

»Wie man diese ganze traurige Begebenheit in Washington ansehen wird, und welche Anordnungen der weise Kriegsrat und das noch weisere Indianerdepartement treffen werden, mögen die Götter wissen. Es ist gar nicht unmöglich, daß man es sogar bemängelt, daß ich den unschuldigen Kitate hier festgehalten habe, ob ich gleich meiner Ueberzeugung nach nicht anders handeln konnte.«

»Ganz Ihrer Meinung, Blackwater, denn es ist undenkbar, daß er von Peschewas Plänen nicht unterrichtet gewesen sei.«

»Der gute Davis hätte etwas andres tun sollen, als einen Indianerhäuptling prügeln zu lassen, *De mortuis nil nisi bene*. Geschehene Dinge sind nicht zu ändern. – Wenn ich wüßte, daß der Kitate wirklich friedlich gesonnen wäre, das heißt, daß er sich vor unsrer Macht fürchtet, denn sein Haß gegen uns ist so grimmig, wie nur der eines Wilden sein kann, so würde ich ruhiger in die Zukunft blicken, denn an einem mörderischen Indianerkriege, der hier oben, wo verschiedene Völkerschaften in ziemlicher Nähe voneinander eingepfercht sind, ungeahnte Dimensionen annehmen kann, ist wenig gelegen, er würde Ströme von Blut und Tränen kosten. Gestern war ich in erregter Kampfesstimmung und hätte am liebsten das rote Gesindel samt und sonders unter meinen Kartätschen gehabt, ich denke heute ruhiger, Percy. Kann auf anständige Weise ein Zusammenstoß mit den Roten vermieden werden, entspricht das ganz meinen Anschauungen. Freilich wird es ohne die strengste Untersuchung nicht abgehen können, und gerät dabei Herrn Kitates Hals in Gefahr, so ist es seine Sache, ihn aus der Schlinge zu ziehen. Ich behalte ihn hier, bis Gegenbefehl aus Washington eintrifft.«

»Aber wenn Ihr darauf rechnet, daß die Ottawas Ruhe halten,« entgegnete Percy, »wäre es nicht angebracht, die Begleiter des Kitate zu entlassen, die doch jedenfalls zu den Häuptern des Volkes zählen und wohl mehr Einfluß haben, als die jungen Männer, welche hier vor dem Walle standen.«

»Habe schon daran gedacht, Percy, habe daran gedacht, bin nicht immer zum Dreinhauen geneigt, habe auch staatsmännische Anwandlungen. Will mit dem Kitate mich unterreden, wollen dann hören, was der Mann meint, ob mir gleich auf jede indianische Teufelei gefaßt sein müssen.«

»Es wäre gewiß wünschenswert, daß der Weg durch die Wälder gesichert würde, mir sind sonst abgeschnitten von jeder Verbindung mit der Außenwelt.«

»Natürlich, natürlich. Hätten mir den Pottawatomie nicht gehabt, wäre ich außer stand gewesen, selbst nur den Brief nach Fort Jefferson abzusenden. Ist eine gefährliche Sache, sich in die Wälder zu wagen, wenn sie mit diesen roten Teufeln angefüllt sind.«

»Und nun, Miß Schuyler?«

»Kann gar nicht daran denken, das Kind zu entlassen, ehe die Wälder vollständig sicher sind.«

»Mir ist an der Sicherheit der Verbindung besonders mit Traverse City genügend gelegen, einstweilen aber hängt diese von dem Einfluß ab, den Kitate auf sein Volk hat, immer vorausgesetzt, daß er Streit zu vermeiden wünsche. Nun, ich will meine Geschicklichkeit an dem indianischen Diplomaten versuchen. Die Burschen sind nämlich viel schlauer, als man für gewöhnlich annimmt.«

Während dieser Unterredung war der Konstabel im Freien erschienen und hatte sich aufmerksam die Wälder, den See und den Himmel betrachtet.

Blackwater bemerkte ihn und rief ihn an.

»Guten Morgen, Mister Weller.«

»Dasselbe dem Herrn Kapitän.«

»Wollt Ihr uns nicht einen Augenblick Eure Gesellschaft schenken?«

»Mit dem größten Vergnügen, Kapitän,« und der rüstige Mann schritt auf die beiden Offiziere zu.

»Nun sagt mir einmal, Konstabel, Ihr seid ein erfahrener Grenzmann, was denkt Ihr über unsre Lage? Werden die Roten Frieden halten?«

»Denke ja, Kapitän. Haben vor drei Jahren Uncle Sams Faust kennen gelernt, werden es nicht wagen, Krieg zu beginnen.«

»Aber Peschewa?«

»Seht, Blackwater, habe den Mann gekannt, war ein kluger, bedächtiger Bursche, würde nimmer das Kriegsbeil ausgegraben haben, wenn er nicht beschimpft worden wäre. Kalkuliere, ist der Kitate gesonnen, wie es Peschewa früher war.«

»So haltet Ihr die Wälder für sicher?«

»O nein, Kapitän. Offenen Krieg werden die Wilden vermeiden, doch die Sicherheit der Wälder hängt allein von dem Einfluß ab, welchen der Kitate auf seine Leute ausüben kann. Und dann sind immer noch einige verzweifelte Gesellen des Peschewa darin, welche möglichen Falles noch Zuzug finden, Raubgesindel ist unter Roten und Weißen vorhanden, und dann haben wir die Banditen, den Morris und den Iltis.«

»So würdet Ihr also Euch nicht in die Wälder trauen?«

»Allein? Nein. Dazu ist mir meine Haut doch zu lieb. Unter gehöriger Bedeckung, ja.«

»Was denkt Ihr nun zunächst zu beginnen?«

»Kapitän, wären die Wälder sicher, ritt ich schon jetzt auf der Spur der mir entflohenen Vögel; so muß ich abwarten, bis es Euch gefällt, mich unter Bedeckung nach den Ansiedlungen zu schicken.«

»Glaubt Ihr, Konstabel, – Ihr kennt die Rothäute besser als ich, – daß man sich auf das Wort eines Indianers verlassen kann?«

»Kommt darauf an, wie Ihr das meint. Wenn Ihr einen Indianer ausfragt, besonders zu Kriegszeiten, lügt er Euch ganz sicher an. Wollt Ihr aber einen hängen lassen, und er verlangt Urlaub von Euch auf ein paar Stunden, um in die Wälder zu gehen, und verspricht Euch, zur bestimmten Zeit zurückzukehren, so könnt Ihr Euch darauf verlassen, daß er kommt und sich ruhig hängen läßt. In solchem Falle ist auf das Wort eines Indianers Verlaß, sonst hält er es für seine schönste Aufgabe, Euch nach Möglichkeit zu betrügen.«

»Glaubt Ihr, daß man dem Kitate trauen kann?«

»Wenn er sein Wort auf eine bestimmte Sache gibt, ja, sonst glaube ich ihm nicht eine Silbe.«

»Ich werde also mit dem Ottawa verhandeln, Percy. – Habt einen harten Beruf hier in diesen Wäldern, Konstabel.«

»Kann Euch sagen, macht mir Freude, wie einem andern die Bärenjagd. Ist mein Stolz, die Wälder von dem Raubgesindel zu reinigen. Wäre mir beinahe das Herz gebrochen, als ich den Morris entkommen sah. Zweimal war ich schon dicht hinter ihm her. 's erste Mal, vor drei Jahren, vermochte ihn nicht zu erreichen, war der Bursche nach Ohio hinüber, ehe ich an ihn konnte, 's zweite Mal, vor einigen Wochen – wieder vergeblich. Dies ist das dritte Mal, daß ich ihm nachgesandt bin, und muß schlimm hergehen, wenn er mir diesmal wieder entgehen sollte. Brenne vor Begierde, seine Spur aufzunehmen. Gott schütze die einsamen Farmen, wo dieses Raubtier erscheint.«

»Nun, sobald es angeht, werde ich Euch hinaussenden, Konstabel, und dann Glück zur Jagd.«

»Danke Euch, Kapitän, wünsche mir nichts Besseres, als auf der Fährte des Mörders zu sein.«

Damit ging der Konstabel, um vom Wall herab sehnsüchtig nach den Wäldern zu blicken, die ihm einstweilen noch verschlossen waren.

Edgar erschien in der Tür des Sergeantenhauses und hinter ihm Michael.

Während der Graf auf die Offiziere zuging und diese begrüßte, suchte der Irländer den Wall auf und gesellte sich dort zu Mister Weller.

»Der Herr Konstabel sehnt sich nach dem Walde?« begann der redselige Ire die Unterredung.

»Ja, mein guter Bursche, kannst recht haben, wünsche herzlich, ich hätte diese vier Wälle hinter mir, sitze lieber auf dem Pferde unter grünem Laubdach, oder die endlose Prairie um mich.«

»Und warum geht der Herr Konstabel nicht?«

»Hast du deinen Skalp lieb, mein Bursche aus Leitrim?«

»O ja,« sagte Michael rasch.

»Nun, ich auch,« sagte trocken der Konstabel.

»Glauben denn der Herr Konstabel, daß diese wilden, blutdürstigen Menschen noch immer da draußen lauern?«

»Hinter jedem Baume sitzt ein solch roter Halunke und lauert auf Skalpe.«

Michael machte große Augen, denn wenn er auch ein unzweifelhaft mutiger Bursche war, die entsetzliche Prozedur des Skalpierens hatte er schaudernd Gelegenheit gehabt, an den Leichen der gefallenen Soldaten des Forts zu studieren, und diese flößte ihm ein tiefes Grauen ein.

»Das wäre aber schlimm, dann dürfte sich ja niemand aus dem Fort wagen.«

»Sicher nicht.«

»Wie sollen wir denn aber wieder heraus und nach bewohnten Gegenden kommen, denn ich glaube doch nicht, daß Seine Gnaden, der Herr Graf, nach solchen Erfahrungen länger als nötig ist hier bleiben wird. Das ist ja keine Gegend für Christenmenschen.«

»Ja, mein guter Bursche, das hängt davon ab, wie bald Entsatz kommt, und das wird etwas lange dauern.«

»Und so lange sind mir hier eingesperrt?«

»Ah, wenn du einen Spaziergang im Walde machen willst, so wird man dich ja wohl nicht daran hindern.«

»Ich – ich verspüre gar keine Lust dazu.«

»Würde es dir auch nicht raten, denn auf dich hat es die ganze Ottawa-Nation abgesehen.«

»Auf mich?« fragte Michael erstaunt.

»Natürlich, auf dich, hauptsächlich auf dich.«

»Aber warum denn gerade auf mich, Herr Konstabel?«

»Hast du nicht ihren großen Häuptling, den Peschewa, besiegt und zum Gefangenen gemacht?«

»Nun freilich,« entgegnete Michael ziemlich kleinlaut.

»Hättest du ihn getötet, so würden sie dir das vielleicht verzeihen, aber daß du ihn an den Galgen geliefert hast, den der Indianer mehr als zehn Tode verabscheut, das vergeben sie dir nicht. Uns alle ließen sie vielleicht laufen, nur um deiner habhaft zu werden.«

»Ich wünschte, ich hätte ihm einen über den Schädel gegeben, statt ihn gefangen zu nehmen.«

»Das glaube ich dir gern.«

»Aber woher sollen sie denn da draußen wissen, daß ich es war, der ihn niederschlug und festhielt?«

»Woher, mein armer Bursche? Die Indianer haben ihre geheimen Zeichen, durch die sie sich auf weite Entfernungen Mitteilungen machen können. Glaubst du nicht, daß der Peschewa es dem Kitate, den mir noch hier haben, mitgeteilt hatte, wer ihn besiegte; ich sah, während sie sprachen, wie sie mehrmals nach dir hinüberblickten, und dann hat doch sicher der Kitate, als er mit seinen Leuten vom Wall herunter sprach, ihnen darüber Mitteilung gemacht, daß ein Mann mit dichtem Haarwuchs und einem Holzstock ihren gefeierten Häuptling gefangen genommen und an den Galgen geliefert hat. Ja, mein Junge, dein Signalement hat morgen die ganze Ottawa-Nation. Dein Sieg ist zwar eine große Ehre, aber eine sehr gefährliche Ehre, und wenn sie dich fangen, werden sie dir wohl ganz besondere Aufmerksamkeiten erweisen.«

»Wie meint Ihr das?« Michael war gar nicht wohl zu Mute bei der Aussicht auf die Aufmerksamkeiten, welcher ihn die Ottawas nach Aussage des Konstabel würdigen sollten.

»Wie ich das meine? Sieh mal, mein Junge, die Indianer haben die Gewohnheit, ihre Gefangenen an den Marterpfahl zu binden, und da mit aufgesuchten Qualen ihren Mut auf die Probe zu stellen. Sie stoßen ihnen brennende Holzsplitter in den Leib oder unter die Nägel. Schießen nach ihnen mit Pfeilen und Büchsen, werfen mit Messern und Aexten nach ihrem Kopfe, rösten sie etwas am langsamen Feuer –«

»Hört auf – hört auf!«

»Und wenn sie einen recht tapferen Krieger gefangen haben, zum Beispiel einen, der ihren großen Häuptling besiegt hat, so zeichnen sie ihn dadurch aus, daß sie ihn auf eine ganz außerordentliche Weise zu Tode quälen. Das ist dann eine große Ehre.«

»Ich danke dafür,« stöhnte Michael mehr als er sprach, denn er sah sich schon im Geiste am Marterpfahle. »Ich wollte, ich wäre wieder bei Christenmenschen, hier paßt meiner Mutter Sohn doch nicht recht her.«

»Ja, mein guter Ire, warum bist du auch solch ein berühmter Krieger?«

»Nun, der Wald soll mich so bald nicht wieder zu sehen bekommen, Mister Weller, ich habe keine Lust mehr, mich mit den wilden Kerls herumzubalgen. Nicht etwa, daß ich Furcht hätte, wenn's ehrlich hergeht, stellt Michael O'Donnel seinen Mann, aber auf solch indianische Teufeleien lasse ich mich nicht mehr ein, das kann Seine

Gnaden, der Herr Graf, nicht verlangen, daß ich mich martern lassen soll.«

»Nun, wir wollen hoffen, daß alles gut geht, Michael. Laß dich nur nicht gefangen nehmen.«

»Ja, sie sollen kommen,« sagte der Mann aus Leitrim mit einer Miene, in der Entsetzen mit trotzigem Grimm gepaart waren.

Er verließ den höchst belustigten Konstabel sehr ernst und nachdenklich.

Kapitän Percy war ins Haus gegangen, und Blackwater schritt mit Edgar auf und ab.

»Von dem Zwecke Ihrer Reise in die Wälder zu den Ottawas hatte mir schon Schuyler Mitteilung gemacht und Sie mir warm empfohlen, Herr Graf. Daß die jüngsten Vorfälle Ihre Nachforschungen mindestens ungemein erschweren, ist zweifellos. Indessen haben wir den Herrn Kitate in der Gewalt und bei dem wollen mir doch den Hebel einmal ansetzen. Ich habe so wie so eine Unterredung mit ihm in Aussicht genommen und da wollen mir Ihre Angelegenheit gleich mit zur Sprache bringen. Ich bitte Sie, derselben beizuwohnen.«

Der vorübergehenden Sergeantin rief der Kapitän zu: »Wie befinden sich unsre Kranken, Mistreß Wood?«

»Gut genug, Herr, Mister Sounders ist sichtlich auf dem Wege der Besserung und der Sergeant schon wieder bei Besinnung, aber noch sehr schwach.«

»Freut mich, das zu hören, freut mich. Und Miß Schuyler?«

»Sie hat geschlafen und scheint ruhiger.«

»Bitte, fragen Sie, ob ich sie sprechen kann.«

»Sehr wohl, Sir.«

»Es bleibt mir gar nichts andres übrig, als mit dem Kitate eine Art Kompromiß zu schließen, vielleicht finde ich den Herrn dazu geneigt.«

Die Sergeantin kam zurück.

»Miß Schuyler wird herunterkommen, Herr Kapitän.«

»Schön. –Wenn ich das arme Mädchen nur erst wieder unter der Obhut seiner Verwandten wüßte, aber ehe die Wälder nicht gesichert sind, kann ich nicht daran denken, sie nach der Küste zu senden.«

Frances erschien in der Tür und Blackwater ging auf sie zu.

Sie sah sehr bleich aus, doch sprachen ihre Züge von ernster, ruhiger Ergebung.

»Mein liebes Kind,« sagte der rauhe Soldat mit väterlich herzlichem Ton, »ich freue mich. Sie gefaßt zu sehen,«

»Ich habe Trost im Gebet gesucht und gefunden.«

»Ich wußte es ja, die Tochter meines tapferen Obersten konnte nicht ohne einen Zug seines Heldenmutes sein. Ich habe mich bei Ihnen melden lassen. Miß Frances, um mich von Ihrem Befinden zu überzeugen und gleichzeitig nach Ihren Wünschen zu fragen. Kann ich etwas tun, um Ihre Lage behaglicher zu gestalten?«

»Nichts, Kapitän, Mistreß Wood tut für mich, was sie kann. Ich wünsche nur, diesen Ort des Schreckens zu verlassen.«

»Sobald es möglich, sollen Sie nach der Küste geleitet werden, einstweilen kann ich nicht wagen, Sie den Gefahren der Wälder auszusetzen. Darf ich fragen, mein Kind, was Sie für Ihre Zukunft beschlossen haben? Ich kann als Ihr väterlicher Freund Ihr Vertrauen beanspruchen. Miß Frances.«

»Gewiß, teuerster Sir. Ich denke, mich zunächst nach Lansing zu Freunden unsres Hauses zu begeben und dort erst werde ich weiteres beschließen. – Mein lieber Herr Graf,« sie reichte dem sich nahenden jungen Mann die Hand.

Er drückte die ihre schweigend.

Das bleiche, selbst in ihrem tiefen Kummer so schöne Mädchen machte einen tieferen Eindruck auf ihn als je zuvor.

Tiefen Schmerz mit tröstenden Worten zu lindern, machte er keinen Versuch, sein Auge sprach beredter, als es Worte konnten, die innigste Teilnahme aus.

»Sie sind in Ausführung der heiligen Aufgabe, welche Sie sich gestellt haben, Herr Graf, jetzt gehindert.«

»Ich werde dennoch das Aeußerste versuchen, sie zu lösen.«

»Sie sind standhaft.«

»Das bin ich. ›Treu bis zum Tode‹ ist der Wahlspruch unsrer Familie.«

Blackwater entfernte sich einen Augenblick, und Frances und Edgar blieben allein.

»Wenn gemeinschaftlich bestandene Gefahren das Recht dazu verleihen, so darf auch ich wohl auf die Ehre Anspruch machen, mich Miß Schuylers Freund zu nennen?«

Sie reichte ihm stumm die Hand.

»Dankbar wäre ich, wenn Miß Frances von meinen Diensten Gebrauch machen und über das, was ich kann und vermag, befehlen wollte.«

»Ich bedarf nichts, Herr Graf. Kapitän Blackwater läßt mich zur Küste geleiten, und bei Myers will ich in der Liebe und Teilnahme teurer Menschen Schutz und Trost suchen.«

»Ich führe nicht unerhebliche Geldmittel mit mir, und ich würde es als ein Zeichen mich hoch ehrenden Vertrauens betrachten, wenn Miß Schuyler darüber verfügen wollte.«

»Ich würde das ohne weiteres dankbar annehmen, wenn ich dessen bedürfte, indessen bin ich im Besitze einer genügenden Summe, um die Reise zu bestreiten, und mehr bedarf ich nicht. Ich danke, Herr Graf.«

»Können Sie, Miß Frances, gelegentlich die Dienste eines ebenso bescheidenen als ergebenen Mannes brauchen, so werde ich stolz sein, wenn Sie solche in Anspruch nehmen.«

»Freunde, Herr Graf, wahre Freunde sind so selten im Leben, daß ich undankbar gegen das Geschick wäre, wenn ich zurückweisen wollte, was Sie mir großherzig anbieten.«

»Ich danke, Miß Frances. Sie werden Zuflucht in Ihrer Familie suchen?«

»Ich glaube nicht. Zwar habe ich entfernte Verwandte, doch hatten mir nur geringe Verbindung mit ihnen, ich stehe fast allein im Leben, seit –« sie drückte ihm hastig die Hand und ging rasch ins Haus hinein.

Edgar sah ihr nach.

»Armes, teures Mädchen!«

»Kommen Sie, Graf,« rief ihm Blackwater, welcher zurückkam, zu, »ich habe nach den Indianern gesandt, wir wollen jetzt unser Palaver mit Kitate halten.«

Er nahm Edgars Arm und führte ihn in sein im Erdgeschoß des Kommandantenhauses liegendes, recht geräumiges Zimmer.

Ein Sergeant brachte nach kurzer Frist Kitate und seine Gefährten, welchen Blackwater schon am verflossenen Abend die Fesseln hatte abnehmen lassen.

Blackwater, welcher heute einen ganz andern Ton anschlug, forderte sie höflich auf, sich zu setzen, worauf die roten Männer zwanglos auf Stühlen Platz nahmen.

Der Kapitän machte der indianischen Etikette die Konzession, erst einige Minuten in Schweigen vergehen zu lassen, ehe er die Unterhandlung eröffnete.

Die Indianer zeigten weder Neugierde, noch Erstaunen und saßen ernst und würdevoll da.

Nachdem Blackwater der üblichen Höflichkeit seinen roten Gästen gegenüber genügend Rechnung getragen zu haben glaubte, begann er, sich der indianischen bilderreichen Redeweise bedienend: »Der Häuptling der Ottawas möge weit seine Ohren öffnen, denn ich spreche einmal so zu ihm wie heute und nicht wieder. Ich habe nur eine Zunge, Kitate, und ich will hoffen, daß auch die deinige nicht gespalten ist,«

»Kitate hat nur eine Zunge. Möge der Häuptling des Forts sprechen, Kitates Ohr ist offen.«

»Ich muß wissen, Indianer, ob wir draußen in den Wäldern Krieg oder Frieden mit euch haben.«

»Kitate kam hierher, um dir zu sagen, daß nicht er, nicht die Ottawas verantwortlich sind für die Taten derer, die sich von ihnen losgesagt haben,«

»Nun, die Frage, wie weit du und die Deinen mit schuldig an den hier verübten grausigen Taten sind, wollen wir jetzt nicht erörtern, dies wird ja wohl die Untersuchung an den Tag bringen, und ich fürchte, der Galgen wird noch mehr zu tun bekommen. Jetzt will ich wissen, deutlich von dir wissen, ob deine Leute draußen unsre Freunde sind, oder ob wir Feindseligkeiten zu gewärtigen haben?«

»Peschewa hielt Frieden mit den Weißen, solange er Häuptling der Ottawas war, Kitate wird Frieden halten.«

»Schön. Und gehorchen dir deine Krieger, wenn du ihnen befiehlst, die Streitaxt zu begraben?«

»Alle Ottawas gehorchen Kitate. Er ihnen schon sagen durch seine jungen Männer, Frieden halten. Alle so tun. Nicht Stammlosen sagen, er nicht gehorchen, er nicht Ottawa.«

»Wenn du die Wahrheit redest, so hätten wir es also nur mit dem Auswurf zu tun, welcher sich da draußen herumtreibt.«

»Er entfliehen, denk' ich, weit, 'er nicht kommen nach Fort,«

»Das will ich wohl glauben. So versicherst du also, Kitate, daß niemand von uns von deinen Leuten etwas zu fürchten hat? Bedenke wohl, was du sagst.«

»Nichts fürchten. Ottawa fürchten den weißen Mann. Kitate kommt friedlich hierher als Freund, und der Häuptling hält ihn gefangen und legt Eisen um seine Hände, das nicht freundlich.«

»Dich hier festzuhalten, Häuptling, ist eine Notwendigkeit, die ich nicht umgehen kann. Du mußt hier bleiben, bis ich Nachrichten aus der Bundeshauptstadt habe. Wenn du dir aber eine Einwirkung in friedlichem Sinn von deinen Gefährten hier auf dein Volk versprichst, sie haben ja unsrer Unterredung gelauscht und deren Inhalt auch wohl verstanden –«

»Gut verstehen.«

»So will ich sie entlassen, daß sie den Ottawas deinen Willen mitteilen.«

»Gut, Häuptlinge besser sprechen als junge Männer.«

»Und willst du mir dein Wort geben, das Fort nicht zu verlassen, so kannst du dich innerhalb der Wälle frei bewegen.«

»Kitate gibt dem Häuptling der Langmesser sein Wort, er wird das Fort nicht verlassen.«

»Es ist gut, ein Häuptling hält sein Wort, Kitate kann frei umhergehen. – Eines aber sage ich euch, wird gegen uns ein falsches Spiel getrieben, wird einem meiner Leute auch nur ein Haar gekrümmt, so wird Kitate unweigerlich hängen, das teilt den Ottawas mit, Blackwater ist der Mann, sein Wort zu halten. Diese Angelegenheit wäre also beendet. Sie sehen, Herr Graf,« wandte er sich an Edgar, »man hat einige Mühe, mit diesen indianischen Staatsmännern zu verkehren. Nun wollen mir Ihre Angelegenheit vornehmen. Höre einmal, Kitate, was wir als Häuptlinge miteinander zu beraten hatten, ist abgemacht, aber ich habe da noch etwas zu fragen, worauf eine Antwort zu erhalten mir und diesem Herrn hier sehr wichtig ist.«

»Mein Ohr ist offen, frage, Kitate wird antworten.«

»Dieser Herr hier ist kein Inglis, kein Langmesser, er ist der Häuptling eines fremden Volkes, er ist ein Dutchman.«[3]

Kitate neigte grüßend das Haupt und sah mit seinen klugen Augen Edgar aufmerksam an.

»Dieser Herr war auf dem Wege zu den Ottawas, um sie zu besuchen und ihren Häuptlingen Geschenke zu bringen, als die Stammlosen ihn zwangen, seinen Skalp hier im Fort in Sicherheit zu brin-

---

[3] So werden die Deutschen gemeinhin von den Amerikanern genannt.

gen und die für die Ottawas bestimmten Geschenke ihm raubten. Kitate, es wird gut für dich sein, wenn du uns das, was wir zu wissen wünschen, ehrlich mitteilst, und an Decken, Tüchern, Pulver, Messern wird kein Mangel sein, dieser deutsche Häuptling hat eine offene Hand. Auch liebt ihn der große Vater in Washington und wird es gerne hören, wenn die Ottawas freundlich gegen den jungen Häuptling sind.«

Aufmerksam hörte der Indianer zu.

»Was wünschest du zu wissen?«

»Als Leute deines Stammes vor drei Jahren über die Ansiedlungen am Manistee herfielen und unsre jungen Männer erschlugen, raubten sie eine junge Frau und einen Knaben –«

Die Indianer wechselten einen raschen verstohlenen Blick, welcher indes weder dem Kapitän noch Edgar entging.

»Und führten sie mit sich in die Wälder. Der Häuptling hier ist der Bruder der jungen Frau und er ist über das Meer gekommen, um sie zu suchen, da ein Vogel in sein Ohr gesungen hat, die Ottawas hielten sie gefangen. Was sagt Kitate?«

Die Gesichter der Indianer bewahrten einen düstern Ernst. Erst nach einiger Zeit nahm der Häuptling das Wort: »Die Ottawas haben viel hören müssen von der jungen Squaw und ihrem Kinde; sind viel nach beiden gefragt worden von den weißen Leuten. Es sind dieser Frau wegen Häuptlinge und Krieger getötet, die Langmesser haben sie aufgehängt am Halse, und die Ottawas weinen, wenn sie von ihr hören.«

Mit nicht geringer Aufregung lauschte Edgar den Worten des Indianers.

»Nimmer dachte Kitate, noch einmal nach der jungen Squaw befragt zu werden, nach welcher vor drei Sommern alle Weißen suchten. Kitate weiß nichts von der jungen Frau, kein Ottawa weiß etwas von ihr, niemand weiß etwas von ihr.«

»Höre, Häuptling, die Frau ist damals von euch entführt worden, daran ist ja gar kein Zweifel. Wir wollen nur wissen, ob sie noch lebt, wo sie lebt, oder wenn sie gestorben ist, wo ihre Gebeine ruhen?«

»Kitate hat zuerst aus dem Munde der Langmesser von dieser Frau gehört. Niemand weiß etwas von dieser Frau, die so viel Unheil über die Ottawas gebracht hat.«

Edgar wurde traurig zu Sinn, als dieser Versuch, Kunde von der Verschwundenen zu erlangen, so gänzlich fehlschlug.

Noch einmal nahm der Kapitän das Wort.

»Wenn Kitate zurückblicken will durch einige Sommer, so wird er eine schöne junge weiße Frau sehen mit ihrem blonden Knaben. Ihr Gesicht gleicht dem dieses Herrn, denn sie ist seine Schwester. Kitate sieht, wie die Ottawakrieger sie von dannen führen, in die Wälder – was sieht Kitate noch mehr?«

»Er sieht nichts,« entgegnete dieser ruhig.

»Wenn Kitate befürchtet, meine Frage sei die Vorläuferin neuer amtlicher Untersuchungen, wie sie vor drei Jahren stattfanden, so ist er im Irrtum, das ist abgetan, ich frage nicht als Häuptling dieses Forts, sondern nur als Freund dieses jungen Mannes. Er kam zu mir und sprach: ›Hilf mir die Schwester finden, ich will den Ottawas viel geben, wenn ich sie wiedersehe‹.«

Wiederum tauschten die Indianer einen schnellen Blick, aber mit eisiger Höflichkeit erklärte Kitate noch einmal, daß er keine Mitteilungen zu machen habe.

Edgars Hand berührte unabsichtlich seine Brusttasche und traf auf das kleine Bildwerk auf Holz, welches ihm der Konstabel noch am Muskegon eingehändigt hatte. Die Ereignisse und Aufregungen der letzten Tage hatten ihn nicht an diesen angeblichen Talisman denken lassen. Jetzt zog er es hervor, hielt es den Indianern entgegen und fragte: »Kennen die Häuptlinge dieses?«

In den starren Zügen der Indianer gab sich jähes Erstaunen kund. Kitate nahm die Figur in die Hand, betrachtete sie genau, zeigte sie den beiden andern, welche sie ebenfalls einer Untersuchung unterwarfen, und tauschte einige Worte in indianischer Sprache mit ihnen

»Wer gab meinem Bruder dies?«

»Ein Freund, Häuptling,« er hielt es nicht für geraten, den Konstabel zu nennen, »ein Freund gab es mir, weil er glaubte, es würde mich bei dem Ottawa-Volke empfehlen.«

»Es ist gut.«

»Sieh, Häuptling, ich bin weit her über das endlose Meer gekommen, um die Schwester zu suchen. Mein Volk und dein Volk haben nie Streit miteinander gehabt, sie wohnen zu weit auseinander. Kann ich die Schwester nicht mehr lebend finden, so will ich doch ihr Grab sehen, das ihre und das des kleinen Knaben. Kitate hat Kinder, wenn ihm eines verloren gegangen ist, wird er nicht dem dankbar sein, der ihm sagt, wo er es findet? Kitate soll es in mein Ohr flüstern, bei diesem Zeichen bitte ich ihn, mir zu sagen, ob die Schwester lebt, ob sie starb?«

Kitates Gesicht, welches einen Augenblick einen freundlichen Ausdruck angenommen hatte, war finster, als er wiederholte: »Kitate weiß nichts von der weißen Frau. Kitate hat nur eine Zunge, er hat gesprochen.«

»Es ist gut,« sagte Blackwater, »der Häuptling weiß nichts von dieses Herrn Schwester, sonst würde er es sagen. Aber vielleicht gibt es Leute im Ottawa-Volke, welche mehr wissen als der Häuptling, Leute, die am Manistee waren, während Kitate friedlich in seinen Dörfern weilte. Würde der Häuptling nicht gestatten, daß mein Freund zu den Niederlassungen der Ottawas ginge und dort nach seiner Schwester fragte?«

Kitate schwieg einen Augenblick und sagte dann: »Der Dutchman ist willkommen an den Feuern der Ottawas.«

»So danke ich dir. Kitate mag sich das Fort der Langmesser betrachten, seine Freunde können, sobald es ihnen beliebt, ihre Büchsen nehmen und zu ihren Dörfern eilen.«

Er verabschiedete die Männer mit einer Handbewegung, diese verneigten sich mit vielem Anstande und gingen hinaus.

»Das ist eine seltsame Geschichte, Graf,« sagte er dann. »Diese Leute wissen unzweifelhaft genügend von Ihrer Schwester und deren herbem Schicksal: bemerkten Sie den Blick, welchen sie austauschten?«

»Ich bemerkte ihn wohl.«

»Unerklärlich ist mir, warum sie so schweigsam darüber sind. – Ob da eine Greueltat verübt ist und sie noch fürchten, dafür zur Rechenschaft gezogen zu werden? Von wem haben Sie denn das wunderliche Ding, welches so großen Eindruck auf die Kerls machte?«

Graf Edgar teilte ihm mit, wie er in den Besitz desselben gekommen sei.

»O, von unserm Konstabel? Ich bedaure jetzt, daß ich ihn nicht ebenfalls zu dieser Unterredung zugezogen habe, er kennt die indianische Natur doch noch besser als ich. Das Ding scheint ein kleines Götzenbild zu sein.«

Er schickte nach Weller, der auch alsobald erschien. Man gab ihm Kenntnis von dem Inhalt der Unterredung.

»Schade, daß ich nicht dabei war, Kapitän. Vermutet übrigens ganz recht, wissen die Roten ganz genau, was aus Lady Walther geworden ist, aber sie zum Reden zu bringen, scheint heute wie damals unmöglich zu sein.«

»Aber wenn wir die Frau ermitteln, Konstabel, welche Euch den Talisman gegeben hat?«

»Die alte Miskutake? Hm. Wie wollt Ihr die ermitteln?«

»Wenn ich es mit einiger Sicherheit tun könnte, würde ich nach den Dörfern der Ottawas eilen und keine Geschenke sparen, um endlich Klarheit in das so dunkle Schicksal meiner Schwester zu bringen.«

»Sicherheit? Wenn der Kitate Euch einen Geleitsbrief gibt, könnt Ihr ruhig hingehen, außerdem bürgt er ja mit seiner Person dafür, daß Euch kein Leid geschieht.«

»So gehe ich, Kapitän.«

»Wolltet Ihr es wagen?«

»Ja. Vielleicht lebt sie noch, in Gefangenschaft gehalten. Wenn sie nicht, vielleicht mein kleiner Neffe.«

»Fremder,« sagte der Konstabel, »macht Euch keine solche Hoffnungen. Lebte sie noch oder auch nur der Knabe, mir würden es längst wissen.«

»Dennoch will ich das Letzte noch versuchen.«

Es vergingen nach dieser Unterredung zwei weitere Tage, während ringsum die größte Ruhe herrschte.

Athoree hatte wiederholt in weiten Märschen die ganze Gegend abgestreift, ohne irgend etwas Verdächtiges bemerkt zu haben.

Für Kitate war ein indianischer Läufer angelangt und hatte ihm Botschaft gebracht, worauf er Blackwater noch einmal versicherte, daß kein Ottawa an Feindseligkeiten denke.

Edgar hatte persönlich den Häuptling um einen Geleitsbrief nach seinen heimatlichen Dörfern ersucht.

Lange hatte ihn dieser betrachtet, nachdem der Graf sein Anliegen vorgebracht, und endlich gesagt: »Du kein Yengeese, kein Inglis, du Dutchman – das gut. Du nach Schwester suchen – wirst du nicht finden. Will dir Kitates Zeichen geben, magst ruhig zu den Ottawas gehen, dir nichts tun. Du Schwester sehr lieben?«

»Ja, Häuptling, und daheim sitzt mein greiser Vater und beweint die Tochter.«

»Weiße Frau großes Unheil über Ottawa gebracht, viel Blut ihretwegen fließen,« setzte er finster hinzu.

Kitate, aus dem trotz flehentlicher Bitten und dem Angebot reicher Geschenke nichts andres herauszubringen war, als daß er von nichts wisse, fertigte mit Farbe und Pinsel den Geleitsbrief für Edgar aus.

Es waren einige wunderliche Zeichen, welche er auf ein Stück Haut malte und schließlich mit dem wohl ausgeführten Bilde eines Otter, seinem Namen, unterzeichnete.

Edgar kaufte aus den Vorräten des Forts Geschenke ein, ähnlich denen, welche er eingebüßt hatte, und erwarb das Pferd, auf welchem der Pottawatomie gekommen war.

Als er seinen Begleitern die Absicht eröffnete, die Ottawas aufzusuchen, erklärte sich zu seiner großen Freude Johnson sofort bereit, mit ihm zu ziehen, einen unerwarteten Widerstand aber fand er an dem Manne aus Leitrim.

»Euer Gnaden werden gütigst verzeihen,« stotterte der Ire hervor, als Antwort auf die Frage, ob er bereit sei, mitzugehen, »ich habe Euer Gnaden gewiß lieb und würde mich für Euer Gnaden totschlagen lassen, wenn es sein müßte, aber mit zu den Ottawas kann ich nicht gehen.«

»Und warum nicht, mein guter Michael?«

»Sehen Euer Gnaden, die Bursche lauern auf mich da draußen und wollen mich an den Marterpfahl, wie man es nennt, stellen und mich peinigen, wie nie ein Mensch gepeinigt worden ist.«

»Aber warum denn dich gerade, mein braver Bursche? Wir sind doch alle in gleicher Lage.«

»Nein,« flüsterte der Ire geheimnisvoll, »auf mich allein lauern sie, weil – weil ich – den Peschewa gefangen genommen habe.«

Der Graf lächelte.

»Wenn du das fürchtest, Michael,« sagte er gütig, »so muß ich natürlich auf deine Begleitung verzichten.«

»Ja, es ist so, Euer Gnaden.«

»Und woher weißt du denn, daß sie dir so abgeneigt sind?«

»Der Herr Konstabel hat es mir gesagt, ich darf mich nicht zum Fort hinaus trauen.«

Der Graf merkte nun freilich, daß Weller seinen Scherz mit dem biederen Sohn der grünen Insel getrieben hatte.

Da der Ire nicht umzustimmen schien und hartnäckig auf seiner Weigerung beharrte, belohnte ihn der Graf sehr reichlich für seine bisherigen Dienste und empfahl ihn dem Wohlwollen Blackwaters.

»Ei, der Bursche ist verrückt. Das ist ein schlechter Scherz des Konstabel,« meinte dieser.

Aber ob nun gleich er und selbst Weller auf ihn einredeten und letzterer sogar gestand, daß er nur Scherz mit ihm getrieben habe, der Mann aus Leitrim blieb dabei, daß die Ottawas es besonders auf ihn abgesehen hatten.

Da Weller auf die Abreise drang, auch Frances sich hinreichend erholt hatte, um den Weg an die Küste antreten zu können, und allem Anschein nach die Wälder sicher waren, vielleicht Gefahren ausgenommen, welche ihnen die Wegelagerer bereiten konnten, obgleich auch dies kaum wahrscheinlich war, so ordnete Blackwater die Abreise für den dritten Tag an.

Zwanzig Mann wurden abkommandiert, um unter der Führung eines Sergeanten die Tochter des Obersten nach den Ansiedlungen zu geleiten. Wellers väterlichem Schutze wurde Frances besonders anvertraut, der es übernahm, sie bis nach Traverse City zu bringen.

Für denselben Tag hatte Edgar seine Abreise bestimmt.

Am frühen Morgen standen die Soldaten bereit, ebenso des Grafen Begleiter mit dem bepackten Pferde, welches Heinrich führen sollte. Michael war nicht zu sehen.

Frances kam vom Grabe ihres Vaters zurück, wohin sie schon im Morgengrauen gegangen war und lange gebetet hatte.

Mit inniger Teilnahme verabschiedete sich Blackwater von ihr.

Als sie schon im Sattel saß, reichte sie Edgar nochmals die Hand.

»Wird Miß Schuyler eines fernen Freundes gedenken?«

»Sie wird ihn nicht vergessen.«

»›Treu bis zum Tode‹ ist der Wahlspruch meines Hauses.«

Frances ritt mit Weller, welcher in bester Stimmung war, davon, gefolgt von den Soldaten.

Lange sah ihr Edgar noch nach und flüsterte leise vor sich hin; »Treu bis zum Tode.«

Sein Abschied von den Offizieren und besonders von Blackwater war der herzlichste.

»Lassen Sie von sich hören, Herr Graf, Sie machen uns große Freude damit,« war Blackwaters letztes Wort.

Als der Zug eben zum Tore hinaus wollte, stürzte Michael hinter der Kaserne, von wo er den Abschied mitangesehen hatte, hervor, auf den Grafen zu und sagte mit vor Aufregung bebender Stimme: »Nein, ich kann Euer Gnaden nicht verlassen. Mögen mich die Schufte martern, so viel sie wollen, aber ich kann Euer Gnaden nicht allein lassen, ich müßte mich vor mir und ganz Leitrim schämen, wenn ich das täte. Wollen mich Euer Gnaden wieder annehmen und mir verzeihen?«

»Komm, mein guter Michael, wir wollen auch ferner Leid und Freud miteinander teilen.«

Der Ire schloß sich an und übernahm die Führung des Pferdes.

Athoree sagte zu ihm: »Starkhand doch guter Freund? He?«

»Ja, Indianer, ich hätte mich totgeschämt, weißt du, wenn ich Seine Gnaden allein hätte in die Gefahr rennen lassen, nein, da will ich denn doch noch lieber mit den schäbigen Hunden, diesen Ottawas, mich herumschlagen. Mag es kommen, wie es will.«

Bald verlor sich der Zug des Grafen im Walde. Ein letzter Blick Edgars noch auf das Fort, an welches ihn so viel blutige Erinnerungen knüpften, friedlich lag es jetzt im glänzenden Sonnenschein am Ufer des lieblichen Sees da, und dann folgte er den andern, entschlossen, nicht zu rasten, bis über das Schicksal der ihm so teuren Schwester Licht verbreitet sei.

Siebzehntes Kapitel.
Bei den Ottawas.

In schweigender Majestät umfing der düstere Urwald die kleine Karawane Edgars, welche mühevoll ihren Weg zu den Dörfern der Ottawas suchte.

Zwei anstrengende Tagemärsche lagen bereits hinter den Reisenden, und nach einer ruhig am Rande eines seichten Baches verbrachten Nacht strebten sie von neuem kräftig ihrem Ziele entgegen.

Der Weg war bisher ohne die geringste Störung zurückgelegt worden. Zwar hatte man keine der üblichen Vorsichten versäumt und Athoree oft den kleinen Zug spähend umkreist, doch ohne auch nur die geringste Spur zu finden, welche auf gegenwärtige oder frühere Anwesenheit von Menschen schließen ließe.

In tiefster Einsamkeit lagen die endlosen, eintönigen Wälder da, so jungfräulich, als ob sie eben aus der Hand ihres Schöpfers hervorgegangen wären.

Hie und da wurde ein scheues Wild flüchtig und brach durch die Büsche oder ein Eichhorn ließ einen pfeifenden Laut hören, sonst herrschte feierliche Stille.

Einmal hatte der Indianer das Schweigen durch den Knall seiner Büchse gestört und einen Bock erlegt, von dem die besseren Teile auf dem Saumroß mitgeführt wurden.

Michael, welcher am ersten Tag sehr still einhergeschritten war und mit peinlicher Aufmerksamkeit jeden Busch und Baum gemustert hatte, an dem sie vorüberzogen, dessen Ernst selbst am zweiten Marschtage noch nicht ganz schwinden wollte, hatte seine gute Laune bereits wieder gewonnen, und der leichtherzige Sohn Erins schritt so munter einher, als ob Skalpiermesser und Marterpfähle weit ab von seinem Wege lägen.

Man hatte unterwegs dem Shanty Johnsons einen Besuch abgestattet, dessen Eigentümer zu seiner Zufriedenheit noch alles in gutem Zustande und unverletzt vorgefunden hatte.

In gemessenem Tempo zogen sie durch den Wald und hofften am andern Abend das Hauptdorf der Ottawas zu erreichen.

Der Graf hatte Johnson und Athoree von dem Inhalt der Unterredung mit Kitate Kenntnis gegeben und ihnen auch das auffällige

Benehmen der Indianer bei Erwähnung der geraubten weißen Frau geschildert.

»Nach allem, was Sie mir von den Aeußerungen und dem Verhalten der Indianer mitteilten,« hatte ihm Johnson entgegnet, »scheint nur eines klar, daß die Ottawas die harten Verfolgungen, welche sie nach ihrem so törichten Kriegszuge trafen, hauptsächlich dem Raube Ihrer Frau Schwester zuschrieben, daraus ergibt sich denn auch das hartnäckige Leugnen der ganzen Tatsache und das Schweigen über das endliche Schicksal der Vermißten. Ich möchte Sie bitten, Herr Graf, sich von unsern Nachforschungen nicht viel zu versprechen, obgleich man nicht wissen kann, wie schwer der Umstand hier in die Wage fällt, daß Sie nicht zu dem Volke gehören, welches seit Menschenaltern mit den Roten im Kampfe liegt und sie allmählich, aber unwiderstehlich aus seinen Wohnsitzen vertrieben hat.«

Athoree hatte sich ähnlich wie Johnson geäußert und nur hinzugefügt: »Denken großes Geheimnis hier. Wenn Schwester tot, Ottawa nichts fürchten. Tote nicht reden, wenn Papuse tot, ihm alles verschwinden, nicht Spur mehr finden, ganz verweht. Ottawa fürchten, Spur finden.«

Diese Andeutungen des klugen und kaltblütigen Indianers hatten neue und stürmische Hoffnungen in Edgar erregt, denn die Beweisführung Athorees ermangelte nicht der logischen Kraft. Es war einleuchtend, wenn Mutter und Kind längst zu den Toten gegangen waren, unter Umständen, welche eine Feststellung des Tatbestandes unendlich schwierig, ja unmöglich machten, was hatten die Ottawas von einer erneuten Untersuchung, von weiteren Nachforschungen zu fürchten?

Der Indianer hatte noch hinzugefügt: »Alte Miskutake aufsuchen, Totem zeigen, Totem gut. Schenken schöne Sachen – auch gut, Squaw gerne schmücken, lieben buntes Tuch, lieben Ohrgehänge und schönes Kleid.«

So zwischen erneuten Hoffnungen endlich Gewißheit über das Schicksal der Seinigen zu erlangen und der Befürchtung, trotz allen Mühen seine Nachforschungen vereitelt zu sehen, hin und her geworfen, hatte Graf Edgar den Weg zurückgelegt.

Außer der hie und da geübten Wachsamkeit Athorees beobachteten sie keine besonderen Vorsichtsmaßregeln, auch wurde eine gelegentliche Unterhaltung nicht in dem leisen Ton geführt, der auf unheildrohendem Boden geboten war.

Im Laufe des Gesprächs äußerte Heinrich: »Mich will es manchmal bedünken, der liebe Gott habe diese Landstrecken eigens für Leute mit rotbrauner Hautfarbe geschaffen, und Athoree erinnert mich an Seumes Kanadier, der Europas übertünchte Höflichkeit nicht kannte.«

»Und doch wirst du bemerkt haben, mit welchem Anstand und welcher schicklichen Ruhe dieser Kanadier, denn das wird er ja wohl sein, sich benimmt.«

»O gewiß, er hat sogar mitunter etwas Würdevolles an sich.«

»Und ein Krieger ist er, Heinrich.«

»Ein unbezweifelt tapferer Bursche, das muß wahr sein. Was mir aber am meisten an ihm gefallen hat, ist die Zärtlichkeit, welche er für seine Mutter hegt. Ich beobachte das so im stillen. Für gewöhnlich scheint er sich um die Alte gar nicht zu bekümmern, aber oft genug kommt er zurück und sieht nach, ob sie munter einhergeht, manchmal bringt er ihr Beeren, und abends sorgt er schon für einen guten Platz am Feuer und bereitet ihr sorgfältig das Lager.«

»Warum sollte der Wilde nicht ebenso für seine Mutter fühlen als wir?«

»Gewiß, ob ich es gleich nicht hinter ihnen gesucht hätte. Die Augen der Alten glänzen, wenn sie Athoree anblickt, und auf dem Marsche verlassen sie ihn kaum.«

»Es muß auch, was das Schicksal dieser beiden Menschen angeht, etwas Geheimnisvolles zu Grunde liegen, wie auch schon daraus hervorging, daß Athoree über seine Stammesangehörigkeit so verschwiegen war.«

Von Zeit zu Zeit gesellte sich der den Zug führende Athoree zu Michael, an dessen ursprünglichem Wesen und unverkennbarer Ehrlichkeit er Gefallen gefunden hatte.

Oftmals schritten sie nur schweigend nebeneinander her, vor allem in den ersten Tagen des Marsches, wo die Redseligkeit des Iren durch seine üble Laune und die gespannte Aufmerksamkeit, welche er der Umgebung widmete, im Zaume gehalten wurde. Heute aber war ihm mit der verbesserten Stimmung auch die Lust, sich mitzuteilen, wieder gekommen.

Als Athoree sein Herankommen erwartete und die Büchse im Arm neben ihm herschlenderte, äußerte der Irländer: »Weißt du, Athoree, ich bin es eigentlich herzlich überdrüssig, durch diese dunklen Wälder zu marschieren. Nichts als Busch und Baum, nichts als Baum und Busch, es wird langweilig.«

»Wald schön, ihn Manitou gemacht für roten Mann, er sollen darin jagen Hirsch und Elen.«

»Nun, es ist gewiß Geschmacksache, den einen erfreut ein Gericht Austern, den andern eine Schüssel mit Haferbrei, es kommt nur darauf an, daß es mundet. Mein Geschmack sind diese Wälder nicht, sie haben etwas verd– Tückisches an sich.«

»Starkhand sich fürchten in Wald?«

»Das will ich nicht sagen, aber unheimlich sind diese endlosen, düsteren Strecken.«

»Darum du nicht gern mitgehen, he?«

»Ich will dir nur zu verstehen geben, Indianer, daß ein Mann seine Gründe haben kann für dies oder jenes, und wenn ich nicht mitgehen wollte, so hatte ich auch meine Gründe.«

»Das gut, sagen Grund.«

»Gründe haben, mein guter Athoree, ist eines, und sie andern mitteilen, ein andres. Ich gebe aber prinzipiell keinen Grund an, verstehst du?«

»O, nicht gut, hören Grund gern.«

»Das glaube ich wohl, denn Gründe sind immer die Hauptsache, ob es gleich auch Leute gibt, welche gar keine haben.«

»Aber du haben Grund, he?«

»Das darfst du mir glauben, Michael O'Donnel tut nichts ohne Grund.«

»Gut. Nun mir Grund sagen.«

»Jetzt laß mich mit allen Gründen zufrieden, ich will keine angeben; verstehst du, ich will nicht.«

»Das sehr guter Grund.«

Aergerlich ging Michael weiter.

Nach einer Weile fragte er: »Wie denkst du denn, daß uns die Leute, die wir aufsuchen gehen, empfangen werden?«

»Denken sehr gut. Ottawa guter Freund.«

»Na, mit der Freundschaft kann man mir vom Leibe bleiben, ich habe gerade genug davon. Aber du hast doch auch einige von ihnen um die Ecke gebracht,« fuhr er dann fort.

»Nicht verstehen. Ecke bringen, was meinen?«

»Nun, du hast einigen den Schädel eingeschlagen oder sie niedergeschossen.«

»Das so tun. Er kommen, schießen auf Athoree, der schießen wieder, so recht.«

»Natürlich ist es recht: was du nicht willst, das dir geschieht, das füg auch keinem andern zu. Weiter habe ich doch auch nichts getan, und der Herr Graf nicht und Johnson nicht, und der deutsche Jäger nicht, warum sollten sie mich denn gerade, wie Weller sagt, martern wollen und euch nicht auch?«

Der Indianer pfiff leise vor sich hin und warf einen Blick, der von innerer Heiterkeit zeugte, auf den Mann aus Leitrim.

Da er vollständig begriff, welches Spiel man mit dem guten tapferen Iren gespielt hatte, und nicht abgeneigt war, den harmlosen Michael zu necken, sagte er: »Jetzt wissen Grund.«

»Nun, und welchen?« fragte Michael hastig.

»Du großen Häuptling erschlagen, wir nur Krieger töten.«

»Also meinst du doch?« platzte Michael heraus, und fuhr dann in kläglichem Tone fort: »Warum nur mir der liebe Gott gerade diesen großen Häuptling in den Weg führen mußte! Ich bin hierher gegangen aus Liebe zu meinem Lord, obgleich mir der Konstabel alles vorher gesagt hatte. Als nun am ersten Tage nichts passierte und am zweiten nichts, so dachte ich wirklich, er hätte nur seinen Scherz mit mir getrieben – aber – du willst doch nicht auch deinen Spaß mit mir treiben?« unterbrach er sich plötzlich.

»Nicht scherzen,« sagte Athoree mit seinem ernstesten Gesicht.

»Du großer Krieger, Ottawa das wissen, nicht vergessen,« sagte nachdrucksvoll Athoree, und ging wieder an die Spitze des Zuges.

»Großer Krieger, danke dafür,« murmelte Michael. »Ich hätte jetzt die größte Lust auszureißen, wenn ich nur könnte. Verwünschte Geschichte. Na,« setzte er grimmig hinzu, »einigen breche ich vorher noch die Knochen entzwei, ehe sie an mich kommen,« und er schwang drohend seinen Stock.

Nach einiger Zeit verließen sie den dichteren Urwald und traten in eine von der Natur geschaffene Lichtung ein.

Athorees scharfe Augen, der Graf mit seinem Fernrohr durchforschten das Terrain, doch nichts bot sich dar, das ihre Aufmerksamkeit hätte erwecken oder gar ihre Besorgnis hätte wachrufen können.

Friedlich wie bisher setzten sie ihren Weg fort.

Der westliche Horizont hüllte sich bereits in feuriges Rot, weithin die leichten Wolken, welche am Himmel standen, mit Gold umsäumend. Die Natur schickte sich zum Schlafen an und auch unsre Reisenden dachten daran, sich eine geeignete Ruhestätte für die Nacht zu suchen.

Auf eine hierauf Bezug nehmende Frage des Grafen entgegnete Johnson, welcher allein den Weg kannte, den er wiederholentlich zurückgelegt hatte: »Wir wollen bis zum dichteren Wald gehen,« und er wies auf den unweit befindlichen dunklen Saum desselben, »dort finden mir einen geeigneten Platz, um für die Nacht zu lagern.«

Sie zogen weiter und trafen wenige hundert Schritt im Walde auf einen augenscheinlich künstlich angelegten Ringwall.

Durch den nach Osten zu gelegenen Eingang betraten sie den inneren Raum.

Der trotz des Dämmerlichtes deutlich erkennbare Wall war mit dichtem Buschwerk bestanden, sein Inneres aber, da er häufig streifenden Indianern zum Aufenthalt diente, von solchem gesäubert, wozu auch die Feuer, welche hier von Zeit zu Zeit angezündet wurden, das ihrige beigetragen haben mochten.

Inmitten des umwallten Raumes sprudelte ein frischer Quell, dessen Wasser seinen Weg durch den Ausgang suchte.

Trockenes Holz wurde herbeigeschafft und bald loderte ein helles Feuer empor.

Nachdem das Pferd seiner Last entledigt war, wurde es getränkt und dann von Michael draußen, wo es in dem süßen Waldgras reichliche Nahrung fand, an langer Leine angepflockt.

Die alte Sumach hatte den mit dem Wasser des Quells gefüllten Blechtopf ans Feuer gesetzt und beschäftigte sich dann mit dem Braten des Bockziemers.

Blechbecher und Maiskuchen wurden dem Gepäck entnommen, und während Michael, Johnson und Heinrich dürres Laub zu Lagerstätten herbeiholten, ward von der Indianerin die Abendmahlzeit bereitet.

Mit großer Aufmerksamkeit hatte währenddes, beim hellen Scheine des Feuers, Graf Edgar den Wall untersucht und zu seinem nicht geringen Erstaunen Reste von Mauerwerk, wie zahlreiche Scherben von gebrannten Tongefäßen gefunden.

Nach dem einfachen aber reichlichen Mahle, dessen Würze in einem Becher guten Kaffees bestand, zündeten die Männer ihre Pfeifen an und streckten sich am Feuer aus, während Sumach die Geschirre im Wasser des Quells reinigte.

Edgar wandte sich jetzt an Johnson mit der Frage: »Ist Ihnen etwas von dem Ursprung dieser eigenartigen Befestigung, denn eine solche ist es sicher, bekannt?«

»Nein, Herr Graf. Ich habe in Ohio ähnliche kreisförmige Umwallungen gesehen, auch finden sich solche hier oben an den Seen vereinzelt vor, doch von ihrem Ursprung habe ich keine Ahnung.«

»Diese Stätte muß uralt sein. Athoree, weißt du etwas davon, wer diesen Wall gebaut hat?«

»Können nicht sagen. Am See und in Kanada viel finden solcher Runden. Nicht Wyandots machen, ander Volk.«

»Gut, Athoree, aber berichten nicht die Ueberlieferungen der Wyandots, wer vor ihnen das Land bewohnt hat und diese Befestigungen angelegt haben könnte?«

»Alte Häuptlinge viel erzählen abends an den Feuern, wenn in Wigwam sitzen und draußen der Schneesturm heult, viel erzählen von alten Zeiten, als das Volk der Wyandots noch zahlreich war, wie die Blätter des Waldes, aber nicht sprechen von ander Volk. Wyandots hierher kommen, nehmen Land.«

»Und wo kamen deine Vorfahren her?«

»Kamen von Norden, weit her.«

»So laß uns von dem Ursprung deines Volkes hören und wie es in dieses Land eingewandert ist, wenn eure Sagen davon melden.«

Der von Büschen dicht besetzte Ringwall, hinter diesem die nur schattenhaft wahrnehmbaren Waldriesen, welche in leichtem Abendwinde rauschten, die Gruppe um das Feuer, rötlich beleuchtet von dessen Scheine, inmitten derselben die beiden Kinder dieses Bodens, die alte, runzelvolle Sumach und ihr stattlicher Sohn mit dem dunkeln, ernsten Antlitz, neben ihnen die seltsame Erscheinung des »toten Mannes«, dies alles gab hier inmitten der Einsamkeit des Urwaldes ein Bild von unverlöschlichem Eindruck.

Verstärkt wurde derselbe durch die feierliche Stille, welche ringsum herrschte, denn selbst das leichte Rauschen der Blätter klang wie fernher kommend zu den Ohren der um das Feuer Gelagerten.

Mit seiner tiefen, klangvollen Stimme hub der Indianer an, während aller Augen auf ihn gerichtet waren: »Viele, viele Sommer sind dahingegangen, viel welke Blätter herniedergefallen von den Bäumen, seit die Wyandots zahlreich in einem fernen Lande wohnten. Es waren ihrer endlich so viele, daß Wald, See und Fluß nicht mehr Nahrung genug boten, um aller Hunger zu stillen. Und als die Not groß war, jammerte es Manitou und er sprach zu dem Propheten des Volkes: ›Laß ausziehn die Hälfte aller, ich will ihnen ein andres Land geben.‹ Da zogen aus Männer und Weiber und Kinder zahllos wie die Sterne des Himmels, und viele Sonnen zogen sie immer weiter und weiter nach Norden zu, bis sie an ein großes Wasser kamen, das zu überschreiten unmöglich war, denn es war breit wie der Michigan-See und sie hatten nicht Kanoes.

»Und als die weisen Männer des Volkes um das große Ratsfeuer saßen und kein Mittel fanden, das Hindernis im Wege zu überwinden, sprachen sie endlich zu Manitou: ›Du hast uns ausgesendet, großer Geist, um uns neue Jagdgründe zu geben, und wir stehen am salzigen Wasser und vermögen nicht es zu überschreiten, hilf uns!‹ Und siehe da, als sie so riefen, erschien auf dem Wasser ein Knabe in einem leichten Kanoe, von der Haut eines Tieres verfertigt; des Knaben Farbe war licht und seine Augen funkelten gleich dem Abendstern, wenn er am herrlichsten strahlt. Und er sprach, als er zum Ufer kam, mit einer Stimme, süß klingend wie des Zaunkönigs Laut im Frühling, doch konnten es alle hören, so viele umherstanden: ›Mich sendet Manitou, das Volk der Wyandots hinüberzuführen in das Land, welches er seinen Kindern geschenkt hat.‹ Und alle wunderten sich über den kleinen Kahn, welcher kaum zwei Männer fassen konnte, und den Knaben, welcher das Volk über das salzige Wasser führen sollte. Zwar sahen die Männer bereits das jenseitige Ufer, doch wie sollte das schmale Kanoe, welches leicht gleich einem Rosenblatte auf dem Wasser schwebte, das Volk der Wyandots hinübertragen? Aber Manitou hatte gesprochen, und gehorsam trat der älteste der Häuptlinge in das Boot und die andern folgten. Und je mehr einstiegen, desto größer wurde dass Kanoe, und größer und immer größer, bis daß es das ganze Volk der Wyandots in sich faßte. Der Knabe aber saß im Stern und führte leicht das kleine Ruder, eilig bewegte sich das Schiff durch das glatte Wasser und bald stiegen alle an das Ufer, welches so unerreichbar geschienen hatte. Das Kanoe aber wurde kleiner und kleiner, wie die Leute ausstiegen, und als alle am Lande waren, war es nicht größer, als da es erschien, und der Knabe ruderte davon und verschwand in der Ferne.

»Die Männer aber besahen sich das Land, und es war herrlich anzuschauen. Wälder und Seen, Ströme und Bäche, Lichtungen und Prairien wechselten ab, und die Wälder waren voll Wild, das Wasser belebt von Fischen, und alle dankten dem großen Geiste, daß er sie hierher geführt habe.

»Da sandte der böse Geist, zornig, daß Manitou seine roten Kinder hierher geführt hatte, gewaltige Tiere, fast so hoch wie ein Baum, um die Wyandots zu vertilgen, aber die Männer wußten sie zu erlegen mit Pfeil und Speer, und vernichteten sie mit der Zeit gänzlich, so daß man nur hie und da in einer Höhle oder in der Erde ihre riesenhaften Knochen findet. Heller schien die Sonne damals, steter Frühling herrschte und glücklich und zufrieden lebten die Wyandots in dem neuen Land viele Geschlechter hindurch und vergaßen bald der alten Heimat.

»Eines Tages aber hatten sie Manitou erzürnt. Niemand weiß heute mehr wodurch, und er zog eine Wolke vor sein Angesicht und sie erblickten es nicht mehr.

»Da wurde der böse Geist mächtig, als der gute Vater seinen Kindern zürnte. Nicht mehr warm wie früher schien die Sonne hernieder, ein Teil des Jahres wurde kalt, und Eis und Schnee zeigten sich, welche die Wyandots lange nicht gesehen hatten.

»Und eine große Wasserflut sandte da Degschuh-venoh auf die Erde, die Ströme traten aus ihren Ufern, die dunklen Wolken ergossen unaufhörlich Regen, und die Wyandots starben dahin wie Schnee an der Sonne.

»Nur ein kleiner Teil hatte sich auf einen hohen Berg gerettet, doch als auch diesen die Flut verschlingen wollte, mit allem Leben, welches er schützte, da sprach Manitou: ›Es ist genug, nicht vertilgen will ich das Volk von der Erde, es hat gebüßt und was noch atmet, soll leben.‹ Da mich gehorsam das Wasser zurück, und Hoffnung zog in das Herz der Wyandots ein.

»Wiederum bauten sie ihre Wigwams auf dem getrockneten Lande, aber das Antlitz Manitous sahen sie nimmer unverhüllt.

»Kälter und kälter wurde es, Schnee und Eis griffen mächtig um sich, und immer weiter nach Süden mußte das Volk ziehen, immer weiter und weiter, bis zu den Kanadas und an die großen Seen.

»Arm waren sie geworden und mühevoll mußten sie seit der Zeit in schneebedeckten Wäldern das Wild jagen, und heute sind die

Wyandots ärmer als je, und das Antlitz Manitous schauen sie nur durch eine dunkle Wolke.«

Eine lautlose Stille herrschte, während der Indianer sprach, und herrschte noch an, als er geendet hatte.

Seine einfache Rede klang wie Totenklage um ein dahingeschwundenes Volk, welches einst glücklich und mächtig auf Erden einhergewandelt war.

Ein tiefer Seufzer Sumachs war der einzige hörbare Laut.

Dann lüfte der Graf den Bann, der auf der kleinen Gruppe lagerte, mit den Worten: »Ich danke dir, Athoree, für diese Mitteilung der Überlieferungen deines Volkes und werde sie in meinem Gedächtnis bewahren. Sie ist von hohem Interesse für mich, denn sie bestätigt die Annahme unsrer Gelehrten, daß deine Vorfahren aus Asien über die Behringsstraße in Amerika eingewandert sind.«

»Weiß nur, was die alten Männer meines Volkes erzählen, aber sie reden Wahrheit.«

»Wunderbar genug ist es, daß dein Volk, welches keine schriftlichen Aufzeichnungen besitzt, noch solche Erinnerungen an die einstigen Wanderungen bewahrt. Bemerkenswert ist ferner deine Erwähnung vorsündflutlicher Tiere.«

»Das ganz wahr,« sagte eifrig der Indianer, »ihm selbst gesehen. Knochen so dick wie Baum, Zähne so lang,« und er breitete die Arme auseinander, »groß wie zwanzig, zehn Büffel, ihm gesehen in Höhle, er ganz groß. Weißer Mann holen ihn weg, bringen ihn in große Stadt – dort noch sehen.«

»Sollten sich hier in Amerika auch Ueberreste des Mammut gefunden haben?«

»Ja, Herr,« sagte Johnson, »Gerippe von Mammuts, ganz recht, so heißen die Riesentiere, hat man wiederholt gefunden, besonders in Ohio und vielleicht auch anderwärts, es ist so, wie der Indianer sagt.«

»Seltsam, wie die Erinnerungen an ferne, ferne Zeiten, selbst nur mündlich übermittelt, sich erhalten und fortpflanzen. Gerade aus der Erwähnung dieser Riesengeschöpfe geht hervor, daß die Sage, welche Athoree uns erzählte, sehr alten Ursprungs sein muß.«

»Die Indianer, Herr, haben viele Geschichten aus alten Zeiten, die sich von Mund zu Mund fortpflanzen. Es ist nur zu schwierig, sich der Sprache dieser Völker gründlich zu bemächtigen, für die Herren Gelehrten erst recht, ich meine, was den praktischen Gebrauch anlangt. Selten findet sich auch ein Indianer, der so gut englisch spricht, wie hier Athoree. Es müßte einmal ein richtiger Vollblutindianer eine gelehrte Erziehung genießen und dann diese Sachen alle aufschreiben, und so Licht über die Vergangenheit der roten Volksstämme verbreiten, von der man doch eigentlich wenig weiß.«

»Ihre Bemerkung ist außerordentlich treffend, lieber Johnson, ja, ein intelligenter Indianer, innig mit seines Volkes Geistesleben verwachsen und mit unsrer gelehrten Bildung ausgerüstet, könnte als Forscher der Wissenschaft wohl Dienste leisten.«

Mit einem Lächeln sagte Athoree: »Willst du klugen weißen Mann aus Indianer machen, Gutherz? Wird nicht gehen. Sollte Athoree, als er noch ein Kind war, in Schule gehen zu Bruder Missionar. Sitzen auf Bank in festem Wigwam, singen Lieder, sollen schreiben, lesen in großem Buch, das nicht möglich; alle davongelaufen, alle in die Wälder, lieber mit den Wölfen im Schnee heulen, als sitzen in festen Wigwam vor Buch. Bruder Missionar sehr betrübt, daß laufen fort, aber nicht möglich für Indianer, er in Wald, weißer Mann in Blockhaus oder Stadt.«

»Da hören Sie, Herr Graf, wie schwer es fällt, den roten Leuten unsre Zivilisation mitzuteilen.«

»Ich höre es und bedaure es. Mußten sich die roten Männer nicht sagen, Athoree, daß der Weiße nur dadurch so mächtig ist. Blitz und Donner in seinen Händen führt, Städte baut, ein Dampfroß anspannt, um eine lange Wagenreihe mit Windeseile zu bewegen, du hast ja diese Wunder gesehen und angestaunt, nur weil er seßhaft geworden ist und den Acker baut, und müßte das nicht ein Grund für euch sein, ihm nachzuahmen.«

»Die Bleichgesichter sind klug, reich und mächtig, viel mehr als armer Indianer. Weiße haben alles, der rote Mann nichts. Das alles wissen. Sehen weißen Mann den Acker bauen, das sehr gut, ihm sehr bewundern. Kennen nicht Hunger, nicht Frost, weiße Leute in Ansiedlungen – viel reiche Leute. Indianer andre Farbe, andrer Mensch. Fange du Panther und lege ihm Sattel auf, er wird sterben, aber nicht Reiter tragen – er Panther, nicht Pferd. So roter Mann, er sterben, verhungern, aber nicht Acker bauen, er Krieger, er Jäger – nicht Sattel, nicht Reiter tragen – er sterben.«

»Traurig, Athoree, daß es so ist. Jägervölker haben ihre Zeit und verschwinden, wenn sie sich nicht höherer Kultur zu fügen vermögen. Ein Voll, welches dauern soll, muß den Pflug in die Hand nehmen.«

»Du auch Pflug in die Hand nehmen?«

»Nun, ich gerade nicht selbst, ich bin Soldat,« entgegnete Graf Edgar ihm lächelnd.

»Du Krieger, he? Nicht Pflug in die Hand nehmen? Athoree Wyandotkrieger, auch nicht Pflug in die Hand nehmen.«

»Nun, ich sehe, man kann forthin nicht nur sagen: Stolz wie ein Spanier, sondern auch: Stolz wie ein Wyandot.«

Ermüdung machte sich bei den Reisenden geltend, Heinrich, welcher der Unterhaltung nicht zu folgen vermochte, war schon eingeschlafen, und Michael gähnte bereits, als ob er sich die Kinnbacken ausrenken wollte. Athoree bereitete seiner Mutter abseits ein Lager, die Männer suchten die ihrigen und bald lagen alle in tiefem Schlafe an dem verglimmenden Feuer.

Nach ungestörter Nachtruhe sah sie der frühe Morgen schon wieder munter. Rasch wurde das Frühstück eingenommen, das Pferd beladen und dann die Reise fortgesetzt.

Edgar hatte im Tageslichte mit hohem Interesse den Ringwall noch einmal untersucht und von neuem die Ueberzeugung gewonnen, daß er hier ein Bauwerk vor sich sehe, welches sicher viele Jahrhunderte alt, sein Dasein einem Volke verdankte, welches eine bei weitem höhere Zivilisation besessen haben mußte, als die Völkerschaften, welche man in diesen nördlichen Gegenden zur Zeit ihrer Entdeckung antraf, deren Bildungsstufe sich im Laufe zweier Jahrhunderte nicht wesentlich verändert hatte.

Schweigend durchzogen sie den Wald. Noch im Laufe des Vormittags hofften sie die Niederlassungen der Ottawas zu erreichen.

Vielerlei Gedanken kreuzten sich in Edgars Kopf. Daß sie möglichen Falles neuen Gefahren entgegen gingen, machte ihm keine Sorge, desto mehr erregte ihn jedoch die Erwartung, endlich Spuren von der so eifrig gesuchten Schwester zu finden. Den Gedanken, daß sie noch unter den Lebenden weilen könne, wagte er nicht zu hegen.

Der Verkehr der auf ihren Reservationen angesiedelten Indianer mit den Amerikanern war ein geregelter und in den Agenturen ziemlich häufiger. Die Indianer empfingen dort die ihnen von der Regierung zugebilligten Unterstützungen und setzten die Erträgnisse ihrer Jagden oder ihres geringen Kunstfleißes dort ab. Alljährlich erschien auch ein höherer Regierungsbeamter, um die Niederlassungen der Indianer zu inspizieren, ihre Wünsche entgegenzunehmen, Klagen anzuhören und Maßregeln zu deren Beseitigung zu treffen, wenn sie als begründet anerkannt wurden. Häufig besuchten auch wandernde Krämer die Dörfer der Ottawas, um Tauschhandel zu treiben. Von Zeit zu Zeit waren Missionare zwischen ihnen tätig, um ihnen das Wort Gottes zu predigen. Ein Teil dieser Völkerschaften bekannte sich auch zum Christentum, doch ging es wohl schwerlich über Aeußerlichkeiten hinaus, und die blutigen Scenen der letzten Tage zeigten deutlich genug, daß der von den frommen Männern ausgestreute Samen noch keine Wurzel gefaßt hatte.

All dies, welches er bei seinen Forschungen über Land und Leute erkundet hatte, ließ den Schluß zu, es sei unmöglich, jahrelang Gefangene solcher Art so verborgen zu halten, daß auch nicht die geringste Kunde davon zu den Ansiedlungen gelangt sei. Und doch, das Menschenherz ist ein gar eigenes Ding, es entsagt erst im letzten Augenblicke jeder Hoffnung.

Die Unruhe des Grafen steigerte sich, je naher sie dem Ziele kamen.

Während sie durch einige lichtere Waldstellen zogen, erblickte das Auge des vorangehenden Athoree zwei Indianer, welche einige Hundert Schritt entfernt an einem Baume standen und dem Zug entgegensahen.

Der Sohn Sumachs rief den Folgenden zu: »Ottawas,« setzte aber seinen Weg ohne zu zögern fort.

»Wo?« fuhr Michael auf und faßte seinen Kampfstock fester, während seine Augen wild umhersuchten.

Edgar begab sich zu Athoree, und er wie alle sahen nun die beiden Männer, welche auf ihre Büchsen gelehnt dort am Walde standen.

»Was tun wir?« fragte der Graf.

»Schütteln Hände, er guter Freund,« fügte mit einem zweideutigen Lächeln der Sohn Sumachs.

Während sie vorwärts schritten, flüsterte er Edgar noch zu: »Nicht Ottawa dort nach Schwester fragen, nicht nach Miskutake. Sumach überlassen, alte Frau sehr klug.«

»Gut.«

Sie gelangten, ruhig ihren Weg fortsetzend, in die Nähe der beiden augenscheinlich ihrer harrenden Indianer, welche Michael mit Mißtrauen und tiefem Widerwillen anstarrte.

Als sie noch ungefähr zwanzig Schritt entfernt waren, kamen die Männer, welche in eherner Ruhe verharrt hatten, auf sie zu, blieben vor dem Grafen stehen und grüßten ihn mit höflicher Handbewegung.

Graf Edgar erwiderte den Gruß. Der eine der Ottawas, beide waren schon Männer in reiferen Jahren, öffnete die Lippen und fragte in verständlichem Englisch: »Du bist der Dutchmanhäuptling aus Fort Jackson?«

»Der bin ich, Indianer.«

»Amaqua, der Biber, hat uns dir entgegengesandt, dich zu unsern Dörfern zu führen, du bist willkommen in seinem Wigwam.«

Amaqua war, wie Edgar wußte, der Name eines der beiden Häuptlinge, welche mit Kitate nach dem Fort gekommen und von Blackwater entlassen worden waren; da diese von seiner Absicht wußten, die Ottawaniederlassungen aufzusuchen, war es nicht verwunderlich, daß ihm der Häuptling Führer entgegenschickte.

»Es ist sehr freundlich von Amaqua, mich schon auf dem Wege begrüßen zu lassen, und ich danke ihm.«

Der Ottawa richtete seine Augen auf Athoree und fragte: »Du ein Wyandot?«

»Athoree, der Enkel Meschepesches.«

»Gut, der Wyandot ist willkommen, Ottawa und Wyandots Freunde.«

Beide schüttelten sich die Hände.

Die Augen der Indianer, welche natürlich den Zug bis in seine kleinsten Einzelheiten gemustert hatten, weilten auf Johnsons auffallender Persönlichkeit und richteten sich dann auf den Iren.

»Ja, starrt mich nur an, ihr roten Vagabunden,« murmelte dieser vor sich hin, »ehe ihr meinen Skalp bekommt, soll es erst noch Schläge regnen, so wahr ich meiner Mutter Sohn bin.«

Dann sagte der Ottawa, der bisher allein gesprochen hatte: »Beliebt es dem Häuptling, zu gehen?«

»Führe uns, wir folgen dir. – Wie nenne ich dich, mein Freund?«

»Tamaskobe, das wilde Wasser, dies,« und er deutete auf seinen stummen Begleiter, »Kokumtha, das Elen, der nicht die Sprache der Yengeese reden, nicht verstehen.«

Er schritt dann, während Athoree zurückblieb, an der Seite Edgars weiter, und der Zug, welcher während dieses kurzen Austausches Halt gemacht hatte, setzte sich wieder in Bewegung.

Nach einiger Zeit begann der neben Edgar gehende Ottawa, während sein Gefährte langsam nachschlenderte: »Du nicht Inglis, nicht Yengeese, du Dutchman?«

»Ganz recht, weder Engländer noch Amerikaner, sondern ein Deutscher.«

»Habe von deinem Volk Männer gesehen, wohnen zwischen Yengeese hier.«

»Ja, es leben Deutsche hier im Lande.«

»Ihr Streitaxt ausgraben gegen Frenchers, wie solche in Kanada leben, he?«

»Wir haben mit den Franzosen Krieg geführt.«

»Ihr siegen, viel siegen?«

»Gott sei Dank, ja, in vierundzwanzig großen Schlachten blieben wir Sieger.«

»So weiße Händler hier erzählen. Du Krieger? Mit auf Kriegspfad?«

»Ja, Indianer, ich war dabei.«

»Du Dutchmanhäuptling, das gut. Ottawa Freund.«

Etwas später nahm er wieder das Wort: »Du Ottawa lieben, ihn besuchen kommen, he?«

»Ja, wildes Wasser, ich bin auf dem Wege, euch meinen Besuch abzustatten.«

»Gut. Du nicht wohnen hier im Land, nicht Haus, nicht Feld?«

»Nein, ich wohne in meinem Vaterlande, jenseits des großen Meeres.«

»Kommen weiten Weg Ottawa zu besuchen, Ottawa stolz sein.«

Da der Graf hierauf nicht antwortete, fuhr der Indianer fort: »Ihm nicht gut, daß Kitate nicht da, dich willkommen zu heißen, er in Fort.«

»Ich komme von ihm und trage seinen Schutzbrief bei mir.«

»Kitate traurig, he?«

»Nun, angenehm mag ihm seine Gefangenschaft nicht sein, indessen wird er gut behandelt.«

»Es schlimm, sehr schlimm. Ottawa sehr betrübt.«

Da der Graf sich nicht auf das heikle Gebiet einer Besprechung der letzten Vorfälle begeben wollte, lenkte er durch die Frage ab: »Wie weit ist es noch bis zu deinem Dorfe?«

»Bald sehen, wenn Sonne dort,« und er wies auf eine Stelle des Himmels, welche die Sonne in zwei Stunden erreichen mußte.

»Du Wyandotkrieger bei dir?«

»Ja, er ist mein Führer durch die Wälder.«

»Alte Frau auch Wyandot?«

»Es ist seine Mutter.«

»Denken, alte Frau wohnen bei toten Mann?«

»Ja, und der Sohn hat seine Mutter dort abgeholt.«

»Gehen zu Wyandot-Volk, wie?«

»Ich glaube nicht. Athoree wohnt im Süden am Muskegon und wird wohl wieder dorthin zurückkehren.«

»Er sehr fern wohnen seinem Volke,« bemerkte der Indianer noch, ohne die Unterredung weiter fortzusetzen.

Der übrige Teil der Gesellschaft verhielt sich schweigend.

Johnson hatte Michael eingeschärft, nichts über den Zweck ihrer Reise, über die Vorgänge im Fort oder die Ottawas zu äußern, da anzunehmen war, daß der schweigsame Krieger, welcher oftmals seine Stelle im Zuge wechselte, genügend Englisch verstand, um die Unterhaltungen zu belauschen. Weder er noch Athoree glaubten die Versicherung des andern, daß sein Gefährte nicht die Sprache der Weißen rede oder mindestens verstehe.

Im Laufe ihres Marsches hatte sich das Elen auch zu Frau Sumach gesellt, was Athoree mit einem spöttischen Lächeln bemerkte.

Der Ottawa eröffnete in seiner Sprache eine Unterhaltung mit Athorees Mutter; doch diese antwortete ihm, ob sie ihn gleich ganz gut verstand und auch durch ihre Kenntnis des Saulteux-Dialektes wohl befähigt war, ihm in seiner Sprache zu antworten, nur in der ihm unverständlichen Zunge der Wyandots und endlich auf Englisch: daß sie ihn nicht verstehe.

Der Ottawa verließ sie hierauf, nahte sich nach einiger Zeit seinem Gefährten und flüsterte diesem, dem seinen Ohr Athorees aber doch vernehmbar, zu: »Wyandots aus den Kanadas,« worauf der andre befriedigt nickte.

Als dieser dann später in der Ottawasprache, welche Athorees Ohr gleichfalls nicht fremd war, eine Unterhaltung mit Sumachs Sohn anzuknüpfen versuchte, erklärte auch dieser schließlich, ihn nicht zu verstehen, sann aber darüber nach, welches Interesse es wohl für die Ottawas haben konnte, zu erfahren, ob er den Wyandotstämmen im nördlichen Michigan oder den in den Kanadas heimischen angehöre.

Genau zu der Zeit, welche das »wilde Wasser« angegeben hatte, erreichten sie die Niederlassung der Ottawas.

Sie gewahrten die im hellen Sonnenschein den See entlang sich ausbreitenden Hütten mit den wenigen Blockhäusern, welche sich dazwischen erhoben, und empfingen einen freundlichen Eindruck von dieser Residenz Kitates.

Als sie aus dem Walde traten, stürzte ihnen eine Schar halbnackter Knaben und Mädchen entgegen, welche die Fremden neugierig anstarrten, aber sofort ehrfurchtsvoll Raum gaben, als der Begleiter Edgars ihnen einige Worte zurief, obgleich die dunklen Augen mit nicht freundlichem Ausdruck auf den Weißen ruhten.

Am Eingang des Dorfes empfing sie Amaqua und leitete sie nach dem Blockhause Peschewas, in welchem die Weißen übernachten sollten, während für Athoree und seine Mutter eine leerstehende Hütte zur Wohnung ausersehen ward.

Der Indianerhäuptling begrüßte den Grafen mit großer Höflichkeit und dankte ihm für die Ehre, welche er den Ottawas durch seinen Besuch erweise.

Die einstige Wohnung Peschewas, ein gewiß von den Händen Weißer aufgerichtetes Blockhaus, entbehrte nicht eines gewissen europäischen Komforts. Tische, Stühle, Schränke bildeten das Mobiliar, und Trophäen europäischer und indianischer Waffen, kostbare Felle den Schmuck, auch den seltenen Luxus wohlerhaltener Glasfenster wies die Häuptlingsbehausung auf, welche, da Peschewa nicht Weib, nicht Kinder hinterlassen hatte, verwaist war.

Unsre Reisenden richteten sich rasch ein. Die Gastfreundschaft der Indianer sandte alsbald den Gästen Stücke gebratenen Fleisches und Maiskuchen.

Nach einiger Zeit erschien Amaqua wieder, begleitet von den ältesten Häuptlingen der Niederlassung, und machte dem Grafen mit ihnen seinen Besuch.

Die ernsten Indianer nahmen Platz auf den Stühlen, und nach schicklicher Pause begann Amaqua: »Der Häuptling der Dutchmen ist willkommen bei den Ottawas.«

Es zeigte sich bei diesen Begegnungen, daß auch er recht gut englisch sprach.

Edgar dankte ihm.

»Der Häuptling hat den weiten Weg nicht gescheut, mit seinen Begleitern hierher zu kommen, die Ottawas sind stolz auf seinen Besuch.«

»Viel, ihr Häuptlinge,« begann da Edgar, welcher seine Rede der Ausdrucksweise der Indianer anzupassen suchte, »habe ich in meiner fernen Heimat von dem großen Volke der Ottawas gehört, welches hier oben an den Seen wohne, und mein Herz trieb mich, es aufzusuchen und seine weisen Männer, seine tapferen Krieger kennen zu lernen.«

Die Indianer ließen ein beifälliges Gemurmel hören.

»Ich bin kein Inglis, kein Langmesser, sondern ein Dutchman, dessen Volk jenseits des großen Meeres wohnt und nie die Streitaxt gegen den roten Mann ausgegraben hat. Ich bin ein Häuptling in meinem Volke, und führe Krieger in die Schlacht, und komme in Freundschaft, um den großen Häuptlingen der Ottawas meine Achtung zu bezeigen.«

Wiederum beifälliges Gemurmel der Indianer.

Auf einen Wink Edgars brachten nun Heinrich und Michael die Geschenke herbei, welche für die Häuptlinge bestimmt waren.

Da war ein Fäßchen mit Pulver, ein Fäßchen mit Rum, einige schön verzierte Messer, mehrere kleine Spiegel, wollene Decken, Pulverhörner und reichlich grünes Tuch zu Jagdhemden. Von hübsch gearbeiteten silbernen Bechern gab er jedem der Häuptlinge einen.

Mit großem Wohlgefallen wurden die Geschenke von den Indianern entgegengenommen.

»Auch für die Ladies der Ottawahäuptlinge habe ich Dinge mitgebracht, welche ihnen wohl gefallen werden.« Und er entfaltete rotes Tuch, bunte Bänder, Ohrgehänge, Vorstecknadeln, Kattun.

Lächelnd sagte Amaqua: »Die Squaws der Ottawas werden den jungen Häuptling der Dutchmen in ihr Herz schließen. Doch die Ottawas sind arm, sie haben nichts, was sie dem weißen Bruder dagegen schenken könnten.«

»Ich bin zufrieden, Häuptling, wenn ich mir Eure Freundschaft gewinne, mehr begehre ich nicht.«

Die Indianer waren angenehm überrascht, und Amaqua stand auf, reichte Edgar die Hand und sagte: »Amaqua ist des jungen Dutchman Freund; was er tun kann, um sein Herz zu erfreuen, soll geschehen.«

Edgar hielt es für geraten, gerade auf sein Ziel loszugehen.

»Du hast schon im Fort Jackson gehört, Amaqua, was mich hierher führt. Sind deine Freundschaftsversicherungen nicht nur Worte ohne Inhalt, so hilf mir die Spur meiner Schwester und ihres Kindes aufzufinden, gib mir Gewißheit über ihr Schicksal, und wenn es auch noch so traurig war, ich werde deiner stets in Dankbarkeit gedenken und diese Geschenke reich vermehren. Ihr Ottawas habt von mir nichts zu fürchten, ich bin ein Deutscher und stehe amerikanischer Politik gänzlich fern. Ich gebe euch das Wort eines deutschen Häuptlings, daß nie mein Mund etwas mitteilen soll, was ihr verschwiegen wissen wollt. Nur Gewißheit will ich erlangen über meiner Schwester Schicksal.«

Ernst lauschten die Indianer seinen Worten. Dann sagte Amaqua in wohlwollendem Tone: »Der Häuptling der Deutschen ist ehrlich, er hat nur eine Zunge, er denkt, was er spricht. Die Langmesser sind seine Freunde, die Ottawas sind seine Freunde. Er sucht eine Schwester, welche die Ottawakrieger, als sie die Streitaxt gegen ihren großen Vater in Washington erhoben, geraubt haben sollen. Amaqua weiß nichts davon, diese Häuptlinge hier wissen nichts davon, niemand weiß etwas davon. Mein junger Bruder sage, wo wir ihre Spur suchen sollen, und die Ottawas werden sich aufmachen und ihm suchen helfen.«

Mit trauriger Miene entgegnete Edgar: »Da wären wir so weit wie bisher, Häuptling. Nicht daß ich in deine Worte Zweifel setze, ein Häuptling hat nur eine Zunge, und wenn er sagt: ich weiß nichts von der weißen Frau, so ist es so. Aber es leben gewiß noch Krieger, welche das Schicksal meiner Schwester kennen, wenn Amaqua diese befragen wollte, so wäre ich ihm sehr dankbar.«

Mit immer gleicher Höflichkeit entgegnete der Indianer: »Sie sind befragt, doch niemand entsinnt sich der weißen Frau. Mein Bruder frage selbst, und es soll Amaqua freuen, wenn die Antwort erwünscht lautet.«

Mit schmerzlicher Betroffenheit sah Edgar ein, daß seine Mittel versagten, die Indianer wollten oder durften nicht reden.

Mit leichtem Schritte trat Athoree ins Zimmer und grüßte die Häuptlinge mit einer Neigung des Hauptes.

Amaqua faßte ihn scharf ins Auge und fragte in der Ottawasprache: »Mein Bruder ist ein Wyandot?«

Höflich entgegnete Athoree in englischer Sprache: »Der Häuptling muß mit mir die Sprache der Inglis reden, wenn ich seine Worte vernehmen soll, oder in der Zunge der Wyandots, Athoree versteht nicht die Laute der Ottawas.«

Amaqua sagte freundlich in der Zunge der Engländer: »O, die Wyandots jenseits des Michigan sprechen oder verstehen gemeinhin die Sprache unsrer Brüder, der Saulteux, welche nahe bei ihren Dörfern wohnen. Sollte mein Bruder diese nicht verstehen?«

»Die Wyandots wohnen in den Kanadas, Häuptling, und weitab von den Saulteux. Zwar wissen wir, daß Männer unsres Volkes im Gebiete des großen Vaters in Washington leben, aber ich kenne sie nicht und nicht deine Brüder, die Saulteux, ich kann ihre Sprache nicht sprechen, sie nicht verstehen.«

»So müssen wir uns der Worte der Inglis bedienen, wenn wir den Wyandothäuptling an unsern Feuern willkommen heißen wollen,« sagte der Ottawa in verbindlicher Weise.

Dann erhob er sich: »Der Häuptling der Dutchmen ist willkommen bei den Ottawas, er sage, was er wünscht, und er wird es erhalten, wenn mir es geben können.«

Damit packten die Indianer ihre Geschenke auf und gingen hinaus.

Mädchen und Knaben standen harrend vor dem Hause, in welchem die Weißen wohnten, während die Männer sich würdevoll zurückhielten.

Die Geschenke Edgars bereiteten draußen viel Freude und gewannen ihm sofort die Herzen der Frauen.

»So bin ich meinem Ziele nicht einen Schritt nähergekommen,« sagte der Graf traurig, als die Indianer fort waren.

»Sind in den Dörfern der Ottawas, Gutherz, wollen schon Spur finden. Geben etwas Tücher, Kämme, Schmuck für alte Mutter, soll an Ottawasquaws schenken.«

»Nimm, Athoree, was dir gut dünkt, ich gäbe gern das Hundertfache und mehr für eine sichere Nachricht von meiner Schwester.«

Athoree nahm von den zu Geschenken bestimmten Gegenständen, verbarg sie unter der über seiner Schulter hängenden wollenen Decke und ging hinaus.

Nach einiger Zeit folgte ihm auch der Graf.

Er schlenderte, Heinrich hinter sich, langsam zwischen den Hütten umher, zwar folgten ihnen aufmerksame Blicke, aber keine zudringliche Neugier belästigte ihn. Männer saßen und lagen umher, manche grüßten ihn, andre starrten ihn wortlos an.

Vor der Hütte, welche Athoree angewiesen war, sah Edgar wohl einige Dutzend Knaben und Mädchen versammelt, welche Sumach, die vor derselben saß, bewundernd anblickten.

Frau Sumach forderte aber auch die Aufmerksamkeit heraus.

Das brennend rote Kopftuch, die glitzernden Ohrgehänge, die Brosche, das glänzende Armband konnte nur die Frau oder Mutter eines großen Häuptlings tragen.

Die Ottawaweiber unterhielten sich auf das lebhafteste.

Sumach verstand ganz gut, was sie sagten, blieb aber, als verschiedene Anfragen an sie gerichtet wurden, dabei, nur einige Worte Ottawasprache erlernt zu haben.

Die Alte lauschte mit der gespanntesten Aufmerksamkeit auf alles, was die Frauen äußerten, ob sie gleich so teilnahmlos dasaß, als seien die Ottawaweiber kaum vorhanden.

»Die Weißen sind reich,« sagte eine der Frauen, »ich denke, sie bringen für jede Squaw ein Geschenk mit.«

»Was sie nur hier zu suchen haben, die bleichgesichtigen Hunde?« äußerte eine andre mit haßblitzenden Augen.

»Still, es sind keine Langmesser,« sagt Amaqua.

»Gleichviel.«

»Bringen sie Geschenke,« ließ eine dritte sich vernehmen, »sollen sie willkommen sein.«

»Wenn ich doch nur ein solches Tuch erhielte, als diese alte Wyandotsquaw um den Kopf trägt,« sagte die erste wieder.

»Sieh nur die schönen Ohrgehänge.«

»Was tut nur die alte Frau mit so viel Schmuck? Den sollte sie doch jüngeren überlassen.«

»Das finde ich auch.«

»Was mag der weiße Häuptling nur hier wollen, er ist doch sicher nicht allein gekommen, uns Geschenke zu bringen?«

»Was wollen die weißen Männer bei den Ottawas, alte Wyandotsquaw?« richtete eine der Frauen die Frage an Sumach in gebrochenem Englisch.

»Weiße Männer Geschenke bringen,« entgegnete diese in derselben Sprache.

»Ist der Mann mit dem Haar von der Farbe des Schnees ein Medizinmann, Mutter?« fragte schüchtern ein junges Mädchen.

»Nicht verstehen,« entgegnete Sumach.

Die Fragerin wandte sich, wie es schien, betrübt ab.

»Warum fragst du?« wandte sich eine der Frauen an das Mädchen.

»Die Weißen sind große Medizinmänner, vielleicht könnten sie Miskutake helfen, sie leidet große Schmerzen.«

Bei dem Namen Miskutake zuckte Sumach zusammen, doch so leicht, daß es niemand der Anwesenden bemerken konnte, um so weniger, als sich in ihrem Gesicht nicht ein Zug bewegte. Erst nach einiger Zeit wandte sie das Auge auf das junge Mädchen und prägte sich ihre Züge ein.

»Ja, die arme Bohnenblüte,« nahm eine andre das Wort. »Man muß den Weißen fragen, vielleicht ist er ein Medizinmann. Sie sind klug, die Blaßgesichter. Als mich im vorigen Winter das Fieber schüttelte, gab mir ein Händler seine Medizin und es lief davon.«

»O, wenn er Miskutake helfen könnte,« klagte das junge Mädchen mit sanfter, wohlklingender Stimme, »vor drei Jahren hat ein Blaßgesicht auch meinem kleinen Bruder das Leben gerettet durch seine Medizin.«

»Es ist schade, daß die alte Wyandotfrau nicht die Sprache der Ottawas spricht. Mich dünkt, alle roten Leute sollten eine Sprache sprechen.«

»Warum?« fragte eine andre und warf stolz das Haupt empor. »Was haben mir mit den Wyandots gemein? Die Chippewayvölker sprechen eine Sprache – das ist genug.«

Indem nahte Athoree der Gruppe, welche seine Mutter umgab.

»Will die Mutter nicht Geschenke an die Squaws verteilen? Es wird ihre Herzen erfreuen und ihre Zungen lösen.«

»Gib!« entgegnete lakonisch die Alte.

Er händigte ihr die Gaben, welche sie verteilen sollte, ein.

»Gib acht, Enkel Meschepesches, ich habe gefunden.«

Die Aufmerksamkeit Athorees steigerte sich.

Sumach überblickte die Schar der Frauen und winkte das junge Mädchen zu sich. Schüchtern trat dieses heran.

Athorees Mutter schlang ein buntes, seidenes Tuch um ihren Hals und nickte ihr freundlich zu: »Für junge Squaw!« und setzte dann wie vorher rasch in der Wyandotsprache, aber so, als ob sie noch mit dem jungen Mädchen spräche, hinzu: »Suche, wo sie wohnt,«

Gespannt sahen alle Umstehenden dem Vorgang zu.

Das junge Mädchen ließ einen freudigen Laut hören und sagte mit Wärme: »Die alte Mutter der Wyandots ist gütig, Silimach wird es nicht vergessen,« und huschte eilig davon.

Athoree schlenderte umher, scheinbar achtlos, folgte aber der Davoneilenden mit scharfem Auge.

Sumach begann nun unter großem Jubel der Frauen weitere Geschenke zu verteilen, wesentlich die älteren Frauen dabei bedenkend, und als die Gaben erschöpft waren, die andern vertröstend.

Die Freude dieser einfachen Geschöpfe über die erhaltenen Geschenke äußerte sich auf das lebendigste.

Sie legten sie sofort an und bewunderten sich gegenseitig.

Heiteres Lachen ertönte und lebhaft wurden Worte gewechselt.

Innig dankten sie der alten Sumach. »Welch eine gute Frau bist du? Und wie reich mußt du sein? Wir danken dir! Wir danken dir!« klang es ringsum.

Sumach lächelte freundlich.

Zwei ernstblickende Ottawas standen in der Nähe und sahen dieser Verteilung zu.

»Schwatzt nicht so viel, ihr Weiber,« sagte der eine, »und seht nach euern Kochtöpfen.«

»Willst du uns verwehren, die Geschenke der guten Frau zu nehmen?« fragte hastig eines der Weiber. »Du schenkst uns doch nichts.«

»Ich sage euch, schwatzende Elstern, hütet eure Zungen,« sagte von neuem der Ottawa, »ich weiß, weshalb die Alte euch beschenkt – ich rate euch,« setzte er in drohendem Tone hinzu, »hütet eure Zungen.«

Augenblicklich herrschte tiefes Schweigen in der Frauengruppe und langsam schlich eine nach der andern davon.

Sumach hatte jedes Wort verstanden, lächelte aber freundlich den sich scheu zurückziehenden Frauen nach.

Graf Edgar hatte aus einiger Entfernung das alles mitangesehen.

»Welch große Kinder sind diese Indianer noch,« sagte er zu dem neben ihm stehenden Heinrich.

Johnson war auch außerhalb der Hütte erschienen und erregte bei denen, die ihn noch nicht kannten, Aufsehen, während, trotz aller den Gästen gegenüber geübten Höflichkeit, Männer sowohl als besonders die Frauen ihn scheu zu meiden suchten.

Johnson war daran gewöhnt.

Michael verließ die Hütte indessen nicht und blickte nur verdrießlich hie und da durch die Fenster auf die Wigwams und ihre Bewohner.

Amaqua, der Häuptling, schritt heran und gesellte sich zu Edgar.

»Du große Freude bereitet, Häuptling, Squaw sich alle freuen, Männer auch.«

»Das höre ich gern, ich wünsche, daß die Ottawas freundlich meiner gedenken, wenn ich fern bin.«

Er wanderte dann mit dem Häuptling umher und dieser zeigte ihm die Hütten und Blockhäuser, den See, stellte ihm einige ältere Ottawas vor und bemühte sich, den Gast nach Kräften zu unterhalten.

Als sie zwischen einigen entfernter liegenden Wigwams hindurchschritten, trat aus einem derselben das Mädchen, welches von Sumach beschenkt worden war, und richtete einige Worte an den Häuptling.

Ernst hörte dieser sie an und richtete dann die Frage an Edgar: »Ist der tote Mann, der dich begleitet, ein Medizinmann?«

»Ein Medizinmann?« fragte dieser erstaunt. »Wenn du darunter einen Arzt verstehst, nein. Mister Johnson ist Landmann, Farmer.«

»Bist du ein Medizinmann?«

Lächelnd entgegnete der: »O nein, ich bin nur Soldat. Warum fragst du?«

»Das junge Weib hier hat eine kranke Mutter und meint, jedes Bleichgesicht müsse ein Medizinmann sein.«

»Ich führe auf der Reise einige Arzneien mit, Häuptling, Heilmittel für Fieber und Wunden, wenn die Frau davon Gebrauch machen kann, stehen sie ihr zu Gebote, aber Arzt oder Medizinmann bin ich nicht.«

Der Ottawa wechselte wieder einige Worte mit dem Mädchen.

»Willst du dir die Frau ansehen? Unser Medizinmann kann ihr nicht helfen.«

»Ich noch weniger, indessen wenn ihr etwas Chinin nützen kann – es steht ihr zu Gebote – allein ich kann es nicht verordnen.«

»Sieh die Frau, komm.«

Auf seinen Wink öffnete das Mädchen den Vorhang, welcher den Eingang deckte, und beide traten in die Hütte.

Auf einem Lager von trockenem Laub, mit Decken und Fellen zugedeckt, ruhte ein abgezehrtes Indianerweib, dessen trübe Augen sich auf den Eintretenden hefteten. Amaqua redete sie an, und sie erwiderte schwach einige Worte.

Graf Edgar trat näher und faßte ihren Puls, der einen hohen Grad von Fieber verriet.

»Frage die Frau, Amaqua, wo sie leidet.«

Dieser willfahrte und übertrug ihm die Antwort der Kranken.

Aus dieser schien dem Grafen hervorzugehen, daß die Frau an heftigem Wechselfieber litt, und er glaubte es verantworten zu können, wenn er sie Chinin nehmen ließ. Er sagte das dem Ottawa, wiederholt betonend, daß er kein Arzt sei.

Nachdem Edgar mit dem Häuptling den Rundgang vollendet hatte, zog er sich in seine Hütte zurück, nachdem er versprochen hatte, am Abend einer ihm zu Ehren gegebenen Schmauserei beizuwohnen.

Dem jungen Mädchen, welches bei ihm erschien, händigte er einige Chininpulver ein und ließ ihr durch Johnson einschärfen, wie die Mutter sie nehmen sollte.

Als die Kleine hinausging, trat Athoree ins Zimmer.

Ihr nachsehend, sagte er leise zu Edgar: »Das Tochter von Miskutake.«

»Was?« fuhr der Graf empor, »Hast du sie gefunden? O, Gott sei Dank. Vielleicht, vielleicht hilft sie zur Lösung des Rätsels.«

»Sumach finden, alte Mutter klug.«

»Aber wie, wie, Athoree, bringen mir die Frau zum Reden? Und weiß sie auch überhaupt etwas?«

»Hier alle wissen; du nicht hören, wie Häuptling Weiber wegschicken von Sumach? Fürchten plaudern, wissen alle etwas.«

»Gut, du belebst meine Hoffnung. Aber wie veranlassen wir die Kranke zum Sprechen?«

»Heute abend essen, he?«

»Ja, Amaqua hat mich eingeladen.«

»Essen, viel trinken. Alle Nebel um Augen, Nebel in Kopf.«

»Du glaubst, sie werden alle betrunken sein?«
»Denke so. Du auch betrunken –«
»Ich?«
»Du nur so tun, Athoree so tun. Nicht betrunken, nur so tun. Wenn Häuptling schlafen, gehen zu Miskutake.«
»Ich verstehe. Aber wenn nun der Wyandothäuptling auch Nebel vor den Augen hat und den Weg nicht findet?«
»Athoree nicht Nebel, das versprechen. Trinken, doch nicht Nebel.«
»Nun, sei es so.«
»Nicht reden, nicht fragen, nicht gehen, du überall bewacht von Ottawas, alle bewacht.«
»Meinst du?«
»Es wissen.«
In peinlicher Aufregung vergingen die Stunden.
Endlich, die Sonne war längst vergangen, erschienen zwei Indianer, um im Auftrage Amaquas die Bleichgesichter zum Festmahl abzuholen.
Alle gingen, auch Michael, obgleich widerwillig und mißtrauisch: »Ich möchte mit den roten Burschen so wenig wie möglich zu tun haben,« brummte er, »sie gaffen mich fortwährend an und das ist unheimlich.«
Sie wurden zu einer offenen Hütte geführt, welche dem Stamm zu Ratsversammlungen diente.
In deren Mitte brannte ein Feuer, an welchem verschiedenes Wildbret schmorte.
Amaqua war da und um ihn ein Dutzend der älteren und angeseheneren Ottawas. Auch Athoree war schon dort.
Der wilde Häuptling begrüßte seine Gäste mit viel Anstand, machte sie mit den andern Indianern bekannt in einer Form, welche jeder europäischen Gesellschaft Ehre gemacht hätte.
Zwei alte Frauen beschäftigten sich mit Zubereitung der Speisen.
Alle nahmen dann um das Feuer Platz und auf ganz hübsch geschnitzten Holztellern wurden ihnen Stücke Fleisches überreicht, ebenso Fisch, welcher trefflich in einer Blätterlage gebraten worden war.
Jeder zog sein Messer und alle griffen munter zu.
Während des Mahles herrschte Schweigen. Michael schaute sich zwar oft mit einer bemerkbaren Scheu im Kreise dieser grimmigen,

dunklen Gesichter um, entwickelte aber trotzdem einen beneidenswerten Appetit.

Die Indianer verschlangen erstaunenswerte Mengen Fleisches.

Bald begann auch der Becher, mit Rum gefüllt, zu kreisen, das Fäßchen Edgars lagerte in der Nähe des Häuptlings.

Endlich war der Hunger der Roten gestillt. Edgar, der sehr aufgeregt war, aber dies so gut als möglich zu verbergen suchte, hatte nur wenig essen können.

Die Männer nahmen jetzt die Pfeifen hervor, Edgar bediente sich einer seiner Zigarren, die Indianer streckten sich äußerst zwanglos aus, und der gefüllte Rumbecher kreiste fleißiger.

»Wie es dir gefallen bei Ottawas, Dutchman?«

»Gut, die Ottawas sind freundlich und gastfrei. Besser noch würde es mir gefallen, wenn ich meinem Zwecke etwas näher gekommen wäre.«

»Gerne Dutchman helfen, er Freund. Nicht können, alle hier fragen, alle dasselbe sagen, nichts wissen. Vergnügt sein, trinken, trinken.«

Edgar trank mit vorsichtiger Mäßigkeit, während die Indianer große Quantitäten des starken Trankes hinuntergossen.

Nach und nach geriet auch eine Art Unterhaltung in Gang, denn sämtliche Anwesende sprachen etwas Englisch.

Hie und da stieß auch einer der Ottawas einen wilden Ruf aus oder begann ein eintöniges Lied zu singen.

Zu seiner Freude bemerkte der Graf, daß Athoree Maß im Trinken beobachtete und ihm öfters einen verständnisinnigen Blick zuwarf. Der Graf bewunderte diese Enthaltsamkeit aufrichtig.

Johnson, der allein saß, sprach dem Rum auch nur wenig zu, ebenso Heinrich, Michael aber zechte wacker mit, was bald seine schwere Zunge verriet. Edgar gewahrte es nicht ohne Besorgnis.

Athoree, der mit Meisterschaft den Durstigen zu spielen wußte, stellte bald mit gleicher Vollendung den Betrunkenen dar, und der Graf folgte ihm hierin so gut er konnte.

Bei Amaqua wie auch bei allen andern Roten machte sich die Wirkung des Rums geltend, stierer wurden die Augen, schwerfälliger die Rede.

Bald herrschte ein wildes Durcheinander von Stimmen, untermischt mit gellenden Rufen.

Draußen lungerten einige Dutzend Ottawas und sahen dem Gelage zu. Amaqua ließ ihnen einige Kannen Rum reichen, und bald kreiste der Becher auch draußen.

Der Häuptling, welcher immer betrunkener wurde, klopfte Edgar auf die Schulter und schrie: »Du Dutchman, ich dich lieb. Dutchman gut. Inglis und Langmesser seien verdammt. Würde dir gerne helfen, Bruder,« lallte er, »geht nicht, geschworen bei Manitou, alle geschworen, geht nicht. Verdammt sei die weiße Frau.«

Edgar spielte den Betrunkenen hinreichend gut, um wenigstens die schon stark angezechte Gesellschaft zu täuschen.

Es gelang ihm auch jetzt, obgleich ihn die Aeußerung des berauschten Wilden sehr aufregte, in lallendem Tone zu erwidern: »Amaqua, Bruder, er würde helfen, weiß ich, er kann nicht.«

»Nein, kann nicht, Bruder,« und wieder stürzte er einen Becher Rum hinunter.

Michael hatte bereits genug und schlief.

Athoree wankte hin und her und lallte vor sich hin.

Amaqua bemerkte es und lachte wie besessen: »Der Wyandot kann nicht trinken, nur Krieger können trinken. Wyandots Weiber.«

Schon streckten sich einige nieder und schliefen ein.

Johnson erhob sich und ging nach Peschewas Hütte zurück, nicht ohne daß ihm draußen aufmerksame Augen folgten.

»Gut,« lallte Amaqua, »toter Mann fort, gut, ihn nicht gerne sehen. Jetzt trinken.«

Edgar füllte den leeren Becher, tat, als ob er daraus schlürfe, und überreichte ihn mit schwankendem Arm dem Häuptling.

»Ah,« lallte dieser, »du auch betrunken, Dutchman, du auch kein Krieger.«

Mehrere der Indianer erhoben sich schwerfällig, schlugen die wollenen Decken ums Haupt und wankten davon.

Nur Edgar, Heinrich, Athoree, Amaqua und zwei andre saßen noch um das Feuer.

Die übrigen hatten sich entfernt oder schliefen ihren Rausch aus.

»Dutchman, du gut, ich dich lieb. Verdammt die Langmesser – trinken – gut – Rum.«

Edgar reichte ihm wieder einen Becher, aber ehe der Indianer ihn noch zum Munde führen konnte, ließ er ihn fallen und sank um.

Schwerfällig erhob sich jetzt Athoree, fiel hin, erhob sich mit Mühe wieder und wankte fort; draußen faßten ihn zwei der lauernden

Ottawas unter den Armen und führten ihn, der sich kaum auf den Beinen halten zu können schien, nach dem ihm angewiesenen Wigwam, wo sie ihn auf einem Lager niederlegten.

»Heinrich,« sprach Edgar, der auch verschiedentliche Versuche gemacht hatte, aufzustehen, deutsch, »hilf mir auf, komm, damit ich den Betrunkenen mit Natürlichkeit spiele.«

Heinrich tat es und führte den wankenden Grafen hinaus, draußen faßte ein Indianer diesen stützend am Arm und so schritten sie zur Hütte Peschewas.

Der Warnung Athorees folgend, daß sie überall von Spähern und Lauschern umgeben seien, sank der Graf, seiner Rolle getreu, schwerfällig auf sein Lager.

Bald herrschte im Dorfe der Ottawas die tiefste Stille.

Wohl eine Stunde mochte verflossen sein und die Sterne zeigten an, daß Mitternacht längst vorüber sei, als leise an die Türe geklopft wurde und Athoree hereinschlich.

»Jetzt Zeit. Jetzt gehen.«

Der Graf erhob sich, schlug wie Athoree eine wollene Decke um Kopf und Schultern und beide traten in die finstre Nacht hinaus.

»Wenn Ottawa sehen, tun als wären betrunken. Wenn fragen, gehen zu kranke Frau, Medizin bringen.«

So schritten sie vorsichtig im Dunkel einher und gelangten zur Hütte der gesuchten Frau. Es zeigte sich noch Licht darin. Sie schlichen leise daher und sahen Miskutake auf ihrem Lager, zu ihren Häupten saß das junge Mädchen und schlief.

Athoree öffnete den Vorhang am Eingang und trat ein, hinter ihm der Graf.

Die Kranke lag machend und schaute sie schweigend mit großen Augen an.

»Medizinmann kommen,« rief ihr Athoree rasch und leise mit freundlicher Gebärde in der Ottawasprache zu, »will sehen, wie es kranker Frau geht.«

Miskutake, eine nicht mehr junge, von Krankheit entstellte Frau, sah mit hoffnungsvollem Blick auf Edgar und sagte: »Miskutake wohler, die Krankheit wird fliehen vor der Medizin des weißen Mannes.«

In der Tat war bei der Patientin ein wohltätiger Schweiß ausgebrochen.

Das junge Mädchen erwachte und blickte mit schreckhaftem Staunen auf die nächtlichen Gäste, beruhigte sich aber, als sie Edgar erkannte.

»Meine Tochter wird hinausgehen und machen, daß niemand uns stört, der große Medizinmann wird mit der Krankheit der Mutter kämpfen und sie verjagen, es gefährlich für kranke Frau, wenn jemand kommen,« sagte Athoree.

Gehorsam ging das Mädchen hinaus.

»Spricht meine Schwester die Sprache der Inglis?«

»Ja,« sagte die Kranke schwach, »Miskutake lernte es von Bruder Missionar, sie Christin, heißen Mary seit sie getauft.«

»Um so besser. Mary wird wieder gesund werden und dem Heiland danken, daß er ihr in ihrer Not Hilfe gesandt.«

Die Kranke faltete die Hände und sagte: »Sie wird Jesus Christ danken.«

»Will mir Mary eine Frage beantworten?«

Aufmerksam sah ihn die Kranke an.

»Ich schwöre ihr bei unserm Herrn und Heiland, daß kein Mensch erfahren soll, was sie mir gesagt, aber um Jesu Christi willen muß sie mir die Frage beantworten.«

Die großen dunklen Augen der Frau hafteten mit fieberhafter Spannung auf Edgar.

»Ich bin der Bruder der weißen Frau, welche vor drei Jahren am Manistee mit ihrem Kinde geraubt wurde,« die Kranke überfiel ein Zittern, »sage mir, Mary, wo sie jetzt ist.«

»O,« stöhnte die Frau, »ich kann nicht, es steht Tod darauf. Ich habe geschworen.«

»Hast du bei deinem Heiland geschworen?«

»Nein, bei Manitou.«

»Gilt der dir mehr als dein Erlöser?«

»O nein, o nein – aber sie töten mich, wenn sie es erfahren.«

»Niemand wird es erfahren.«

Die Frau kämpfte gewaltig mit sich selbst.

Da zog Edgar den Totem hervor und hielt ihn ihr vor.

»Sieh dies und denke an den, der dein Kind vom Tode errettet hat. Auch er läßt dich bitten, meine Frage zu beantworten.«

Schreckenvolle Aufregung wechselte mit Rührung in der Seele der kranken Frau.

Endlich sagte sie mit Entschluß: »Mögen sie mich töten. Neige dein Haupt zu mir.«

Eilig tat es der Graf.

Kaum hörbar flüsterte sie ihm zu: »Sie wurden zu den Saulteux gebracht. Beide, Mutter und Kind, zu den Saulteux über das Wasser.«

»Leben sie noch?« fragte zitternd, in gewaltiger Erregung der junge Mann.

»Ich glaube, ja – nicht weiß ich's gewiß. Verrätst du mich, trifft mich der Tomahawk der Häuptlinge. Sie fürchten die Entdeckung mehr als alles.«

»Und du sagst Wahrheit, Mary, so wahr du hoffst, einst bei deinem Heiland zu sein?«

»Sie sagte Wahrheit,« stöhnte die Frau und sank in Ohnmacht.

Außerhalb ließen sich Schritte vernehmen und eine rauhe Stimme fragte: »Was tust du in der Nacht hier draußen?«

Edgar schrak zusammen, und Athoree fühlte nach seinem Messer, aber das gewandte Mädchen, dem die Frage galt, antwortete: »Silimach holt Wasser für die kranke Mutter.«

Hierauf entfernten sich die Schritte.

Athoree und Edgar standen noch einige Minuten und lauschten mit angehaltenem Atem, dann löschte der Indianer den brennenden Kienspan aus und beide schlichen geräuschlos hinaus.

Draußen harrte Silimach.

»Die Mutter schläft,« sagte Athoree, »morgen wird der Medizinmann wieder kommen, er wurde gestört. Miskutake wird wieder gesund werden.«

»Dank dir,« flüsterte das Mädchen.

»Die Tochter darf niemand sagen, daß der weiße Mann hier war, sonst muß die Mutter sterben.«

»Nein, nein,« sagte erschreckt die junge Indianerin und schlüpfte in die Hütte.

Dem Grafen schlug das Herz gewaltig und nur mit Mühe legte er sich Schweigen auf.

»Vorsichtig!« mahnte Athoree, und leise, die Decken umgeschlagen, wie es die Art der Indianer war, schlichen sie durch die Hütten und gelangten ungesehen zu ihrer Behausung.

Kaum hatte sich die Türe hinter ihnen geschlossen, als Edgar mit einer Innigkeit im Tone, die selbst auf den Indianer Eindruck machte, sagte: »O, Gott, Gott sei Dank! Wir werden sie finden, Athoree, sie weilen noch unter den Lebenden. Hast du gehört, was die Frau mir gesagt hatte?«

»Athorees Ohr vernahm es.«

»Wo wohnen die Saulteux?«

»Wohnen weit über Wasser.«

»Und wenn sie am Ende der Welt wohnten, ich suche sie auf.«

»Jetzt schlafen, morgen weiter reden,« und Athoree entfernte sich mit äußerster Vorsicht.

Graf Edgar aber warf sich auf die Knie und sandte ein inbrünstiges Dankgebet zum Höchsten empor. Er fühlte starke Versuchung, Heinrich zu wecken, um ihm die Freudenkunde mitzuteilen, aber er bezwang sich und suchte sein Lager; die gewaltige Erregung seines Innern ließ ihn erst im Morgengrauen einen unruhigen Schlaf finden.

Die Sonne stand schon hoch, als er erwachte.

Er blickte um sich, und vor ihm saß schweigend der Indianer, sie waren allein, die andern waren draußen.

»Mein guter Athoree, welch ein Glück, welch ein Glück.«

»Es gut, Gutherz sich freuen, großes Glück.«

»Was tun wir nun zunächst?«

»Gutherz müssen traurig tun bei Ottawas, sonst wissen, daß gute Nachricht, das nicht gut.«

»In meiner Freude soll ich Trauer heucheln?«

»Müssen so tun – sonst gefährlich. Ottawa nicht Gutherz erschlagen, er sich fürchten, aber Stammlose es tun. Niemand kann Kugel der Ottawas von denen der Stammlosen unterscheiden.«

»Meinst du, daß es so gefährlich sei, das Geheimnis, welches meine Schwester umgab, gelüftet zu haben?«

»Es ganz gefährlich, erschlagen uns alle in dichtem Wald, dann Stammlose es getan.«

Aus des Indianers warnenden Worten sprach der ganze Ernst der Lage.

»Gut, ich will Trauer heucheln, während mein Herz vor Freude bebt. Du führst mich zu den Saulteux, mein treuer, tapferer Freund.«

Athoree antwortete nichts und sah starr mit einem Gesichtsausdruck vor sich hin, so schmerzlich und so finster, daß Edgar ihn betroffen anblickte.

Die gewöhnliche Ruhe kehrte nach kurzer Frist in des Indianers Züge zurück, dann sagte er langsam, nachdrücklich: »Athoree kämpfen für Gutherz, er gern tun, Gutherz Freund, ihn lieben. Drüben, jenseits des Wassers, lauert der Tod auf den Enkel Meschepesches.«

»Athoree,« sagte der Graf, von der Aeußerung und dem tiefen Ernste des Mannes ergriffen, »so viel hast du zu fürchten?«

»Nur den Tod. Athoree ihm entfliehen zu weißen Menschen.«

Als ihn der Graf mit zweifelnden Blicken ansah, setzte er hinzu: »Nichts Schlechtes denken von Athoree, er getan, was er mußte.«

»Nein, Athoree, du hast dich tapfer und treu bewährt, hast so viel Opfermut und Hingebung gezeigt für mich, den Fremden, daß ich nichts Uebles von dir denken kann und will. Hier meine Hand, Athoree.«

Hastig nahm sie der Indianer.

»So muß ich deiner Führung und Unterstützung entsagen, das bedaure ich von Herzen.«

Nachdenklich blickte der Indianer vor sich hin, dann ließ er in leisem, weichem Tone sich vernehmen: »Manitou senden Sturm und Sonnenschein. Athoree Jahre hindurch Sturm im Herzen, so alte Sumach. Vielleicht senden ihn der große Geist zurück zum Lande seiner Väter, wer kann wissen? Manitou weise. Der Sohn wird mit der alten Mutter reden, dann sagen, ob der Enkel Meschepesches auf den Pfaden der Saulteux wandeln wird.«

Er ging langsam hinaus.

Betroffen blieb der Graf zurück.

Heinrich kam, und nun brach die tiefe Herzensfreude des Bruders aus, als er diesem die wunderbare Kunde mitteilte.

Heinrich standen die Tränen in den Augen, »O, Herr Graf, welch herrliche Nachricht. Welches Glück!« stammelte er tief bewegt.

Auch dem stillen Johnson ward das Geheimnis mitgeteilt, der es mit inniger Teilnahme entgegennahm.

»So haben die Ottawas sie damals ihren Verwandten, den Saulteux, zur Aufbewahrung gegeben. Diese sind mit nicht großer Mühe zu erreichen, und wenn Sie mich brauchen können, Herr Graf, begleite ich Sie gern, ich wende so mein armes Leben nützlicher an, als wenn ich in meinem einsamen Shanty Hause.«

Mit großem Danke nahm Edgar das Anerbieten an.

Auf den Rat Johnsons ward nun beschlossen, die Abreise für morgen zu bestimmen und den Weg, wie es auch von Anfang geplant war, wenn die Nachforschungen bei den Ottawas kein Resultat ergeben sollten, nach Traverse City zu nehmen, wo sich dann Gelegenheit finden würde, nach der nördlichen Halbinsel Michigans zu gelangen und ihre weiteren Schritte festzustellen.

Später kam Amaqua, der die Folgen des schweren Rausches noch nicht überwunden hatte, um den Grafen zu begrüßen.

Es gelang diesem, eine betrübte Miene zu erheucheln, und er teilte dem Häuptling mit, daß er seine Pflicht erfüllt und traurig morgen von hinnen scheiden werde, weil sein Besuch bei den Ottawas so vergeblich gewesen sei.

Dieser vernahm das nicht ohne innere Befriedigung.

»Gerne gutem Bruder helfen, nicht können.«

Ein Besuch bei der kranken Frau in Begleitung des Häuptlings konstatierte eine merkliche Besserung ihres Befindens.

Für den Nachmittag hatten die Indianer zum Vergnügen ihrer Gäste auf dem See eine Fischjagd mit dem Speer veranstaltet, bei welcher die jungen Ottawas große Gewandtheit entfalteten. Am Abend verteilte Edgar die noch übrigen Geschenke, wobei die kranke Frau nicht übergangen wurde, und am andern Morgen in der Frühe zog die kleine Karawane nach Norden zu, eine Strecke begleitet von Amaqua und einigen Häuptlingen. Als diese endlich geschieden waren, warf Edgar die mit großer Mühe festgehaltene ernste Miene ab und rief mit vor Freude bebendem Tone Heinrich zu: »Jetzt wollen wir sie finden – Gott wird weiter helfen.«

Achtzehntes Kapitel.
Der Doppelgänger.

Nach fast fünftägigem anstrengendem Marsche war der Konstabel mit Frances und den Soldaten zu den Ansiedlungen gelangt, welche den Traverse-River entlang lagen.

Frances war so erschöpft, daß Weller bei der ersten größeren Farm Halt machen ließ und die Gastfreundschaft der Besitzer für sie anrief.

Es war ein ziemlich ausgedehntes Heimwesen, welches sie betraten, und zeigte stattliche Blockhäuser und umfangreiche, fruchttragende Aecker.

Die wenigen anwesenden Bewohner liefen zusammen, als der Zug sich nahte, denn eine Lady im Reitkleide und reguläre Soldaten waren eine seltene Erscheinung dort.

Zwei athletisch gebaute junge Leute, welche mit Feldarbeiten beschäftigt waren, eilten herbei und starrten die Ankömmlinge neugierig an.

»Hallo, Boys,« rief ihnen der Konstabel zu, »habt ihr einen Unterschlupf für eine Lady, welche müde vom langen Marsche ist?«

»Seid willkommen hier,« sagte der ältere der beiden Burschen, ein Jüngling von vielleicht zwanzig Jahren, freundlich, »seid willkommen auf Wilsons Farm. Seid willkommen alle. Lauf, Henry,« wandte er sich an den Jüngeren, »sage es der Mutter an.«

Flink lief dieser davon auf das Hauptgebäude zu und verschwand in demselben.«

»Kommt näher. Fremde, seid willkommen.« Und er ergriff den Zügel von Frances' Pferd und führte es auf das Haus zu.

Weller und die Soldaten folgten.

Als sie näher kamen, erschien in der Türe eine ältere Frau, die mit nicht geringerem Erstaunen den Zug betrachtete, als ihre herkulischen Söhne.

»Werdet Ihr einer erschöpften Reisenden Gastfreundschaft gewähren, Mistreß?« klang Frances' süße Stimme.

»Seid willkommen, Leute. Mein Gott, aus den Wäldern solch junge Lady? Steigt ab, kommt herein, was mir haben, steht euch zu Diensten. Edward, hilf der Lady aus dem Sattel, Henry, rufe die Mägde, laß sie für die Soldaten sorgen.« Der junge Mann hatte Frances vom Pferde gehoben. Die alte Frau faßte herzlich ihre Hände: »Mein Gott, Kind, wie kommen Sie durch diese Wälder hierher?«

»Sollt alles erfahren, Frau,« ließ sich Weller vernehmen, »laßt die Lady nur erst Atem schöpfen.«

Er stieg ab und die Frau leitete das junge Mädchen sorgfältig ins Haus, wohin Weller folgte.

Die Pferde wurden von den jungen Leuten hinweggeführt, die Soldaten stellten ihre Gewehre zusammen, warfen die Tornister ab und ließen sich an den Bänken am Hause und auf dem kurzen Rasen vor demselben nieder.

Mistreß Wilson führte Frances in ein im Erdgeschoß gelegenes Wohngemach zu einem breiten, wohlgefügten Sessel.

»Setzt Euch, Kind, und ruht Euch, Ihr seid ja ganz erschöpft. Lizzie!« rief sie einem flinken Mädchen zu, welches neugierig in der Türe stand, »laß Kaffee machen und bewirte die Soldaten. Sollt Euch in der Gastfreundschaft von Wilsons Farm nicht verrechnet haben. Fremde.«

Geschäftig nahm sie ihrem Gast den Hut ab.

»Sollt gleich eine Stärkung erhalten, Kind, haben alles hier.«

»Recht, Frau, und habt Ihr auch einen Schluck Rum oder Whisky für einen ausgedörrten Konstabel, so will ich es Euch danken.«

Schon brachte einer der jungen Recken eine bauchige Kruke mit Whisky, kalten Braten und Brot, und der unverwüstliche Weller griff schweigend mit vortrefflichem Appetite zu.

Die Frau ging hinaus und kam zurück mit Tassen, denen bald eine Kanne mit duftendem Kaffee, Butter, Maisbrot und süßes Gebäck, wie es die Landleute vermittelst Honig bereiten, folgte.

Eifrig nötigte sie Frances, zuzugreifen, die der Aufforderung entsprach und auch in der Tat bald die ersten Folgen der Erschöpfung überwand.

Die Frau saß dabei und betrachtete abwechselnd bald die zarte Erscheinung der jungen Dame, bald das martialische Gesicht Wellers, oder warf einen Blick durch das Fenster auf die kriegerische Gruppe draußen, deren einzelne Glieder sich mit Eifer der Vertilgung der ihnen gereichten Erfrischungen hingaben.

Die beiden Söhne hatten sich gleich dem jungen Mädchen, der Tochter des Hauses, eingefunden, um mit verhaltener Neugier ihre wie vom Himmel gefallenen Gäste zu betrachten.

Weller hatte sein Mahl vollendet und stopfte sich behaglich die Pfeife, deren blauer Dampf bald lustig emporwirbelte.

Endlich konnte die Frau die ihr schon lange auf der Zunge schwebende Frage nicht mehr unterdrücken: »Nun sagt mir um des Himmels willen, Fremde, von wo kommt ihr durch die Wälder hierher an den Traverse?«

»Von den Forts, Frau. Haben den Weg verfehlt, hätten den Traverse weiter unten treffen müssen, sind aber fremd in diesen Wäldern. Kommen vom Fort Jackson am Chippeway.«

»Vom Fort Jackson?« fragte lebhaft von neuem die Frau.

»Mit einigen unfreiwilligen Umwegen direkt vom Fort Jackson.«

»So müßt ihr meinen Mann dort getroffen haben?«

»Wer ist Euer Mann?«

»Nun, der Besitzer dieser Farm, Thomas Wilson.«

»Hm, Frau, haben den Mann nicht gesehen. Schon lange fort?«

»Seit zehn Tagen, müßte längst zurück sein.«

»Und der ist nach Fort Jackson gegangen?« fragte mit sehr ernstem Gesicht der Konstabel.

»Sage es Euch ja. Mann, vor zehn Tagen. Habe meinen Bruder dort, wollte mein Mann nach ihm sehen. Läuft gern in den Wäldern herum, der alte Mann.«

»Habt einen Bruder im Fort Jackson, Frau?« Das Gesicht Wellers wurde immer ernster.

»Nun ja. Mein Gott, was seht Ihr mich denn so an?«

»Wie heißt Euer Bruder?«

»Es ist der Sergeant Wood.«

»Segne meine Seele! Frau, Ihr könnt Gott danken, der ist davongekommen.«

Die Frau erschrak. »Wie, davongekommen? Von was? Was hat's denn gegeben?«

Die Söhne und die Töchter lauschten gespannt und Frances richtete den teilnahmsvollen Blick auf Mistreß Wilson.

»Der Wilde war im Fort.«

Die Frau wurde fast so bleich wie das Leinentuch, mit dem der Tisch bedeckt war, und die jungen Leute ließen einen jähen Ruf des Erstaunens hören.

»Der Wilde?«

»Seid ruhig, Frau, Euer Bruder lebt. Er ist zwar verwundet, aber kommt davon. Keine Not um ihn.«

»Und mein Mann?« fragte die Frau fast tonlos.
Weller zuckte die Achseln.
»Möglich, daß er erst dort eingetroffen ist, als wir fort waren. Wäre er vor uns dagewesen, hätte der Sergeant uns etwas davon gesagt, wußte, daß mir an den Traverse wollten.«
»Aber der Wilde, der Wilde, sagt Ihr, war in den Wäldern und im Fort?«
»Leider, Frau, ist viel Blut geflossen dort oben, können Jackson fortan das blutige Fort heißen.«
»Und mein Mann? Mein Mann. Gerechter Gott, mein Mann war ja dort. Mein Mann?«
»Ist den Roten hoffentlich entgangen, hatten es nur auf das Fort abgesehen, haben dort gemordet und sind dann selbst abgeschlachtet worden.«
Die Frau zitterte wie Espenlaub, die Söhne standen, Schreck in den jugendlichen Zügen, mit entsetzensvollen Blicken da. Das junge Mädchen hielt die Hände vor das Gesicht.
Frances stand auf, legte sanft den Arm um die Schulter der in den Stuhl zurückgesunkenen Frau und sagte liebreich: »Faßt Mut, Frau, Ihr werdet Euren Gatten hoffentlich wiedersehen, faßt Mut. Ich kann Eure Sorge würdigen und nachfühlen, denn ich selbst habe Schreckliches dort erlebt und erlitten.«
Die Frau ergriff ihre Schürze und weinte leise hinein.
Edward, der älteste der beiden Söhne, trat auf die Mutter zu: »Wir werden uns sofort, wenn die Mutter es erlaubt, nach dem Fort aufmachen, Henry und ich, und nach dem Vater suchen.«
»Recht, Boys,« ließ Weller sich vernehmen. »Könnt mit den Soldaten abziehen, die gehen dorthin zurück. Die Wälder sind jetzt sicher.«
Die ganze Familie war durch die Nachrichten von Fort Jackson in die höchste Aufregung versetzt.
Weller vernahm von den Söhnen, daß sie erst kürzlich erfahren, daß der Mutter Bruder, den diese lange nicht gesehen hatte, zur Garnison von Jackson gehöre, und Wilson, der die Gegend kannte, hatte sich aufgemacht, um den Schwager zu begrüßen.
Wenn er mit der Bande Peschewas zusammengetroffen war, war es leider zu wahrscheinlich, daß er nicht mehr unter den Lebenden weilte.

Aber es war kein Grund vorhanden, dies mit zwingender Notwendigkeit anzunehmen, die Wälder sind weit, und der rachsüchtige Ottawahäuptling hatte ein bestimmtes Ziel im Auge. Wenn Wilson ein erfahrener Grenzmann war, wie die Söhne bestätigten, so konnte er der Gefahr wohl aus dem Wege gegangen sein.

Dies letztere teilte er der Frau in seiner ehrlichen herzhaften Weise mit.

Sie faßte wieder Mut unter seinen Trostesworten und wurde ruhiger.

Daß die Söhne sich mit den Truppen nach dem Fort begeben sollten, wurde beschlossen.

Während sie noch redeten, trat ein Mann ins Zimmer mit einem lauten: »Hallo, Wilson! Schläft denn alles hier?« und sah verwundert auf die Gruppe. »Hallo, Mistreß Wilson, was gibt's hier? Draußen Uncle Sams Blauröcke, als ob es in den Krieg ginge, und hier? Alle Wetter, was fehlt Euch, Frau?« Er bemerkte jetzt erst das verstörte Aussehen der Wirtin.

»Ach, Nachbar Boyle – mein Mann –«

»Nun, wo steckt die alte Nachteule?« fragte der Farmer, der in der Nähe ansässig war.

»Mein Mann, Nachbar, ist nach Fort Jackson gegangen – und – und – noch nicht zurück – und –«

Die Frau brach in einen Tränenstrom aus.

»Was ist das?« Auf dem Gesicht des Mannes prägte sich lebhaftes Erstaunen aus. »Nicht zurück? Wer denn? Ich habe ihn doch gestern gesehen.«

»Wo? Wen? Meinen Mann? Den Vater?« schrie alles durcheinander.

»Wie ich Euch hier vor mir sehe.«

»Wo denn? Ums Himmels willen, wo denn, Mister Boyle?«

»Am Pinelac.«

»Am Pinelac?«

»Ja, nicht zehn Meilen weit von hier.«

»Und habt ihn gesprochen?«

»Nein, Mistreß Wilson.«

»Habt Ihr Euch auch nicht getäuscht?«

»Aber, Frau, ich bitte Euch, sollte Tom Wilson nicht kennen?«

»Aber warum habt Ihr ihn nicht angesprochen?«

»Ging nicht. War der See zwischen uns. War zwar noch in Anrufsweite, denn der Pine ist dort nicht breit, rief auch, muß es aber nicht gehört haben, denn ritt weiter.«

»Ja, um Gottes willen, warum kommt denn der Mann nicht nach Hause?« rief die Frau, der eine schwere Last vom Herzen gefallen war.

»Kennt doch Euren Tom. Hatte sicher eine Bärenfährte, schien mir so, und dann kommt doch der nicht nach Hause, bis er die Pranken hat. Wird schon kommen, Frau, wird schon kommen. Ist ein alter, leichtsinniger Bursche. Würde ihn kürzer halten, Mistreß Wilson.«

Die schmerzlich sorgenvolle Stimmung war verscheucht und die Frau lächelte über des Nachbarn letzte Worte.

»Nun sage mir, was versetzte Euch in solche Angst um den Tom?«

Man gab ihm die Erklärung, welche der Konstabel durch eine kurze, aber deutliche Schilderung ergänzte.

Boyle wie alle waren entsetzt von den Schreckensnachrichten.

Frances hatte sich auf ihren Wunsch schon früher zurückgezogen und ruhte im Schlafzimmer der Tochter des Hauses aus, und so konnte der Konstabel den entsetzten Hörern ein treues Bild der furchtbaren Vorgänge in dem kleinen Grenzfort geben, ohne von neuem die schmerzlichsten Erinnerungen in ihr wachzurufen.

Nachdem noch hin und her gesprochen war, erhob sich der Farmer, um sich zu entfernen.

»Was mich eigentlich heute herführt, Leute, wollte dem Tom sagen, soll auf seine Pferde acht geben und sein Haus wahren.«

»Was ist das?« Und Weller trat ihm rasch näher.

»Ist in voriger Nacht drüben am Bearcreek eingebrochen, zwei Pferde gestohlen, Pulver, Decken und etwas Geld geraubt worden. War heute Browns Junge bei mir, um es anzusagen. Uebernahm es, euch zu warnen.«

»Und die Spitzbuben?« fragte der Konstabel.

»Sind entkommen, haben ihre Spur zu verbergen gewußt.«

»Ich bin hinter einigen dieser Herren her und schließe wohl nicht falsch, wenn ich annehme, daß die Einbrecher dieselben sind, welche ich suche. Bin schon vom Muskegon an hinter ihnen her. Waren auch im Fort, dachte mir wohl, daß sie hier herauf seien, um den

Mackinaw zu gewinnen und über den See zu entwischen. Will mich bald ans Werk machen.«

»Seid gewarnt, Leute, mehr konnte ich nicht tun.« Der Farmer entfernte sich, und der Konstabel und die jungen Leute besprachen angelegentlich eine Verfolgung der Räuber, welche sich bereits so unliebsam bemerkbar gemacht hatten. Am selben Tage lagerten etwa zehn bis zwölf Meilen (englisch) von Wilsons Farm entfernt Morris und der kleine Fred, genannt Iltis, in einem dichten Busche, unweit einer in ihren rohesten Anfängen begriffenen Straße, welche in der Richtung von Süden nach Norden durch die Wälder lief.

Die beiden Gesellen waren trefflich mit Waffen und Decken ausgerüstet und zwei in ihrer Nähe angebundene Pferde bewiesen, daß sie es auch verstanden hatten, sich beritten zu machen.

Trotz der Nähe der Straße, welche freilich einsam genug dalag, schien sich das würdige Paar ganz behaglich zu fühlen. Sie rauchten schweigend, dann und wann nur traf ein Blick die schönen Pferde, und dann kicherte der Iltis leise vor sich hin.

»Nun, was freut dich denn so, mein Bursche, daß du so vergnügt in dich hineingrinsest?«

»Was mich freut? Segne meine Seele, das weiß der Mann nicht. Mein Pferd freut mich. Habe es satt bekommen, in diesen verwünschten Wäldern herumzulaufen, sehnte mich schon lange nach einem gutgebauten Pferderücken.«

»Ging mir ebenso, ist ein Fakt. Iltis, du bist der gewandteste Gauner in ganz Michigan. War ein Meisterstreich, wie du uns zu den Pferden halfest.«

»Hihi,« kicherte der kleine Fred und die schwarzen Augen funkelten: »Denke, wie ich unsre Spur verdeckte, war das beste.«

»Ist ein Fakt, Iltis, sollen nach ihren Pferdehufen suchen, diesmal hinterließen wir keine verfolgbare Fährte.«

»Und sieh nur, wie ich meinen Braunen zugestutzt habe. Wo ist die Blässe, der weiße Hinterfuß? Wo die lange Mähne und der bis zu den Flechsen herabhängende Schweif? Mit diesem Gaule reite ich bei seinem jetzigen Aussehen dem Besitzer unter der Nase her und er erkennt ihn nicht.«

»Ist richtig genug, soll schwer werden ohne ganz genaue Kennzeichen das frühere Tier aus diesem herauszuerkennen. Verstehst dein Handwerk, Fred.«

»Wenn mir nur mehr Geld gefunden hätten, aber die bettelhaften Farmer haben ja keines im Hause, und mit den fünf lumpigen Dollars werden wir nicht weit kommen.«

»Müssen sehen, Iltis, daß wir unsre Kasse vermehren.«

»Weißt du, Morris, habe hier zu lagern vorgeschlagen, weil sie uns erstens an einer offenen Straße am wenigsten suchen werden, wenn sie überhaupt nach uns suchen –«

»Das werden sie schon, dessen sei sicher.«

»Aber wo?« kicherte Iltis, »diesmal können sie auf keiner Spur hereiten.«

»Wie bei deinem verwünschten Sumpfe am Muskegon – den ich dir übrigens jetzt verzeihe –«

»Du gute Seele. Und dann,« fuhr Iltis fort, »habe ich diesen Platz gewählt, weil ich hoffe, ein braver Farmer komme des Weges, der seine Brieftasche mit Greenbacks vollgepfropft hat –«

»Ist verteufelt gefährlich, Iltis.«

»Denke nicht. Ist die Straße einsam genug. Kenne die Gegend.«

»Will dir was sagen, Bursche, weiß jetzt schon wieder alles weit und breit von dem Einbruch dort am Creek –«

»Laß sie, kennt uns hier niemand –«

»Und sollte mich gar nicht wundern, wenn der blutige Konstabel nicht schon hier umherschnüffelte.«

»Kann nicht sein. Mann. Ist zwar wahrscheinlich, daß er nach Norden aufgebrochen ist, ist ein geriebener Bursche, der Weller, und wird wohl eine Notion haben, daß wir uns nach den Kanadas sehnen, aber diese Gegend liegt ganz abseits seines Weges von Fort Jackson her, wenn er, was wahrscheinlich ist, nach Traverse City will, und liegt sein Ziel nördlicher, dann erst recht.«

»Bist ein Wagehals, Iltis.«

»Und du mit einemmal schüchtern wie ein Mädchen. Wünsche mir nichts Besseres, als einen behäbigen Farmer hier vor der Büchse.«

»Und wenn sie unsre Spur aufnehmen?«

»Erstens ist ja nicht gleich Richter Lynch bei der Hand, und dann muß doch jede Spur einen Anfang haben, wenn man ihr folgen soll, und diesmal werden sie lange danach suchen, ehe sie ihn finden, ist auch nicht immer eine verdammte schnüffelnde Rothaut da, wie dort am Sumpfe.«

»Ja, und was nun weiter?«

»Also Geld müssen wir haben, das ist unfraglich, es handelt sich nur darum, wie wir es erlangen, und da ist mir eine einsame Landstraße selbst am Tage lieber, als ein nächtlicher Einbruch, der gefährlicher ist und nicht mehr Gewähr bietet, Geld zu finden, als ein kleiner Straßenraub.«

»Gut also, Geld müssen wir haben, ist ein Fakt. So oder so.«

»Hat sich unser Vermögen vermehrt, reiten mir durchs Land nach Traverse City, kalkuliere, daß, wenn der blutige Konstabel uns sucht, dies vor allem oben am Mackinaw sein wird –«

»Nun, und dann?«

»In Traverse, kenne den Platz, verhandeln wir die Pferde, habe dort einen guten Freund, der sie uns abnimmt, werden zwar kein gutes Geschäft dabei machen, und dann hinüber nach der nördlichen Halbinsel. Sollen sich das Suchen dort vergehen lassen, will Jahre dort leben, wenn mich nicht der Hunger heraustreibt, ehe mich eine Menschenseele spürt.«

»Und weiter?«

»Dann hinüber über den Boundavy nach Kanada. Von da können wir dann nach Belieben zu Uncle Sam zurückkehren.«

»Bin dieses Herumliegens in den Wäldern satt, Fred, sehne mich nach Ruhe, ist ein Fakt.«

»Weiß, hast mitunter moralische Anwandlungen, hätte auch lieber eine Farm mit viertausend Acres gutem Bottom, ist auch ein Fakt.«

»Wir haben Unglück, Iltis. Muß auch der verteufelte Peschewa seinen Kriegstanz bei dem blutigen Fort aufführen. Wird noch eine wilde Hetze geben, Uncle Sam wird das nicht ruhig einstecken.«

»Darum so rasch wie möglich hinüber.« –

»Ist dir der seltsame Kerl im Fort nicht aufgefallen?« fragte Morris nach einigen Augenblicken des Schweigens.

»Welcher?«

»Der mit dem weißen Haar und Bart.«

»Hatte genug mit seltsamen Kerls dort zu tun, als mich um den auch noch zu bekümmern.«

»Glaube, habe den Mann schon gesehen, wird der gewesen sein, den die Ottawas den ›toten Mann‹ nennen.«

»Nun, was ist damit?«

»Habe von dem Kerl geträumt, Iltis, schnürt mir noch die Brust zusammen, wenn ich daran denke« – der starke Mann schauderte bemerkbar – »riß mir bei lebendigem Leibe das Herz aus der Brust – war ein furchtbarer Traum – – O –« setzte er dann mit einem wilden Fluche hinzu, »er mag zu Grase gehen.«

Er schwieg und blickte starr vor sich hin. Iltis richtete sich empor, horchte auf und auch Morris vernahm alsbald das Geräusch von Pferdehufen.

Iltis erhob sich und lief nach einer Stelle der Erdanschwellung, auf welcher sie lagerten, von wo aus man den Weg nach Süden eine Strecke überschauen konnte.

Morris folgte ihm.

Ein Reiter, der sein Pferd langsam einhergehen ließ, kam ihnen vor das Auge.

»Komm!« sagte der Iltis hastig und schritt herab den den Rand des rauhen Weges einsäumenden Büschen zu, »laß uns erst sichern und dann gebe ich ihm meine Kugel. Soll nicht lange leiden, der Mann.«

Widerwillig ging der andre hinter ihm her.

Iltis spähte den Weg nach Norden entlang, doch der war frei.

Dann legte er sich in die Büsche, die Büchse nach der Richtung haltend, aus welcher der Reiter kommen mußte.

»Sollte ich fehlen, schieß du.«

Zwei Schritt hinter ihm kauerte Morris. Der gemessene Hufschlag kam näher.

Iltis hob die Waffe, ließ sie plötzlich wieder sinken und wandte sich mit fahlem Gesichte nach seinem Gefährten um.

»Was gibt's?« zischte dieser erschreckt.

»Sieh –« Mit zitternder Hand deutete er durch eine Oeffnung der Büsche auf den Reiter.

Morris bückte sich und sah hindurch.

»Gott sei uns gnädig, Burton.« Er ließ fast die Waffe fallen.

Sein Schreckensruf war hinausgedrungen, der Mann hielt an, griff zur Büchse, welche er quer über dem Sattel trug, und seine Augen durchsuchten die Büsche.

Iltis, der seinen jähen Schreck rasch überwunden hatte, sagte bei diesem Anblick: »Es ist Burton, bei meiner Seele.«

Rasch trat er aus den Gebüschen und ein Ruf des Erstaunens entfuhr dem Reiter: »Iltis.«

»Er ist's, Morris, und kein Geist.«

Nun trat auch der aus den Gebüschen.

»Segne meine Augen, Burton, wo kommst du her?«

»Ihr macht ja Gesichter, Bursche, als ob ich aus der Unterwelt käme.«

»Viel besser ist's nicht, Burton. Wir haben dich tot gesehen, mausetot, mit einem garstigen Loch im Schädel.«

Burton lachte, es war ein häßliches Lachen. »So, habt ihr mich tot gesehen, Bursche? Nun, ich auch.«

Morris und Iltis sahen sich an.

»Nun, erschreckt nicht, bin kein Geist, war nur mein Doppelgänger, der da oben ruht. Habt ihn also gefunden?«

»Komm herein,« sagte Iltis, »könnte doch jemand des Weges kommen.«

Er zog Burtons Pferd in die Büsche, der stieg ab und schüttelte seinen Kumpanen die Hände.

»Habe euch dort oben gesucht wie eine Stecknadel im Heuschober, Bursche. Als ich gewahrte, daß die Wilden auf den Kriegspfad gingen, wandte ich mich schleunigst nach Westen und dann hier herauf nach Norden. Bin mit den Ottawas nicht bekannt wie ihr, hätten Lust nach meinem Skalp verspüren können, ging deshalb aus dem Wege.«

»Nein, Burton, sage mir nur eines, wie kommt es, daß wir dich dort tot gesehen und hier lebend vor uns haben?«

Von neuem zeigte sich das häßliche Lächeln in Burtons Gesicht.

»Begegnete dem Mann, als ich zu den Ottawas pilgerte, glaubte mein Spiegelbild zu sehen. Einesteils ärgerte mich diese frappante Aehnlichkeit, andernteils dachte ich, kann dir Nutzen bringen diese Doppelgängerschaft. Wird auch der Mann sicher eine Brieftasche mit sich führen, mit Papieren und dergleichen, was man im Notfall brauchen kann. Jagte ihm eine Kugel in den Schädel. Heiße seit der Zeit Wilson, Thomas Wilson, und bin reich, stehen in meinem Notizbuch Reihen von Bushels Korn und Mais, von Schweinen und Hornvieh?«

»Fandest du kein Geld?«

»Nicht der Rede wert. Ist mir übrigens ein Rätsel, wie der Mann dorthin kam?«

»Aus welcher Gegend stammte der Mann?«

»Muß hier im Norden zu Hause sein, fand mehrmals Traverse City in dem Notizbuch verzeichnet.«

»Ist ein Wunder, hätte darauf geschworen, lägest oben starr und kalt.«

»Hast recht, Burton ist tot, es lebe Tom Wilson. Freut mich, euch gefunden zu haben, Bursche, aber was nun?«

»Müssen die See gewinnen und dann hinüber über die Halbinsel nach Kanada. Nur erst Geld, denn ohne Geld geht es nicht gut.«

»Ja, Geld,« äußerte Burton nachdenklich, »woher nehmen?«

»War gerade im Begriff, dir eine Kugel ins Hirn zu jagen, als ich noch rechtzeitig dein edles Angesicht erkannte. Segne meine Seele, welch ein Schreck fuhr mir dabei durch die Glieder, dachte wahrhaftig, kämest direkt aus dem Grabe.«

»Also, so freundlich wolltet ihr einen Kameraden empfangen?«

»Ist ein Fakt, hofften Geld bei dir zu finden.«

»Würdet nicht viel gefunden haben. Aber habt recht, können die Ansiedlungen nicht vermeiden und müssen Geld haben. Wie kommt ihr denn zu den Pferden?«

»Hießen mir in verflossener Nacht mitgehen.«

»Ei, so wird denn wohl alles hier auf den Beinen sein. Nein, Bursche, da kann ich nicht mit euch umgehen, könnten mich auch für einen Pferdedieb halten.«

»Und wie kommst du zu deinem Gaule?«

»Auf die ehrlichste Weise von der Welt, habe den Gaul gekauft. Ja, macht nur Augen, ist ein Fakt. Wißt, verstehe mich nicht sonderlich auf eure Waldpraktiken, mußte aber einen Gaul haben, war nicht denkbar, in die Ansiedlungen zu Fuß zu kommen. Hatte von dem Manne am Cedercreek noch etwas übrig und von dem guten Wilson, habe das Pferd mit Sattel und Zaum einem ehrlichen Farmer, dem ich vorlog, mein Pferd sei mir entwischt, für vierzig Dollar abgekauft. Schäme mich, aber ist so.«

Die beiden Zuhörer lachten herzlich über seine kläglichen Miene.

»Segne meine Seele, kauft der Mann ein Pferd. Nein, wenn das im alten Mich bekannt wird, kommen wir um unser Renommee.«

»Nun, jetzt aber ernsthaft. Selbstverständlich ist alles hier im Aufruhr über euren Pferdediebstahl –«

»Mag sein,« sagte Iltis, »mich kennt niemand hier und mein Pferd ist so verwandelt, daß ich es seinem ehemaligen Eigentümer in den Stall stellen will und er wird es nicht erkennen. Mit Morris' Grauschimmel war das nicht zu machen.«

»Ei, wie kann man einen so leicht erkennbaren Grauschimmel davonführen?«

»War Nacht, Mann, und war zu spät, das Tier umzutauschen.«

»Habe die Notion, Bursche, haltet euch verborgen bis zur Dunkelheit, wird das beste sein. Schlage euch folgendes vor: ich reite diese Straße offen entlang, kann mich sehen lassen, bin ein ehrenwerter Mann, reite auf einem Pferde, welches ich mit schwerem Gelde bezahlt habe. Ihr folgt mir, so gut ihr könnt, im Walde, und ich, Tom Wilson, suche die nächste ansehnliche Farm auf und heische Gastfreundschaft. Sehe mir die Hausgelegenheit an und in der Nacht helft ihr mir ausräumen. Müßte mit dem Teufel zugehen, wenn mir nicht einiges Bargeld vorfänden.«

»Prächtig,« rief Iltis, »das tut's, der ehrliche Burton kehrt ein und mir lauern draußen, bis er das Zeichen gibt. Ist doch ein Glück, wenn man Freunde von solch biederem Aeußerm hat, als unser ehrenwerter Freund Tom Wilson aufweist. Burton, bist nicht mit Gold aufzuwiegen. Wollte, konnte mit, gibt keine größere Freude, als den ehrlichen Mann zu spielen, wird aber besser sein, bleiben im Walde. Dann voran, ehrlicher Burton, wollte sagen Wilson, wir folgen dir als gehorsame Trabanten zur Seite.«

Die Gesellen brachen auf, Burton nahm die Landstraße und seine Spießgesellen folgten, ihre Pferde am Zügel führend, zur Seite des Weges ihm nach, ihn so gut als möglich dabei im Auge haltend. In Wilsons Farm war nach der Aufregung, welche des Konstabels Mitteilungen hervorgerufen hatte, wieder Ruhe eingekehrt, denn vor allem mußten die Angehörigen des Farmers, daß er noch am Leben und in der Nähe sei, und nach den Gewohnheiten Wilsons war die Vermutung Boyles sehr wahrscheinlich, daß der Vater auf eine seine Jagdlust erregende Wildfährte gestoßen war.

Frances schlief, Mistreß Wilson hatte sich wieder den Geschäften der Hausfrau zugewandt, die Söhne waren vor dem Hause tätig und Weller saß neben der Tür und rauchte in Gesellschaft des Sergeanten seine Pfeife.

Wie überall in diesen Gegenden waren die Klärungen, welche die Axt vorgenommen hatte, um Raum für die Frucht zu schaffen, von dichten Waldungen umgeben, denen mühevolle Arbeit den Ackerboden abgerungen hatte. So auch hier.

Aus dem Wald heraus, den rauhen Weg vom Süden her, kam ein einsamer Reiter.

Bei der Seltenheit des Erscheinens Fremder in der dünn besiedelten Gegend waren bald aller Augen auf ihn gerichtet, soweit ei in deren Bereich kam.

»Edward,« rief Henry von einem nahegelegenen Maisfelde her, auf welchem er beschäftigt war, »sieh – ist das nicht der Alte?«

»Mein Seel' – sieht so aus – und sieht doch nicht so aus. Erstens würde der Vater nie im Schritt anreiten – und trägt auch einen blauen Rock, und dieser hat einen grauen auf den Schultern.«

»Sage dir, Ed, ist der Alte –«

»Dann ist er krank, daß er im Schritt reitet –«

»Komm, wollen ihm entgegengehen.«

Der Konstabel hatte den Reiter gesehen und den kurzen Dialog der jungen Leute mitangehört, er zog jetzt sein Glas hervor und richtete es auf den Kommenden.

»Bei Jove!« sagte er vor sich hin, »habe den Mann schon gesehen, aber wo?«

Er ging den jungen Leuten nach, dem Reiter entgegen.

Dieser war im ruhigen Schritt seines Pferdes näher gekommen und bog eben um eine Fenz, welche ein Feld hochstehenden Maises einzäunte.

Mit einem »Hurra, alter Vater!« sprangen die beiden jungen Recken auf ihn zu.

»Wo warst du?« rief der Jüngere, »dich wird die Mutter schön empfangen.«

Statt des herzlichen Lachens, welches Wilson bei solcher Begrüßung durch seine Jungen, die sich öfter wiederholte, hören ließ, hielt der Mann plötzlich an. Der Konstabel glaubte zu bemerken, daß er heftig erschrak, und starrte auf die anspringenden Burschen hin.

Mit einem lustigen: »Warte, Alter, dich werden mir festhalten,« wollte Edward nach dem Zügel seines Pferdes greifen, als ihn der Mann kräftig mit der Peitsche auf die Hand schlug, das Roß herumriß und in voller Flucht davonjagte des Weges, den er gekommen war.

Die beiden jungen Leute waren verdutzt und schauten sich gegenseitig an, selbst der Konstabel war verblüfft.

»Was war das?«

Gleich einem Blitze aber schoß dem erfahrenen Polizeimann die Erinnerung an den toten Burton durch den Kopf, dessen Leiche der

Graf und dessen Begleiter in der Nähe des Forts gefunden haben wollten. Wer war der Reiter? War es wirklich der schon verloren geglaubte Vater der beiden jungen Leute, welche ratlos vor ihm standen? Wo hatte er den Mann gesehen? Jetzt wußte er's, südlich vom Muskegon, der Mann hatte ihn dort von der Fährte von Morris abgebracht. Er hatte sich später gesagt, daß dies der berüchtigte Burton gewesen sein müsse. Die Beschreibung der Farmer am Muskegon von der Persönlichkeit des ihm unbekannten Dritten der bei Grover eingekehrten Diebe, das Signalement, welches er später erhielt, hatten diese Ansicht verstärkt. Der Konstabel hatte ein gutes Gedächtnis für Physiognomien. Burton und Wilson? Solche Aehnlichkeit? Kaum denkbar! Aber der Schreck und die Flucht des Reiters?

»*Damned my eyes!*« schrie er dann, »in den Sattel, Boys, und nach, da ist ein Unglück geschehen. Vorwärts, vorwärts!« Und er lief in aller Eile auf den Stall zu, wo sein Pferd stand.

Die immer noch ganz verstörten jungen Leute folgten instinktmäßig dem kräftigen Anruf und sprangen dem Konstabel nach, rissen ihre Pferde aus dem Stall und sattelten mit großer Eile, gleichwie der Konstabel.

»Die Büchsen!« rief dieser; die Söhne Wilsons liefen ins Haus und rannten fast die in die Tür tretende Mutter um.

»Was gibt's, Kinder? Was gibt's?«

Schon erschienen diese mit den Waffen in der Hand: »Sollst hören, Mutter, wenn mir zurück sind.« Und sie jagten hinter dem Konstabel, welcher schon draußen war, her.

»Wollen uns euern Vater in der Nähe ansehen, Boys,« hatte er noch gesagt.

Die Mutter wie die Soldaten, welche vor dem Hause lagerten, sahen erstaunt der wilden Jagd nach.

Als der Konstabel um das Maisfeld bog, erblickte er den Mann in geringerer Entfernung vor sich, als er erwarten durfte, entweder war dessen Pferd völlig erschöpft, oder ein anderes Hindernis war seiner eiligen Flucht, denn nur so konnte man es nennen, in den Weg getreten.

Und in der Tat war ihm der Sattelgurt geplatzt, denn die Verfolger sahen, wie er den Sattel unter sich hervorriß und diesen in der Hand haltend, auf dem nackten Rücken des Pferdes seinen Ritt eilig fortsetzte.

»Huppih! Boys! Werden ihn gleich haben.«

Die Jünglinge, welche gänzlich verwirrt waren, beschleunigten den Gang ihrer Pferde. Der Verfolgte, dem sie auf etwa fünfhundert Schritt nahegekommen waren, hatte eben den Wald erreicht, in den die Straße hineinlief, als er von dem sattellosen Pferde sank, gleich aber wieder aufsprang, das Tier am Zügel nahm und mit ihm fortlief.

»Huppih! Wir haben ihn.«

Krach, entlud sich im Walde eine Büchse und eine wohlgezielte Kugel sauste dicht an des Konstabels Kopfe vorbei, den älteren der beiden Wilsons an der Schulter streifend.

»Herunter von den Pferden!« Und mit staunenswerter Schnelligkeit sprangen alle drei aus dem Sattel. Da sauste auch schon eine zweite Kugel über sie weg.

»Zurück! Hinter jene Bäume!«

Die Pferde zwischen ihren Körpern und dem Walde haltend, gingen sie zurück, bis sie den Schutz der nahen Bäume erreichten.

Die beiden Jünglinge sahen bleichen Antlitzes den Konstabel an: »Was bedeutet das, Herr?«

»Das bedeutet,« sagte Weller ernst, »daß wir dort im Walde die drei größten Schurken in den Staaten vor uns haben, und daß der, den mir verfolgen, nicht euer Vater, sondern der Dieb und Mörder Burton ist.«

»Großer Gott, das ist ja unmöglich, Herr!«

»Die Ähnlichkeit ist eine geradezu wunderbare. Oder glaubt ihr, daß euer Vater vor euch davonlaufen und euch dann mit Kugeln begrüßen lassen würde?«

»Und unser Vater? Unser alter Vater?«

»Wenn euer Vater nicht mehr am Leben ist, was ich fast fürchte – Indianer erschlugen ihn nicht, das weiß ich – diese da vor uns taten es, die kommen vom Fort Jackson, ich bin von dort aus hinter ihnen her.«

Der tiefste Schrecken drückte sich in den Mienen der beiden Jünglinge aus.

Dann aber schrie der ältere mit wilder Gebärde: »Zu Pferd, Henry, nach, wollen ein Wörtchen mit ihnen rede».«

Ehe nur Weller zu Worte kommen konnte, saßen sie im Sattel und sprengten davon.

»Seid wahnsinnig, Menschen, wahnsinnig. Rennt blind ins Feuer.« Dabei bestieg er aber doch sein Pferd und jagte nach.

Leicht war für diese jungen Waldleute die Stelle zu erkennen, wo Burton sein Pferd in die Büsche geführt hatte, und ohne Zögern spornten sie ihre Tiere in den Wald hinein. Weller ihnen nach. »Wahnsinnig! Tollköpfe! Muß nur mit, sonst geschieht ein Unglück.«

Alle drei verschwanden unter den Bäumen. Es war zwei Tage nach den eben geschilderten Begebenheiten. Nach ohne Störung zurückgelegter Reise nahte sich Graf Edgar mit seinen Begleitern dem See auf ihrem Zuge nach Grand Traverse City, von wo aus er seinen Weg hinüber zur nördlichen Halbinsel zu nehmen gedachte, um die dort wohnenden Salteux aufzusuchen. Sie waren aus dem Walde getreten und ruhten an dessen Rande von anstrengendem Marsche aus.

Vor sich hatten sie eine leicht gewellte Prairie, welche sich bis an die Buchten des Michigan ausdehnte, dessen Spiegel sie vor sich sahen.

An dem Ufer zeigten sich einzelne Blockhütten, wie auch weiterhin einige Wohnhäuser zu bemerken waren.

Graf Edgar war seit der Stunde, in welcher ihm gleich einem durch dunkle Nacht brechenden Lichtstrahle endlich, endlich Nachricht von der Vermißten zu teil geworden war, in gehobener Stimmung; was auch der noch ungelüftete Schleier bergen mochte, es war doch ein greifbares Ziel vor ihm aufgesteckt, das er bald zu erreichen hoffte.

Der Indianer war die Reise über finster und wortkarg gewesen, und der Graf besorgte, daß er sich von ihm trennen werde, was er um so mehr bedauert haben würde, als er die vorzüglichen Eigenschaften des Mannes vollauf zu würdigen Gelegenheit gehabt hatte und drüben vielleicht seiner Dienste dringender als je bedurfte.

Michael war in der heitersten Laune, seitdem sie aus dem Machtbereich der Ottawas sich entfernt hatten. Er meinte, die Leute seien gar nicht so übel, und dem Konstabel, der ihm solche Schreckbilder vorgegaukelt habe, wolle er es schon eintränken.

An Athoree hatte er sich aus gleichem Grunde wiederholt zu reiben versucht, war aber von diesem kurz und finster abgewiesen worden.

Daß er »Seine Gnaden« jetzt nicht verlassen würde, stand fest. Alle Furcht vor Skalpiermesser und Marterpfählen war verschwunden, und Michael bereit, sich von neuem in die finsteren Urwälder und den dichtesten Haufen der Wilden zu stürzen.

Während sie schweigend am Waldesrande lagerten und ihr frugales Mahl verzehrten, richtete sich plötzlich Athoree auf und horchte angestrengt nach rechts hin.

Alle sahen ihn an.

Der Indianer erhob sich ganz und blickte in die Prairie hinaus. Dann deutete er mit dem Arme vor sich hin, durch einen Blick die andern auffordernd, in dieser Richtung auszuschauen.

Alle erhoben sich und erblickten in weiter Entfernung drei Reiter, welche in vollem Jagen auf die Bucht zueilten.

Abwechselnd je nach der Bodengestaltung waren die Reiter sichtbar oder verschwanden für Minuten hinter einer Erdanschwellung, um dem See naher wieder aufzutauchen, immer in derselben eiligen Bewegung. Während sie noch erstaunt diesem tollen Ritt zusahen, machte des Indianers Gebärde sie auf einen zweiten, stärkeren Reitertrupp aufmerksam, der in gleich rasender Eile dem ersten nachsetzte.

Der Graf nahm sein Glas und richtete es auf die zweite Gruppe, welche wohl mehr als eine Meile hinter der ersten einherritt.

»Das ist der Konstabel,« sagte er staunend, »wen mag er jagen?«

Er suchte dann mit dem Glase die drei Voranjagenden, als sie eben wieder im Gesichtskreise auftauchten, und »Ha!« fuhr er mit einem jähen Ausruf fort, »das ist Morris, das sind die Banditen.«

Athoree erbat sich das Glas und schaute hindurch.

»Das rote Hand und Iltis,« sagte er, das Glas zurückgebend, »Konstabel ihn jagen,« und sprang mit großer Schnelligkeit davon.

Mit größter Spannung verfolgten die Zurückgebliebenen die wilde Jagd.

Es war augenscheinlich, die Verfolgten strebten dem Wasser in der Richtung, wo die wenigen Hütten lagen, zu, und der Indianer lief deshalb ebenfalls dorthin.

»Vorwärts, Männer, Athoree nach, wir wollen versuchen, ihnen den Weg abzuschneiden.«

Und so rasch als tunlich eilten sie dem See zu, nur die alte Sumach blieb zurück.

Eine Zeitlang verschwanden ihnen die Gejagten wie die Verfolger aus den Blicken, als sie aber wieder hoher liegenden Boden erreichten, gewahrten sie, wie Morris und seine Begleiter eben ein Boot bestiegen, das Segel entfalteten und vor einem frischen Winde nach Norden zu segelten, zu der sich nach dieser Himmelsrichtung öffnenden Bucht hinaus.

Eilig liefen sie weiter.

Jetzt langte auch der Konstabel mit seinen vier Begleitern dort an und schon hörte man seine dröhnende Stimme.

Aus den Häusern waren Leute herbeigelaufen und sahen erstaunt auf die ihnen unbegreiflichen Vorgänge.

»Ein Boot! Ein Boot!« schrie der Konstabel und sprang vom Pferde.

Athoree war bereits dicht am Ufer und feuerte hinter den Verfolgten her, aber die Entfernung war für eine Büchsenkugel zu groß.

»Ein Boot, im Namen des Gesetzes!«

Auch Wellers Begleiter, die beiden Wilsons und zwei junge Farmer, welche sich ihnen auf der wilden Jagd angeschlossen hatten, sprangen von den Pferden. Die Leute, denen eben unerwartet ein Kahn entführt war, schienen mißtrauisch zu zögern.

Edgar und die übrigen liefen immer noch nach dem Ufer zu, als von neuem des Konstabels zornige Stimme sich vernehmen ließ: »Ein Boot im Namen des Gesetzes! Wollt ihr die größten Schurken im alten Mich, wollt ihr den Mörder vom Kalamazoo entkommen lassen?«

Auf dies lösten behende zwei Männer eines der Boote. Weller und seine Begleiter sprangen, die Pferde achtlos stehen lassend, hinein, das große Segel entfaltete sich, und Edgar langte eben am Ufer an, als das Boot in See ging.

»Hallo, Weller!«

»Seid gegrüßt, Fremder. Kann Euch die Hand nicht schütteln, seht, habe zu tun.«

»Glück zur Jagd, Konstabel.«

»Wollen die Wölfe fangen, Fremder, haben Bluthunde hinter sich.«

Schaum aufwerfend vor der scharfen Südwestbrise schoß das Fahrzeug davon.

Aber das erste Boot, leichter gebaut als das der Verfolger, hatte schon einen weiten Vorsprung.

Schweigend verfolgten sie einige Minuten die bellen Segel.

Als der Graf sich wandte, bemerkte er erst, daß Johnson zurückgeblieben war und auf seine Büchse gelehnt, mit gesenktem Haupt einer Bildsäule gleich dort stand.

Edgar ging auf ihn zu und legte ihm die Hand auf die Schulter.

Johnson hob langsam das Haupt und der Graf blickte in ein gramverstörtes Gesicht.

»Der Mörder vom Kalamazoo?« sagte er leise.

Jetzt erst fiel dem Grafen ein, daß Johnson diese Aeußerung des Konstabels gehört haben mußte.

»Faßt Euch, Mann, faßt Euch!«

»Der Mörder meiner – –? Welcher war's?«

»Der voranritt, Morris nennt man ihn.«

Johnson richtete das Auge zum Himmel – seine Rechte umklammerte den Büchsenlauf gleich einem Schraubstock – und sagte in einem Tone, der den Grafen erbeben ließ: »Gib ihn in meine Hand, Herr, und entkommt er – so entrinn er auch der Hölle!«

Aufmerksam schauten alle wieder nach den Booten, welche schon weit entfernt waren. Die Bewohner der Häuser verfolgten die Jagd gleich unsern Freunden. Man hatte ihnen Mitteilungen gemacht, die geeignet waren, sie über die Vorfälle aufzuklären. Bald verschwanden beide Segel hinter einem Ufervorsprung.

Edgar und seine Begleiter gingen zurück, die Pferde Wellers und der Farmer der Aufmerksamkeit der Leute empfehlend, holten Sumach ab und setzten ihren Weg nach Traverse City, über welchen ihnen die Uferbewohner noch Auskunft gegeben hatten, fort.

Als sie nach einigen Stunden, während die Farmen dichter wurden, die Hafenstadt in der Entfernung sahen, berührte Athoree, welcher schweigend neben seiner Mutter hinter den übrigen hergegangen war, des Grafen Arm und forderte ihn durch eine Gebärde auf, mit ihm zur Seite zu treten.

Der Graf willfahrte.

»Athoree will nicht in die Stadt der Weißen gehen mit seiner Mutter, er will hier bleiben.«

»Bedeutet dies, mein Freund, daß du dich von mir trennen willst?«

Der Indianer sah zu Boden, richtete dann das dunkle Auge wieder auf das des Grafen und sagte: »Athoree hat mit Sumach geredet, er hat im Wald Manitou gefragt, und er will mit dir gehen über den

See zu den Saulteux, ob der Enkel Meschepesches dort lebe oder sterbe.«

So sehr Graf Edgar auch von der tiefernsten Weise des schweigsamen Mannes, welche deutlich verriet, daß ihm der Entschluß nicht leicht wurde, gerührt war, konnte er auch ein Gefühl der Freude nicht unterdrücken und faßte lebhaft seine Hände und drückte sie.

»Ich freue mich herzlich deines ferneren Beistandes, Häuptling. Und wie du sagst, Gott sendet Sturm hernieder und laue Frühlingslüfte, und hoffentlich fällt drüben warmer Sonnenschein in dein Herz.«

»Athoree will gehen, Gutherz, ob Sturm ihn dort erwartet, ob Sonnenschein, der Häuptling der Wyandots geht.«

Nach kurzer Beratung wurde für Athoree und seine Mutter eine Unterkunft gesucht, welche der Graf für einige Dollar leicht erlangte, und während die Indianer auf einer kleinen Farm zurückblieben, schritten die andern rüstig nach der Stadt, welche sie nach kurzer Zeit erreichten.

Neunzehntes Kapitel.
Ni-hi-tha.

Die Küsten der nördlichen, zum Staate Michigan gehörigen Halbinsel bieten dem Auge ein wesentlich andres Bild als die der südlichen. Während die bewaldeten Ufer der letzteren sanft ansteigen und das Land sich hie und da nur in anmutigen Hügeln erhebt, herrscht im Norden die Felsformation vor, und sowohl der obere See als der Michigan bespülen oftmals sehr steil sich erhebende Steinwände.

Die eigenartige Bildung der Bluffs ist das besondere Kennzeichen dieser nördlichen Ufer.

Es sind dies in fast regelmäßiger Stufenform ansteigende Felsmassen, häufig unterbrochen durch kühn geformte Klippen.

Im Innern erhebt sich das Land weit höher als im Süden des Staates, bis zu wirklichen Gebirgszügen, vorwiegend aus wilden Steingebilden bestehend.

Auch daß Klima ist der Bodengestaltung angemessen bei weitem rauher und das Land weniger fruchtbar als in der andern Hälfte des Staates, Weizen kommt hier nur an einigen Stellen noch zur Reife.

Dünn sind die Küstenränder besiedelt, während das Innere, reich an Fels, Wald, Seen und Wasserläufen, noch ganz Wildnis ist, nur verlockend für den kühnen und ausdauernden Jäger.

Wenige kleinere Ortschaften an der Küste ausgenommen, in deren Nähe Kupferbergwerke ausgebeutet werden, weist diese Hälfte Michigans kein städtisches Gemeinwesen auf.

An einigen Stellen sind Befestigungen in Gestalt kleiner Forts angelegt, in welchen eine spärliche Garnison weilt.

Bergbau wird besonders im östlichen Teil getrieben, jedoch können bei den schwierigen Verbindungswegen diese Schätze des Bodens nicht genügend ausgenützt werden. Das Innere des Landes ist öde Wildnis, welches nur der flüchtige Fuß der Indianer durchstreift.

In dichten Wäldern, welche die felsigen Berge krönen, wohnt hier das Jägervolk der Saulteux, eines Zweiges des einst sehr zahlreichen Chippeway-Stammes, von uralters her.

Der Teil des Huronenvolkes, welcher sich, von Kanada kommend, einst im südlichen Michigan am Grand-River und Saginaw niedergelassen hatte, ist schon seit Jahrzehnten von der Regierung hier angesiedelt und wird von derselben, wie auch die Saulteux, ähnlich wie die andern aus Reservationen verwiesenen Indianerstämme, unterstützt.

Schön war der Tag, die leichten Wellen des Michigan glitzerten im Sonnenstrahl, der auch die felsigen Ufer, welche sich in grotesken Formen steil erhoben, beleuchtete, und ein leichter Wind füllte das Segel des Bootes, welches einsam dicht an der Küste hinfuhr.

Athoree saß am Steuer und lenkte das Fahrzeug mit fester Hand. Im Bug weilte Johnson und blickte still und traurig bald auf die Wasserfläche, bald zu den kahlen Felsen mit ihren Höhlen, seltsam geformten Vorsprüngen, steil, sich gleich gotischen Türmen erhebenden Spitzen.

Neben ihm kauerte Sumach so schweigsam wie er, in der Mitte des Bootes saßen auf niedrigen Bänken der Graf, Heinrich und Michael.

Langsam glitt das Boot mit leichter, steter Bewegung die rauhe Küste entlang, an welcher sich die Wellen des Michigan brachen.

In Grand Traverse City hatte Graf Edgar die nötigen Vorbereitungen zu seinem Zug nach der nördlichen Halbinsel getroffen und unter anderm dies Boot angekauft, zu dessen Führung sich sowohl Athoree, als auch der Mann aus Leitrim sehr geschickt erwiesen.

Ehe er sich ins Innere wagte, um mit sehnsuchtsvoller Hoffnungsfreudigkeit die Saulteux aufzusuchen, hatte er das am Michigan gelegene Fort Mulder berührt, um von dessen Kommandanten die Unterstützung zu erbitten, welche dieser gewähren konnte.

Er war mit viel Freundlichkeit dort aufgenommen worden, welche sich zur Herzlichkeit steigerte, als er als Zeuge und Mitkämpfer in den blutigen Vorgängen in Fort Jackson sich zu erkennen gab.

Die Kunde davon war bereits bis zu diesem einsamen Posten gedrungen, denn kurz vor des Grafen Ankunft war Weller dort gewesen, der vergeblich die Verbrecher zu erreichen versucht hatte.

Der Konstabel hatte sich, begleitet von den Wilsons, kühn in die Wälder gestürzt, da das aufgefundene Boot Zeugnis davon ablegte, daß die Verfolgten unweit des Forts gelandet sein mußten. Die beiden Farmer, welche sich an der Jagd beteiligt hatten, waren in diesem Boot zur Heimat zurückgekehrt.

Der Kommandant von Fort Mulder, ein älterer, erfahrener Offizier, der mit inniger Teilnahme von der Absicht Kenntnis nahm, welche den Grafen hierhergeführt hatte, gab ihm ein Bild der

Schwierigkeiten, welche ihm im Innern des Landes entgegentreten würden.

Auch ihm war die Fortführung Mistreß Walthers durch die Ottawas bekannt geworden, wie sie denn seiner Zeit in weiteren Kreisen Aufsehen und Teilnahme erregt hatte.

Zur freudigen Ueberraschung des Grafen teilte er diesem mit, daß im verflossenen Jahre das dunkle Gerücht zu ihm gedrungen sei, bei den Saulteux halte sich eine weiße Frau auf. Er hatte hierauf Nachforschungen anstellen lassen, die aber zu keinem Resultate führten, die Saulteux hatten geleugnet, daß eine weiße Frau in ihrer Mitte lebe.

»Diese Saulteux,« hatte der Kommandant sich geäußert, »sind die rohesten und verwegensten Bursche hier im ganzen Norden, noch rechte Wilde, und von der Kultur nur so weit beleckt, daß sie Schießwaffen führen.

»Ich komme ungern mit diesen Gesellen in Berührung, vermeide, soweit es angeht, jeden Konflikt mit ihnen und bin froh, wenn sie bei ihren gelegentlichen Besuchen hier sich bald wieder entfernen. Sie wohnen in schwer zugänglichen Felsschluchten, und Gewaltmaßregeln gegen sie würden nur unter schweren Opfern auszuführen sein.

»Als gelegentliches Gegengewicht gegen diese wilden Banden kann ich nur die hier angesiedelten Huronen benützen, deren Stamm den intelligentesten Teil der nördlichen Indianervölker darstellt. Mit diesen Leuten komme ich gut aus.

»Ich glaube zwar nicht, daß Sie etwas von den Saulteux zu besorgen haben, denn sie haben gehörigen Respekt vor einer Entziehung ihrer Rationen, jedenfalls aber finden Sie, sobald Gefahr Sie bedroht, Zuflucht bei den Huronen.

»Diese und die Saulteux stehen durchaus nicht gut miteinander und ich habe öfters zwischen ihnen entstandene Konflikte wieder auszugleichen, bald handelt es sich um Fischerei, bald um Jagdgerechtsame. Noch kürzlich beschuldigten die Saulteux die Huronen, einen der ihrigen erschlagen zu haben, und ich sah mich genötigt, einen Offizier in die Wälder zu senden, um den Fall zu untersuchen.«

Auf die Frage, ob er denn einen Führer habe, der ihn durch die Wildnisse führen könne, hatte Graf Edgar ihm von Athoree gesprochen.

»Nun,« meinte der Kommandant, »da Sie den Mann erprobt haben, kann man Sie seiner Führung anvertrauen und um so mehr, wenn er ein Hurone ist.«

Vom Landwege hatte er der großen Schwierigkeiten wegen abgeraten und empfohlen, an der Küste bis zum Eskonaba hinzusegeln und von da aus die Marblebeds, in deren Nähe die Saulteux hauptsächlich hausten, zu erreichen zu suchen.

»Zwei Dinge gibt es nur,« hatte zum Schluß der wackere Offizier noch hinzugefügt, »halten die Saulteux aus irgend welchen Gründen eine weiße Frau verborgen, so können Sie sie nur mit List oder Gewalt befreien. Geschenke dürfen Sie natürlich nicht sparen, aber diese werden kaum wirken. Erlangen Sie aber auch nur die Gewißheit, daß eine weiße Frau von ihnen gewaltsam zurückgehalten wird, so will ich, wenn es Ihnen nicht gelingt, sie zu befreien, die ganze Regierungsmaschinerie spielen lassen, um den notwendigen Druck auf die Saulteux auszuüben.« Mit seinen herzlichsten Wünschen für das Gelingen hatte ihn dann der Kommandant entlassen.

Leicht glitt das Boot durch die Wellen und kein Wort unterbrach die feierliche Stille, nur das eintönige Rauschen der schwachen Brandung ließ sich hören.

In Traverse City hatte der Graf noch die große Freude gehabt, Frances Schuyler begrüßen zu können, welche die wackere Frau Wilson nach der Küste befördert hatte. Noch einmal hatte er Abschied von dem Mädchen genommen, die seinen Lebenskreis unter solch seltsamen Umständen berührt hatte.

Während er in dem schaukelnden Boote sah und sinnend vor sich hinblickte, weilten seine Gedanken abwechselnd in den fernen Wäldern, die das Geheimnis bargen, welches seine Schwester umgab, und bei der so anmutigen und doch so hoheitsvollen Tochter des tapferen Obersten, die so tieftraurig den Weg nach Süden genommen hatte, um fortan fast einsam durch, das Leben zu gehen.

Von Zeit zu Zeit richtete er die Blicke auf die felsigen Ufer, die öfter durch kleinere Wasserläufe oder Buchten unterbrochen wurden.

»Wann glaubst du, daß mir die Mündung des Eskonaba erreichen, Athoree?« richtete er dann die Frage an den ernsten Indianer.

»Nicht Eskonaba gehen, ander Fluß,« entgegnete ihm dieser.

»Nicht zum Eskonaba? Und warum nicht?«

»Häuser dort, Menschen dort. Fragen wohin gehen. Besser niemand wissen, daß zu Saulteux gehen. Athoree weiß andern Fluß, ganz einsam.«

»Gut, mein Freund, du hast jetzt das Kommando. Ein Wyandothäuptling führt uns und wir vertrauen ihm.«

Der Wind wurde frischer.

Sie segelten an Kap Detour vorüber, zwischen den Summer-Inseln hindurch, ließen die große und die kleine Noquet-Bai, in deren letztere der Eskonaba mündete, mit ihren wenig zahlreichen Ansiedlungen, welche Edgar durch sein Glas deutlich liegen sah, rechts liegen und näherten sich dann wieder der Küste, welche jetzt nach Süden lief.

Athoree maß mit aufmerksamen Blicken die eigentümlich gestalteten Felsspitzen und hielt, seiner Mutter etwas zurufend, direkt auf die Küste zu.

Der Graf gewahrte das nicht ohne Erstaunen und befragte ihn deswegen.

»Gleich sehen, nicht stören.«

Die im Bug sitzende Alte winkte leicht mit der rechten Hand und Athoree änderte hiernach etwas die Richtung des Bootes.

Edgar untersuchte das Ufer mit dem Glase, gewahrte aber nur die nackte Felswand, auf welche das Fahrzeug rasch zulief.

Sie waren schon der Küste ganz nahe. Wieder winkte die Alte und von neuem änderte Athoree den Kurs.

Jetzt gewahrte der Graf eine Stelle in der leichten Brandung, welche ruhiges Wasser zeigte, auf diese hielt das Boot zu.

Leicht segelte es hinein in eine anscheinend geschlossene Bucht, als der Graf zu seiner großen Ueberraschung zur Linken sich einen schmalen Wasserarm öffnen sah, der von außen der vorstehenden Felsen wegen nicht bemerkt werden konnte.

In diesen bog das Boot ein und segelte eine Strecke zwischen Felswänden hindurch, bis nach einer Wendung rechts sich ihren staunenden Augen eine im Sonnenstrahle glänzende Wasserfläche zeigte, welche sich seeartig ausdehnte.

»Das Tuenta-Fluß,« sagte Athoree, »hier sicher, niemand sehen. Nicht viele kennen Einfahrt, nur Wyandotjäger.«

Der breite, sich weithin ins Land erstreckende majestätisch ruhige Strom, der, umsäumt von starren Felsgebilden, in einsamer Schönheit vor ihnen lag, machte nach der so überraschenden Einfahrt durch den engen, windungsreichen, düsteren Kanal einen großen Eindruck auf die Insassen des Bootes.

Alle genossen den selten schönen Anblick dieses geheimnisvollen Wasserbeckens in schweigender Bewunderung.

Der Wind war hier weniger fühlbar als draußen, doch war der Luftzug stark genug, um das Boot leicht über die klare, grünliche Flut hinwegzutreiben. Einige Meilen legten sie so in tiefem Schweigen zurück. Die Felsen wurden allgemach niedriger. Wiederum, als das Auge schon glaubte, Fels schließe den Ausgang, ließ Athoree das Boot eine Schwenkung nach links ausführen, und sie bogen in einen ruhigen Fluß ein, dessen Ufer dichter Wald säumte.

Langsam segelten sie ihn hinauf.

Es herrschte eine solch feierliche Stille auf dem Wasser zwischen den dunklen Walduferu, innerhalb deren der Kahn leicht und geräuschlos hinglitt, daß das Herz sich zur Andacht gestimmt fühlte.

Unwillkürlich leise sprechend, um das Schweigen ringsum nicht zu stören, fragte der Graf nach einiger Zeit: »Führt der Fluß weit ins Land hinein, Häuptling?«

»Er in Eskonaba führen, aber weit oben, nicht Ansiedlungen, nicht Menschen mehr.«

Nach einigen Stunden wurde der Fluß enger und die Strömung stärker, doch war der Wind stark genug, um sie zu überwinden. Endlich drängte sich das Boot unter überhängende Aeste und zwischen Schilf. Die Männer mußten helfen, es hindurchzubringen, und dann lief es, aus dichtem Rohr hervortretend, in einen breiten Strom ein, der seinen Lauf mehr östlich nahm.

»Dies Eskonaba,« sagte Athoree.

Auch hier begegnete das Auge schweigenden Walduferu.

Der Wind wehte hier frischer, und da er zur Fahrt günstig war, trieb er das gut gebaute Boot kräftig stromauf.

In mannigfachen Windungen kam der Eskonaba von Nordwesten her und bot dem Auge fortwährend neue überraschende Ansichten, Oftmals zeigten sich kleine, bewaldete Inseln inmitten des Flusses.

Nach längerer Fahrt traten sie wieder zwischen Felsen ein, welche die Ufer einfaßten, doch zeigten sich auf der Höhe Büsche und Bäume.

Die Bewegung des Wassers wurde stärker und ein dumpfes Brausen ließ sich, dem Waldesrauschen gleich, wenn der Wind die Blätter leise bewegt, fernher hören.

Es war Abend geworden und schon nahte sich die Nacht.

Am linken Ufer öffnete sich in den Felsen eine halbkreisförmige Bucht, in diese ließ Athoree das Boot einlaufen und zog das Segel ein.

Im Dämmerlicht zeigte sich hinter einem Felsvorsprung eine geräumige Höhle. Vor dieser befestigte der Indianer das Boot an einem Felsblock und stieg aus.

»Hier die Nacht bleiben, hier gut.«

Alle stiegen aus und hießen den stillen, trockenen Raum als Lagerstätte für die Nacht willkommen.

Man gewahrte, daß die Höhle öfters zu gleichem Zwecke aufgesucht wurde, denn Feuerstätten waren sichtbar und in einzelnen Ecken lag dürres Laub aufgehäuft.

Von dem trockenen Holze, welches man im Boote mitführte, wurde rasch ein Feuer angezündet und die Männer schickten sich zur Abendmahlzeit an, welche schweigend eingenommen wurde.

Die Nacht war bereits herabgesunken und die Flamme bestrahlte hell das Innere der Höhle und über den Eingang hinausdringend die stille Wasserfläche und die gegenüberliegende Felswand.

Graf Edgar richtete jetzt das Wort an Athoree: »Der Wyandothäuptling hat in den letzten Tagen nicht viel Worte verloren, will er mir nicht sagen, was er nun zu tun gedenkt, mein Ohr ist offen.«

»Wir morgen gehen in die Wälder, Gutherz, Boot muß hier bleiben, oben Stromschnelle, nicht hinüberbringen. Boot niemand hier nehmen. Gehen langsam nach den Marblebeds, wie die Weißen sagen, da wohnen Saulteux. Hier,« er deutete nach Osten, »haben Wyandots ihre Wigwams und wir gehen nach Nordwesten. Athoree wird die Dörfer der Saulteux umkreisen, dann sehen.«

»Den Fluß können wir der nahen Stromschnellen wegen nicht weiter benützen?«

»Nicht Boot hinauffahren; oben Wasser wieder ruhig.«

»Aber wird uns Athoree nicht zu seinen Brüdern, den Wyandots, führen?«

Ruhig entgegnete der Indianer: »Nicht gut, wenn zu Saulteux von Wyandots kommen, er Wyandots nicht lieben, darum reisen in Boot Tuenta hinauf, sagen, Wyandots nicht gesehen.«

»Gut.«

Da der Indianer keine Neigung zu haben schien, sich weiter über seine Absichten auszulassen, der Graf seiner Führung völlig vertraute und des unklaren Verhältnisses gedachte, in welchem Athoree zu seinem Volke stehen mußte, richtete er keine weiteren Fragen an ihn.

Neben seiner Mutter sitzend, wechselte Athoree leise Worte mit der alten Frau in ihrer Muttersprache.

Johnson war, seit man des Mörders seiner Lieben vor seinen Ohren gedacht hatte, in Schweigen versunken, auch jetzt saß er ernst am Feuer und schaute wortlos in dessen verflackernde Glut.

Michael rauchte behaglich seine kurze Pfeife.

»Je mehr ich mich unserm Ziele nähere, Heinrich,« wandte sich der Graf an den Jäger, »je unruhiger pocht mir das Herz. Was werden wir finden?«

»Ich habe die beste Hoffnung, Herr Graf. Hat uns Gott so weit geführt und auf die Spur Ihrer Frau Schwester geholfen, so wird er uns auch jetzt weiter helfen.«

»Du hast gesehen, welche Schwierigkeiten uns die Ottawas in den Weg legten, um die Aufhellung des Geschicks meiner Schwester zu verhindern, nach der Beschreibung des guten Kommandanten in Fort Mulder sollen diese Saulteux die grausamsten und rohesten Wilden hier im Norden sein. Sie werden vielleicht Geschenken und Bitten gegenüber sich noch unzugänglicher verhalten, als die Ottawas. O, Heinrich, wenn alles, alles vergeblich gewesen wäre?«

»Ihre Unruhe und Besorgnisse, Herr Graf, vermag ich, da wir so nahe vor dem Augenblicke stehen, der uns eine oder die andre Gewißheit geben soll, zu begreifen, nur denke ich, daß das Volk, zu dem mir jetzt auf dem Wege sind, nicht die gleichen Gründe haben kann, die Gesuchte zu verbergen, wie die Ottawas. Die Saulteux waren doch an dem Kriege vor drei Jahren, wie an der Entführung der Gräfin nicht beteiligt.«

»Deine Worte klingen tröstlich, auch liegt etwas Wahres in dem, was du sagst, dennoch kann ich das Gefühl der Angst und Beklemmung, welches mich überkommen hat, nicht bemeistern.«

»Es ist die Aufregung der aufs äußerste gespannten Erwartung.«

»Welche Überraschungen hat uns unsre Reise schon gebracht, Heinrich, was wird nun kommen?«

Er versank in Nachdenken und saß, unaufhörlich freud- und leidvolle Bilder vor seinem Geiste aufsteigen lassend, noch am Feuer aufrecht, als die andern schon ihre Lagerstätten aufgesucht hatten und schliefen. Endlich suchte auch er die Ruhe und sah im Traum seine Schwester schön und jugendlich, wie er ihre Gestalt in seiner Erinnerung bewahrte, auf einer Bahre liegen, von weißen Rosen eingekränzt.

Er schlief noch, als Athoree sich beim ersten Tagesgrauen erhob und hinausging.

Erst nach länger als einer Stunde kam er zurück und berührte des Grafen Arm.

»Jetzt gehen,« sagte er, als dieser die Augen aufschlug, worauf sich der Graf rasch erhob.

Sumach hatte bereits das Feuer wieder angefacht und das Frühstück bereitet. Als dies beendet war, wurde dem Boot entnommen, was mitgeführt werden mußte, unter anderm ein Packen, welcher die Geschenke für die Saulteuxhäuptlinge enthielt, diesen hatte Michael zu tragen.

Der Ire führte neben seinem unvermeidlichen Kampfstocke jetzt auch eine Büchse. Während ihres kurzen Aufenthaltes in Grand Traverse City und im Fort, wie auf ihrem Marsche von den Ottawas nach der Küste, hatte ihn Heinrich eifrig einexerziert und Michael rasch Fortschritte gemacht, wie denn die Iren durchaus anstellig und dabei geborene Soldaten sind, welche den Kern der englischen Armee bilden.

Aber dem trefflichen Shillalah entzog der Mann aus Leitrim sein Vertrauen deshalb nicht.

»Er hat doch gute Dienste getan und sogar dem blutigen Peschewa hingeholfen, weshalb sollte ich ihn lassen?«

Er liebte es jetzt, seines Sieges über den Ottawahäuptling öfters mit Selbstbewußtsein zu gedenken, bis ihm der Graf lächelnd riet, dies ja nicht den Saulteux gegenüber zu tun, da dies die nächsten Verwandten Peschewas seien, worauf der gute Michael seine Heldentaten nicht mehr erwähnte.

Als sie jetzt zur Reise gerüstet waren, führte sie Athoree hinaus zu einem engen, nur dem Kundigen bemerkbaren Felsenpfade, welchen sie nicht ohne Mühe emporstiegen.

Auf die Höhe der Felsen gelangt, betraten sie dichten Wald, der durch das Vorwiegen riesenhafter Schwarztannen einen düsteren

Charakter hatte. Dafür war er aber von Unterholz ziemlich frei und erschwerte nicht wesentlich das Gehen.

Eine Zeitlang schritten sie längs des Flusses einher, der tief unter ihnen dahinfloß, dessen dumpfes Rauschen immer stärker und stärker zu ihnen drang, bis sie endlich die Stromschnellen zu Gesicht bekamen.

Brausend wälzte der Fluß hier seine stattliche Wassermenge in schäumenden und springenden Kaskaden durch ein felsiges Bett, ein Bild ungezügelter Naturkraft, von wilder Schönheit.

Doch es war nicht Zeit, die Wunder der Natur zu betrachten, Athoree schritt vorüber und die andern folgten ihm, ohne mehr als einen flüchtigen Blick auf die niedersausenden Wasser werfen zu können.

Als das Geräusch der Fälle schwächer wurde, äußerte der Graf zu Athoree: »Der Häuptling scheint diese Gegend zu kennen?«

»Er ist hier aufgewachsen,« entgegnete der.

Der Fluß machte eine Biegung nach Westen und sie verließen sein Ufer, rasch und lautlos in die düstern Wälder eindringend, die hie und da felsiges, ansteigendes Terrain zeigten.

So waren sie in anstrengendem Marsche einige Stunden fortgeschritten, als Athoree zur Ueberraschung des hinter ihm schreitenden Grafen mit heftiger Gebärde »Halt!« gebot und ihnen leise aber deutlich zurief: »Niederlegen!«

Alle gehorchten schnell, waren aber nicht wenig erstaunt über diesen unerwarteten Befehl.

Athoree legte noch in bezeichnender Weise den Finger auf die Lippen, ihnen so Schweigen einschärfend, und verschwand, sich gebückt und vorsichtig durch den Wald bewegend.

Beunruhigt, aber doch der Weisung folgend, blieben alle am Boden liegen, der Rückkehr des Indianers harrend.

Nach wenigen Minuten erschien dieser wieder und, eine seltene Erscheinung, in wahrnehmbarer Aufregung.

Er winkte zu folgen, nachdem er seiner Mutter einige Worte zugeflüstert hatte, welche auf die alte Frau einen starken Eindruck machten, und schritt voran, sie einen zur Linken ihrer bisherigen Richtung liegenden, mit Büschen bewachsenen Felsen hinaufführend.

Oben angekommen, forderte er sie wieder auf, sich niederzulassen.

Der Fels, der an der Seite, von welcher sie seinen Gipfel erreicht hatten, nur eine mäßige Steigung aufwies, fiel nach der andern etwa dreißig Fuß tief steil ab. Sein Rand war mit dichten Büschen umsäumt und einige hoch emporragende Tannen krönten seinen Gipfel.

»Was bedeutet das, Athoree?« fragte leise der Graf.

»Komm,« flüsterte der und kroch vorsichtig durch die Büsche bis an den Rand des Felsens.

Edgar folgte ihm.

Dort bog der Indianer die Büsche auseinander, ließ den Grafen einen Blick hinauswerfen und sagte: »Sieh!«

Der Graf sah von oben in ein verhältnismäßig offenes Terrain, denn der nackte Felsboden duldete keine dichte Vegetation, auch fernerhin standen die Bäume lichter, hinter diesen aber erhoben sich jäh und hoch ansteigende Felsenmassen.

Mit nicht geringem Schrecken gewahrte Edgar, dem ausgestreckten Finger des Indianers folgend, eine Schar Wilder, welche, einer hinter dem andern gehend, sich zwischen dem Felsgestein hindurchwanden.

»Athoree, was ist das?«

Mit einer Stimme, deren Beben von hoher Aufregung des Sprechenden zeugte, entgegnete er: »Wyandots auf dem Kriegspfade.«

»Um Gottes willen, gegen wen?«

»Gegen Saulteux. Saulteux kommen hierher, in die Wigwams der Wyandots zu fallen, diese ziehen aus, ihnen den Weg zu verlegen.«

Der Graf erschrak nicht wenig über diese Mitteilung.

Ein Kampf zwischen den roten Leuten drohte alle seine Hoffnungen zu zerstören.

»Was beginnen wir, Freund?«

»Müssen warten. Vielleicht nicht fechten.«

Auch die andern waren, Johnson ausgenommen, durch diese Nachricht peinlich überrascht.

Sumach hielt die Hände vor das runzelvolle Gesicht.

Leise und eindringlich sprach der Sohn zu ihr, sie schien zu widersprechen und endlich nachzugeben.

Hierauf zog Athoree zwei Schwungfedern des Falken aus seinem Gewande, warf seine Mütze ab, kauerte vor seiner Mutter nieder, welche die Federn geschickt in seinem dichten Haar befestigte, so daß sie hoch emporragten und dem Kopfe des Wyandots, dessen

Augen gleich denen eines Raubtieres blitzten, etwas überaus Wildes gaben.

Angestrengt lauschten alle.

Fernher klang der Hall einer abgefeuerten Büchse. Da, wieder und wieder. Dumpf drang Schlachtruf der Indianer zu ihnen.

Hohe Aufregung hatte sich der Hörer bemächtigt bei diesen kriegerischen Lauten. Athoree stand horchend, einem Panther gleich, der zum Sprunge ansetzt, da.

Die Schüsse wurden zahlreicher, dann klangen sie wieder nur vereinzelt herüber, aber – die auf dem Fels Weilenden vernahmen es mit Schrecken, das Feuer kam näher, ein Zeichen, daß die Huronen zurückgingen.

Näher und näher erklang der scharfe Laut der Büchsen. Es war klar, die Wyandots wichen vor ihren Feinden, langsam, jeden Fuß ihres Bodens verteidigend.

Der Graf und die andern lagen in den Büschen am Rande des Felsens und schauten hinab, die Büchsen in der Hand.

In ihrem Gesichtskreis erschien eine kleine Schar Indianer, welche rasch zurückspringend und Deckungen suchend, sich niederwarfen und eifrig luden.

Bald krachten auch ihre Schüsse auf den vom Fels aus unsichtbaren Feind, der das Feuer viel stärker erwiderte.

Athoree erhob sich und sagte in der Sprache seines Volkes zu seiner Mutter: »Die Kinder der Wyandots weichen.«

»Sumach hört es.«

»Athoree wird fechten in den Reihen seiner Brüder.«

»Athoree geht in den Tod.«

»Soll der Enkel Meschepesches, des großen Panthers, zurückbleiben wie eine Squaw, wenn die Wyandots fechten und sterben?«

Sumach antwortete nicht, sie bebte und hielt die Hand vor die Augen.

Eine starke Schar der feindlichen Indianer, der Saulteux, greulich bemalt, mit wehenden Skalplocken, drang, vom Fels aus deutlich sichtbar, in raschen Sprüngen vor, dicht am steilen Abhang des Felsens mußte sie ihr Weg vorbeiführen, augenscheinlich war es darauf abgesehen, den in der Front stark engagierten Huronen in die Flanke zu fallen.

Athoree berührte des Grafen Schulter: »Der Wyandot kämpfte für dich, jetzt fechte Gutherz für den Wyandot.«

Er riß die Büchse an die Wange, feuerte in die andringenden Saulteux und ließ einen so gellenden Schrei erschallen, daß die Wälder ringsum widerhallten: »Der Pfeil der Wyandots ist da.«

Mit rasender Schnelligkeit glitt er hierauf den Fels hinab und den blinkenden Tomahawk schwingend, stürmte er in wilden Sprüngen auf die Gegner seines Volkes los.

»Feuer!« schrie bei diesem Anblick der kampflustige Ire und schoß; Johnson, Heinrich, selbst der Graf, er nur mit Widerstreben, feuerten ihre Büchsen in den stutzend haltenden Haufen der Saulteux ab.

Auf seiten der Huronen erhob sich von neuem gellendes Geschrei und alle, die von oben gesehen werden konnten, und dem starken Laute nach zu urteilen auch die andern durch Baum und Fels unsichtbaren, stürzten zu wildem Angriff vor.

In panischen Schrecken durch das ganz unerwartete Feuer von der Spitze des Felsens versetzt, hinter dem rasend anstürmenden Athoree eine starke Schar vermutend, ergriffen die Saulteux die Flucht, hastig verfolgt von den Huronen.

Athoree war verschwunden.

Einzelne Schüsse wurden noch gehört, dann herrschte Schweigen wie vorher.

Die Männer auf dem Felsen saßen stumm und sahen sich betroffen an.

»Das, fürchte ich, Heinrich, zerstört alle meine Hoffnungen,« sagte mit trübem Ernste der Graf.

»Und doch war es nötig, daß wir Feuer gaben, die vordringenden Wilden, welche uns in der Schlachtreihe ihrer Feinde erblickten, und in Gesellschaft eines Huronen, hätten uns in der Hitze des Kampfes sicher nicht geschont.«

»Du wirst recht haben.« Zu Johnson fuhr er in englischer Sprache fort: »Es ist sehr schlimm für uns, daß wir in diesem Bruderzwiste auch unsre Büchsen sprechen ließen.«

Ehe dieser noch antworten konnte, sagte Michael: »Euer Gnaden werden verzeihen, aber ich konnte doch den Athoree, da er nun einmal kämpfen wollte, nicht allein unter die Wilden stürzen lassen, ohne einen Schuß für ihn abzugeben; der rote Mann hat mich auch herausgehauen und ein Bursche aus Leitrim läßt keinen Freund sitzen.«

»Ja, mein guter Michael, du hast wie ein treuer Gefährte gehandelt, aber nichtsdestoweniger ist unsre Beteiligung am Kampfe für meine weiteren Schritte bei den Saulteux sehr bedenklich.«

»Ich bin der Meinung, Herr Graf,« nahm Johnson das Wort, »daß, wenn mir in den Bereich der siegreich vordringenden Gegner der Huronen gekommen wären, unsre Skalpe jetzt an ihren Gürteln hingen. In seiner Wut schont der Wilde nichts. Auch mußten sie uns in dieser Position für ihre Feinde halten. Unser Feuer war Notwehr.«

Der Graf entgegnete: »Ich gebe zu, es war eine traurige Notwendigkeit ... Athoree gesellte sich zu seinen Stammesgenossen und wir konnten ihn, der so oft für mich gekämpft hat, nicht verlassen. – Ob er gefallen oder verwundet ist, da er nicht zurückkommt?«

Sumach sagte: »Athoree nicht kommen, nicht jetzt. Wyandots ihn nicht sehen dürfen.«

»Wie, nicht sehen? Jetzt, wo er durch sein und unser Eingreifen ihnen den Sieg verschafft hat?«

Die Alte schüttelte den Kopf: »Nicht sehen, Wyandot ihn nicht sehen.«

Die Büsche wurden auf der Seite, von wo sie gekommen waren, auseinandergebogen und ein alter hochgewachsener Indianer trat aus ihnen hervor.

Sein Auge überflog die Gruppe und haftete dann an Sumach.

»Die Mutter Athorees, des befiederten Pfeiles der Wyandots, kehrt zu ihrem Volke zurück?«

Die Alte neigte ihr Haupt.

»Die Wyandots haben den Schlachtruf des Enkels der großen Häuptlinge vernommen, aber mein Auge ist trübe, es sieht den befiederten Pfeil nicht.«

Die Alte wiegte das Haupt hin und her, entgegnete aber nichts.

Der Indianer wartete kurze Zeit auf Antwort, sagte: »Sumach ist willkommen,« und wandte sich dann an den Grafen in verständlichem Englisch mit den Worten: »Die weißen Männer haben die Waffen erhoben für die Wyandots gegen jene Wölfe aus den Felsbergen. Die Wyandots danken ihnen. Die Bleichgesichter sind an den Feuern des Volkes willkommen.«

Edgar erhob sich, ging auf den Huronen zu und sagte: »Wir mußten in den Kampf eingreifen, Hurone, wir fochten für unsern Freund Athoree und zu unsrer eigenen Sicherheit, da uns ein Zufall in die Schlachtlinie geführt hatte, das ist alles. Ich habe auf dem Wege zu den Dörfern der Saulteux am wenigsten Ursache, Streit mit ihnen zu suchen.«

»Der weiße Mann ist ein Freund der Saulteux.«

»Ich suche ihre Dörfer in friedlicher Absicht auf und glaubte nicht, in eine kriegerische Verwicklung zu geraten.«

Der Indianer richtete einige Fragen an Sumach, welche diese beantwortete.

»Der weiße Mann ist kein Feind der Saulteux, Sumach sagt mir, warum er sie aufsucht. Die Wyandots sind dennoch dankbar und die Freunde der Bleichgesichter. Sie werden nicht laut sagen, daß die weißen Männer ihre Büchsen abgefeuert haben, sie können ruhig zu den Saulteux ziehen, diese werden es nicht wissen, niemand weiß es.«

Der Graf faßte wieder Hoffnung, denn wenn die Huronen darüber schwiegen, konnte ihren Feinden wohl kaum eine Ahnung davon aufsteigen, von wem die Büchsen aus den den Felsrand umsäumenden Büschen abgefeuert waren, von dem außerdem ein Huronenkrieger hinabgeeilt war.

»Gut,« sagte er. »Die Saulteux dürfen nicht wissen, daß wir unsre Büchsen auf sie abschossen. Die Wyandots sind Männer und unsre Freunde, sie werden schweigen.«

»Sie werden schweigen.«

Ein kräftiger Schritt wurde hörbar und durch die Büsche ward die Uniform eines Offiziers der Staatentruppen sichtbar.

Gleich darauf trat der junge Krieger zwischen den Zweigen hervor und warf einen staunenden Blick auf die Gruppe.

»Was ist das? Landsleute hier? Mein Gott, wie kommt ihr denn in das Indianergemetzel?«

Edgar erklärte es ihm mit kurzen Worten.

»Nun, das ist ein eigener Zufall. Aber es ist gut, daß Sie halfen, diesen mörderischen Hunden heimzuleuchten, sie hätten bei ihrer viel stärkeren Kriegsmannschaft die Huronen sämtlich massakriert. Ich bin mit dem Auftrag ausgesandt, Frieden zwischen den Roten zu stiften, und leider zu spät gekommen, um diesen blutigen Zusammenstoß zu verhindern. Es wird doch wohl notwendig sein, den Saulteux einen solchen Friedensbruch für immer zu verleiden.«

Er wandte sich dann an den Huronen: »Konntest du, alter, kluger Hayesta, diesen Kampf nicht vermeiden?«

»Wenn wir freiwillig unsre Skalpe hingaben, ja. Der Saulteux kam auf unsre Reservation und schoß auf meine jungen Leute, da wehrten sie sich.«

»Diese Wilden,« erläuterte der junge Offizier dem Grafen, »liegen beständig im Hader mit unsern Huronen. Sie beschuldigten die letzteren, einen ihrer Männer meuchlerisch getötet zu haben, und ich bin abgeschickt, den Fall zu untersuchen. Unterdes haben sie sich selbst Genugtuung zu verschaffen gesucht. Verwünschtes Volk! Wieviel Leute hast du denn verloren, Hayesta?«

»Fünfzehn Krieger der Wyandots gingen in die seligen Jagdgründe.«

»Und die Saulteux werden natürlich auch Haare gelassen haben.«

»Ließen zwanzig fünf Tote liegen.«

»Da haben wir es. Eine blutige Rasse.«

Er ließ sich dann, während der alte Indianer, der erste Häuptling der Huronen, sich mit Sumach besprach, in eine Unterhaltung mit Edgar ein, der ihm offen die Absicht mitteilte, welche ihn hierhergeführt hatte.

»Hoffentlich bleibt Ihr Eingreifen in den Kampf verborgen; den Saulteux bekannt, würde es Ihrem Zwecke nicht nur hinderlich sein, sondern Ihnen auch Gefahren bringen, wenn Sie sich auf das Gebiet dieses Volkes wagen. Ich gebe Ihnen den Rat, sich schleunigst von den Huronen zu trennen und Ihre Marschroute etwas zu ändern. Es ist nicht unmöglich, daß die Befürchtung, für diesen Friedensbruch, wenn auch nur durch Entziehung ihrer Rationen, bestraft zu werden und die hier erhaltene Schlappe die Saulteux etwas gefügiger gemacht haben und sie Ihnen deshalb leichter Gehör geben.«

Es ward nun beschlossen, den Weitermarsch unverzüglich, trotz der Abwesenheit Athorees, unter Führung Johnsons anzutreten, und sich soweit als möglich von den Huronen zu entfernen.

Sumach erklärte, bei ihrem Volke bleiben zu wollen, und flüsterte dem Grafen, als er lebewohl sagte, zu: »Geh nur, Gutherz, Athoree schon kommen, Gutherz nicht verlassen.«

Sie verabschiedeten sich von dem jungen Staatenoffizier und von dem alten Huronen, der dem Grafen mit Wärme versicherte, daß er stets bei den Wyandots willkommen sei, und drangen wieder in den Wald ein.

Nach einem anstrengenden Marsche über Felsen und Berge hinweg, während das Land um sie wilder und bergiger wurde, lagerten sie am Abend an der Seite eines Felsens, welcher sie vor dem rauhen Wind schützte, der in der Höhe, welche sie bereits erreicht hatten, schon empfindlich kalt war.

Kaum hatten sie Feuer angezündet, als zu aller Freude Athoree unter den Bäumen hervortrat und sich so ruhig, als ob er sie eben verlassen hätte, an ihrer Seite niederließ.

Nach gemessener Pause sagte der Graf: »Ich freue mich, dich wiederzusehen, Häuptling, schon fürchtete ich, du seiest in deine glücklichen Jagdgründe gegangen.«

»Die Saulteux heulen vor Angst, wenn ein Krieger der Wyandots den Schlachtruf erhebt. Drei der Hunde fielen unter meinen Streichen.«

»Mein Freund Athoree ist ein großer Krieger, ein Held seines Volkes, die Wyandots werden sein Lob singen.«

Ernst entgegnete der Indianer: »Manitou hat mich über das Wasser gesandt, die Wyandots werden ihres befiederten Pfeiles gedenken. – Sumach zurückgeblieben? Gut. Alte Frau hier nichts nützen.«

»So schätzenswert Johnsons Walderfahrung ist, so würden wir doch ohne dich, Athoree, kaum hier Erfolge erzielen. Nur eines fürchte ich, daß du als Hurone hier in die Hand deiner Feinde fallen wirst.«

»Saulteux blind wie neugeborene Hunde. Athoree nicht sehen, nur ihn fühlen. Du sehen, wie Saulteux laufen, er laufen noch.«

»Ich würde es zeitlebens bedauern, wenn dich hier infolge deiner Anhänglichkeit an mich ein Unglück träfe.«

»Was für Unglück? Sterben als Krieger? Müssen alle sterben. Wyandots jetzt das Totenlied für Athoree singen. Das gut.«

»Welche Schritte werden mir nun zunächst tun müssen? Hältst du es für ratsam, daß ich in das Dorf der Saulteux gehe, ihnen Geschenke anbiete und offen mit ihnen verhandle?«

»Morgen sagen. Athoree erst sehen. Kennen hier jeden Schritt, als junger Krieger hier oftmals auf Skalp lauern. Mehr als einmal ganzer Stamm hinter mir her. Athoree nicht fangen.«

»Um so besser, wenn du diese wilde Gegend kennst.«

»Ihm kennen gut genug, so gut als Saulteux.«

Sie verbrachten die Nacht unter dem Schütze des Felsens.

Mit Tagesanbruch erhoben sie sich und schritten unter Athorees Führung immer höher in die Felsenwildnis hinein.

Düstere Nadelhölzer umgaben sie auf allen Höhen. An Abgründen vorbei über schäumende Gießbäche ging der Weg, oftmals gefährlich genug, einmal rettete nur Johnsons Riesenkraft den Iren vor einem jähen Absturz.

In tiefster Einsamkeit lagen diese Felsenschlünde da, in deren verschlungenem Labyrinthe sich Athoree mit wunderbarer Sicherheit zurecht fand.

Es war eine Gegend von wilder, großartiger Schönheit, durch welche sie ihr verstohlener Pfad führte, aber von jener Schönheit, welche schaudernde Bewunderung abnötigt.

Jetzt begriff der Graf, wie schwierig es war, die Saulteux in ihrem eigenen Lande zu bekriegen.

Still war es hier oben zwischen den zerrissenen Felsen, nur der heisere Schrei eines Adlers, der sich von seinem Horst erhob, aufgescheucht durch den seine Einsamkeit störenden Menschenfuß, unterbrach hie und da das feierliche Schweigen dieser rauhen Wildnis.

Die Sonne stand fast im Zenith, als Athoree vor einer Felsenöffnung Halt machte.

Ein schmaler Pfad hatte sie zu dieser emporgeführt. Vor derselben befand sich ein tiefer Abgrund, aus dem das Rauschen eines Wildbaches empordrang.

Der tiefe Felsenspalt war durch einen Baumstamm überbrückt; drüben mußte der Weg abwärts führen, da sie jenseits einen entfernten, bewaldeten Höhenzug erblickten.

Neben der dunklen Felsöffnung erhoben sich junge Tannen und Birken und verdeckten sie fast zur Hälfte. Auch drüben auf der Felswand, zu welcher der Baumstamm leitete, zeigte sich junges Holz, über das hinwegeilend das Auge auf düsterem Nadelwald ausruhte, während der Blick nicht ins Tal zu dringen vermochte.

Rechts und links erhoben sich starre Felsmassen, deren Gipfel von Wald gekrönt war, wie in gleicher Weise die Wand, in welcher sich die Oeffnung befand. Athoree schritt über den dicken Baum hin und legte sich jenseits in den Büschen nieder.

Nach einigen Minuten kehrte er zurück und forderte die Männer auf, in den Felsen zu treten, dessen Oeffnung sie zu einer geräumigen Höhle führte.

Auch hier zeigten Feuerstätten an, daß sie öfters besucht wurde.

Der Raum war groß und dunkel in seinem rückwärts liegenden Teile.

Athoree blickte aufmerksam um sich und ging dann nach dem Innern der Höhle zu und verschwand dort hinter einem Vorsprung.

Als er zurückkehrte, forderte er den Grafen und Johnson auf, ihm zu folgen.

Er führte sie in einen engen Gang, welcher nach oben auslief.

Gebückt konnte ein Mensch, wenn auch mit Schwierigkeit, darin gehen.

Bald erblickten sie durch eine Spalte Tageslicht.

Der Indianer deutete darauf hin und sagte zu Johnson: »Toter Mann sehr stark, er gehen und sehen, ob dort Felsblock fortschieben. Saulteux legen ihn davor.«

Johnson bewegte sich darauf zu und bemerkte, näher gekommen, daß die Oeffnung, welche gerade groß genug war, einen Menschen durchzulassen, von zwei schweren Felsstücken verschlossen war.

Er strengte seine herkulische Kraft an und es gelang ihm, den einen Felsblock zur Seite zu drücken. Die Oeffnung war groß genug, um es zu ermöglichen, daß Johnson, wenn auch mit Mühe, hindurchkroch. Er befand sich hiernach auf der Höhe des Felsens im dichten Walde.

Mit geringerer Anstrengung gelang es ihm hier, den zweiten stattlichen Felsblock zur Seite zu wälzen.

Der Graf und Athoree folgten Johnson jetzt, und der letztere ging in den Wald hinein.

Dann hieb er, zurückkommend, einige junge Tannen mit seinem Tomahawk ab und stellte sie vor den Höhleneingang. Sich zwischen diesen durchwindend, gelangten sie in den Gang und gingen wieder zur Höhle zurück.

»Jetzt hier bleiben. Alles ganz still. Nicht Feuer anmachen, Dorf der Saulteux nahe. Athoree gehen und nach ihnen sehen.«

»Man wird dich entdecken, Athoree.«

»Saulteux können nicht denken, daß Huronenkrieger hier, halten für ihren Krieger, wenn von ferne sehen. Kommen nah – nun« – er legte die Hand ans Messer – »dann machen stumm. Saulteux alle in Dorf, klagen um ihre Toten, alle sehr betrübt.«

»Und wenn mir während deiner Abwesenheit entdeckt werden?«

»Dann gehen mit Saulteux in Dorf, sagen, kommen als Freund, bringen Geschenke. Nicht sagen, daß von Wyandots kommen, von See.«

»Gut, wir wollen tun, wie du sagst.«

Athoree entfernte sich über den Baumstamm und verschwand in den Büschen.

Die andern streckten sich auf ihren wollenen Decken zur Ruhe aus, und abwechselnd hielt einer nach dem andern am Eingang Wache, um nicht durch einen unerwarteten Besuch ganz unvorbereitet überrascht zu werden.

Der Tag verging dem Grafen in mannigfachen Gemütsbewegungen. Was würde er, so nahe dem ersehnten und so mühevoll erreichten Ziel, erfahren?

Unruhig ging er oft hin und her.

Einmal traute er sich über den Baumstamm hinüber und wagte einen Blick in das Tal zu werfen.

Dasselbe war ausgedehnt genug, und sein Grund, den ein Bach durchfloß, mit Wiesengras bedeckt.

An einem Ende hatte er Hütten der hier hausenden Indianer gewahrt.

Dann war er durch den engen Gang, welcher von der Höhle nach oben führte, gegangen und hatte sich draußen im Walde umgesehen, der, wie er jetzt an andern, auch von unten aus sichtbaren Berg- und Felsspitzen bemerkte, doch bedeutend höher lag, als der zur Höhle führende untere Eingang.

Ihr von Gefahren umgebener, verschwiegener Zug hierher, das seltsame Asyl, welches ihnen der Fels bot, die ganze wildromantische Umgebung, hatten etwas phantastisch Geheimnisvolles, welches sehr wohl zu seiner aufgeregten Stimmung paßte, ohne seine Unruhe indessen zu beschwichtigen.

Eine unsägliche Sehnsucht nach der Schwester bemächtigte sich seiner; dann dachte er des Greises in der fernen Heimat, er sah ihn in seinem Lehnstuhl sitzen und den Diener fragen, ob kein Brief von Amerika gekommen sei.

Was werden die nächsten Stunden bringen?

Ein Trost für ihn war die Anwesenheit Heinrichs, mit welchem er über die Heimat und die Schwester reden konnte in den lieben deutschen Lauten.

Der Tag verging und Athoree kam nicht zurück.

Des Grafen Unruhe steigerte sich noch. Wenn dem Indianer ein Unglück zugestoßen war, wenn er verhindert wurde, zu ihnen zurückzukehren, so waren sie hier inmitten des Gebietes eines durch seine jüngsten kriegerischen Erlebnisse erbitterten Indianerstammes in keiner beneidenswerten Lage, da sie es heimlich in einer verstohlenen Weise betreten hatten, welche sie verdächtig machen mußte.

Die Nacht schritt vor und der Indianer kam nicht.

Während die andern schliefen, saß Edgar in dem Eingang an der Höhle, blickte zu den Sternen auf und horchte hinaus auf Athorees leichten Schritt.

Dumpf tönte das Brausen des Wildbachs zu ihm herauf.

Endlich sank auch er in einen unruhigen Schlummer.

Mitternacht war schon lange vorüber, als endlich der Wyandot schattenhaft über den Baumstamm huschte und in die Höhle trat.

Er weckte den Grafen.

»Nun?« fragte begierig der Graf.

»Kommen mit, Gutherz, selbst sehen.«

»Hast du meine Schwester gefunden?«

»Weiße Frau sehen, ja.«

Der Graf zitterte in fieberhafter Aufregung.

»Wo? Wo? Athoree!«

»Kommen, sehen, dann handeln.«

»Vorwärts, Freund, ich bin bereit. O, noch nie hat eine Botschaft so gewaltig mein Herz bewegt. Und doch? O Gott, Gott, laß hier keine Täuschung stattfinden. Komm!«

»Erst Johnson reden.«

Er weckte ihn.

»Gutherz und Athoree jetzt weiße Frau suchen,« sagte er zu ihm. »Saulteux nimmer gutwillig sie geben, müssen fortnehmen. Hierher bringen. Der tote Mann muß sich, sobald die Sonne über die Berge scheint, in die Büsche dort legen und eifrig in das Tal hinunterspähen. Kommen die Saulteux hinter uns her, muß er im Notfall die Büchse sprechen lassen. Der tote Mann hat verstanden?«

»Ich verstehe dich ganz gut, Indianer. Aber eine gewaltsame Befreiung der Gefangenen hetzt uns die ganze Meute auf den Hals und wie aus diesem Land herauskommen mit einer Frau?«

Ruhig erwiderte ihm der Hurone: »Saulteux nicht wissen, daß wir hier. Wenn weiße Frau fort, er denken, sie in Wald gehen, und suchen dort. Er nimmer denken, daß hierher gehen in Höhle. Fels machen keine Spur. Wenn erst hier oben, und werfen den Baum dort hinab, sie müssen großen Weg machen, um auf andre Seite zu kommen. Viele Pfade führen hinab, er nicht wissen, welchen wir wählen. Ich würden sagen: Geben Saulteux Geschenke für weiße Frau, aber er nehmen Geschenke und behalten weiße Frau; zu lange schon hier verbergen, geben nicht für Geschenke her, ich Saulteux kennen. Wir dann nimmer aus den Bergen herauskommen, fallen in Abgrund, das alles.«

»Wenn du der Meinung bist, hier könne nur gewaltsame Entführung helfen, so muß sie gewagt werden, und Sie, mein treuer Freund, werden uns beistehen.«

»Ja, Herr Graf, ich stehe Ihnen bei.«

Edgar weckte noch Heinrich, der in hoher Erregung die Nachricht vernahm, daß die weiße Frau gefunden sei, und gab ihm im Sinne Athorees ähnliche Instruktionen, wie dieser Johnson gegeben hatte.

»Verlassen Sie sich auf mich, Herr Graf, in diesem Felslabyrinthe kann der ganze Stamm gegen mein Mausergewehr anstürmen und ich weise ihm die Wege. Ich werde, wenn es nötig sein sollte, Ihren Rückzug decken.«

Der Graf schüttelte ihm und Johnson die Hände und folgte Athoree. Er hatte auf des Indianers Rat schon im Fort indianische Fußbekleidung und Gamaschen angelegt, sein Schritt war deshalb so geräuschlos, wie der des Indianers.

Sie überschritten den Baum und stiegen einen schmalen, beim Sternenlichte eben noch erkennbaren Felsenpfad hinab, der abwechselnd von Gestein oder Büschen umgrenzt war.

Nur die wunderbare, fast instinktive Sicherheit des Indianers bewahrte den Grafen bei diesem nächtlichen Marsche vor Unheil.

Als sie unten waren, schlug der Indianer, statt das Tal zu betreten, von neuem einen felsigen Pfad ein, der sie an demselben langhingestreckten Berge, an dessen Seite sie eben herabgekommen waren, wieder emporführte.

Endlich graute der Tag und ihr Weg wurde sichtbarer.

Vorsichtig schritten sie weiter. Athoree mit den Schritten einer Katze, lauschend und mit den dunklen Augen jeden Busch durchforschend.

Bei jeder Wendung des Weges kroch er erst voran, um die Sicherheit desselben zu erkunden.

So waren sie auf rauhem Pfade, zwischen Gestrüpp und wirr umherliegendem Felsgestein hindurch an eine Stelle gelangt, von wo sie von hoch oben herab in das Dorf der Saulteux hineinsehen konnten.

Dreißig bis vierzig Hütten lagen zerstreut dort im Tale, teils an dem Bache, der es durchfloß, teils an Felsen angelehnt.

Vorsichtig lugten sie durch die Büsche hinab.

Die Bewohner der Wigwams schliefen größtenteils noch. Nur hie und da zeigte sich ein schläfriges Weib, welches Wasser aus dem Bache schöpfte. Männer waren nicht zu sehen.

Sie schlichen weiter, über das Dorf hinaus. In einer sehr steil ansteigenden Rinne, die wohl bei Regengüssen strömendes Wasser und Steingeröll hinab ins Tal führte, deren Seiten mit fast undurchdringlichem Buschwerk eingefaßt waren, kletterten sie hinauf, die Richtung derselben verbarg sie den Blicken aus dem Tale vollständig.

So erreichten sie nach mühevollem Aufstieg ein Felsplateau, der höchste Punkt in der näheren Umgebung des Tales. Dort legten sie sich nieder und ruhten von dem anstrengenden Marsche aus.

Hell strahlte die Sonne vom Himmel hernieder und beleuchtete die Wälder, Berge und Felsspitzen, welche sich ringsum erhoben, wie das Tal, welches unter ihnen sich ausdehnte.

Sie lagen gedeckt zwischen Steinen und Birkengestrüpp da.

Leise äußerte der Graf: »Athoree, meine Schwester wird einen solchen Weg, besonders noch in eiliger Flucht, nicht zurücklegen können.«

»Nicht Weg für Squaw. Gehen andern Weg. Noch Zeit, erst sehen, nicht gehen vor Mittag, dann alle schlafen.«

Höher und höher stieg die Sonne und sie lagen noch immer zwischen den Steinen. Graf Edgar in ungeminderter seelischer Aufregung.

Der Indianer kroch jetzt an den Rand des Plateaus und schaute von ihm in der Längsrichtung des Tales hinab.

Er winkte dem Grafen und dieser legte sich neben ihn. Beide versteckten sorgfältig die Köpfe zwischen den Birkenzweigen.

Der Graf erblickte tief unter sich einen sich isoliert im Tale erhebenden Felskegel, der eine Vertiefung gleich der Oeffnung eines Kraters hatte. In diese Vertiefung, deren Felswandungen sie vollständig von der Außenwelt abschlossen, sah der Graf hinein. Gras,

Blumen und einige Büsche zeigten sich auf deren Grunde und an die Felsmauer angelehnt eine indianische Hütte, welche, aus gegerbten Häuten und Baumrinde gefertigt, hinreichenden Schutz gegen die Unbilden der Witterung zu bieten schien.

Die Einsenkung lag still und einsam vor den Augen der Lauscher da.

»Was ist das, Athoree?«

»Werden gleich sehen.«

Innerhalb des so gänzlich abgeschlossenen Raumes erschien jetzt eine alte Indianerin, ging auf das Wigwam zu und schien hineinzusprechen. Der Graf nahm sein Glas an das Auge und richtete es hinab.

Nicht lange dauerte es, so sprang ein Knabe aus der Hütte hervor und an der Alten in die Höhe. Diese wehrte, wie es schien, gutmütig seine wilden Liebkosungen ab.

Der Knabe hatte langes blondes Haar, welches ein Band um seine Schläfen zusammenhielt. Ein kurzes, tunikaartiges Gewand, durch einen Gürtel um die Lenden festgehalten, bedeckte den schlanken, jugendlichen Körper bis zu den Knieen, Arme und Beine waren nackt, die Füße steckten in Mokassins.

Zitternd in innerer Erregung beobachtete ihn der Graf durch sein Glas.

Die Alte ließ unterdes Feuer zwischen zu einem Herd hergerichteten Steinen auflodern und schickte sich augenblicklich an, das Frühstück zu bereiten, während das Knäblein einen Bogen zu prüfen schien.

Der Graf wollte reden, aber er vermochte es nicht, so gewaltig pochte ihm das Herz, er verschlang mit den Augen das Bild vor sich.

Jetzt bewegte sich der Fellvorhang und eine schlanke Frauengestalt trat aus dem Zelte.

Der Graf richtete hastig das Glas auf sie und mit einem leisen Schrei ließ er es seiner Hand entsinken. »Luise – Luise,« flüsterte er in einem Tone, der das tiefste Fühlen seines Herzens verriet: »Luise!«

»Das Schwester? He?« fragte mit einem Lächeln Athoree.

»Ja, ja, Freund, das ist die lang Gesuchte,« sagte er mit vor Freude bebender Stimme, »das ist meine Schwester Luise. Gott sei gelobt, daß er mich diesen Tag erleben ließ.«

Er drückte Athoree die Hand und richtete sein Glas wieder in das Felsenrund.

Der Knabe sprang auf die Frau zu, umarmte und küßte sie zärtlich, sie streichelte ihm Wange und Haar, und beide setzten sich dann an einen roh gefertigten Tisch und nahmen das Frühstück, welches die Indianerin bereitet und aufgetragen hatte, ein.

Das Verhalten der Alten ließ darauf schließen, daß die Gefangene mit großer Ehrfurcht behandelt wurde.

Der Knabe entfernte sich dann mit seinem Bogen, die Indianerin trug einen Stuhl vor die Hütte und holte, wie es schien, eine Näharbeit aus deren Innerem und überreichte sie der Frau.

Dann ging auch sie hinweg.

Dies alles beobachtete der Graf durch sein Glas mit einer tiefinneren Bewegung, wie er sie nie gefühlt hatte.

Da saß vor ihm die Verlorene, so heiß Ersehnte, die so Vieles und Schweres erduldet hatte, eine Gefangene der wilden Rothäute in fast unzugänglicher Gegend. Nach und nach erst minderte sich die Erregung seiner Seele, schlug sein Herz ruhiger.

»Und was nun, Athoree?« fragte er endlich.

»Jetzt steigen herab, sprechen zu Schwester und dann leise fort.«

»Jetzt, am hellen Tage?«

»Schwester bei Nacht nicht gut klettern auf Felspfad. Müssen jetzt gehen. Niemand dort, kommen niemand dorthin. Kennen Weg, denken niemand uns sehen. Werden weit weg sein, ehe Saulteux es merken.«

»Und wenn man uns erblickte, so wäre alles und für immer verloren.«

»Müssen an Tag gehen, nachts schlafen Krieger vor Fels, ihn zu bewachen.«

»Athoree, Athoree, wenn es mißlänge?«

Der Indianer blickte ihn mit seinen dunklen Augen bedeutungsvoll an und sagte ernst und nachdrücklich: »Glaubst du an großen Geist?«

»Wehe mir, wenn ich es nicht täte.«

»Er lassen finden Schwester, er werden Schwester führen zu den Leuten ihres Stammes.«

»Ja, du hast recht, hat er mich so wunderbar hierhergeleitet, so wird er das Rettungswerk auch gelingen lassen. Laß uns gehen.«

Sie verließen ihren hohen Standpunkt und kletterten, mit großer Vorsicht es vermeidend, daß unter ihren Füßen Steine ins Rollen kamen, hinab und drangen in dichtes Gebüsch ein.

Es gehörten die scharfen Sinne eines Indianers und dessen geradezu wunderbarer Ortssinn dazu, um hier in dem oftmals verschlungenen Unterholz, welches kaum zwei Schritt weit zu sehen erlaubte, die Richtung inne zu halten.

Es war ein kühnes Wagnis, welches diese beiden Männer unternahmen, und es gehörten starke Nerven dazu, um mit Besonnenheit inmitten eines Feindeslagers, wo der geringste unglückliche Zufall sie verraten konnte, zu handeln.

Daß im Falle einer Entdeckung wahrscheinlich augenblicklicher Tod ihr Los sein würde, sagten sie sich selbst, denn aus allem, aus dem Geheimnis, mit welchem die Indianer ihre Gefangenen umgaben, der Art ihrer Aufbewahrung ging hervor, welchen hohen Wert sie ihr beilegten.

Was der kühne Indianer in dem angeborenen und durch Erziehung gefestigten Stoicismus seiner Rasse kaltblütig hier unternahm, vollbrachte der Graf in einem ruhigen, unerschütterlichen Gottvertrauen als ein Gebot heiliger Pflicht.

Für Athoree war außerdem der Ruhm, welchen ihm im Falle des Gelingens diese Tat verschaffen mußte, denn es war nichts Kleines, eine Gefangene aus der Mitte blutdürstiger Feinde am hellen Tage herauszuholen, ein anfeuernder Sporn.

Was sie bis jetzt geschützt hatte und noch schützte, war neben der Klugheit und Vorsicht Athorees und seiner, wie es schien, genauen Kenntnis des Landes, die unglaubliche Kühnheit ihres Vorgehens.

Athoree schloß aus der Art der Gefangenschaft der weißen Frau und seiner Kenntnis des indianischen Charakters, daß der Raum in der Nähe des Felsens bei einiger Vorsicht ohne Gefahr betreten werden könne. Aus allem Bisherigen ging hervor, daß die Saulteux die Gefangene gleich einem Schatze hüteten, wozu unter anderm vielleicht Aberglauben beitragen mochte, wie er sich bei diesen Kindern des Urwaldes in mannigfacher Art äußerte.

Der Indianer hatte schon bei seiner früheren Nachforschung, als sein Instinkt ihn auf den sonderbaren Felskegel aufmerksam werden ließ, zu dem er die alte Indianerin mehrmals mit Speise und Trank hinschleichen sah, bemerkt, daß die gefangene Frau, freilich nach indianischer Weise, auf das vornehmste gekleidet war, ein sicheres Zeichen, wie hoch sie verehrt ward. Indianischer Takt hielt unter diesen Umständen die Bewohner des Dorfes von dem seltsamen Gefängnis fern. Sein seiner Spürsinn hatte auch den Eingang entdeckt, welcher in das Innere des vermutlichen Kraters führte.

All dies ließ ihn mit Vertrauen an das Wagnis gehen.

Vorsichtig schlichen sie durch die Büsche, welche sich auf einer Seite bis dicht an den Rand der Felswand hinzogen, weiter. Schritt für Schritt jedes Geräusch ängstlich vermeidend.

Einmal waren sie auf ihrem Wege dicht an den Rand des Unterholzes gekommen, und der Graf sah eine in eiligem Laufe heranstürmende Schar halbnackter, indianischer Knaben, zwischen ihnen den blonden Germanen, seinen Neffen. In ihrem wilden Spiele gelangten sie bis nahe zu den Büschen.

Der Graf war so gefesselt von dem Anblick, den das Kind seiner Schwester zwischen den roten, gleichaltrigen Söhnen der Saulteux bot, daß er stehen blieb und dem Spiele zusah, ohne an die Gefahr zu denken, in welche er durch die Kinder geraten konnte.

Mit Freuden gewahrte er, daß der blonde Knabe an Gewandtheit allen gewachsen, an Kraft aber überlegen war. Einem etwas rohen Spielgenossen hatte der Blondkopf soeben einen ganz kräftigen Faustschlag versetzt und mit den gut deutschen Worten begleitet: »Da nimm das, roter Dummkopf!«

Als nun die andern auf ihn eindrangen, sprang er ins Gebüsch und zwar an der Stelle, wo die Männer standen.

Athoree sank augenblicklich zu Boden, der Graf erschrak so heftig, daß er unfähig war, eine Bewegung zu machen.

Schon öffneten sich vor ihm die Zweige und große blaue, staunende Kinderaugen starrten ihn an.

Unbewußt fast flüsterte er leise: »Wilhelm!« und legte den Finger auf die Lippen.

Im Augenblick wandte sich der Knabe, trieb, während der Graf sich aufs Knie sinken ließ, die Genossen, welche folgen wollten, zurück und rief in indianischer Sprache: »Geht, hier wohnt Ni-hi-tha. Ich sage es den Häuptlingen.«

Gleich einem Wirbelwinde stürmte die Schar davon, der weiße Knabe aber blieb ruhig vor dem Gebüsche stehen.

Es war klar, daß den Kindern verboten war, diesen Teil des Waldes zu betreten.

Athoree und der Graf richteten sich wieder empor. »Weißer Knabe klug,« flüsterte der Indianer, »er indianische Erziehung.«

Leise rauschte es in den Blattern und der blonde Knabe stand vor ihnen mit den großen verwunderten und doch über seine Jahre klugen Augen den Grafen anblickend.

»Wilhelm,« sagte er leise und hielt ihm die Hand hin, »komm zu mir.«

Der Knabe nahm vertraulich die Hand.

»Bist du ein Deutscher, Mann?«

»Ja, Kind, ja.«

Aufmerksam betrachtete ihn das Kind.

»Du siehst der Mutter ähnlich.«

Der Graf nickte nur.

»Willst du zur Mutter?«

»Ja, Wilhelm, Herzenskind – ja – ich suche euch,« brachte er in der Bewegung seines Herzens nur mühevoll über die Lippen.

Er faßte den schönen Knaben, der kräftig und gesund aussah, und küßte ihn.

»So komm.«

Das Kind schritt voran, die Männer folgten und bald erreichten sie den Fels, wo hinter dichten Büschen und Steinen so verborgen, daß nur ein Zufall zu seiner Entdeckung führen konnte, der Eingang zu dem Innern des Kraters lag.

Sie traten in einen, von der Natur geschaffenen, ziemlich hohen und geräumigen Gang, welcher nur die Annahme verstärken konnte, daß einst flüssige Lava hier einen Ausweg gesucht hatte.

Die Oeffnung nach dem Innern zu verdeckte ein großes Bärenfell.

Der Knabe schlug es zurück und ließ die Männer eintreten.

Vor dem kleinen Wigwam saß die blonde Frau und führte die Nadel, halb abgewandt gewahrte sie die leise Eintretenden nicht.

Mit tiefer Rührung betrachtete Edgar die so schmerzlich Vermißte.

Endlich trat er vor, während Athoree taktvoll zurückblieb, und sagte mit zitterndem Tone: »Luise.«

Die Frau fuhr empor und richtete den Blick auf den Grafen.

Sie sah schön und blühend aus und schien jünger als ihre Jahre.

Ein langes Kleid von feinem Musselin, welches ein Gürtel zusammenhielt, hüllte die schlanke Gestalt ein.

Aus dem edel geschnittenen, freundlichen Antlitz blickten blaue, sanfte Augen fragend auf Edgar.

Das Haar war wohlgeordnet und von einer Schnur Perlen durchzogen, den kleinen Fuß bedeckten mit den seltensten Zieraten des Waldes geschmückte Mokassins.

Sie bot, während sie so ruhig dastand, ein ungewöhnlich anmutvolles Bild, doch von fremdartigem Charakter.

»Luise!« wiederholte der Graf mit tiefer Innigkeit.

»Wer bist du, fremder Mann?« fragte sie mit wohllautender Stimme.

»Luise, Luise, bin ich deinem Gedächtnis gänzlich verschwunden? Kennst du Edgar, deinen Bruder, nicht mehr?«

Er ging auf sie zu, faßte ihre Hand und sah ihr mit zärtlicher Liebe ins Antlitz.

»Einen Bruder, Fremder? Ich habe keinen Bruder,« sagte sie sanft.

»Luise, Luise, ich habe dich seit vielen Monaten gesucht, endlich, endlich dich gefunden. Der Vater hat mich zu dir ausgesandt – er liebt dich wie nur je zuvor. Kennst du deinen Edgar nicht mehr?«

»Geh, Fremder,« sagte sie und lachte, »ich habe keinen Edgar, nur meinen Walther und sein Ebenbild dort, Willy.«

Der Knabe stand unweit und sah bald die Mutter, bald den Grafen an.

Ein jähes Entsetzen zog durch des Grafen Herz bei diesen Worten, er blickte in ihr Auge und gewahrte jetzt erst, daß kaum der Geist eines Kindes darin lebte, es war leer und ausdruckslos.

Bei dieser furchtbaren Entdeckung stürzte unaufhaltsam ein Strom von Tränen aus des Grafen Augen.

Der Knabe eilte auf ihn zu, umklammerte ihn krampfhaft und weinte mit.

Stumm, in eherner Haltung stand der Indianer im Hintergrunde, während des Grafen Schwester diesen und das Kind mit leichter Verwunderung anblickte.

»O Gott, mein Gott,« stöhnte der Graf, als der plötzliche jähe Schmerz, der ihn mit furchtbarer Gewalt ergriffen hatte, nachließ.

»So ist die Mutter seit dem Tage, wo die Roten meinen armen Vater töteten,« schluchzte der Knabe.

Als Luise ihr Kind so heftig weinen sah, nahm sie den Knaben in den Arm und sagte liebreich: »Warum weint der kleine Willy? Warum weint das Kind?«

Dem Grafen wollte in bitterem Jammer fast das Herz brechen.

Das war das so heiß ersehnte Wiedersehen? Er suchte eine teure Schwester und fand nur deren immer noch schöne äußere Hülle, welcher der Geist entflohen war.

Graf Edgar sank auf einen Stuhl und barg das Gesicht in den Händen.

Liebevoll nahte sich ihm der Neffe und schlang seine Arme um ihn.

»Nein, weine nicht. Mann. Du bist der Mutter Bruder? Mein Onkel Edgar?«

Der Graf konnte nicht reden, er nickte nur und streichelte sein Haupt.

»Die Mutter hat früher oft von dir erzählt und gesagt, daß du kommen würdest, uns zu besuchen, und nun bist du da.«

Der Graf zog ihn aufs Knie und legte seinen Kopf an das so tief bewegte Herz.

»Mein lieber Wilhelm, meiner teuren Schwester Kind!«

Lebhaft richtete sich dann der Knabe auf.

»Aber wie kommst du hierher? Wissen denn die Häuptlinge, daß du da bist?«

»Nein, Kind, mir sind heimlich gekommen, um euch hinwegzuholen.«

»Sie werden euch töten und skalpieren, wenn sie euch sehen,« sagte der Kleine, der sein Deutsch mit englischen und indianischen Worten mischte, unruhig.

»Wir werden uns verbergen.«

Der Knabe flüsterte ihm ins Ohr: »Ich hasse die Roten alle, aber ich darf es hier nicht sagen. Wer ist der Mann, den du da bei dir hast? Es ist keiner unsrer Krieger.«

»Nein, er ist ein Hurone oder Wyandot und mein wie euer Freund. Er hat mich hierher geführt und wird uns beistehen, an die Küste zu gelangen.«

»O, ein Wyandot?« Und der Knabe warf einen forschenden Blick auf Athoree.

»Sie haben mit den Wyandots gefochten da draußen und haben Hiebe bekommen, das ganze Dorf ist voll von Verwundeten. Wenn sie wüßten, daß ein Wyanbot hier ist, würden sie heulend herbeistürzen.«

»Du magst die Indianer nicht, Wilhelm, behandeln sie euch nicht gut?«

»O, gut genug, besonders die Mutter. Sie bringen ihr alles, was sie nur Kostbares an Fellen, Wild und Schmucksachen haben, sie lieben Mama sehr.«

»Darf deine Mutter hinausgehen oder wird sie hier gefangen gehalten?«

»Nein, sie kann in den Wald oder zu den Wigwams gehen, wenn sie will, aber sie geht sehr selten. Sie meint,« sagte er ganz leise, »während ihrer Abwesenheit könne der Vater kommen und sie nicht finden, darum geht sie nicht, weißt du, die arme Mama wartet immer auf den Vater, den armen Vater. Hu!« – das Kind schauderte zusammen, während es sprach – »ich sehe noch, wie diese Unmenschen ihn erschlugen, auch Mama hatten sie schon an den Haaren und wollten ihr mit der Axt den Kopf spalten, da – lachte sie und wollte gar nicht aufhören zu lachen, o, nimmer werde ich es vergessen. Die Wilden erschraken darüber und taten uns nichts, sie schleppten uns nur fort, weit, weit fort, und endlich über ein großes Wasser hierher. O, ich weiß alles. Weißt du, seit der Zeit hat Mutter alles vergessen, was früher war, nur den Vater nicht.«

Der Graf, welcher die erste furchtbare Erschütterung, welche die Entdeckung des Geisteszustandes seiner Schwester hervorgerufen, überwunden hatte, ging zu Athoree, welcher noch immer am Eingang stand.

»Du hast gesehen und gehört, Freund!«

»Sehen, ja. Sehen, Schwester Liebling des großen Geistes, ihr alle roten Menschen gut, nichts zuleide tun.«

»Aber was beginnen wir mit ihr? Werden mir mit der Geisteskranken den gefährlichen Rückweg antreten können? Und hier kann ich sie doch unmöglich lassen.«

»Gehen mit Schwester zu deinen Wigwams, ihr dort sehr lieben.«

»Hältst du es für möglich, sie davonzuführen?«

»Es gut, sie Manitous Geist in sich.«

Langsam ging der Graf zurück zu seiner Schwester, welche wieder saß und an einem Gewand arbeitete. Wilhelm hatte sich zu ihren Füßen niedergekauert.

»Luise, Schwester, vernimmst du, was ich sage?«

Luise sah ihn freundlich an, erwiderte aber nichts.

»Es ist Onkel Edgar, Mutterchen, dein Bruder, von dem du mir früher so oft erzählt hast.«

»Edgar? Edgar?« Sie legte nachdenkend die Hand an die Stirn. »Edgar? Ja,« und fröhlich wie ein Kind lachte sie, »es war ein kleiner, munterer Knabe und Walther ließ ihn reiten auf einem Pony, ich weiß es wohl. Er war so groß wie du –«

»Nun, siehst du. Mutterchen.«

»Aber,« setzte sie dann mit trauriger Miene hinzu, »er ist schon lange tot. Alle sind tot, nur« – und Glück strahlte aus ihrem Angesicht – »Walther lebt noch. Mein teurer Walther.«

Es war herzzerreißend, wahrzunehmen, wie in ihrem zerstörten Geiste nur allein das Bild des Gatten noch lebte, während die Erinnerung an alles andre wohl für immer ausgelöscht war.

»Luise, liebe Schwester,« begann der Graf von neuem mit weicher, bebender Stimme, »willst du mit mir kommen? Ich will dich zum Vater bringen nach Schloß Elm.«

»Nach Schloß Elm? Ja, da war Walther auch. Ja, ich weiß es wohl.«

»Komm mit mir, komm!«

»Ich kann nicht; weißt du, Walther kann jeden Augenblick erscheinen, und er wäre betrübt, wenn er mich hier nicht fände, und ich – ich freue mich sehr, wenn er heimkehrt.«

Die Zeit rückte vor; wenn sie in die Felsen und so in verhältnismäßige Sicherheit gelangen wollten, mußten sie bald aufbrechen.

Der Körper Luisens war gesund und stark, der Knabe über seine Jahre kräftig und unter den Indianern abgehärtet.

Dann sagte sich Edgar auch, daß, wenn es den Saulteux gelänge, sich ihrer wieder zu bemächtigen, weder die Schwester noch der Knabe etwas von ihnen zu fürchten haben, daß nur er und seine Begleiter die Opfer sein würden.

Es war Zeit aufzubrechen.

Aber wie die Kranke bewegen, mit ihnen zu kommen? Ein Gedanke schoß ihm durch den Sinn. Alles Denken seiner armen Schwester bewegte sich um den ihr noch immer so teuren Gatten, und so wagte er im angstvollen Drängen des Augenblicks zu fragen: »Willst du nicht mit mir zu Walther gehen, Luise?«

Sie erhob sich lebendig.

»Wo ist er?«

»Drüben in den Felsen, er sandte mich her, dich zu holen, er erwartet dich.«

Ein helles Rot der Freude flog über ihr Angesicht.

»O, so komm, wir dürfen ihn nicht warten lassen.«

Der Talisman, mit welchem man sie ihrem Gefängnisse entführen konnte, war gefunden.

»Warte!« Sie schritt in das Wigwam und erschien bald wieder mit einem kurzen Mantel aus den schönsten Otterfellen, den sie über die Schultern geworfen hatte.

»Komm, Wilhelm!« sagte Edgar noch.

Sie schickten sich an zu gehen, als Athoree plötzlich winkte und zur Seite trat.

Der Vorhang, welcher den Eingang verdeckte, öffnete sich und herein trat die alte Indianerin, die stumm vor Staunen stand, als sie den weißen Mann erblickte. Rasch trat Athoree hinter sie, das blanke Messer in der Hand und zischte ihr im Saulteuxdialekte zu: »Einen Laut und dies Messer fährt dir ins Herz.«

Erschreckt taumelte die Alte vorwärts, immer noch mit weit aufgerissenen Augen Edgar anstarrend.

»Tu ihr nichts, roter Mann!« rief Wilhelm Athoree zu, »Doneta ist gut und freundlich.«

Athoree blieb ruhig stehen, aber seine finstere Miene weissagte der Frau nichts Gutes, für den Fall sie seine Drohung mißachten sollte.

Doch war nicht Gefahr, daß sie durch Hilferufe die Saulteux herbeiziehen würde. Erstlich war sie zum Tode erschrocken und dann wußte sie, daß über die hohen Felswände kaum ein Ton hinausdrang, wenn überhaupt jemand in der Nähe gewesen wäre, ihn zu vernehmen.

»Ich gehe meinem Mann entgegen, Doneta,« sagte freundlich Luise, »wir kehren bald zurück.«

»Ni-hi-tha, die Tochter der Saulteux, will gehen?« fragte die Alte kläglich.

»Ich komme bald wieder.«

»Die Saulteux weinen, wenn sie ihren Liebling nicht sehen.«

»Komm, Mann,« wandte sich Luise an Edgar, »Walther wartet.«

»Was beginnen mir mit der Frau, sie wird ja das ganze Dorf in Aufruhr setzen, sobald wir fort sind.«

»Müssen binden. Mit Schwester fortgehen.«

Edgar ging mit Luise in den Gang, welcher ins Freie führte.

»Tue der alten Frau ja nichts, sie ist gut.« Und Wilhelm ging hinter den andern her.

Mit drohender Miene schritt Athoree auf die Alte zu und sagte ihr, daß er sie zur Sicherheit der Flüchtlinge binden und knebeln müsse, ihr aber, wenn sie nicht schreie, kein Leid zufügen werde.

Die Frau ergab sich in ihr Schicksal, und Athoree band ihr Hände und Füße, schob ihr ein dem Wigwam entnommenes Stück Kattun zwischen die Zähne und legte sie auf das Lager der Gefangenen.

»Sage den Saulteux, Weib, sie seien blinde Maulwürfe. Der befiederte Pfeil der Wyandots ist mitten unter ihnen gewesen und sie haben ihn nicht gesehen. Die Saulteux sind Hunde, welche angstvoll heulen, wenn sie den Schritt eines Wyandot hören.«

Und auch er verschwand hinter dem Felle, welches den Ausgang bedeckte.

Sie traten in die Büsche.

Edgar sagte zu der Schwester: »Du darfst nicht laut sprechen, Luise, sonst hören es die Saulteux und diese wollen nicht, daß du zu Walther gehst.«

»O, ich bin stumm, wenn Walther es will.«

Wilhelm zeigte, daß er den indianischen Knaben alle ihre Künste abgelernt hatte, denn er schlich mit einer Gewandtheit und Geräuschlosigkeit durch die Büsche, welche einem erfahrenen Krieger Ehre gemacht hätte.

Auch war er ganz durchdrungen von der Gefährlichkeit ihrer Lage.

Luise war durch Edgars Argument gänzlich von der Notwendigkeit des Schweigens überzeugt und ahmte die Vorsicht der andern in Bezug auf den Marsch nach.

Bald waren sie in den Felsen und stiegen hinauf.

Zur Freude des Grafen zeigte es sich, daß seine Schwester die ganze Spannkraft der Jugend bewahrt hatte. Sehnsucht beflügelte ihre Schritte.

Schon nahten sie ihrem Ziele, als, da sie um eine Felswand bogen, ein junger Indianer vor ihnen stand.

Einen Laut des Staunens stieß dieser aus. »Ni-hi-tha!«

Mit einem Sprung war Athoree neben ihm und setzte ihm das Messer an die Kehle.

»Nicht töten, Athoree,« rief ihm der Graf nachdrücklich zu. »Wir wollen Blut nur im äußersten Notfall vergießen!«

Ungern gehorchte der Wyandot. Er band den eingeschüchterten, etwa sechzehnjährigen Jüngling, mit dem Taschentuche des Grafen ward ihm der Mund verstopft und er dann in die Büsche gelegt.

»Jetzt rascher gehen. Junger Saulteux gefährlich.«

Schneller schritten sie den Weg hinan, bald erblickten sie den Fels, welcher in seinem Inneren die Höhle barg, und gewahrten die Freunde, welche Wache haltend vor ihr lagen. Sie überschritten den Baum und waren vorläufig in Sicherheit.

»Und Walther?« fragte Luise.

»Wir werden den Vater bald sehen, Mama,« sagte der Knabe, der vollständig begriff, durch welches Mittel man seine Mutter veranlassen konnte, die Flucht fortzusetzen.

Nach dem anstrengenden Aufstieg bedurften Luise und ihr Knabe einiger Ruhe. Bald aber drang Athoree auf Fortsetzung des Marsches.

Es handelte sich jetzt um Beseitigung des als Steg dienenden Baumes.

»Meinst du nicht, Athoree,« äußerte der Graf, »daß das Geräusch des stürzenden Baumes bis zu den Ohren der Saulteux dringen und ihnen den Weg verraten kann, welchen wir genommen haben.«

»Baum fort,« erklärte der Sohn Sumachs bestimmt, »sonst Saulteux bald hinter uns; Squaw schwache Füße, Papuse auch. Wenn Baum fort, müssen Saulteux großen Umweg machen und wissen doch nicht, wo wir hinabgehen, viele Täler führen hinunter. Aber wollen vorher Stein werfen. Stein hier oft von Bergen rollen, erst Stein, dann Baum, denken dann, zwei Steine fallen.«

Es geschah, wie er gesagt hatte.

Ein ansehnlicher Felsblock ward in die Schlucht hinabgestürzt, und Michael und Heinrich, unterstützt von Johnsons riesenhafter Kraft, schoben dann das Ende des schweren Baumes von dem Fels ab, bis er stürzte und donnernd gleich dem Stein die Tiefe suchte.

Dann brachen sie auf.

Die Geschenke, welche Edgar für die Häuptlinge mitgebracht und welche Michael hierhergetragen hatte, wurden in der Höhle gelassen, der Graf hatte nicht die Absicht, sie ihrer Bestimmung zu entziehen, denn die freundliche Weise, mit welcher diese Wilden seine arme Schwester behandelt hatten, forderte seinen Dank heraus.

Sie durchschritten die Höhle, gelangten an den Wald dahinter, wälzten die schweren Steine wieder vor den Ausgang und setzten ihren Weg erst im Walde, dann in engen Felsentälern und tiefen Schluchten fort, bis gegen Abend, wo Athoree in einem kleinen Talkessel, der sich zur Seite ihres Weges öffnete, die Nacht zuzubringen beschloß.

Feuer zündeten sie nicht an. Sie verzehrten von den mitgeführten Vorräten. Edgar bettete Luise und den Knaben, welche den anstrengenden Marsch ziemlich gut ertragen hatten, warm in eine geschützte Ecke und alle gaben sich dem Schlafe hin.

Mit der aufgehenden Sonne nahmen sie den Weg wieder auf.

Athoree, welcher einsah, daß des Grafen Schwester und der Knabe nicht zum zweitenmal einen solchen Marsch zurücklegen konnten, ohne zur Fortsetzung der Flucht unfähig zu werden, änderte gegen seine ursprüngliche Absicht den Weg und nahm die Richtung nach dem oberen Laufe des Eskonaba.

Eine Marschunfähigkeit besonders Luisens konnte verhängnisvoll werden, denn daß die Saulteux, sobald ihnen die Entführung bekannt wurde, in wildester Wut nachsetzen würden, war zweifellos. Die Schmach, daß ein Hurone mitten unter ihnen gewesen sei und sie eines kostbaren Kleinods beraubt habe, mußte sie zur Raserei treiben.

Die Gefahr, bei zeitiger Entdeckung der Flucht Luisens von den schnellfüßigen Feinden eingeholt zu werden, lag unter diesen Umständen nahe.

Athoree glaubte ihr ausweichen zu können, wenn er einen Teil des Weges zu Wasser zurücklegte, wo dann die Frau neue Kraft zur Fortsetzung des Marsches finden würde.

Von der geraden Richtung ablenkend, näherte er sich also dem Flusse, wo er Kanoes zu finden erwartete, da sowohl Saulteux als Huronen dort zu fischen pflegten und ihre Boote in Verstecken unterbrachten, wenn sie den Fluß verließen.

Luise war trotz der ungewohnten Anstrengungen in heiterer Stimmung. Die Zeit war für sie nicht vorhanden und sie hoffte heute wie gestern, dem ersehnten Gatten zu begegnen.

Wilhelm, ein überaus kräftiger Knabe, der, trotzdem er stetig in Gesellschaft seiner Mutter war, doch viel von den Gewohnheiten seiner indianischen Umgebung angenommen hatte, eilte auch heute leichtfüßig einher und beobachtete auf dem Marsche dieselbe Vorsicht wie Athoree.

Der kleine Zug verließ das felsige Terrain und tauchte in hochstämmigen Wald ein. Nach etwa einer Stunde erreichten sie einen wasserreichen Bach, der nach Westen zu floß.

Athoree war das Land der Saulteux durch seine öfteren Streifzüge in ihren Wäldern im allgemeinen bekannt, doch dieser Bach machte ihn stutzen.

Seiner Richtung und der ganzen Bodengestaltung nach mußte er dem Eskonaba zufließen.

Er erwies sich als zu tief, um anders als schwimmend überschritten werden zu können, und einen Baum zu fällen, um ihn als Brücke über den Bach hinstürzen zu lassen, fehlten die Mittel, denn Athorees kleines Streitbeil vermochte keinen Stamm von geeigneter Stärke niederzulegen.

Es blieb also nichts übrig, als jenem Bache zu folgen.

Athoree sowohl als Wilhelm spähten mit scharfen Augen umher, denn auch der aufgeweckte Knabe kannte bereits die Zeichen der Wälder.

Er berührte leicht den Indianer und deutete nach einem jenseits des Baches liegenden Baumriesen, der durch einen Sturm entwurzelt, morsch danieder gefallen war.

Alle blieben stehen und betrachteten den wie es schien ausgehöhlten Baum, ohne etwas an ihm zu erblicken, was die Aufmerksamkeit des Knaben rechtfertigen konnte.

Athoree aber hatte sein Auge kaum auf den Baum gerichtet, als er des Knaben Kopf freundlich streichelte und sagte: »Gut. Das kleine Bleichgesicht hat Indianeraugen. Denken, finden Kanoe.«

An dem dicken Ende des Baumes lagen große Rindenstücke, und diese waren es, welche das in den Wäldern geübte Auge des Kindes auf sich gezogen hatten. Er erkannte sofort, daß nicht die Natur sie so geordnet, sondern Menschenhand und Athorees Erfahrung bestätigte es.

Der Indianer legte seine Waffen und die Jagdtasche ab und schwamm hinüber.

Die Rindenstücke am Ende des Baumes hinwegräumend, erblickte er ein Kanoe, welches er hervorzog und mit leichter Mühe in das Wasser brachte.

Dann schaute er sich mit suchendem Auge um, denn nahe lag die Vermutung, daß das nicht das einzige hier versteckte Fahrzeug sei, denn wenn die Saulteux sich auf dem Bache zum Eskonaba hinunter begaben und auf ihm zurückkehrten, so geschah es stets truppweise.

Des Indianers prüfendem Blick fiel ein Haufen Reisig auf, das vom Sturme niedergebrochen und zusammengeweht schien. Auch hier sagten ihm untrügliche Zeichen, daß Menschenhand dabei tätig gewesen. Seine sofortige Nachforschung förderte ein zweites Kanoe mit den dazu gehörigen Rudern zu Tage.

Er brachte die beiden Boote an das andre Ufer. Sie waren geräumig genug, die Gesellschaft aufzunehmen.

Edgar half seiner Schwester in das eine, in welchem er selbst mit Wilhelm und Heinrich Platz nahm. Johnson und Michael traten in das andre Boot, während Athoree erklärte, er wolle am Lande folgen.

Der Graf und Heinrich hatten bei ihren Streifzügen gelernt, das leichte Boot mit dem Schaufelruder zu handhaben, und Johnson verstand trefflich damit umzugehen.

Sein Boot voran, fuhren sie nun den Bach hinab.

Die Ufer waren dicht bewaldet und die alten Baumriesen streckten ihre Aeste über das schmale, dunkle Wasser, so daß sie oft wie in einem Laubengang einherfuhren, wenn die Zweige sich über ihren Häupten einten.

Sie beobachteten tiefes Schweigen, horchten auf jedes Geräusch und richteten die Augen auf die Wälder.

Der Knabe saß im Bug des zweiten Bootes und spähte unablässig umher. Seine Mutter betrachtete ihn von Zeit zu Zeit mit glücklichem Lächeln.

Wäre nicht die Sorge vor drohender Gefahr so lebendig in ihnen gewesen, nichts Herrlicheres hätte sich denken lassen, als diese Fahrt auf dem sanft hinströmenden Bach, unter dem grünen Dach zu ihren Häupten inmitten des feierlichen Schweigens des Urwaldes.

Leicht und geräuschlos tauchten sie die Ruder ein und gelangten rasch ihrem Ziele näher.

Wilhelm, dessen Sinne schärfer entwickelt waren, als die jedes andern der Anwesenden, gab dem ersten Boot ein Zeichen, zu halten, dem Johnson sofort nachgab und das zweite Boot erwartete.

»Was gibt's, Kind?«

Leise sagte der Knabe: »Ein Mann in den Wäldern.«

Das kam so ernst und verständig heraus, daß sofort alle zu den Waffen griffen. Angestrengt lauschten sie und durchforschten die Büsche.

Ein gedämpfter Schritt wurde hörbar und am Rande des Ufers erschien Athoree.

Er winkte Johnson und glitt, als dieser sein Fahrzeug zum Ufer trieb, gewandt in dasselbe hinein.

Auf die fragenden Blicke der Männer entgegnete er ruhig: »Saulteux da.«

Lebhaft erschrak der Graf und warf einen Blick schmerzlicher Besorgnis auf seine Schwester, die in anmutiger Freundlichkeit neben ihm saß.

Der Indianer flüsterte: »Schweigen,« nahm Michael das Ruder aus der Hand und trieb das Kanoe mit vorsichtiger Bewegung weiter. Der Bach wurde breiter und rechts und links zeigte sich Röhricht.

In dieses lenkte Athoree sein leichtes Boot, das andre folgte, und sie befanden sich eng von flüsternden Schilfhalmen eingeschlossen.

Langsam ließ der Indianer sein Boot vorwärts dringen, bis sie einen schmalen Kanal offenen Wassers erreichten.

Hier sahen sie den Himmel über sich und die Wipfel der Bäume nur in einiger Entfernung.

Die Kanoes lagen nebeneinander.

Mit flüsternder Stimme teilte der Wyandot dem Grafen mit, daß der Feind auf dem nahen Eskonaba, den sie bereits erreicht hatten, sei.

»Ist das ein Zufall oder sind sie bereits in unsrer Verfolgung begriffen?«

»Ich denken, sie verfolgen, wollen den Fluß verlegen. Muß weiter oben noch ein Bach sein, den Athoree nicht kennt, daß so rasch zu Eskonaba kommen.«

Es war so, wie er vermutete.

Die Flucht Luisens war rascher entdeckt worden, als die Flüchtlinge ahnen konnten. Der erste Häuptling der Saulteux hatte sich, wie er von Zeit zu Zeit zu tun pflegte, zu Ni-hi-tha, das ist: der Schwester, begeben, um sie nach der Rückkehr von seinem Kriegszuge zu begrüßen.

Als die Alte, welche man gebunden dort zurückgelassen hatte, Mitteilung von dem Geschehenen machte, war die Wut der Saulteux grenzenlos.

Nicht nur, daß sie die Entdeckung, daß eine weiße Frau bei ihnen gefangen gehalten werde, wegen ihren Folgen fürchteten, denn sie hatten das im verflossenen Jahre dem sie besuchenden Regierungskommissar geleugnet, trotz seiner Drohung, daß ihnen die Provisionen entzogen werden würden, wenn sie die Frau nicht auslieferten, nein, vor allem beklagten sie den Verlust eines Wesens, welches sie wie eine Heilige verehrten und liebten. Deren Anwesenheit in ihrer Mitte ihnen glückbringend deuchte, der diese abergläubischen Naturkinder gerade wegen der Störung ihrer geistigen Funktionen Prophetengabe zuschrieben.

Dies und dann die Anwesenheit eines Huronen in ihrem Dorfe und seine Tätigkeit bei der Entführung ihrer Ni-hi-tha erbitterte sie aufs äußerste.

Da die Flüchtigen den Eskonaba zu gewinnen suchen mußten, machten sich augenblicklich fünfzehn erlesene Krieger auf und ruderten mit großer Schnelligkeit einen unweit einherströmenden Wasserlauf, von dem Athoree in der Tat nicht Kenntnis hatte, hinab zum Estonaba. Eine andre Schar begann sofort die Verfolgung zu Lande.

Als die Ottawas vor drei Jahren die Ansiedlungen am Manistee überfielen, rettete Luisens Leben und das ihres Kindes nur der so plötzlich ausbrechende Wahnsinn.

Unfähig war ein Indianer, Hand an eine Geisteskranke zu legen, die seiner Anschauung nach unter dem Schutze Manitous stand.

Sie schleppten sie auf ihrer eiligen Flucht mit und verbargen sie. Bei dem harten Strafgericht, welches dann über die Ottawas hereinbrach, den fortwährenden Nachforschungen nach der weißen Frau, welche auch bei jedem amtlichen Verhöre vorgenommen wurden, legten sie der Gefangenen größere Bedeutung bei als sie hatte.

Alle die harten Urteile, welche später gefällt wurden, die Hinrichtung angesehener Häuptlinge und Krieger durch den Strick, schrieben sie wesentlich der Fortführung der geisteskranken Frau zu, von der sie annahmen, daß sie schon vor ihrer Gefangennahme sich in diesem Geisteszustande befunden habe und deshalb besonders geschätzt worden sei.

Da sie sich einmal in ein Lügengewebe verstrickt hatten und noch schlimmere Folgen fürchteten, wenn dieses zerrissen werde, schwuren sie alle bei ihrem großen Geiste, nichts zu verlauten über die gefangene weiße Frau, und da sie einsahen, daß sie deren Anwesenheit auf die Dauer nicht verborgen halten konnten, sandten sie Luise mit ihrem Kinde zu den stammverwandten Saulteux, in deren unwegsamer Heimat sie leichter jeder Nachforschung zu entziehen waren.

Diese fanden an der anmutigen Erscheinung, dem liebenswürdigen Wesen der Gefangenen großes Gefallen, und ihr hilfloser Geisteszustand machte sie ihnen zu einem Gegenstande aufrichtiger Verehrung.

Dieses Wesen, dessen Entweichen sie schmerzlich empfanden und das sie zugleich mit Gefahren bedrohte, ähnlich wie ihre Vettern, die Ottawas, sie fürchteten, Ni-hi-tha, die Schwester, war ihnen plötzlich entrissen und zwar – durch einen Todfeind, einen Wyandot.

Es war nicht zu verwundern, daß die Verfolgung mit einem ungewöhnlichen Maße von Energie ins Werk gesetzt wurde.

Athoree veranlaßte jetzt den Grafen, zu ihm in das Kanoe zu kommen, während Johnson und Michael in das andre stiegen.

Er forderte Johnson auf, das Boot in das Schilf zu treiben und dort ruhig seine Rückkehr zu erwarten, während er mit dem Grafen langsam den schmalen Kanal entlang ruderte.

Dieser machte bald eine Wendung und sie hörten dann, nur durch einen schmalen Schilfsaum von ihnen getrennt, das Rauschen des Eskonaba.

Athoree trieb das Kanoe in das Schilf hinein und beide lauschten schweigend nach dem Fluß hinaus und suchten mit ihren Blicken das Schilf zu durchdringen.

Nicht lange harrten sie, als sie vom Fluß her Stimmen vernahmen.

Wie Athoree Edgar übersetzte, schlug einer der Verfolger vor, diesen Bach zu untersuchen, was ein andrer, wohl der Führer der kleinen Schar, für zeitraubend und unnütz erklärte, da die Verfolgten weiter unten ihnen oder den zu Lande Nachsetzenden in die Hände fallen müßten.

Sie fuhren rasch an der schilfumsäumten Mündung des Baches vorüber. Es waren, wie Athoree berichtete, vier Kanoes mit fünfzehn Kriegern.

Langsam kehrten sie dann zu den andern zurück.

Erwartungsvoll sahen alle zu Athoree auf, der allein im stande war, sie drohender Gefahr zu entreißen.

»Was beginnen wir, Häuptling?«

»Feind auf Wasser, Feind auf Land – sehr schlimm. Müssen durch die Wälder zu Wyandots gehen.«

»Und wenn wir denen, welche uns aus den Felsen nachfolgen, in die Hände laufen?«

»Dann fechten,« sagte kaltblütig der Indianer, »können nichts andres tun.«

»Welche Schwierigkeiten, welche Gefahren,« stöhnte der Graf, »arme Schwester.«

»Wäre es nicht geratener,« meinte Johnson, »hier die Nacht abzuwarten und dann im Dunkel den Eskonaba hinunterzugehen?«

»Du nicht über Stromschnellen fahren, müssen landen. Saulteux an den rauschenden Wassern warten, andre in den Wäldern, besser noch, gehen hier in Wald, als weiter unten.«

»Du hast recht, Athoree, ich dachte nicht an die Stromschnellen. Aber wenn wir das jenseitige Ufer nehmen würden?«

»Drüben Sumpf, müßten hoch an Eskonaba hinauf, ehe guten Pfad finden, Schwester werden krank, Saulteux finden Spur, nehmen Skalp. Drüben nicht entrinnen, Pfad zu krumm.«

»Ich sehe, Herr Graf, es erübrigt nichts, als den Weg durch die Wälder hin nach den Dörfern der Huronen zu nehmen.«

»Ich füge mich eurer überlegenen Erfahrung.«

»Dann gehen zurück.«

Der Graf tauschte mit Johnson und Michael den Platz, und Athorees Boot voran, ruderten sie zurück, den Bach wieder hinauf.

An geeigneter Stelle ließ der Indianer halten, über einige Steine hinweg betraten sie das Land und vertieften sich von neuem in den Wald, in der Richtung nach Osten vordringend.

Bald stieg der Boden an und es zeigten sich Felsformationen.

Sie schritten eine Felsschlucht hinauf, welche von einem rauschenden Bach durchströmt wurde, der an beiden Seiten nur einen schmalen Pfad für den Fuß frei ließ.

Als die Schlucht eine Wendung machte, erblickten sie einen Wasserfall vor sich, der senkrecht in die nicht unbeträchtliche Tiefe hinabstürzte und dort in schäumenden Wellen weiter eilte.

Sie waren an der Felswand so hoch gelangt, daß das Wasser jetzt weit unter ihnen rauschte, während die Höhe des Falles über ihnen lag.

Weiter auf dem schmalen Pfade emporsteigend, gelangten sie über den Fall hinaus und erblickten einen kleinen von Felswänden umgebenen See vor sich.

Zu ihrer Rechten zeigte sich eine dunkle Oeffnung im Felsen, augenscheinlich ein Eingang zu einer der hier so häufigen Aushöhlungen des Gesteins.

Athoree schaute sich um, welchen Weg er weiter zu nehmen habe, und schon schickten sie sich auf seinen Wink an, den Fels emporzuklimmen, als der Knabe rief: »Saulteux! Da!«

Auf dem der Höhle gegenüberliegenden felsigen Ufer stand hoch aufgerichtet vor aller Augen ein Indianer, der rasch verschwand, als Athoree seine Büchse hob. – Edgar erschrak. Was er heimlich gefürchtet, daß die Verfolger sie ereilen würden, war eingetroffen.

»Dort!« Sumachs Sohn wies auf die Felsöffnung, welcher alle rasch zugingen.

Es fand sich, als sie eintraten, daß es eine hinreichend geräumige Höhle war, in welcher sie in ihrer Not Zuflucht suchten. Sie war zu Fuße nur von der Seite zu erreichen, von welcher sie selbst sie betreten hatten, denn wenige Schritte jenseits des Eingangs endete der schmale Pfad und das tiefe, klare Wasser des Sees bespülte dort den Fels. Von hier aus konnte man nur zu Boote oder auf einem Floß dem Eingang der Höhle nahe kommen. Augenblicklichen Schutz gewährte freilich dieser Zufluchtsort, aber was sollte folgen, jetzt, wo sie entdeckt waren?

Den Grafen ergriff eine tiefe Verzweiflung, als er, so nahe dem Ziele, alle seine Hoffnungen vereitelt, die Früchte seiner endlosen Mühen sich entrissen sah. An ein Entrinnen war hier nicht zu denken. Wenige Leute konnten ihnen den einzigen schmalen Pfad verlegen, der hinaus in die Wälder führte. Gefangenschaft oder Tod war ihr Los.

Selbst wenn der Saulteux, welchen sie gesehen hatten, nur ein vereinzelter Späher war, so war anzunehmen, daß er rasch genug Leute um sich zu versammeln vermochte, um alsbald eine nachdrückliche Verfolgung aufnehmen zu können, wenn sie es wagten, eine Flucht fortzusetzen, welche durch die Frau und das Kind in ihrer Mitte wesentlich in der gebotenen Eile gehindert wurde. Der

Graf sah ein, daß nichts andres geschehen konnte, als den Zufluchtsort, den ihnen das Schicksal bot, anzunehmen.

Die Lage war trostloser als je.

Von den Verfolgern war nichts zu bemerken, aber sie kannten indianische Art hinreichend, um zu wissen, daß diese eifrige Vorbereitungen trafen, sich ihrer zu bemächtigen.

Eine schmale, dunkle Rauchsäule, welche sich über den Felsen jenseits erhob, durfte als ein Zeichen gedeutet werden, welches die Saulteux unter sich auswechselten und wohl dazu bestimmt war, die zerstreuten Krieger zu sammeln.

In einer Ecke der Höhle hatte sich Luise niedergelassen und liebkoste mit einem vor innerer Freude strahlenden Antlitz ihren Sohn.

Dem Grafen wurden die Augen feucht, als er auf dieses lieblich-traulich Bild schaute, und ein nie gefühlter Jammer faßte ihn an.

Das war das Ende? Nach langem Suchen hat er die Schwester gefunden, sie in so herzzerreißendem Zustande gefunden, sie kühn der Gewalt der Wilden entrissen – und – jetzt?

Der Knabe dort, diese junge, unter Wilden aufgewachsene Menschenblüte? Was wurde aus ihm?

Draußen lauerte der heulende Wilde, der kein Erbarmen kannte.

Todessehnsucht bemächtigte sich des jungen, heldenhaften Mannes in dieser hoffnungslosen Lage und der Gedanke stieg in seiner Seele auf: Es sei besser, alle Qual und alle Not rasch dadurch zu enden, daß er mit seinen Lieben freiwillig in den Tod ging.

Der letzte Verzweiflungskampf im Fort Jackson war nicht ohne Nachwirkung auf seine Seele geblieben.

Johnson war wie immer still in sein Schicksal ergeben, obgleich er, seit ihm der Mörder vom Kalamazoo bekannt geworden war, eine düstere Stimmung zeigte und sein Antlitz oftmals einer finsteren Wolke glich, welche Verderben in ihrem Schoße birgt.

Athoree, dessen bronzene Gesichtszüge nichts von seinen Gedanken verrieten, stand ruhig in der Nähe des Eingangs und lauschte. Heinrichs Auge ruhte besorgt auf dem Angesicht seines Herrn und nur Michael schien seine gewöhnliche weichherzige Stimmung nicht verloren zu haben.

Er unterbrach auch zuerst das Schweigen mit der Frage: »Werden mir wieder eine Schlacht gegen diese wilden Menschen liefern müssen, Euer Gnaden?«

Der Graf richtete den gesenkten Kopf empor und sagte: »Ich fürchte, es wird nötig sein, Michael.«

»Nun,« meinte gelassen der Ire, »hat meiner Mutter Sohn sich jetzt so oft mit dem Gesindel herumgeschlagen, so soll es mir jetzt auch nicht darauf ankommen. Werden ihnen schon heimleuchten. Euer Gnaden, und die Lady wieder zu Christenmenschen bringen.«

»Mögest du ein guter Prophet sein.«

Obgleich der Eingang der so glücklich und zur rechten Zeit sich darbietenden Höhle von feindlichen Kugeln bestrichen, ja von den Felsen gegenüber auch in deren Inneres gefeuert werden konnte, waren die Insassen derselben doch vor den feindlichen Geschossen geschützt, solange sie sich vom Eingang fern hielten, wenn ihnen auch von den Innenwänden zurückprallende Kugeln Gefahr bringen konnten.

Heinrich machte den Grafen darauf aufmerksam und Luise wurde mit ihrem Kinde an eine Stelle der Höhle geführt, welche auch rikoschettierende Kugeln kaum erreichen konnten.

Da einzelne größere, von den Felswänden abgebröckelte Steine in dem Räume umherlagen, machte er sich mit Johnson daran, einige derselben in den Eingang zu wälzen, so daß wenigstens ein Schütze dahinter liegen konnte.

In dieser Tätigkeit störte sie eine Stimme, welche, wie es schien, aus ziemlicher Nähe erklang.

Hoch horchten alle auf.

»Hört mich der weiße Mann reden?« ließ sich die Stimme in englischer Sprache vernehmen. »Der Häuptling der Saulteux spricht mit ihm.«

Edgar trat nahe an den Eingang und antwortete: »Ich höre dich.«

»Der weiße Mann hat den Liebling der Saulteux mit sich genommen, meine Tochter Ni-hi-tha, er wird sie uns zurückgeben und dann in Frieden seines Weges gehen.«

»Nein, Häuptling, das kann nimmer geschehen. Deine Ni-hitha ist meine Schwester, sie gehört zu mir, zu ihrem Vater und zu ihrem Volke, sie wird mit mir gehen. Ich habe Geschenke für dich mitgebracht und sie liegen in der Höhle, in der Nähe deines Dorfes. Nimm sie, und ist es nicht genug, will ich dir noch mehr geben, so viel, bis du zufrieden bist, aber laß mir die Schwester, die ich so lange vergebens gesucht habe.«

»Der weiße Mann mag seine Geschenke behalten, Ni-hi-tha muß wieder zu uns zurückkehren.«

»Nimmermehr.«

»Wie will der weiße Mann sie davonführen? Er hat nur einen schmalen Pfad, um darauf zu gehen, und den bewachen meine Krieger. Niemand kann die Höhle verlassen, ohne unter den Kugeln meiner jungen Leute zu fallen.«

»Ich habe nur genommen, was mein ist, Indianer. Ich wünsche in Frieden von dir und deinem Volke zu scheiden, und will euch reich belohnen für die Güte, mit welcher ihr meine arme Schwester behandelt habt. Zu euch zurückkehren kann sie nicht, eher sterbe ich mit ihr gemeinsam in den Fluten dieses Sees.«

Aus dem Ton, in dem er diese letzten Worte sagte, klang die ganze Verzweiflung, aber auch die ganze Entschlossenheit seiner Seele.

Es erfolgte nicht gleich eine Antwort hierauf. Dann aber ließ sich dieselbe Stimme wieder vernehmen: »Hört mich Ni-hi-tha, meine Tochter?«

»Ja, Häuptling,« erwiderte diese freundlich und trat ebenfalls zum Eingang, »Ni-hi-tha hört dich.«

»Will das Kind nicht zu seinem Vater kommen?« Es war der bejahrte erste Häuptling der Saulteux, welcher sprach, derselbe, der zuerst die Flucht entdeckt hatte. »Ni-hi-tha weiß, daß die Saulteux sie lieben. Sie haben ihr immer das Beste gegeben, was sie hatten, und wenn im Winter der Hunger in den Wigwams herrschte, war ihre Hütte voll Wildbret.«

»Du bist ein guter Mann, Tugensik.«

»Warum will die Tochter der Saulteux nicht zu ihnen zurückkehren? Warum ist sie überhaupt von ihnen gegangen?«

»Ich mußte gehen, Häuptling, denn mein Mann wünscht es, er ließ mich rufen, und ich bin auf dem Wege zu ihm. Ich kann nicht zu dir kommen, denn Walther erwartet mich.«

Wiederum herrschte draußen Schweigen, dann sagte dieselbe Stimme: »Und will der kleine Wila nicht zu seinen roten Freunden kommen, sie lieben ihn alle, denn er hat das Herz eines Saulteux.«

»Nein, Häuptling,« antwortete des Knaben helle Kinderstimme im Indianerdialekt, »Wila will zu den Leuten seines Stammes gehen, er hat das Herz eines Deutschen und nicht das eines Saulteux.«

Nach einer Weile sprach der Häuptling: »Tugensik ist traurig, denn Ni-hi-tha will zu ihrem Volke wandeln, sie liebt es mehr als die Saulteux. Sie hat eine Schnur an ihrem Herzen befestigt und diese verbindet sie mit den Leuten ihrer Farbe. Kummer wird einziehen in die Dörfer meines Stammes, wenn Ni-hi-tha scheidet – aber die Saulteux werden sie nicht gegen ihren Willen halten. Ni-hitha – mag gehen mit den Bleichgesichtern. Allein sie hat einen diebischen Huronen bei sich, der sich wie ein elendes, schleichendes Wiesel bei Nacht in unser Wigwam stahl, dieser muß hier bleiben.«

Athoree hatte bisher finster und ernst der Unterredung gelauscht. So sehr er sich zu bemeistern verstand, war sein Naturell doch den wild leidenschaftlichen Ausbrüchen des indianischen Temperaments unterworfen, und da in ihrer gegenwärtigen Lage nichts mehr zu erhoffen war, er vor allem von seiten der Verfolger kein Erbarmen zu erwarten hatte, fürchtete er auch nichts mehr.

Auf die Hohnrede des Häuptlings entgegnete er in zorniger Aufwallung: »Ich höre einen Hund winseln, der angstvoll den Schwanz zwischen die Beine klemmt, wenn er die Stimme eines Wyandot vernimmt. Ich will den Hund sehen.«

Mit einem Satze war er vor der Höhle, den gellenden Kriegsruf seines Stammes ausstoßend, und feuerte seine Büchse nach links hin ab, wo er den Redenden vermutete und wo dieser auch wirklich sich befand. Aber der schlaue Saulteux stand gedeckt und die Kugel Athorees erreichte ihn nicht.

Ebenso rasch, als er hinausgestürzt war, sprang er zurück, sofort eifrig ladend.

Ein furchtbares Wutgeschrei, begleitet von Schüssen, erfüllte draußen die Luft.

Das gellende Heho! der Indianer wurde mit zehnfacher Wucht von den den See einfassenden Felswänden zurückgeworfen und hallte so in der Höhle wider. Es war ein greulicher Ausbruch tierischer Wildheit, welche sich in diesem Heulen, das nichts Menschenähnliches mehr hatte, geltend machte und die Ohren der Hörer betäubte.

Luise bot bei diesen Lauten ein Bild des furchtbarsten Entsetzens. Aufgerichtet, den Kopf vorgebeugt, die Augen weit geöffnet, bleich wie eine Tote stand sie da: »Walther! Walther!« klang es in Tönen aus ihrem Munde, welche nur die Todesangst der menschlichen Brust erpreßt. »Walther! Sie töten dich! Der Wilde! Blut! Ha – Blut – Walther –« und sie schlug in krampfhaften Zuckungen hart auf den Boden nieder.

Draußen ließen sich rasche Schritte leichter Füße vernehmen und die Feinde erschienen in ungestümem Andrang im Eingange der Höhle, mit wilder Gebärde und noch wilderem Geschrei ihre Tomahawks schwingend. Aus Rücksicht auf das Leben Luisens war ihnen die Anwendung der Schußwaffe untersagt worden.

Athoree hatte nicht geladen, der Graf sich zu seiner Schwester niedergebeugt, Michael und Heinrich standen überrascht da; schon waren die Feinde in der Höhle, als Johnson, der sich dem Eingange zunächst befand, mit der Riesenkraft, die ihm eigen war und welche der ausbrechende Kampfeszorn wohl verdoppelte, den vordersten der Eindringlinge ergriff, wie einen Säugling emporhob und mit so gewaltiger Wucht auf die andern schleuderte, daß diese sämtlich zurückgeworfen wurden. Sie stürzten mit einem solch unwiderstehlichen Anprall rückwärts auf die, welche ihnen nachdringen wollten, daß zwei davon bis in den See taumelten, die andern am Boden lagen. Von neuem faßten die ehernen Hände des gereizten Mannes zu, und zwei Feinde, die er emporriß, flogen ungestüm zur Höhle hinaus. Ein Tritt fegte den letzten hinweg, der weit ins Wasser hineinflog. Die draußen am Boden Liegenden waren mit erstaunlicher Schnelligkeit zurückgekrochen.

Der ebenso überraschend als mit wildem kriegerischem Feuer ausgeführte Angriff war abgeschlagen worden.

Tiefes Schweigen herrschte nach dem grimmen Kampfeslärm.

Edgar und der Knabe waren angstvoll um Schwester und Mutter beschäftigt, welche immer noch in Zuckungen am Boden lag.

Endlich richtete sie sich auf und schaute mit starren Blicken um sich. Dann verbarg sie schaudernd das Antlitz in den Händen und sank wieder zurück.

Der Graf ließ sich neben ihr nieder und legte ihren Kopf an seine Brust.

Es war ganz still in der Höhle und alle Blicke waren auf die unglückliche Frau gerichtet, nur der Indianer stand nach außen hin lauschend da.

So vergingen angstvolle Minuten. Eine Stimme draußen, welche wie aus der Höhe herab klang, unterbrach plötzlich das Schweigen.

Athoree zuckte zusammen bei den Lauten, er hörte die Sprache der Huronen.

»Die Saulteux,« so drang es zu seinen Ohren, »haben wiederum die Grenze der Wyandots überschritten. Wir haben einmal ihren

Angriff abgewiesen und sind von neuem bereit, sie hinwegzujagen von unserm Boden, wenn sie nicht sofort freiwillig gehen. Hier stehen fünfzig meiner jungen Männer, bereit ihre Skalpe zu nehmen. Sie hingen schon an unsern Gürteln, wenn der große Vater in Washington es nicht verboten hätte, das Schlachtbeil auszugraben. Wir gehorchen ihm. Geht.«

Keine Antwort erfolgte, still blieb es draußen.

Endlich, nach einem langen angstvollen Schweigen, ließ sich dieselbe Stimme in englischer Sprache vernehmen: »Die Saulteux sind fort, ein Freund spricht zu den Bleichgesichtern, der Häuptling der Wyandots. Ist er willkommen?«

Athoree stand in sich gekehrt da, der Graf hielt seine Schwester im Arm, so trat Johnson hinaus, um der Frage zu antworten.

Auf dem schmalen Pfade, welcher zur Höhle führte, stand der alte Huronenhäuptling, den sie bereits gesehen hatten, hinter ihm und auf den Felsen ringsum eine starke Schar seiner Krieger. In trotzigem, finsterem Schweigen zog drüben die kleine Zahl der Saulteux ab.

»Der Huronenhäuptling ist uns willkommen, er brachte Rettung aus großer Gefahr,« begrüßte ihn Johnson.

Der Alte trat an ihm vorübergehend in die Höhle, warf einen raschen Blick auf die darin Befindlichen, ließ ihn auf Athoree haften, der mit niedergeschlagenen Blicken dort stand, zog langsam sein Messer aus der Scheide, trat dicht zu ihm, richtete die Waffe nach dessen Brust – der Sohn Sumachs atmete schwer, aber stand bewegungslos da– und fragte: »Will der Enkel Meschepesches das Messer des Häuptlings seines Volkes im Herzen fühlen, oder will er sich morgen vor dem Rat der Alten einfinden, sein Urteil zu empfangen?«

Der alte Mann sprach mit einem würdigen Ernste, dem es nicht an Feierlichkeit gebrach.

Athoree richtete die dunklen Augen auf ihn und sagte langsam: »Der Enkel Meschepesches wird morgen vor den Häuptlingen seiner Nation stehen.«

»Es ist gut.« Und Hayesta steckte das Messer wieder in die Scheide, wandte sich von ihm weg und zu Edgar, welcher das Haupt der Schwester in den Schoß ihres weinenden Kindes gelehnt und sich erhoben hatte.

Im Eingang standen Huronenkrieger, aber keiner nahm Notiz von Athoree, dieser begegnete nur ernsten Blicken.

Der Häuptling streckte Edgar mit freundlichen Blicken die Hand entgegen.

»Du fochtest für die Wyandots, als der Saulteux sie angriff; wir helfen dir, da diese Hunde deinen Skalp begehren. Das gut.«

»Du kamst zur rechten Stunde.«

»Mein Auge sah, wie die jungen Männer der Saulteux zu Boden fielen; wer besitzt die Stärke des zur Wut gereizten Bären?«

Der Graf stellte ihm Johnson vor.

Staunend blickten Hayesta und seine Leute die seltsame Gestalt des weißhaarigen Mannes an.

»Mein Bruder ficht gewaltig wie der braune Herr der Wälder, ich bewundere ihn.«

»Ich danke Gott, Indianer, daß er mir die Körperkräfte verliehen hat, die hier erforderlich waren, um Gefahr abzuwenden,« erwiderte Johnson, der nach dem rasch verloderten Kampfeszorn ruhig wie immer dastand.

Das Auge des Huronen richtete sich auf die bewußtlose Luise.

»Die Squaw ist krank. Ist sie verwundet?«

»Nein, nicht verwundet, der Schrecken stürzte sie in Krämpfe danieder, und ich fürchte, ihr Geist ist jetzt völlig umnachtet.«

Der Indianer hörte mit ehrfurchtsvollem Staunen von dem Geisteszustande Luisens.

»Der Häuptling der Bleichgesichter wird mich begleiten zu den Wigwams der Huronen, er ist willkommen.«

»Gern nehme ich deine Gastfreundschaft auf einige Tage an; doch wie gelangt meine Schwester in diesem Zustande dorthin.«

»Wir werden sie tragen, sanft, wie das Kind am Herzen der Mutter ruht.«

Er rief seinen Leuten einige Worte zu, die dann ebenso schnell als geschickt aus Aesten und ineinander geflochtenen Zweigen eine Tragbahre herstellten.

Alle verließen hierauf die Höhle und stiegen den engen Felspfad neben derselben zum Walde hinauf. Edgar trug die immer noch ohnmächtige Schwester auf der Schulter.

Oben bettete man sie auf die mit Laub und wollenen Decken zum weichen Lager hergerichtete Tragbahre, und Edgar, Johnson, Heinrich und Michael trugen sie dem voranschreitenden Indianer nach, während der Knabe traurig daneben einherging.

»Wenn meine weißen Freunde müde sind, werden Huronenkrieger die kranke Frau tragen,« sagte Hayesta.

So geschah es. Willig wechselten kräftige rote Männer mit den bisherigen Trägern während des Marsches ab.

»Fürchtet der Wyandothäuptling nicht, daß die Saulteux uns nachsetzen?«

»Sie dürfen es nicht wagen, sie sind zu schwach an Zahl. Auch werden sie von meinen jungen Kriegern beobachtet.«

»Wie kam es, daß du mit solcher Mannschaft hier wärest? Gedachtest du einen Einfall in das Land der Saulteux zu machen?«

»Nein, die Wyandots graben die Streitaxt nur aus, wenn der große Vater in Washington es befiehlt. Einmal trieb mich die Besorgnis vor einem neuen Angriff der Feinde an die Grenze unserer Reservation, und dann dachte ich, auch meinen Freunden nützen zu können, denn der Saulteux ist falsch und redet mit zwei Zungen. Als ich den Rauch gewahrte, wußte ich, daß der Saulteux da und wo er war. So kam ich hierher.«

Der Graf teilte ihm ihre jüngsten Erlebnisse mit.

Ernst hörte Hayesta zu und nickte, als Edgar den Mut und die Geistesgegenwart Athorees rühmte, mehrmals mit dem Kopfe.

Dieser schritt in düsterem Schweigen hinter der Tragbahre her. Keiner der andern Huronen sprach mit ihm oder beachtete ihn nur, obgleich der Graf bemerkte, daß ihn verstohlen hie und da der bewundernde Blick eines jüngeren Mannes streifte.

Die seltsame Scene in der Höhle, als der Alte mit gezücktem Messer auf seinen tapferen Führer und Mitkämpfer losschritt, war ihm trotz der Besorgnis um die Schwester nicht entgangen.

Er sagte zu dem neben ihm schreitenden Häuptlinge: »Athoree ist mein Freund, der mich hierhergeleitet und treu und tapfer mit großer Hingebung an meiner Seite gefochten hat. Wie ich bemerke, ist eine Wolke zwischen ihm und seinem Volke und das tut mir leid. Was ist es, das den befiederten Pfeil den Wyandots entfremdet?«

Kurz entgegnete der Alte: »Nicht jetzt, morgen hören, darf nur vor den Häuptern der Nation davon gesprochen werden.«

Edgar teilte seine Aufmerksamkeit zwischen seiner Schwester und seinem Neffen, den der Zustand der Mutter tief betrübte.

»Wird sie sterben, Onkel Edgar?« fragte er mit Tränen in den Augen.
»Gott wird es verhüten, Wilhelm.«
»Weißt du,« sagte er leise, »da in der gräßlichen Höhle erinnerte sich zum erstenmal die Mutter daran, wie der Vater unter den Tomahawks der Bluthunde, dort am Manistee, starb, darum wird sie auch wohl so krank sein. Sie hatte es ganz vergessen und glaubte immer, der Vater würde kommen.«
»Der tödliche Schreck damals hat ihr das Erinnerungsvermögen geraubt, Wilhelm.«
»Und wird sie wieder gesund werden?«
»Wenn Gott meine innigen Gebete erhört, ja, Kind.«
»Gott wird schon hören,« entgegnete der Knabe innig, »Gott ist gut, sagte die Mutter, wenn sie mich abends beten ließ. Aber wenn er so gut ist,« fuhr er fort, »warum ließ er dann den Vater so gräßlich sterben? O, o, ich werde es nie vergessen.«
»Wer kann Gottes Ratschlüsse ergründen? Dein Vater ist jetzt in des Himmels ewiger Seligkeit.«
»Und da kommen mir auch hin, nicht wahr?«
»Wenn wir gut und brav sind, ja.«
»O, Vater war gut, Onkel.«
»Gewiß, mein Kind, das weiß ich.«
Nach einem für die Träger sehr anstrengenden Marsche bot sich endlich die Gelegenheit, die Kranke auf dem Rücken eines Baches, in einem Kanoe sanft gebettet, nach dem Dorfe der Huronen zu führen, wo sie abends anlangten und freundlich von allen empfangen wurden.
Man brachte Luise in einer Hütte unter und sorgte gastfreundlich für die Männer. Athoree suchte seine Mutter auf.
»Ich wußte wohl,« sagte der Ire zu Johnson, »daß mir glücklich aus dem Felsenloche herauskommen würden, denn Seine Gnaden stehen beim lieben Gott in besonderer Gunst. Das aber, was Ihr dort vollbracht habt, Johnson, das macht Euch niemand, selbst der stärkste Bursche in Leitrim, nicht nach. Wetter, wie die roten Halunken hinausflogen!« Und Michael lachte bei der Erinnerung an die ihm sehr vergnügliche Scene herzlich in sich hinein.

Zwanzigstes Kapitel.
Um das Leben.

Nach einem langen und tiefen Schlafe, dem Schlafe der Erschöpfung, trat Edgar am Morgen ins Freie.

Hell strahlte die Sonne vom Himmel hernieder und beleuchtete die Wälder, welche ringsum die Hügel krönten, die malerisch geordneten Behausungen der Huronen, den sanft hinströmenden Bach, an dessen Ufer sie lagen.

Edgar gewahrte nichts von der Schönheit des Morgens, und flüchtig nur berührte die Umgebung sein Auge.

Er ließ sich, in ernstes Sinnen verloren, auf einem Baumstumpf nieder.

Gleich einem wüsten Traum lagen die jüngsten Ereignisse hinter ihm, der selbst nach dem Erwachen noch sinnverwirrend nachwirkte.

Was hatte er in diesen Tagen erlebt, welche Gemütsbewegungen in einer kurzen Spanne Zeit sein ganzes Sein erschüttert?

Wirr kreuzten sich in ihm Gedanken und Erinnerungen, untermischt mit Sorgen um die Zukunft.

Die Vergangenheit stieg in schreckenvollen Bildern wiederum empor, und in tiefster Seele erbebte er, als er sich den furchtbaren Augenblick zurückrief, wo er die Schwester fand – irrsinnig.

Unter den Aufregungen, Gefahren, Gemütsbewegungen der letzten Zeit, ja des vergangenen Tages, konnte auch die stärkste Manneskraft wanken.

Dort jene Hütte barg die Arme, die ein so rauhes Schicksal in Geistesnacht gestürzt und bis in die ferne Wildnis geschleudert hatte.

Arme, arme Schwester.

Und mit welch rührender Liebe sie das Bild des Mannes bewahrte, dem sie einst ihr Herz geschenkt hatte! Ja, das war eine Liebe, welche alle Leiden dieses Lebens, welche selbst den Tod überdauerte.

O, welcher Ton des Entsetzens entrang sich gestern ihrem Munde, herzerschütternd, als vor den zerstörten Geist das Bild des Schreckens trat, welches ihn vor wenig Jahren so jäh zerrüttet hatte.

Die Feder im Triebwerk ihres Geistes war in jenem grauenvollen Augenblicke zersprungen – die Uhr stand still und gab nur noch die

Zeit an, in welcher sie stehen geblieben war. Vergangenheit und Zukunft waren nicht vorhanden für sie.

Wie schön sie noch war! Der Körper hatte unter dem Leiden des Geistes nicht gelitten.

Rührung beschlich ihn daneben, wenn er gedachte, welche aufrichtige Liebe diese grausamen, blutdürstigen Wilden – der zarten Erscheinung aus einer andern Welt entgegengebracht hatten.

Seine Gedanken eilten dann nach der fernen Heimat.

Armer, greiser Vater, soll ich dir so die heißersehnte Tochter zuführen?

Wirst du das Furchtbare ertragen können?

Wenn er sich kurz vergegenwärtigte, in welche Reihe gräßlicher Ereignisse er von dem Augenblick an, wo er das Land der Ottawas betrat, widerstandslos hineingerissen wurde, deren schreckenvollste ihm die letzten Tage brachten, so bebte der tapfere Mann zusammen. Und doch – auch in der höchsten Not war stets die Hilfe nahe gewesen.

Gestern noch sah er mit trotziger Energie dem sichern Ende entgegen, fest entschlossen, Schwester und Neffen nicht den Wilden wieder in die Hände fallen zu lassen, sondern im letzten Augenblick gemeinschaftlich mit ihnen den Tod in den Fluten des Sees zu suchen.

Der so erschütternde Ausbruch des Wahnsinns seiner Schwester hatte die Freude über die wunderbare Errettung gedämpft.

Und wunderbar war sie genug.

War nicht Grund vorhanden, Gott innig dafür zu danken?

Er faltete die Hände und betete still. Seine Seele suchte den Ewigen, der zeitlos über den Steinen thront.

Und nach all den heftigen Stürmen, welche seine Brust durchtobten, kam eine sanfte Ruhe über ihn.

Gottes Stimme ist nicht im Sturm nur vernehmbar, auch im leichten Säuseln des lauen Windes.

Er blickte um sich und sah die reinlichen Blockhäuser und Hütten der Halbwilden, deren Gast er war. Schon erwachte im Dorfe das tägliche Treiben. Frauen und Mädchen erschienen im Freien, schöpften Wasser am Bach und zündeten Feuer an.

Aus der Hütte, in welche seine Schwester gebettet war, trat Frau Sumach, welche man ihr zur Pflegerin gegeben hatte.

Eilends schritt der Graf auf sie zu.

»Meine Schwester, Sumach?«

»Sie ganz wohl – Augen auf.«

»Ich will sie sehen.«

Er trat in die Hütte ein.

Auf dem von Fellen bereiteten Lager saß Luise und schaute ihn mit den großen schönen Augen aufmerksam, wie es schien, an.

Beim Anblick seiner Züge mochte ihr eine Erinnerung aufdämmern – sie sah sich ängstlich um und rief: »Willy! Willy!«

Der Knabe lag am andern Ende der Hütte und schlief.

Edgar weckte ihn.

»Willy! Willy!«

»Hier, Mama!«

Er eilte zu ihr, sie schloß ihn mit zärtlicher Besorgnis in die Arme und blickte ihn an.

»Willy! Mein Willy!«

Dann legte sie die Hand an die Stirne und schien nachzudenken.

»Sind sie fort?« fragte sie dann und sah scheu um sich. »Sind sie fort?«

»Wer, Mama?«

»Die Wilden.«

»Ja, weit fort.«

»O, das furchtbare Geschrei. Sie sind fort, ja, sie sind fort. Wo ist denn –« Ihr Auge suchte umher und blieb auf Edgar haften.

»Luise, meine teure Schwester.«

»Schwester? Schwester? Ja, den kleinen hübschen Bruder – wo war das doch?« Sie sann eifrig nach.

Dann rief sie wieder ängstlich: »Willy!« und schloß von neuem den Knaben an ihre Brust.

»Wo ist denn nur –?« und der Blick wanderte fragend durch die Hütte.

Dann verlor sie sich in Sinnen und sah starr und regungslos vor sich hin. Sie antwortete auf keine Frage, und Trauer im Herzen entfernte sich Edgar.

Draußen stand Heinrich, und sein betrübter Blick begegnete dem des Grafen.

»Ja, Heinrich,« antwortete dieser der stummen Frage, welche in dem Auge des treuen Mannes lag, »es ist sehr traurig, ich fürchte, dieser Geist ist für immer entflohen.«

»Wie entsetzlich für uns alle. Ich wollte mit Freuden unter hundert dieser heulenden Bluthunde stürzen und mich von ihnen in Stücke hacken lassen, wenn ich Gräfin Luise die Gesundheit wiedergeben könnte.«

»Ich weiß es, Heinrich.« Er drückte dem Jäger mann die Hand. »Unsre arme Luise, die holdeste Menschenblüte, welche je unserm Stamm entsprossen war, so wiederzufinden, ja, Heinrich, es ist entsetzlich.«

»Und der junge Herr?«

»O,« sagte fast durch Tränen lächelnd der Graf, »unser junger Halbindianer, ist er nicht ein prächtiger Junge?«

»Ein kluger, mutiger Knabe, Herr. Mich wundert, daß er, so jung unter diese Wilden geraten, sich so viel Deutsch noch bewahrt hat.«

»Er ist wohl wenig von der Seite der Mutter gekommen, in deren Umgang er es gepflegt hat, auch ist Willy aufgeweckt und bewahrt deutliche Erinnerungen an die Vergangenheit.«

»Er wird ein Mann werden, Herr Graf, er hat sich mit staunenswerter Ruhe auf unserm gefährlichen Marsch benommen.«

»Ich hoffe es auch. Er ist reif über seine Jahre und hat unter den roten Leuten wohl eine harte Schule durchgemacht.«

Indem kam Wilhelm aus dem Wigwam und sprang auf Edgar zu.

»Und die Mutter, Willy?«

»Sie sitzt auf ihrem Lager und blickt still vor sich hin. O Onkel, diese verwünschten Saulteux mit ihrem wilden Geheule haben Mama ganz krank gemacht.«

»Und doch sind sie, wie du sagtest, gütig gegen euch gewesen?«

»Das sind sie; sie haben Mama sehr geliebt, und auch gegen mich waren sie gut. Die Häuptlinge lehrten mich den Bogen führen, und ich sollte einst auch ein Häuptling werden.«

»Und wolltest du's?«

»O nein. Ich dachte immer an die weißen Leute und an den armen Vater und betete jeden Abend, daß doch jemand kommen möge, der uns wieder in die Ansiedlungen führte. Nun bist du endlich gekommen. Einmal war ein weißer Mann im Dorfe und da mußte ich im Wigwam bleiben. Ich kletterte aber auf die Felswand hinauf und habe ihn gesehen, ich rief ihn auch, aber er hat es nicht gehört, und da habe ich sehr geweint.«

»Und sprachst du oft mit der Mama?«

»Sie sprach immer nur vom Vater, und nähte für ihn, und kochte, und war betrübt, wenn er nicht kam. Dann aber war sie wieder vergnügt und sagte: ›Nun, er kommt morgen.‹ Abends ließ sie mich beten. O, ich habe so oft Tränen vergossen, wenn Mama sich auf gar nichts mehr besinnen konnte, was früher gewesen war, wie wir glücklich am Manistee wohnten, ehe diese roten Hunde kamen.«

»Entsinnst du dich eines Mannes Namens Baring?«

Der Knabe lachte vergnügt: »O, der *good old man*, der Onkel Baring – o ja, o ja – kennst du ihn?«

Edgar teilte ihm mit, daß er von diesem zuerst Nachrichten von ihm und seiner Mutter empfangen habe.

»O, wie hatten sie Mama lieb. Mister und Mistreß Baring – alle – alle. Du bringst uns doch wieder in die Ansiedlungen, Onkel?«

»Ich nehme euch mit nach Deutschland zum Großvater.«

»Aber der will doch nichts von uns wissen, sagte der arme Papa.«

»O ja, mein Kind, er sehnt sich sehr nach euch, nach der Mama und dir.«

»Gut, Onkel, und dann werde ich ein weißer Krieger, nicht? Kein Indianer.«

»Ja, Willy, du sollst ein Krieger werden in den Reihen unsrer Armee.«

»Bist du ein Farmer oder ein Krieger?«

»Ein Krieger!«

»Gut, dann lehrst du mich fechten nach weißer Männer Art, und dann,« setzte er mit funkelnden Augen hinzu, »sollen die Ottawas Skalpe lassen.«

»Das ist nicht weißer Männer Art, Willy.«

»Nicht? Die Saulteux sagen: Kein Sieg über den Feind sei vollkommen, wenn man nicht seinen Skalp gewänne. Sie nehmen ihn immer.«

»Nun, du wirst bald einsehen, daß indianischer Brauch sich nicht für uns eignet.«

»Ich will ganz tun, wie du sagst, Onkel, damit ich ganz wie du werde.«

Unter diesen Gesprächen schritten sie durch das Dorf.

Unweit desselben saß Athoree auf dem Stamm eines gefallenen Baumes. Edgar ging auf ihn zu und begrüßte ihn.

Die schon früher dem Grafen gegenüber ausgesprochene Vermutung, daß der Indianer im Unfrieden mit seinem Stamm lebte, war gestern zur Gewißheit geworden. Was die Ursache sei, welcher Art das vielleicht vorauszusetzende Vergehen Athorees war, wußte der Graf nicht.

Der Mann, den er am Muskegon als Trinker kennen lernte, hatte sich so treu, tapfer und zuverlässig benommen, daß der Graf ihm mit aufrichtiger Dankbarkeit ergeben war.

Wie aus dem ganzen Verhalten der Huronen hervorging, mußte der Zwiespalt zwischen ihnen und Athoree ein sehr tiefer sein, da selbst dessen aufopfernde Tätigkeit in dem Kampfe mit den Saulteux, welche allein die Huronen vor einer Niederlage bewahrte, ihn nicht beizulegen vermocht hatte.

Dennoch vermochte der Graf nicht zu glauben, daß hier etwas zu Grunde läge, was den Indianer seiner Teilnahme unwürdig mache.

Athoree saß ruhig und ernsthaft da und erwiderte den Gruß.

»Der Wyandothäuptling wird heute vor den Vätern seines Volkes erscheinen?« begann Edgar die Unterredung.

»So geschieht es.«

»Athoree wird sich entsinnen, daß er an Gutherz einen treuen Freund besitzt, und ihn rufen, wenn er ihn braucht.«

Der Indianer schwieg.

»Ist Athoree nicht mehr mein Freund?«

»Er ist dein Freund.«

»Was kann ich für ihn tun?«

»Kann das Bleichgesicht das Totenlied für den befiederten Pfeil der Wyandots singen?«

»Nein, Athoree, das werde ich nicht können, ob ich gleich die Taten, welche du unter meinen Augen vollbracht hast, in treuem und dankbarem Gedächtnis bewahre. Will der tapfere Häuptling dieses Volkes, der noch jüngst in seinen Reihen wie ein Held gekämpft hat, sterben, daß er von seinem Totenliede spricht? Ich denke, er wird noch lange leben, um eine Zierde der Wyandots zu sein.«

Der Indianer richtete den Blick in die Ferne und wandte ihn dann auf den Grafen zurück.

»Athoree war einst der Stolz seines Stammes, er ist es nicht mehr – er ist dem Tomahawk der Häuptlinge verfallen – weil er –. Athoree wußte es, als er mit dir über das Wasser ging, daß der Totenvogel ob seinen Häupten schwebte.«

»Und kann sein Freund Gutherz nichts tun, ihn zu verscheuchen?«

»Nichts. Es ist gut so. Drei Sommer und drei Winter habe ich unter den Blaßgesichtern gelebt und mit Rum die bösen Geister verscheucht, die meine Seele quälten. Dann kamst du und warst freundlich gegen den betrunkenen Indianer, den du zum erstenmal gesehen. Ich sah dich an am hellen Tage und las auf deiner Stirn das Zeichen des guten Geistes. Als du mich batest, mit dir nach Norden zu gehen, ging ich mit dir. Manitou sandte mich dorthin, denn ich fand Sumach, die alte Mutter.

»Dann fragtest du, ob ich dich hierher führen wolle, und mein Herz war wie ein schwankendes Rohr, denn ich fürchtete, hierherzugehen, und wünschte doch, hier an deiner Seite zu sein, denn ich liebte dich. Ich rief zu Manitou, er solle die Wolke von meinem Geiste nehmen, damit mein Auge klar blicke. Manitou schwieg. Sumach befragte die Medizin in der Nacht, und diese sagte, der befiederte Pfeil der Wyandots wird ruhmvoll zu seinen Vätern in die glücklichen Jagdgründe gehen. Ich ging zu dem Lande meiner Väter, ob auch des Totenvogels Flügelschlag über mir rauschte – ich bin da. Athoree wird sterben – und es ist gut.«

Der Graf war von seinem ernsten, gehaltenen Benehmen, von dieser Ergebung in ein, wie es schien, unvermeidliches Schicksal, bewegt, denn er fühlte aufrichtige Teilnahme für diesen roten, halbwilden Mann, der so tapfer seine Gefahren geteilt, der ihm solch große Dienste geleistet hatte.

Einen Augenblick trat selbst das Bild der Schwester in den Hintergrund.

»Und will Athoree einem Freunde nicht mitteilen, einem Freunde, dem er hierher gefolgt ist, welche Gefahren ihn bedrohen? Mein Ohr und mein Herz sind offen, um dich zu hören, und ich bin bereit, an deiner Seite zu stehen, wie du an der meinigen gestanden hast, als auch ob meinem Haupte der Todesbote schwebte.«

»Athoree kann nicht reden, Gutherz wird es hören, und dann vielleicht nicht mehr der Freund des roten Mannes sein.«

»Magst du getan haben, was du willst, ich werde dein Freund bleiben, und kann ich dir helfen, so rechne fest auf mich.«

Der Indianer reichte ihm mit dem Ausdrucke der Dankbarkeit die Hand.

»Jetzt gehen, Gutherz, nicht viel Zeit mehr, mit Sumach reden.«

In der Tat nahte diese und setzte sich neben ihren Sohn.

Der Graf, seinen Neffen an der Hand, welcher stumm und aufmerksam der Unterredung gelauscht hatte, entfernte sich, die beiden allein lassend.

»Warum will der Mann sterben?« fragte der Knabe, der den Inhalt der englisch geführten Unterredung im wesentlichen begriffen hatte. »Ich weiß es nicht, Willy, es muß ein dunkler Punkt in seiner Vergangenheit vorhanden sein, welcher ihn so ernstlich mit seinen Stammesgenossen entzweit, daß er den Tod von ihrer Hand zu fürchten scheint. Ich bedaure das sehr, denn Athoree hat sich als unser Freund erwiesen.«

»So wollen wir ihm helfen, Onkel.«

»Ich möchte es gern, wenn ich nur erst wüßte, auf welche Weise.«

Hayesta, der erste Häuptling dieses Teiles der Huronen, kam heran und begrüßte den Grafen.

»Ich hoffe, unser Gast fühlt sich wohl unter den Huronen. Er ist als Freund gern gesehen unter meinem Volke.«

»Ich bin dir dankbar, daß ich Zuflucht bei dir gefunden habe, Häuptling, und so wohl ich mich auch unter euch fühlen mag, so sehne ich doch den Augenblick herbei, wo der Zustand meiner Schwester erlaubt, den Weg zu den Wigwams meines Volkes anzutreten.«

»Was die Wyandots dir bieten können, Häuptling der Blaßgesichter, ist dein, bleibe bei uns, solange du magst, du bist willkommen, und willst du den Pfad zu den Leuten deiner Farbe nehmen, werden wir dich begleiten.«

»Gut, ich nehme es an.«

Edgar hatte nicht vergessen, daß ihn Hayesta schroff abgewiesen hatte, als er gestern nach Athorees Verhältnis zu seinem Stamme fragte, dennoch hielt er es im Interesse seines Führers für geboten, noch einmal darauf zurückzukommen.

»Entsinnt sich der Häuptling der Huronen, daß die weißen Männer es waren, welche auf die Bitte des befiederten Pfeils Feuer auf die Saulteux gaben.«

»Die Huronen werden es nie vergessen.«

»Wir hörten von dem Häuptling in Fort Mulder, daß die Huronen gerecht seien, und der große Vater in Washington mit freundlichem Auge auf sie blicke.«

Hayesta neigte das Haupt.

»Ich werde von hier nach dem Fort gehen und dann den Vater der Langmesser aufsuchen, der mich lieb hat, und gern will ich ihnen erzählen, daß die Huronen gerecht sind und daß nicht sie es waren, sondern ihre Feinde, die Saulteux, welche die Streitaxt ausgruben.«

»Das Blaßgesicht sagt dann die Wahrheit.«

»Wenn die Huronen gerecht und gütig sind, so werden sie auch Wohlwollen haben für ihren Bruder, den befiederten Pfeil, der mein Freund ist und mit mir unter dem Schutze des großen Vaters steht.«

Das Gesicht des Huronen, welches bislang eine höfliche Freundlichkeit zeigte, wurde sehr ernst, und mit Würde sagte er: »Der erste Häuptling der Langmesser, der große Vater in Washington, ist sehr groß und sehr mächtig. Er hat viele junge Männer, welche die Büchse tragen, zahlreich wie die Bäume des Waldes, er hat Pulver, Waffen und Decken, Korn und Vieh genug, um alle roten Männer reich zu machen, er ist sehr mächtig. Aber nicht mächtig genug, um zu verhindern, daß die Wyandots unter sich Gerechtigkeit üben. Der Freund des befiederten Pfeils wird den Spruch der Häuptlinge vernehmen, und Hayesta wird diesen ausführen. Wenn die Sonne hoch steht, wird Gericht gehalten werden, der Häuptling der Blaßgesichter ist mit seinen Freunden willkommen im Kreise der Hörer, er wird erfahren, daß die Huronen gerecht sind.«

Er grüßte durch eine Handbewegung und ging davon.

»Was kann Athoree verbrochen haben?« dachte der Graf, »sollte die Vermutung des Konstabels zutreffen, daß ein Mord sein Gewissen belaste, der jetzt, wo er sich in der Gewalt seiner Stammesgenossen befand, gesühnt werden sollte?«

Was es auch sein mochte, er fühlte sich verpflichtet, Athoree mit allen Kräften beizustehen, der ihm zuliebe sich in diese Gefahr begeben hatte.

In vergnüglicher Laune wandelte Michael O'Donnel einher und schaute sich um im Dorfe der Huronen.

Unter den Ottawas war ihm nicht behaglich zu Mute gewesen, denn die Befürchtung, für seinen Heldenkampf mit Peschewa die Rache der Wilden zu erfahren, hatte ihn keinen Augenblick verlassen.

Seine tröstliche Zuversicht, daß nach allen seither glücklich überwundenen Gefahren ein gütiges Geschick sie auch aus der Höhle, in welche die Furcht vor den Saulteux, sie getrieben hatte, befreien werde, hatte ihn nicht getäuscht, und er sah nun allem Kommenden mit fröhlicher Gelassenheit entgegen.

Sollten ihnen noch mehr wunderbare Abenteuer in den Wäldern aufstoßen, an der Seite »Seiner Gnaden« wurden sie sicher sämtlich zu glücklichem Ende geführt.

»Nun, mein wackerer Bursche aus Leitrim,« redete ihn Edgar an, »wenn ich nach deiner Miene urteilen darf, so erfreust du dich des stillen Hafens, den wir nach heftigen Stürmen erreicht haben?«

»Ja, ich bin ganz vergnügt, Euer Gnaden, daß so alles glücklich hinter uns liegt, und der Zweck unsrer Fahrt erreicht ist. Sollten uns, ehe wir aus diesen wilden Gegenden heraus sind, die roten Menschen noch zu schaffen machen, so wird Michael O'Donnel immer bei Euer Gnaden sein.«

»Ich glaube nicht, Michael, daß wir noch einmal mit den Rothäuten in feindliche Berührung kommen werden, der kriegerische Teil unsrer Abenteuer dürfte abgeschlossen sein, die Huronen hier sind unsre Freunde und werden uns sicher zum Fort geleiten.«

»Ich bin jetzt so recht darin. Euer Gnaden, und möchte gern, ehe mir wieder unter anständige Leute kommen, meinen Shillalah noch einmal spielen lassen, daß man hier noch später von Michael O'Donnel erzählen kann. Wenn Euer Gnaden befehlen, will ich es zu jeder Zeit mit sechsen aufnehmen, so wahr ich meiner Mutter Sohn bin.«

»Einstweilen, Michael,« entgegnete er dem rauflustigen Sohne Erins freundlich, »wollen wir den Kampfstock ruhen lassen, wir haben genügend der Kriegstaten vollbracht, und unsre Odyssee naht sich dem Ende.«

»Wie Euer Gnaden meinen, ich bin vergnügt, wenn Euer Gnaden mit mir zufrieden sind und sagen: der Michael O'Donnel war ein wackerer und treuer Bursche und hat mich nicht verlassen, als die roten Spitzbuben ihn an den Marterpfahl bringen wollten.«

»Ja, Michael, du bist ein wackerer treuer Bursche und hast in mir einen Freund, solange ich lebe.«

»Das freut meiner Mutter Sohn, Euer Gnaden.« Michael war ganz gerührt von dem warmherzigen Lobspruch des Grafen. »Und der Michael geht auch für Euer Gnaden durchs Feuer, denn Euer Gnaden sind ein richtiger Gentleman.« Er fuhr dann, sich den buschigen Kopf kratzend, fort: »Da ist der Athoree hier, der ist auch ein ganz guter Bursche, wenn er auch nur eine Rothaut ist, und wie ich höre, wollen ihm die Leute hier etwas am Zeuge flicken für eine alte Sache von früher her. Was das nun ist, geht mich gar nichts an, aber der Michael ist nicht der Mann, einen Freund in der Not zu verlassen, mag er auch einmal ein fremdes Pferd für sein eigenes angesehen oder irgend einem den Schädel eingeschlagen haben. Den Athoree haue ich heraus und wenn ich den sämtlichen roten Burschen den Schädel weich klopfen müßte.«

»Sei ruhig, Michael, was wir für ihn tun können, werden wir tun, aber wir dürfen uns nicht in die Rechtspflege der Leute hier mischen, und du siehst ja auch, daß unser Freund mit dem gegen ihn eingeleiteten Verfahren einverstanden ist.«

»Nun, wenn Euer Gnaden die Sache in die Hand nehmen, so ist's schon gut, dann wird alles in Ordnung kommen.«

»Hoffen wir auf einen guten Ausgang.«

Edgar ging mit Wilhelm zu dem Wigwam seiner Schwester.

Sie saß still und sinnend auf ihrem Lager, ohne von den Eintretenden Notiz zu nehmen.

Der Knabe schmiegte sich zärtlich an sie.

Sie begrüßte ihn mit freundlichem Lächeln, blickte den Grafen mit forschender Aufmerksamkeit an und leise sagend: »Wenn ich nur – wo ist – wo ist?« versank sie wieder in Nachsinnen.

Es war klar, nach dem durch das Angriffsgeheul der Wilden während ihres Aufenthaltes in der Höhle hervorgerufenen schrecklichen Ausbruch war eine Veränderung mit Luisen vorgegangen. Die gleichmäßige stille Ruhe ihres früheren Zustandes war gewichen und ihr Geist kämpfte augenscheinlich mühsam, Erinnerungen zurückzurufen, welche ihm erstorben waren.

Das Kriegsgeschrei der Saulteux hatte ihr den grauenvollen Augenblick vergegenwärtigt, wo sie es zum erstenmal vor ihren Ohren gellen hörte, unter den entsetzlichen Umständen, welche mir kennen.

Die seelischen Kräfte waren, wie es dem Grafen schien, nach langer Erstarrung wieder tätig, ob zum Heil oder Unheil, wer konnte es sagen?

Sank dieser Geist in noch tiefere Nacht zurück?

Diese Gedanken zogen durch des Grafen Hirn, als er, mit mitleidsvollem Blick sie anschauend, vor ihr saß.

Er redete sie nicht an, sondern überließ sie ihrem Sinnen und entfernte sich still.

Als er hinaustrat, bemerkte er ringsum ein reges Treiben.

Gruppenweise standen und saßen Indianer beisammen und unterhielten sich in der ernsten gehaltenen Weise, die dieser Rasse eigentümlich ist, wenn nicht Leidenschaft sie bewegt.

Da ihm die große Anzahl von Männern auffiel, welche das Dorf belebten, erfuhr er auf seine Frage, daß Eilboten noch in der Nacht von allen weiter abliegenden Niederlassungen der Huronen die männlichen Bewohner herbeigerufen hatten.

In der Mitte des Dorfes lag ein freier, mit Gras bewachsener Platz, den eine alte gewaltige Eiche beschattete.

Vor dieser waren Steinsitze angebracht, welche durch Holzschemel vermehrt waren. Ein Feuer brannte in der Nähe.

Während der Graf sich noch umblickte, trat ein junger Indianer vor die Eiche und entlockte seinem Muschelhorn drei langgezogene, dumpfe Töne. Auf dieses Zeichen begaben sich alle anwesenden Männer nach der Eiche und bildeten dort einen größeren Kreis.

Frauen, selbst Kinder liefen herbei und standen in weiterer Entfernung umher.

Heinrich, Michael und Johnson gesellten sich zu den Männern.

Auch Wilhelm kam aus dem Wigwam, in welchem seine Mutter ruhte und schloß sich dem Onkel an.

Während alles in schweigender Erwartung harrte, schritten von der Ratshütte her, einem rohgefügten Balkenhause, welches sich unweit befand, zehn ältere Männer, an deren Spitze Hayesta ging, und nahmen unter der Eiche Platz.

Dem Grafen nahte ein jüngerer Indianer und sagte in gutem Englisch: »Die Häuptlinge lassen die Blaßgesichter laden, der Versammlung beizuwohnen, ich werde sie zu ihren Plätzen führen und ihnen in der Zunge der Engländer sagen, was die Huronen reden, damit er es dem großen Vater in Washington mitteilen kann.«

Der Mann hatte sein Englisch im Fort und von den Missionaren erworben.

Er führte die Weißen zur rechten Seite der Richter, wo ihnen Sitzplätze bereitet waren.

Die anwesenden Indianer kauerten auf den Boden nieder.

Auf einen Wink Hayestas blies der Indianer unter der Eiche noch einmal sein Horn.

Hierauf erschien am Ende des Dorfes Athoree, der mit raschen Schritten auf die Versammlung zuging.

Sein Haupt schmückten, wie beim Kampfe, die Falkenfedern, und um seine Hüften schlang sich ein seltsam verzierter Gürtel. Er war ganz waffenlos, wie alle Männer in der Versammlung, nur die alten unter der Eiche trugen die kleinen Streitäxte und ihre Messer im Gürtel, eine Büchse war nirgends zu schauen.

Mit stolz erhobenem Haupte schritt Athoree auf die Häuptlinge zu, ohne sonst irgend jemand zu beachten, und verneigte sich.

»Der befiederte Pfeil, der Sohn Oskanotos, der Enkel Meschepesches, steht vor den Vätern seines Volkes, er erwartet, was sie ihm sagen werden.«

Aller Augen waren auf ihn gerichtet.

Langsam sagte nach gemessenem Schweigen Hayesta: »Wir haben den befiederten Pfeil lange nicht gesehen, er war von seinem Volke gegangen, wir freuen uns, daß sein Fuß ihn zurückgeführt hat zu den Hütten der Wyandots, da er Antwort geben kann auf die Fragen der Häuptlinge. Ich weiß, der Enkel Meschepesches hat nur eine Zunge, es wird Wahrheit sein, was er spricht.«

Athoree neigte zustimmend das Haupt.

Hierauf erhob sich Hayesta und sprach unter dem tiefen Schweigen der ganzen Versammlung: »Männer der Wyandots, ihr alle wißt, vor mehr als drei Sommern wohnte unter uns Sumach, die Witwe Oskanotos, des Hirsches, der einst Häuptling unsres Volkes war, mit ihren beiden Söhnen, Othera, der dunklen Wolke, und Athoree, dem befiederten Pfeil.

»Eines Tages ward Othera erschlagen von der Streitaxt gefunden, in dem Wigwam Sumachs, und Athoree, der jüngere Bruder, hatte eilenden Fußes das Dorf der Wyandots verlassen.

»Da glaubten die Männer der Wyandots, daß Athoree den Bruder erschlagen habe, und sandten ihre jungen Leute aus, um ihn vor das Gericht der Alten zu laden; doch der befiederte Pfeil war nicht zu finden in den Wäldern, nicht in den Ansiedlungen, nicht im Fort, der befiederte Pfeil war verschwunden. Die Häuptlinge befragten Sumach, wer Othera erschlagen habe, doch sie blieb stumm und bald verließ auch sie die Dörfer ihres Volkes.

»Drei Sommer sind verflossen seit dem Tage, wo Othera erschlagen in seinem Wigwam gefunden wurde, drei Sommer schrie sein vergossenes Blut um Rache, und niemand konnte den Mörder bezeichnen, denn Athoree war verschwunden und seine Mutter stumm.

»Aber Manitou ist gerecht.

»Er sandte den befiederten Pfeil, er sandte Sumach zurück zu den Wyandots, die sie seit drei Sommern suchten, auf daß sie Antwort geben den Fragen der Häuptlinge und klar werde, wer die Streitaxt erhob gegen Othera, die dunkle Wolke.

»In unsrer Mitte steht der befiederte Pfeil und im Namen des Wyandotvolkes frage ich ihn, im Angesicht des großen Geistes: Wer erschlug Othera, die dunkle Wolke?«

Es war so still, daß man kaum einen Atemzug hörte.

Athoree begann deutlich vernehmbar, doch in einem Tone, der tiefe innere Bewegung verriet: »Häuptlinge der Wyandots, Männer meines Volkes, Athoree hat lügen nie gelernt. Othera, die dunkle Wolke, meinen Bruder, erschlug diese Hand,« und er streckte die Rechte empor.

Eine Bewegung, ein leises Flüstern ging durch die Gruppe, doch alsbald war die ganze Aufmerksamkeit der Hörer wieder auf Athoree und die Richter gewandt.

Graf Edgar, als ihm dieses durch den ihm zugewiesenen Dolmetscher übertragen war, erschrak: Das also war's? Ein Brudermord?

»Der befiederte Pfeil sagt es,« entgegnete dem Geständnisse der alte Häuptling, »es ist Wahrheit, was er spricht.«

»Darf der befiederte Pfeil reden?«

»Er rede.«

»Häuptlinge und Männer der Wyandots, öffnet eure Ohren,« begann Athoree mit tiefer Stimme. »Sumach, die Witwe Oskanotos, hatte zwei Söhne, die dunkle Wolke und den befiederten Pfeil, welche sie beide mit gleicher Liebe liebte, ungleich wurde die Liebe von den Söhnen erwidert. Sumach mag sagen, wer sie mehr liebte, Othera oder Athoree. Beide hatten die Pflicht, das Wigwam mit Fleisch zu versorgen, damit die Mutter nicht Hunger leide im Winter, wenn der Schnee die Wälder füllte und der Nordsturm raste. Sumach mag sagen, wer von den Söhnen seine Pflicht erfüllte, wer nicht.

»Oft war Streit zwischen Othera und dem befiederten Pfeil und fast immer war die Sorge für die Mutter die Veranlassung. Die Herzen der Brüder hielten nicht denselben Schlag.

»Da kam eines Tages Athoree, von langer Jagd zurückkehrend, erschöpft und müde in das Wigwam und fand die Mutter hungernd und frierend am Boden. Othera hatte sie während Athorees Abwesenheit verschmachten lassen, und niemand bekümmerte sich um die alte Frau.

»Da wurde Athoree zornig und gab dem Bruder harte Worte.

»Als dieser sie erwiderte und auch Sumach mit wilder Rede beschuldigte, sie sei durch giftige Worte Veranlassung meines Grimmes, und sie dann am grauen Haar faßte und emporriß, so daß Sumach schrie vor Schmerz, da faßte meine Hand nach der Streitaxt, sie entflog meiner Faust und begrub sich im Hirne des Bruders.

»Da erschrak meine Seele und ich entfloh in die Wälder und weiter zu den Leuten weißer Farbe.

»Manitou, du sagst es, Hayesta, hat mich zurückgeführt zu den Feuern meines Volkes, sprich dein Urteil über Athoree, er ist bereit, es zu empfangen.«

Er schwieg und die Häuptlinge flüsterten untereinander. Dann verkündete der Vorsitzende: »Wir wollen Sumach vernehmen, sie soll erscheinen.«

Die alte Frau, welche unweit wartete, wurde in den Kreis geführt.

»Du hast gehört, Sumach, was dein Sohn hier gesagt hat, sprich, hat er mit gerader Zunge geredet?«

Mit zitternder Stimme begann die Frau: »Oskanotos, der früh in die glücklichen Jagdgründe ging, hinterließ mir zwei Söhne, und ob sie gleich unter demselben Herzen gelegen hatten, glichen sie sich wie die Nacht dem Tage gleicht. Der sonnige Tag war Athoree, die finstere Nacht Othera. Er war nicht freundlich gegen die Mutter und schlug sie, wenn Athoree nicht im Dorfe war. Nie hat Sumach es dem jüngeren Sohne gesagt, um nicht Streit zwischen den Brüdern zu erregen, sie trug still die Schmerzen. Sumach litt Hunger, wenn Athoree nicht Beute brachte, auch dies verschwieg sie ihm. Da kam der Tag, wo Othera zornig gegen mich wurde vor des befiederten Pfeiles Augen und mich am grauen Haare riß, da wurde der böse Geist mächtig, der Tomahawk entflog der Hand Athorees und Othera starb. Der befiederte Pfeil ging in die Wälder, um dem Todesstreiche zu entgehen von den Streitäxten der Häuptlinge, und Sumach war einsam im Dorfe der Huronen, und Männer und Weiber sahen sie mit finsteren Blicken an, weil sie glaubten, die Mutter habe des jüngeren Sohnes Zorn gegen den älteren gewandt.

»Da ging auch Sumach fort von den Leuten ihrer Farbe, fort, weit fort, um zu sterben. Jener Mann fand sie auf,« sie deutete auf Johnson, »und rettete die dem Tode schon Verfallene. Bei ihm hat sie gelebt, bis der große Geist Athoree zu seiner Hütte führte. Der befiederte Pfeil hat die Wahrheit gesagt, Sumach redete Wahrheit, sie hat nichts hinzuzufügen.«

Sie schwieg und augenscheinlich hatten ihre Worte die lebhafteste Bewegung hervorgerufen, denn ringsum war eifriges Flüstern vernehmbar.

Nach einer Weile begann Hayesta wieder: »Hat einer der Männer noch etwas zu sagen, ehe die Alten den Spruch über den befiederten Pfeil fällen?«

»Ja, ich!« Und ein jüngerer Mann erhob sich aus dem Kreise der umhersitzenden Huronen.

»So sprich.«

»Ich bin Daronta, der hohe Baum, und mich kennen die Wyandots. Schwer wiegt die Tat Athorees, sehr schwer, aber ich frage die Männer ringsum, ich frage die Häuptlinge unter der Eiche, ob nicht auch sie im gleichen Falle zur Streitaxt gegriffen hätten? Ich frage sie! Daronta würde es getan haben, er sagt es laut vor dem Volke. Der befiederte Pfeil, der Liebling der Wyandots, der geschickteste Jäger, ein tapferer Krieger, der Enkel Meschepesches, entfloh vor dem Tomahawk der Häuptlinge und verbarg sein Haupt unter den Blaßgesichtern. Aber sein Herz blieb das eines Wyandots, und als die Saulteux heulten und unsre Krieger vor deren Ueberzahl wichen, da sprang der befiederte Pfeil in den Kampf an die Seite seiner Brüder, und er und seine weißen Freunde halfen uns, Niederlage in einen Sieg zu verwandeln. Er ist ein Held und hat wie ein Held für sein Volk gefochten. Ich habe gesprochen.«

Dumpfes Beifallgemurmel wurde laut.

»Spricht noch einer der Männer?« fragte Hayesta.

Niemand im Kreise der Indianer verlangte zu reden.

Edgar, den die Verhandlung erregt hatte, erhob sich und ließ sich laut also vernehmen: »Würden die Häuptlinge mir, dem Fremden, das Wort gestatten, der ich ein Freund der Wyandots und des befiederten Pfeiles bin?«

Nach kurzer Beratung verkündete Hayesta: »Der Gast unsres Volkes mag reden, er hat an unsrer Seite gefochten, er ist ein Freund.«

»Männer der Wyandots,« begann Edgar in englischer Sprache, welche wohl die größere Mehrzahl der Anwesenden verstand, und suchte seine Worte dem Verständnis der Hörer anzupassen, »Männer der Wyandots, der befiederte Pfeil, der dort steht, ist mein Freund. Schwer wiegt seine Tat, wer kann es leugnen? Aber er hat der Mutter heilig Haupt verteidigt, und wem ist auf dieser Erde noch etwas heilig, wenn es nicht dieses ist! Die Gesetze der Weißen würden diese Tat nicht schwer strafen, denn sie entsprang edlem Zorn, und erwiesen ist es nicht, daß Athoree den Bruder töten wollte, gewiß wollte er ihn nur leicht verwunden, um die Mutter zu schützen vor Mißhandlung von den Händen eines Sohnes. Der böse Geist hat die Schneide seines Tomahawks so gelenkt, daß sie Tod brachte. Bei meinem Volke wurde in früheren Zeiten Wehrgeld für einen Erschlagenen angenommen, und ich will es gerne für meinen Freund zahlen, ich will den Huronen Büchsen, Pulver, Messer, Zeuge und alles geben, was ihre Herzen sich wünschen, wenn sie es als Sühneopfer für den Erschlagenen annehmen wollten. Ich habe gesprochen, Huronen.«

Auch hier machten sich dumpfe Beifallslaute bemerkbar.

Hayesta ließ sich von neuem vernehmen: »Will noch einer der Männer sprechen?«

Da keine Antwort erfolgte, verkündete der Vorsitzende: »So werden die Alten das Urteil über den Sohn Oskanotos beraten,«

Die zehn Richter erhoben sich und traten hinter dem Baume in einen Kreis zusammen. Athoree stand allein inmitten des weiten Raumes und obgleich teilnehmende Blicke auf ihm ruhten und er der Sympathien wohl des größeren Teiles der Anwesenden, vielleicht aller, gewiß sein durfte, redete ihn doch kein Mensch an. Er stand ruhig und heftete sein Auge auf Sumach, welche zu seinen Füßen kauerte.

Unter den versammelten Indianern entstand eine Bewegung und die Blicke richteten sich auf eine der Hütten, aus welcher soeben durch zwei jüngere Männer ein Greis geführt wurde, der, wie es schien, nur mit ihrer Unterstützung zu gehen vermochte.

Mit einem tiefen, ehrfurchtsvollen Staunen ruhten aller Augen auf dem Greise, als er langsam nach der Eiche zuschritt und dort auf einem Sitze niedergelassen wurde. Seine Führer blieben hinter ihm stehen, um den, wie es schien, sehr hinfälligen Mann auch ferner zu unterstützen.

Das Erscheinen des Hochbetagten rief selbst unter diesen stoischen Menschen Aufregung hervor, alle Lippen flüsterten den Namen: »Haotong,« und ihre Blicke zeigten ebensoviel Liebe als Ehrfurcht.

»Wer ist es?« fragte Edgar seinen Dolmetscher, der ihm treu die bisher gehaltenen Reden übersetzt hatte.

»Es ist Haotong, die gespaltene Fichte, der Aelteste unsres Volkes. Einst groß im Kriege wie am Ratsfeuer, haust er schon Jahre in seinem Wigwam, ohne daß ihn die Kinder der Wyandots zu sehen bekommen. Er ist so alt, daß selbst die ältesten von uns sich seiner nur als eines Greises erinnern. Seit Tagen lief es im Dorfe herum, Haotong schicke sich an, zu den glücklichen Jagdgründen zu gehen, alle sind deshalb erfreut, ihn noch einmal zu sehen, denn das Volk der Huronen liebt und verehrt ihn.«

Die zehn Richter traten wieder hinter dem Baume hervor, begrüßten in ehrerbietiger Weise den Greis und nahmen ihre Plätze ein, nur Hayesta blieb noch vor dem Alten stehen, ihm, wie es schien, kurzen Bericht von den Verhandlungen gebend, dann setzte auch er sich.

»Der befiederte Pfeil möge vortreten, um das Urteil der Alten seines Volkes zu vernehmen.«

Athoree trat festen Schrittes vor sie.

»Männer der Huronen hört!«

Atemloses Schweigen herrschte, auch Edgar und seine Begleiter lauschten gespannt.

»Der befiederte Pfeil unsres Volkes hat vor drei Sommern seinen Bruder Othera mit der Streitaxt getötet. Nimmer ist es im Volke der Wyandots erhört worden, daß ein Bruder den andern erschlug.

»Der befiederte Pfeil war als Jäger und Krieger der Stolz seines Stammes und er hob die Axt im Zorne über eine seiner alten Mutter zugefügte Unbill.

»Der befiederte Pfeil hat noch vor wenig Tagen, als die Not der Wyandots groß war und die Saulteux sie zu überwältigen drohten, mit der Tapferkeit eines großen Kriegers in ihren Reihen gefochten. Das ganze Volk der Wyandots weiß ihm Dank dafür.

»Aber alle Taten des Heldenmutes wiegen nicht vergossenes Bruderblut auf, der befiederte Pfeil der Wyanoots muß unter dem Tomahawk der Häuptlinge seines Volkes sterben, ehe die Sonne sinkt. Ich habe gesprochen.«

Stumm saßen die Indianer, stumm und ernst stand Athoree bei der Verkündigung des Todesurteils da, nur unter den anwesenden weißen Männern zeigte sich Bewegung und wurden rasche Worte gewechselt. Die Teilnahme für Athoree gab sich aufs lebhafteste kund.

»Es wäre entsetzlich, wenn das Bluturteil vollstreckt würde,« sagte der Graf, »kein europäischer Gerichtshof würde so urteilen. Was beginnen wir, Johnson, um Athoree das Leben zu retten?«

»Ich fürchte, wir werden wenig tun können, diese Indianer haben ihre eigene Jurisdiktion.«

»Aufschub müssen sie gewähren, bis der Kommandant des Forts gesprochen hat. Wir beteiligten uns ja an diesem Morde, wenn mir ruhig zusähen, wie er vollendet würde.«

Ihre Aufmerksamkeit wurde durch Sumach erregt.

Die alte Frau schritt wankend auf die Richter zu und kniete vor ihnen nieder. Mit schwacher Stimme sagte sie: »Sumach ist alt, sie hat nur einen Sohn, der stets kindlich und gütig gegen sie war, soll Sumach auch diesen verlieren, den erst vor wenig Tagen Manitou in ihre Arme zurückgeführt hat? Soll sie einsam auf Erden sein und einsam zu Grabe gehen? Sumach bittet: Laßt Athoree leben.«

Ruhig, doch bestimmt entgegnete Hayesta: »Das Urteil ist gesprochen, Athoree muß sterben.«

Sumach wankte zurück und kauerte nieder, ihr Angesicht verhüllend.

Unterstützt von seinen Begleitern erhob sich jetzt Haotong, der in heftigem Fieber zitterte, welches ihn schon wochenlang an das Lager fesselte.

Eine Stille herrschte, als der wohl neunzigjährige Mann sich erhob, dem der Tod bereits ins Angesicht gezeichnet war, daß man ein welkes Blatt hätte fallen hören können. Alle drängten nach der Eiche zu, um ihn besser zu vernehmen, auch unsre Freunde.

Mit einer Stimme, die aus dem Grabe hervorzutönen schien, sprach da der Greis: »Volk der Wyandots, höre auf meine Worte, ich rede zum letztenmal zu dir, denn bald werde ich das Angesicht Manitous schauen.

»Viel habe ich gesehen auf der Erde und viel erfahren. Unter Meschepesche, dem großen Panther meines Volkes, habe ich den Kriegspfad betreten, und nun steht sein Enkel vor mir, dem Tode verfallen, weil er die Hand erhob gegen den Bruder.

»Richter und Männer meines Volkes, Haotong ist sehr alt, aber sein Gedächtnis bewahrt mit Treue die Überlieferungen seines Volkes und die Worte der erfahrungsreichen Greise, welche sie sprachen am abendlichen Feuer.

»Schon einmal vor vielen, vielen Sommern, lange ehe Haotong das Grün der Wälder erblickte, hatte im Volke der Wyandots ein Bruder den Bruder erschlagen, nicht der greisen Mutter, sondern eines Beutestückes wegen, um welches sie stritten.

»Da sprachen die Richter ihn schuldig. Doch weil er ein tapferer Krieger war und viele Skalpe der Feinde in seinem Wigwam bewahrte und weil die Mutter für sein Leben bat, erkannten sie, daß er den Todeslauf machen sollte, und so geschah es. Richter und Männer der Wyandots, Athoree ist ein Held, Athoree ist ein guter Sohn, seine Mutter hat für ihn gebeten; wenn ihr noch auf die Stimme Haotongs hört, so folgt ihr den Ueberlieferungen eures Volkes und ändert das Urteil um in den Lauf um das Leben. »Ich habe gesprochen.«

Er setzte sich nieder, und ein Atemzug freudiger Bewegung ging durch die dichtgedrängte Menge.

Unter den schweigenden Richtern war keiner, welcher Athoree den Tod wünschte, sie hatten nur nach dem ehernen Gesetz, welches unter ihnen herrschte, das Urteil gesprochen. Der Präcedenzfall, welchen der Greis anführte, war ihnen unbekannt geblieben. Haotong war so hoch verehrt, daß seine Worte schwer in der Schale wogen.

Nach kurzer Beratung mit seinen Gefährten erhob sich Hayesta wieder und sprach: »Der greise Vater, der soeben zu seinen Kindern sprach, ist sehr weise, jedes seiner Worte sinkt tief in die Herzen der Männer seines Volkes. Er hat mehr gesehen auf Erden als wir alle, er weiß mehr, er kennt die Ueberlieferungen unsres Stammes besser als jeder von uns, sein Gedächtnis ist jung, wenn auch sein Körper alt ist, der Vater der Wyandots ist sehr weise. Wir wußten nicht, daß einst die Väter so entschieden hatten, wie Haotong uns sagt, aber wir lernen gern von ihm und von ihnen, denn wir sind Kinder und blinde Maulwürfe. Haotong hat unsre Augen geöffnet, daß wir sehen, und so ändern wir offenen Auges das Urteil um nach den Überlieferungen der Väter, die wir nicht kannten, und der befiederte Pfeil soll den Todeslauf machen nach der Weise unsres Volkes. Ich habe gesprochen.«

Wiederum zog eine freudige Bewegung durch die Menge.

Athoree stand wie bisher in eherner Haltung da, keine Muskel hatte in seinem Gesicht gezuckt, als das Todesurteil verkündet wurde, keine Bewegung zeigte sich jetzt.

Der Greis ließ ihn zu sich rufen und dicht vor sich hintreten, denn seine Sehkraft war fast erloschen.

Er richtete die trüben Augen auf ihn und fuhr mit zitternder Hand leicht über seine Züge

»Ich habe den letzten Enkel Meschepesches gesehen, meinen Liebling Athoree. Er soll nicht sterben unter dem Tomahawk der Häuptlinge, er wird laufen um sein Leben und seinem Volke wieder angehören, das ihn vermißte. Ich freue mich, dich zu sehen, Kind, ehe ich zu den Vätern gehe.«

Er legte Athoree, der sich ehrfurchtsvoll geneigt hatte, die abgezehrte Hand auf das Haupt und ließ sich dann zu seiner Hütte zurückführen, begleitet von den ehrfurchtsvollen Blicken aller.

Edgar und seine Begleiter faßten nach dieser Abänderung des Urteils wieder Hoffnung.

Es war ein uralter, wenn auch selten angewandter Gebrauch bei den Huronen, bei einem von ihren Richtern über einen Stammesangehörigen gefällten Todesurteile, ein Fall, der auch nur selten sich ereignete, die Todesstrafe in einen Wettlauf zu verwandeln, der dem Verurteilten die Möglichkeit gewährte, sein Leben zu retten.

Die Richter berieten jetzt, die alten Ueberlieferungen zu Rate ziehend, unter welchen Umständen dieser Lauf ausgeführt werden sollte. Und als dieses festgestellt war, richtete der Vorsitzende die Frage an Athoree, ob er bereit sei, den Lauf ums Leben zu beginnen?

Ruhig entgegnete dieser, er sei bereit dazu, wie auch sein Haupt dem Tomahawk der Richter darzubieten.

Alsbald wurden nun die Vorbereitungen getroffen.

Während dies geschah, trat Edgar auf Athoree zu und reichte ihm die Rechte.

»Gutherz ist immer noch dein Freund und wird es bleiben.«

»Gutherz habe ich dich genannt, du bist es.«

»Willst du den Lauf wagen?«

»Ich will es.«

»Wäre es nicht besser, die Vollstreckung auch dieses Urteils aufzuschieben, bis der Häuptling im Fort gesprochen hat? Ich will ihn für dich anrufen.«

»Er darf nicht einsprechen in das Urteil der Häuptlinge. Athoree wird ihn nicht anrufen, lieber sterben.«

»Nun, so sei Gott dir gnädig.«

»Weißt du, Athoree,« sagte treuherzig Michael, der auch hinzugetreten war, »laufen ist meine Sache nicht, besonders wenn ich's mit euch flinkfüßigen Roten aufnehmen sollte, aber wenn es anginge, den Fall in einen kleinen Kampf mit der Faust oder dem Shillalah zu verwandeln, dann wollte ich deine Sache ausfechten oder dir wenigstens beistehen und wenn es einen gegen zehn ginge. Du hast mir gegen den verwünschten Bären geholfen und ich lasse dich auch nicht sitzen. Verstehst du?«

»Starkhand würde es tun, ich weiß es, er ist Athorees Freund.«

»Darauf kannst du dich verlassen.«

Auch Johnson richtete einige ermutigende Worte an den Verurteilten.

Dann kam Sumach; alle wichen zurück, und Mutter und Sohn unterhielten sich leise miteinander.

Die Vorbereitungen waren getroffen. Zehn alte Krieger hatten sich je hundert Schritt voneinander in einer Linie aufgestellt, die blanken Tomahawks in der Hand.

Der Todeslauf sollte so vollendet werden, daß Athoree auf der einen Seite dieser Linie hinauflief und an der andern hinab.

Hundert Schritt Vorsprung waren ihm gewählt.

Die zwölf schnellfüßigsten Jünglinge des Stammes waren ausgesucht worden, um die Verfolger zu bilden.

Vor der Eiche stand Hayesta.

Gelang es dem Verfolgten, dessen Hand zu ergreifen, ehe ihn einer der Verfolger, wenn auch nur mit der Fingerspitze, berührt hatte, so war er frei. Berührte ihn indessen eine Hand, so war er rettungslos dem Tode verfallen.

Schon standen die zwölf ausersehenen Verfolger bereit.

Sie hatten sämtlich das Oberkleid abgeworfen und führten keine Waffen. Athoree warf einen Blick auf sie und erkannte unter ihnen einen Freund seines Bruders, Wayta, das Eichhorn, welcher ihn tödlich haßte.

Dieser war als ein vorzüglicher Läufer bekannt.

Jetzt warf auch Athoree das Jagdhemd ab und zeigte seine schlanken, nervigen Formen, seine wie ein Schild gewölbte muskulöse Brust, welche jedem Bildhauer zum auserlesenen Modell dienen konnte, und trat auf einen Wink Hayestas hundert Schritt vor zu dem ersten der aufgestellten Krieger, welche den Befehl hatten, jedes Durchbrechen der Linie von seiten eines der Verfolger sofort mit der Streitaxt zu ahnden.

Ein Hornstoß sollte das Zeichen zum Beginne des Laufes geben.

Was nur das Dorf an Bewohnern aufzuweisen hatte, war rechts und links an dem Wege, welchen die Läufer nehmen mußten, aufgereiht.

In nicht geringer Aufregung befanden sich unsre Freunde, zwischen welchen Wilhelm, welcher den Vorgängen mit Aufmerksamkeit gefolgt war, stand.

Hayesta hob die Hand, das Muschelhorn ertönte, und der Lauf begann.

Athoree war, wie alle jüngeren Indianer, ein gewaltiger Läufer, seine Kraft gestählt und seine Lungen stark.

Jetzt bewegte er die hurtigen Schenkel, scheinbar ohne sich anzustrengen, und in gleicher Weise folgten ihm die jungen Leute, Wayta mit Blicken tödlichsten Hasses.

Die Entfernung zwischen Athoree und seinen Verfolgern vergrößerte sich bereits, trotz des abgemessenen Tempos, welches die Läufer fast gleichmäßig einhielten, um nicht im Anfang schon sich zu erschöpfen.

Dies bemerkend, nahm Wayta mit zwei raschen Sprüngen die Spitze der Nachsetzenden.

Er beschleunigte seinen Lauf ein wenig und kam so Athoree näher, welcher in gleichem Takte fortlief.

Unmerklich verringerte Wayta immer mehr und mehr den Zwischenraum zwischen sich und Athoree.

Dieser gewahrte es, aber er wußte auch, daß der schwierige Teil des Laufes noch kam, und bewahrte vollständige Ruhe.

Jetzt war er am Ende der Linie, dem zehnten der aufgestellten Krieger, angekommen, bog scharf um diesen herum und gewann mit einigen Sprüngen den verlorenen Raum wieder.

Hinter ihm bog ebenso scharf Wayta um den zehnten der Krieger, einen alten, narbigen Burschen, mußte aber mit diesem in unangenehme Berührung gekommen sein, denn man sah deutlich, wie der Krieger wankte und Wayta in seinem Laufe einen Augenblick durch den Anprall gehemmt wurde.

Dieses kleine Begegnis verschaffte Athoree zehn Schritt Vorsprung.

Wayta war den andern jungen Leuten weit voraus und man erkannte, daß der Wettkampf nur zwischen ihm und Athoree ausgefochten werden würde.

Als sie auf dem Rückwege bis in die Hälfte der abgemessenen Entfernung gelangt waren, das ist, noch etwa fünfhundert Schritt zurückzulegen hatten, strengte Wayta seine Kraft an und stürmte rasch vor, Boden gewinnend.

Aber gleich einem Hirsche, den die Wölfe hetzen, flog auch jetzt Athoree über den grasigen Grund.

Hohe Aufregung bemächtigte sich aller Zuschauer bei diesem Kampfe, den Athoree mit der Geschicklichkeit und dem Hasse seines Verfolgers um sein Leben führte.

Gleich dem Sturmwind sauste er einher.

Aber Wayta war nicht umsonst als der beste Läufer der Huronen bekannt, einem Pfeile gleich, den die geübte Hand des Schützen vom Bogen schnellte, eilte er nach.

Jetzt setzte Athoree seine ganze Kraft ein – das Ziel war schon nahe, aber – der Verfolger kam näher.

In Panthersprüngen setzten beide den Lauf fort, der eine ums Leben laufend, der andre vom tödlichen Hasse getrieben.

Atemlos verfolgten alle das Todesrennen.

Athorees Fuß berührt einen Stein, er stolpert – verliert dadurch an Boden – einen gellenden Jubelschrei stößt Wayta aus – er kommt näher – nicht dreißig Schritt mehr ist er von Athoree entfernt.

Athoree, der mit höchster Anstrengung seiner Muskeln vorwärts strebt, muß den Fuß verletzt haben, sein Lauf wird merklich langsamer – nur zehn Schritt trennen den Verfolger von ihm – da stürzt jener der Länge nach zu Boden – ein im Sprunge berührter Ast, den er in blinder Wut nicht beachtet hatte, war unter seinem Fuß fortgerollt und ließ ihn ausgleiten.

Mit wenigen Sätzen war Athoree vor Hayesta und ergriff dessen Hand.

Ein Jubelschrei erhob sich ringsumher, auch die Weißen riefen dem Sohne Sumachs »Heil!« zu, nicht zum mindesten Michael, der über eine nicht unbedeutende Stimmkraft verfügte. »Hurra, alter Junge! Hurra! Das nenne ich durchkommen. Hurra! Siehst du, der alte Gott lebt noch. Hurra!«

Der Häuptling drückte Athorees Hand mit Herzlichkeit.

»Es freut mich, Enkel Meschepesches, daß du deinem Stamme wiedergewonnen bist, mir haben dich schmerzlich vermißt.«

Von allen anwesenden Männern sah sich Athoree alsbald umringt, die alle seine Hand zu drücken begehrten.

Aber der schwer atmende Mann durchbrach den Kreis und eilte auf seine Mutter zu, die mit verhülltem Haupte dagesessen hatte und erst aufblickte bei dem Jubelruf, welcher ihres Sohnes Sieg verkündigte.

Mit freudestrahlendem Antlitz empfing ihn die alte Frau und streichelte sein Haupt und flüsterte ihm zu: »Manitou ist gut. Er hat Athoree zu den Wigwams seines Volkes geführt. Athoree wird einst sterben wie ein Held.«

Mit aufrichtiger Freude wurde nun der Gerettete von allen begrüßt. War er schon früher beliebt gewesen, so hatte sein tollkühnes Eingreifen in den Kampf mit den Saulteux, vor allem aber die mit so großer Kühnheit ausgeführte Entführung der weißen Frau aus der Mitte des feindlichen Stammes heraus, die Bewunderung und Sympathie für ihn wesentlich gesteigert.

Die Befriedigung über diesen Ausgang einer Begebenheit, welche so tragisch zu enden drohte, war allgemein.

Seine weißen Freunde, und vor allem der Graf, beglückwünschten Athoree mit inniger Teilnahme.

Der befiederte Pfeil der Wyandots war seinem Volke wiedergegeben.

Der Abend verfloß in milder Lustbarkeit.

Um zahlreiche Feuer lagerten die Huronen, schmausten und jubelten bis spät in die Nacht hinein.

Als der Graf sich nach seiner Schwester Wigwam begab, fand er sie sanft eingeschlafen, ihren Knaben im Arm haltend.

Lange betrachtete der Bruder der Schwester edelschönes Antlitz, welches im Schlafe einen so ruhig-glücklichen Ausdruck trug.

»Wird der Geist in diese schöne Hülle je zurückkehren? Warum sollte ich verzweifeln? Tut Gott nicht täglich Wunder, die wir nur als solche nicht erkennen? Schlafe, schlafe, arme Schwester, und ein sanfter Traum gebe dir verlorenes Glück zurück.«

Einundzwanzigstes Kapitel.
Gottes Gericht.

Acht Tage nach diesen Vorgängen finden wir unsre Freunde auf dem Wege nach Fort Mulder.

Der Graf hatte für seine Schwester ein Pferd mit einem Damensattel und durch die Güte der Frau des Kommandanten auch europäische Kleidung vom Fort kommen lassen, unter welchen sich auch ein Reitkleid befand.

Mit kindlichem Erstaunen hatte Luise die so lang entbehrte Tracht angesehen, sich aber dann sofort umgekleidet.

Als ihr Bruder sie in den Sattel hob und ihr die Zügel gab, zeigte sich ein Ausdruck in ihrem Gesicht, der halb Freude, halb Staunen war. Sie warf einen fragenden Blick auf Edgar und ließ dann mit altgewohnter Sicherheit und sichtlichem Vergnügen ihr Pferd ansprengen.

Von den Anstrengungen des Marsches und der tiefen seelischen Erschütterung hatte sie sich erholt, sie sah blühender aus als je.

Nach Walther hatte sie seit dem Aufenthalte in der Höhle nicht wieder gefragt. Aber oftmals sann sie nach oder richtete einen verstohlenen Blick auf Edgar, einen Blick, wie jemand ihn gewahren läßt, der ein bekanntes Gesicht sieht und nicht weiß, in welche Beziehungen er es zu sich bringen soll.

Eines Morgens hatte sie auch zu Edgar gesagt: »Ich habe dich schon gesehen – ich weiß nur nicht wo. Ich suche –?« Dann wurde ihr Antlitz traurig und sie fragte umherschauend: »Wo ist denn nur –?« Aber sie sprach den Namen Walther nicht aus, obgleich ihm sicher ihr Sinnen galt. Es kämpfte und gärte in ihrer Seele, wie in einem in fruchtbares Erdreich gelegten Keim, der seine Hülle durchbrechen und zum Licht durchdringen will. Edgar bemerkte es mit tiefsinniger Freude. Wenigstens war doch die bisherige Lethargie dieses Geistes in Bewegung umgewandelt.

Sollte er nicht hoffen dürfen?

Von den Huronen hatten sie freundlichen Abschied genommen. Hayesta hatte ihnen zwei seiner Leute mitgegeben, um sie zum Fort zu führen und dort die Geschenke in Empfang zu nehmen, welche der Graf ihnen zugedacht hatte.

Athoree hatte dem Grafen seinen Entschluß kundgegeben, jetzt, nachdem die Wolke verschwunden war, welche düster zwischen ihm und seinem Volke lag, bei den Seinen zu bleiben, ein Entschluß, der nur natürlich war.

Er hatte es sich nicht nehmen lassen, seine weißen Freunde bis zur Küste zu geleiten, und befand sich im Zuge.

Johnson schritt still und einfach wie gewöhnlich einher, er hatte herzlichen Abschied von der alten Indianerin genommen, welche mehrere Jahre sein einsames Leben geteilt hatte.

Auch in ihm hatten die aufregenden Begebenheiten, an welchen er teilgenommen, eine Umwandlung hervorgerufen.

Als Edgar den seltsamen weißhaarigen Mann kennen lernte, schien dieser mit dem irdischen Dasein vollständig abgeschlossen zu haben und Schmerz und Freude nicht mehr für ihn vorhanden zu sein. Apathisch stand er allen Ereignissen dieses Lebens gegenüber.

Daß trotzdem sein seelisches Empfinden nicht erstorben war, daß vielmehr unter der starren Hülle reiches inneres Leben pulsiere, offenbarte nicht nur sein Verhalten gegen die alte Indianerin, auch die hingebende Teilnahme, mit welcher er sich dem jungen deutschen Grafen und dessen Zwecken weihte.

In seinen öfteren Unterhaltungen mit Edgar zeigte er den einsichtsvollen, erfahrenen Mann, den nur ein so grausames Schicksal, wie es ihn betroffen, aus seiner ruhigen Bahn schleudern konnte.

Aber gerade die tiefe Einwirkung dieses Unglücks auf seine Seele verriet, daß hier ein Herz von mächtigem Fühlen getroffen worden war, einer blumigen Wiese gleich, über welche eine vernichtende Lawine stürzte. Dennoch sproßten unter dem Schnee noch schöne Blüten empor.

Nach mehrjähriger, fast menschenfeindlicher Einsamkeit, die ihn selten nur mit Männern seines Volkes zusammenführte, hatte er in den letzten Wochen ununterbrochen in der Gesellschaft des Grafen gelebt und an erschütternden Ereignissen teilgenommen, welche nicht ohne Einwirkung auf seine Seele bleiben konnten.

Mit unvergleichlicher, kaltblütiger Tapferkeit hatte er gefochten, aber seine Todesverachtung bedeutete doch nicht volle Geringschätzung dieses Lebens, wenn auch der freudigste Glanz desselben dahingeschwunden war.

Eine Stunde, wie die im Fort Jackson, in welcher den Verteidigern des Blockhauses der Tod unerbittlich zu nahen schien, geht selbst an einem verhärteten Herzen nicht spurlos vorüber, wie viel weniger an einem, dessen Tätigkeit unter der Wucht eines großen Leidens nur gehemmt war.

Daß unter der ruhigen Außenseite gelegentlich ein Wetter hervorbrechen konnte, hatte der Graf wahrgenommen, als vor Johnsons Ohren von dem Mörder seiner Lieben gesprochen wurde.

Johnson war während seines Verkehres mit dem Grafen lebhafter in seinen Gesprächen geworden und hatte mehr und mehr Teilnahme an den Erscheinungen des öffentlichen Lebens gezeigt. Seine volkswirtschaftlichen und politischen Ansichten, die er dem Grafen gegenüber äußerte, wenn der, wie er in den ruhigen Stunden ihres Verkehrs gern tat, das Gespräch dahin leitete, zeugten von einer ruhigen Klarheit des Denkens und einsichtsvoller Beurteilung der die Zeit bewegenden praktischen Fragen. Wie denn der einfachste Amerikaner bei der so ausgebildeten Selbstverwaltung dieses Volkes mehr Verständnis für die öffentlichen Angelegenheiten hat, als der Angehörige jedes andern Staatswesens.

Edgar hatte, um ihn anzuregen, geflissentlich oftmals solche Themata berührt, welche geeignet waren, sein Denken und Fühlen sich äußern zu lassen, und dabei mit Freuden bemerkt, daß es nur der passenden Anregung bedürfe, um ihn wieder in geordnete bürgerliche Verhältnisse zurückzuführen.

Johnson stand in der vollen Manneskraft der Jahre.

Der Graf hatte für all die treuen und tapferen Freunde, welche ihn auf seiner abenteuerlichen Fahrt begleiteten, eine Anhänglichkeit gewonnen, welche ihn nur mit Schmerz daran denken ließ, von ihnen zu scheiden.

Nichts bindet fester aneinander, als gemeinsam bestandene Gefahren.

Michael war in der rosigsten Laune und schritt in Gesellschaft des schweigsamen Athoree hinter dem Zuge her, dem höflich lauschenden Indianer die wunderbarsten Sachen von seiner fernen Heimat, der meerumrauschten Smaragdinsel, erzählend, die dem Verständnis des Huronen durchaus fern lagen. Voran gingen die beiden Männer, welche der Häuptling mitgesandt hatte, als Wegweiser.

Hinter ihnen ritt anmutig die junge Frau, begleitet von Edgar und Wilhelm.

Johnson folgte mit Heinrich.

In diesem mischte sich die Freude, die geliebte Tochter des Hauses gefunden zu haben, mit der Trauer über ihren Geisteszustand.

Es war ein herrlicher Tag, an dem sie durch die friedlichen Wälder einherzogen.

Alle Gefahren lagen hinter ihnen, und hätte nicht die Wolke, welche auf Luisens Geiste lag, ihre Schatten geworfen, wäre das freudige Behagen an Waldesduft und Sonnenschein vollkommen gewesen.

Die junge Frau blickte sinnend, wie sie an den ersten Tagen getan, vor sich hin.

Hie und da, bei schwierigeren Stellen des Weges, ergriff Edgar die Zügel des Pferdes und leitete es, und sie dankte ihm mit freundlichem Lächeln.

Wilhelm, welcher noch sein indianisches Kleid trug, sprang munter neben dem Pferde her und erprobte hie und da seine Geschicklichkeit in der Führung des Bogens an einem Vogel oder einem Eichhorn.

Oftmals plauderte er lebhaft mit Edgar und erkundigte sich nach der fernen Heimat, dem Großvater, dem alten Kaiser, dessen Namen er führte, und die Mutter lauschte mit Aufmerksamkeit diesen Unterhaltungen, ohne aber besondere Teilnahme zu bekunden.

Nur als einmal der Manistee erwähnt wurde, schrak sie zusammen, das sonst ruhige Antlitz zeigte tödlichen Schreck.

Doch bald verlor sie sich wieder in ernstes, angestrengtes Sinnen.

Während sie ihres Weges zogen, sagte Luise ganz plötzlich: »Willy muß andre Kleider haben.«

Erstaunt schaute der Graf auf.

»Gewiß, Luise, sobald wir ins Fort kommen, will ich für angemessene Kleidung Sorge tragen. Er soll nicht als kleiner Indianer in den Ansiedlungen erscheinen.«

»Ja, Onkel Edgar,« sagte fröhlich der Knabe, »du kaufst mir eine blaue Jacke und Hose und hohe Stiefel, wie ich sie früher trug nicht wahr, Mama?«

Sie sah lange auf Wilhelm herunter und sagte dann, immer in der bisherigen sinnenden Weise: »Ja, blaue Jacke und lange Stiefel, so sah der kleine Willy aus, so ging auch Edgar einher, Edgar – Edgar –? Und –?«

Die Wolke wollte nicht weichen.

Traurig schritt der Graf an ihrer Seite weiter.

Eine Weile später äußerte sie ganz unerwartet: »Schloß Elm? Ja, Schloß Elm.« Sie schwieg aber dann wieder.

So zeigten einige Blitze von Zeit zu Zeit, daß der Geist tief innen tätig war, so geringfügig seine Aeußerungen auch erschienen.

Mit einem Vertrauen gab sie sich der Führung Edgars hin, obgleich seit der Höhle der Name Walther nicht mehr erwähnt worden, welches wohl auf den tiefen Zug der Natur zurückzuführen war, den die Verwandtschaft des Blutes begründet.

Sprach Edgar vom Vater und der Heimat, hörte sie aufmerksam zu, ohne daß ein tieferer Eindruck sich bemerklich machte.

Sorgsam suchte der Graf Erinnerungen zu erwecken, besonders an ihre gemeinsam verlebte Jugendzeit, und als er ihr eines Tages zurückzurufen suchte, wie er als Knabe in einem neuen Kleide in den Bach gefallen und dann von Nässe triefend, mit kläglichen Mienen vor sie getreten war, lachte sie munter auf: »Ja, der kleine süße Edgar, er hatte seinen ganzen Anzug verdorben, der Wildfang.«

Mitunter zeigte sie eine solch ernste, fast düstere Miene und blickte so starr vor sich hin, daß der Graf wiederholt erschrak.

Dann seufzte sie auf und schüttelte den Kopf, gleichsam als wollte sie quälende Gedanken entfernen.

Hierauf schien sie wieder ernsthaft nachzusinnen.

Ihre Teilnahme für das Kind blieb die gleiche, und so oft Wilhelm sie anredete oder sich an sie schmiegte, zog ein sonniges Lächeln über ihr schönes Gesicht.

So zogen sie langsam durch die Wälder. Je schweigsamer Johnson und Heinrich einhergingen, desto lebhafter war der Irländer, welcher Athoree die Schönheit der Kartoffelfelder seiner Heimat anpries.

Im Laufe seines Redeflusses, denn er sprach allein und der Indianer ließ ihn ruhig reden, äußerte er: »Nun, alter Athoree, du wirst den Michael O'Donnel wohl bald vergessen?«

»Starkhand nicht vergessen, er Freund, Freund nie vergessen.«

»Das freut mich, du rote Seele, wir haben doch schöne Fahrten miteinander gemacht. Aber was die Starkhand anlangt, da sieh dir nur den weißbärtigen Johnson an, gegen den bin ich doch nur ein Kind. Wie der die roten Spitzbuben zur Höhle hinausschleuderte, nein, ich vergesse es mein Lebtag nicht –« Und Michael brach in der

Erinnerung in schallendes Gelächter aus. »Ja, Athoree, das ist Kraft, das bringt keiner von euch fertig.«

»Toter Mann sehr stark, er wie großer Bär, wenn zornig. Sehr stark.«

Athoree bewunderte wie alle die erstaunliche Körperhaft Johnsons, die man in der wohlproportionierten Gestalt nicht vermutete.

»Er hat einen Arm von Eisen, das muß man sagen, und dabei ist der Mann immer so ruhig, als ob er niemals einen Wilden beim Kragen genommen hätte.«

»Er ganz still, er großen Kummer, krankes Herz machen stumm. Zuviel krank, dann nicht reden.«

»Ja, der arme Mann.«

»Starkhand geht wieder in sein Land?« fragte dann der Indianer.

»Ja, siehst du, Athoree, das weiß ich noch nicht. Ich bin ein armer Bursche und bin nach Amerika gekommen, mein Brot zu verdienen, es sind ja viele von meinen Landsleuten hier aus gleichem Grunde. Daß es mir sehr hier gefiele, kann ich nicht gerade sagen, denn bis jetzt ist es mir schlecht gegangen – aber ich denke, der Herr Graf wird mir helfen, daß ich Arbeit finde.«

»Du kommen mit zu Huronendorf, lernen jagen, im Fort viel Geld geben für Otter- und Biberfelle. Du in Athorees Wigwam willkommen, wenn du arm.«

»Nein, alte Seele,« sagte Michael ernsthaft, den die Aufforderung des Indianers rührte, »weißt du, das geht nicht. Jeder muß bei den Leuten seiner Farbe bleiben, du dort und ich gehöre nach Leitrim. Du bist ein guter Kerl, Athoree, das weiß ich und sehe es erst recht aus deiner Aufforderung, aber es geht nicht.«

»Nun, wenn du arm, kommen du immer zu Athoree, er dir geben, was er hat.«

»Ja recht, alte, ehrliche Rothaut, wenn es gar nicht mehr geht, dann komme ich zu dir. Aber weißt du, so ein Bursche von der grünen Insel, der schlüpft überall durch, ich will schon obenauf kommen, den Michael O'Donnel sollen sie so leicht nicht unterkriegen.«

Und der fröhliche Bursche lachte ganz vergnügt, er war nicht dazu angelegt, das Leben von seiner ernsten Seite zu nehmen.

Die beiden Huronen, welche, ihre Büchsen im Arm, schweigend und ernsthaft einherschritten, blieben plötzlich stehen und blickten in den Wald hinein.

Als die andern herankamen, sahen sie ein satteloses Pferd ruhig dort das Waldgras werden.

Die Indianer gingen darauf zu und ergriffen das Pferd an dem herabhängenden Zügel, was es sich ruhig gefallen ließ.

Sie untersuchten dann gemeinschaftlich mit Athoree den Boden, ohne aber andre Spuren als die des Pferdes zu erblicken.

Einer der beiden Huronen ging eine Strecke den Pferdehufen, in der Richtung, woher das Tier gekommen war, nach.

Kurze Zeit darauf sammelte sein Schrei die Männer um ihn.

Er rief dem Grafen, als dieser nahte, entgegen: »Lady nicht hierherkommen, nicht gut sehen,« worauf Edgar Heinrich ersuchte, bei Luise und William zu bleiben.

Als er dann näher trat, bot sich seinem Auge ein grausiges Bild.

Vom Aste eines Baumes herab hing die Leiche eines Mannes mit gräßlich verzerrten Gesichtszügen. Der Strick um seinen Hals zeigte, wie er seinen Tod gefunden hatte.

Johnson sagte, nachdem er die Leiche angesehen: »Richter Lynch ist hier gewesen.«

Die Indianer untersuchten den Boden, doch fanden sich nur verwischte Spuren.

»Denken auch,« meinte Athoree, »Richter Lynch ihm hängen.«

Edgar kannte aus Beschreibungen die Art der Hinterwäldler, da, wo das Gesetz seine Kraft verlor, die Ausübung der Gerechtigkeit selbst in die Hand zu nehmen, auch hatte er bereits am Muskegon Gelegenheit gehabt, zu erfahren, mit welcher Energie die einsam an den Grenzen des Urwaldes wohnenden Farmer gelegentlich das Richteramt ausübten.

Hier mochte eine Art von Volksjustiz vollstreckt worden sein.

Athoree, welcher die Leiche aufmerksam betrachtet hatte, sagte: »Mann liegen tot im Walde bei Fort Jackson, hängen hier am Baum. Denken der hier Burton, Konstabel hier, der bei Fort andrer Mann.«

In der Tat, so aufmerksam gemacht, glaubte auch der Graf in dem verzerrten Gesicht die Züge des Mannes zu erkennen, den er bei Grover gesehen und dessen Leiche sie später bei Fort Jackson gefunden zu haben wähnten.

»So meinst du, der Konstabel sei hier in den Wäldern?«

»Ihm, denken so. Weller hinter Spitzbuben her, auf Wasser und auf Land, der ihm hängen.«

Sie verließen den Platz und den Baum, der eine so traurige Frucht trug, und setzten ihren Weg fort.

Waren es bisher bewaldete Hügel, über welche ihr Pfad sie führte, so zeigten sich jetzt zu ihrer Linken jäh ansteigende Felsmassen, welche sich nach oben in steilen Gipfeln verloren.

Sie zogen am Fuße dieses Gebirgszuges, welcher oft die groteskesten Formen zeigte, hin, als plötzlich zwei Schüsse, die nicht gar weit abgefeuert sein konnten, die friedliche Stille der Wälder unterbrachen.

Einen Augenblick hielt bei diesen unerwarteten Lauten der Zug an, setzte sich aber dann wieder in Bewegung. Vermutlich waren es Jäger, welche dem Weidwerk oblagen, denn an Gefahr irgend welcher Art war nicht zu denken.

Athoree fand es für ratsam, sich davon zu überzeugen, wer die Schützen waren, und verschwand im Walde, während die andern weiter gingen.

Sie waren noch nicht viel weiter gekommen, als eine dem Grafen bekannte Stimme ihm aus den Büschen entgegenklang: »Hallo, Fremder, freue mich, Euch anzutreffen. Ist ein Fakt, Mann, freue mich herzlich.«

Und frisch und kernig wie immer trat Mister Weller aus den Büschen und streckte dem überraschten Grafen die Hand entgegen. Athoree hatte ihn im Walde angetroffen und hierher geführt.

»Konstabel, Ihr hier?«

»Kalkuliere, Mann, bin's. Ah – da Johnson, und da ist ja auch der tapfere Ire.« Er schüttelte allen die Hände.

»Nun, Bursche, läufst noch mit dem Skalp herum und hast dich um den Marterpfahl gedrückt? He?« sagte mit schlauem Blinzeln der Konstabel.

»Habt mich zum besten gehalten, Herr, mit Euren grausigen Geschichten, sind ganz gute Kerls, die Ottawas.«

»Nun ja, wie man's nimmt,« brummte der.

»Aber, Konstabel, was führt Euch hierher?«

»Könnt's denken. Mann, suche mein Wild. Gehe nicht von der Fährte, bis ich es habe, hatte die Bursche eben vor dem Rohre, sind in die Felsen entkommen.«

Außer dem Konstabel waren noch zwei junge, reckenhafte Männer aus dem Walde gekommen, denen Athoree folgte.

Der Konstabel stellte sie dem Grafen mit den Worten vor: »Sind die Söhne des Mannes, den Ihr da drüben bei dem blutigen Fort ermordet gefunden habt, sind Wilsons Sühne.«

»So war also der dort,« der Graf deutete rückwärts in den Wald, »der Burton?«

»Recht, Mann, habt'« geraten,« sagte der Konstabel, »fingen ihn, den Banditen, er war's, der den Vater dieser Jungen erschlagen, waren wie Bluthunde hinter ihm her gewesen, die Bursche. Fanden noch die Brieftasche und das Notizbuch Wilsons bei ihm. Haben die Jungen Richter Lynch gespielt und ließen ihn baumeln. Habe ihnen abgeraten davon, sollten ihn vor die Jury stellen. Ja, hättet ebensogut hungrige Wölfe abmahnen können, ein Lamm zu zerreißen, ließen ihn baumeln, so jammervoll der Kerl auch um sein Leben winselte, ist ein Fakt. Wird niemand sie darum tadeln, hatte ihnen den Vater erschlagen.«

Jetzt erst bemerkte Weller die etwas abseits haltende Lady, und sein Erstaunen war nicht gering.

»Bei Jove, Fremder, bin unbändig überrascht. Ist ein Fakt, unbändig überrascht. Sehe mit Freuden, daß Euer Zug von Erfolg gekrönt war. Kalkuliere, ist die Frau Schwester – wunderbar genug. Hätte sie nicht mehr am Leben geglaubt.«

»Ja, Weller, wunderbar genug, ich fand sie bei den Saulteux verborgen. Euer Talisman und die gute Miskutake haben mir auf ihre Spur geholfen.«

Er gab ihm einen kurzen Abriß seiner jüngsten Erlebnisse.

»Segne meine Seele,« sagte darauf der Konstabel, »habt was erlebt. Mann, im alten Mich. Nun, freut mich, freut mich herzlich, daß Ihr so glücklich gewesen seid, wird ganz Michigan sich freuen. Ist ein Wunder, Sir, sage, ist ein Gotteswunder. Hätte keiner es für möglich gehalten. Wollt so freundlich sein, mich der Lady vorzustellen.«

Edgar schwankte einen Augenblick, ob er diesen Wunsch Wellers erfüllen oder ihm Mitteilung von dem Zustande Luisens machen sollte.

Er entschloß sich für das erstere, führte den Konstabel zu ihr hin und sagte in englischer Sprache: »Liebe Luise, gestatte, daß ich dir hier in Mister Weller einen Freund vorstelle.«

Ebenfalls in englischer Sprache antwortete die junge Frau ganz unbefangen: »Ich bin sehr erfreut, Mister Weller.«

»Haben Euch lange gesucht, Mistreß, hätte kein Mensch geglaubt, daß Ihr bei den verwünschten Saulteux stecken könntet. Ist ein Fakt.«

»Sie waren gut gegen mich, Sir.«

»Freut mich, dies zu vernehmen; ist das erste Gute, was ich von den Halunken höre.«

Edgar, welcher fürchtete, der weitere Verlauf ihrer Unterhaltung könne Dinge berühren, welche in Luisen gefährliche Aufregung hervorriefen, forderte sie in deutscher Sprache auf, langsam weiter zu reiten. Luise neigte gegen Weller leicht den Kopf und ritt fort.

»Segne meine Seele, diese Lady unter den Wilden? Könnt von Glück sagen, Fremder, daß Ihr sie gefunden habt, war Gottes Hilfe dabei.«

Edgar teilte ihm jetzt mit, in welchem Geisteszustande sich seine Schwester befände.

Dies verwunderte den Konstabel sehr, denn Luise hatte sich bei der kurzen Begrüßung in den altgewohnten Formen so ruhig und vornehm taktvoll benommen, daß Weller nicht die mindeste Ahnung davon bekommen konnte, mit einer geistig Kranken zu reden. Er drückte in warmen Worten sein Bedauern und die Hoffnung auf Genesung aus.

»Und nun erzählt von Euch, Weller.«

»Nun, war hinter dem Räuberkleeblatt her in Begleitung dieser beiden braven Jungen. Haben sie gejagt über den See, durch Wälder, Flüsse und Felsen. Erwischten endlich den Burton, konnte nicht mehr mit, hatte sich verkrochen, aber die Bursche dort haben Augen wie Falken, fanden ihn doch. Waren eben hinter den andern beiden her, sind, wie ich schon sagte, in die Felsen entwischt. Ist gefährlich, ihnen da zu folgen, sind Felsen, kein Wald, der Deckung bietet, fange sie, wenn sie herunter müssen. Sollen nicht entkommen, können nicht lange da oben bleiben.«

Johnson hatte der Unterredung, auf seine Büchse gelehnt, zugehört und seine Miene dabei eine finstere Energie angenommen.

Er fragte jetzt: »Ist in jenen Felsen der Mörder vom Kalamazoo?« und seine Stimme bebte.

Weller sah den Grafen fragend an.

»Er weiß es, Weller.«

»Ja, Johnson, dort ist Morris, der Mörder vom Kalamazoo.«

»So hat ihn Gott in meine Hand gegeben.«

»Wollt Ihr ihm folgen?«

»Solange ich atme. Ich will ihn vertilgen von der Erde.«

»Sage Euch, ist gefährlich, in die Felsen zu gehen, müssen ihn unten abfangen. Kenne nur die verwünschte Gegend zu wenig.«

»Ich werde ihm folgen,« sagte Johnson und schulterte die Büchse.

Athoree hatte wie er dem Berichte Wellers gelauscht, jetzt ließ er sich vernehmen: »Die rote Hand kann über jene Felsen nicht hinüber, stürzen jäh dort ab.«

»Wohlan – der Rächer unschuldigen Blutes wandelt auf seiner Spur.«

»Nun, wenn Ihr gehen wollt, Johnson, gehe ich auch mit, will Euch nicht allein gehen lassen. Mann. Seid ihr dabei, Boys?«

Die beiden reckenhaften Wilsons erklärten sich sofort bereit, die Verfolgung zu wagen.

»Kennst du die Gegend hier, Athoree?«

»Kenne jeden Schritt. Wollen Rothand und Iltis fangen. Lassen Athoree machen. Gutherz, Schnellfeuer und Michael bleiben bei Schwester, wir gehen Mörder holen. Bald haben.«

»Dann, alter Bursche, übernimm du die Führung. Du stammst also von den Huronen hier ab?«

Athoree nickte und rief die beiden roten Männer heran, denen er rasch seine Befehle erteilte. Mit grimmigem Lächeln nahmen die die Kunde der geplanten Jagd auf.

Er sprach noch, als der Graf auf den Felsen schon hoch oben zwei menschliche Gestalten erspähte, welche aufwärts kletterten.

Er teilte dies den andern mit und alle sahen sie.

Durch sein Glas erkannte Edgar deutlich Morris.

Die beiden verschwanden bald hinter dem Gestein.

»Rothand fest haben,« sagte Athoree. »Jetzt, Konstabel, gehen du und die jungen Leute hier in die Felsen,« er deutete nach links, »meine Krieger dort,« nach rechts zeigend, »der tote Mann und ich steigen hier hinauf. Alle nach oben gehen, ihn dort treffen.«

»Gut. Also ans Werk. Am liebsten hätte ich den Burschen lebendig, um Michigan die Freude zu machen, ihn hängen zu sehen.«

Ein seltsames Lächeln Johnsons, dessen sonst so ruhiges Antlitz den Ausdruck unerbittlicher finsterer Strenge trug, antwortete diesen Worten.

Die Männer brachen auf, nach Athorees Anordnung.

Der Graf veranlaßte seine Schwester, abzusteigen, und sie lagerten dann an einer Stelle, von der aus sie die Felsen überblicken konnten; häufig wandte er sein Glas an, um die Schluchten zu durchsuchen.

Athoree und Johnson stiegen die steilen Pfade empor.

Bald ließen sie die Büsche, welche dem unteren Teile des Berges entwucherten, hinter sich und betraten die Region der nackten Felsen, in deren Vertiefungen kaum noch Grashalme sproßten.

Bisher war Athoree vorangegangen, jetzt nahm Johnson die Spitze.

Mit einer Kraft und Behendigkeit stieg er empor, daß selbst der starke und geübte Indianer ihm kaum zu folgen vermochte.

Johnson beobachtete keine der Vorsichten, welche sonst beim Beschleichen solch gefährlicher Feinde geübt wurden, er stieg aufwärts, seine Brust den Kugeln darbietend.

Kein Hindernis hielt ihn auf. Er überkletterte scharfe Felsengrate, übersprang Abgründe, wand sich an Wänden hin, welche kaum für den Fuß Platz ließen, mit immer gleicher Kraft und Schnelligkeit. Rasch gelangten sie hoch hinauf.

Mehreremal wurden die beiden denen unten sichtbar, welche von da ab die Felsen mit gespannter ängstlicher Aufmerksamkeit beobachteten.

Während Johnson und Athoree eine steile Felsschlucht, die mit Steingerölle besät war, mühsam hinaufkletterten, krachte oben eine Büchse, und die Kugel sauste an Johnsons Kopf vorbei.

Ohne seinen Schritt zu mäßigen, ja ohne nur den Schuß zu beachten, stieg dieser weiter.

Der Indianer warf sich hinter den nächsten größeren Felsbrocken und legte sich in Anschlag.

Von oben herab klang ein wilder Schrei und der entsetzensvolle Ruf folgte: »Der weiße Mann, Iltis.« Deutlich war er den Verfolgern vernehmbar.

Dem scharfen Auge des Indianers entging es nicht, daß sich droben hinter einem Felsstück eine Büchse vorschob. Gleich darauf sah er den rechten Arm, er schoß, ein Schmerzensschrei antwortete, und die Büchse rollte über die Felsen fort.

Der Indianer lud und folgte dann Johnson.

Von links her, wo der Konstabel mit den Wilsons hinaufgestiegen war, ließ sich ein Schuß vernehmen, und vor Athorees Augen eilte

Iltis einen Anstieg hinan. Des Wyandots Büchse entlud sich von neuem, und Iltis stürzte getroffen rückwärts herab.

Dies konnten die unten bemerken, wie sie auch bald Johnson und den Indianer weiter emporklimmen sahen.

Von Morris keine Spur.

Als Johnson die Felsschlucht verließ und ein kleines Plateau betrat, lag vor ihm stöhnend der schwerverwundete Iltis. Er beachtete ihn nicht, aber der folgende Athoree fragte ihn mit dem Messer in der Hand: »Wo Rothand?«

Der Iltis deutete nach oben: »Rette mich, Indianer, ich will dir viel geben. Rette mich, rette mich. Wasser!« stöhnte er.

Kaltblütig ließ ihn der liegen, der Feind war unschädlich gemacht, und ging weiter.

Ihnen nach tönte das Jammern und Hilfeflehen des todwunden Mannes.

Vor ihnen erhob sich aus einer Gruppe kleinerer Felsen ein isolierter Kegel.

Vor aller Augen, der unten Weilenden, wie der von drei Seiten jetzt ansteigenden Verfolger, kletterte Morris in wilder Todesangst diesen Felskegel hinan. Athoree wollte schießen, aber Johnson sagte: »Nicht feuern, er soll unter diesen Händen langsam sterben.«

Ein todbringender Haß lag in seinem Auge, in seinen Zügen.

Athoree ließ die Büchse sinken.

Die Indianer und der Konstabel waren nicht in Schußnähe, und der Mörder erreichte den Gipfel, wo er sich niederlegte und nicht mehr sichtbar war.

Ein höhnisches Lachen tönte von oben herab: »Kommt an, holt mich, verd–te Schurken.«

Eine wilde Verzweiflung klang hindurch.

Jetzt nahten auch von beiden Seiten der Konstabel mit den Wilsons und die Huronen. Johnson schickte sich an, den Felsen, auf welchem Morris lag, zu erklimmen.

»Johnson, es ist Euer Tod!« rief der atemlos herbeieilende Konstabel.

»Dann gibt es keinen Gott,« sagte dieser und schritt weiter aufwärts.

Nach einigen Schritten wandte er sich und sagte: »Keiner schieße, ich will ihn lebendig haben.«

Johnson bot in seinem schweigenden Zorn, in der finstern Energie, welche auf seinen Zügen lagerte, den funkelnden Augen das verkörperte Bild der Rache. Ein Windstoß hatte ihm die Kopfbedeckung abgerissen, und wild flatterten das schneeweiße Haar und der lange Bart in dem scharfen Luftzuge.

In hoher Aufregung harrten unten Edgar und sein Begleiter, welche Johnson deutlich erblickt hatten, wie er aufwärts stieg.

Schweigend standen oben die Männer, die Büchsen in der Hand.

Weiter stieg Johnson.

»Schießen wir ihm die Büchse weg, wenn er sie sehen läßt!« rief der Konstabel.

Da krachte von oben schon ein Schuß, die Kugel schlug neben Johnson an den Felsen.

Unaufhaltsam gleich dem ehernen Schicksal schritt der Mann weiter empor. Höher und höher.

Der steile Fels zwang ihn, rechts zu gehen, und als er um eine Felswand bog, sah er einen Spalt vor sich, der zum Gipfel führte, und oben mit verzerrten Zügen aufrechtstehend die Gestalt des Mörders seiner Lieben, die eben geladene Büchse in der Hand.

»Schieß, Mörder vom Kalamazoo! Die Geister meines Weibes, meiner Kinder schweben um mein Haupt!«

Morris bebte, so daß die angelegte Büchse wie ein Grashalm im Winde schwankte.

Weiter stieg Johnson. Fünf Schritt vor dem Verfolgten blieb er stehen, hob die Rechte und rief: »Ich will dein Herz haben, Mörder, noch zuckend will ich es aus deiner Brust reißen!«

Der zitternde und totenbleich aussehende Verbrecher drückte ab – die Büchse versagte.

Schon nahte ihm die schreckliche Gestalt Johnsons, furchtbar anzuschauen.

Ein weithin hallender Entsetzensschrei entfuhr des Mörders Munde, er sprang zurück, ein zweiter gellender Schrei, und er stürzte rücklings in den Abgrund, auf einen Felsen aufschlagend, so daß sein zerschmetterter Körper in weitem Bogen in die grausige Tiefe flog.

Johnson stand oben, umflattert von dem weißen Haar, und sah die Leiche noch tief unten verschwinden.

Dann sagte er leise: »Gott hat gerichtet.«

Er stand noch einen Augenblick dort oben still, blickte nach unten und dann zum Himmel auf. Dann stieg er wieder herab.

Athoree und der Konstabel hatten Morris fallen sehen und seinen letzten Verzweiflungsschrei gehört.

Edgar und die andern unten atmeten erleichtert auf, als sie Johnson herabklettern sahen.

Mit tiefernstem, doch ruhigem Gesicht erschien er am Fuße des Felsens.

»Mein Weib und meine Kinder sind gerächt, er fuhr dahin in seinen Sünden.«

Schweigend stiegen alle abwärts.

Auf dem kleinen Felsplateau fanden sie die Leiche des »Iltis«.

Auch er war in seinen Sünden gestorben.

Unten berichtete man dem Grafen die Vorgänge in den Felsen.

»Ganz Michigan wird aufatmen, wenn es dies erfährt,« sagte der Konstabel.

Schweigend setzten sie dann gemeinsam ihren Weg nach dem Fort fort.

Der Konstabel schloß sich an, seine Mission war erfüllt, die Verbrecher waren getilgt aus der Reihe der Lebenden, Gottes Gerechtigkeit hatte sie ereilt.

Zweiundzwanzigstes Kapitel.
Der Schleier fällt.

Mit großer Herzlichkeit wurden Edgar und seine Schwester in Fort Mulder von dem Kommandanten und seiner Frau empfangen, die mit wachsendem Staunen der seltsamen Kunde lauschten, welche sie aus des Grafen Munde vernahmen. Daß die Verlorene gefunden war, wußten sie ja bereits, aber nicht die näheren Umstände, unter welchen es geschehen war; mit der innigsten Teilnahme erfuhren sie, in welchem Zustande des Geistes sich Luise befand.

Die Gattin des Kommandanten, eine ältere Dame, schloß sie mit mütterlicher Zärtlichkeit an ihr Herz.

Seit drei Jahren war es das erste Mal, daß Luise ein europäisches Heim betrat und einer Dame begegnete.

Augenscheinlich machte das einen gewaltigen Eindruck auf sie.

Der Gegensatz zwischen ihrer bisherigen Umgebung und der jetzigen war ein gar großer.

Während sie bei der Begrüßung sich durchaus als Weltdame benahm, der eine Störung des Geistes nicht anzumerken war, und sich im Austausch von Höflichkeiten wie in alten Zeiten erging, faßte sie, während sie neben der Frau des Kommandanten auf dem Sofa saß, mehrmals mit verzweifelter Gebärde mit beiden Händen nach dem Kopfe und schaute mit angstvollen Blicken um sich. Doch hielt das nicht lange an, sie beruhigte sich bald wieder.

Notiz wurde hiervon nicht genommen, sie ward ganz als geistig normale Erscheinung behandelt.

Man unterhielt sich mit ihr über gleichgültige Gegenstände, worauf sie auch in durchaus passender Weise einging.

Sehr erfreut war sie, als Willy in seiner indianischen Tracht, die sie selbst gefertigt hatte, soviel Beifall fand und geliebkost wurde. Dann verfiel sie inmitten der Gesellschaft wieder in ernstes Nachdenken.

In solch wechselvollen Aeußerungen verriet sich die Tätigkeit dieses in Unordnung gebrachten Geistes.

Edgar hatte beschlossen, einige Tage im Fort zu bleiben, damit für die Toilette seiner Schwester gesorgt werde und auch Wilhelm passende Kleidung erhalten konnte.

Unter Aufsicht der Damen und der Mitwirkung einiger Unteroffiziersfrauen wurden eilig Kleider und Wäsche gefertigt, und der

Militärschneider machte für Willy einen blauen Anzug, wie er ihn gewünscht hatte.

Für die Huronen kaufte Edgar aus den Vorräten reiche Geschenke ein, wie sie diesen Leuten die wertvollsten dünkten, und schwer beladen zogen seine indianischen Begleiter, denen er auch das Pferd als Saumtier geschenkt hatte, unter großen Dankesbezeigungen zu ihren Wigwams zurück.

Athoree, der große Zuneigung zu Edgar gewonnen hatte, blieb im Fort bis zur Abreise.

Johnson hatte sich Haar und Bart schneiden lassen und sah trotz deren schneeiger Farbe nun bedeutend jünger aus.

Sein bisher so ruhiges, von einzelnen Momenten abgesehen, fast apathisches Benehmen war einer bemerkbaren Energie gewichen, welche sich in Gang, Haltung und seinen Worten kundgab.

Die beiden Wilsons benutzten das erste Boot, welches hinunter fuhr, um sich nach Traverse City zu begeben, die Trauerbotschaft vom Tode des Vaters dorthin zu bringen und sich dann in die Wälder aufzumachen, um dessen sterbliche Ueberreste der Erde zu übergeben.

Den unermüdlichen Weller trieb es auch fort, und am Tage nach ihrer Ankunft verabschiedete er sich von dem Grafen.

Die beiden Männer gingen im Hofe des Forts auf und ab.

»Habe Euch lieb gewonnen. Fremder, seid ein Mann, wie mir sie hier gern haben, ist ein Fakt. Hätte nicht leicht einer von jenseits des Wassers das ausgeführt, was Ihr hier getan habt, kalkuliere, hätte es nicht. Ist der liebe Gott Euch gnädig gewesen, habt die Schwester gefunden, müßt dankbar dafür sein.«

»Das bin ich auch. Wäre nicht die schwere Erkrankung vorhanden, so dürfte man mich den glücklichsten der Menschen nennen.«

»Habe die Lady beobachtet, Sir, ist da vor ein paar Jahren durch einen furchtbaren Ruck die Maschine in Unordnung geraten, kalkuliere, kann ein andrer starker Anstoß alles wieder ins Gleiche bringen. Scheint nichts entzwei zu sein, was nicht wieder repariert werden könnte, ist alles da, fungiert nur falsch. Kommt mir die Lady vor wie jemand, der sich an eine ihm einst bekannte Melodie nicht erinnern kann – er sinnt und sinnt, und quält sich und kann sie nicht finden – bis sie ihm mit einemmal und ganz unerwartet einfällt. Kalkuliere, ist so mit Eurer Schwester.«

»Ihr seid ein scharfer Beobachter, und ich glaube, Ihr habt recht. Sie ist doch bereits eine wesentlich andre als zu der Zeit, wo wir die Arme fanden.«

»Was gedenkt Ihr denn nun vorzunehmen, Fremder?«

»Ich gehe nach meiner Heimat zurück und hoffe, daß in der zärtlichsten Pflege dort –«

»Ist ganz falsch, Fremder,« unterbrach ihn Weller in seiner derben Manier, »findet Eure Schwester drüben nur Fäden, die schon zu lange abgerissen sind, um sich leicht wieder verknüpfen zu lassen. Müßt die Lady in eine Umgebung bringen, in welcher sie lebte, ehe das Unglück über sie hereinbrach, wird sich da am ehesten zurechtfinden.«

»Ihr mögt da ganz recht haben,« entgegnete der Graf, den die scharfsinnigen Bemerkungen des schlichten Mannes in Erstaunen setzten.

»Kalkuliere, habe es. Will Euch sagen, Fremder, was ich zunächst tun würde an Eurer Stelle. Ginge mit der Schwester an den Muskegon zu Joe Baring. Findet niemand auf der Welt, die Eure Schwester mit größerer Liebe aufnehmen, als Joe und sein altes Weib. Ist ein Fakt. Läßt sich, denke ich, dort leichter die Vergangenheit mit der Zukunft verknüpfen.«

»Ja, Konstabel,« sagte Edgar, der mit lebhafter Freude diese Idee aufgriff, »das ist wahr. Daran habe ich nicht gedacht. Ihr habt ganz recht, ganz recht. Dort findet sich vielleicht die Brücke, über welche der Weg aus dem Dunkel ins Licht führt.«

»Würde so tun, schaden kann es nicht.«

»Es soll geschehen, mein nächster Weg führt zu Baring. Kommt Ihr in die Gegend?«

»Gehe an den Muskegon.«

»Wollt Ihr mir einen Brief an Baring mitnehmen?«

»Gebt ihn mir, soll an seine Adresse gelangen.«

Als Weller ihm nun die Hand zum Abschied reichte, sagte der Graf: »Mister Weller, Sie haben dem Fremden Wohlwollen erzeigt und aufrichtige Teilnahme erwiesen –«

»Nicht der Rede wert, Sir.«

»Ich werde es nie vergessen. Wollen Sie mich noch mehr verpflichten, so geben Sie mir Gelegenheit, Ihnen einen Wunsch zu erfüllen. Ich bin reich – und –«

»Will Euch sagen, Fremder, habe genug für mich – ist das auch reich – aber, na, wenn Ihr mir eine Freude machen wollt – hm – na, wenn Ihr das Ding, Euer Fernrohr, nicht mehr braucht, ist ein vorzügliches Glas, würde es gern haben.«

»Aber mit Freuden, Mister Weller, mit Freuden – nehmt mehr –«

»Gerade genug,« entgegnete trocken der Konstabel, »wird mich an Euch erinnern. Ist ein Fakt.«

Am Mittage segelte der so biedere als energische Beamte davon. –

Die Damen waren eifrig mit den Arbeiten beschäftigt, und die Kommandantin zeigte eine Feinfühligkeit und einen Takt im Verkehr mit Luisen, die bewundernswert waren.

Mit Freuden konnte Edgar bemerken, daß immer mehr und mehr Erinnerungen an Entlegenes aus dieser Geistesnacht emportauchten, aber stets, unter bemerkbarer Erschütterung aller seelischen Kräfte, vor der Katastrophe, welche der Umnachtung dieses Geistes vorherging, Halt machten. Eine instinktive Scheu vor dem Berühren des Furchtbaren, dem Gespenste der Vergangenheit, schien hier hindernd zu walten.

Heinrich beschäftigte sich viel in diesen Tagen mit Wilhelm, er ging mit ihm in die Wälder, lehrte ihn zu dessen großer Freude die Büchse handhaben und erzählte ihm vom fernen Vaterlande, vom Großvater und vom großen Kriege der Deutschen gegen die Franzosen.

Der kleine Wilde begann sich rasch an die Zivilisation zu gewöhnen und seine indianische Haut abzustreifen.

So war der Tag der Abreise gekommen. Es war beschlossen, in einem Kutter nach Traverse City hinüberzusegeln, dort den nächsten nach Süden gehenden Dampfer zu besteigen, am White-River zu landen und von da den Weg nach dem Muskegon zu nehmen.

Alle die Personen, welche solch große Fährlichkeiten mit ihm geteilt hatten, standen dem Herzen des Grafen nahe, und nicht zum wenigsten der ernste, bescheidene Johnson.

Noch vor ihrer Abreise suchte ihn Edgar auf.

»Was haben Sie, mein werter Freund, über Ihre Zukunft beschlossen?«

»In meinem Inneren, Herr Graf, kreuzen sich wirr Gedanken und Gefühle. Sie kennen das große Unglück meines Lebens. – Es hatte mich zermalmend getroffen, so schwer, daß selbst die Empfindungsfähigkeit gemindert war und ich unter dem Druck der Erinnerung mehr vegetierte als lebte. Die letzten Wochen haben mich zu neuem Leben erweckt, die Lethargie ist abgeschüttelt, ich fühle wieder Kraft und Mut zu handeln.«

»Das freut mich von Herzen.«

»Ich werde die Gräber meiner Lieben aufsuchen und nach meinem Eigentum sehen, ob ich gleich fürchte, nichts mehr davon zu finden, selbst das Land des Verschollenen wird der Fiskus genommen haben.«

»Recht, Johnson, beginnen Sie ein neues Leben voll Tatkraft und Energie, und die Zeit, die alles lindert, wird auch das tiefe Leid Ihres Herzens minder schmerzlich machen. Bedürfen Sie Geld zum Anlauf einer Farm, es steht Ihnen zu Gebote.«

»Will es mit Dank annehmen, Herr, wenn mein Eigentum verloren ist; soll redlich jeder Cent zurückgezahlt werden.«

»Reden Sie nicht davon, das findet sich mit der Zeit.«

»Kann am Kalamazoo nicht bleiben, ist die Erinnerung eine zu traurige. Will nur beten am Grabe meines Weibes und meiner Kinder und Ihnen dann an den Muskegon folgen, höre, soll gutes Land dort sein.«

»Und gute Menschen, unter denen Sie sich wohl fühlen werden.«

So war auch dies geordnet.

Der sonst so gutgelaunte Michael war jetzt, da die Abreise nahte, oftmals trübe gestimmt, so daß es dem Grafen auffiel.

»Nun, mein guter Bursche aus Leitrim, wo bleibt denn dein irischer Humor?«

»Wo soll ich denn Humor herhaben, jetzt, wo ich von Euer Gnaden fort muß?« entgegnete Michael.

»Die Trennung tut dir also leid?«

»Das fragen Euer Gnaden noch? Ich habe in Euer Gnaden Gesellschaft mich mit Bären und Wilden herumgeschlagen, und wir haben redlich zusammen gefochten und sind durch die Wälder gewandert trotz aller Marterpfähle, und Euer Gnaden sind ein Herr nach meinem Herzen, und da soll es mir nicht leid tun, zu scheiden?«

»Was denkst du denn nun zu beginnen, Michael?«

»Nun, meiner Mutter Sohn wird arbeiten.«

»Sehnst du dich nicht nach deiner Heimat zurück?«

»Nach Leitrim?« und Michaels Augen strahlten in der Erinnerung an die Heimat, »ja, da ist es doch am schönsten auf der Welt.« Er liebte seine arme, reizlose Heimat von ganzem Herzen.

»Aber,« fuhr er traurig fort, »'s geht nicht, mir sind zu viele dort, die Bursche müssen in die Welt, um ihr Brot zu verdienen.«

»Nun sag mir einmal, Michael, was würde dich auf der Welt am glücklichsten machen?«

»Ach, Euer Gnaden, wenn ich so manchmal sitze und Luftschlösser baue, da denke ich, 's wär' am herrlichsten auf der Welt, wenn ich in Leitrim ein Häuschen, ein Stück Land, eine Kuh und ein paar Schweine hätte, dann heiratete ich die Jane Crickletigg, wenn sie jetzt noch zu haben ist, sie hatte immer ein Auge auf mich, und dann tauschte ich mit keinem großen Lord.«

»Und was könnte ein solches Heimwesen kosten, Michael?«

»Ja, Euer Gnaden, das kostet viel Geld, das wird der arme Michael O'Donnel wohl nie zusammenbringen – das kann so siebzig bis achtzig Pfund kosten.«

»Nun, Michael, ich will dir das Geld geben und dich so zum ›glücklichsten der Menschen‹ machen.«

Der Irländer starrte ihn an mit einem so grenzenlosen Erstaunen, daß der Graf herzlich lachen mußte.

»Das ist – – das wäre,« stotterte Michael, der ganz blaß geworden war, »das – o, Gott – Gott – heiliger Michael – das ist doch nur Spaß von Euer Gnaden?«

»Nein, mein guter Michael, es ist mein Ernst, du hast dich meinethalben selbst den Gefahren des Marterpfahles ausgesetzt, ich bin dir Revanche schuldig. Du fährst mit mir zurück nach Southampton, und ich gebe dir das Geld, damit du Grundbesitzer werden kannst. Hoffentlich harrt Jane Crickletigg deiner noch.«

Das stürmte so gewaltig auf den guten Jungen aus Leitrim ein, daß er immer noch keine Worte für seine Gefühle fand.

»Dann wäre ich ja– Euer Gnaden – dann wäre ich ja – mit einemmal ein reicher Mann.«

»Gut, wenn du dich dafür hältst.«

»Und es ist wahr, wirklich wahr. Euer Gnaden?«

»Willst du es bezweifeln?«

»Nein! Nein!« schrie jetzt Michael, wie besessen umhertanzend, lachte, weinte und stieß dann seinen irischen Jubelruf mit einer Lungenkraft aus, daß das Haus erbebte.

»Ruhig! Willst du wohl ruhig sein!«

»'s geht nicht, Euer Gnaden, 's geht nicht, ich muß schreien, sonst ersticke ich.« Und er stürmte hinaus und füllte das Fort mit seinem Jubel, so daß die ganze Garnison zusammenlief.

Für Athoree hatte der Graf zwei schöne Büchsen, Messer, Pulver und wollene Decken angekauft, für Sumach Schmucksachen, bunte Tücher, Zeuge aller Art, und außerdem die Anordnung getroffen, daß dem Huronen durch Vermittlung des jeweiligen Befehlshabers des Forts eine lebenslängliche Rente von einhundertzwanzig Dollar ausgezahlt würde, wodurch er bei seinen einfachen Bedürfnissen zu einem reichen Manne unter seinem Volke wurde.

Am Abend kam Athoree, um sich zu verabschieden.

Edgar sah in das braune, ernste Gesicht des ärmlichen Sohnes dieser Wälder, dessen große Eigenschaften er schätzen gelernt hatte, und ergriff dann nicht ohne Bewegung seine Hand.

»Mein wilder, tapferer Häuptling, du hast dich in der Gefahr als echter Freund bewährt, als ein Freund, der selbst das Leben hinzugeben bereit war. Ich habe in dir die Leute deiner Rasse achten gelernt. Der Ozean wird bald zwischen uns rauschen, Athoree, aber er hat nicht Wasser genug, um die Erinnerung an dich und die aufrichtigste Dankbarkeit für deinen Beistand auf schwierigen Pfaden aus meinem Herzen fortzuspülen. Der große tapfere Häuptling der Wyandots wird fortleben im Gedächtnis seines Freundes.«

»Gut,« erklang die tiefe Stimme des Indianers, »Athoree und Sumach werden des weißen Kriegers gedenken. Athoree danken. Du ihn und Sumach, alte Mutter, reich machen, dafür danken; du Gutherz. Roter Mann seine Art, weißer Mann seine Art. Wenn Herz gut und Zunge gerade, kommen auf Farbe nicht an, Manitou sehen durch die Haut. Du gutes Herz, armer Wyandot auch. Alles verschieden – Herzen gleich.«

»Ja, du hast recht – aus dem Gebiete des rein Menschlichen begegnen mir uns, und ich bin stolz darauf, einen Freund von solch edlem, heldenhaftem Fühlen in dir zu besitzen.«

So schieden sie, der Sohn der Wildnis von dem deutschen Grafen. Am andern Morgen führte sie der gemietete Kutter nach Traverse City und der Dampfer von dort nach der Mündung des White-River.

Der Graf begab sich mit seinen Lieben, Heinrich und Michael ans Land, während Johnson zum Kalamazoo weiter dampfte.

Es wurden Pferde erworben, für den überglücklichen Wilhelm ein Pony, und sie traten die Fahrt zum Muskegon an, nicht ohne daß Edgar vorher einen Eilboten mit einem Brief an Baring abgefertigt hatte, in welchem diesem eingeschärft wurde, Luisen gegenüber die Vergangenheit nicht zu berühren, sie vielmehr zu empfangen, als ob sie gestern von ihnen geschieden sei.

In sonnigem Wetter legten sie den Weg durch die Wälder zurück und langten am Abend des zweiten Tages am Muskegon, in der Nähe von Barings Farm, an.

Dessen Name war vor Luisens Ohren absichtlich nicht erwähnt worden, und der Graf wurde, je näher sie kamen, um so aufgeregter, denn niemand konnte voraussehen, was für Folgen für Luise die Begegnung haben würde.

Als sie um die Waldecke ritten, zeigte sich Barings Behausung ihren Blicken, und im leichten Trabe ritten sie darauf zu.

Der früher schon geschilderte Zustand Luisens: freundliche Teilnahme an den gewöhnlichen Vorgängen des Lebens, oftmals unterbrochen von düsterem Sinnen und innerer lebhafter Erregung, hatte sich seit dem Aufenthalte in Traverse und der Dampfbootfahrt noch gesteigert, das Versinken in ein Nachdenken, welches ihr offenbar Pein bereitete, trat häufiger ein. Im Augenblick ritt sie ruhig mit glücklichem Gesicht neben Wilhelm einher.

Sie kamen der Farm näher. Waren sie bemerkt worden? Was würde kommen? Wird Baring Takt genug besitzen, alles der Kranken Anstößige zu vermeiden?

Sie kamen an den Eingang, der durch die Fenz den Weg zum Hause öffnete.

Da stand ein Mann in Weste und Hemdärmeln, den Rücken ihnen zugekehrt, und wenn der Graf sich nicht täuschte, wischte er sich die Augen.

»Hallo!« rief Edgar.

Der Mann wandte sich um, es war Baring, der eben seine Tränen abgetrocknet hatte, die ihm in die Augen getreten waren, als er die Erwarteten heranreiten sah. Aber er spielte seine Rolle wacker! »Hallo!« rief er zurück. »Segne meine Augen, Lady Walther! Hallo! Altes Weib, Lizzy, Hetty – heraus – Lady Walther kommt.«

Das war ganz der Empfang, an den Luise gewöhnt war, wenn sie früher bei Baring anritt, selbst der Mann in Hemdärmeln stand dann gewöhnlich da.

Aus dem Hause kamen Mistreß Baring und ihre Töchter, und alle liefen mit Baring auf Luise zu.

Angstvoll hatte Edgar deren Züge beobachtet. Als die Stimme Barings zu ihr drang, zuckte sie wie von einem elektrischen Schlag getroffen zusammen, ihr Auge erweiterte sich, sie zitterte, in ihren Zügen drückte sich die lebhafteste Ueberraschung aus.

»Hallo!« schrie Baring, dem die Tränen nahe genug waren, der sie aber männlich bemeisterte, seine Rolle mit Hingebung weiterspielend. »Ist recht, Lady Walther, daß Ihr Euch sehen läßt. Seid willkommen bei Joe Baring. Ist ein Fakt. Gott segne Eure Seele.«

Vor Luise standen der alte wettergebräunte Farmer und die Frau.

Mit großen Augen starrte sie sie an und sagte leise: »Mistreß Baring – Mister Baring –«

Einen Moment hielt sie inne – wechselnde Gefühle fanden ihren Ausdruck in den belebten Zügen, Erstaunen – Freude – Schreck – dann – in einen leidenschaftlichen Tränenstrom ausbrechend – sank sie vom Pferde in die sie auffangenden Arme beider und lag schluchzend an der Brust der Frau.

Der Alte, der nur mit Mühe seine Tränen zurückgehalten hatte, weinte jetzt laut, seine Frau, die Mädchen, tiefbewegt, nicht minder. Wer, der menschlich fühlte, hätte sich bei diesem Wiedersehen der Tränen enthalten können? Nicht einer hatte trockene Augen, und Michael wischte mit dem Zipfel seiner Jacke energisch die großen Tropfen fort, welche über seine Wangen herabrollten.

Man hörte eine Weile nur Schluchzen. Von allen zuerst bezwang Luise ihre Tränen, so mächtig ausbrechend sich der Strom ergossen hatte.

Sie richtete das Haupt empor und sah in Mistreß Barings feuchtes Auge, richtete ihren Blick auf den ehrlichen, rauhen, inniggerührten Alten und sagte kaum vernehmbar: »Jetzt weiß ich alles. Mein Walther, mein armer, armer Walther.«

Nach einer Weile fragte sie: »Wie lange ist es her, Mistreß Baring?«

»Es sind drei Jahre vergangen, Lady Walther,« schluchzte diese.

»Drei Jahre? Drei Jahre? Drei Jahre des Traumes. – Ich bin erwacht – ich weiß jetzt alles – ich sehe es, als ob es gestern gewesen wäre. Armer, teurer Walther.«

Mistreß Baring führte sie ins Haus, wo Luise in einen Sessel sank und mit den Händen das Gesicht verhüllte.

Große Tropfen brachen sich hier durch die zarten Finger Bahn, aber es war nicht der krampfhafte Ausbruch, der sie draußen erschüttert hatte, sanfter ergoß sich das lindernde Naß.

Wilhelm stand neben der weinenden Mutter. Diese ließ die Hände endlich sinken, richtete den durch Tränen verschleierten Blick auf das Kind und sagte: »Du bist mir geblieben, sein Abbild, als teuerstes Vermächtnis.«

Sie hob die Augen empor und sie hafteten lange auf dem Grafen. Dann streckte sie ihm die Hand entgegen: »Edgar, mein Bruder.«

Mit einem Freudenschrei stürzte dieser auf sie zu: »Endlich, endlich – Luise. Luise, meine teure, so lang gesuchte Schwester.«

Lange hielten sie sich schweigend umarmt.

»Es wird zuviel, ich muß allein sein,« sagte Luise.

Mistreß Baring führte sie zu dem für sie bereiteten Zimmer, wo sie sich niederlegte.

»Ist unsre Lady Walther, Fremder, wird gesund werden. Ist ein Fakt.«

Hocherregt, aber in freudiger Hoffnung ging Edgar mit dem Alten ins Freie, dem er nun alle seine Erlebnisse mitteilte.

Kaum hatte er seinen langen Bericht vollendet, als ein Herr mit zwei Damen in das Gehöft ritt, in deren einer Edgar zu seiner höchsten Ueberraschung mit tiefbewegtem Herzen Frances Schuyler erkannte.

Es war Mister Myers von Lansing mit seiner Tochter und Frances.

»Ja,« lachte vergnügt der alte Herr, »macht nur Augen, Herr Graf, ist Ned Myers in Person. Mußte doch den seltsamsten Briefschreiber im ganzen alten Mich besuchen, ist der alte Bär dort mein Jugendfreund, und tut den Mädchen gut, einmal echte Waldluft zu atmen. Sind deshalb an den Muskegon gekommen. Freue mich. Euch zu sehen. Nun, wie steht's, Alter, wie steht's?« fragte er dann, denn er war von allem unterrichtet.

»Denke gut, Ned, hat die Natur einen Ruck bekommen. Denke, gut steht's.«

Indem trat Mistreß Baring aus dem Hause.

»Nun, alte Frau?«

»Sie schläft. Pst!«

»Gut so.«

Edgar begrüßte Miß Myers und dann Frances.

»Welch seltene Freude, Miß Schuyler, Sie so unerwartet wiederzusehen.«

Ihr ernstes Auge ruhte mit einem innigen Ausdruck auf seinem Antlitz, das jetzt hohes Glück widerspiegelte, begegnete seinem Blick, der eine Welt stürmender Gefühle verriet. Sie gab ihm die Hand, während ein leichtes Rot in ihre Wangen stieg.

»Ich freue mich, Herr Graf, Sie wiederzusehen.«

Alle Gastfreundschaft, welche Barings Haus bieten konnte, wurde nun dem Grafen und seinen Begleitern zu teil; und eine glückliche, hoffnungsvolle Stimmung beherrschte alle Bewohner desselben.

Luise schlief bis zum nächsten Morgen. Dann erwachte sie mit vollständig klarem Geiste.

Nachdem sie Mistreß Baring zu sich bitten lassen und mit ihr gesprochen, ließ sie Edgar rufen, mit dem sie eine lange Unterredung hatte.

Die Wolke, welche so lange ihr Haupt umhüllt und ihr Seelenleben in Banden gehalten hatte, war geschwunden, deutlich stand wieder die Vergangenheit vor ihrem Geiste.

Luise war genesen.

Die jetzt ruhigere Trauer ihres Herzens um verlorenes Glück wurde gemildert durch die Anwesenheit des Bruders, des Kindes, wie der guten Barings.

Edgar besuchte die Freunde in der Umgebung, vor allem Grover.

Mit Verwunderung hörten alle von seinen Erlebnissen, und Grover äußerte: »Habe es Euch gleich gesagt, Fremder. Ist Joe Baring der richtige Mann für Euch – he? Ist ein Fakt, war der richtige Mann.«

Nach etwa vierzehn Tagen schickte sich Edgar mit den Seinen zur Abreise an, unter den herzlichen Segenswünschen aller verließ er Barings gastliches Heim. Michael, den künftigen Gutsbesitzer in Leitrim, nahm er mit. Johnsons Zukunft war geordnet, er übersiedelte nach dem Muskegon. Im Parke zu Schloß Elm saß der greise Graf, in Decken eingehüllt, in seinem Rollstuhl.

Zu seinen Füßen warf sich sein verstoßenes, so lang entbehrtes Kind.

Es war der letzte Glücksstrahl in seinem Leben, denn bald war er in die Gruft seiner Väter gebettet, seine Luise hatte seine letzten Seufzer empfangen, er starb in ihren Armen.

Noch heute waltet Graf Edgar, der dem Dienst entsagte, als Gutsherr in Schloß Elm und an seiner Seite seine geliebte Gattin, einst Frances Schuyler. Ein guter Genius aller Armen und Bedrückten ist des Grafen Schwester, Frau Walther, deren Trauer um den geliebten Toten in sanfte Wehmut übergegangen ist, mit welcher sie seiner gedenkt.

Ihr Stolz und ihre Freude ist ihr Willy, das Ebenbild des teuren Gatten, der seinem König unter den leichten Reitern dient, ein geborener Soldat.

Heinrich ist der erste Förster des Grafen, ein gar stattlicher, hochgeachteter Mann.

Dann und wann kommt Kunde von den Freunden aus Amerika, deren man auf Schloß Elm noch immer liebevoll und dankbar gedenkt. Alljährlich sendet Michael O'Tonnel einen großen Brief, den er dem Dorfschreiber diktiert, und der spricht von bescheidenem Glück und atmet echte Dankbarkeit.

Über tredition

Eigenes Buch veröffentlichen

tredition wurde 2006 in Hamburg gegründet und hat seither mehrere tausend Buchtitel veröffentlicht. Autoren veröffentlichen in wenigen leichten Schritten gedruckte Bücher, e-Books und audio-Books. tredition hat das Ziel, die beste und fairste Veröffentlichungsmöglichkeit für Autoren zu bieten.

tredition wurde mit der Erkenntnis gegründet, dass nur etwa jedes 200. bei Verlagen eingereichte Manuskript veröffentlicht wird. Dabei hat jedes Buch seinen Markt, also seine Leser. tredition sorgt dafür, dass für jedes Buch die Leserschaft auch erreicht wird.

Im einzigartigen Literatur-Netzwerk von tredition bieten zahlreiche Literatur-Partner (das sind Lektoren, Übersetzer, Hörbuchsprecher und Illustratoren) ihre Dienstleistung an, um Manuskripte zu verbessern oder die Vielfalt zu erhöhen. Autoren vereinbaren direkt mit den Literatur-Partnern die Konditionen ihrer Zusammenarbeit und partizipieren gemeinsam am Erfolg des Buches.

Das gesamte Verlagsprogramm von tredition ist bei allen stationären Buchhandlungen und Online-Buchhändlern wie z. B. Amazon erhältlich. e-Books stehen bei den führenden Online-Portalen (z. B. iBookstore von Apple oder Kindle von Amazon) zum Verkauf.

Einfach leicht ein Buch veröffentlichen: **www.tredition.de**

Eigene Buchreihe oder eigenen Verlag gründen

Seit 2009 bietet tredition sein Verlagskonzept auch als sogenanntes "White-Label" an. Das bedeutet, dass andere Unternehmen, Institutionen und Personen risikofrei und unkompliziert selbst zum Herausgeber von Büchern und Buchreihen unter eigener Marke werden können. tredition übernimmt dabei das komplette Herstellungs- und Distributionsrisiko.

Zahlreiche Zeitschriften-, Zeitungs- und Buchverlage, Universitäten, Forschungseinrichtungen u.v.m. nutzen diese Dienstleistung von tredition, um unter eigener Marke ohne Risiko Bücher zu verlegen.

Alle Informationen im Internet: **www.tredition.de/fuer-verlage**

tredition wurde mit mehreren Innovationspreisen ausgezeichnet, u. a. mit dem Webfuture Award und dem Innovationspreis der Buch Digitale.

tredition ist Mitglied im Börsenverein des Deutschen Buchhandels.

Dieses Werk elektronisch lesen

Dieses Werk ist Teil der Gutenberg-DE Edition DVD. Diese enthält das komplette Archiv des Projekt Gutenberg-DE. Die DVD ist im Internet erhältlich auf **http://gutenbergshop.abc.de**